Matthias Claudius · Ausgewählte Werke

MATTHIAS CLAUDIUS

Ausgewählte Werke

HERAUSGEGEBEN VON
WALTER MÜNZ

PHILIPP RECLAM JUN. STUTTGART

Universal-Bibliothek Nr. 1691 [6]

Gesamtherstellung: Reclam, Ditzingen. Printed in Germany 1990

ISBN 3-15-001691-6 (kart.) 3-15-021691-5 (geb.)

Inhalt

Asmus omnia sua secum portans

Nachlese

Anhang

Asmus omnia sua secum portans,

oder

Sämmtliche Werke

des

Wandsbecker Bothen,

I. und II. Theil.

Hamburg, gedruckt bey Bode. 1775.

Subskriptionsanzeige

Ich will meine Werke auch sammlen und h'rausgeben. Es hat mich zwar, wie sonst wohl zu geschehen pflegt, kein Mensch drum gebeten, und ich weiß besser als irgend ein geneigter Leser, wie wenig dran verloren wäre wenn meine Werke so unbekannt blieben als ich selbst bin, aber 's ist doch so artig mit dem Subskribieren und H'rausgeben, und so eine Freud und Ehre für mich und meine alte Muhme; ist auch ja 's Menschen sein freier Wille, ob er subskribieren will oder nicht. Will sie also h'rausgeben, unter dem Titel: »Asmus, omnia sua secum portans, oder **sämtliche Werke des Wandsbecker Boten.**« Dieser secum portans wird bestehen, aus Gedichten, einigen Briefen, und andern Prosaischen Stücken, welche letztere zum Teil mein einfältiges Urteil über ein und andres Buch enthalten; er wird in allem zwischen 15 und 20 Bogen betragen; auf feinem schönen Papier in klein 8° gedruckt, und mit wenigstens 1 schönem Kupfer ausgeschmückt sein. Der Preis ist 2 Mark schwer Geld, und für die Herren Kritiker und Journalisten etc. 3 Mk. Man kann pränumerieren oder subskribieren, wie einer will, bis Weihnachten; und Ostern soll 's Buch kommen. Da ich nicht absehn kann, zu was Nutzen die Namen der Herren Subskribenten vor so einem Buch wie meins vorgedruckt werden sollten, so werd ich sie hübsch in petto behalten, es sei denn daß jemand ausdrücklich anders begehrt. Ich war erst willens, alle Herren Subskribenten voran in Kupfer stechen zu lassen; man hat mir aber gesagt, daß dergl. seine Unbequemlichkeiten hat, und so hab ich's wieder aufgegeben. Da ich nicht dreist genug bin, die H. H. Gelehrten mit Annehmung der Subskription zu inkomm'dieren, so ersuche ich alle Boten, wes Alters, Statur und Religion sie sein mögen, und sonst jeden der Lust hat, Subskription anzunehmen, und zu Neujahr grade nach Wandsbeck an mich einzusenden, mit der Klausel seitwärts auf dem Briefe: »abzugeben in Hamburg bei Herrn Bode am Holzdamm«. Ich bin ihnen zu allem, was Sitte im Lande ist, gerne erbötig. Ich selbst nehme auch Subskription an, und in Hamburg nimmt Herr Bode am Holzdamm an. Schließlich wissen die geneigten Leser aus dem Göttinger Musen-Almanach, wo ich mir manchmal auch einen andern Namen gebe, und sonderlich aus dem **Wandsbecker Boten**, was sie zu erwarten haben, und ich bin unschuldig, wenn einer subskribiert und hernach nicht zufrieden ist.

Den 8. November, 1774.

Asmus, pro tempore
Bote in Wandsbeck.

(No. 179 des Deutschen sonst Wandsbecker Boten vom Jahr 1774)

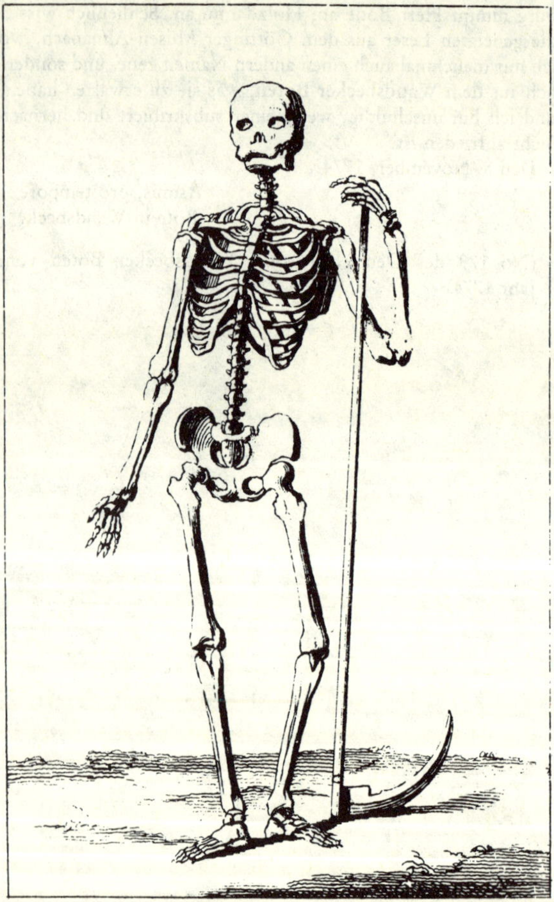

Freund Hain.

Erklärung der Kupfer und Zeichen

Das **erste** Kupfer ⟨S. 14⟩ ist **Freund Hain**. Ihm dedizier ich mein Buch, und Er soll als Schutzheiliger und Hausgott vorn an der Haustüre des Buchs stehen.

Dedikation

Ich habe die Ehr Ihren Herrn Bruder zu kennen, und er ist mein guter Freund und Gönner. Hätt auch wohl noch andre Adresse an Sie; ich denk aber, man geht am besten grade zu. Sie sind nicht für Adressen, und pflegen ja nicht viele Komplimente zu machen.

's soll Leute geben, heißen starke Geister, die sich in ihrem Leben den Hain nichts anfechten lassen, und hinter seinem Rücken wohl gar über ihn und seine dünnen Beine spotten. Bin nicht starker Geist; 's läuft mir, die Wahrheit zu sagen, jedesmal kalt übern Rücken wenn ich Sie ansehe. Und doch will ich glauben, daß Sie 'n guter Mann sind wenn man Sie genug kennt; und doch ist's mir als hätt ich eine Art Heimweh und Mut zu dir, du alter **Ruprecht Pförtner**! daß du auch einmal kommen wirst, meinen Schmachtriemen aufzulösen, und mich auf beßre Zeiten sicher an Ort und Stelle zur Ruhe hinzulegen.

Ich hab da 'n Büchel geschrieben, und bring's Ihnen her. Sind Gedichte und Prosa. Weiß nicht, ob Sie 'n Liebhaber von Gedichten sind; sollt's aber kaum denken, da Sie überhaupt keinen Spaß verstehen, und die Zeiten vorbei sein sollen wo Gedichte mehr waren. Einiges im

Büchel soll Ihnen, hoff ich, nicht ganz mißfallen; das meiste ist Einfassung und kleines Spielewerk: machen Sie 'mit was Sie wollen.

Die Hand, lieber Hain! und, wenn Ihr 'nmal kommt, fallt mir und meinen Freunden nicht hart.

Die Alten solln ihn anders gebildet haben: als 'n Jäger im Mantel der Nacht, und die Griechen: als 'n »Jüngling der in ruhiger Stellung mit gesenktem trüben Blicke die Fackel des Lebens neben dem Leichname auslöscht«. Ist 'n schönes Bild, und erinnert einen so tröstlich an Hain seine Familie und namentlich an seinen Bruder: wenn man sich da so den Tag über müde und matt gelaufen hat und kommt nun den Abend endlich so weit daß man's Licht auslöschen will – hat man doch nun die Nacht vor sich wo man ausruhen kann! und wenn's denn gar den andern Morgen Feiertag ist!! 's ist das würklich ein gutes Bild vom Hain; bin aber doch lieber beim Knochenmann geblieben. So steht er in unsrer Kirch, und so hab ich 'n mir immer von klein auf vorgestellt daß er auf'm Kirchhof über die Gräber hinschreite, wenn eins von uns Kindern 's Abends zusammenschauern tat, und die Mutter denn sagte: der Tod sei übers Grab gangen. Er ist auch so, dünkt mich, recht schön, und wenn man ihn lange ansieht wird er zuletzt ganz freundlich aussehen.

Das **zweite** Kupfer, S. ⟨21⟩, stellt vor: einen Raben; einige sagen gar, 's sei nur eine Krähe.

Das **dritte** S. ⟨60⟩ ist der Präsident Lars. Ich weiß nicht mehr davon zu sagen, und das Werk mag seinen Meister loben.

Auf dem **vierten** Kupfer, p. ultima, steh ich, und gieße Öl auf einen Stein. Was das bedeuten soll? – 's liegt ein Mann unter dem Stein, dem ich viel zu danken habe und nichts habe vergelten können. Da steh ich nun so dahier und salbe seinen Grabstein mit Öl und – 's soll nichts bedeuten.

Die ☛ steht allemal vorm Titel irgend eines Buchs, und soll soviel zu verstehen geben, als daß ich meine einfältige Meinung dazu tun will.

Der * unter einem Stück will sagen, daß das Stück in meiner Mundart sei. In den Stücken ohne Stern hab ich mich mehr nach meinem Vetter gerichtet, und von diesen Stücken pfleg ich auch wohl vel quasi zu sagen, daß mein Vetter sie gemacht habe. Könnt auch sagen, daß mein Vetter sich in diesen Stücken nach niemand und in denen mit dem * nach mir und meinem Botenstab gefügt habe; ist alles eins. Ob nun wohl also der * mein Zeichen ist, so muß doch niemand daraus denken, als ob ich 'n Ritterband und 'n Stern hätte. Ich habe keinen Stern. Die Sterne und hohen Ehrentitel sind beim Verdienst, was der Wetterhahn beim Winde ist. Wer einen großen Titel und Stern hat, der muß auch 'n groß Verdienst haben, darnach richten sich die Potentaten beim Geben, und das sieht man auch an den meisten Herren die hohe Titel und Sterne haben; à propos, hab wohl eher 'n Stern auf einer Brust gesehn, und in dem Gesicht darüber Harmpfoten und Verdruß, und da hab ich denn so bei mir selbst gedacht, daß es wohl nicht immer Fried und Freude sei was so 'n Stern auf einer Brust manchmal so hoch hebt, und daß Titel und Sterne wohl nicht innerlich müssen glücklich machen können. Das Seinige treu tun, pflegte meine Mutter zu sagen, ist 'n Stern der auf der bloßen Brust sitzt, die andern sitzen nur am Latz.

Schließlich noch ein Wort mit meinen Herren Subskribenten. **Erstens** hoff ich, daß Sie mit Druck und Papier zufrieden sein werden. **Zweitens:** Ich hab Ihnen zwischen 15 und 20 Bogen versprochen, und liefre Ihnen nur 15 und einen halben; dafür aber liefre ich auch 2 Kupfer mehr als ich versprochen habe, und ich denke, daß Sie dabei nicht verloren haben. **Drittens:** da ich als »Asmus pro tempore Bote in Wandsbeck« nicht im Staatskalender stehe, und es mit den Briefen unter dieser Adresse Irrungen gibt; so ersuche ich die gütigen Herren, die sich mit Subskriptionsammlen bemüht haben, ihre Briefe an meinen Vetter »Matthias Claudius *Homme de lettres*« zu adressieren.

»So will ich nun hiermit das Buch beschließen, und hätte ich's lieblich gemacht, das wollte ich gern. Ist es aber zu gering: so habe ich doch getan, soviel ich vermocht. Denn alle Zeit Wein oder Wasser trinken ist nicht lustig, sondern zuweilen Wein, zuweilen Wasser trinken das ist lustig: also ist's auch lustig so man mancherlei lieset. Das sei das Ende.«

Asmus.

Mein Neujahrslied

Es war erst frühe Dämmerung
  Mit leisem Tagverkünden,
Und nur noch eben hell genung
  Sich durch den Wald zu finden.

Der Morgenstern stand linker Hand,
  Ich aber ging und dachte
Im Eichtal an mein Vaterland,
  Dem er ein Neujahr brachte.

Auch dacht ich weiter: So, und so,
Das Jahr ist nun vergangen,
Und du siehst, noch gesund und froh,
Den schönen Stern dort prangen.

Der ihm dort so zu stehn gebot
Muß doch gern geben mögen!
Sein Stern, Sein Tal, Sein Morgenrot,
Rund um mich her Sein Segen!

Und bald wird Seine Sonne hier
Zum erstenmal aufgehen! –
Das Herz im Leibe brannte mir,
Ich mußte stille stehen,

Und wankte wie ein Mensch im Traum
Wenn ihn Gesichte drängen,
Umarmte einen Eichenbaum
Und blieb so an ihm hängen.

Auf einmal hört ich's wie Gesang,
Und glänzend stieg's hernieder
Und sprach, mit hellem hohen Klang,
Das Waldtal sprach es wieder:

Der alten Barden Vaterland!
Und auch der alten Treue!
Dich, freies unbezwungnes Land!
Weiht Braga hier aufs neue

Zur Ahnentugend wieder ein!
Und Friede deinen Hütten,
Und deinem Volke Fröhlichsein,
Und alte deutsche Sitten!

Die Männer sollen, jung und alt,
Gut vaterländ'sch und tüchtig
Und bieder sein und kühn und kalt,
Die Weiber keusch und züchtig!

Und deine Fürsten groß und gut!
Und groß und gut die Fürsten!
Die Deutschen lieben, und ihr Blut
Nicht saugen, nicht Blut dürsten!

Gut sein! Gut sein! ist viel getan,
Erobern, ist nur wenig;
Der König sei der beßre Mann,
Sonst sei der beßre, König!

Dein Dichter soll nicht ewig Wein
Nicht ewig Amorn necken!
Die Barden müssen Männer sein,
Und Weise sein, nicht Gecken!

Ihr Kraftgesang soll himmelan
Mit Ungestüm sich reißen! –
Und du, Wandsbecker Leiermann,
Sollst Freund und Vetter heißen!

Was ich wohl mag

Ich mag wohl Begraben mit ansehn, wenn so ein rotgeweintes Auge noch einmal in die Gruft hinab blickt, oder einer sich so kurz umwendet, und so bleich und starr sieht und nicht zum Weinen kommen kann. 's pflegt mir denn wohl selbst nicht richtig in 'n Augen zu werden, aber eigentlich bin ich doch fröhlich. Und warum sollt ich auch nicht fröhlich sein; liegt er doch nun und hat Ruhe! und ich bin darin 'n närrischer Kerl, wenn ich Weizen säen sehe, so denk ich schon an die Stoppeln und den Erntetanz. Die Leut fürchten sich so vor einem Toten, weiß nicht warum. Es ist ein rührender heiliger schöner Anblick, einer Leiche ins Gesicht zu sehen; aber sie muß ohne Flitterstaat sein. Die stille blasse Todsgestalt ist ihr Schmuck, und die Spuren der Verwesung ihr Halsgeschmeide, und das erste Hahnengeschrei zur Auferstehung. *

Eine Chria,
darin ich von meinem akademischen Leben und Wandel Nachricht gebe

Bin auch auf Unverstädten gewesen, und hab auch studiert. Ne, studiert hab ich nicht, aber auf Unverstädten bin ich gewesen, und weiß von allem Bescheid. Ich ward von ohngefähr mit einigen Studenten bekannt, und die haben mir die ganze Unverstädt gewiesen, und mich allenthalben mit hingenommen, auch ins Collegium. Da sitzen die Herren Studenten alle neben 'nander auf Bänken wie in der Kirch, und am Fenster steht eine Hittsche, darauf sitzt 'n Professor oder so etwas, und führt über dies und das allerlei Reden, und das heißen sie denn **dozieren**. Das auf der Hittschen saß, als ich drin war, das war 'n Magister, und hatt eine große krause Paruque auf'm Kopf, und die Studenten sagten, daß seine Gelehrsamkeit noch viel größer und krauser, und er unter der Hand ein so kapitaler Freigeist sei, als irgend einer in Frankreich und England. Mochte wohl was dran sein, denn 's ging ihm vom Maule weg als wenn's aus'm Mostschlauch gekommen wär; und demonstrieren konnt er, wie der Wind. Wenn er etwas vornahm, so fing er nur so eben 'n bißgen an, und, eh man sich umsah, da war's demonstriert. So demonstriert' er z. Ex. daß 'n Student 'n Student und kein Rhinozeros sei. Denn sagte er, 'n Student ist entweder 'n Student oder 'n Rhinozeros; nun ist aber 'n Student kein Rhinozeros, denn sonst müßt 'n Rhinozeros auch 'n Student sein; 'n Rhinozeros ist aber kein Student, also ist 'n Student 'n Student. Man sollte denken, das verstünd sich von selbst, aber unsereins weiß das nicht besser. Er sagte, das Ding »daß 'n Student kein Rhinozeros sondern 'n Student wäre« sei eine Hauptstütze der ganzen Philosophie, und die Magisters könnten den Rücken nicht fest genug gegenstemmen, daß sie nicht umkippe.

Weil man auf einem Fuß nicht gehn kann, so hat die Philosophie auch den andern, und darin war die Rede von mehr als Einem Etwas, und das Eine Etwas, sagte der Magister, sei für jedermann; zum andern Etwas gehör aber eine feinere Nas, und das sei nur für ihn und seine Kollegen. Als wenn eine Spinn einen Faden spinnt, da sei der Faden für jedermann und jedermann für den Faden, aber im Hinterteil der Spinne sei sein bescheiden Teil, nämlich das Andre Etwas das der zureichende Grund von dem Ersten Etwas ist, und einen solchen zureichenden Grund müß' ein jedes Etwas haben, doch brauche der nicht immer im Hinterteil zu sein. Ich hätt auch mit diesem Axioma, wie der Magister 's nannte, übel zu Fall kommen können. Daran hängt alles in der Welt, sagt er, und, wenn einer 's umstößt, so geht alles über und drunter.

Denn kam er auf die **Gelehrsamkeit**, und die Gelehrten zu sprechen, und zog bei der Gelegenheit gegen die Ungelahrten los. Alle Hagel, wie fegt' er sie! Dem ungelahrten Pöbel setzen sich die Vorurteile von Alp, Leichdörnern, Religion etc. wie Fliegen auf die Nase und stechen ihn; aber ihm, dem Magister, dürfe keine kommen, und käm ihm eine, schnaps schlüg er sie mit der Klappe der Philosophie sich auf der Nasen tot. Ob, und was Gott sei, lehr allein die Philosophie, und ohne sie könne man keinen Gedanken von Gott haben u.s.w. Dies nun sagt' der Magister wohl aber nur so. Mir kann kein Mensch mit Grund der Wahrheit nachsagen daß ich 'n Philosoph sei, aber ich gehe niemals durch 'n Wald, daß mir nicht einfiele, wer doch die Bäume wohl wachsen mache, und denn ahndet mich so von ferne und leise etwas von einem Unbekannten, und ich wollte wetten daß ich denn an Gott denke, so ehrerbietig und freudig schauert mich dabei.

Weiter sprach er von Berg und Tal, von Sonn und Mond, als wenn er sie hätte machen helfen. Mir fiel dabei der Isop ein, der an der Wand wächst; aber die Wahrheit zu sagen, 's kam mir doch nicht vor, als wenn der Magister so weise war, als Salomo. Mich dünkt, wer was Rechts weiß, muß, muß – säh ich nur 'nmal einen, ich wollt 'n wohl kennen, malen wollt ich 'n auch wohl, mit dem hellen heitern ruhigen Auge, mit dem stillen großen Bewußtsein etc. Breit muß sich ein solcher nicht machen können, am allerwenigsten andre verachten und fegen. O! Eigendünkel, und Stolz ist eine feindselige Leidenschaft; Gras und Blumen können in der Nachbarschaft nicht gedeihen.

*

Brief an Andres

Gott zum Gruß!

Mein lieber Andres, wenn Er sich noch wohl befindet, ist's mir lieb. Was mich anlangt, so befind ich mich itzo in Wandsbeck.

Er wird's auch wohl vom Herrn Rektor gehört haben, daß der Kalendermacher und Sternkucker Tycho Brahe zu seiner Zeit in Wandsbeck den Sternenlauf betrachtet hat, und daß dieser Tycho Brahe eine Nase von Gold, Silber und Wachs hatte, weil ihm von ohngefähr 'n Edelmann zu nächtlicher Weile eine von Fleisch abduellierte; ich tu Ihm zu wissen, daß ich keine Nase von Gold, Silber und Wachs hab, und daß ich folglich hier auch den Sternenlauf nicht betrachte. Übrigens ist mir in Ermanglung eines Bessern zu Ohren gekommen, daß Ihm Seine Gertrud abgestorben ist. Da Er weiß, daß ich nicht ungerührt bleibe, wenn 'n Hund stirbt den ich zum erstenmal sehe, so kann Er sich leicht vorstellen, wie mir bei der Nachricht von diesem Todesfall geworden sein mag. Die selige Gertrud hatt ihre Nücken, aber 's reute sie doch gleich, und sie hatt auch viel Gutes, und hätte wohl länger leben mögen, doch sie ist nun kaputt, und Er muß sich zufriedengeben. Andres! unterm Mond ist viel Mühe des Lebens, Er muß sich zufrieden geben – ich sitze mit Tränen in den Augen und nag an der Feder, daß unterm Mond so viel Mühe des Lebens ist, und daß einen jedweden seine eigne Nücken so unglücklich machen müssen!

*

☛ **Neue Apologie des Sokrates,** oder Untersuchung der Lehre von der Seligkeit der Heiden etc.

»Aber«, sagte Sokrates zum Beschluß seiner Bonmots zu seinen Richtern die ihn eben zum Tode verdammt hatten, »aber es ist Zeit, daß wir auseinandergehen, ihr an eure Geschäfte, und ich zu sterben; wer von uns am besten fährt, das wissen allein die Götter.«

Es hat von jeher nicht an Politikern gefehlt, die von Sokrates seiner Fahrt nicht viel Gutes vermutet haben. Da er ein Heide war, sagen sie, so ist er hingefahren wo die Heiden hingehören. Es ist freilich eine übertriebne Toleranzgrille, die alten Philosophen ohne Unterschied zu Christen machen wollen, weil sie eine hohe Moral gepredigt haben; aber auf der andern Seite ist zu Sokrates' Zeiten drei und eins so gut vier gewesen als itzo, Wasser hat damals schon Feuer gelöschet und so auch Selbstverleugnung ihre guten Folgen haben müssen. Einige von den Alten scheinen Wind von dieser Lehre gehabt zu haben, und Sokrates hatte sich unter andern dadurch bei seinen Landsleuten verhaßt gemacht, weil sie, wie alle andre Landsleute, in ihrer Knechtschaft nicht an die Freiheit erinnert noch durch das bittre Salz der Wahrheit gereizt sein wollten. So nach würde es also ungeraten sein, dem Sokrates den Kranz, den er via legitima verdient hatte, abzureißen, und ihm die Freuden Gottes abzudisputieren, die der Lohn des Heldenganges sind: aus seinem Vaterlande und von seiner Freundschaft in ein Land das man beim Ausmarsch noch nicht sehen kann. Ein Trost für Sokrates' Freunde ist indes, daß der Wind bläst wo er will und daß Disputations die ewigen Gesetze der Körper- und Geister-Welt nicht irre machen können. Plato erzählt auch, daß der obgedachte Lohn den Sokrates nicht Waise gelassen habe, und ihm im Richthause so hell in Aug und Antlitz getreten sei, daß seine Richter ihn nicht ansehen durften, und vor ihm dastanden, als sündige Verbrecher die von ihm ihr Urteil erwarteten.

Schließlich sei es bei dieser Gelegenheit erlaubt, einen Sokratischen Schriftsteller über den Sokrates in Andenken zu bringen, den Verfasser der 1759 herausgekommenen **»Sokratischen Denkwürdigkeiten etc.«** Er zwar scheint ein Unhold zu sein der seinen Gang vor sich hingeht und sich nicht nach Beifall oder Tadel umsieht, aber dem Niemand und den Zweenen ist es nütze, daß er nicht vergessen werde, wiewohl er doch nicht viel verstanden wird. Gewisse Nachrichten aus dem Reiche der Gelehrsamkeit verwiesen ihn bei ihrer Anzeige seiner 4 Bogen in die Arbeits- und Raspel-Häuser, welcher Sentenz Andenken er in einem eigenen Nachspiel gebührend gefeiert und allen Menschen, die nicht anders wollen, Freiheit gegeben hat, an den Hirschhörnern ihrer Vorurteile und Schoßneigungen ungestört fortzuraspeln.

Als er sein Weib und 's Kind an ihrer Brust schlafend fand

Das heiß ich rechte Augenweide,
's Herz weidet sich zugleich.
Der alles segnet, segn' euch beide!
Euch liebes Schlafgesindel, euch!

Über das Genie

Nescio quid servile olet et non sui Juris.

Ich stelle mir oft bei müßigen Stunden eine Sprache als ein Bündel Stäbe vor, wo an jedweden Stab eine verwünschte Prinzessin angezaubert ist, oder ein unglücklicher Prinz; und der Mann, der die Sprache versteht, wäre denn ein Sonntagskind, das Geister sehen kann, unterdes der andre den Stab sieht und nichts weiter. Man sagt, daß in der eigentlichen Zauberei, wenn einer das Handwerk versteht, eine Prinzessin vom Zauber erlöset, und statt ihrer ein Alp und Kobold an den Stab festgezaubert werden kann; bei den Sprachen geht's gewiß so her, und beides die Stäbe und die Geister sind sehr der Veränderung unterworfen. Die Geschichte dieser Veränderungen und Successions ist ein sehr feines Studium. Sie erfodert ein philosophisches Fühlhorn, das nicht jedermanns Gabe ist, und ohne sie kann wenig Gescheutes von dem Geschmack eines Mannes und seiner Nachfolger gesagt werden, wie das die Abhandlungen in Quarto und Octavo beweisen.

Sokrates sprach von einem Genio, der ihm ins Ohr sagte, und tausend sprachen und sprechen nach ihm von einem Genio. Vielleicht verhält sich der Genius, von dem Sokrates sprach, zu den Geniis, von denen die tausend sprechen, wie ein alter Barde und Prophet zu den Minstrels und Balladsängern, denen die Königin Elisabeth in England eine Ehre auf dem Brett antat: »Alle Zigeuner, Landstreicher und Minstrels kommen in das Zuchthaus nach Neumünster«, vielleicht auch anders, denn es ist noch nicht recht ausgemacht worden, was Sokrates gemeint habe und was die tausend meinen.

Fast alle, die vom Sokratischen Genio geschrieben haben, sind entweder in die Marschländereien mondsüchtiger Phantasten geraten, oder in die dürre Sandwüsten der Wolffischen Philosophie und der mathematischen Lehrart. Es kann wohl sein, daß niemand etwas davon sagen kann, als wer einen ähnlichen Genium hat, und wer den hat, ist vielleicht zu hölzern, und so zurückhaltend als Sokrates war. Auf die letzte Vermutung bringt mich eine Erfahrung unter den Menschenkindern, nach der ein Säugling der Venus Erycina im ersten Platonischen Paroxismo der zarten Leidenschaft stumm ist, und in der Tiefe des einsamsten Waldes den Namen des Idol suo kaum aussprechen darf. Bei so gestalten Sachen nun wäre vom Sokratischen Genio nicht viel von andern Leuten zu erfahren, und es ginge damit wie mit dem leidigen Stein der Weisen. Es sei also in Ansehung seiner genung, in einer sanften Mondnacht mit gewaschenen Händen und einem Schauer von Ehrfurcht und Eifersucht Blumen für den Mann hinzulegen, der ihn hatte, und für den, der ihn hat – und nun herunter zum modernen Genius oder zum Genie.

Hier liegen Fußangeln

»Ich bin ein Barde.« Freund, sind deine Augen helle?
Gnügt dir die Eichel und die Quelle?

⟨Über das Genie⟩

Mein Vetter hat S. ⟨27⟩ eine sehr gelehrte Abhandlung **übers Genie** angefangen. Er fängt oft an, und kommt ihm denn eine andre Grille, da läßt er's gut sein und denkt nicht weiter dran. Ich pfleg ihm denn wohl jezuweilen unter vier Augen seine Narrheit zu verweisen, aber er schämt und grämt sich nicht, und oft gibt er mir noch allerhand spitzfindige Redensarten zum Lohn. Neulich gab ich ihm zu verstehen, daß er, was er angefangen hätte, auch – »wohl wahr, Vetter«, fiel er mir in die Rede, »doch setzt Ihr's fort!« Ich gab natürlicherweise zur Antwort, daß ich nichts von der Materie verstehe. »Desto besser werdet Ihr davon schreiben, Vetter, es ist vieles in der Natur verborgen.« Was soll ich tun; will ich's fortgesetzt haben muß ich wohl dran, 's mag denn auch gehn wie 's geht.

Will nur zuvor den letzten Perioden nachlesen: »und nun herunter zum modernen Genius oder zum Genie« – herunter denn, und gleich im Fallen angefangen.

Empfange mich, du lieblicher Hain am Helikonberg!

Ich komme gefallen, zu hören deinen Silbersturm und dein sanfteres Geräusche, und ihr im leichten Rosengewand, mit dem blassen Munde, der so holdselig sprechen kann, Gesellen des Hains! seid mir gegrüßt – Ha! der Schwindel ist über, und ich habe wieder festen Grund unter'n Füßen.

Wenn einer 'n Buch geschrieben hat, und man liest in dem Buch und 's würkt so sonderbar als ob man in Doktor Fausts Mantel davon sollte, daß man aufsteht und sich reisefertig macht, und, wenn man wieder zu sich selbst kommt, dankbar zum Buche zurückkehrt; dann, sollt ich glauben, habe der Autor mit Genie geschrieben. Aber, mein Vetter wird sagen, daß das nichts gesagt sei; daß man nicht wissen will, wer Genie habe, sondern was das Genie sei, das einer hat.

Das Genie also ist – ist – weiß nicht – ist 'n Wallfisch! So recht, das Genie ist 'n Wallfisch, das eine Idee drei Tage und drei Nächte in seinem Bauch halten kann und sie denn lebendig ans Land speit; ist 'n Wallfisch, der bald durch die Tiefe in stiller Größe daher fährt, daß den Völkern der Wasserwelt 'n kaltes Fieber ankömmt, bald herauf fährt in die Höhe und mit Dreimastern spielt, auch wohl mit Ungestüm aus dem Meer plötzlich hervorbricht und große Erscheinungen macht. Das Nicht-Genie aber ist 'n Wallfischgerippe, ohne Fett und Bein, das auf'm Wasser vom Winde hin und her getrieben wird, eine Witterung für die schwarzen und weißen Bären (Journalisten und Zeitungsschreiber), die über die Eisschollen herkommen und dran nagen. Ich will's nur beizeiten sagen, daß ich über meines Vetters Papiere gewesen bin; der geneigte Leser würd's doch bald merken; hab's gemacht wie die andern: Fremd Kraut, und meine Brühe drüber.

Der menschliche Körper voll Nerven und Adern, in

deren Centro die menschliche Seele sitzt, wie eine Spinne im Centro ihres Gewebes, ist einer Harfe zu vergleichen, und die Dinge in der Welt um ihn den Fingern, die auf der Harfe spielen. Alle Harfensaiten beben und geben einen Ton, wenn sie berührt werden. Einige Harfen aber sind von einem so glücklichen Bau, daß sie gleich unterm Finger des Künstlers sprechen, und ihre Saiten sind so innig zum Beben aufgelegt, daß sich der Ton von der Saite losreißt und ein leichtes ätherisches Wesen für sich ausmacht, das in der Luft umher wallt und die Herzen mit süßer Schwermut anfüllt. Und dies leichte ätherische Wesen, das so frei für sich in der Luft umher wallt, wenn die Saite schon aufgehört hat zu beben, und das die Herzen mit süßer Schwermut anfüllt, kann nicht anders als mit dem Namen **Genie** getauft werden, und der Mann, dem es sich auf'n Kopf setzt, wie die Eule auf'n Helm der Minerva, ist ein Mann, der Genie hat; und der geneigte Leser wird nun hoffentlich besser als ich wissen, was Genie ist. Dies Genie, fahren die oberwähnten Papiere fort, das bis so weit eine bloße Gabe der Natur ist, erhalt nun eine verschiedne Richtung, nach dem der ganze individuelle Zustand, in dem der Mensch sich befindet und befunden hat, verschieden ist. Da tun Wiege und Amme und Fibel und Wohnung und Sprache und Schlafmütze und Religion und Gelehrsamkeit etc. das ihrige, es zu erdrücken oder in Gang zu helfen. Ein ganz besonders Verdienst im Erdrücken hat die Philosophie, wie sie auf den Schulen gang und gäbe ist: Vita Caroli, mors Conradini! Die Herren Philosophen, die von Allgemeinheiten gehört haben, die tief in der Natur verborgen liegen sollen und durch Hebammenkünste zur Welt gebracht werden müssen, abstrahieren der Natur das Fell über die Ohren, und geben ihre nackte Gespenster für jene Allgemeinheiten aus; und ihre Zuhörer, die an diese Gespenster gewöhnt werden, verlieren nach und nach die Gabe, Eindrücke von einer Welt zu empfangen, in der sie sind. Alle Hacken ihrer Seele, die an die Eindrücke der wirklichen Natur anpacken sollen, werden abgeschliffen, und alle Bilder fallen ihnen nun perspektivisch und dioptrisch in Aug und Herz, u.s.w.

*

Aber das kostet Kopfbrechen, von einer Sache zu schreiben, von der man nichts versteht; und da pflegen wir Gelehrte denn wohl zur Abwechslung und Erholung eine Spielstunde zu machen. Der selige Isaac Newton schrieb in seinen Spielstunden eine Chronologie, und ich pflege wohl an meinen alten Freund und Schulkameraden Andres zu schreiben.

Mein lieber Andres,

Ich habe das Leichdornpflaster erhalten, die Würzpillen aber nicht, arbeite auch itzo an einem Buch, das ich dem Druck übergeben will. Er glaubt nicht, Andres, wie einem so wohl ist, wenn man was schreibt, das gedruckt werden soll, und ich wollt Ihm die Freude auch 'nmal gönnen. Er könnte etwa das Rezept zu dem Pflaster herausgeben, etwas vom Ursprung der Leichdörner herräsonieren und am Ende einige Errata hinzutun. Sieht Er, 's kommt bei einer Schrift auf den Inhalt eben nicht groß an, wenn nur Schwarz auf Weiß ist; einige loben's doch, und am Ende läßt sich von Leichdörnern und Pflaster schon was schreiben. Ich besinne mich, daß es Ihm in der Schule immer so schwer ward, die Commata und Puncta recht zu setzen. Sieht Er, Andres, wo der Verstand halb aus ist, setzt Er ein Comma; wo er ganz aus ist, ein Punctum, und wo gar keiner ist, kann Er setzen, was Er will, wie Er auch in vielen Schriften findet, die herauskommen. Was Er Seinem Buch für einen Titel geben will, das muß Er wissen; meins heißt: Secum portans, und ich kann Ihm nichts weiter davon sagen, als daß es Anfang und Ende hat.

Sein

Diener, *

Phidile

Ich war erst sechszehn Sommer alt,
  Unschuldig und nichts weiter,
Und kannte nichts als unsern Wald,
  Als Blumen, Gras, und Kräuter.

Da kam ein fremder Jüngling her;
  Ich hatt ihn nicht verschrieben,
Und wußte nicht wohin noch her;
  Der kam und sprach von Lieben.

Er hatte schönes langes Haar
  Um seinen Nacken wehen;
Und einen Nacken, als das war,
  Hab ich noch nie gesehen.

Sein Auge, himmelblau und klar!
  Schien freundlich was zu flehen;
So blau und freundlich, als das war,
  Hab ich noch keins gesehen.

Und sein Gesicht, wie Milch und Blut!
  Ich hab's nie so gesehen;
Auch, was er sagte, war sehr gut,
  Nur konnt ich's nicht verstehen.

Er ging mir allenthalben nach,
Und drückte mir die Hände,
Und sagte immer O und Ach,
Und küßte sie behende.

Ich sah ihn einmal freundlich an,
Und fragte, was er meinte;
Da fiel der junge schöne Mann
Mir um den Hals, und weinte.

Das hatte Niemand noch getan;
Doch war's mir nicht zuwider,
Und meine beide Augen sahn
In meinen Busen nieder.

Ich sagt ihm nicht ein einzig Wort,
Als ob ich's übel nähme,
Kein einzigs, und – er flohe fort;
Wenn er doch wieder käme!

An die Nachtigall

Er liegt und schläft an meinem Herzen,
Mein guter Schutzgeist sang ihn ein;
Und ich kann fröhlich sein und scherzen,
Kann jeder Blum und jedes Blatts mich freun.
Nachtigall, Nachtigall, ach!
Sing mir den Amor nicht wach!

☛ **Älteste Urkunde des Menschengeschlechts.**
I. T. Eine nach Jahrtausenden enthüllte heilige Schrift. II. T. Schlüssel zu den heiligen Wissenschaften der Egypter. III. T. Trümmer der ältesten Geschichte des niedern Asiens.

Ein orientalischer Laut ist ein Laut aus Orient, und in Orient waren bekanntermaßen die 5 Pforten am Menschen in vollem Besitz aller ihrer Gerechtsame, und man hatte nicht den Mark aus den Knochen der Sinne und Imagination durch landsübliche Abstraktion herausgezogen; schlug nicht die Natur übern Leisten eines Systems, und reckte sie nicht darüber aus; löste sie nicht zu einen leichten Ätherduft auf, der zwar die Windmühle der allgemeinen Vernunft behende umtreibt, übrigens aber nicht Kraut noch Pflanzen wachsen machen kann; sondern in Orient hielt man unsers lieben Herrn Gotts Natur, wie sie da ist, in Ehren; ließ ihre Eindrücke sanft eingehen, und bewegte sie in seinem Herzen; in Orient präsidierten bekanntermaßen über Sonn und Mond, Morgenrot und Berg und Baum und ihre Eindrücke, Geister, die den zarten einfältigen Menschen durchwandelten und lehrten, und sein Herz mit Wallung füllten, die mehr wert war, als alle Q.E.D.-s, die, seitdem jene Geister von der Philosophie ihre Dimission in Gnaden erhalten haben, an ihrer Statt wieder Mode geworden sind; in Orient lehrte man durch Bilder; u.s.w. Ein dergleichen orientalischer Laut ist nun diese Schrift, und ist, man mag dem Verfasser recht geben wollen oder nicht, immer eine schöne Erscheinung hoch in der Wolke und ein Weben des Genies.

Sie betrifft aber die Schöpfungsgeschichte Moses', die unser Verfasser auf Adlerflügeln von einem neuen und äußerst simpeln Mechanismo aus allem Bedruck der tausend und tausend Ehren-Schändungen und Ehren-Rettungen und Kommentations und Ehren-Erklärungen allerlei gelehrter Zünfter und Handwerker heimholen, oder vielmehr auf ihren eignen Flügeln, die ihr bisher niemand angesehen hat, selbst heimfliegen lassen will, wie folget. Nur noch vorher eine Glosse:

»Diese **Analogie** des Menschen zum Schöpfer erteilt allen Kreaturen ihr **Gehalt** und ihr **Gepräge**, von dem **Treue** und **Glauben** in der ganzen **Natur** abhängt. Je lebhafter diese Idee, das **Ebenbild** des unsichtbaren **Gottes**, in unserm Gemüt ist; desto fähiger sind wir, Seine Leutseligkeit in den Geschöpfen zu **sehen** und zu **schmecken**, zu **beschauen** und **mit Händen zu greifen**. Jeder Eindruck der Natur in den Menschen ist nicht nur ein **Andenken**, sondern ein **Unterpfand** der Grundwahrheit: **wer** der HERR ist. Jede Gegenwürkung des Menschen in die Kreatur ist **Brief** und **Siegel** von unserm Anteil an der **göttlichen Natur**, und daß wir **Seines Geschlechts** sind.« Diese Glosse eines alten Rhapsodisten und Schriftgelehrten mag die Seele der Leser zur Fassung der wahren Idee der **Urkunde** in Bewegung setzen, zumal gesagt wird, daß darin viel Finsternis und Dunkel sei. Und nun zum Werk:

Einige Herren Deisten also und chinesische Spitzköpfe haben aus Aristoteles' Organon, Graf Wellings Salzlehre, Descartes' Mathematik, Wolffens Experimental-Physik, Gerickens Luftpumplehre etc. etc. ein Heer von Einwendungen und Zweifeln ausgerüstet, in der Mosaischen Schöpfungsgeschichte einen Riß zu machen; so hätte zum Exempel am ersten Tage nicht Licht dasein sollen, und die Sonne drei Tage zu spät kommen; so hätte der dritte Tag der Welt nicht Gras, Bäume, Laub und Kraut geben, und am vierten erst das Firmament gebaut werden sollen u.s.w. – und einige Herren Theologen, und philosophische Breitköpfe haben ihnen, aus Gerickens Luftpumplehre, Wolffens Experimental-Physik, Descartes' Mathematik, Graf Wellings Salzlehre, Aristoteles' Organon etc. etc. ein Heer von Antworten und Auflösungen entgegengestellt, und dadurch den Riß noch größer gemacht, angesehen Moses' Schöpfungsgeschichte weder nach Aristoteles' Organon, noch Gerickens Luftpumplehre, noch Descartes' Mathematik, noch Graf Wellings Salzlehre, noch Wolffens Experimental-Physik abgezirkelt ist, und also nicht darnach angefochten, noch gerechtfertigt werden soll noch muß. Wenn aber die Schöpfungsgeschichte Moses' noch von keinem gerechtfertigt worden ist, so ist das nicht die Schuld des Schlosses, sondern des Schlössers. Sie bedarf keiner so künstlichen Rechtfertigung, und schwebt auf **Flügeln der Morgenröte** über alle Einwendungen und Zweifel hoch daher und triumphiert. So nämlich: Gott wollte den unverdorbenen Urahnen offenbaren, daß **Er** Himmel und Erde, und alles das Gute und Schöne, was sie an Himmel und Erde um sich sahen, erschaffen habe, und, weil die ersten Menschen Sinne und Leidenschaften waren, und Sinne und Leidenschaften, wie der Rhapsodist sagt, nichts als Bilder reden noch verstehen, so knüpfte Gott seine Offenbarung an die Morgenröte, das schönste und freundlichste Bild unterm Himmel, das allen Völkern der Erde aufgeht, und sie jeden Morgen an die Offenbarung, und an ihren Schöpfer und Vater – gnädig, barmherzig und von großer Güte – mit Kraft und Leben erinnern könnte; oder vielmehr, Gott **webte** diese seine Offenbarung in die Buchstaben der Morgenröte, ins rötliche dramatische Gewand der Tagwerdung, daß sie zugleich in und mit der Schöne des

Gewandes dem Menschen **sinnlich** würde, und ihm tief in **Auge** und **Herz** fallen sollte. Nach diesem Gesichtspunkt fallen die Einwendungen und Zweifel von selbst weg, und alles geht natürlichen Gang, wie ein jeder, der Augen hat, alle Morgen sehen kann. Licht kommt vor der Sonne, Gras und Laub sieht er vor Sonne u.s.w. Aber wozu nun die Abteilung in sechs Tage, und der Sabbat am siebenden? Ist offenbar, sagt unser Verfasser, Institut der Arbeit und Ruhe, und das Gebot an den Menschen: »Sechs Tage sollt du arbeiten und am siebenden ruhen«, in die Schöpfung der Welt verwebt, und in stillem belehrenden Beispiel gegeben; denn Gott, dessen Bild und Gleichnis und Repräsentant der Mensch auf Erden sein soll, schuf sechs Tage die Welt und ruhete am siebenden. Außerdem aber ist diese Abteilung in sieben wahrscheinlich auch ein Hieroglyphisches Spielzeug für die mechanische Einbildungskraft und Kindeshand des jungen Menschengeschlechts, ad modum der äußerlichen Gestalt des Menschen, den man, ohne ein Narr zu sein, wie viele Narren die ihn so genannt haben, Mikrokosmus nennen kann, die aber von äußerst wichtigen Folgen fürs menschliche Geschlecht war, weil Simbolik, Zeitrechnung, Naturlehre, und, mit einem Wort, die ältesten wichtigsten Künste und Wissenschaften des menschlichen Geschlechts aus ihr, als einem Fingerzeig Gottes zu dem allen, hergekommen sind etc. siehe p. 112 sq. Diese alte Vaterurkunde und Offenbarung Gottes ist nun in den Religionen aller alten Völker mehr oder minder nationalisiert, verstellt und verstümmelt worden, ist aber in den übriggebliebenen Fragmenten noch sichtbar; und das, und dahin erklärt der zweite und dritte Teil unsers Produkts, was wir von den Egyptern und den Völkern Niederasiens wissen, und was bisher zum Teil sehr anders erklärt worden ist etc.

Der **Kuß***, oder die Ähnlichkeiten in den verschiedenen alten Religionsfragmenten, und der gute Geruch der Zahl **sieben** etc. sind ohne Zweifel kein Spiel des Zufalls und haben ohne Zweifel eine Ursache. Wo die aber zu suchen sei, da wo unser Verfasser sie gefunden hat, oder im Schematismus des Universi und in den vestigiis creaturae a creatore impressis? das läßt der Rezensent dahingestellt sein. Er gehört überhaupt zu einer gewissen Klasse eklektischer Mystiker, die immer an den heiligen Parabeln und Hieroglyphen des Altertums käuen und wiederkäuen, und mit einer Emulsion, die sich so gar leicht ergibt, ex officio nicht befriedigt sein dürfen. Bei dem allen kann er aber doch nicht umhin, des Verfassers Idee und sonderlich ihre Aus- und Durchführung, soweit es nämlich mit der bekannten Regel nil admirari bestehen kann, zu bewundern; bei vielen Winken und Seitenblikken durchs ganze Buch, wie beim Anblick der Wahrheit, aufzujauchzen; und wegen des Unterrichts von der Morgenröte, p. 78 etc. und wegen einiger andern Stellen dem Verfasser zugetan zu sein.

Schließlich ist noch zu merken, daß die Sprache in diesem Buch nicht sei wie ein gewöhnlich Bette, darin der Gedankenstrom ordentlich und ehrbar hinströmt, sondern wie eine Verwüstung in Damm und Deichen.

* Mutii Pansae OSCULUM Christianae et ethnicae religionis.

Die Mutter bei der Wiege

Schlaf, süßer Knabe, süß und mild!
Du deines Vaters Ebenbild!
Das bist du; zwar dein Vater spricht,
Du habest seine Nase nicht.

Nur eben itzo war er hier
Und sah dir ins Gesicht,
Und sprach: »Viel hat er zwar von mir,
Doch meine Nase nicht.«

Mich dünkt es selbst, sie ist zu klein,
Doch muß es seine Nase sein;
Denn wenn's nicht seine Nase wär,
Wo hättst du denn die Nase her?

Schlaf, Knabe, was dein Vater spricht,
Spricht er wohl nur im Scherz;
Hab immer seine Nase nicht,
Und habe nur sein Herz!

☛ **Die Leiden des jungen Werthers.** Erster und zweiter Teil. Leipzig, in der Weygandschen Buchhandlung. 1774.

Weiß nicht, ob's 'n Geschicht oder 'n Gedicht ist; aber ganz natürlich geht's her, und weiß einem die Tränen recht aus'm Kopf herauszuholen. Ja, die Lieb ist 'n eigen Ding; läßt sich's nicht mit ihr spielen, wie mit einem Vogel. Ich kenne sie, wie sie durch Leib und Leben geht, und in jeder Ader zuckt und stört, und mit'm Kopf und der Vernunft kurzweilt. Der arme Werther! Er hat sonst so feine Einfälle und Gedanken. Wenn er doch eine Reise nach Pareis oder Peking getan hätte! So aber wollt er nicht weg von Feuer und Bratspieß, und wendet sich so lange dran herum, bis er kaputt ist. Und das ist eben das Unglück, daß einer bei so viel Geschick und Gaben so schwach sein kann, und darum sollen sie unter der Linde an der Kirchhofmauer neben seinem Grabhügel eine Grasbank machen, daß man sich drauf hinsetze, und den Kopf in die Hand lege, und über die menschliche Schwachheit weine. – Aber, wenn du ausgeweinet hast, sanfter guter Jüngling! wenn du ausgeweinet hast; so hebe den Kopf fröhlich auf, und stemme die Hand in die Seite! denn es gibt Tugend, die, wie die Liebe, auch durch Leib und Leben geht, und in jeder Ader zuckt und stört. Sie soll, dem Vernehmen nach, nur mit viel Ernst und Streben errungen werden, und deswegen nicht sehr bekannt und beliebt sein; aber wer sie hat, dem soll sie auch dafür reichlich lohnen, bei Sonnenschein und Frost und Regen, und wenn Freund Hain mit der Hippe kommt.

*

Fritze

Nun mag ich auch nicht länger leben,
  Verhaßt ist mir des Tages Licht;
Denn sie hat Franze Kuchen gegeben,
  Mir aber nicht.

Als der Hund tot war

Alard ist hin, und meine Augen fließen
Mit Tränen der Melancholie!
Da liegt er tot zu meinen Füßen!
Das gute Vieh!

Er tat so freundlich, klebt' an mich wie Kletten,
Noch als er starb an seiner Gicht.
Ich wollt ihn gern vom Tode retten,
Ich konnte nicht.

Am Eichbaum ist er oft mit mir gesessen,
In stiller Nacht mit mir allein;
Alard, ich will dich nicht vergessen,
Und scharr dich ein,

Wo du mit mir oft saß'st, bei unsrer Eiche,
Der Freundin meiner Schwärmerei. –
Mond, scheine sanft auf seine Leiche!
Er war mir treu.

Über die Musik

Der Mann, der zuerst beim Gottesdienst Musik hören ließ, hatte wohl nicht die Absicht, sich dem Publico als Komponisten zu empfehlen; sowenig der Prophet Nathan durch seine Fiktion von dem einzigen Schaf des armen Mannes den Namen eines guten Fabeldichters verdienen, und Abraham ein Wundarzt sein wollte, als er nahm seinen Sohn Ismael, und alle Knechte, die daheim geboren waren, und alle, die er erkauft, und alles, das Mannes

Namen waren in seinem Hause, und beschnitte die Vorhaut an ihrem Fleische. Er war ohne Zweifel ein Mann von hoher Einsicht und Gesinnung, und ein Freund und Vater seines Volks.

Die ersten Dichter jeder Nation sollen ihre Priester gewesen sein; vielleicht gerieten diese auch zuerst auf die Erfindung, ihren Gesängen durch Saitenspiel mehr Eingang und Kraft zu geben. Die Musik mag indes am Altar entsprungen, oder in die Tempel eingeführt worden sein; so muß man hier den Zeitpunkt annehmen, darin sie ohne alle eigne Gerechtigkeit war, und in Knechtsgestalt Wunder tat.

Am Hofe zu Jerusalem ward nicht allein des Herrn Gnade des Morgens und des Nachts seine Wahrheit verkündigt auf den zehen Saiten und mit Spielen auf der Harfe; es ward nicht allein nach einem Sieg wider die Philister ein Te Deum aufgeführt mit der Githit, und Gott hochgepriesen mit Posaunen, Psalter und Harfen, mit Pauken und Reigen, mit Pfeifen und Saiten, mit hellen Cymbeln und mit wohlklingenden Cymbeln; sondern der König David ließ auch sein Angstgebet in sehr traurigen und kritischen Situationen, und auch die Bußsoliloquia seiner sehr erschrockenen Seele, die er glaubte, auf acht Saiten vorsingen. Wie solche Nachrichten uns über die Endzwecke der Musik überhaupt klug machen können, so lassen sie uns zugleich auf ihre Gestalt in den Morgenländern, und auf die Idee schließen, die man von ihr hatte.

Der Anekdote zufolge, daß die Musik anfänglich in Griechenland allein beim Lobe der Götter und Helden und bei Erziehung der Jugend gebraucht worden, ist sie vermutlich in dieser göttlichen Einfalt und unerkannten Schönheit aus Orient zu den Griechen gekommen, die auch in diesem Stück αει παιδες waren, und so lange daran feinerten und feilten, bis sie eine schöne Kunst daraus gemacht hatten.

In dem Lande, wo die Dichter in Nachahmer und Schmeichler der herrschenden Neigungen, und Weise in Professores der Dialektik ausarteten, ward die Musik, aus einer heiligen Nonne, eine verzärtelte liederliche Dirne, welche die Vermahnungen Platos und anderer verständigen Männer in den Wind schlug, sich bei aller Gelegenheit sehen ließ, und um öffentliche Preise und den Beifall des wollüstigen griechischen Ohrs buhlte. Sie war nun gar nicht mehr, was sie gewesen war, der schlechte Zauberstab in der Hand des Götterboten:

– – hac animas ille evocat Orco
Pallentes, alias sub tristia Tartara mittit,
Dat somnos adimitque & lumina morte resignat.

Die Musik eines griechischen Virtuosen, der in den Pythischen und andern Spielen mehr als einmal den Preis erhalten hatte, verhält sich zu einem Psalm Davids ohngefähr wie ein Solo eines leichtfüßigen Gecken, der aber ein großer Tänzer ist, zu dem Tanz des Mann Gottes vor der Bundeslade her, deswegen er von der Michal allerhand bittre Kritiken anhören mußte. Plutarch sagt, daß man sich zu seiner Zeit gar nicht einmal einen Begriff mehr von der alten Musik machen konnte, die Jünglinge zu guten Bürgern bildete, und schiebt die Schuld aufs Theater. Zwar gab es auch Musiker, die zu Delphis nicht zur Wette mitspielen wollten, weil sie beßre Absichten hatten; und gemeiniglich waren diese Dichter und Musikus zugleich. In Lykurgs Leben wird von einem Thales, nicht der aus dem Siebengestirn der Weisen sondern ein lyrischer Dichter und Musikus aus Kreta, erzählt, wie folget: »Seine

Gesänge waren durch ihren sanftgeordneten wohlklingenden Gang sehr einnehmend, und munterten auf zum herzlichen Gehorsam und zur Eintracht. Wer sie hörte, ward wider sein Wissen und Willen gerührt und sanfter gemacht; sein Herz ward ihm warm für die Tugend und vergaß des Neides schier, der es bisher besessen hatte; daß man auf gewisse Weise sagen kann, dieser Thales habe dem Lykurg vorgearbeitet, und die Bahn gebrochen, die Spartaner auf bessern Weg zu bringen.«

Die Römer sind in Absicht auf die Musik weniger anzuklagen als die Griechen; zu ihnen kam sie aus Griechenland, und die Griechen hatten sie aus Orient.

Bei den übrigen Abendländern und nordischen Völkern ging die Musik noch lange nach Christi Geburt, unter Aufsicht der Priester, mit in den Krieg und gewann Schlachten fürs Vaterland. Man hatte schon in Griechenland mit gutem Erfolg Versuche gemacht, ihrer unsichtbaren Gewalt diese Richtung zu geben, jedoch ohne den Deutschen, die sich um Griechenland und seine Kultur wenig bekümmerten, ein Muster, das sie nachahmten, hierin gegeben zu haben. Die Priester der Deutschen bedurften auch eines solchen Musters nicht, um von der Musik nach den Umständen und Bedürfnissen der Nation verschiedene Anwendungen zu machen. Es mögen übrigens den Römern, die an die molliores und delicatiores in cantu flexiones, wie Cicero sich ausdrückt, gewohnt waren, die rauhen Allegros der Deutschen sonderbar vorgekommen sein, und sie werden, als sie die Würkungen der deutschen Musik unter Varus erfahren hatten, ihren Regiments- und Compagnie-Feldschers über Hermanns Hofkapelle und über die wilde Chromatik seiner Hoboisten sicherlich allerhand spöttische Anmerkungen gemacht haben.

In den folgenden Jahrhunderten nach Christi Geburt muß die Musik, auch als Tonkunst, verfallen sein. Man spricht um die Zeiten von Wiederherstellern und Verbesserern der Musik und führt zum Beweis Dinge an, die ehedem jedem Pfuscher bekannt waren, ohne ihm Verdienst zu geben. Es ist sehr wahrscheinlich, daß in den unruhigen Zeiten die Musik, wie die Gelehrsamkeit, in die Klöster geflüchtet sei, wo sie auch itzo noch vielleicht die besten Dienste tut, wenn sie da einen unzufriedenen traurigen Mönch, der lange mit seinem Gram heimlich kämpfte und auf dem Wege war, seinen Vater und den Tag seiner Geburt zu verfluchen, wenn sie den besänftigen, und seine Seele zu dem großen Entschluß: sich selbst zu überwinden, emporstreben hilft, oder wenn sie einer jungen Nonne, die wider die Theorie von Verleugnung der Welt unüberwindliche Zweifel fühlt, über eine Neigung, die in einem Nonnenkloster von Rechts wegen nicht befriedigt werden kann, den Sieg erleichtert.

Beim Gottesdienst in Rom versuchte die Musik von Zeit zu Zeit naseweis und mutwillig zu werden, daß auch verschiedene Päpste sich gemüßigt fanden, ihrem Mutwillen in Triolen und Trillern etc. Schranken zu setzen. Papst Marcellus II. wollte sie aus der Ursache gar vom Altar verbannen, aber Palestrina versöhnte ihn noch durch eine Messe wieder, die ohne allen Mutwillen langsam und andächtig einhergeht, ihr Auge unbeweglich gen Himmel richtet, und in jedem Schritt das Herz trifft.

Heutzutage empfehlen sich besonders die deutsche und italienische Musik durch hervorragende Eigenschaften. In beiden haben wir treffliche Meisterstücke, und große Meister, die den Ruhm verdienen, daß sie durch ihre Harmonie und Melodie den Vogel auf der Spitze des Szepters in der hohen Hand Jupiters einschläfern können. Wem es aber von den Göttern aufbehalten ist, die Musik in Einfalt und Kraft wieder einzuführen, der bedarf eines solchen Ruhmes nicht; ihn wird Apollo seinen Freund nennen, und sein unerkanntes Verdienst durch zwei lange Gliedmaßen unter Midas' Locken rechtfertigen.

☛ **Oden.** Hamburg, bei J.J.C. Bode.

Nein, Verse sind das nicht; Verse müssen sich reimen, das hat uns Herr Ahrens in der Schule gesagt. Er stellte mich vor sich hin, als er's uns sagte, und zupfte mich an 'n Ohren und sprach: »Hier 'n Ohr, und hier 'n Ohr, das reimt sich; und Verse müssen sich auch reimen.« Ich kann auch wohl zweihundert Vers' in einer Stund lesen, und 's ficht mich sehr oft nicht mehr an, als wenn ich durch Wasser wate, auch spielen ein'm die Reime wie Wellen an 'n Hüften; hier aber kann ich nicht aus der Stell, und 's ist mir, als ob sich immer Gestalten vor mir in 'n Weg stellten, die ich ehedem im Traum gesehn habe. Zwar ist's gedruckt, wie Verse, und 's ist viel Klang und Wohllaut drin, aber 's können doch keine Verse sein. Ich will 'nmal meinen Vetter fragen. –

's sind doch Verse, sagt mein Vetter, und fast 'n jeder Vers ist ein kühnes Roß mit freiem Nacken, das den warmgründigen Leser von fern reucht und zur Begeistrung wiehert. Ich hatte von Herr Ahrens gehört, Verse wären so 'n brausendes Schaumwesen, das sich reimen müßte; aber, Herr Ahrens, Herr Ahrens! da hat Er mir was weisgemacht. Mein Vetter sagt, 's muß gar nicht schäumen, 's muß klar sein, wie 'n Tautropfen, und durchdringend, wie 'n Seufzer der Liebe, zumal in dieser

Tautropfenklarheit und in dem warmen Odem des Affekts das ganze Verdienst der heutigen Dichtkunst bestehe. Er nahm mir 's Buch aus der Hand und las S. 41 aus dem Stück, **der Erbarmer**:

– O Worte des ewigen Lebens!
  So redet Jehova:

Kann die Mutter vergessen ihres Säuglings,
  Daß sie sich nicht über den Sohn ihres Leibes erbarme?
Vergäße sie sein;
  Ich will dein nicht vergessen!

Preis, Anbetung, und Freudentränen und ewiger Dank,
  Für die Unsterblichkeit!
Heißer inniger herzlicher Dank,
  Für die Unsterblichkeit!

Halleluja in dem Heiligtume!
  Und jenseits des Vorhangs
In dem Allerheiligsten Halleluja!
  Denn so hat Jehova geredet!

»Schäumt das, Vetter? und wie wird Euch dabei?« – Wie mir wird? 's rührt sich auch ein **Halleluja** in mir, aber ich darf's nicht aussprechen, weil ich nur so 'n gemeiner schlechter Kerl bin; ich möchte die Sterne vom Himmel reißen und sie zu 'n Füßen des Erbarmers hinstreuen und in die Erd sinken. So wird mir! »Bravo! Vetter. Das sind eben Verse, die Euch so das Sternreißen eingeben. Lest 's Buch ganz, 's wird Euch schmecken, und übrigens schämt Euch des **Halleluja** nicht, das sich in Euch rührt. Was gemein? bei Oden gilt kein Ansehn der Person; du oder ein König, einer wie der andre! Und, Vetter, der schönste

Seraph in der feierlichen schrecklichen Pracht seiner sechs Flügel ist nur ein gemeiner schlechter Kerl, wenn er vor Gott steht! Aber, wie gesagt, lest 's Buch ganz.« Hab's getan, und will erzählen, wie's mir gangen ist. Wenn man 'n Stück zum erstenmal liest, kömmt man aus dem hellen Tag in eine dämmernde Kammer voll Schildereien; anfangs kann man wenig oder nichts sehen, wenn man aber drin weilt, fangen die Schildereien nach und nach an, sichtbar zu werden und affizieren einen recht, und denn macht man die Kammer zu und beschließt sich darin, und geht auf und ab und erquickt sich an den Schildereien und den Rosenwolken und schönen Regenbogen und leichten Grazien mit sanfter Rührung im Gesicht u.s.w. Hie und da bin ich auch auf Stellen gestoßen, bei denen 's mir ganz schwindlicht worden ist, und 's ist mir gewesen, als wenn 'n Adler nach 'm Himmel fliegen will, und nun so hoch aufsteigt, daß man nur noch Bewegung sieht, nicht aber, ob der Adler sie mach', oder ob's nur 'n Spiel der Luft sei. Da pfleg ich denn 's Buch hinzulegen, und mit Onkle Toby 'n Pfiff zu tun.

Auch über die Wortfügung in diesen Oden hab ich oft meine eigne Gedanken, und übers Metrum, und ich wollte drauf wetten, daß besondre Kniffe drin stecken, wer sie nur recht verstünde. 's Metrum ist nicht in allen Oden einerlei; ja nicht; in einigen ist's wie 'n Sturm, der durch 'n großen Wald braust, in andern sanft wie der Mond wallt, und das scheint nicht von ohngefähr so gekommen zu sein. S. 204:

Die frühen Gräber

Willkommen, o silberner Mond,
  Schöner, stiller Gefährt der Nacht!
Du entfliehst? Eile nicht, bleib, Gedankenfreund!
  Sehet, er bleibt, das Gewölk wallte nur hin.

Des Maies Erwachen ist nur
  Schöner noch, wie die Sommernacht,
Wenn ihm Tau, hell wie Licht, aus der Locke träuft,
  Und zu dem Hügel herauf rötlich er kömmt.

Ihr Edleren, ach es bewächst
  Eure Male schon ernstes Moos.
Oh, wie war glücklich ich, als ich noch mit euch
  Sahe sich röten den Tag, schimmern die Nacht.

Das wollt ich wohl gemacht haben, oder auch bei den andern, unter ein'm Mal mit ernstem Moos bewachsen, schlafen, und da so 'n Seufzer eines guten Jungen hören, den ich im Leben liebhatt. Mein bißgen Asche würde sich im Grab umkehren und mein Schatten durchs Moos zu dem guten Jungen heraufsteigen, ihm eine Patschhand geben, und 'n Weilchen im Mondschein an seinem Halse zappeln.

Und die Rubra über die Stücke! ja die sind immer so kurz und wohl gegeben, und 'n gut Rubrum über 'n Stück ist wie 'n Mensch, der 'n gut Gesicht hat. Auch die Dedikation ist brav, »an Bernstorf« und nichts mehr. Wozu auch so 'n langes Geleire von Mecenas und Gnad und gnädig? 's schmeckt dem großen Mann nicht, und dem kleinen verdirbt's den Magen.

Überhaupt ist mir aus diesem Buch recht 'n Licht über Herr Ahrens und übers Versemachen aufgangen. Ich stelle mir den Dichter vor, als 'n schönen weichherzigen Jüngling, der zu gewissen Stunden plethorisch wird so desperat als wenn unsereinen der Nachtmoor reitet, und denn tritt 'n Fieber ein, das den schönen weichherzigen Jüngling heiß und krank macht, bis sich die Materia peccans in eine Ode, Elegie oder des etwas sezerniert; und wer ihm zu nah kommt, wird angesteckt.

Braga steigt herab durchs Laub der Eiche, zu schwängern die Seele des vaterländischen Dichters, daß sie zu seiner Zeit ans Licht bringe eine reife kräftige Frucht; wer aber leichtfertig ist und mit 'n Ausländern buhlt, der legt Windeier, und wird oft 'n Spiel der Franzosen.

Der Verfasser der Oden soll Klopstock heißen, möcht 'n doch wohl 'nmal sehen.

*

Aus dem Englischen

Es legte Adam sich im Paradiese schlafen;
Da ward aus ihm das Weib geschaffen.
Du armer Vater Adam, du!
Dein erster Schlaf war deine letzte Ruh.

Fuchs und Bär

Kam einst ein Fuchs vom Dorfe her,
Früh in der Morgenstunde,
Und trug ein Huhn im Munde;
Und es begegnet' ihm ein Bär.
»Ah! guten Morgen, gnäd'ger Herr!
Ich bringe hier ein Huhn für Sie;
Ihr Gnaden promenieren ziemlich früh,
Wo geht die Reise hin?«
»Was heißest du mich gnädig, Vieh!
Wer sagt dir, daß ich's bin?«
»Sah Dero Zahn, wenn ich es sagen darf,
Und Dero Zahn ist lang und scharf.«

☛ Bekehrungsgeschichte des – – – – – – –

Der Mensch ist freilich mehr als Tier, aber er ist auch Tier und hat tierische Zufälle. Das heißt, er hängt mehr oder weniger von seinem jedesmaligen Zustand ab, und an den sinnlichen Eindrücken, die ihm gegenwärtig sind, und urteilt also, wenn der Zustand verändert wird und er andre Eindrücke erhält, von den vorigen anders, als er zuvor, wegen der Nähe, der Gewohnheit, und dem Tumult seiner Sinne und Leidenschaften urteilen konnte; oder: seine Denkart kann von einem Punkt der Peripherie zu dem entgegengesetzten übergehen und wieder zurück zu dem vorigen Punkt, wenn die Umstände ihm den Bogen dahin vorzeichnen. Und diese Veränderungen sind nicht eben etwas Großes und Interessantes beim Menschen; aber jene merkwürdige katholische transzendentale Veränderung, wo der ganze Zirkel unwiederbringlich zerrissen wird und alle Gesetze der Psychologie eitel und leer werden, wo der Rock von Fellen ausgezogen wenigstens umgewandt wird und es dem Menschen wie Schuppen von den Augen fällt, ist so etwas, daß ein jeder, der sich des Odems in seiner Nase einigermaßen bewußt ist, Vater und Mutter verläßt, wenn er darüber etwas Sichres hören und erfahren kann.

Fast alle Systeme, die Menschen sich von **Gut** und **Böse** machen, sind Ephemera, Kinder des gegenwärtigen Zustandes, mit dem sie auch wieder dahinsterben; und der Fall ist äußerst selten, daß einer dem System, das er sich gemacht hat, unter entgegengesetzten Umständen treu bleibe. Man kann daher allemal sicher zehn gegen eins wetten, daß ein Delinquent, der auf den Tod sitzt, im Gefängnis andre Gesinnungen über **Gut** und **Böse** äußern werde, als er geäußert hat, eh er hineinkam und als er noch in offnem Meer schiffte; und es wäre also ein mißliches Ding mit den Bekehrungsgeschichten, und ein recht gutes, daß die Religion zum Beweis ihrer Wahrheit der Delinquenten und ihrer Geschichten allenfalls entbehren kann. Überhaupt ist nicht zu begreifen, wozu man sich mit den Freigeistern und Zweiflern so weitläuftig in Demonstrations abgibt, und von ihrer Freigeisterei und Zweifelssucht so viel Aufhebens macht. Christus sagt ganz kurz: »Wer mein Wort hält, der wird innewerden, ob meine Lehre von Gott sei.« Wer diesen Versuch nicht machen kann oder nicht machen will, der sollte eigentlich, wenn er ein vernünftiger und billiger Mann wäre oder nur heißen wollte, kein Wort weder wider noch für das Christentum sagen; und ist er doch so schwach und eitel, daß er, wie Voltaire und Hume etc. sein bißchen Galanterieware zu Markt bringen muß, da könnte man ihn ungestört machen lassen und sich nach ihm nicht umsehen.

Kuckuck am Johannistage an seine Kollegen

Man rächt sich an dem Undank gern;
Doch hab ich mich genug gerochen,
Und mich von mir ganz satt gesprochen.
Ich hör nun auf ihr Herrn!

Grabschrift auf den Windmüller Jackson

Hier liegt der Müller Jackson!
Er lebte vom Winde mit lieben Weib und Knaben;
Es leben auch sonst noch viele davon,
Die keine Mühle haben.

Ein Brief an den Mond
No. 1

Stille glänzende Freundin,

Ich habe Sie lange heimlich geliebt; als ich noch Knabe war pflegt ich schon in den Wald zu laufen und halbverstohlen hinter 'n Bäumen nach Ihnen umzublicken, wenn Sie mit bloßer Brust oder im Negligé einer zerrissenen Nachtwolke vorübergingen. Einst abends fragte ich, was

Sie immer so unruhig am Himmel wären, und warum Sie nicht bei uns blieben. »Sie hatte, ach!« hub meine Mutter an und setzte mich freundlich auf ihren Schoß, »sie hatte einen kleinen lieben Knaben, der hieß Endymion, den hat sie verloren und sucht ihn nun allenthalben und kann den Knaben nicht wiederfinden« – und mir trat eine Träne ins Auge. O, Madam! mir ist seitdem oft eine ins Auge getreten. –

Sie scheinen ein weiches schwermütiges Herz zu haben. Der Himmel über Ihnen ist Tag und Nacht voll Jubel und Freudengeschrei, daß seine Schwellen davon erbeben, aber ich habe Sie nie in der fröhlichen Gesellschaft des Himmels gesehn. Sie gehen immer, allein und traurig, um unsre Erde herum, wie ein Mädchen um das Begräbnis ihres Geliebten, als wenn das Rauschen von erstickten Seufzern des Elendes, und der Laut vom Händeringen und das Geräusch der Verwesung Ihnen süßer wären als der Päan des **Orions** und das hohe Allegro von der Harfe des **Siebengestirns**. Sanftes sympathetisches Mädchen! Erlauben Sie, daß ich meinen Gramschleier einen Augenblick vom Gesicht tue, Ihre Hand zu küssen; erlauben Sie, daß ich Sie zur Vertrauten meiner wehmütigen Kummerempfindung und melancholischen Schwärmereien mache und in Ihren keuschen Schoß weine. Und Jupiter breite ein dünnes Rosengewölk über die Szene! der Leser aber denke sich dies Gemälde, von etlichen Liebesgöttern gehalten, als ein Cul de Lampe unter dem Vorbericht dieses sonderbaren Briefwechsels.

Ich wüßte nicht warum?

Den griechischen Gesang nachahmen?
Was er auch immer mir gefällt,
Nachahmen nicht. Die Griechen kamen
Auch nur mit Einer Nase zur Welt.
Was kümmert mich ihre Kultur?
Ich lasse sie halter dabei,
Und trotze auf Mutter Natur;
Ihr roher abgebrochner Schrei
Trifft tiefer als die feinste Melodei,
Und fehlt nie seinen Mann;
Videatur Vetter Ossian.

Brief von Pythagoras an Fürst Hiero von Syrakusa

NB. Dieser Brief ist vor c. zweitausend Jahren geschrieben. Kenner der feinen und großen Welt werden bald merken, woran es dem Verfasser des Briefes gefehlt hat, und daß ein Philosoph unsers Jahrhunderts ganz anders würde geschrieben haben. Pythagoras aber schrieb wie folget, an Sr. Hoheit, den Fürst Hiero von Syrakusa, der ihn zu sich eingeladen hatte:

»Sire,

Ich führe ein sehr einförmiges und ruhiges Leben; das Leben, das Du führst, ist weder das eine noch das andre. Ein mäßiger und frugaler Mann kann der sizilian'schen Leckerbissen entbehren. Wohin Pythagoras auch komme, findet er genug zur Leibesnahrung und Notdurft, und der Überfluß eines **Dynasten** ist lästig und unbequem für jemand, der sich auf so etwas nicht versteht. Die Gnügsamkeit ist ein groß Ding und steht fest; sie hat keine Neider und Verfolger, und deswegen scheint sie uns auch den Göttern am ähnlichsten zu machen. Dazu erwirbt man sich gesunde Konstitution nicht durch Liebepflegen, noch durch viel Essen und Trinken, wohl aber durch Mangel, der die Menschen zur Tugend treibt. Die mancherlei und ausschweifenden Wollüste aber treiben die Seele schwacher Menschen wie an Stricken, am allermeisten die Art Wollüste, denen **Ew. Mt.** ergeben ist. Und, weil Du freiwillig ihr Knecht sein willst, ist Dir nicht zu helfen, denn Vernunft gilt bei Dir nicht viel mehr als gar nichts. Lade also den Pythagoras nicht ein, mit Dir zu leben. Der Arzt legt sich nicht gerne zum Kranken ins Krankenbette.«

Ein Fragment, das nach der Stoa schmeckt

– – quod petis heic est,
Est Ulubris, ANIMUS si te non deficit AEQUUS.

Ich sah einst einen Knaben zart
Bei einer Seifenblase stehen;
Er lächelte nach Knabenart
Und konnte sich nicht satt dran sehen,
Und freute sich der lieblichen Gestalt,
Und ihrer wunderschönen Farben,
Die Grün in Rot und Rot in Gelb erstarben,
Und hüpfte fröhlich auf – doch bald
Zersprang vor ihm die Wunderblase,
Und eine bittre Trän lief über seine Nase.

*

Der Himmel weit und breit ist ewig jung und schön,
Jenseit des Monds ist alles unvergänglich;
Die Siebenstern' und ihre Brüder stehn
Jahrtausende schon, überschwenglich
In ihrer Herrlichkeit! und trotzen Tod und Sterben,
Und sagen Hui zum Verderben.
Hier unterm Mond Natur ist anders gar,
Ein brütend Saatfeld für den Tag der Garben;
Da wanket alles immerdar,
Und wandelt sich, und spielt mit Farben,
Mit Wasserblasen wunderbar.
Die armen Menschen traun – –
Und raufen sich das Haar.
– – – –

*

Es ist ein Ding in dieses Beintals Nacht,
Das groß und herrlich ist und schöner als die Sterne,
Das bittern Mangel reich, zu Überfluß und Pracht,
Und Dörflein Ulubris zum Garten Gottes macht.
Ich nennte dir das Ding zwar gerne,
Doch hilft's nicht, daß man davon s p r i c h t.
So rate denn: es fehlte jenem Knaben;
Ist unsichtbar, den Junkern ein Gedicht;
Der Mann im Kittel kann es haben,
Und mancher Ritter hat es nicht.

Eine Disputation zwischen dem Herrn W– und X– und einem Fremden über Hrn. Pastor Alberti »Anleitung zum Gespräch über die Religion« und über Hrn. Pastor Goeze »Text am 5. Sonntage nach Epiphanias«, unter Vorsitz des Hrn. Lars Hochedeln. Dem hochlöblichen Collegio der Herren Sechsziger zugeeignet. Mit einem saubern Kupfer. 1772, im Hornung.

Meine Herren,

Diese Schrift ist, wie Sie sehen, sehr zum Lachen eingerichtet. Wenn sie aber vielleicht noch sonst ein und andre gute Würkung haben sollte, so war es nicht wider die Absicht ihres Verfassers. Es gibt einige Schriftsteller, die, bei der freien Miene die sie annehmen, beßre Gesinnungen haben, als man ihnen zutrauen sollte. Der Verfasser verbittet sich, daß man seine Schrift nicht zu den elenden Spöttereien rechne, dergleichen ihm einige, diesen Zank betreffend, zu Gesicht gekommen sind. Übrigens bewirbt er sich in dieser Zueignungsschrift weder um Beifall noch um Schutz, er wollte bloß bei dieser Gelegenheit eine Probe von der Achtung geben, die er unbekannterweise für ein hochlöbliches Kollegium der Herren Sechsziger hat.

Der Verfasser.

W. – Und das werden sie Ihnen alle sagen. Fragen Sie nur unparteiische Leute.

X. Ei was? Es gibt keine unparteiische Leute, hämische gibt's wohl.

W. Hämisch, sagen Sie? bedenken Sie, das Buch ist zum Unterricht der christlichen Jugend geschrieben und hat solche wesentliche Mängel und offenbare Verfälschungen. Ein gewissenhafter Lehrer der Rechtgläubigkeit mußte dagegen aufstehen.

Raph. inv.
Rembr. Sc.
Der Präsident LARS

Der Präses. Ja wohl! mußte dagegen aufstehen, und das wesen man stumme Hunde, die dazu schweigen täten. Sutorem si furca expellas, tamen absque recori.

X. Es ist eine Schande, seinen Kollegen vor der Gemeine verhaßt und stinkend machen wollen, aber was soll man sagen, hat –

Der Präses. Ja wohl! es ist eine Schande, aber freilich, was soll man sagen?

W. Daß dem Buch recht geschehen, und daß es noch Männer gibt, die Mut genug haben, sich gefährlichen Irrtümern entgegen zu stellen und wenn es auch mit ihrem eignen Schaden geschehen sollte, das sollen Sie sagen.

X. Und ich sage Ihnen, daß der Text ein Schandfleck in der lutherischen Klerisei, und daß der Mann, der ihn gemacht hat, ein feindseliger Mann sei, der seinen Kollegen neidet, und ihm Unglück zubereiten wollte, das sage ich Ihnen, und sagen Sie wem Sie wollen, daß ich's gesagt habe, und daß –

W. Und ich sage Ihnen, daß das Buch ein gefährliches, verdammliches Buch sei, und sein Verfasser ein Ketzer und Antichrist –

Der Präses. Heda, Gewalt ... quod si – illabatur – olcum – un Pavian – ferient – Ruinae – Oh Er da, Buten-Minsch, mellier Er sich doch ein bißgen mit hinein, daß Er die Leute auseinanderbringe. Er wird ja doch so heel dumm nicht sein, daß Er nicht ein bißgen mit hermachen kann, ich will Ihm denn schon forthelfen, wann Er stekkenbleibt.

Der Fremde. Ich weiß nicht, wovon die Herren reden.

Der Präses. Wovon? das wird Er ja wohl gehört haben. Herr W. sagen Sie dem fremden Herrn doch, wovon wir reden.

W. Die Rede ist hier von des Herrn Pastor Alberti

»Anleitung zum Gespräch über die Religion«, und da behaupte ich gegen Herrn X., daß das Buch ein gefährliches Buch sei, und darüber disputieren wir.

Der Präses. Und ich bin Präsident dabei, sieht Er, der nu so das Regiment beim Streit führt, und vörn Riß treten muß, wenn einer der Wahrheit zu neg kommt. Sieht Er davon reden wir, und das Buch ist ein gefährliches Buch.

Der Fremde. Haben Sie das Buch gelesen, Herr Präsident?

Der Präses. Nein, gelesen heb ich's nicht, aber darüm kann ich doch wohl weissen, daß es ein gefährliches Buch sei.

Der Fremde. Sie, meine Herren, haben das Buch ohne Zweifel gelesen?

X. Aber ich wollte, daß ich's nicht gelesen hätte.

W. Freilich ist nicht viel Freude dabei, dergleichen zu lesen; sonst wüßt ich auch nicht, warum Sie's nicht wollten gelesen haben.

X. Mir den Verdruß und den Unwillen über den Mutwillen und das Unrecht der Verleumdung zu ersparen; darum, und weil ich mich ärgre, gegen Sie ein Wort darüber verloren zu haben.

Der Fremde. Sie sprechen mit der Wärme eines Freundes, Herr X., und verdienen in dem Betracht Achtung, gesetzt auch, Sie ließen sich diese Wärme zuweilen ein wenig über die Grenze der Disputation leiten. Ich möchte Sie gerne sanfter sehen. Man muß die Menschen mit Sanftmut und Geduld tragen, wenn es anders nicht Kurzweil, sondern Ernst ist, daß man das Ihre und nicht das Seine sucht.

X. Herr, Sie sollten auch dies Geschlecht kennen – auf der Stirne die Ehre Gottes, und unterm Mantel den Dolch –

W. Und was würde er denn, wenn er das Geschlecht nun kennte? Lügen würde er Sie strafen, und Sie verachten wie ich Sie verachte, daß Sie sich solcher frechen unverschämten Eingriffe in unsre allerheiligste Religion wider die Wächter Zions auch nur mit einem Wort annehmen mögen, er würde –

Der Fremde. Brechen Sie ab, meine Herren, die Art zu streiten schafft nichts Gutes. Sie sind vermutlich beide zu gute Leute, als daß Sie sich sollten erbittern wollen.

Die Wahrheit ist die Tochter des friedlichen Himmels, sie flieht vorm Geräusch der Leidenschaften und vor Zank. Wer sie aber von ganzem Herzen liebhat, und sich selbst verleugnen kann, bei dem kehrt sie ein, den übereilt sie des Nachts im Schlaf und macht sein Gebein und sein Angesicht fröhlich. Es scheint als wenn die Wahrheit Ihnen beiden am Herzen läge, mir liegt sie auch am Herzen. Lassen Sie uns den alten zanksüchtigen Adam wegtun, ob wir sie finden möchten.

Der Präses. Mir ligt sie auck am Herzen, und ich will sie mit söcken helfen. Aber in Albertis Buch finden wir sie nicht. Da ist nix als die klare Ketzerei darin zu finden.

Der Fremde. Ein Schriftsteller ist zuweilen nachlässig im Ausdruck; oft macht die verschiedene Art sich eine Sache vorzustellen, daß einer den andern nicht recht versteht, manchmal will auch einer den andern nicht verstehen.

Der Präses. Was wöll Er damit sagen?

Der Fremde. Ich will soviel sagen, daß man in einem jeden Buch Ketzereien finden kann, wenn man sie darin suchen wollte.

Der Präses. Nu, so find Er mir mal eine Ketzerei in dem Text am 5. Sonntage nach Ephiphonias. Er nimmt sich viel heraus, Buten-Minsch.

Der Fremde. Was ich sage, das sage ich nicht wider Sie allein, Hr. Präsident, ich sage es auch wider mich und wider uns alle. Glauben Sie aber nicht, ich rede unbedachtsam, daß man in jedem Buch eine Ketzerei finden könne. Sie mögen mir auch noch sagen, welche Ketzerei ich in dem Text finden soll.

Der Präses. Herr W.! Was gibt's denn für Ketzer?

W. Es gibt deren leider genug. Sozinianer, Valentinianer, Manichäer.

Der Präses. Ganz recht, Manuchäer! Nu so find Er mir mal die Manuchäer Ketzerei darin.

Der Fremde. Sie wissen doch was die Manichäer behauptet haben?

Der Präses. Freilich, wie sollt ich das nicht weissen?

Der Fremde. Sie haben nämlich behauptet, daß zwei Principia oder Grundwesen wären, ein böses und ein gutes. Eigentlich hat Manes diese Lehre nicht erfunden, sondern aus der Tiefe der Persischen Philosophie geschöpft.

Der Präses. Was woll er erfunden haben? der Prinz Heraclius hat sie lang vör ihm gehabt, und Tubal Cain auch.

Der Fremde. Nun steht im Text, daß es ohne die Lehre vom Satan und seinen Würkungen schlechterdings unmöglich sei, den Ursprung des Sünden-Übels zu erklären. Nach der christlichen Lehre hat Gott den Satan als einen guten Engel erschaffen, der Satan hat aber gesündigt und ist gefallen. Wenn nun das Sünden-Übel ohne die Lehre vom Satan unmöglich erklärt werden kann, so bedürfen wir eines neuen Satans, den Fall des itzigen zu erklären, und so fort immer eines neuen Satans; und muß also wer dies behauptet zuletzt ein böses Grundwesen annehmen. Das ist aber die Lehre der Manichäer.

Der Präses. Dat ist wahr, wahrhaftig. Herr W. wat sagen Sie darzu. Der Text ist bei meiner armen Seel ein Manuchäer.

Der Fremde. Verstehen Sie mich nicht unrecht. Der Herr Pastor Goeze hat in der gelehrten Welt den Ruhm eines orthodoxen Theologen, und er ist gewiß kein Manichäer. Ich wollte Ihnen nur zeigen, daß es leicht sei, selbst in den Schriften eines Priesters der so gewissenhaft auf sein System hält und aller Ketzerei so feind ist, etwas zu finden, das man übel auslegen könnte, wenn man das will. Ich sage Ihnen aber in allem Ernst, daß ich das nicht will, und Sie wollen es gewiß auch nicht. – – Und nun Herr W., sagen Sie doch, warum Sie die Anleitung zum Gespräch über die Religion so gefährlich halten?

W. Es sind darin wichtige Lehren ausgelassen.

Der Fremde. Und was sind denn das für Lehren?

W. Die Lehre vom Satan und seinen Würkungen.

Der Präses. Ja, dat ist's man eben, die Lehre vom Satan. Sieht Er, den schwarzen Diobolus, den glaubt Alberti nicht.

Der Fremde. Dies schließen Sie nun schon, Herr Präsident. Herr W. sagt doch nur, daß die Lehre ausgelassen sei.

Der Präses. Ei, das ist ein Duhn. Wenn er den Diobolus glaubte, so würde er wohl von ihm Meldung tun. Aber he will uns darum bringen, sieht Er, und wir wöllen uns den Diobolus nicht nehmen lassen. O Zion pluvinar Dioboli.

Der Fremde. Ich weiß nicht, was der Verfasser glaubt. Er kann aber Ursachen gehabt haben, diese Lehre wegzulassen.

Der Präses. Ja, dat kann he freilich, aber seg Er doch einige, daß ich höre ob Er auf'm rechten Loch pfeift.

Der Fremde. Ich will Ihnen nur eine anführen. Sie wissen, daß es besser ist jemand mit Guten zu ziehen als mit Bösen.

Der Präses. Das versteit sich, viel besser. Bono vino non opus est suspenso hirco, so weit hat Er noch groß Recht.

Der Fremde. Das Buch ist dem Titel zufolge besonders zur Unterweisung der Jugend geschrieben. Wenn nun der Verfasser die jungen Herzen der Kinder durch Vorstellung der Liebe Gottes und seiner Wohltaten zu einer innigen Gegenliebe und kindlichen Furcht für Gott hätte vorbereiten und gewöhnen wollen, wenn er die Strafgeräte draußen gelassen hätte, um gar nicht einmal die Idee einer knechtischen Furcht in ihre Herzen kommen zu lassen?

Der Präses. Da hätt he heel Recht, aber der Diobolus gehört doch mit zur Religion, und also hätt er auch im Gespräch darüber vorkommen müssen.

Der Fremde. In einem ausführlichen, ja! Wenn aber der Verfasser kein ausführliches Gespräch hätte liefern wollen?

Der Präses. So hätt he das sagen müssen. Ja, wenn he das gesagt hätte da wär's ein ganz anders; da würd er mich auch anders sprechen hören, qui bovem bis ungit bovem docet.

Der Fremde. Wo ich mich recht besinne, sagt der Verfasser das in der Vorrede.

W. Ja, es steht Seite 44 und 45, nahe vor dem überflüssigen Ausfall –

Der Fremde. Haben Sie noch sonst etwas wider das Buch, Herr W.?

W. Daß der Verfasser die Sprache der Theologen nicht spricht, in der doch so viele große und verdiente Männer gesprochen haben und noch sprechen.

X. Und sollen denn etwa die Kinder Disputier-Geister werden? Die Theologen machten sich ihre Systeme, den Feinden der Religion, die Systeme hatten, desto besser zu begegnen.

Der Fremde. Aber der Geist der Religion wohnt nicht in den Schalen der Dogmatik, hat sein Wesen nicht in den Kindern des Unglaubens, noch in den ungeratenen Söhnen und übertünchten Gräbern des Glaubens, läßt sich wenig durch üppige glänzende Vernunftsprünge erzwingen, noch durch steife Orthodoxie und Mönchswesen. Und, für Kinder, deren Herz durch die Religion gebessert werden soll, ist freilich der simpelste und kräftigste Ausdruck der beste. Wenn ich bei der Quelle stehe, warum soll ich nicht aus der Quelle trinken; so bin ich doch sicher vor dem Unrat am Eimer. Es ist Ehre für einen Mann und für ein Volk, wenn es strenge und eifrig für seine Religion ist, aber es ist doch auch Billigkeit, zu untersuchen ehe man eifert.

Der Präses. Ich legge meine Presidentschaft nieder; Buten-Minsch, will Er President werden?

Der Fremde. Nicht doch, Herr Lars, Sie müssen Präsident bleiben.

X. Und wenn er noch auf sein Buch trotzte! so nennt er's aber selbst unvollkommen, und bittet um Belehrung und um guten Rat.

W. Der ist ihm ja auch geworden.

X. Das mögen Sie noch guten Rat nennen, da es offenbar keinen andern Zweck haben konnte als – aber was stehen Sie denn, und sehen so starr?

Der Fremde. Ich denke daran, wenn wir nun in jener Welt sind, neben den schönen Jünglingen des Himmels, und da nun alle Eines Sinnes und Freunde sind: wie das so gut sein wird, und wie es uns dann leid tun werde, daß wir hier so viel gezankt, und vielleicht jemand Unrecht getan haben – ich dächte Sie gäben sich die Hände. Nicht wahr, Herr Präsident, wenn sich zwei Menschen versöhnen, ist wie eine schöne große Narbe fürs Vaterland? Aber viele sind ihrer Schöne kaum wert.

Der Präsident. Wahr und wahrhaftig, der Buten-Minsch hat in vielen Stücken heel groß Recht, ich will das Buch selbst lesen, und wollen uns vertragen.

Das unschuldige Mädchen

Meine Mutter sagt mir:
»Deine Lippen gab dir
Zum Sprechen, Tochter, die Natur,
Und zum Sprechen brauch sie nur.«
  Warum sind sie so rot?
O, ich konnte ja auch mit weißen Lippen sprechen,
  Und warum gebot
Meine Mutter: **nur** zum Sprechen?
Wer zeigt mir armen Mädchen an,
Was mein Mund mehr als sprechen kann?

Vergleichung

Voltaire und Shakespeare: der eine
  Ist was der andre scheint.
Meister Arouet sagt: »Ich weine«;
  Und Shakespeare weint.

Von Schwedenborg, nach Anleitung einer zu seinem Andenken von dem Bergrat und Ritter Sandel in einer Versammlung der Königl. Schwedischen Akademie der Wissenschaften zu Stockholm abgelesenen Rede.

Herr Schwedenborg ist vielen Lesern nur aus seinen letzten Lebensjahren und aus seinen letzten Schriften bekannt. Vermutlich hat eben dies viel dazu beigetragen, daß man mit einem Urteil über diesen Schriftsteller und Menschen so bald fertig ist, und man würde, wenn man mit seinem Leben und mit seinen Schriften die vorhergingen bekannt gewesen wäre, allem Ansehn nach ihn, als er aus dem gewöhnlichen Gleise heraustrat, mit mehr neugierigen und minder flüchtigen Blicken verfolgt haben. Wenigstens sollte man glauben, daß ein Herr Polyhistor oder sein Herr Auditor ihren Machtspruch bis weiter würden zurückgehalten haben und auf die Vermutung eines etwanigen Mißverständnisses geraten sein, wenn sie gewußt hätten, daß Schwedenborg die ganze Gelehrsamkeit des Herrn Polyhistors und des Herrn Auditors an den Kinderschuhen zerrissen hatte.

Also Herr Schwedenborg oder vielmehr Schwedbergsen, den Namen Schwedenborg erhielt er allererst im Jahr 1719 als er geadelt ward, ist geboren in Stockholm den 29. Januar 1688. Er war der zweite Sohn des D. Jaspar Schwedberg Bischofs von Scara, und hatte von Jugend auf gute Gelegenheit mit alledem bekannt zu werden, was man Gelehrsamkeit und Wissenschaften nennt. Er las in seiner Jugend die lateinischen Dichter gern, und machte selbst einige Versuche die mit Beifall aufgenommen wurden. Als er in Upsal einige Jahre studiert und sich den Ruhm eines Mannes von Fleiß und Genie erworben hatte, ging er außer Landes, nach Deutschland, Frankreich und Holland, zu sehen ob er da etwas Neues für seine Wißbegierde fände. Die Abteilung der Gelehrten in Theologen, Philosophen etc. wollte ihm nicht in den Kopf, und er glaubte, daß alle Wissenschaften für Einen Menschen und Ein Mensch für alle Wissenschaften sei. Indes war sein Lieblings-Studium, außer der Theologie und der Philosophie, die Physik, Chymie, und die mathematischen Wissenschaften. Durch seine Einsicht in die letztern war er in die Bekanntschaft des berühmten Kommerzrat Pelhem gekommen, und König Karl XII. machte ihn in seinem 28. Jahr zum Assessor, mit dem Beding, daß er diesen großen Mathematikus und Mechanikus bei allen seinen Unternehmungen begleite, und beständig um ihn sei. Wie wenig oder wie viel Schwedenborg in der Mechanik konnte, erhellet unter andern aus einem kleinen Maneuvre, nach welchem er im Jahr 1718 zur Belagerung von Friedrichshall, 2 Galeeren, 5 große Fahrzeuge und 1 Schaluppe anderthalb schwedische Meilen, von Strömstadt nach Ilda-Fial, mit Rollen über Berg und Tal fortschaffte. Im Jahr 1716 fing er an Schriftsteller zu werden, und gab nacheinander heraus: seinen Daedalus hyperboreus, einen Versuch zur Einrichtung der bequemsten Münze und Maße, eine Abhandlung von der Algebra, vom Gange und Stande der Erde und der Planeten, von der Höhe des Wassers und der Abnahme der Ebbe etc. und sonderlich 7 Abhandlungen vom Bergwerkswesen. Die Abhandlungen vom Bergwerkswesen schrieb er auf einer Reise, die er, nachdem er sich in dem Bergbau seines Vaterlandes umgesehen und unterrichtet hatte, nach dem Harz und den Bergwerken in Sachsen und Österreich vornahm, um auch das zu wissen was in andern Ländern in diesem Fach gang und gäbe sei; und darauf gab er 1743 seine großen Opera Philosophica und Mineralia heraus. Aus allen diesen Schriften leuchtet hervor, daß ihr Verfasser nicht zum Nachsprechen gemacht sondern ein Mann war, der selbst denkt und in jedem Fach, dahin er kommt, wie in seinem Eigentum und zu Hause ist. Sie machten ihn auch in und außerhalb Schweden sehr berühmt. Im Jahr 1724 ward ihm eine Professur der höhern Mathematik zu Upsal angeboten, die er aber ausschlug; in ebendem Jahr nahm ihn die Königl. Gelehrte Gesellschaft zu Upsal zu ihrem Mitglied auf, und 1734 die Petersburger zu ihrem Korrespondenten u.s.w.

Als nun Schwedenborg in den Wissenschaften des Jahrhunderts sich umgesehen hatte, und von einzelnen Kennern und ganzen Akademien mit Beifall beehrt worden war, fing er an – Geister zu sehen. Sein Lobredner sagt: er habe die sichtbare Welt und den Verhalt ihrer Teile, als einen Fingerzeig auf die unsichtbare angesehen, und, da er mit der sichtbaren Welt sehr bekannt war, auf die unsichtbare Welt anfangs Mutmaßungen gewagt und nach und nach ein ganzes System aufgeführt. Wenn dem so wäre, so läßt sich absehen, daß dieses System, gesetzt auch es sei wahr, den Leuten, die von der einen Welt wenig und von der andern gar nichts wissen oder wissen wollen, sehr sonderbar in die Augen fallen müsse, und daß es seinen Verfasser mehr als lächerlich machen konnte.

Nil Sacri es, sagte Herkules unwillig, als er irgendwo in einem Tempel eine Statue des Adonis antraf. Man findet in Schwedenborgs Leben und Charakter eine solche Statue des Adonis nicht, der zu Gefallen er, wie der gewöhnliche Lauf der Natur ist, andre und bequemere Meinungen gesucht hätte. Er ist von jeher ein sehr tugendhafter Mann gewesen, und konnte von der Schönheit und Majestät der sichtbaren Welt sehr tief gerührt werden.

Ob Schwedenborg würklich Geister oder sonst Neues gesehen, oder ob er ein Narr gewesen, bleibt freilich die Frage. Aber man kann doch nicht wohl umhin zu glauben, daß Geister sind, und Schwedenborg sagte ganz kalt und trocken in seinem Leben, und noch auf seinem Todbette in London, wo er den 24. Sept. 1771 starb, er könne sie sehen und habe sie gesehen.

Weil nun die Neue Welt doch schon vor Herrn Projektmacher Kolumbus ganz richtig und natürlich da war, ob man gleich in Europa kein Wort von ihr wußte, so könnte es auch vielleicht einen Weg zum Geistersehen geben, ob es gleich ein Geheimnis ist, wie die Brille dazu geschliffen werden muß. Und gesetzt auch einer schliffe und schiffte ganz ebenteurlich; nach der Meinung kluger Leute liegt viel Wahrheit im Verborgenen, vielleicht nahe bei uns, aber im Verborgenen, und so sollten uns alle Projekte eines guten Mannes, wenigstens als edles Ringen nach ihr, heilig sein.

(Den Beschluß in den Elisaischen Feldern.)

Ein Wiegenlied bei Mondschein zu singen

So schlafe nun du Kleine!
Was weinest du?
Sanft ist im Mondenscheine,
Und süß die Ruh.

Auch kommt der Schlaf geschwinder,
Und sonder Müh;
Der Mond freut sich der Kinder,
Und liebet sie.

Er liebt zwar auch die Knaben,
Doch Mädchen mehr,
Gießt freundlich schöne Gaben
Von oben her

Auf sie aus, wenn sie saugen,
Recht wunderbar;
Schenkt ihnen blaue Augen
Und blondes Haar.

Alt ist er wie ein Rabe,
Sieht manches Land;
Mein Vater hat als Knabe
Ihn schon gekannt.

Und bald nach ihren **Wochen**
Hat Mutter mal
Mit ihm von mir gesprochen:
Sie saß im Tal

In einer Abendstunde,
Den Busen bloß,
Ich lag mit offnem Munde
In ihrem Schoß,

Sie sah mich an, für Freude
Ein Tränchen lief,
Der Mond beschien uns beide,
Ich lag und schlief;

Da sprach sie! »Mond, o! scheine,
Ich hab sie lieb,
Schein Glück für meine Kleine!«
Ihr Auge blieb

Noch lang am Monde kleben,
  Und flehte mehr.
Der Mond fing an zu beben,
  Als hörte er.

Und denkt nun immer wieder
  An diesen Blick,
Und scheint von hoch hernieder
  Mir lauter Glück.

Er schien mir unterm Kranze
  Ins Brautgesicht,
Und bei dem Ehrentanze;
  Du warst noch nicht.

Ein dito

Seht doch das kalte Nachtgesicht
  Dort hoch am Himmel hangen!
Einst war es glatt, und hatte nicht
  Die Runzeln auf den Wangen.

Ja Kind, von diesen Runzeln wär
  Nun freilich viel zu sagen;
Am Weihnachtabend kam Kunz her,
  Der Henker mußt ihn plagen,

Kam her und stahl. Wie ging's ihm nicht!
  Er wird nicht wieder stehlen.
Hör an, und laß dir die Geschicht
  Vom Kohl und Kunz erzählen.

Heinz hatt ein Gärtchen das war schön,
Da stieg des Abends Kunze
Hinein, und, hast du nicht gesehn,
Bestahl den Nachbar Heinze.

Sonst schämt und grämt ein Dieb sich wohl,
Kunz aber nicht; er dachte:
Es fände morgen seinen Kohl
Der Nachbar nicht, und lachte.

Schnell aber war da eine Hand,
Die ihm vertrieb das Lachen,
Sie faßte ihn – husch! und er stand
Im Mond mit seinen Sachen,

Mit seinem Kohl, so wie er war,
Da half kein Schrein noch Flehen.
Man sieht ihn itzt auch hell und klar
Mit Kohl im Monde stehen.

Er überdenkt nun den Betrug,
Doch wird ihm wohl zuzeiten
Die Zeit und Weile lang genug,
Und wär wohl gern bei Leuten.

All Weihnachtabend rührt er sich,
Und ruft aus voller Kehlen:
»Erbarme dich! erbarme dich!
Ich will nicht wieder stehlen.«

Ja, großen Dank! der arme Kunz!
Nun mag er lange wollen;
Er stehet da, und warnet uns,
Daß wir nicht stehlen sollen;

Steht da, und hat nicht Ruh noch Rast,
Und wird da ewig stehen.
Schlaf, wenn du ausgeschlafen hast,
Sollst du auch Kunze sehen.

Noch ein dito für belesene und empfindsame Personen

Meine Muter hat Gänse,
Fünf blaue,
Sechs graue;
Sind das nicht Gänse?

☛ **Abhandlung über den Ursprung der Sprache,** welche den von der Königl. Akademie der Wissenschaften für das Jahr 1770 gesetzten Preis erhalten hat, von Herrn Herder. Berlin, bei Chr. Fr. Voß, 1772, 14 Bogen in 8°.

Es ist ungemein bequem über Abhandlungen zu urteilen, die von einer Akademie der Wissenschaften den Preis erhalten haben. Man weiß gleich, woran man ist und was man zu tun und zu lassen hat, und ist sicher, daß jemand, dem die Götter mehr Einsicht oder mehr Kredit gegeben haben, einen nicht von ohngefähr durch ein grade die Quere gestelltes Urteil um sein bißgen Ehre und guten Namen bringe, weil man sich nun im Fall der Not gegen ein solches die Quere gestelltes Urteil wenigstens mit Anstand sträuben, und es unter dem Flügel der Akademie, als wäre es eine Luftblase, vor sich hertreiben kann, wie Rousseau seine Réflexion en puissance vor sich hertreibt, bis sie ihm auf seinem Wege zerspringt, sagt Herder.

Zwar bei Schriftstellern wie der, von dem hier die Rede ist, braucht's keiner Sicherheit unter dem Flügel. Man darf sich nur fest an ihm halten, und er trägt einen auf dem Flügel seines Genies aus aller Gefahr, per fas & nefas, hoch mit dem Mond über Klotz und Stein, über Widersprüch und Stoppeln hin, daß einem die Haare auf der Schädel sausen. Man darf sich nur festhalten, wenn er etwa zuweilen, vom Überfluß des Lebenssafts der in ihm ist, den Flügel etwas mutwilliger schlüge.

Die Menschenkinder haben Sprache, wissen aber nicht, wie und woher? ob ein Engel vom Himmel sie gebracht habe? oder ob sie auf Erden ausgebrütet worden? aus der Bärmutter der warmen Empfindung und Leidenschaft? oder der kalten Verabredung? In Ermanglung eines Bessern bestieg ein jeder eine Hypothese die ihm die besten Knöchel zu haben schien, und schwang seinen Speer. Da forderte nun die Akademie der Wissenschaften in Berlin die Gelehrten weit und breit auf, diese Ritter zu erlegen und auf einer neuen Rosinante ins Feld zu kommen, oder auch einen von ihnen neu auszustaffieren und sein Sancho Pansa zu werden. Herr Herder kam, sammlete Halme aus der Natur der Seele des Menschen und seiner Organisation, aus dem Bau der alten Sprachen und dem Fortgange derselben, aus der ganzen menschlichen Ökonomie etc., band seine Garbe und stellte sie hin –: Schrei der Empfindung ist nicht Sprache, nicht ihr Blatt noch ihre Wurzel, sondern der Tautropfen der sich an Blätter und Blüten anhängt und sie belebt; das Tier ist immer auf einen Punkt, dicht an den sinnlichen Gegenstand, geheftet; der Mensch kann seinen Blick losreißen, wendet ihn von einem Bilde zum andern, weilet auf einem, sondert sich Merkmale ab, und hat nun schon ein Wort zur Sprache in sich, das er von sich gibt, nach dem Ton der sein Ohr dabei trifft, und nach dem Resultat der Gärung unter den Bebungen der übrigen Seelensaiten – und so bildet sich nach und nach eine Sprache analogisch, mit der übrigen Bildung des Menschengeschlechts etc.

Es steht übrigens dahin, ob Herr Herder im Ernst meine, daß alle Sprache diesen Weg rechtens entstanden sei, oder ob er eine Sprache ausnimmt, der Moses erwähnt, die den Weg der Güte kommt, und eine warme Übersetzung ist aus der Originalsprache, darin ein milder unerschöpflicher Schriftsteller den großen Codex Himmels und der Erden en Bas Relief und ronde Bosse für seine Freunde geschrieben hat. Dem sei nun wie ihm wolle, Herder hat seinen Weg rechtens beweisen wollen, und die Akademie hat ihm den Preis zuerkannt.

Denksprüche alter Weisen, mit meinen Randglossen

Nichts Böses tun, ist gut;
Nichts Böses wollen, ist besser.

Und dem Gentleman, der's nicht tut noch will, muß wohl recht gut zumute sein!

Den leeren Schlauch bläst der Wind auf;
Den leeren Kopf der Dünkel.

Drücke sie beide, daß sie zu sich selbst kommen.

Gib dem Narren Gift!
Das heißt: rühm ihn.

Gib dem Narren keinen Gift; denn es ist auf den Aptheken verboten.

Sei das,
Was du von andern willst gehalten sein.

Denn wenn du 'n Esel bist, so bist du 'n Esel ob auch alle Menschen dich einen Löwen hielten.

Die Welt ist ein Schauplatz,
Du kommst, siehst, und gehst vorüber.

Und wirst vom Schauplatz vergessen, wer du auch seist. Mach aber, daß dich das wenig kümmern dürfe.

Der Großprahler ist wie ein gemaltes Schwert;
Beide können nicht gebraucht werden.

Und doch werden beid' oft in vergoldeten Rahmen gefaßt.

Zeuge Kinder die unsterblich sind,
Nicht die im Alter deines Leibes,
Die deiner Seele pflegen in der Ewigkeit!

Und wisse, einige Kinder gehn hier schon heraus ins Publikum, ihren Vater berühmt zu machen; andere werden heimlich gezeugt und kommen hier gar nicht zu Gesicht, aber ihrer keines geht verloren, sondern sie werden in 's lieben Gottes sein Fündelhaus eingeschrieben, spielen einmütig um ihres Vaters Grab weil er schläft, und schreien: »Hurra!« wenn er wieder aufersteht.

Das Weib muß nicht zu Wort kommen,
Denn das ist eine schreckliche Sache.

Ist nur von den Weibern in Griechenland zu verstehen.

Der Adel besteht in Stärke des Leibes bei Pferden,
Bei Menschen in guter Denkart.

Gilt auch bei unserm Adel.

Die Götter haben große Geschenke zu vergeben,
Aber das größte von allen ist die Tugend.

Ich gläube lieber Herr! Hilf meinem Unglauben.

Das Geld eines Geizigen ist wie eine untergehende Sonne;
Kein Mensch hat gut davon.

Hui der künftigen Morgenröte in der Hand eines bessern Erben!

Es ist besser, daß ein Narr beherrscht werde,
Denn daß er herrsche.

Weiß keine Glosse.

Versprich nicht Großes;
Tue was Großes.

Schwatze nicht von der Weisheit,
Sei weise.

Wem die Götter Reichtum und Verstand geben der ist glücklich,
Denn er kann viel Gutes machen.

Wem die Götter keins von beiden geben, der kann – Randglossen machen.

*

Spekulations am Neujahrstage

'n fröhlichs Neujahr, 'n fröhliches Neujahr für mein liebes Vaterland, das Land der alten Redlichkeit und Treue! 'n Fröhlichs Neujahr, für Freunde und Feinde, Christen und Türken, Hottentotten und Kannibalen! für alle Menschen über die Gott seine Sonne aufgehen, und regnen lässet! und für die armen Mohrensklaven, die den ganzen Tag in der heißen Sonne arbeiten müssen! 's ist ein gar herrlicher Tag, der Neujahrstag! ich kann's sonst wohl leiden, daß einer 'n bißgen patriotisch ist, und andern Nationen nicht hofiert. Bös muß man freilich von keiner Nation sprechen; die Klugen halten sich allenthalben stille, und wer wollte um der lauten Herren willen 'n ganzes Volk lästern? wie gesagt, ich kann's sonst wohl leiden, daß einer so 'n bißgen patriotisch ist, aber Neujahrstag ist mein Patriotismus mausetot, und 's ist mir an dem Tage, als wenn wir alle Brüder wären und Einer unser Vater der im Himmel ist, als wären alle Güter der Welt Wasser, das Gott für alle geschaffen hat, wie ich mal habe sagen hören u.s.w.

Ich pflege mich denn wohl alle Neujahrsmorgen auf einen Stein am Weg hinzusetzen, mit meinem Stab vor mir im Sand zu scharren und an dies und jen's zu denken. Nicht an meine Leser; sie sind mir aller Ehren wert, aber Neujahrsmorgen auf dem Stein am Wege denk ich nicht an sie, sondern ich sitze da und denke dran, daß ich in dem vergangnen Jahr die Sonne so oft hab aufgehn sehen, und den Mond, daß ich so viele Blumen und Regenbogen gesehn, und so oft aus der Luft Odem geschöpft und aus dem Bach getrunken habe; und denn mag ich nicht aufsehn, und nehm mit beiden Händen meine Mütz ab, und kuck h'nein.

So denk ich auch an meine Bekannte die in dem Jahr starben, und daß sie nun mit Sokrates, Numa, und andern Männern sprechen können, von denen ich so viel Gutes gehört habe, und mit Johann Huß; und denn ist's als wenn sich rund um mich Gräber auftun, und Schatten mit kahlen Glatzen und langen grauen Bärten heraussteigen, und 'n Staub aus'm Bart schütteln. Das muß nun wohl der **ewige Jäger** tun, der übern **Zwölften** sein Tun so hat. Die alten frommen Langbärte wollen wohl schlafen, aber eurem Andenken und der Asch in euren Gräbern ein fröhlichs fröhlichs Neujahr! ! ! !

*

Ein Versuch in Versen

Die Römer, die, vor vielen hundert Jahren,
Das erste Volk der Erde waren,
Doch wenigstens sich dünkten es zu sein;
Die große Schreiber ihrer Taten
Und Dichter auch, und große Redner hatten,
Und Weise, groß und klein;
Die stolz auf ihrer Helden Scharen
Auf ihre Regulos und Scipione waren,
Und Ursach hatten es zu sein;
Die fingen endlich an und aßen Ochsenbraten,
Frisierten sich, und tranken fleißig Wein –
Da war's geschehn um ihre Heldentaten,
Um ihrer Dichter edlen Reihn,
Um ihre Redner, ihre Schreiber;
Da wurden's große dicke Leiber,
Und Memoirs- und Zeitungs-Schreiber,
Und ihre Seelen wurden klein;
Da kamen Oper und Kastraten,
Und Ehebruch und Advokaten,
Und nistelten sich ein.
O, die verdammten Ochsenbraten!
O, der verdammte Wein!

Brief an den Mond

No. 2

– Sie haben ihn zerrissen, Madam! Ach, die Thrazischen Weiber haben den Orpheus zerrissen! Und er war ein Engel im Schleier der menschlichen Natur, groß und gut! der wahrhaftige Adam der Griechen – lassen Sie mich um ihn klagen, nicht mit Geschrei und Tränen; mit dem ernsten Schweigen wenn Geschrei und Tränen zu wenig sind und nur stille Zückungen, wie Blitze, im verstörten Gesicht flattern und auf den blassen Lippen! Und sollt ich nicht? Denn sie winden sich, wie die giftige schreckliche Hydra um Laokoons Hüften bis hinauf an den Nacken; er ringt umsonst, das Ungeheur von sich zu streifen, und steht da, ein trauriges Jammerbild, und seine Kinder um ihn! –

Auf diesen harten unverdaulichen Bissen will ich Ihnen zur Aufheiterung von Daphnes Begräbnis erzählen. Niemand hatte von unsrer Liebe gewußt; und, als sie das Mädchen daher trugen, kam ich wie von ohngefähr, sah nach dem Sarge hin! ! und ging vorüber; als aber der Grabhügel wieder allein war, und die liebe stille Nacht ihn bedeckte – doch was erzähle ich Ihnen, Sie haben mich ja auf dem Grabe gesehn.

Hinz und Kunz

Kunz. Wie viel sind Ärzte in Paris?
Ich glaube, sind wohl hundert gar.
Hinz. Sind mehr noch, Nachbar, ganz gewiß!
Denkt nur, die Totenliste von Paris
Ist zwanzigtausend alle Jahr.

Einem Rezensenten zu Ehren

Heil, Heil, dem Kritikaster!
Zweimal zu lesen haßt er,
Und les' er zehnmal; sein Gesicht
Scheint schwach, er säh es doch wohl nicht.

Der Tod und das Mädchen

Das Mädchen

Vorüber! Ach, vorüber!
Geh wilder Knochenmann!
Ich bin noch jung, geh Lieber!
Und rühre mich nicht an.

Der Tod

Gib deine Hand, du schön und zart Gebild!
Bin Freund, und komme nicht, zu strafen.
Sei gutes Muts! ich bin nicht wild,
Sollst sanft in meinen Armen schlafen!

Brief an den Mond

No. 3

Ich komme eilig zu Ihnen mit einer Trän im Auge, heilige Klaggestalt! Heimchen der Natur! Sie wimmern zu hören, und mich einen Augenblick in den Falten Ihres sanften sympathetischen Gewandes zu verbergen – O, es dauert mich so, daß Sie Ihren kleinen Endymion verloren haben!

Hinz und Kunz

H. Bist auch für die Philosophei?
K. Was ist sie denn? so sag's dabei.
H. Sie ist die Lehr, daß Hinz nicht Kunz, und Kunz nicht Hinze sei.
K. Bin nicht für die Philosophei.

Lied

Ich bin ein deutscher Jüngling
 Mein Haar ist kraus, breit meine Brust;
Mein Vater war
Ein edler Mann, ich bin es auch.

Wenn mein Aug Unrecht siehet,
 Sträubt sich mein krauses Haar empor,
Und meine Hand
Schwellt auf und zuckt und greift ans Schwert.

Ich bin ein deutscher Jüngling!
   Beim süßen Namen »Vaterland«
Schlägt mir das Herz,
Und mein Gesicht wird feuerrot. –

Ich weiß ein deutsches Mädchen;
Ihr Aug ist blau, und sanft ihr Blick,
   Und gut ihr Herz,
Und blau, o Hertha, blau ihr Aug!

Wer nicht stammt vom Thuiskon,
Der blicke nach dem Mädchen nicht!
   Er blicke nicht,
Wenn er nicht vom Thuiskon stammt!

Denn ihres blauen Auges
Soll sich ein edler Jüngling freun!
   Sie soll geliebt,
Soll eines edlen Jünglings sein!

Ich bin ein deutscher Jüngling,
Und schaue kalt und kühn umher,
   Ob einer sei,
Der nach dem Mädchen blicken will.

☛ **Emilia Galotti**, ein Trauerspiel von Gotthold Ephraim Lessing. Berlin, bei Voß etc.

Wollt's wohl machen, wie der Maler Conti; er lehnte anfangs das Gemälde der Emilia verwandt gegen einen Stuhl, aber die Leser haben wohl nicht so viel Geduld als der Prinz, will's also lieber gleich umwenden, daß sie die runden hervorliegenden Figuren sehn, den rauhen biedern Odoardo, den feinen guten Appiani, den Engel Emilia, den schönen frechen infamen Sünder Angelo, und den noch infamern Filou und Hofschranzen Marinelli. »Der Künstler scheint mit dem Auge gemalt zu haben, weil so wenig auf dem langen Wege aus dem Auge durch den Arm in den Pinsel verlorengegangen ist; alles wie aus dem Spiegel gestohlen; das Stück soll nicht aufgehangen werden, soll bei der Hand bleiben, nicht wahr?«

Das erste also was ich von diesem Trauerspiel zu sagen habe, ist, daß es mir gefallen hat. Das heißt nun wohl eben nicht viel gesagt, aber es ist auch nie meine Sache gewesen, viel zu sagen; und wer da sagte, daß es ihm nicht gefallen habe, der hat doch noch weniger gesagt. Freilich wenn ich verstünde was zu einem guten Trauerspiel gehört, so könnt ich's alles weitläuftig mit Gründen belegen, und sagen so und so und dies und das und darum. So aber kann ich nur schlechthin sagen was mir sonderlich gefallen hat, und das will ich frei tun, damit mich der Maler Conti nicht ins Kloster schicke. Sonderlich denn hat mir gefallen der Stolz des Malers Conti in seinem Gespräch mit'm Prinzen, sonderlich daß Camillo Rota das Todesurteil doch wohl nicht mitgenommen hatte, sonderlich der Morgenbesuch des alten Odoardo, sonderlich Pirro und Angelo, sonderlich Odoardo und Claudia, sonderlich daß Emilia nichts vor dem Grafen Appiani auf dem Herzen behalten wollte, sonderlich die melancholische Schwärmerei des Grafen Appiani, sonderlich sein Gespräch mit dem Hofschranzen, sonderlich Angelo und Marinelli, sonderlich Emilia, sonderlich Marinelli und Claudia, sonderlich Orsina und Marinelli, sonderlich Odoardo und Orsina, sonderlich Marinelli der Prinz und Odoardo, sonderlich das ganze Stück von der »Kunst die nach Brot geht« bis zu Odoardos schönem »Zieh hin«. Der Schuß im 1. Auftritt des 3. Akts hat mich recht erschreckt; ich war mir auf hundert Meile noch keinen Schuß vermuten. Auch die Orsina hat mich ein paarmal recht surpreniert; der Henker erwarte so viel Geist, Entschlossenheit und feste Wut von einer solchen Nickel; 's ist gar ein verteufeltes Weib, aber meisterhaft wie die andern.

Ein Ding hab ich nicht recht in Kopf bringen können, wie nämlich die Emilia S. 149 sozusagen bei der Leiche ihres Appiani an ihre Verführung durch einen andern Mann und an ihr warmes Blut denken konnte. Mich dünkt, ich hätt an ihrer Stelle nackt durch 'n Heer der wollüstigsten Teufel gehen wollen, und keiner hätt es wagen sollen mich anzurühren. Doch das kommt mir wohl nur so vor, und ich hab's bloß gesagt, damit ich mich ganz ledig sagte. Wollt's auch für viel nicht mit Herrn Lessing verderben. Er fackelt nicht; zwar er gäb sich auch mit'm schlichten Boten wohl nicht ab, er ist's so mit Geheimden Räten gewohnt.

*

Bei dem Grabe meines Vaters

Friede sei um diesen Grabstein her!
  Sanfter Friede Gottes! Ach, sie haben
Einen guten Mann begraben,
  Und mir war er mehr;

Träufte mir von Segen, dieser Mann,
  Wie ein milder Stern aus bessern Welten!
Und ich kann's ihm nicht vergelten,
  Was er mir getan.

Er entschlief; sie gruben ihn hier ein.
  Leiser, süßer Trost, von Gott gegeben,
Und ein Ahnden von dem ew'gen Leben
  Düft um sein Gebein!

Bis ihn **Jesus Christus**, groß und hehr!
  Freundlich wird erwecken – – ach, sie haben
Einen guten Mann begraben,
  Und mir war er mehr.

Morgenlied* eines Bauermanns,

mit Anmerkungen von meinem Vetter
darin er mich zum besten hat

Da kömmt die liebe[a] Sonne wieder[b],
Da kömmt sie wieder her[c]!
Sie schlummert nicht[d] und wird nicht müder[e],
Und läuft doch immer sehr[f].

* Es ist mir lieb, Vetter, daß Euch auch die Sonne das Herz einmal warm gemacht hat; mit dem Mond habt Ihr genug geliebäugelt, und ihre Herrlichkeit ist doch größer. Vielleicht wird mancher andre gute Bauersmann des Morgens im Felde oder vor seiner Hütten Tür, wenn er die Sonne sieht aufgehn, Euer Lied anstimmen, und das laßt Euch nicht leid sein. Aber, Ihr seid ein belesener Mann! oder Ihr seid auch tiefsinniger als ich gewußt habe, und eine von den *'Απολλωνιακαις ψυχαις* davon die Platoniker schreiben. Alles, was Ihr in Eurem Liede sagt, das haben die größten Männer, und die berühmtesten Polyhistores des Altertums gesagt, haarklein und von Wort zu Wort. Ich bin erstaunt darüber, aber es ist wahr; wo ich aufschlage, in welcher Sprache und Zunge, da treffe ich Euch. Für diesmal nur eine kleine Probe an den Griechen.

a *Γλυκερον τε τεκος Διος ἐξεκαλειτο.* *Proclus.* L. I. in *Timaeum.*
b *'Ηελιος δ' ἀνορουσε.* *Homerus.*
c *παλιν ἀφικετο.* *Thukydides.*
d – *ἠλεκτωρ ἐβεβηκει. Homerus*, und ein Ausleger: *'Ηλεκτρος ὁ θεος ὀνομαζεται μηδεποτε κοιτης ἐπιψαυων.*
Heraclides Ponticus, Allegoriae Homericae.
e *'Ηελιον τ' ἀκαμαντα* etc. *Homerus.*
f *εὐδρομε* ———
– *ῥομβον ἀπειρεσιον δινευμασιν οἶμον ἐλαυνων.* *Orpheus.*

Sie ist ein sonderliches Wesen[a];
Wenn's morgens[b] auf sie geht,
Freut sich der Mensch und ist genesen[c]
Wie beim Altargerät[d].

Von ihr kommt Segen und Gedeihen[e],
Sie macht die Saat so grün[f],
Sie macht das weite Feld sich neuen[g],
Und meine Bäume blühn[h].

Und meine Kinder[i] spielen drunter,
Und tanzen ihren Reihn[j],

a *Orpheus* nennt die Sonne *Ζωης φως, 'Ομμα δικαιοσυνης, εὐσεβεσιν καθοδηγε καλων, ἐργων σημαντωρ ἀγαθων*: im Suffimen Solis. Dionysius Areopagita drückt ihr **sonderlich** Wesen so aus: *ἐκ τ' ἀγαθου γαρ το φως, και εἰκων της ἀγαθοτητος*, und der Jude *Philo* vergleicht sie mit der Wolkensäule: *ἡμερας μεν ἡλιοειδες ἐκλαμπουσα φεγγος, νυκτωρ δε φλογοειδες*, in vita *Mosis*. Am besten aber scheint mir der Kaiser *Julianus* Eure Idee gefaßt zu haben: *ἀκουεται δη πρωτον ὁσα φησιν, οἱ τον οὐρανον οὐχ ὡσπερ ἱπποι και βοες ὁρωντες – ἀλλ ἐξ αὐτου του φανερου την ἀφανη πολυπραγμονουντες φυσιν, πρωτη δε των δυναμεων αὐτον ἐστι* etc. denn ich könnte ihn ganz herschreiben, so sehr sympathisiert er mit Euch.

b *εἰ μη ἡλιος ἠν, εὐφρονη ἀν ἠν.* *Heraclitus.*

c *πας ἀνηρ κἀν δουλος ἠ τις ἡδεται το φως ὁραν.* *Euripides.* Ich habe die liederlichen Kerle in Lybien auch nur immer für halbe Menschen gehalten: *'Αφαραντες λιβυες ὀνοματα οὐχ ἐχουσιν, ἡλιῳ δε ἀνισχοντι λοιδορουνται, ὡς πολλα κακα φαναντι.* *Stobaeus.*

d *φθεγξομαι οἱς θεμις ἐστι, θυρας δ' ἐπιθεθε βεβηλοι.* *Orpheus.*

e *– ἐπει οὐ τοι πιαρ ὑπ' οὐδας.* Hymnus in Solem.

f *πυῤῥου δε μελανι πρασιος.* *Stobaeus.* c. 19. de coloribus, in Eclogis physicis.

g *– και ἀνανεοι.* *Dionysius Areopagita.*

h *– φυτα μυρια φυσεις.* *Orpheus.*

i *ἀνθρωπος ἀνθρωπον γεννᾳ και ἡλιος.* *Aristoteles.*

j *πεπληγον δε χορον θειον ποσιν.* *Homerus.*

Sind frisch und rund und rot und munter[a],
Und das macht all ihr Schein[b].

Was hab ich dir getan du Sonne!
Daß mir das widerfährt[c]?
Bringst jeden Tag mir neue Wonne[d],
Und bin's fürwahr nicht wert[e].

Du hast nicht menschliche Gebärde[f],
Du issest nicht wie wir[g];

a – *ἀλλα και προς την γενεσιν των αἰσθητων σωματων συμβαλλεται: και προς ζωην αὐτα κινει, και τρεφει, και αὐξει και τελειοι και καθαρει. Dionysius Areopagita;* und Euer Freund *Julianus* sagt kurz: *γινομενοι γαρ ἐξ αὐτου τρεφομεθα παρ' ἐκεινου.*

b *ὁτι ἡλιον μεν ἐπεστησε τοις ὁλοις, ὁ δημιουργος, και φυλακα αὐτον ἐτευξε, κελευσε τε πασιν ἀνασσειν. Proclus.*
Man pflegte sie deswegen zu grüßen:
– πατηρ ποντου, πατηρ αἰης,
ἡλιε παγγενετορ, παναιολε χρυσεοφεγγες
Macrobius Saturnal. 1.; und in der alten Liturgie hieß sie: *ἡλιε παντο κρατορ, κοσμου πνευμα, κοσμου δυναμις, κοσμου φως.*

c Mir fällt hiebei ein, was *Apollodorus* vom *Herkules* erzählt, als er die beiden bekannten Säulen am Ende der Welt zu einem Mal seiner *grand Tour* hingestellt hatte und wieder heimkehrte: *θερμαινομενος δε ὑπο ἡλιου κατα την πορειαν το τοξον ἐπι τον θεον ἐνετεινεν. ὁ δε την ἀνδρειαν αὐτου θαυμασας χρυσεον ἐδωχε δεπας, ἐν ᾧ ὠκεανον διεπρασε.*

d *καλον δ' ἐξω πραγματων ἐχειν ποδα. Euripides.*

e *ὡς ουδεν ἐσμεν. Sophokles.*
– Σκιας ὀναρ ἀνθρωποι. Pindarus.

f *Orpheus* im Suffimen Solis:
πανδερκες ἐχον αἰωνιον ὀμμα,
– τετραβαμοισι ποσσι χορευων: ist freilich nicht menschliche Gebärde.

g *θερμαινων γαρ την γην ἀτμιδα και καπνον ἑλκει. Julianus* über die Sonne.

Sonst holt ich gleich von meiner Herde
   Ein Lamm[a] und brächt es dir,

Und stünd und schmeichelte von ferne[b]:
   »Iß und erquicke dich[c],
Iß[d] liebe Sonn, ich geb es gerne[e],
   Und willst du mehr, so sprich.«[f]

Gott in dem blauen Himmel oben[g]
   Gott denn belohn es dir[h]!
Ich aber will im Herzen loben[i]
   Von deiner Güt und Zier[j].

Und weil wir ihn nicht sehen können[k],
   Will ich **wahrnehmen** sein[l],

a *τερπουσι λιπαραι Φοιβον 'Ονοσφαγιαι* sagt ein *Pindari* Scholiastes: *Orpheus* brachte lieber einen – *πιονα μοσχον εἰαρινον θαλεποντα νεηνιδος οὐδατι μητρος*: de Lapidibus: aber Euer Lamm wird auch nicht verworfen werden, bringt nur oft eins, alter **Schmeichler**, und wenn du einmal nicht hast, kannst Du bei mir holen.

b *λισσεσθαι ἐπεεσσιν ἀποσταδα μειλιχιοισι.* *Homerus.*

c *ἐσθιε δαιμονιε ξεινων και τερπεο.* *Homerus.*

d *γαστρος ουδεν ἡδιον. –*
ἐξεις δ ὁσ' ἀν φαγης τε και πιης μονα,
σποδοι δε τ' ἀλλα, περικλεης, κοδροι, κιμων.
Sotion apud *Neandrum.*

e *δοσις ὀλιγη τε φιλη τε.* *Homerus.*

f *πολλοι γαρ ποσιος και βρωσιος εἰσιν ἑταιροι.* *Phocylides.*
'Εμοι δ' ἀπορα γαστριμαργον
μακαρων τιν' εἰπειν. *Pindarus.*

g *Οὑτος γαρ χαλκειον ἐς οὐρανον ἐστηρικται.* *Orpheus.*

h *σοι δε θεοι τοσα δοιεν, ὁσα φρεσι σησι μενοινας.* *Homerus.*

i *ποιμαινων πραπιδεσσιν.* *Proclus.*

j *Οἱα γαρ μορφη τοιαδε και ἡ ψυχη.* *Aesopus.*

k *αὐτον δ' οὐχ ὁρω –*
πασιν γαρ θνητοις θνηται κοραι εἰσιν ἐν ὀσσοις
ἀσθενεες δ' ἰδεειν Δια. *Orpheus.*

l *Θεον μεν νοησαι χαλεπον, φρασαι δε ἀδυνατον.*
Hermes Trismegistus apud *Justinum.*

Und an dem edlen Werk erkennen[a]
Wie freundlich[b] er muß sein!

O! bis mir denn willkommen heute,
Bis willkomm schöner Held[c]!
Und segn'[d] uns arme[e] Bauersleute,
Und unser Haus und Feld[f].

Bring unserm König heut auch Freude[g],
Und seiner Frau dazu[h],
Segn' ihn und tu ihm nichts zuleide[i],
Und mach ihn mild wie du[j]!

*

a *και οὐ δηπου φημι κατα τον της παλαιοτητος λογον, ὁτι θεος ὢν ὁ ἡλιος, και δημιουργος τουδε του παντος ἰδιως ἐπιτροπευει τον ἐμφανη κοσμον, ἀλλ ὁτι τα ἀορατα του θεου ἀπο κτισεως κοσμου τοις ποιημασι νοουμενα καθορᾳται ἡτε ἀϊδιος αὐτου δυναμις και θειοτης.*
Dionysius Areopagita de Divinis Nominibus.

b *ἡνιοχος παντος καλου, ἀδωροδοκητος, ἀγαθων ἀγαθωτατος.*
Zoroaster apud *Eusebium.*

c *χαιρε ἀναξ.* Hymnus in Solem.

d *οἰνον και γαλα βαλλε, και ὑδατος ἀγλαον εἰδος.*
apud *Eusebium.*

e *μητ' ἐμοι μελι, μητε μελιττα.*
Sappho apud *Triphonem* grammaticum.

f *δωματα – και – πιονας ἀγρους.* *Homerus.*

g *τας δε Διος βαλανους και ἀμυγδαλα σιγαλοεντα.* *Hermippus.*

h *παρ δε γυνη δεσποινα λεχος πορσυνε και εὐνην.* *Homerus.*

i *– μητε κρυος μηθ' ἁλιος – βαρυναι.* *Bion.*

j *ὡσπερ ὁ ἡλιος οὐ περιμενει λιτας και γοητειας ἱνα ἀνατειλη, ἀλλ' εὐθυς λαμπει, και προς ἁπαντων ἀσπαζεται. οὑτω μηδε συ περιμενε κροτους και ψοφους και ἐπαινους, ἱν' εὐποιησης, ἀλλ' ἑκωντης εὐεργετει, και ἰσα τῳ ἡλιῳ φιληθηση.* *Epictetus.*
Lebt wohl Vetter! ich bin Euer Diener und Verehrer.
'Ητοι μεν τοδε καλον ἀκουεμεν ἐστιν ἀοιδου
Τοιουδ', οἱος ὁδ' ἐστι, ΣΟΦΟΙΣ ἐναλιγκιος αὐδην.

Abendlied eines Bauermanns

Das schöne große Tag-Gestirne
Vollendet seinen Lauf;
Komm wisch den Schweiß mir von der Stirne
Lieb Weib, und denn tisch auf!

Kannst hier nur auf der Erde decken,
Hier unterm Apfelbaum;
Da pflegt es abends gut zu schmecken,
Und ist am besten Raum.

Und rufe flugs die kleinen Gäste,
Denn hör, mich hungert's sehr;
Bring auch den kleinsten aus dem Neste,
Wenn er nicht schläft, mit her.

Dem König bringt man viel zu Tische;
Er, wie die Rede geht,
Hat alle Tage Fleisch und Fische
Und Panzen und Pastet;

Und ist ein eigner Mann erlesen,
Von andrer Arbeit frei,
Der ordert ihm sein Tafelwesen
Und präsidiert dabei.

Gott laß ihm alles wohl gedeihen!
Er hat auch viel zu tun,
Und muß sich Tag und Nacht kasteien,
Daß wir in Frieden ruhn.

Und haben wir nicht Herrenfutter;
So haben wir doch Brot,
Und schöne, frische, reine Butter,
Und Milch, was denn für Not?

Das ist genug für Bauersleute,
  Wir danken Gott dafür,
Und halten offne Tafel heute
  Vor allen Sternen hier.

Es präsidiert bei unserm Mahle
  Der Mond, so silberrein!
Und kuckt von oben in die Schale
  Und tut den Segen h'nein.

Nun Kinder esset, eßt mit Freuden,
  Und Gott gesegn' es euch!
Sieh, Mond! ich bin wohl zu beneiden,
  Bin glücklich und bin reich!

*

Der große und der kleine Hund, oder Packan und Alard

Ein kleiner Hund, der lange nichts gerochen
  Und Hunger hatte, traf es nun
Und fand sich einen schönen Knochen
  Und nagte herzlich dran, wie Hunde denn wohl tun.

Ein großer nahm sein wahr von fern:
  »Der muß da was zum Besten haben,
Ich fresse auch dergleichen gern;
  Will doch des Wegs einmal hintraben.«

Alard, der ihn des Weges kommen sah,
  Fand es nicht ratsam, daß er weilte;
  Und lief betrübt davon, und heulte,
Und seinen Knochen ließ er da.

Und Packan kam in vollem Lauf
Und fraß den ganzen Knochen auf.

Ende der Fabel

»Und die Moral?« Wer hat davon gesprochen? –
Gar keine! Leser, bist du toll?
Denn welcher arme Mann nagt wohl an einem Knochen,
Und welcher reiche nähm ihn wohl?

Anselmuccio

Ist gar ein holder Knabe, er!
Als ob er 's Bild der Liebe wär.
Sieht freundlich aus, und weiß und rot,
Hat große Lust an Butterbrot,
Hat blaue Augen, gelbes Haar,
Und Schelm im Nacken immerdar,
Hat Arm' und Beine, rund und voll!
Und alles, wie man's haben soll.
Nur eines fehlt dir, lieber Knabe!
Eins nur: Daß ich dich noch nicht habe.

*

☛ **Johann Caspar Lavaters Physiognomische Fragmente zur Beförderung der Menschenkenntnis und Menschenliebe,** mit Kupfern, gr. 4°. Bei Weidmanns Erben und Reich in Leipzig, und bei Steinern in Winterthur etc.

Das ist 'n Buch wie mir in meiner Praxis noch keins vorgekommen ist. Was da für Gesichter darin stehen! groß und klein! ehrenfest und ehrenlos! sauer und süß! schief und krumm u.s.w.! und so viele Schnabels, und Nasen und Münde, die gar an kein Gesicht sitzen, sondern so in freier Luft schweben! Einige Gesichter sind rabenschwarz, das müssen wohl Afrikaner sein u.s.w.

Soviel ich verstanden habe, sieht Herr Lavater den Kopf eines Menschen und sonderlich das Gesicht als eine Tafel an, darauf die Natur in ihrer Sprache geschrieben hat: »Allhier logieret in dubio ein hochtrabender Geselle! ein Pinsel! ein unruhiger Gast! ein Poet! 'n Wilddieb! 'n Rezensent! ein großer mutiger Mann! eine kleine freundliche Seele!« etc. etc.

Es wäre sehr naiv von der Natur, wenn sie so jedwedem Menschen seine Kundschaft an die Nase gehängt hätte, und wenn irgendeiner die Kundschaften lesen könnte, mit dem möchte der Henker in Gesellschaft gehen. Darum schämen sich auch einige Leute wohl so, schlagen die Augen nieder, und mögen einen nicht grade ansehen.

Da die Herren Kollegen verschiedentlich über dies Buch geperoriert haben; so werde ich wohl nicht schweigen, denn das müßte schlecht sein, wenn ich nicht noch weniger von der ganzen Sache verstünde als einer von ihnen: und dazu hab ich das Buch nur zweimal einen halben Tag bei einem vornehmen Gönner gelesen, und bin also absonderlich zu einem Judex competens qualifiziert, werde auch nicht ermangeln, die Sache zu ventilieren, pro und contra, vernünftig und unvernünftig, langsichtig und kurzsichtig, nach Exempeln und nach dem Generalbaß u.s.w. wie's das Metier mit sich bringt. Vorher will ich nur noch geschwind erzählen, wie's mir mit den Gesichtern in dem Buch gegangen ist. Bei 'n paar von den Gesichtern sah ich den guten frommen Engel, der hinter der Haut steht, klar und deutlich, und aus 'n paar andern kuckte mich der – leibhaftig an. Bei den meisten war's aber so: wenn ich 'n Gesicht angesehen habe, ohne den Text zu lesen, so hab ich nicht gewußt, was darin wäre und was ich davon sagen sollte; sobald ich aber Lavaters schönen Text dazu gelesen hatte, hab ich's alles darin gefunden, und es hat mich oft recht gewundert, wie ich das alles so aus dem Gesicht sehen könnte. Doch zur Sache.

Die Physiognomie ist eine Wissenschaft von Gesichtern; Gesichter sind *Concreta*, denn sie hängen generaliter mit der würklichen Natur zusammen, und sitzen specialiter fest am Menschen; es wäre also die Frage: ob der berühmte Handgriff »Abstractio« und die »Methodus analytica« hier nicht zu applizieren wäre, daß man nämlich auf die Erfahrung achtgäbe: ob der Buchstabe **i** allemal, wenn er vorkommt, den Tüttel habe, und ob der Tüttel, wenn er vorkommt, niemals über einen andern Buchstaben stehe; denn so hätte man heraus, daß der Tüttel und der Buchstabe Zwillingbrüder wären, und, wo Castor sich betreten ließe, Pollux nicht weit sei. Zum Exempel, es sollen hundert Herren sein, die alle sehr schnell zu Fuß sind und davon Proben und Beweis gegeben haben; und diese hundert Herren hätten alle eine Warze vorne auf der Nase. Ich sage nicht, daß die Herren die eine Warze vorne auf der Nase haben Feigemammen sind; sie sollen's nur des Exempels wegen sein, und man soll nicht einen Renommisten mit einer Warze vorne auf der Nase gefunden haben, und ich wüßte das. Nun ponamus, mir käme ein Kerl ins Haus der mich einen hungrigen Poeten und Tellerlecker titulierte und mir s. v. ins Gesicht spuckte. Ich wollte mich nicht gerne schlagen, wüßte auch nicht, wie's ablaufen könnte, und stünde und dächte dem Dinge weiter nach; in dem würde ich einer Warze auf seiner Nase gewahr! da würde ich mich denn nicht länger halten können, und herzhaft mit meinem Point d'honneur auf ihn losgehen, und ich käme sicherlich ungeschlagen davon. Dieser Weg wäre sozusagen die Heerstraße in diesem Felde; es möchte wohl langsam Fortkommen darauf sein, aber so sicher als auf den andern Heerstraßen.

Doch die Menschen haben verschiedene Gaben, und daß ich aus jedem Gesicht nicht sehen kann, beweist nichts weiter, als daß ich nichts daraus sehen kann, und darum kann's doch vielleicht ein anderer.

Ist denn aber überall etwas daraus zu sehen? Und schnürt diese Lehre nicht der Freiheit des Menschen den Hals zu? Denn wenn einer notwendig 'n Schurk ist der z. E. ein großes Maul hat; so muß er 'n Schurk leben und sterben, 's Maul wird sich nicht zusammenziehen.

Hierauf würde ich antworten: umgekehrt, so wird 'n Schuh daraus. Ein Mensch ist kein Schurke wenn er 'n großes Maul hat, sondern wenn er 'n Schurke ist, so hat er 'n großes Maul. Er wird freilich mit dem großen Maul auch wohl 'n Schurke bleiben, aber er kann's doch ebensogut auch nicht bleiben, als wenn er gar kein Maul, sondern statt dessen etwa einen Schnabel hätte oder gar rund zugewachsen wäre. Und wenn er sich bessert, warum sollte sich auch sein großes Maul nicht zusammenziehen können? Zieht sich doch eine dicke Stange Eisen, die Meister Schmidt geglüht hat, in der Kälte wieder zusammen, und so hart und dumm ist doch kein Maul als eine Stange Eisen. Aber 's mag meinetwegen groß bleiben, und die Physiognomen mögen den Eigentümer für einen Schurken halten. Wenn er ein ehrlicher Mann geworden ist, desto besser für ihn, denn es muß eine Lust sein, wenn man so die Herren Kunstverständige zum Narren haben kann. Und dazu würde ich mir die Physiognomie dienen lassen, und die Physiognomen, die in solchem Fall nicht von ganzem Herzen gerne Narren sein wollten, die hole der Kuckuck! Das sind Taschenspieler, und wage es keiner von ihnen mich scharf anzusehen, sonderlich wenn er eine Warze auf der Nase hat. Ein Physiognom, und so stelle ich mir auch den **Raphael** Lavater vor, ist 'n Mann, der in allen Menschengehäusen den unsterblichen Fremdling lieb hat, der sich freut wenn er in irgend einem Gehäuse, Strohdach oder Marmor, einen Gentleman antrifft mit dem er Brüderschaft machen kann, und gerne beitragen möchte die Leibeigenen frei zu machen, wenn er nur ihre Umstände wüßte. Der unsterbliche Fremdling im Menschen ist aber inwendig im Hause, und man kann ihn nicht sehen. Da laurt nun der Physio gnom am Fenster, ob er nicht am Widerschein, am Schatten oder sonst an gewissen Zeichen ausspionieren könne was da für ein Herr logiere, damit er und andre Menschen eine Freude oder Gelegenheit hätten, dem Herrn einen Liebesdienst zu tun. Mag er bei seiner Entreprise parteiisch sein, übertreiben, tausendmal neben der Wahrheit hinfahren, und mehr Unkraut als Weizen sammlen; er bleibt auch mit Unkraut in der Hand ein edler Mann, und denn ist noch immer die Frage erst, ob alles würklich Unkraut ist, was du nach deinem Linneus Unkraut nennst.

Das a.b.c. und a b – ab der Natur ist mir übrigens nicht unwahrscheinlicher als das a.b.c. und a b – ab in meiner Fibel. Der Maulwurf wirft anders auf als der Erdkrebs; der König Salomo baut sich ein anderes Haus als Johann Hutmacher, und diese müssen es erst durch den dritten Mann tun lassen; so kann ja der innerliche Baumeister, denn dasein muß doch einer, aus seinem weichen Mörtel selbst wohl sein Haus und sonderlich sein Kabinett **nach Stand und Würden** bauen! und die härtesten Knochen sind weicher Mörtel gewesen.

Ich ließe mir noch mehr a.b.c.'es und a b – ab's gefallen als an der Nase des Menschen. Was der liebe Gott anfangs alles für Weltkräfte erschaffen und wie er sie gegeneinander geordnet hat, das ist alles vor unsern Augen verborgen, und ich wäre sehr geneigt, die ganze sichtbare Welt als eine Glocke anzusehn, die wir davon läuten hören, ohne recht zu wissen, in welchem Turm sie ist. Die Natur hat, wie in den Apotheken, ihre Simplicia und Composita in verschiedene Büchsen getan, und die äußere Form der Büchse ist das Schild was sie darüber ausgehängt hat. Der muß wohl sehr glücklich sein und ein seltener Heiliger, der sie alle versteht, aber der ein großer **Hans ohne Sorgen** und **Veit auf allen Gassen**, der sich um keins bekümmert.

*

Phidile,

als sie nach der Kopulation allein in ihr Kämmerlein gegangen war

Ach, Gottes Segen über dir!
  Weil du ihn mir gegeben,
Du schwarzer Mann! Mein Herz schlug mir
  Nie so in meinem Leben.

Und meinem Wilhelm schlug es auch! –
  Als ihn der Pfarrer fragte,
Und das nach hergebrachtem Brauch
  Von Glück und Unglück sagte;

Da sah er her mit Ungestüm,
  Als wollt er mich umfangen;
Die hellen Tränen liefen ihm
  Wohl über seine Wangen. –

Ja, Wilhelm, ich bin auch bereit,
  Ich will dich nicht verlassen!
Von nun an bis in Ewigkeit,
  Will ich dich nicht verlassen.

Will immer um und bei dir sein,
  Will Not und Tod nicht scheuen!
Mein trauter Wilhelm! du allein
  Kannst meine Seel erfreuen,

Und sollst allein! drauf ruf ich Gott
  Zum Zeugen hier hernieder.
Und nimmt mich oder dich der Tod,
  So finden wir uns wieder!

Wächter und Bürgermeister

In einer Stadt ein Wächter war,
  Wo? hab ich nicht gefunden,
Der blies da schon manch liebes Jahr
  Des Nachts und rief die Stunden;
Und zwar war das sein Methodus:
Er tat das Horn aufs Maul und blus,
  Und denn pflegt' er zu sagen:
  »Das Klock hat zehn geschlagen.«

Einmal nun, eh er sich's versah,
War Wipp, der Rathausdiener, da:
  Gleich marsch zum Bürgermeister!
»Was ruft Er denn so falsch und dumm?
  Der Klock heißt's, Bärenhäuter!
Denn Klock ist Genris masculum,
  So ruf Er also weiter!«

»Ihr Exzellenz und Hochgeborn
  Hat in der Stadt zu schalten;
Sonst hätt ich wohl ein Wort verlorn:
Der Klock reimt nicht zu meinem Horn;
  Drum will ich **das** Klock halten.«

»Er will nach einer solchen Tat
Noch wider den Hochweisen Rat
Ein Wort und Obstat wagen?
Im Namen unsrer guten Stadt:
Will Er bald **der** Klock sagen?
Das Genus hat Er uns verhunzt
All unsre Ehr zerreißt Er!
Meint Er, man trägt das Schwert umsunst?

Ich schätze Wissenschaft und Kunst!
Und bringst mich da in solche Brunst« –

»Der Klock, Herr Bürgermeister!«

Täglich zu singen

Ich danke Gott, und freue mich
Wie's Kind zur Weihnachtsgabe,
Daß ich bin, bin! Und daß ich dich,
Schön menschlich Antlitz! habe;

Daß ich die Sonne, Berg und Meer,
Und Laub und Gras kann sehen,
Und abends unterm Sternenheer
Und lieben Monde gehen;

Und daß mir denn zumute ist,
Als wenn wir Kinder kamen,
Und sahen, was der heil'ge Christ
Bescheret hatte, Amen!

Ich danke Gott mit Saitenspiel,
Daß ich kein König worden;
Ich wär geschmeichelt worden viel,
Und wär vielleicht verdorben.

Auch bet ich ihn von Herzen an,
Daß ich auf dieser Erde
Nicht bin ein großer reicher Mann,
Und auch wohl keiner werde.

Denn Ehr und Reichtum treibt und bläht,
Hat mancherlei Gefahren,
Und vielen hat's das Herz verdreht,
Die weiland wacker waren.

Und all das Geld und all das Gut
Gewährt zwar viele Sachen;
Gesundheit, Schlaf und guten Mut
Kann's aber doch nicht machen.

Und die sind doch, bei Ja und Nein!
Ein rechter Lohn und Segen!
Drum will ich mich nicht groß kastein
Des vielen Geldes wegen.

Gott gebe mir nur jeden Tag,
Soviel ich darf zum Leben.
Er gibt's dem Sperling auf dem Dach;
Wie sollt er's mir nicht geben!

*

Der Maler der den Sokrates gemalt hatte

Sonst treff ich alle. Sagt mir an:
Warum nicht auch den Einen?

Antwort

Sei erst, wie er, ein großer Mann,
Sonst male nur die Kleinen.

Vorlesung an die Herren Subskribenten

Man hat schon in ganz uralten Zeiten Vorlesungen gehalten und zwar in arabischer und chaldäischer Sprache; ich darf aber glauben, daß vielleicht einige von meinen H. H. Subskribenten kein Arabisch und Chaldäisch verstehen, und gesetzt sie verstünden's auch alle, so habe ich doch meine Ursachen, warum ich keine arabische und chaldäische Vorlesung halten will.

Unter den Griechen hat der berühmte Aristoteles Vorlesungen an den König Alexander gehalten, der auf seine Werke subskribiert hatte. Dieser Alexander soll ganz Griechenland und halb Asien erobert haben, und wird **der Große** genannt. Er mag auch wohl groß gewesen sein, das will ich nicht streiten, doch kann ich's eben nicht groß finden, wenn einer alles vor der Faust wegnimmt, und in meinen Augen ist ein Fürst, der das Land was er hat gut regiert, viel größer.

Unter den Lateinern wüßte ich nicht gleich ein Subjekt das Vorlesungen gehalten hätte, es sind deren aber ohne Zweifel auch unter ihnen gewesen.

Was nun alle diese Leute vorgelesen haben das weiß ich nicht, wollte auch nur, daß ich wüßte, was meinen H. H. Subskribenten ein Vergnügen machen könnte, sollte mir nichts zu schlecht noch zu gut sein. Ich will so allerlei versuchen; ist's nicht das eine, so ist's vielleicht das andre. Zuerst

a) Das von dem Schneider und dem Elefanten in Surate

Vorläufig muß ich sagen, daß hier die Rede von einem asiatischen Schneider sei der von den europäischen ganz verschieden ist. Ich habe einen nahen Anverwandten der 'n Schneider ist; der möchte sonst meinen, daß ich ihn und sein löbliches Handwerk beleidigen wollte, und das will ich nicht.

Der Elefant saß also an der Tür und der Schneider ward zur Tränke getrieben – umgekehrt! Der Elefant ward zur Tränke getrieben, und der Schneider saß an der Tür und hatte Äpfel neben sich stehen; und als der Elefant an die Äpfel kam, stand er stille, streckte seinen Rüssel hin und holte einen nach dem andern weg. Der Schneider wollte die Äpfel lieber selbst essen, und als der Rüssel wieder kam, stach er mit seiner Nadel hinein und der Elefant sagte 'P"r"r"r"r"rm, und ging weiter zur Tränke, trank sich satt, und nahm einen Rüssel voll Wasser mit zurück. Und als er wieder an den Schneider kam, stellte er sich gerade vor ihm hin und blies ihm das Wasser ins Gesicht und über den ganzen Leib, und ging weg.

Die Herren Menschen könnten von dem Elefanten etwas lernen, und sollten, wenn sie sich doch 'nmal rächen wollten, ihren Rüssel, wie er, nur voll Wasser nehmen; das wäre nicht ganz geschenkt, und Arm' und Beine blieben ganz. Sie dünken sich doch mehr als Elefanten, und sind's auch. Ja wohl, die Menschen sind mehr als alle Tiere, das ist leicht zu beweisen wie folget:

»Die Biber und Elefanten werden für die klügsten unter allen Tieren gehalten; nun hat man aber, zu geschweigen daß bei beiden Tierarten nicht die geringste Spur von Subskription zu finden ist, niemals gehört, daß 'n Elefant einen Hexameter gemacht, oder die Biber einen Musen-Almanach herausgegeben hätten. Beides vermögen aber die Menschen; sie haben schon viele Tausend Hexameter gemacht, und geben alljährlich an die sieben Musen-Almanachs heraus, und der von Johann

Heinrich Voß bei Carl Bohn soll bis dato der prinzipalste von allen sein; und also ist der Mensch prinzipaler als alle Tiere.«

*

Vor einiger Zeit beehrte mich ein Herr Subskribent mit einem Briefe, klagte darin über den Verfall des vaterländischen Briefstils und wünschte in dem Subskriptionsbüchel eine Abhandlung **über den Briefstil und seine verschiedene Gattungen** zu lesen. Er war so gut zu meiner großen Beschämung noch hinzuzusetzen, wie er glaube, daß ich der rechte Mann dazu sei, wenn ich nur wollte. Warum sollte ich nicht wollen? Wenn ich meinem Vaterlande dienen kann, von Herzen gerne!

b) Eine kurze Theorie über den Briefstil und die Eilf Gattungen desselben

Der Briefstil, Stilus epistolaris, ist sehr verschieden, und kommt es dabei hauptsächlich auf den Briefsteller an. Es sind aber Eilf Gattungen desselben zu merken, wie die Tabelle am Schluß dieser **Theorie** umständlich auseinandersetzt und erweist.

Die Briefe kommen

1. mit der Post;
1) *Stilus epistolaris ordinarius.*
In diesem Falle sind die Briefe geschrieben

- 1. schlecht und recht;
  2) *St. simplex.*
- oder mit Geschmack.
  3) *St. catarrhalis,*

Die simplices sind a vocabulo graeco.

- 1. zugesiegelt;
  4) *St. sigillatus.*
- oder betreffen das Land Wursten.
  5) *St. Geographicus.*

oder nicht.
6) *Stilus extraordinarius.*
Wenn die Briefe nicht mir der Post kommen, so sind sie gestellt

- 1. von leblosen Substanzen;
  7) *St. per Prosopopoiiam.*
- oder von Tieren
  8) *St. Aesopicus.*

9) *St. Aërus* 10) *St. Aquaticus* 11) *St. Terrestris.*

c) Schreiben eines parforcegejagten Hirschen an den Fürsten der ihn parforcegejagt hatte, d. d. jenseit des Flusses

Ein Preisversuch der das Accessit erhalten. Ich führe ihn hier nur bloß an als eine Probe des Stilus Epistolaris Extraordinarius Aesopicus Terrestris, und weiß bis diese Stunde nicht, wo das Accessit geblieben ist; ich habe nichts gekriegt, sie schrieben mir aber in dem Briefe ich hätt's erhalten. Was den Inhalt anlangt, da kommt's mir freilich vor als wenn der Hirsch recht hätte; ich weiß aber nicht was dagegen gesagt werden kann, und denn bedaurt auch mancher einen Hirschen und würde ihn am ärgsten jagen wenn er nur könnte.

Durchlauchtiger Fürst,
Gnädigster Fürst und Herr!

Ich habe heute die Gnade gehabt, von Ew. Hochfürstlichen Durchlaucht parforcegejagt zu werden; bitte aber untertänigst, daß Sie gnädigst geruhen, mich künftig damit zu verschonen. Ew. Hochfürstl. Durchl. sollten nur Einmal parforcegejagt sein, so würden Sie meine Bitte nicht unbillig finden. Ich liege hier und mag meinen Kopf nicht aufheben, und das Blut läuft mir aus Maul und Nüstern. Wie konnen Ihr Durchlaucht es doch übers Herz bringen, ein armes unschuldiges Tier, das sich von Gras und Kräutern nährt, zu Tode zu jagen? Lassen Sie mich lieber totschießen, so bin ich kurz und gut davon. Noch Einmal, es kann sein, daß Ew. Durchlaucht ein Vergnügen an dem Parforcejagen haben; wenn Sie aber wüßten, wie mir noch das Herz schlägt, Sie täten's gewiß nicht wieder, der ich die Ehre habe zu sein mit Gut und Blut bis in den Tod etc. etc.

d) Die Geschichte des Konstantin Phaulkon

Konstantin Phaulkon war, daß ich's kurz mache, in Griechenland geboren, ging mit englischen Schiffen nach Siam, kam am dortigen Hofe erst zu kleiner und hernach zu großer Ehre und Herrlichkeit, so daß er sozusagen nach dem Kaiser der erste im Lande war, und unter andern allemal auf einem silbernen Sessel getragen ward. Unter diesen Umständen machte er mit dem de Forgues, Kommandanten der Festung Bankok, eine Verschwörung, den Monpi oder vielleicht sich selbst auf den Thron zu setzen, und den Petratja und die andern Reichsprätendenten auf die Seite zu schaffen. Die Verschwörung ward entdeckt, und das Blatt fing an sich mit dem Konstantin Phaulkon gewaltig zu wenden. Der Petratja warf ihm den 19. Mai 1659 den abgerissenen Kopf des Monpi vor die Füße, und lachte ihm dabei in die Zähne. Nach diesem Anfang ließ er ihn vierzehn Tage auf allerlei Art martern und quälen, und den funfzehnten auf einem Mistsessel nach dem Gerichtsplatz tragen, unterwegens aber bei seinem Hause anhalten, damit er vor seinem Tode noch alle seine Herrlichkeit zerstört sehen möchte. Seine Gemahlin lag hier gebunden in einem Stall, mit seinem jüngsten Sohn auf ihrem Schoß, und der älteste war seit einigen Tagen gestorben und lag tot neben ihr. Konstantin Phaulkon wollte Abschied von seiner Frau nehmen und sein Kind auf ihrem Schoß küssen; sie aber wollte nicht Abschied nehmen noch das Kind küssen lassen, spie ihn an und stieß ihn von sich, und so ward er weiter nach dem Gerichtsplatz getragen und jämmerlich hingerichtet.

Beim Konstantin Phaulkon fällt es sehr in die Augen, daß man zu seinem Unglück groß werden kann; bei einigen fällt es nicht so sehr in die Augen, und sie sind doch im Grunde nicht weniger unglücklich als er.

e) Von den Jammabos oder Bergpriestern in Japan

Die Jammabos tragen einen Gürtel, darin linker Hand ein Wakisafi oder Dolch hängt, Wurzeln damit auszugraben, und rechter Hand ein Foranokai, oder Schülphorn, Wasser damit zu schöpfen. An den Füßen hat er Jatzuwono Warandje, Strohschuhe sehr bequem die Pönitenzberge zu ersteigen, in der Hand ein Sakkudsio oder Stäblein des Gottes Dsiso mit vier kupfernen Ringen damit er beim Gebet klingelt, und an der Schulter einen Oji, oder Beutel darin sein Gebetbuch liegt – und so geht er Tag und Nacht in den Einöden des wilden Gebirges Fusi und des hohen Fikoosan, und sucht die Glückseligkeit. Ob er sie findet das weiß Gott: aber ich suchte sie doch wahrlich auch lieber hier, als wo sie Konstantin Phaulkon suchte.

Will meinen Herren Subskribenten noch zum Beschluß etwas von der heiligen Wallfahrt der Japaneser nach Jisje erzählen. Man erzählt doch gern von seinen Reisen, und wer mir nicht auf mein Wort glauben will, kann den Kämpfer nachlesen, der auch in Japan gewesen ist, und ein sehr gutes Buch davon geschrieben hat. Er hat auch die Geschichte des Konstantin Phaulkon, viel umständlicher und besser als ich.

Ein jeder guter Japaneser muß wenigstens einmal in seinem Leben nach Jisje wallfahrten, zum Haupttempel ihres größten Gottes Tensjo Dai Sin; gewöhnlich wallfahrtet er aber alle Jahr dahin, und deswegen ist, sonderlich zu einer gewissen Jahrszeit, die Straße voll Pilger. Der Hof sollte es eigentlich auch tun; er macht sich's aber kommoder nach der beliebten Philosophie des Roosi, und schickt eine Deputation.

Die Pilger tragen auf dem Rücken eine aufgerollte Strohmatte, die des Nachts ihre Decke ist, haben einen Stab in der Hand, einen von Binsen geflochtenen weiten

Hut auf dem Kopf, und einen Wasserschöpfer im Gürtel. Auf dem Hut und dem Wasserschöpfer steht des Pilgers Name und Geburtsort geschrieben.

Der Tempel, zu dem sie wallfahrten, liegt in einer Ebene, und ist von Holz klein und schlecht gebaut mit einem sehr niedrigen Strohdach. Inwendig ist nichts zu sehen, als ein Metallspiegel in der Mitte, und, an den Wänden hin und her, weißes zerschnittenes Papier, und hinter dem Tempel ist eine kleine Kapelle »für den Geist«. Der Spiegel deutet auf die Allwissenheit des Tensjo Dai Sin, und das weiße Papier auf die Reinigkeit des Orts, und daß, wer sich ihm nahen will, ein reines Herz haben müsse. Um diesen Tempel stehen mehr als hundert andre Tempel minderer Gottheiten, zum Teil so klein, daß ein Mensch nicht darin stehen kann, und ein jeder Tempel hat seinen Wächter. Wenn ein Pilger ankömmt, meldet er sich bei einem der Canusj oder Geistlichen. Der läßt ihn erst durch seine Unterküster bei den Nebentempeln herumführen und ihm die Namen und Taten ihrer Gottheiten erklären, und endlich führt er ihn selbst an die Gittertür des Haupttempels. Hier kniet der Pilger demütig nieder, legt seine Stirne auf die Erde und bringt sein Anliegen vor, und hernach gibt er eine Gabe und wird von dem Canusj bewirtet und beherbergt. Überall in der Gegend um Jisje wohnen viele Nege, Tempelherren, oder Taije, Boten Gottes, die zur Beherbergung und Verpflegung der Pilger Wohnungen unterhalten.

Wenn der Pilger nun solchergestalt seine Andacht verrichtet hat, erhält er von dem Canusj 'n Ofarrai oder Ablaßzeichen, denn Farrai heißt auf japansch säubern, reinigen. Dieser Ofarrai ist eine kleine viereckigte Schachtel, etwa acht Zoll breit und einen und einen halben tief; sie ist von Tannenholz gemacht und voll dünne Stäbchen von eben dem Holz, die so lang als die Schachtel, und jedes säuberlich in rein Papier eingewickelt sind; vorn auf der Schachtel steht mit großen Buchstaben der Name des Tensjo Dai Sin, und unten der Name des Canusj. Der Pilger empfängt diese Holzware mit großer Ehrerbietigkeit, heftet sie vorn unter den Hut, und hinten am Hut ein Strohbündel dagegen, und trägt sie so auf seiner Stirn zu Hause. Hier werden denn die Ofarrais Mannes hoch an einem Leisten nach den Jahren aufgehängt, und wenn dem Japaneser bei Tage oder Nacht das Herz schwer ist, sieht er seine Ofarrais an, und wird besser.

Ich bitte die Herren Subskribenten um Vergebung, daß ich so lange von den Jammabos und Pilgern erzähle; aber ich kann mir nicht helfen. Ein Mensch, dem es in Ernst um Glückseligkeit zu tun ist und der im frommen einfältigen Glauben alles das, wonach andre sich die Beine ablaufen, kaltblütig oder mit verbissenen Zähnen vorbeigeht, 'n solcher Mensch, wo ich ihn auch treffe, ist für mich sehr rührend, und ich kann nicht wieder weg. Gott höre jeden, der auf dem Fusi klingelt, und der vor der Gittertür zu Jisje seine Stirn auf die Erde legt! Und das tut auch Gott, glaub ich, denn ist er nicht auch der Japaneser Gott? Freilich ist er auch der Japaneser Gott.

Also nochmals um Vergebung, wenn einige Herren Subskribenten bei dieser Erzählung Langeweile gehabt haben! Auf der andern Seite ist eine kleine Kollation veranstaltet; und ich will bitten, sich's gut schmecken zu lassen und gütigst vorlieb zu nehmen.

*

Auskunft über diesen Holzschnitt

1) Böte mit Subskribenten.
2) Ein plattes Fahrzeug mit den Exemplaren des dritten Teils.
3) Eine Gallion darauf sich die Herren Collecteurs befinden.
4) Eine Jacht darauf sich die Herren Gelehrten und Trompeten und Pauken befinden.
5) Eine dito mit denen Herren Buchhändlern. Da ich ihnen nach meinen Umständen nicht auf eine andre Art gefällig sein kann, so habe ich mir hier die Ehre von ihnen ausbitten wollen.
6) Herr Ahrens, der dem Geruch der kalten Küche nachgeht.
7) Ein Haus darin die ganze Gesellschaft, wenn sie wieder an Land kömmt, mit kalter Küche und allerhand Erfrischungen bedient werden soll.
8) Eine Partei Digestiv-Pulver nach dem Souper.
9) Meine alte Muhme die sich über die Fete nicht genug wundern und freuen kann.
10) Ein armierter Schoner mit den Herren Kritikern und Rezensenten. Sie sind hier auf den Strand geraten, und ich und Andres suchen sie wieder flott zu machen.
11) Der Nachdrucker des 1. und 2. Teils der am Ufer hin und her läuft und nach dem platten Fahrzeug hinsieht, wie eine Henne die junge Enten ausgesessen hat. Ihm soll hernach von allem reichlich vorgesetzt werden, und Herr Ahrens soll ihn bei der Gelegenheit vermahnen.

1
2
3
4
5
6
7
8
9
10
11

Über das Gebet, an meinen Freund Andres

Es ist sonderbar, daß Du von mir eine Weisung übers Gebet verlangst; und Du verstehst's gewiß viel besser als ich. Du kannst so in Dir sein, und auswendig so verstört und albern aussehen, daß der Priester Eli, wenn er Dein Pastor loci wäre, Dich leicht in bösen Ruf bringen könnte. Und das sind gute Anzeichen, Andres. Denn wenn das Wasser sich in Staubregen zersplittert, kann es keine Mühle treiben, und wo Klang und Rumor an Tür und Fenstern ist, passiert im Hause nicht viel.

Daß einer beim Beten die Augen verdreht etc. find ich eben nicht nötig, und halte ich's besser: natürlich! Indes muß man einen darum nicht lästern wenn er nicht heuchelt; doch daß einer groß und breit beim Gebet tut, das muß man lästern, dünkt mich, und ist nicht auszustehen. Man darf Mut und Zuversicht haben, aber nicht eingebildet und selbstklug sein; denn weiß einer sich selbst zu raten und zu helfen, so ist ja das kürzeste daß er sich selbst hilft. Das Händefalten ist eine feine äußerliche Zucht, und sieht so aus als wenn sich einer auf Gnade und Ungnade ergibt und 's Gewehr streckt etc. Aber das innerliche heimliche Hinhängen, Wellenschlagen und Wünschen des Herzens, das ist nach meiner Meinung beim Gebet die Hauptsache, und darum kann ich nicht begreifen was die Leute meinen, die nichts von Beten wissen wollen. Ist ebensoviel als wenn sie sagten, man solle nichts wünschen oder man solle keinen Bart und keine Ohren haben. Das müßte ja 'n hölzerner Bube sein der seinen Vater niemals etwas zu bitten hätte, und erst 'n halben Tag deliberierte, ob er's zu der Extremität wolle kommen lassen oder nicht. Wenn der Wunsch inwendig in Dir Dich nahe angeht, Andres, und warmer Komplexion ist; so wird er nicht lange anfragen, er wird Dich übermannen wie 'n starker gewappneter Mann, wird sich kurz und gut mit einigen Lumpen von Worten behängen und am Himmel anklopfen.

Aber das ist eine andre Frage, was und wie wir beten sollen. Kennt jemand das Wesen dieser Welt, und trachtet er ungeheuchelt nach dem was Besser ist; denn hat's mit dem Gebet seine gewiesene Wege. Aber des Menschen Herz ist eitel und töricht von Mutterleibe an. Wir wissen nicht was uns gut ist, Andres, und unser liebster Wunsch hat uns oft betrogen! Und also muß man nicht auf seinem Stück stehen, sondern blöde und diskret sein, und dem lieber alles mit anheimstellen der's besser weiß als wir.

Ob nun das Gebet einer bewegten Seele etwas vermag und würken kann, oder ob der Nexus Rerum dergleichen nicht gestattet, wie einige Herren Gelehrte meinen, darüber lasse ich mich in keinen Streit ein. Ich hab allen Respekt für den Nexus rerum, kann aber doch nicht umhin dabei an Simson zu denken, der den Nexus der Torflügel unbeschädigt ließ und bekanntlich das ganze Tor auf den Berg trug. Und kurz, Andres, ich glaube, daß der Regen wohl kömmt wenn es dürre ist und daß der Hirsch nicht umsonst nach frischem Wasser schreie, wenn einer nur recht betet und recht gesinnt ist.

Das »Vater Unser« ist ein für allemal das beste Gebet, denn Du weißt, wer's gemacht hat. Aber kein Mensch auf Gottes Erdboden kann's so nachbeten wie der 's gemeinet hat; wir krüppeln es nur von ferne, einer noch immer armseliger als der andere. Das schadt aber nicht, Andres, wenn wir's nur gut meinen; der liebe Gott muß so immer das Beste tun, und der weiß wie's sein soll. Weil Du's verlangst, will ich Dir aufrichtig sagen, wie ich's mit dem »Vater Unser« mache. Ich denke aber, 's ist so nur sehr armselig gemacht, und ich möchte mich gerne eines Bessern belehren lassen.

Sieh, wenn ich's beten will, so denk ich erst an meinen seligen Vater, wie der so gut war und mir so gerne geben mochte. Und denn stell ich mir die ganze Welt als meines Vaters Haus vor; und alle Menschen in Europa, Asia, Afrika und Amerika sind denn in meinen Gedanken meine Brüder und Schwestern; und Gott sitzt im Himmel auf einem goldnen Stuhl, und hat seine rechte Hand übers Meer und bis ans Ende der Welt ausgestreckt, und seine linke voll Heil und Gutes, und die Bergspitzen umher rauchen – und denn fang ich an:

Vater Unser der du bist im Himmel.
Geheiliget werde dein Name.

Das versteh ich nun schon nicht. Die Juden sollen besondre Heimlichkeiten von dem Namen Gottes gewußt haben. Das lasse ich aber gut sein und wünsche nur, daß das Andenken an Gott, und eine jede Spur, daraus wir ihn erkennen können, mir und allen Menschen über alles groß und heilig sein möge.

Zu uns komme dein Reich.

Hiebei denk ich an mich selbst, wie's in mir hin und her treibt und bald dies bald das regiert, und daß das alles Herzquälen ist und ich dabei auf keinen grünen Zweig komme. Und denn denk ich, wie gut es für mich wäre, wenn doch Gott all Fehd ein Ende machen und mich selbst regieren wollte.

Dein Wille geschehe wie im Himmel also auch auf Erden.

Hiebei stell ich mir den Himmel mit den heiligen Engeln vor die mit Freuden seinen Willen tun, und keine

Qual rühret sie an, und sie wissen sich vor Liebe und Seligkeit nicht zu retten, und frohlocken Tag und Nacht; und denn denk ich: wenn es doch also auch auf Erden wäre!

Unser täglich Brot gib uns heute.

'n jeder weiß was täglich Brot heißt, und daß man essen muß solange man in der Welt ist, und daß es auch gut schmeckt. Daran denk ich denn. Auch fallen mir wohl meine Kinder ein, wie die so gerne essen mögen und so flugs und fröhlich bei der Schüssel sind. Und denn bet ich, daß der liebe Gott uns doch etwas wolle zu essen geben.

Und vergib uns unsre Schuld als wir vergeben unsern Schuldigern.

Es tut weh wenn man beleidigt wird, und die Rache ist dem Menschen süß. Das kömmt mir auch so vor, und ich hätte wohl Lust dazu. Da tritt mir aber der **Schalksknecht** aus dem Evangelio unter die Augen: und mir entfällt das Herz, und ich nehm's mir vor, daß ich meinem **Mitknecht** vergeben und ihm kein Wort von den **hundert Groschen** sagen will.

Und führe uns nicht in Versuchung.

Hier denk ich an allerhand Exempel, wo Leute unter den und jenen Umständen vom Guten abgewichen und gefallen sind, und daß es mir nicht besser gehen würde.

Sondern erlöse uns von dem Übel.

Mir sind hier die Versuchungen noch im Sinn, und daß der Mensch so leicht verführt werden, und von der ebnen Bahn abkommen kann. Zugleich denk ich aber auch an alle Mühe des Lebens, an Schwindsucht und Alter, an Kindesnot, Kalten Brand und Wahnsinn, und das **tau-**

sendfältige Elend und Herzeleid das in der Welt ist und die armen Menschen martert und quält, und ist niemand der helfen kann. Und Du wirst finden, Andres! wenn die Tränen nicht vorher gekommen sind, hier kommen sie gewiß, und man kann sich so herzlich heraussehnen, und in sich so betrübt und niedergeschlagen werden, als ob gar keine Hülfe wäre. Denn muß man sich aber wieder Mut machen, die Hand auf den Mund legen, und wie im Triumph fortfahren:

Denn dein ist das Reich, und die Kraft und die
Macht und die Herrlichkeit in Ewigkeit,
Amen.

Die Geschichte von Goliath und David, in Reime bracht

1

War einst ein Riese Goliath
Gar ein gefährlich Mann!
Er hatte Tressen auf dem Hut
Mit einem Klunker dran,
Und einen Rock von Drap d'argent
Und alles so nach advenant.

2

An seinen Schnurrbart sah man nur
Mit Gräsen und mit Graus,
Und dabei sah er von Natur
Pur wie der – aus.
Sein Sarras war, man glaubt es kaum,
So groß schier als ein Weberbaum.

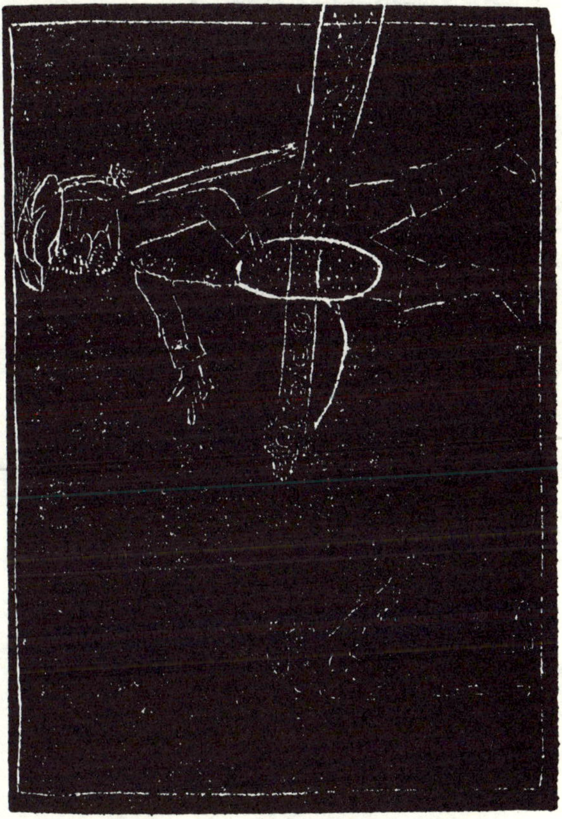

3

Er hatte Knochen wie ein Gaul,
Und eine freche Stirn,
Und ein entsetzlich großes Maul,
Und nur ein kleines Hirn;
Gab jedem einen Rippenstoß,
Und flunkerte und prahlte groß.

4

So kam er alle Tage her,
Und sprach Israel Hohn.
»Wer ist der Mann? Wer wagt's mit mir?
Sei Vater oder Sohn,
Er komme her der Lumpenhund,
Ich bax 'n nieder auf den Grund.«

5

Da kam in seinem Schäferrock
Ein Jüngling zart und fein;
Er hatte nichts als seinen Stock,
Als Schleuder und den Stein,
Und sprach: »Du hast viel Stolz und Wehr,
Ich komm im Namen Gottes her.«

6

Und damit schleudert' er auf ihn,
Und traf die Stirne gar;
Da fiel der große Esel hin
So lang und dick er war.
Und David haut' in guter Ruh
Ihm nun den Kopf noch ab dazu.

*

Trau nicht auf deinen Tressenhut,
Noch auf den Klunker dran!
Ein großes Maul es auch nicht tut:
Das lern vom langen Mann;
Und von dem kleinen lerne wohl:
Wie man mit Ehren fechten soll.

*

Rheinweinlied

Bekränzt mit Laub den lieben vollen Becher,
Und trinkt ihn fröhlich leer.
In ganz Europia, Ihr Herren Zecher!
Ist solch ein Wein nicht mehr.

Er kommt nicht her aus Hungarn noch aus Polen,
Noch wo man franzmännsch spricht;
Da mag Sankt Veit, der Ritter, Wein sich holen,
Wir holen ihn da nicht.

Ihn bringt das Vaterland aus seiner Fülle;
Wie wär er sonst so gut!
Wie wär er sonst so edel, wäre stille
Und doch voll Kraft und Mut!

Er wächst nicht überall im deutschen Reiche;
Und viele Berge, hört,
Sind, wie die weiland Kreter, faule Bäuche,
Und nicht der Stelle wert.

Thüringens Berge zum Exempel bringen
Gewächs sieht aus wie Wein;
Ist's aber nicht. Man kann dabei nicht singen,
Dabei nicht fröhlich sein.

Im Erzgebürge dürft Ihr auch nicht suchen,
  Wenn Ihr Wein finden wollt.
Das bringt nur Silbererz und Koboldkuchen,
  Und etwas Lausegold.

Der Blocksberg ist der lange Herr Philister,
  Er macht nur Wind wie der;
Drum tanzen auch der Kuckuck und sein Küster
  Auf ihm die Kreuz und Quer.

Am Rhein, am Rhein, da wachsen unsre Reben;
  Gesegnet sei der Rhein!
Da wachsen sie am Ufer hin, und geben
  Uns diesen Labewein.

So trinkt ihn denn, und laßt uns allewege
  Uns freun und fröhlich sein!
Und wüßten wir wo jemand traurig läge,
  Wir gäben ihm den Wein.

Motetto,
als der erste Zahn durch war

  Victoria! Victoria!
Der kleine weiße Zahn ist da.
Du Mutter! komm, und groß und klein
Im Hause! kommt, und kuckt hinein,
Und seht den hellen weißen Schein.

  Der Zahn soll Alexander heißen.
Du liebes Kind! Gott halt ihn Dir gesund,
Und geb Dir Zähne mehr in Deinen kleinen Mund,
  Und immer was dafür zu beißen!

*

Motet

Der Mensch lebt und bestehet
  Nur eine kleine Zeit;
Und alle Welt vergehet
  Mit ihrer Herrlichkeit.
Es ist nur **Einer** ewig und an allen Enden,
    Und wir sind in seinen Händen.
      Und der ist allwissend.

Erstes Chor. Halleluja!
      Und der ist heilig.

Zweites Chor. Halleluja!
      Und der ist allmächtig.

Drittes Chor. Halleluja!
      Und ist barmherzig.

Alle Chöre.
Ist barmherzig – Halleluja! Amen!
Halleluja ewig ewig ewig seinem Namen!
Ist barmherzig – Halleluja! Amen!

Von der Freundschaft

Ich habe dir in der vorigen Lektion die Feindschaft erklärt, und wie man dazu gelangen könne, und wann ein ehrlicher Kerl sie nicht scheuen müsse. Heute von der **Freundschaft**.

Von der spricht nun einer: sie sei überall; der andre: sie sei nirgends; und es steht dahin, wer von beiden am ärgsten gelogen hat.

Wenn du Paul den Peter rühmen hörst; so, wirst du finden, rühmt Peter den Paul wieder, und das heißen sie denn Freunde. Und ist oft zwischen ihnen weiter nichts, als daß einer den andern kratzt damit er ihn wieder kratze, und sie sich so einander wechselsweise zu Narren haben; denn, wie du siehst, ist hier, wie in vielen andern Fällen, ein jeder von ihnen nur sein eigner Freund und nicht des andern. Ich pflege solch Ding »Holunder-Freundschaften« zu nennen. Wenn du einen jungen Holunderzweig ansiehst, so sieht er fein stämmig und wohlgegründet aus; schneidest du ihn aber ab, so ist er inwendig hohl und ist so ein trocken schwammig Wesen darin.

So ganz rein geht's hier freilich selten ab, und etwas Menschliches pflegt sich wohl mit einzumischen; aber das erste Gesetz der Freundschaft soll doch sein: daß einer **des andern** Freund sei.

Und das zweite ist, daß du's von Herzen seist und Gutes und Böses mit ihm teilest, wie's vorkömmt. Die Delikatesse, da man den und jenen Gram allein behalten und seines Freundes schonen will, ist meistens Zärtelei; denn eben darum ist er dein Freund, daß er mit untertrete und es deinen Schultern leichter mache.

Drittens laß du deinen Freund nicht zweimal bitten. Aber, wenn's not ist und er helfen kann; so nimm du auch kein Blatt vors Maul, sondern gehe und fodre frisch heraus, als ob's so sein müßte und gar nicht anders sein könne.

Hat dein Freund an sich das nicht taugt; so mußt du ihm das nicht verhalten und es nicht entschuldigen gegen ihn. Aber gegen den dritten Mann mußt du es verhalten und entschuldigen. Mache nicht schnell jemand deinen Freund, ist er's aber einmal, so muß er's gegen den dritten Mann mit allen seinen Fehlern sein. Etwas Sinnlichkeit und Parteilichkeit für den Freund scheint mit zur Freundschaft in dieser Welt zu gehören. Denn wolltest du an ihm nur die würklich ehr- und liebenswürdigen Eigenschaften ehren und lieben, wofür wärst du denn sein Freund; das soll ja jeder wildfremde unparteiische Mann tun. Nein, du mußt deinen Freund mit allem was an ihm ist in deinen Arm und in deinen Schutz nehmen; das Granum salis versteht sich von selbst, und daß aus einem Edlen kein Unedles werden müsse.

Es gibt eine körperliche Freundschaft. Nach der werden auch zwei Pferde, die eine Zeitlang beisammen stehen, Freunde und können eins des andern nicht entbehren. Es gibt auch sonst noch mancherlei Arten, und Veranlassungen. Aber eigentliche Freundschaft kann nicht sein ohne Einigung; und wo die ist, da macht sie sich gern und von selbst. So sind Leute, die zusammen Schiffbruch leiden und die an eine wüste Insel geworfen werden, Freunde. Nämlich das gleiche Gefühl der Not in ihnen allen, die gleiche Hoffnung und der Eine Wunsch nach Hülfe einigte sie; und das bleibt oft ihr ganzes Leben hindurch. Einerlei Gefühl, einerlei Wunsch, einerlei Hoffnung einigt; und je inniger und edler dies Gefühl, dieser Wunsch und diese Hoffnung sind, desto inniger und edler ist auch die Freundschaft, die daraus wird.

Aber, denkst du, auf diese Weise sollten ja alle Menschen auf Erden die innigsten Freunde sein? Freilich wohl! und es ist meine Schuld nicht, daß sie es nicht sind.

Postskript. Es gibt einige Freundschaften, die im Himmel beschlossen sind und auf Erden vollzogen werden.

⟨Kartoffellied⟩

Pasteten hin, Pasteten her,
Was kümmern uns Pasteten?
Die Kumme hier ist auch nicht leer,
Und schmeckt so gut, als bonne chère
Von Fröschen und von Kröten.

Und viel Pastet und Leckerbrot
Verdirbt nur Blut und Magen.
Die Köche kochen lauter Not,
Sie kochen uns viel eher tot;
Ihr Herren laßt euch sagen!

Schön rötlich die Kartoffeln sind
Und weiß wie Alabaster!
Sie däun sich lieblich und geschwind
Und sind für Mann und Frau und Kind
Ein rechtes Magenpflaster.

Vorrede des Übersetzers
1782

Das Buch: **Des Erreurs et de la Vérité** ist ein sonderlich Buch, und die Gelehrten wissen nicht recht was sie davon halten sollen, denn man versteht es nicht, und man soll doch eigentlich verstehen was man richten will.

Hin und wieder tut wohl der Verfasser seinen Mund auf und spricht, wie in der Erklärung von dem Ursprung des Bösen, von der Freiheit des Menschen und an verschiednen andern Orten; und da befriedigt er mehr, als was bisher über die Dinge im Umlauf war. Meistens aber geht er wie ein Geist, mit verschlossenem Munde und aufgehabenem Zeigefinger, auf etwas hinweisend da wir nicht von wissen; und seine Winke und Äußerungen sind allerdings groß und erfreulich wie die Gipfel der väterlichen Berge, aber zu gleicher Zeit so ex-zentrisch und wunderbar, daß unsre Vernunft ihren Zirkel nirgend anlegen, und sie nicht zusammenhängen und reimen kann.

Dies nun hat, an und für sich, nichts zu sagen. Denn wenn unsre Vernunft nur in der Wüsten der materiellen Natur einigen Bescheid weiß und geben kann; so geht eigentlich da, wo sie die Zähne blöckt und die Hände übern Kopf zusammen schlägt, das Gelobte Land allererst an, und wenn auf dem Acker landesüblicher Gelehrsamkeit die Weisheit nicht wächset, wie das wohl schwerlich der Ackersleute einer in Ernst denken wird; so müssen natürlich Winke und Äußerungen von ihr wunderbar dünken. Indes bleibt immer doch vorher die Frage über die Authentizität solcher Winke und Äußerungen, und man muß freilich nicht gleich für Feuer vom Himmel nehmen, was auch vielleicht nur Irrlicht und Johanneswürmchen-Feuer sein kann.

Viele Leser wollen diesem Verfasser gar kein Feuer zugestehen sondern nur Rauch, und sie vergleichen sein Buch einem Gemälde wo der Himmel um und um mit Wolken bedeckt ist. Sie haben dazu ohne Zweifel ihre Ursachen; übrigens ist die Vergleichung mit dem Wolken-Gemälde gar nicht so übel, und gibt es einige Gemälde dieser Art wo aus den Wolken eine Hand vorkommt die etwas geben will.

Die Sinnesart eines Schriftstellers: was ihn treibt: was er will: ist über ihn der sicherste und beste Meilenzeiger, den auch gewöhnlich ein jeder, freilich sehr oft nicht zu seinem Vorteil und wider sein Wissen und Willen, für kundige Leser seiner Karte beifügt.

Ich verstehe dies Buch auch nicht; aber, außer dem Eindruck von Superiorität und Sicherheit, finde ich darin einen reinen Willen, eine ungewöhnliche Milde und Hoheit der Gesinnung, und Ruhe und ein Wohlsein in sich. Und das geht einem zu Herzen; wir wollen doch alle gerne wohl sein, suchen doch alle Ruhe und finden sie nicht! Auch gibt es keine Reinheit, keine Ruhe, und kein Wohlsein außer dem Guten.

Mit uns Gelehrten sieht es in diesem Stück sehr zweideutig aus. Die Gelehrsamkeit mag ehedem ein Ding gewesen sein, das den Menschen in sich zurechtsetzte, das ihn wandelte und züchtigte zu suchen und zu haben eine eigne innerliche Herrlichkeit, und zu verschmähen, würklich und von Herzen, die Herrlichkeit des Bassa von drei Roßschweifen; nach dem dermaligen Lauf der Dinge ist sie ein nützliches Hausgerät, ein honetter Filz-Hut auf dem Gelehrten ihn wider Frost und Kälte zu decken, viel oft auch ein Parade-Hut, und zuweilen gar ein Chapeau-bas-Hut mit dem er vor dem Bassa wedelt und sich beliebt macht. Unsre Bücherschreiberei ist eitles Selbstbedürfnis, aus den oder jenen Gründen, eine Kunst auf der Maul-Trommel zu spielen und das Publikum tanzt! und inwendig sehen Schriftsteller und Leser, Gelehrte und Ungelehrte sich einander ziemlich gleich; denn ob einer auf einen Schnurrbart oder auf eine Metaphysik und Henriade eingebildet und ein Narr ist, ob einer über einen größern Kürbis oder über die Erfindung der Differential- und Integral-Rechnung hasset und neidet; kurz, ob man sich von seinen fünf Jochochsen oder von seiner Polyhistorei am Seil halten und hindern läßt, das scheint im Grunde einerlei zu sein und nicht zweierlei.

Sonder allen Zweifel wird einer oder der andre Gelehrte bedacht sein, den Verfasser zu widerlegen. Einmal aber hat schon das Widerlegen an sich seine Schwierigkeiten bei einem Buch das man nicht ganz versteht; denn, wenn man hie und da einzelne Sätze heraushebt und sie nach seinem eignen Münzfuß deutet und wie die Worte lauten, so kann gar leicht ein Fehl mit einfließen und dem Verfasser ein unrechter Sinn angedichtet werden, zumal er selbst ausdrücklich erklärt, daß er oft eins sage und ein ganz anderes meine, und überhaupt viel im Sinne behalte; und denn so ist des Verfassers seine Hauptlehre: der Mensch mache, sich selbst gelassen und ohne die Leitung der allgemeinen zeitlichen tätigen und verständigen Ursache, wie er's nennt, eitel Irrtum und Torheit, wisse und vermöge gar Nichts ohne sie, so wie mit ihr alles. Dadurch verlieren denn offenbar auch die allergründlichsten Widerlegungen der Gelehrten allen ihren Stachel, und der *beste* und zugleich einzige Weg *etwas auszurichten* wäre wohl der: daß man Fleiß anwendete, diese Ursache, wenn sie da ist, zu erkennen und von ihr geleitet zu werden. Denn alsdenn würde man *au fait* sein, wäre dem Verfasser gewachsen, und könnte über sein Buch richten und entscheiden, nämlich ob es sei ein taubes Wetterleuchten, oder ein milder Stern aus bessern Welten.

Doch, wie könnte der Verfasser recht haben, wie könnten seine mancherlei Äußerungen über die Wahrheit in facto gegründet sein; wir wissen ja von dem allen, was er äußert und zu verstehen gibt, so gar nichts, sehen auch den Zusammenhang nicht ein?

Man mag noch beßre Gründe dagegen haben, der allein tut's nicht. Denn, Lieber! siehe an die Sonne, wie sie so herrlich und so hell scheint! und kannst du eine Faustvoll Strahlen mit den Wurzeln herausreißen, und sehen wie sie hervorwachsen? Kannst du den Mond mit der Hand fassen, und seinen Saft in deinen Becher drücken? und siehe! er leuchtet in aller Welt und feuchtet die Erde und das Meer, und die Flut kommt die Elbe heraufgebraust, ob wir ihn sehen oder nicht? Ist uns aber in der materiellen Natur noch vieles verborgen, für die wir den Gebrauch von drei Sinnen haben; wie mögen wir über die immaterielle richten, für die wir nicht den Gebrauch von Einem haben, den der Verfasser die sinnliche Fähigkeit oder den Sinn des Geistes nennt?

Von den menschlichen Wissenschaften denkt und spricht er gar sehr kleinlich. Viel Gönner und Freunde wird er sich nun dadurch nicht machen; bekanntlich ist das aber auch eben kein erhabenes Projekt, und es gibt wohl noch etwas Klügeres zu tun. Der Schmeichler buhlt um Beifall, macht die Menschen groß in ihrem Sinn, und sie werden klein; der beßre Mann macht sie klein, auf daß sie groß werden. Ist also schon hier in dem Gange des Verfassers ein Edles, und wer kann sagen, ob er nicht recht hat? Was er von Isolierung der einzelnen Zweige unserer Wissenschaften und von Vereinerleiung der verschiednen Klassen der Dinge an Hand gibt, leuchtet augenscheinlich als wahr ein. Sein Grundsatz: daß das Resultat aus und durch das Principium und nicht das Principium durch und aus dem Resultat erklärt und erkannt werden müsse, und daß die menschlichen Wissenschaften grade darum weil sie umgekehrt verfahren so krüpplicht und leblos sind, dürfte mehr Widerspruch finden. Da indes das Principium doch das erste und das Resultat allererst das zweite ist; so scheint: beim Resultat anfangen, würklich beim unrechten Ende angefangen zu sein, und übrigens verrät die so beliebte mathematische Lehrart, daß die Gelehrten selbst den Grundsatz des Verfassers glauben und annehmen, nach ihrer Art. Am Ende können wir Gelehrte wohl über den Wert unserer verschiedenen Wissenschaften untereinander, und über ihren mancherlei zeitlichen Nutzen urteilen; aber über ihren eigentlichen Wert können wir nicht urteilen, denn wir kennen ja nichts weiter als sie, und der urteilt und hält allemal zu hoch von seinem Landsee, wer noch nie das offene Meer gesehen hat.

Doch dies Buch sei, was es wolle; es läßt die Welt-Angelegenheiten und zeitlich Ding unangerührt, und predigt Verleugnung eignen Willens und Glauben an die Wahrheit, predigt die Nichtigkeit dieser Welt, die Blöde und Brechlichkeit der sinnlichen und körperlichen Natur im Menschen und die Hoheit seiner verständigen Natur oder seines Geistes, und leitet und treibt auf allen Blättern von dem Sichtbaren zu dem Unsichtbaren, von dem Vergänglichen zu dem Unvergänglichen! und das ist doch nichts Böses, und wer möchte das nicht gerne befördert haben?

Und so habe ich dies Buch übersetzt, und wer es dazu braucht, der tut sicherlich wohl; und wer es zu eitler und törichter Absicht braucht, der tut nicht wohl, und mag sich besinnen und klug werden.

Wir Menschen gehen doch wie im Dunkeln, sind doch verlegen in uns, und können uns nicht helfen, und die Versuche der Gelehrten es zu tun sind nur brotlose Künste. Auch ist das Gefühl eigner Hülflosigkeit zu allen Zeiten das Wahrzeichen würklich großer Menschen gewesen, ist überdem ein feines Gefühl, und vielleicht der Hafen, aus dem man auslaufen muß um die Nordwestpassage zu entdecken.

Der Mensch hat einen Geist in sich, den diese Welt nicht befriedigt, der die Treber der Materie, die Dorn und

Disteln am Wege mit Gram und Unwillen wiederkäut, und sich sehnet nach seiner Heimat. Auch hat er hier kein Bleiben, und muß bald davon. So läßt es sich an den fünf Fingern abzählen, was ihm geholfen sein könne mit einer Weisheit die bloß in der sichtbaren und materiellen Natur zu Hause ist. Sie kann ihm hier auf mancherlei Weise lieb und wert sein, nachdem sie mehr oder weniger Stückwerk ist; aber sie kann ihm nicht gnügen. Wie könnte sie das, da es die körperliche Natur selbst nicht kann und sie ihn auf halben Wege verläßt, und, wenn er weggetragen wird, auf seiner Studierstube zurückbleibt, wie sein Globus und seine Elektrisier-Machine?

Was ihm gnügen soll, muß in ihm, seiner Natur, und unsterblich wie er sein; muß ihn, weil er hienieden einhergeht, über das Wesen und den Gang dieser körperlichen Natur und über ihre Gebrechen und Striemen weisen und trösten und ihn in dem Lande der Verlegenheit und der Unterwerfung in Wahrheit unverlegen und herrlich machen; und wenn er von dannen zieht mit ihm ziehen durch Tod und Verwesung, und ihn wie ein Freund zur Heimat begleiten.

Solch eine Weisheit wird freilich in keinem Buch gefunden, wird nicht um Geld gekauft noch mit Halbherzigkeit zwischen Gott und dem Mammon. Zeuch deine Schuhe aus, denn da du auf stehest ist ein heilig Land! Aber sie **ist**, das wissen wir; und wer sich des Odems in seiner Nasen bewußt ist nimmt das zu Herzen, und wenn er sie in der sichtbaren und materiellen Natur und in seinem eignen Dünkel nicht findet, läßt er sich guten Rat warnen und sucht sie auf einem andern Wege.

Abendlied

Der Mond ist aufgegangen
Die goldnen Sternlein prangen
Am Himmel hell und klar;
Der Wald steht schwarz und schweiget,
Und aus den Wiesen steiget
Der weiße Nebel wunderbar.

Wie ist die Welt so stille,
Und in der Dämmrung Hülle
So traulich und so hold!
Als eine stille Kammer,
Wo ihr des Tages Jammer
Verschlafen und vergessen sollt.

Seht ihr den Mond dort stehen? –
Er ist nur halb zu sehen,
Und ist doch rund und schön!
So sind wohl manche Sachen,
Die wir getrost belachen,
Weil unsre Augen sie nicht sehn.

Wir stolze Menschenkinder
Sind eitel arme Sünder,
Und wissen gar nicht viel;
Wir spinnen Luftgespinste,
Und suchen viele Künste,
Und kommen weiter von dem Ziel.

Gott, laß uns dein Heil schauen,
Auf nichts Vergänglichs trauen,
Nicht Eitelkeit uns freun!

Laß uns einfältig werden,
Und vor dir hier auf Erden
  Wie Kinder fromm und fröhlich sein!

*

Wollst endlich sonder Grämen
Aus dieser Welt uns nehmen
  Durch einen sanften Tod!
Und, wenn du uns genommen,
Laß uns in Himmel kommen,
  Du unser Herr und unser Gott!

So legt euch denn, ihr Brüder,
In Gottes Namen nieder;
  Kalt ist der Abendhauch.
Verschon uns, Gott! mit Strafen,
Und laß uns ruhig schlafen!
  Und unsern kranken Nachbar auch!

An die Frau B . . . r

Daß du gut gestorben bist,
Und all dein Leid und alle deine Plagen
Bis in den Tod, wie's Gottes Wille ist,
Mit stillem Mut und mit Geduld getragen;
Daß du – O zürne nicht im Himmel, wo du bist!
Ich will nicht loben und nicht klagen;
Ich wollt es bloß an deinem Grabe sagen,
Weil es die reine Wahrheit ist.

Neue Erfindung

Hab eine neue Erfindung gemacht, Andres, und soll dir hier so warm mitgeteilt werden.

Du weißt, daß in jeder gut eingerichteten Haushaltung kein Festtag ungefeiert gelassen wird, und daß ein Hausvater zulangt, wenn er auf eine gute Art und mit einigem Schein des Rechtes einen neuen an sich bringen kann. So haben wir beide, außer den respektiven Geburts- und Namenstagen, schon verschiedene andre Festtage an unsern Höfen eingeführt, als das **Knospenfest**, den **Widderschein**, den **Maimorgen**, den **Grünzüngel** wenn die ersten jungen Erbsen und Bohnen gepflückt und zu Tisch gebracht werden sollen, und so weiter.

Nun ist wohl wahr, daß der Sommer und sonderlich das Frühjahr viel schön sind. Gleich wenn der Winter-Schnee auftauet und man den bloßen Leib der Erde zum erstenmal wieder sicht, fängt diese Viel-Schönheit an, und geht denn immer mit größern Schritten fort, bis Blumen und Blätter aufgeblühet sind und der Mensch vor dem vollen Frühling steht, wie Gleims Kind vor einem schönen Blumenkorb. Und gewiß lehret uns der Frühling Gott und seine Güte sonderlich; denn, wie Freund Fritz sagt, was so zu Herzen geht muß aus irgend einem Herzen kommen. Und also sind die Frühlings- und Sommer-Festtage gar sehr am rechten Ort, ich habe nichts dawider. Es ist mir aber doch immer schon vorgekommen, daß im Herbst und Winter auch was zu machen wäre, nur habe ich die Sache noch nie recht ins klare bringen können.

Gestern aber, wie das mit den Erfindungen ist: man findet sie nicht sondern sie finden uns, gestern als ich im Garten gehe und an nichts weniger denke, schießen mir mit einmal zwei neue Festtage aufs Herz, der **Herbstling** und der **Eiszäpfel**, beide gar erfreulich und nützlich zu feiern.

Der **Herbstling** ist nur kurz, und wird mit Bratäpfeln gefeiert. Nämlich: wenn im Herbst der erste Schnee fällt, und darauf muß genau achtgegeben werden, nimmt man so viel Äpfel als Kinder und Personen im Hause sind und noch einige darüber, damit wenn etwa ein Dritter dazukäme keiner an seiner Quota gekürzt werde, tut sie in den Ofen, wartet bis sie gebraten sind, und ißt sie denn.

So simpel das Ding anzusehen ist, so gut nimmt sich's aus wenn's recht gemacht wird. Daß dabei allerhand vernünftige Diskurse geführt auch oft in den Ofen hineingekuckt werden muß etc. versteht sich von selbst.

Und so viel vom **Herbstling.**

Der **Eiszäpfel** will nun wieder ganz anders traktiert sein, und hat seine ganz besondre Nücken. Mancher denkt wohl: wenn er Eiszapfen am Dach sieht könne er nur gleich anfangen zu feiern; aber weit gefehlt, es wird mehr dazu erfordert. Der **Eiszäpfel** kann durchaus ohne einen Schnee-Mann nicht gefeiert werden, und dazu muß erst Schnee sein und Tauwetter kommen daß der Schnee-Mann gemacht werden kann, und wenn er gemacht ist und vor dem Fenster steht muß es wieder frieren daß Eiszapfen am Dach werden, einer halben Elle lang nicht länger und nicht kürzer u.s.w. Das sind die Präliminar-Artikel und die Conditio sine qua non.

Was sagst du nun? Gelte, das ist 'n intrikates Fest! Es geht auch mancher Winter darüber hin, ohne daß eins zustande kommen kann. Wenn nun aber obige Umstände alle eingetreten sind und sonst kein merkliches Hindernis im Wege ist, so kannst du denn zwischen drei und vier

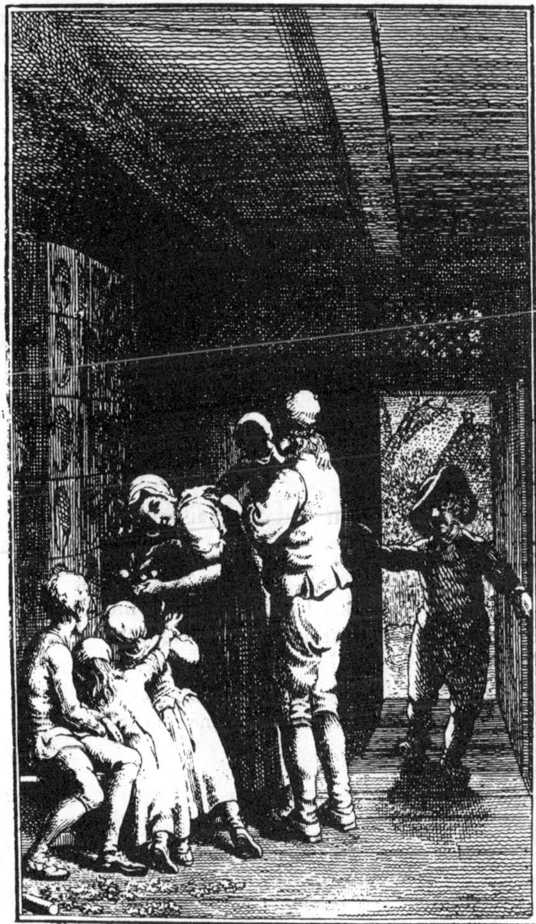

Matthias Claudius sc.

Uhr nachmittags das Fest angehen lassen, das NB. von Anfang bis zu Ende mit trockenem Munde gefeiert wird. Nach vier, wenn's dunkel worden ist, wird eine Laterne in den hohlen Kopf des Schnee-Mannes getan, daß das Licht durch die Augen und den Mund herausscheint – und denn geht groß und klein auf und ab im Zimmer und sieht aus dem Fenster unter den Eiszapfen hin nach dem Schnee-Mann, und denkt dabei an einen andern Schnee-Mann, ein jeder nach dem ihm der Schnabel gewachsen ist, und das ist der höchste Moment der Feier.

Lebe wohl, lieber Andres, und feire fleißig alle Festtage und Heilige Abende, bis der rechte Heilige Abend anbricht.

Den 3. Oktober, 1782.

Dein etc.

Auf den Tod der Kaiserin

Sie machte Frieden! Das ist mein Gedicht.
War ihres Volkes Lust und ihres Volkes Segen,
Und ging getrost und voller Zuversicht
Dem Tod als ihrem Freund entgegen.
Ein Welt-Erobrer kann das nicht.
Sie machte Frieden! Das ist mein Gedicht.

Schönheit und Unschuld

Ein Sermon an die Mädchen

Eigentlich sollte Schönheit unschuldig und Unschuld sollte schön sein, aber in der Welt sind es verschiedene Dinge; und weil ich diesen Sermon in der Welt halte, muß ich mich wohl bequemen.

Schönheit also ist Schönheit des Leibes, 'n Paar Taubenaugen, 'n Gesichtlein wie Milch und Blut und ein gewisser Zaubervogel Kolibri, der, wie die närrischen Poeten schreiben, an den Taubenaugen und an dem Gesichtlein sitzt und nistet wie die Schwalben an der Mauer. Unschuld hingegen wohnt im Gemüt und ist eine himmlische Gestalt, die mit Luthern Gott fürchtet und liebet daß sie keusch und züchtig lebe in Gedanken Worten und Werken, die kein Arg daraus hat, von sich und der Welt nichts weiß und sich auf Nichts einläßt.

Der Kolibri findet gewaltig vielen Beifall, und die Mädchen wollen ihn alle gerne haben und laufen ihm nach. Aber, ihr lieben Mädchens, aber – wir wollen's einmal überlegen.

Was ist Schönheit des Leibes? – 's ist doch nur Schönheit des Leibes, Glanz einer Zitternadel darin kein edles Gemüt großen Wert setzen kann. Du hast sie dir nicht gegeben und du magst sie dir nicht erhalten, 'n paar Jahre weiter und sie ist dahin. Zweitens schafft und nützt sie im Hause nicht viel. Du kannst mit einem Gesichtlein wie Milch und Blut keinen bessern Braten machen, kannst mit Taubenaugen dein Kind nicht besser waschen und kämmen; und die Ehen werden doch nicht im Monde sondern im Hause geführt. Auch ist Schönheit nicht 'nmal das was eigentlich Liebe macht. Den Kopf kann sie wohl verdrehen, aber wahre herzliche Liebe ist an sie nicht gebunden. Sieh deine Mutter an; sie ist nicht mehr schön, und doch liebt sie dein Vater so herzlich und trägt sie in seinen Augen.

Also 'n Ding, das in sich keinen Wert hat, das nur kurz währet, das im Hause nicht sonderlich nützt und nicht eigentlich Liebe macht: so 'n Ding ist die Schönheit. Mehr ist sie nicht, und ihr müßt mir nicht böse sein, ihr schönen Mädchens, daß sie nicht mehr ist. – –

Ich möchte euch darüber so gerne recht kapitelfest machen. Denn sie werden's euch anders sagen, werden um euch stehen und liebkosen und bewundern. Und das möchte euch betören, hoch von der Schönheit zu halten und auf eine Scheinlampe hinter ihr und andre Machinerien bedacht zu werden; und das wäre schade um euch! Schönheit und Unschuld sind wie die beiden Schalen einer Waage; so wie die eine in eurem Gemüt steigt, fällt die andre. Und das wissen die Liebkoser zum Teil, und erheben eben deswegen vor euch die Schale mit der Schönheit so hoch, daß die andre mit der Unschuld allgemach sinke. Einige helfen wohl gar noch nach, und suchen euch Keuschheit und Zucht als Alfanz und Aberglauben vorzuspiegeln. Aber, fliehet den Mann der das tut! Und wenn er mit Gold und Perlen behangen wäre, er ist 'n Bösewicht. Ist eine giftige Klapperschlange! Die Natur zwar hat ihn mit der Klapper verschont, weil sie sich auf seine Gaben und auf seine Diskretion verließ; aber er war der Großmut nicht wert und sollte eine tragen, und ich täte sie ihm gern in seinen Haarbeutel, oder hing' ihm eine ans Ohr, daß er vor sich warne wo er hinkömmt.

Unschuld des Herzens ist das Erbteil und der Schmuck des Weibes. Und wisset, Unschuld hat ihren eignen Engel, der hinter euch hergehet und über euch wacht, solange ihr unschuldig seid. Erzürnet ihn nicht! und glaubet für ganz gewiß, daß wenn er von euch weichet, euer Glück von euch gewichen ist.

Mädchens, ich weiß was ihr wert seid! Und was ihr dem Manne sein könnet, wenn ihr's vorzieht und euch entschließt eines Mannes zu werden. Ihr seid ihm eine edle Gabe Gottes, und er lebt des noch eins so lange; er sei reich oder arm, so seid ihr ihm ein Trost und machet ihn allezeit fröhlich. Ihr seid Bein von unsern Beinen und Fleisch von unserm Fleisch, und darum bewegt sich mein Herz in mir wenn ich euch ansehe und an euch denke ...

Nun, ihr seid in der Welt und müsset durch, was auch euer Beruf sei. Gehet in Friede, und seht nicht viel umher.

Und der Engel der Unschuld begleite euch!

Kleine Geschichtchen, samt was man daraus lernen soll

Es war 'nmal ein König in Persien, der hieß Kulichan, 'n rechter Unhold gegen die Menschen. Den Mogoln, seinen Nachbaren fiel er ins Land, und nahm ihnen alles weg was sie hatten und schleppte es nach Persien.

Die eroberten Schätze machten ihn nicht besser, und er wütete noch ärger wie vor. Als er's nun so gar arg machte, vergaßen einige Große des Landes ihrer Pflicht, machten einen Aufruhr und setzten ihm das Messer an die Kehle. Da hätte er's gerne besser gehabt, und schrie und flehte: »Barmherzigkeit, Barmherzigkeit.« Die Aufrührer gaben ihm aber zur Antwort: »Du hast in deinem Leben keinem

Menschen Barmherzigkeit getan; so soll dir, Hund, auch keine widerfahren.« Und damit fuhr das Messer durch die Kehle.

Was soll man daraus lernen?
Antwort: Daß man Barmherzigkeit tun soll, ehe das Messer an der Kehle sitzt.

Es war 'nmal ein ich weiß nicht wer, der war ich weiß nicht wo, und wollte sehen ich weiß nicht was.

Voll so arg ist's nicht, aber sehr viel weiß ich doch würklich von dem Geschichtchen nicht das ich erzählen will. Also

Es war 'nmal ein Europäer, der war in Amerika und wollte den berühmten Wasserfall eines gewissen Flusses sehen. Zu dem Ende handelte er mit einem Wilden daß der ihn hinführte, denn das Land war ungebaut und es gingen da keine Ordinari- noch Küchen-Posten. Als die beiden ihren Weg vollendet hatten, und an den Wasserfall hinkamen – machte der Europäer große Augen und untersuchte, und der Wilde legte sich so lang er war auf sein Angesicht nieder, und blieb so eine Zeitlang liegen. Ihn fragte sein Reisegefährt: wozu und für wen er das tue? Und der Wilde gab zur Antwort: **für den großen Geist**.

Was soll man daraus lernen?
Antwort: Den Unterschied zwischen Natur und Kunst.

Es war 'nmal ein kleiner Konrad des alten Konrads Sohn, der wollte sein väterliches Reich Sizilien, das der dritte Mann einem andern gegeben hatte, mit Gewalt wiedernehmen; verlor aber die Schlacht gegen den andern, Karl genannt, und ward gefangen, und ein Prinz Friederich, der aus Vetter- und Freundschaft mit ihm gezogen war, desgleichen. Karl ließ beide zum Tode verurteilen, und das Urteil ward auf dem Markt zu Neapel vollzogen.

Friederich von Österreich mußte zuerst herhalten, und Konradino, der circa 17 Jahr alt war, sahe zu, nahm den abgehauenen Kopf seines Freundes von der Erde auf, und küßte ihn; und ward denn auch enthauptet. Übrigens war er der letzte der Hohenstaufen.

Was soll man daraus lernen?
Antwort: Daß man kein Hohenstaufe sein soll.

Es war 'nmal ein Polycarpus, der war ein Christ und zugleich Bischof von Smyrna, und den verfolgten deswegen die Heiden und schleppten ihn vor den Richter daß er verbrannt würde, und der Richter tat ihm den unverschämten Antrag, daß er Christum lästern sollte. »Ich diene ihm nun Sechsundachtzig Jahre«, antwortete Polycarpus, »und er hat mir kein Übels getan. Wie sollt ich denn meinen Herrn und Heiland lästern?« Indes war er's gerne zufrieden, daß er verbrannt würde, und das geschah denn auch.

Was soll man daraus lernen?
Antwort: Daß das eine gute Herrschaft sein muß, für die man nach Sechsundachtzigjährigem Dienst noch gerne durchs Feuer gehen will.

Der geneigte Leser wird vielleicht bemerkt haben oder noch bemerken, daß ich in diesem Teil etwas gelehrter bin als in den vorigen Teilen. Das kommt von den Stunden her, die mein Vetter von Zeit zu Zeit mit mir hält. Damit man seine Methode sehe, will ich doch eine zur Probe hersetzen.

»Guten Morgen, Herr Vetter.«
»Guten Morgen. Hast du gut geschlafen?«
»Recht gut.«

»Nun so wirst du gestern vernünftig gelebt und beschlossen haben?«

»Ich hoffe ja.«

»Dabei bleib. Es hat's kein Mensch mehr Vorteil als du. Komm, setze dich her. Wollen Gott danken, daß wir gut schlafen können.«

»Aber ich habe um Mitternacht geträumt.«

»Das hast du gut gemacht. Sieh, grade so ist das Menschliche Leben. Davon sind auch Anfang und Ende nur natürlich, und die Mitte ist Rausch und Traum!

Das übrige morgen. Gehab dich wohl. – – – – Heda, komm zurück.

Ἀγεωμετρειτος μη ἐξιτω!

Sieh, da steht ein Hut Zucker unter der Bank, den ich nach dem Frieden gekauft habe. Faites-moi la grâce cher cousin, d'en couper le dessus, und gib's mir her. – Und nun sag mir aus dem Rumpf: wie lang das Stück ist das du mir gegeben hast.«

»Das ist ja leicht.«

»Wenn du's noch weißt, freilich. Wenn man's weiß, ist Alles leicht, und wenn man's nicht weiß, Nichts. Weißt du's denn aber?«

»Ist die verlangte Länge nicht, die vierte Proportionalgröße minus der Höhe des Rumpfs, zu der Differenz der beiden Semi-Diameter, der Höhe des Rumpfs und dem größern Semi-Diameter?«

»Bravo! Weil du denn so gut kapiert und behalten hast; so nimm den Rumpf. Er soll dein sein.«

»Will der Herr Vetter nicht lieber den Rumpf für sich behalten? Ich habe ja auch die Spitze nur ausgerechnet.«

»Da hast du die Spitze dazu. Ein Dozent der freien Künste muß kein Filz sein.

Der Zuckerhut war dir so zugedacht, itzt hast du ihn verdient, und brauchst mir nicht dafür zu danken.

Qui proficit in litteris et deficit in moribus, plus deficit quam proficit.

Zu deutsch: wer nur die Spitze des Zuckerhutes begehrt, ist besser als wer sie nur ausrechnen kann. Jener soll den Rumpf, und dieser die Spitze haben; wer aber beides kann, dem gebührt der ganze Hut.

Addies. Grüße Frau und Kinder, und komme morgen nicht zu spät. Wir haben wichtige Sachen vor der Hand.«

Ein Lied
hinterm Ofen zu singen

Der Winter ist ein rechter Mann,
Kernfest und auf die Dauer;
Sein Fleisch fühlt sich wie Eisen an,
Und scheut nicht Süß noch Sauer.

War je ein Mann gesund, ist er's;
Er krankt und kränkelt nimmer,
Weiß nichts von **Nachtschweiß** noch **Vapeurs**,
Und schläft im kalten Zimmer.

Er zieht **sein Hemd** im Freien an,
Und läßt's vorher nicht wärmen;
Und spottet über Fluß im Zahn
Und Kolik in Gedärmen.

Aus Blumen und aus Vogelsang
Weiß er sich nichts zu machen,
Haßt **warmen** Drang und **warmen** Klang
Und alle **warme** Sachen.

Doch wenn die Füchse bellen sehr,
  Wenn's Holz im Ofen knittert,
Und um den Ofen Knecht und Herr
  Die Hände reibt und zittert;

Wenn Stein und Bein vor Frost zerbricht
  Und Teich' und Seen krachen;
Das klingt ihm gut, das haßt er nicht,
  Denn will er sich tot lachen. –

Sein Schloß von Eis liegt ganz hinaus
  Beim Nordpol an dem Strande;
Doch hat er auch ein Sommerhaus
  Im lieben Schweizerlande.

Da ist er denn bald dort bald hier,
  Gut Regiment zu führen.
Und wenn er durchzieht, stehen wir
  Und sehn ihn an und frieren.

Kriegslied

's ist Krieg! 's ist Krieg! O Gottes Engel wehre,
  Und rede du darein!
's ist leider Krieg – und ich begehre
  Nicht schuld daran zu sein!

Was sollt ich machen, wenn im Schlaf mit Grämen
  Und blutig, bleich und blaß,
Die Geister der Erschlagnen zu mir kämen,
  Und vor mir weinten, was?

Wenn wackre Männer, die sich Ehre suchten,
Verstümmelt und halb tot
Im Staub sich vor mir wälzten, und mir fluchten
In ihrer Todesnot?

Wenn tausend tausend Väter, Mütter, Bräute,
So glücklich vor dem Krieg,
Nun alle elend, alle arme Leute,
Wehklagten über mich?

Wenn Hunger, böse Seuch' und ihre Nöten
Freund, Freund und Feind ins Grab
Versammleten, und mir zu Ehren krähten
Von einer Leich herab?

Was hülf mir Kron und Land und Gold und Ehre?
Die könnten mich nicht freun!
's ist leider Krieg – und ich begehre
Nicht schuld daran zu sein!

Ein Lied in die Haushaltung

Zu singen, wenn ein Wechselzahn
soll ausgezogen werden

Die Mutter

Wir ziehn nun unsern Zahn heraus,
Sonst tut der Schelm uns Schaden.
Und sei nicht bange, kleine Maus!
Gleich hängt er hier am Faden.

Die Schwestern und Brüder und der Vater, Coro

Der Zahn der Zahn der muß heraus,
Sonst tut der Schelm nur Schaden.

Die Mutter

Ei seht, sie macht die Nase kraus,
Und fürchtet meinen Faden.
Hilft nicht; der Zahn der muß heraus,
Und denn kriegt Gustgen Fladen.

Coro

Der Zahn der Zahn der muß heraus,
Und denn kriegt Gustgen Fladen.

Die Mutter

So recht, so recht, du liebe Maus!
Nun ist er fest der Faden.
Und – nun ist auch der Zahn heraus,
Und soll dir nicht mehr schaden.

Coro

Der Zahn der Zahn der ist heraus;
Da hängt er an dem Faden!

Das Kind,
als der Storch ein neues bringen sollte,
für sich allein

Der Storch bringt nun ein Brüderlein –
Er kommt damit ins Fenster herein
Und beißt Mama ein Loch ins Bein,
Das ist so seine Art. – – –

Mama liegt wohl und fürchtet sich ....
O lieber Storch, ich bitte dich,
Beiß doch Mama nicht hart. –
– – – –
– – –

He, he, da kommt Papa herein,
Nun wird er wohl gekommen sein! – –
Aber du weinest ja!
Hat er dich auch gebissen, Papa?

Über einige Sprüche des Prediger Salomo

An meine Subskribenten

Setzen Sie sich, lieben Herren, und nehmen vorlieb.

Der erste Spruch soll sein der bekannte und in aller Welt gäng und gäbe Modespruch: **Es ist alles eitel.**

Wenn ein berühmter Wortkrämer der gern mit Sentenzen um sich wirft, oder ein junger Projektmacher dem ein Projekt auf Eitelkeit fehlgeschlagen ist, oder ein alter Narr den die Sünde verlässet, wenn die sagen: daß alles eitel sei;

so ist auch sogar der Sinn des Spruchs eitel. Aber beim Salomo ist er etwas anders.

Stellen Sie sich 'n Mann vor, wie Sie den Salomo kennen, von viel Geschick und Gaben, der sein Herz begab zu suchen und zu forschen weislich alles was man unter dem Himmel tut; der die Mittel in Händen hatte, sich alles was dem Menschen gut dünkt und nur halbwege so aussieht, zu verschaffen, zu kosten und zu versuchen; und der auch nach seinem eignen Geständnis das alles würklich gekostet und versucht hat; wenn der nun aufrichtig und ohne Affektation sagt: ich habe dies und das getan, »bauete Häuser, pflanzte Weinberge, machte mir Gärten und Lustgärten, hatte Knechte und Mägde, sammlete mir Silber und Gold, schaffte mir Sänger und Sängerinnen und Wollust der Menschen und wehrete meinem Herzen keine Freude etc., aber, siehe, da war es alles eitel«; so sollte sein Spruch doch eigentlich Sensation machen. Und mich dünkt, er könnte uns viel Mühe ersparen.

Zum Exempel. Du willst so gerne dies und das sein, Oberschenke oder Oberbäcker! und bringst darüber dein Leben in Sorge und Unlust hin – Lieber! Salomo war mehr als Oberschenke und Oberbäcker; er war König über Israel, über das merkwürdigste Volk der Erde, und doch war damit ihm nicht geholfen. Wie sollte denn dir geholfen sein? Darum sei fröhlich und habe Geduld, und laß die andern Oberbäcker sein. So auch: du wünschest dir dies und das, ein Rittergut oder einen Mahagoni-Tisch, denn groß oder klein ist eins wie das andre. Also du wünschest dir einen Mahagoni-Tisch, kannst darum nicht schlafen, sinnest und sorgst und bildest dir ein: mit dem Tisch werde die Glückseligkeit ins Haus kommen – Lieber! Salomo hatte lauter

Mahagoni-Tische; Lamperie, Eckschränke und Kommoden, Fußboden und Treppen alles war von Mahagoni, und er sagt: alle die schönen Mahagonis täten's nicht, was wird denn der einzige Tisch tun? Darum sei fröhlich an deinem Tisch von Nußbaum oder Föhrenholz, und mache dir dein Leben nicht sauer.

Fröhlich sein, sagt Salomo an verschiedenen Orten, sei das Beste in dieser Welt. Ist aber zu verstehen, wenn du den Mahagoni-Tisch nicht kriegst und nicht Oberbäcker wirst, sonst nicht; denn wenn die Kinder ihren Willen kriegen, so weinen sie nicht. Du sollst fröhlich sein »in aller deiner Arbeit« und das, sagt Salomo, ist eine Gabe Gottes.

Es gibt zwei Wege, die Bilanz in seinem Kredit und Debet zu erhalten; einer wenn die Einnahme vermehrt, und der andre wenn die Ausgabe vermindert wird. Der letztere ist wohltätig, und kann den kleinen und großen Kameralisten nicht genug angepriesen werden. So gibt es auch zwei Wege, in seinem Herzen die Bilanz zu erhalten; der eine: wenn man alles hat, was man wünscht! und der andere: wenn man nicht mehr wünscht, als man hat. Jener ist mühsam und mißlich, und dieser probat, und in eines jeden Hand.

Aber der Mahagoni-Tisch und der Oberbäcker schweben dir doch so süß vor Augen! –

Das nun ist nicht ihre sondern deine Schuld. Du siehst am Salomo, daß sie auch anders können angesehen werden, und deine eigne Erfahrung muß es in hundert Fällen dich schon gelehrt haben, daß die folgende Zeit viel verändre.

Mir fällt hier Kaiser Karl der Fünfte ein. Er war bekanntlich ein großmächtiger Fürst, der seine Größe nicht eitel achtete, sondern sie durch viele Kriege und Siege zu behaupten suchte und auch würklich behauptete. Auf einmal, als es nicht gar nach seinem Willen gehen wollte, und dazu seine Gesundheit brüchig ward, dünkte ihm alles eitel. Er legte seine zwei Kronen nieder, und ging nach Estremadura in ein Kloster. Hier pflegte er fleißig der Todes-Gedanken und Religions-Übungen, und machte in den Zwischen-Stunden Uhren zum Zeitvertreib und zu seinem Vergnügen. Bald wollte ihm auch das nicht mehr schmecken, und er mochte an nichts anders denken, von nichts anderm hören und sehen als vom Tode. Endlich ging er gar so weit, daß er bei lebendigem Leibe seine Exsequien halten ließ. Der Kaiser Karl der Fünfte legte sich in den Sarg, wie eine Leiche gekleidet; zu beiden Seiten des Sarges standen seine Hofbediente mit brennenden Wachskerzen, und die Geistlichen mußten die Exsequien halten und für seine abgeschiedene Seele beten, und er betete selbst im Sarge inbrünstig mit. Er starb auch würklich nicht lange hernach.

Der Tod ist 'n eigener Mann. Er streift den Dingen dieser Welt ihre Regenbogenhaut ab, und schließt das Auge zu Tränen und das Herz zur Nüchternheit auf! Man kann sich von ihm freilich auch verblüffen lassen und des Dinges zu viel tun, und gewöhnlich ist das der Fall, wenn man bis dahin zu wenig getan hat. Aber er ist 'n eigener Mann, und ein guter Professor Moralium! Und es ist ein großer Gewinn, alles was man tut wie vor seinem Katheder und unter seinen Augen zu tun.

Der zweite Spruch des Salomo: **Alles hat seine Zeit.**

Alles hat freilich seine Zeit; die Zeit der Saat ist nicht die Zeit der Ernte, die Zeit des Neumonden ist nicht die Zeit des Vollmonds und wenn einer stirbt wird er freilich nicht geboren. Das aber kann Salomo mit seinem Spruch nicht gemeint haben; das hätte unsereins wohl sagen können.

Sollte auch der ganze Sinn der sein: daß alles nicht zu aller Zeit sondern zu seiner Zeit soll getan werden, wenn nämlich Natur oder Kunst Bahn gemacht, und alle Umstände dafür reif sind; so wäre das schon etwas, aber doch, so allgemeinhin, immer noch zu wenig für unsern Freund Salomo. Und wir brauchen nicht vorlieb zu nehmen; denn die Worte leiden großen Sinn, und das für Kopf! und Herz!

Zum Exempel. Der Mensch wird in neun Monden unter dem Herzen seiner Mutter gebildet, lebt siebzig Jahr, und wird denn wieder zur Erde davon er genommen ist. Wir sehen solche bestimmte Perioden in mehrern Natur-Operationen die uns bekannt sind, und vielleicht haben's alle die andern auch die uns nicht bekannt sind, größere und kleinere, bis auf die gesamte Natur selbst von dem **Im Anfang** an, als Gott Himmel und Erde schuf, bis zu der Stunde, in welcher die Elemente zerschmelzen und Gott die Himmel wieder zusammen wickeln wird wie 'n Gewand. Nun soll einmal ein Mensch oder ein Engel dies alles kennen, soll davon nicht bestimmt sprechen sondern nur deuten wollen, und sagen: Alles hat seine Zeit; so ist ein Sinn in dem Spruch, und man sieht sich sehr kurz und ehrerbietig nach dem um der ihn sagte. Oder: Wir Menschen laufen und rennen vom Mutterleibe an und immerdar, und wissen nicht was zu unserm Frieden dient. Nun soll einmal ein Mann sein, der das gefunden hat. Wenn nun der die Menschen, seine Brüder, um sich her ansieht: wie sie's so verkehrt treiben; an dem und jenem Irrsal, woran tausend und tausend vor ihnen betrogen und zuschanden worden sind, so fest halten und guten Rat nicht hören wollen; wenn nun der g u t g e s i n n t e Mann das ansieht, dem Unwesen gerne steuerte aber nicht zu steuern vermag, und sich darüber mit unserm Spruch trösten wollte; so sind die Worte Goldes wert, und wären etwa so zu übersetzen: »Wie sind doch die Menschen so verblendet, die edlen schönen Geschöpfe Gottes zu so großer Ehre bestimmt! O wie anders könnten sie's haben, wenn sie selbst wollten! Doch die Stunde ihrer Verblendung wird vorübergehen, daß ihnen noch geholfen werde; Alles hat seine Zeit.«

Indes, alles zusammengenommen, scheint Salomo hier weder das eine noch das andre im Sinne gehabt zu haben, sondern ein Drittes, nämlich: In der körperlichen Natur sei alles nicht wie in der Geisterwelt zugleich und auf einmal, sondern ein jedes habe seine Zeit; und dem Gesetz muß wer in der körperlichen Natur ist sich unterwerfen, und sich so gut dabei nehmen als er kann. Als wenn jemand zu Wagen sitzt und nach Königsberg fahren will; so ist er nicht mit einmal an Ort und Stelle, sondern die Räder des Wagens müssen so lange umgehen bis er ist wo er sein will, und ein jeder Umgang hat seine Zeit und der zweite kann nicht zur Würklichkeit kommen bis der erste vollendet ist etc. und da geht es denn oft über Stock und Stein und der auf dem Wagen wird des wohl gewahr; er muß indes aushalten und sich fassen, denn es ist kein anderer Rat.

Und dieser Sinn hat was sehr Trauriges in sich, ich weiß nicht ob's den Herren Subskribenten auch so dünkt.

Der dritte Spruch: **»Lasset uns die Hauptsumma aller Lehre hören; fürchte Gott und halte seine Gebote, denn das gehöret allen Menschen zu.«**

Dieser Spruch steht in Salomos Büchlein zu Ende aller andern Sprüche, wie der Morgenstern der zuletzt aufgeht und schöner und herrlicher ist als alle Sterne die vor ihm hergehen. Die Hauptsumma pflegt gewöhnlich am Ende zu stehen, und also ist diese Stellung des Spruchs natürlich. Vielleicht kann sie aber auch noch eine Nebenabsicht haben. Salomo macht anderswo die Bemerkung, daß einem ein Narr nicht glaube wenn man ihm nicht auch sagt was in seinem Herzen ist. Nun gibt es aber Leute die alles lästern was sie nicht begreifen, die sich zu klug dünken zu glauben, und zu dumm sind zu wissen; arme Leute, welche die Vorteile beider Parteien entbehren und für sich keinen andern haben, als daß sie ihr Lebelang **diskourieren**, und von Leuten die noch dummer sind als sie für große Geister gehalten werden. Diese Klasse von Menschen ist von jeher in der Welt gewesen und wird bis je und je darin bleiben. Vielleicht nahm Salomo Rücksicht auf sie, wollte auch ihnen gern die große Lehre zu Herzen bringen, daß Gottesfurcht die Quelle alles Guten sei. Er wußte aber, daß er unvorbereitet damit bei ihnen wenig Glauben finden würde. Daher schickt er verschiedene Sprüche mit Lehre die mehr in ihren Kram gehöret voran, und nachdem er sich als Meister in ihrer eignen Kunst gezeigt und sich solchergestalt ihr Vertrauen erworben hatte, rückt er mit der Hauptsumma aller Lehre hervor: Fürchte Gott und halte seine Gebote, denn das gehöret allen Menschen zu. Es gibt manches Ding, will er sagen, manche Lehre zwischen Himmel und Erde, die sehr dankenswert ist und ihre Interessenten in mehr als Einer Hinsicht zu großen Leuten macht; aber das Alles und Eins, das eigentliche Ding, die Hauptsumma aller Lehre ist **Furcht Gottes**, und die gehöret allen Menschen zu, ist des Menschen sein Element, sein Beruf, sein Natur und Wesen.

Lieben Herren Subskribenten! Ich bin nicht was Salomo war, bin nicht König über Israel, und ich bescheide mich gerne daß mir seine Weisheit noch mehr als seine Krone fehlet; aber überzeugt bin ich lebendig, daß die Furcht Gottes die Quelle alles Guten sei, daß es da anfangen und sich da wieder endigen müsse, und daß alles was sich darauf nicht gründet und nicht damit besteht, wie groß es auch scheine, doch nichts als Täuschung und Trug sei und unser Wohl nicht fördern möge.

Aber Furcht Gottes und Furcht Gottes ist zweierlei; und hier liegt der Knoten, dadurch diese Lehre zweideutig und rätselhaft wird. Wir fürchten alle Gott, sprechen mit Ehrerbietung von ihm, hören mit Ehrerbietung von ihm sprechen etc. wollen ihn fürchten und tun uns wohl auch bei der und jener Gelegenheit mit seiner Furcht einigen Zwang an, und übrigens bleibt's beim Alten. Solch eine Furcht Gottes mag als eine feine äußerliche Zucht gelten, sonst aber ist sie der leibhafte Bediente hinten auf der Kutsche. Der steht da auch als ein Schild daß honette Leute im Wagen sind, gibt ein Zeichen daß die Wachen heraustreten, macht die Kutschentür auf und zu etc. und übrigens gehen die Bestien vor dem Wagen ihren ehrbaren Trab oder wilden Galopp wohin sie wollen, und der Herr dahinten muß immer mit fort und wird nicht gefragt. Wenn die Herrschaft recht gnädig ist, nimmt sie ihn wohl bei einfallendem Regenwetter zu sich in den Wagen.

Was soll solch eine Furcht Gottes? Was kann die für Würkungen haben, und wie wäre sie die Hauptsumma aller Lehre?

Das war aber auch nicht die Furcht Gottes der Altväter, die uns in der Schrift zum Muster dargestellet werden. Denn bei denen war die Gottesfurcht nicht Bedienter hinten auf dem Wagen, sondern Herrschaft und Kutscher zugleich. Ihnen war nichts so innig und heilig als sie; nichts so sauer das sie ihretwegen nicht getan, nichts so süß das sie ihretwegen nicht gelassen hätten. Joseph reißt sich aus den Armen eines schönen Weibes los und läßt einen Mantel im Stich, weil er ein so groß Übel nicht tun kann und wider Gott sündigen. Abraham schlachtet, als Gott zu ihm sprach, seinen einzigen Sohn, und bekümmert sich nicht um sein Vaterherz und seine Vernunft; – und so muß es sein wenn was draus werden soll. Und du, der du Gottesfurcht schmähen willst, könne das; und denn komm und schmähe, so wollen wir dir glauben. Sonst aber bist du nur ein Faselhans der nicht weiß wovon er spricht, du magst lästern oder loben.

Die wahre Furcht Gottes muß Empfindung, muß Wahrheit in uns sein; denn ist sie wohltätig in ihren Einflüssen, und wunderbar in ihren Würkungen mehr und anders als wir meinen oder verstehen.

Wenn wir den Begriff von Gott nur bloß mit der Imagination denken, daß er, wie die Heilige Schrift uns lehret, der Schöpfer und Erhalter der sichtbaren und unsichtbaren Welt sei, der erste und der letzte, sein Stuhl der Himmel und die Erde seiner Füße Schemel, daß er in allem und durch alles sei, von der Tiefe des Meers bis an die Zinne des Himmels allem Wesen gegenwärtig und nahe, daß seine gewaltige Hand alles hält und seine Augen Tag und Nacht über alle seine Geschöpfe und sonderlich über alle seine Menschen, auch hier über und um uns, unsichtbar offenstehen – wenn wir den Begriff nur bloß mit der Imagination denken; so fährt er uns kalt durch, und macht uns Gott lieben und fürchten; was wird er tun, wenn er Empfindung und Wahrheit in uns ist?

Denn werden wir Gott nicht fürchten wollen, sondern wir werden ihn wahrhaftig fürchten, von ganzem Herzen, von ganzer Seele, von ganzem Gemüt und aus allen

Kräften, in allem unserm Tun und Lassen, wenn wir aufstehen und wenn wir zu Bett gehen, um Mittag und um Mitternacht, wir schlafen oder wachen; wir werden das Bild des Allerbesten, des Allerweisesten, des Allergerechtesten, des Allerwahrhaftigsten, des Allerbarmherzigsten beständig wie unser Leben in uns tragen, und werden verwandelt werden in dasselbige Bild von einer Klarheit zu der andern. – Und das Halten der Gebote Gottes wird unsre Freude sein, und unser Glück zugleich; denn was sind seine Gebote anders als eine Hand am Wege, als schwarze und weiße Tonnen die vor Verderben warnen und die sicherste Fahrt in das Land des Heils weisen.

Nun meine lieben Herren Subskribenten, das wäre was ich Ihnen zu sagen hatte. Ich hätte Sie vielleicht angenehmer unterhalten können; aber Sie haben zum Teil so willig und gerne subskribiert, und da hab ich gedacht, ich müßte wieder ehrlich sein. Dazu hat alles seine Zeit, Subskribieren und Herausgeben auch, und wer weiß ob wir uns noch wieder einander dienen werden.

– Lasset uns Gott fürchten und seine Gebote halten!

Der Mensch

Empfangen und genähret
  Vom Weibe wunderbar
Kömmt er und sieht und höret,
  Und nimmt des Trugs nicht wahr;
Gelüstet und begehret,
  Und bringt sein Tränlein dar;
Verachtet, und verehret;
  Hat Freude, und Gefahr;
Glaubt, zweifelt, wähnt und lehret,
  Hält Nichts, und Alles wahr;
Erbauet, und zerstöret;
  Und quält sich immerdar;
Schläft, wachet, wächst, und zehret;
  Trägt braun und graues Haar etc.
Und alles dieses währet,
  Wenn's hoch kommt, achtzig Jahr.
Denn legt er sich zu seinen Vätern nieder,
Und er kömmt nimmer wieder.

Verflucht sei der Acker um deinetwillen etc.

Moses 1. c. 3, v. 17. 18. 19

Man mag das Paradies und seine vier Ströme und seinen Baum des Lebens und des Erkenntnisses etc. so oder so auslegen, und die wahre Erklärung mag sein welche sie will; so ist und bleibt der Inhalt klar und außer allen Zweifel:

Der Mensch war glücklich!

Und er machte sich elend! . . . In dem »Verflucht sei der Acker um deinetwillen etc.« wird ihm sein Urtel gesprochen.

Es ist sehr hart; und wie ungern muß Gott es ausgesprochen haben!

Als Absalom sich empörte, verhüllte David sein Antlitz und ging barfuß, und der ungeratene Sohn war ihm immer noch lieb und am Herzen gewachsen. Man kann es nicht ohne Rührung lesen, als seine Truppen gegen Absaloms Partei aus Mahanaim ausrückten, wie er da am Tor sitzt und sie ausmarschieren sieht, und sein letztes Wort an die Hauptleute ist: »Fahret mir säuberlich mit dem Knaben Absalom«; und als Joab nicht säuberlich mit dem Knaben fuhr, wie David da traurig wird und auf dem Saal im Tor hin und her geht und jammert: »Mein Sohn Absalom, mein Sohn, mein Sohn Absalom, wollte Gott ich müßte für dich sterben! O Absalom mein Sohn, mein Sohn!«

Und das war nur ein Vater unter den Menschen, die doch arg sind; was denn der Allbarmherzige Vater, der den Menschen vor allen andern Geschöpfen so hoch geehret und so herrlich ausgestattet hatte! und nun zu ihm sprechen muß: »**Verflucht sei der Acker um deinetwillen, mit Kummer sollt du dich drauf nähren dein Lebelang, Dorn und Disteln soll er dir tragen, und sollst das Kraut auf dem Felde essen. Im Schweiß deines Angesichts sollt du dein Brot essen, bis daß du wieder zur Erden werdest, davon du genommen bist. Denn du bist Erde und sollst zur Erden werden.**«

Die Worte sind schrecklich, und ein jedes ist 'n Schwert das einem durch die Seele dringet. Und sonderlich wenn man ansieht, wie sie an uns in Erfüllung gegangen sind und noch täglich in und um uns in Erfüllung gehen.

Wir waren unsterblich, waren ewig glücklich und selig; lebten in einem schönen Garten, zwischen Strömen die den Garten wässerten, unter Bäumen die lustig anzusehen waren und die immer voll Früchte für uns hingen ... und unser lieber Vater und Schöpfer ging selbst in dem Garten und wir konnten seine Stimme hören. – Und hier: Auf dem verfluchten Acker, zwischen Dorn und Disteln, uns nähren mit Kummer und im Schweiß des Angesichts! Wie bitter sau'r muß sich's mancher nicht werden lassen und früh und spat schaffen, daß er für sich und die Seinen das bißchen Brot habe! Und wenn er's hat, was hat er denn? – Wir kommen mit Angst und Geschrei in die Welt, und fahren mit Herzeleid wieder in die Grube ... und unsern lieben Schöpfer und Vater hören und sehen wir nicht! gehen trostlos und verlassen, in Frost und Hitze, in Regen und Schnee, in Schmerz und Krankheit, sind wahnsinnig und unsinnig, können nicht schlafen, müssen gehen und husten Tag und Nacht und Eiter und Blut speien.

Mahomed gibt in seinem **Koran**, wenn zwei sich über Religions-Lehren zanken, den klugen Rat, daß sie beide ihr Weib und ihre Kinder rufen und zusammen ein Gebet zu Gott tun sollen. So wär's auch bei diesen Worten wohl das natürlichste, daß nicht allein die strittigen Ausleger, sondern alle Menschen und Nachkommen Adams ihre Weiber und ihre Kinder riefen und hinträten und sich zusammen satt weinten.

Die Mutter am Grabe

Wenn man ihn auf immer hier begrübe,
Und es wäre nun um ihn geschehn;
Wenn er ewig in dem Grabe bliebe,
Und ich sollte ihn nicht wieder sehn,
Müßte ohne Hoffnung von dem Grabe gehn ---

Unser Vater, o du Gott der Liebe!
Laß ihn wieder auferstehn.

Der Vater

Er ist nicht auf immer hier begraben,
Es ist nicht um ihn geschehn!
Armes Heimchen, du darfst Hoffnung haben,
Wirst gewiß ihn wieder sehn,
Und kannst fröhlich von dem Grabe gehn.

Denn die Gabe aller Gaben
Stirbt nicht, und muß auferstehn.

Über die Unsterblichkeit der Seele

I

Wenn die Seele des Menschen unsterblich ist, Sire; so muß es davon Beweise geben, die keinen Zweifel übriglassen. Ich kann nur **vor der Tür** der Wahrheit fegen.

Die Natur hier bei uns auf Erden ist in beständiger Bewegung, und ihre Gebärde ist heute nicht wie gestern und ehegestern. Alles wandelt und wogt. Doch die verschiedenen Spezies in allen 3 Reichen bleiben unbeweglich, und stehen wie Fixsterne in diesem wogenden Meer. Ulysses' und Tobias' Hündlein wedelten schon mit dem Schwanze; der Kürbis rankte schon vor Ninive, und das Gold ist und bleibt 19mal schwerer als das Wasser. Weil die Natur, wie man spricht, keinen Sprung tut, so muß sie freilich durch allerhand Verwandlungen zum Ziel gehen, und läßt, auf dem Wege dahin, verschiedene Gestalten sehen; aber wenn die Spezies, die sie im Sinne hat, vollendet ist, so geht sie nicht weiter. Sich selbst gelassen geht sie nicht darüber hinaus, und bleibt, wenn sie nicht gestört wird, nicht diesseits stehen. Ist die Spezies vollendet, so macht sie Feierabend, und sorgt nur für ihre Erhaltung; und wenn sie die Individua derselben nicht erhalten kann, so substituiert sie, auf die wundervolle Art und Weise, immer andre Individua, um so der Spezies eine Art von Ewigkeit zu verschaffen.

Es gibt zwar berühmte Gelehrte, die anders meinen und der Natur einen andern Plan ausgedacht haben. Ihnen sind die Spezies nur Ruhepunkte und Stufen, wo die Natur sich, sozusagen, besinnt und ausruht, um von da weiter, und immer vom Geringern zum Bessern und Vollkommnern vorwärts zu gehen; so daß z. E. aus einer Auster ein Crocodyll, aus einer Mücke ein Kolibri etc., und aus den vollkommensten Tieren endlich gar Mensch und Engel werden könnten.

Diese Meinung ist artig genug erfunden; nur das erste und Hauptsächlichste dagegen ist, daß sie nicht wahr ist. Aus den Hühner-Eiern kommen nimmer Fasanen, sondern immer wieder Hühner hervor. Das ist die Beobachtung neuer und alter Zeiten, und die Chineser* beweisen grade aus dieser Einrichtung das Dasein eines unendlichen Verstandes. Auch Noah muß die alte Meinung gehabt haben; er hätte sonst viel Mühe und Raum sparen können.

Die Natur schreitet so wenig von einer Spezies zu einer andern und vollkommnern fort, daß sie auch, wie gesagt, dieselbe Spezies nicht ändert und vollkommner macht. Die aufeinander folgenden Individua derselben sind und bleiben sich gleich, an Gestalt, Proportion, Talent und allen Eigenschaften und Neigungen, Sitten und Weisen. Die Herbstspinne spann schon bei den Römern ihr Gewebe in der wundersamen mathematischen Form mit Peripherien, Radien und Centro, und Aelianus bemerkt schon, daß sie bei diesem Kunstwerk den Euklides nicht nötig habe; er erzählt weiter von ihr, sie sitze **in dem Centro** ihres Gewebes und laure dem Raub auf, grade wie wir sie nach tausend und mehr Jahren noch sitzen sehen. Die wunderliche Sitte des Kuckucks ist bekannt, er legt nämlich sein Ei in das Nest eines andern Vogels und fliegt denn davon, und läßt den andern Vogel sein Ei ausbrüten und den jungen Kuckuck groß füttern; dies ist aber nicht etwa eine Erfindung der spätern Jahrhunderte unter den Kuckucks, sondern sie haben es schon immer so gemacht, wie eben der Aelianus erzählt. Die Krähen hassen schon die Eule im Plinius, und kreischen schon das Regenwetter her im Virgil; die Schwalben kommen schon im Homer zu den Menschen ins

* Docent, ex admirabili nexu illo rerum & propagatione, qua fit ut tam *constanter* simile producat sibi simile, evidenter probari posse, dari quodpiam Ta Teu nao i. e. Magni Capitis cerebrum quod omnia illa tam aequabili cum vicissitudine conservet ac regat & ad finem cuique consentaneum perducat.

Haus; die Ameise ist schon fleißig im Sirach, und der Pfau trägt noch die funkelnden Edelgesteine*, damit ihn die Juno zu des uralten Inachus Zeiten aufstaffierte. So ist es immer gewesen und so wird es bleiben, und sicherlich war, in der langen Reihe von Elefanten, die von Anfang bis zum Ende durch die Natur hintereinander hergehen, der, der mit dem Rücken am Chaos steht, wie der, der seinen Rüssel in die Trümmer des Jüngsten Tages ausstrecken wird.

Sonach wären die Spezies vielmehr als Modelle anzusehen, die der Natur im Anfang von höherer Hand aufgegeben sind, sie unverändert durchzuführen. Sie läßt es auch an ihr nicht fehlen, und exekutiert diese Modelle immerhin mit dem größten Fleiß und der größten Genauigkeit. Ja, sie ist auf die unverletzte Erhaltung derselben so eifersüchtig, daß sie den Versuchen sie zu ändern und zu wirren ihren Segen versagt; denn es ist bekannt, daß die Maulesel und überhaupt alle Bastarte nicht weiter generieren können.

Wenn die Resultate von den verschiedenen Bewegungen der gebärenden Natur immer einerlei und dieselben sind; so sind es natürlich die Bewegungen selbst auch. Und, mit Einem Wort, in der ganzen Natur, so herrlich und so bewundernswürdig ihre Operationen sind, ist alles u n b e w e g l i c h und niet- und nagelfest. Alles in ihr ist einem Gesetz der Notwendigkeit unterworfen, davon sie nicht abgeht und ohne eine fremde Hand nicht abgehen kann.

Der Mensch allein macht eine Ausnahme. Der ist b e w e g l i c h ! Und das gestehen ihm auch die zu, die eben nicht geneigt sind, ihn unsterblich sein zu lassen. Es fällt

* Gemmis caudam stellantibus implet.

niemand ein, von der Aufklärung der Wallfische etc. zu sprechen; aber sie sprechen alle von »Erziehung des Menschengeschlechts« von seiner **moralischen** Bildung und Veredelung, von finstern und erleuchteten Jahrhunderten u.s.w. Und ob sie wohl, über diese Beweglichkeit und Bewegung, über diese Veredelung und Erleuchtung, nicht alle recht und einerlei berichtet zu sein scheinen; so ist doch über die Sache selbst nur Eine Stimme. Nun ein Teil vom Menschen gehört mit zu der Natur, und insoweit folgt er ihren Gesetzen. Es muß denn also in ihm zugleich noch **etwas anders** sein als in der ganzen Natur.

Schon auswendig übt der Mensch eine Art von Herrschaft über die Natur aus, und er scheint auch vor allen sichtbaren Geschöpfen dazu berufen zu sein. Er läßt nichts unversucht, so klein er ist, und ihm ist nichts unmöglich. Er umschiffet die ganze Welt, mißt Himmel und Erde, bändigt alle Tiere und Pflanzen, Feld und Wald, Berg und Tal, Bach und Strom, und die Wogen des Meeres. Er macht in verschiedenen Operationen, z. E. den Einimpfungen und andern, die Natur mehr tun, als sie allein kann und allein je getan hätte, und disponiert also über ihr Gesetz. Es ist denn nicht allein **etwas anders** im Menschen als sonst in der ganzen Natur, sondern dies **anders** ist auch **mehr** als die Natur, und **über** dieselbe.

Wenn wir nun sichtbarlich keine Erfahrung von Tod und Sterben haben, als in und an der Natur; so ist wenigstens seine Sterblichkeit durch nichts erwiesen. Und wir, die wir ihn unsterblich glauben, haben den Beweis seiner Unsterblichkeit nicht zu führen, sondern die andre Partei muß beweisen, daß er sterblich sei.

Das wäre aber im Grunde wenig, und nur im Zeremoniell gewonnen; und wem daran noch gelegen ist, der hat Zeit bis es ihm näher kommt, und er den Kopf, der Sache wegen, krank und bekümmert stützen lernt.

Indes so ganz allein liegt, was bisher gewonnen ist, nicht im Zeremoniell.

Der Tod wird zwar als ein Knochen-Mann gemalt, aber er ist eigentlich kein Mann; sondern was wir Tod und Sterben in der Natur nennen, ist ein Effekt, eine Erscheinung, die, an dem Dinge das stirbt, durch andre Naturkräfte hervorgebracht wird. So weit also der Mensch der Natur angehört, kann er freilich durch die Kräfte der Natur sterben, und sie läßt sich auch ihr Recht nicht nehmen. Aber das **etwas anders** im Menschen wie sollte das durch die Kräfte der Natur sterben können? Es ist ja **über** die Natur, und **etwas anders**.

Wir erfahren auch, auf mancherlei Weise, daß sie darauf keine unmittelbare Würkung habe. Finsternis und Licht, Kälte und Wärme, Stille und Sturm, Regen und Sonnenschein und andre ihre Kräfte, würken zwar mächtiglich auf unsre Sinne und Empfindung, aber auf das **andre Etwas** nicht unmittelbar. Wir können, ceteris paribus, im Dunkeln so gut denken als bei Licht, und einige Leute machen die Augen zu, wenn sie nachdenken wollen; im Regen so gut als bei Sonnenschein; wir können im Winter so gerecht sein als im Sommer, im Sturm das Gute so lieb haben als bei stillem Wetter. Wenn also die Natur keine Würkung auf *uns* hat – denn das **andre Etwas** sind eigentlich *wir*, und das übrige von uns ist nur unser Gehäuse – wenn sie also keine unmittelbare Würkung auf *uns* hat; so haben *wir* von ihr nichts zu fürchten.

Doch *der Mensch* ist noch auf eine andre und nähere

Art, in und durch seinen Körper, mit der Natur verbunden, und dadurch ihren übrigen Kräften mittelbar ausgesetzt. Und hier liegt der Sphinx! – und hier ist eigentlich die Arena für die Kämpfer um seine Unsterblichkeit.

III

Wir können zwar mit unsern Gedanken vom Nord- bis an den Süd-Pol und bis an das äußerste Meer fliegen, aber das fühlen wir doch, daß die Quelle unsrer Gedanken in unserm Kopf ist; wir können zwar unsre Liebe bis an der Welt Ende und bis über die Sterne hin ausströmen, aber das fühlen wir doch, daß die Quelle unsrer Liebe in unserm Herzen ist. Also in unserm Körper sind wir mehr und anders, als an irgendeinem andern Ort. Wir müßten denn in uns hinein blicken, um der Heimlichkeiten etwas gewahr zu werden.

Wie es aber überhaupt beim Sehen sonderlich aufs Auge und den Seher ankömmt, und ein jedweder nicht nur seinen eignen Regenbogen sondern auch seine eigne Sonne und seinen eignen Mond sieht; so geht es auch hier, und geübte Seher sprechen von ganz andern Dingen, als die wir ungeübte sehen können. Zwar kann auch wohl in einzelnen Fällen ein anders zu sehen sein; das aber sind einzelne Fälle, und ist für sich.

Was gewöhnlich zu sehen ist, und was auch ein jedweder sehen kann, ist: daß wir in unserm Inwendigen aus zwei Kräften bestehen die uneins sind, und sich einander bestreiten – **die eine** hoher Natur, die von Unsterblichkeit und dem Unendlichen, von einer höchsten Vollkommenheit, Weisheit, Güte, Gerechtigkeit Ideen und Ahndungen hat, und Lust hat nach dieser Regel einherzugehen, die aufwärts strebt, Wahrheit sucht, und alles ergründen will – aber *unter* dem Einfluß **einer andern** die sie überall hindert und ihr überall im Wege ist, die ihr Licht und Luft dunkelt und *färbt*, die ungestüm und unbändig ist, sich nicht sagen läßt, und auf dem Bauche **kriechen** und Staub essen **will**.

Der Funke wird von der Asche gedrückt! Der *Mond* ist im *Schatten der Erde!*

– –

Und sie stehen und schreien und klappen in den Kessel ihrer Philosophie und Moral, um ihm aus der Not zu helfen; indes er, nach ganz andern Gesetzen, bleibt oder herausgeht.

IV

Sire, wenn es nie keine **tugendhafte** Menschen gegeben hätte, ich wäre erlegen und hätte verzweifelt, bei der Übergewalt des Erdschattens in unsern Herzen. – Aber diese große Menschen haben mich gelehrt, daß die menschliche Seele unsterblich sei, und unüberwindlich wenn sie es sein will und nur den Mut hat sich ihrer edlen Haut zu wehren.

Und diese ihre Unsterblichkeit kommt uns nun überall entgegen, und an allen Ecken wo wir nur den Zipfel aufheben und sie berühren.

Sie hat einen innerlichen Trieb, ein angebornes Verlangen unsterblich zu sein. Dies Verlangen äußert sich freilich selten auf eine reine Art, und die Unsterblichkeit, nach der wir Menschen streben, ist die meiste Zeit sehr sterblich. Das aber ist nur ein Irrtum in der Anwendung, und das Verlangen ist nichtsdestoweniger da.

Allemal wo wir einen angebornen Trieb finden der nach einer Sache treibt, finden wir auch eine konveniente Disposition und Übereinstimmung zwischen beiden, so daß der Trieb befriedigt werden, oder eine Vereinigung geschehen kann. Wie könnte die Natur auch so irren, und Triebe zu unmöglichen und widersprechenden Dingen geben? Aber die Vereinigung **kann** nicht allein geschehen, sondern sie **soll** nach der Natur der Sachen auch geschehen, und **würde** geschehen, wenn ihr kein Hindernis im Wege wäre; und der Trieb ist im Grunde nichts anders als die Empfindung dieses Verhältnisses bei den Dingen die Empfindung haben, und das Verhältnis selbst bei denen die sie nicht haben.

Im Mittelpunkt der Erde z. E. haben die Körper keine Schwere; wenn ich aber eine Kugel an einem Faden aufhänge, auf die Hand oder auf sonst etwas lege, so drückt sie in grader Linie gegen den Mittelpunkt der Erde, denn sie wird gehindert dahin zu kommen. Ein Gewächs, eine Pflanze, die in freier Luft steht, wächst und steht aufrecht; stelle ich sie aber ins Zimmer, daß also die Einflüsse der Luft und Sonne gehindert werden, sie, wie es sein sollte, von oben frei zu treffen, so beugt sie sich gegen das Fenster. Wenn ein Fisch im Wasser ist, so hat er kein Verlangen nach dem Wasser, sondern läßt sich's wohl darin sein; wirft man ihn aber aufs Land, so fühlt er daß er nicht ist wo er seiner Natur nach sein sollte, und springt und zappelt.

Wenn also wir Menschen ein angebornes Verlangen nach Unsterblichkeit haben; so ist klar, daß wir, in unsrer itzigen Lage, nicht sind wo wir sein sollten. Wir zappeln auf dem Trocknen, und es muß irgendwo ein Ozean für uns sein.

V

Und dies setzt denn die Idee: von Unsterblichkeit und einem unendlichen Wesen etc., die in uns ist, vollends außer Zweifel. Der Mensch hat offenbar diese Idee, denn alle Völker sprechen von einem Gott! Und woher hat er sie? – Die ganze Natur mit allem was in ihr ist kann sie ihm nicht geben.

Man sagt zwar, der Mensch habe sich aus den tausend endlichen Halmen eine unendliche Garbe zusammengebunden, er steige auf den Begriffen endlicher Dinge, wie auf einer Leiter, zu dem Begriff des Unendlichen hinauf etc. Aber erstlich ist das gewiß, daß sich aus endlichen Halmen kein unendliches Ganze machen läßt, und was die Leiter anlangt, die, wie sie hier steht, ziemlich kurz und unsicher ist, so muß einer vorher schon wissen wo er hinsteigen will ehe er die Leiter ansetzt. Man zerstückele einmal den Äquator in 1000000 Teile, und gebe sie jemand hin der nie von einem Zirkel gesehen oder gehört hat, ob er wohl eine Peripherie daraus zusammenbringen sollte. Und das Gleichnis hinkt gewaltig.

Alle Bilder, die in die Sinne fallen und so in den Menschen kommen, **können** ihm jene Idee nicht geben; denn was einer nicht hat kann er auch nicht geben.

Aber, am Ende finden doch die Menschen Gott aus der Natur; die Philosophen beweisen ihn daraus, und andre Leute sehen die Sonne und Himmel und Erde an, und denken: das muß ein großer Herr sein der sie gemacht hat. Es muß also die Idee des Unendlichen durch das Endliche doch veranlaßt werden können.

Allerdings, Sire, allerdings kann der endliche sichtbare Vorhang **die Menschen** an einen unsichtbaren unendlichen, der hinter ihm steht, erinnern, und gewißlich ist er dazu niedergelassen, und gebe Gott, daß er für keinen Menschen umsonst niedergelassen sei. Aber darum bleibt es ewig wahr, daß die endlichen Dinge diese Idee nicht **geben** können.

Wenn das Bild eines Baums, eines Jägers, und andre Bilder der äußern Natur ins Wasser fallen, so veranlassen sie darin kein Bewußtsein; wenn aber dieselben Bilder in das Auge einer Ente die auf dem Wasser sitzt oder andern Tiers fallen, so veranlassen sie ein Bewußtsein dieser Bilder. Warum? – Das Tier hatte schon die Fähigkeit, und sie wird durch die Bilder nur bewegt und modifiziert. Die äußre Natur veranlaßt bei den Tieren die Idee des Unsterblichen des Unendlichen nicht etc. aber beim Menschen tut sie es. Also –

Es hat neulich ein sehr scharfsinniger Philosoph* gezeigt, wie nur das Bedingte eigentlich **demonstriert** werden könne, und wie: das Unbedingte demonstrieren wollen, gradesoviel sei, als die Perle erst ins Wasser hineinwerfen, um sie dann wieder herauszufischen; und er sagt sehr recht, »daß das Unbedingte auf keine andre Weise von uns angenommen werden könnte, als es uns gegeben ist, nämlich als Tatsache – **es ist.**«

Ich frage nun, **wie** ist es uns als Tatsache gegeben? – Entweder das Unbedingte muß es unsrer Seele selbst geben, oder sie muß die Idee in sich haben. In beiden Fällen steht es um ihre Unsterblichkeit sehr wohl. Ich will aus Bescheidenheit nur den letzten Fall annehmen.

Die Idee von Unsterblichkeit und dem Unendlichen etc. ist also inwendig im Menschen, und die sinnliche Welt, die sie ihm nicht geben konnte, kann sie ihm auch

* Über die Lehre des Spinoza. Neue Auflage, IV. Beilage.

nicht nehmen; und da diese Idee in ihm von den Eindrükken der sinnlichen Welt nicht abhängt, so würde sie in ihm sein, wenn keine sinnliche Welt wäre, so wie sie in ihm sein könnte, ehe eine sinnliche Welt ward, und wenn keine mehr sein wird, u.s.w.

Fangen Ew. Majestät nicht an, Land zu sehen, oder vielmehr das Land aus dem Gesicht zu verlieren und der offenen See gewahr zu werden?

Eine gleiche Bewandtnis hat es mit den andern Ideen: von einer höchsten Vollkommenheit, Weisheit, Gerechtigkeit, Güte. Alle diese Ideen, die im Grunde in eins zusammenfließen, können dem Menschen durch die Eindrücke der sinnlichen Natur nicht gegeben worden sein, und doch sind sie in ihm, und schlummern mehr oder weniger.

Wenn ein Weizenkorn, das zu Wurzel, Fasern, Halm, Blatt, Ähre etc. den Keim in seinem Wesen hat, wenn das Bewußtsein hätte, würde es denn nicht von Wurzel, Fasern, Halm, Blatt, Ähre etc. träumen, und sich aller dieser Dinge bewußt sein, nämlich des das in ihm ist und aus ihm werden kann?

Wenn also der Mensch Ideen und Ahndungen hat von Unsterblichkeit, Unendlichkeit, höchster Weisheit, Gerechtigkeit, Güte; muß denn nicht der Keim zu dem allen in seinem Wesen sein? –

VI

Ein Wesen das den Keim der Unsterblichkeit in sich hat, kann nicht sterben. Ob wir nun gleich diesen Keim nicht sehen, so können wir doch, da wir seine Wahrzeichen so offenbar im Menschen finden, an seinem Dasein nicht zweifeln. Auch er ist nicht unwahrscheinlicher als der im

Weizenkorn, und liegt nicht mehr im Dunkeln. Aber bei dem Weizenkorn haben wir die Erfahrung und das Faktum. Wenn damit gebührlich prozediert wird, so wird Wurzel, Halm, Ähre und alles was in ihm ist, würklich sichtbar und kommt zum Vorschein. Wenn wir auch solche Erfahrungen in ihrer Art hätten!

Ew. Majestät werden einsehen, wovon hier die Rede ist, und daß das nicht mehr vor der Tür sein würde. –

Doch es gibt auch vor der Tür noch Erfahrungen, die, ihres Orts, die Möglichkeit der Sache und ihre ersten Anfänge zeigen, und die drinnen **Alles** vermuten lassen.

Erstlich haben wir die Erfahrung, daß dieser Keim durch die ärgste Mißhandlung im Menschen nicht kann vernichtet werden. Es ist freilich wahr, er kann in ihm, durch die entgegengesetzte Kraft, nicht allein geschändet, entstellt und verungestaltet, sondern auch in seiner Tätigkeit so ganz und gar gehemmet und unter die Füße getreten werden, daß auch keine Spur von seiner Herrlichkeit übrig bleibt, und man sagt mit Recht von einem Menschen, der sich seiner Sinnlichkeit und allen ihren Lüsten und Bewegungen ohne Scheu und Scham hingibt, daß er sei wie ein Vieh und ohne Gott. Aber vernichtet ist der Keim darum in ihm nicht. Denn die allerverworfensten Menschen sind oft wieder zur Besinnung gekommen, und Nebukadnezar »der sieben Zeiten Gras aß wie Ochsen, dessen Leib unter dem Tau des Himmels gelegen und naß geworden war, bis sein Haar wuchs so groß als Adlersfedern, und seine Nägel wie Vogelsklauen wurden, **hob seine Augen wieder auf gen Himmel und kam zur Vernunft, und lobte den Höchsten**«.

Und auf der andern Seite haben wir die Erfahrung, daß durch eine beßre Behandlung dieser edle Keim **mehr** zum Vorschein kommt und seine Wahrzeichen **sichtbarer** werden. Und diese merkwürdige Erfahrung haben wir an den **Tugendhaften**, deren es freilich nicht viele, aber doch zu verschiedenen Zeiten hie und da einzelne gegeben hat.

Diese Menschen fühlten auch, wenn sie ihre Augen auf gen Himmel heben wollten, daß der edle in ihnen beherrscht werde und der unedle herrsche, und hätten die Sache gerne nicht abgesprochen sondern abgeändert. Da es nun nicht in ihrer Gewalt war, gradezu den edlen auf den Thron zu setzen, so taten sie »was in unsrer Gewalt ist« und kämpften **ritterlich**, den unedlen herunter zu bringen. Sie verschmähten eine vergängliche Glückseligkeit, wandten ihr den Rücken und **wollten** sie nicht, und gingen so mit verbissenen Lippen und unverrücktem Ernst dem unvergänglichen Gut nach, ohne sich umzusehen, und ohne sich durch den Spott und die Weisheit der Spielleute irremachen zu lassen – und der Erfolg war frappant.

Konfuzius z. E., der unter diesen großen und ernsthaften Bemühungen grau geworden ist, und das Resultat davon, von zehn zu zehn Jahren, natürlich und umständlich erzählet, sagt im vierten Jahrzehn, daß schon in diesem Periodus seine **Geisteskraft behende und sehr durchdringend*, und sein Herz sehr verändert** und **voll guter Gesinnungen** gewesen sei, und fährt dann fort: »Endlich als ich 70 Jahr alt war, hatten die lang fortgesetzte **Betrachtung** und **Selbstüberwindung** das in mir ausgerichtet, daß ich gradehin tat, was mein Herz begehrte, und doch tat ich nie nichts wider die Regel des Guten und des Gerechten welcher meine sinn-

* – expedita ac peracuta vis intelligendi.

liche Begierde itzo ohne Widerstreben und Unmut gehorchte.«*

Man stelle nun einen solchen Menschen und einen gewöhnlichen nebeneinander, und sehe den Unterschied. Den einen treiben und reißen seine Lüste und Begierden hin, wo er nicht hin will, und zu tun was nicht taugt; er hat nimmer Ruhe und keinen Frieden, und ist wie die Woge des Meers die in jedem Augenblick eine andre Gestalt hat und in allen Gestalten Wasser ist – und der andre ist immer was er sein will, immer derselbe Freud- und Friedenvolle, und sein Herz ist einem Tempel zu vergleichen, darin eine unsichtbare Gottheit wohnt und wo die heilige Stille durch keinen Laut unterbrochen wird, als der für die Wahrheit schallt und zum Lobe der Götter.

Es ist gleich auf den ersten Anblick um und in solchen **tugendhaften** Menschen etwas Großes und Ewiges; sie **fühlen** sich unsterblich an. Aber sie sind es auch.

Wenn die Zeit nichts ist als die Folge und der Wechsel verschiedener Dinge, so sind sie schon darum weniger Zeitlich. Doch es muß etwas würklich und in sich Ewiges und Unsterbliches in ihnen sein; denn die Kraft, die in andern Menschen so allgewaltig und unwiderstehlich herrscht und so viel Unglück und Böses anrichtet, ist in ihnen gebändigt und liegt zu ihren Füßen. Und was anders als das Ewige und Unsterbliche kann das Zeitliche bändigen und bezwingen?

* Ad extremum septuagenarius longae *meditationis, victoriaeque mei ipsius* beneficio sequebar quod cor meum appetebat; nec tamen excedebam regulam seu terminos transiliebam honestatis rectaeque rationis, cui iam sine luctâ molestiâve appetitus meus obtemperabat. *Confucius Sinarum Philosophus* etc. studio et opera P. Intorcetta, C. Herdrich, F. Rougemont, P. Couplet, P. P. S. J. iussu Ludovici Magni etc. e bibliotheca regia in lucem prodiit. Parisiis etc. MDCLXXXVII.

Wie sollte auch ein solcher sterben, und wodurch? – Diese Welt und Erde hat keine Gewalt mehr über ihn, ist für ihn als wäre sie nicht; und sie sollte ihn noch vernichten können? Er hat **sie** vernichtet! Und steht auf ihrem Nacken als ein **Sieger**! und blickt frei nach dem Himmel empor.

Und dieser Himmel ist **ihm** nicht so weit weg und ferne, als andern Menschen.

Eine sinnliche Bewegung durch die andre überwinden heißt nur: ein Laster gegen ein anderes verwechseln. Es muß denn bei dem **Tugendhaften** anders gestaltet sein. Zwar sein Herz ist tief, und es kostet viel ihm auf den Grund zu kommen. Das aber läßt sich bei einigem Nachsinnen absehen, daß seine Bewegungsgründe nicht in dieser Welt zu Hause sein können, daß er nach Gesetzen handelt, die aus einer andern Ordnung und unveränderlich sind. Diese Gesetze sind notwendig für uns andre Menschen auch da. Aber wir hören und sehen sie nicht, oder sehen sie höchstens als sähen wir sie nicht; der **Tugendhafte** aber **höret** ihre Stimme, und **hält** sich an den er nicht siehet als sähe er ihn. Er ist also in **Verbindung** mit der unsichtbaren Welt. Der Himmel neiget sich zu dem edlen **Sieger**! herab, und die Bahn zum Unendlichen fängt für ihn an zu brechen. –

Und so gerieren sich auch dergleichen Menschen. So lebte Sokrates. Die unsichtbare Stimme, die er hörte, war ihm in Mark und Bein. Darnach handelte er, und nicht Freund noch Feind, nicht Gefängnis noch Prytaneum, kein Rat von »dreißig Tyrannen«, und kein Senat von Hunderten, nicht ganz Griechenland noch die ganze Welt konnten dagegen etwas.

Und so starb er. Sein Giftbecher, als er hereingebracht ward, setzte alles in Tränen was um ihn war; selbst der

Henker weinte; Phädon verhüllte sich in seinen Mantel; und Apollodor heulte laut aus. – **Er** allein ist ruhig, und sonnet sich bis an den letzten Atemzug in den Sonnenstrahlen der Wahrheit und einer bessern Welt. – – – Es ist nicht, als sähe man einen Menschen sterben; man glaubt einen Unsterblichen zu sehen, einen Freund und Vertrauten des Himmels und der Götter, der zu den Wohnungen des Friedes **heim**kehret, und nur an der Schwelle den Staub abschüttelt, der sich auf ihn gesetzt hatte.

VII

Es ist denn nichts Geringes, daß wir unsre Gedanken bis zu dem »höchsten Gut« erheben können, daß die Idee des »Unendlichen« in unserm Herzen ist und daran haften kann; wenn wir nur an höhere Wege und Mittel glauben könnten.

Es **sind** denn im Menschen die Ruinen eines großen heiligen Wesens; und es **gibt** ein Glück für ihn, das der Rost und die Motten nicht fressen, und das die Welt mit aller ihrer Herrlichkeit nicht geben und mit all ihrem Trotz nicht nehmen kann.

Sire, wir sind unsterblich!

– – Ich stehe hier mit Stolz neben **Dir**, daß wir Brüder und gleich sind! Aber ich sehe desto demütiger **Deine** Krone an, da **Dich** Gott über so große Wesen gesetzt hat, natürlich nicht sie zu mißhandeln und zu quälen, sondern sie zu lieben, und für ihre kleine und große Glückseligkeit zu sorgen.

Ew. Majestät

untertäniger
Matthias Claudius.

Die Apologie des Sokrates

Ich weiß nicht, ihr Männer von Athen, was meine Ankläger auf euch für einen Eindruck gemacht haben; ich aber bin beinahe durch sie über mich selbst irre gemacht worden, so künstlich und schön haben sie gesprochen, ob sie gleich, so zu reden, nicht ein wahres Wort gesagt haben. Eins hab ich, von dem vielen, darin sie euch fälschlich berichtet haben, sonderlich und am meisten bewundern müssen, das nämlich: daß sie euch heißen auf eurer Hut sein, um nicht von mir, als einem gewaltigen Redner, hintergangen zu werden. So etwas sagen zu dürfen, da sie doch auf der Stelle von mir, durch die Tat, werden widerlegt werden, denn ich bin wie ihr sehen sollet auf keine Weise ein gewaltiger Redner, das scheint mir ihre unverschämteste Unverschämtheit zu sein – sie möchten denn etwa denjenigen einen gewaltigen Redner nennen, der die Wahrheit sagt; wenn sie das meinen, so muß ich selbst sagen, daß ich ein Redner bin, nur nicht nach ihrem Sinn. Sie also, wie gesagt, haben nichts Wahres gesaget; mich aber sollt ihr in allen Stücken und auf alle Weise die Wahrheit sagen hören. Aber, beim Jupiter! ihr Männer von Athen, nicht in zierlicher und geblümter Rede, wie sie sprechen; sondern gradehin und wie mir die Worte in den Mund kommen. Recht soll das, hoff ich, sein was ich sage, und mehr erwarte keiner unter euch von mir. Denn, ihr Männer, es schickt sich für mein Alter nicht, daß ich wie ein Knabe vor euch auftrete der mit Worten spielt. Ich ersuche also und bitte es mir aus von euch, daß ihr euch, wenn ihr mich hier, in meiner Verteidigung, ebenso sprechen hört, als ich auf dem Markt bei den Wechselbänken, wo viele von euch zugehöret haben, und anderswo zu sprechen pflegte, daß ihr euch das nicht wollet wundern und irre machen lassen. Denn, ihr könnt mir glauben, ob ich gleich über 70 Jahr alt bin; so trete ich doch itzo zum erstenmal vor Gericht auf, und ich bin in Wahrheit fremd in der hier gebräuchlichen Sprache. Wie ihr nun, wenn ich würklich ein Fremder wäre, es mir vergeben würdet, wenn ich in der Sprache und nach der Art und Weise redete, darin ich erzogen wäre; so bitte ich euch auch nun, und mich dünkt ich bitte nichts Unbilliges: mir die Art und Weise, wie ich rede, hingehen zu lassen – vielleicht gibt's eine die schlechter ist, vielleicht auch eine die besser ist – das aber, was ich sage, nicht hingehen zu lassen, sondern fleißig und scharf zu erwägen, ob es nämlich recht ist oder nicht. Denn grade darin besteht die Pflicht des Richters; so wie die Parteien die ihrige getan haben, wenn sie die Wahrheit sagen. Zuerst aber, ihr Athenienser, muß ich mich gegen die Beschuldigungen verteidigen derer ich zuerst fälschlich bin angeklagt worden und gegen die ersten Ankläger, und denn gegen die darauf folgende Beschuldigungen und gegen die letzten Ankläger. Denn ich habe viele Ankläger, die mich schon seit lange und von vielen Jahren her, ohne allen Grund, bei euch angeklagt haben; und die fürchte ich mehr als den Anytum und seinen Anhang, obgleich auch diese wohl zu fürchten sind. Aber, ihr Männer, jene sind es noch mehr, die vielen von euch von Jugend auf immer allerhand unwahre Dinge von mir vorerzählt und weisgemacht haben: Z. E. »daß ein gewisser Sokrates sei, ein weiser Mann, der den Dingen die im Himmel und unter der Erde sind nachtrachte, und aus Schwarz Weiß mache«. Welche eine solche Sage von mir ausgebracht haben, ihr Männer von Athen, die sind für mich sehr gefährliche Ankläger. Denn wer das hört, der denkt gleich: daß Leute, die sich mit solchen Dingen abgeben, an keine Götter glauben;

hernach sind dieser Ankläger viele, und die da schon eine geraume Zeit vor euch angeklagt haben und dazu in einem Alter darin ihr am meisten aufgelegt waret zu glauben weil einige von euch grade noch Kinder und junge Leute waren, und die da offenbar, da niemand war der mich verteidigte, einen tumultuarischen Prozeß geführt haben; das allerschlimmste aber ist, daß ich ihre Namen nicht weiß und angeben kann, wenn nicht etwa einer davon ein Komödienschreiber ist. Wie viele also ihrer aus Neid und Verleumdung euch überredet haben, und alle, die, von andern überredet, wieder andre überredet haben, diese alle sind gar ungelegene und unbequeme Widersacher; denn ich kann nicht einen von ihnen hier stellen um ihn zu widerlegen, sondern ich bin genötiget zu verteidigen, wo niemand ist der angreift, und anzugreifen, wo niemand ist der sich verteidiget.

Ihr sehet denn also selbst, daß, wie ich sage, meine Ankläger von zweierlei Art sind: einige die mich itzo angeklagt, und andre welche es, wie gesagt, schon lange getan haben; und ihr werdet natürlich finden, daß ich mich zuerst gegen diese verteidige; denn sie haben mich bei euch am ersten angeklagt, und viel ärger als die letzten. Es muß denn also verteidigt sein, ihr Männer von Athen, und versucht werden: euch ein Vorurteil, das ihr während einer langen Zeit habt, in einer so sehr kurzen Zeit zu benehmen. Und ich wünschte, wenn es euch und mir besser ist, daß es sich so wollte tun lassen, und daß meine Verteidigung noch zu etwas mehr dienen möchte. Ich weiß aber, daß dies große Schwierigkeiten habe; auch ist es mir nicht allerdings unbewußt: wovon hier die Rede ist. Aber, auch das gehe, wie es Gott gefällig ist; ich muß dem Gesetz gehorchen und mich verteidigen. Ich will also bis zu dem Ursprung der Anklage zurückgehen, daraus mein böser Leumund entstanden ist, auf den sich Melitus verlassen, und diese seine gerichtliche Klage wider mich angebracht hat.

Wie lautet denn eigentlich die Verleumdung der Verleumder, denn wir müssen sie ordentlich in Form bringen, wie ein Kläger seine geschworne Anklage?

»Sokrates ist ein böser Frevler, denn er trachtet den Dingen nach die im Himmel und unter der Erde sind, und macht aus Schwarz Weiß, und gibt in solchen Sachen Unterricht.« Das ist sie ohngefähr; und etwas Ähnliches habt ihr selbst in des Aristophanes Komödie gesehen, wo ein gewisser Sokrates aufgeführt wird sagend: daß er durch die Luft gen Himmel steige, und mehr andre dergleichen wunderliche Sachen, davon ich weder viel noch wenig verstehe.

Und ich sage dies nicht, um eine solche Wissenschaft, wenn jemand sich auf dergleichen versteht, zu verachten, und einen Prozeß weniger mit dem Melitus zu haben; sondern ich verstehe würklich von solchen Sachen nichts. Und zwar berufe ich mich, auf viele von euch, als Zeugen, und bitte euch, daß ihr euch untereinander befragen und besprechen wollet, so viele eurer mir jemals zugehört haben, und derer sind nicht wenige von euch; befragt euch denn unter einander: ob einer von euch mich jemals von dergleichen Sachen hat reden hören es sei wenig oder viel. Und sehet daraus, was es mit diesen und andern Dingen, die der große Haufe von mir sagt, für eine Bewandtnis habe; denn davon ist ebenso wenig etwas wahr; so auch, wenn einer oder der andre von euch etwa hat sagen hören, daß ich würklich andre unterrichte und Geld damit verdiene, auch das ist nicht wahr. Zwar dünkt es mich keine üble Sache zu sein, wenn jemand imstande ist die Menschen zu unterrichten, wie Gorgias der Leontiner, und

Prodikus der Koer, und Hippias der Eleer. Denn ein jeder von diesen ist imstande, in jeder Stadt dahin sie kommen, von den jungen Leuten, die doch den Umgang ihrer eignen Mitbürger umsonst haben können, welche sie wollen zu bewegen, daß sie diesen Umgang aufgeben, und sich an sie halten und dafür bezahlen und noch Dank obendrein wissen. Es ist auch noch ein andrer Mann ein Parier hier, ein Weiser; von dem habe ich gehört, daß er sich hier aufhalte. Denn ich traf von ohngefähr jemanden, der freigebiger gegen die Gelehrten ist als alle andre, den Kallias des Hipponikus Sohn, und fragte ihn, denn er hat zween Söhne; »Kallias«, sagte ich, »wenn deine Söhne Füllen oder Kälber wären, was für einen Lehrmeister wolltest du denn für sie annehmen, der sie abrichtete, wie Füllen und Kälber abgerichtet werden müssen.« »Ja«, sagte er, »irgendeinen Bereiter oder Landmann.« »Nun sie aber Menschen sind, was willst du nun für einen Lehrmeister für sie annehmen? Wer ist der menschlichen und bürgerlichen Pflichten erfahren? Denn, da du Söhne hast, wirst du dich vermutlich darum bekümmert haben? Ist«, sagte ich, »so einer hier oder nicht?« »Allerdings«, antwortete er. »Wie heißt er«, sagte ich, »was ist er für ein Landsmann, und was nimmt er?« »Euenus«, antwortete er, »o Sokrates, ein Parier, fünfhundert Drachmen.« Und ich habe den Euenus seliggepriesen, wenn er diese Kunst, wie er sie in Wahrheit innehätte, auch so treu und mit Fleiß lehrte; ich würde mir auch selbst nicht wenig damit dünken und groß damit tun, wenn ich dergleichen verstünde; aber ich versteh es nicht, ihr Männer von Athen. Vielleicht möchte aber einer antworten: Aber Sokrates, was ist denn eigentlich dein Tun und Treiben? Woher sind solche Gerüchte von dir entstanden? Hättest du nie mehr und weniger getan als was andre tun, so wäre so viel Gerede und

Gerücht nicht geworden; du mußt also etwas von dem Gewöhnlichen Abweichendes und Verschiedenes getan haben; sage uns also was das ist, damit wir nicht auch von dir mit ungewaschenen Händen urteilen. Wer so spricht, scheint mir vernünftig zu sprechen, und ich will versuchen, ob ich euch begreiflich machen kann was das ist, das mir den Namen und das Gerede gemacht hat. Höret denn! Vielleicht wird das, was ich sage, einigen unter euch wie Scherz vorkommen; wißt aber, daß ich euch die lautre Wahrheit sage. Ich also, ihr Männer von Athen, habe diesen Namen durch nichts anders als durch eine gewisse Weisheit erhalten. Durch was für eine Weisheit? Durch eine, die vermutlich Menschliche Weisheit ist; denn ich scheine würklich mit dieser begabt zu sein. Die Weisheit aber, damit jene, von denen ich bisher geredet habe, etwa begabt sind, muß eine über- und unmenschliche sein, oder ich weiß nicht was ich sie nennen soll; denn ich bin dieser Weisheit nicht erfahren, und wer da sagt, daß ich ihrer erfahren sei, der sagt die Unwahrheit und will mich verleumden. Und werdet nicht ungehalten auf mich, ihr Männer von Athen, wenn ich euch etwas groß zu sprechen scheine. Denn ich gebe nicht, als mein Wort, was ich sage; sondern ich will einen Sager anführen, und den werdet ihr gelten lassen. Der Zeuge nämlich dieser meiner Weisheit, ob und was sie auch sein mag, ist der Gott zu Delphi. Ihr kennt den Chärephon; er war mein Freund von Kindesbeinen an, und der Freund von vielen unter euch; er hat die bekannte Flucht mitgemacht, und kam mit euch zurück; ihr wißt, was er für ein Mann war, und wie er trieb und durchsetzte, was er sich vornahm. Einmal nun, als er nach Delphi kam, wagte er: folgendes den Gott zu fragen; aber, wie ich sage, ihr müßt nicht unwillig werden, ihr Männer; er fragte also: ob irgend jemand weiser sei, als ich. Die Göttin gab die Antwort: daß niemand weiser sei; und dies kann sein Bruder, der hier gegenwärtig ist, euch bezeugen, da er selbst nicht mehr lebt. Seht nun, wozu ich euch dies alles sage; ich will euch nämlich zeigen, woher mein Leumund gekommen ist.

Als ich dies hörte, dachte ich in meinem Herzen darüber nach: Was sagt der Gott? Und was will er damit zu verstehen geben? Denn ich bin mir weder vieler noch weniger Weisheit bewußt. Was meint er denn, wenn er sagt: daß ich der Weiseste sei? Lügen tut er nicht; denn das steht ihm nicht an.

Ich war lange Zeit ungewiß, was er meine. Hernach bin ich endlich auf folgenden Weg gekommen, seine Meinung herauszubringen. Ich ging nämlich zu einem von den **angesehenen** Gelehrten, um hier, wenn irgendwo, den Götterspruch zu widerlegen, und dem Orakel augenscheinlich zu zeigen, daß dieser weiser sei als ich, und du hast doch gesagt: daß ich es sei. Da ich nun diesen Mann scharf ins Auge faßte, mit Namen darf ich nichts nennen, aber er war der Staatsmänner einer, da ich ihn also ins Auge faßte, fing mir folgendes Licht an aufzugehen, ihr Männer von Athen. In der Unterredung also die ich mit ihm hatte schien mir dieser Mann vielen andern Menschen und sonderlich sich selbst weise zu scheinen, es aber nicht zu sein. Und hernach versuchte ich es ihm zu zeigen: daß er zwar glaube weise zu sein, es aber nicht sei; dadurch aber machte ich ihn und viele von denen, die gegenwärtig waren, böse.

Beim Weggehen nun dachte ich bei mir selbst: du bist weiser als dieser Mensch. Denn es hat das Ansehen, daß keiner von uns beiden weiß, weder was schön noch was gut ist; dieser aber meint etwas zu wissen da er doch nichts weiß; ich aber, so wie ich nicht weiß, so meine ich auch nicht. Ich scheine also in einer Kleinigkeit weiser als er zu sein, darin nämlich: daß ich das, was ich nicht weiß, auch nicht zu wissen glaube. Von hier ging ich zu einem andern von denen, die noch mehr **angesehen** waren, als **dieser**; und ich habe immer dasselbe wieder gefunden, und habe auch ihn und viele andere böse gemacht. Nach diesem und von nun an ging ich, freilich mit dem Bewußtsein und mit Betrübnis und Furcht: daß ich mich verhaßt mache; zu gleicher Zeit aber schien es mir, daß man das was von Gott kömmt über alles andre achten müsse und wer den Götterspruch verstehen lernen will, gehen müsse, bei allen die sich etwas zu wissen dünken. Und auf Glauben, ihr Männer von Athen! denn ich muß vor euch die Wahrheit sagen, ich habe es in der Tat gefunden wie folget: diejenigen, die ihrer Weisheit wegen am hochberühmtesten sind und einen großen Namen haben, sind mir als die allerarmseligsten vorgekommen, nach der Weisung des Gottes zu Delphi angesehen; andre aber, die weit geringer geachtet werden, viel aufgelegter zum Klugwerden. Doch ich muß euch mein ganzes Tun und Treiben erzählen, und was ich alles versucht und unternommen habe, damit mir das Orakel unwidersprechlich gewiß werden möchte.

Von den Staatskundigen ging ich zu den Poeten, sowohl den Tragödien- als Dithyramben-Dichtern und den andern, auf daß hier meine geringere Weisheit an Tag komme, und ich gleichsam auf der Tat ertappt werden möchte. Ich sprach also mit ihnen über solche von ihren Gedichten darein sie mir am meisten Sinn schienen gelegt zu haben, und fragte sie was dies und das bedeute, damit ich zugleich etwas von ihnen lernen möchte. Aber ich schäme mich, euch zu sagen, ihr Männer, wie es doch würklich wahr ist. Gleichwohl muß es heraus. Und mit einem Wort, alle Anwesende sprachen beinahe von dem, was sie gemacht hatten, besser als sie selbst. Ich sahe also auch wieder bei den Poeten an dieser kleinen Probe, daß sie, was sie gedichtet, nicht aus Eingebung der Weisheit gedichtet hätten, sondern aus einer natürlichen Eingebung, und in einer Art von Begeisterung wie die Prophezeier und Weissager. Denn diese sagen auch viele und schöne Sachen, verstehen aber nichts von dem was sie sagen. So ohngefähr, und so etwas scheinen mir auch: diese Begeisterung und die Begeisterten Poeten zu sein. Zugleich merkte ich auch: daß sie, ihrer Dichterei wegen, glaubten, auch in andern Dingen sehr weise Männer zu sein, was sie aber nicht waren. Ich ging also auch von hier weg, und glaubte: aus dem nämlichen Grunde, wie vorhin bei den Staatsleuten, auch ihnen überlegen zu sein. Zum Beschluß ging ich nun zu den Künstlern; denn ich war mir bewußt, daß ich nichts wisse, sozusagen; ich wußte aber gewiß, daß ich hier Leute finden würde, die viele und nützliche Sachen wüßten. Und darin betrog ich mich auch nicht; sie wußten würklich Sachen die ich nicht wußte, und waren in diesem Stück weiser als ich. Aber, ihr Männer von Athen, eben den Fehler, den die Poeten hatten, schienen mir diese guten Künstler auch zu haben. Weil sie in ihrer Kunst Meister waren; so meinte ein jeder: er verstehe auch andere Dinge, große und kleine, meisterlich. Und dieser ihr Mißgriff machte jene Weisheit wieder zu nicht, so daß, wenn ich mir selbst, im Namen des Orakels, die Frage vorlegte, was ich am liebsten wollte: so bleiben wie ich bin, und weder ihre Weisheit noch ihren Unverstand haben, oder beides haben wie sie es haben: ich mir und dem Orakel antworten würde, daß es für mich viel besser sei: so zu bleiben wie ich bin. Durch diese Untersuchungen nun, ihr Männer von Athen, habe ich mir viele und sehr heftige und bittere Feindschaften zugezogen, und daraus sind mir denn die mancherlei Verleumdungen entstanden, und auch der Name eines Weisen beigelegt worden; denn überall glauben die Leute die umher stehen und zuhören: ich müsse in den Sachen, darin ich einen andern seiner Unwissenheit überführe, weise sein. Ich aber glaube: Gott sei in der Tat und in der Wahrheit weise, und sage in diesem Orakel: daß die menschliche Weisheit wenig oder nichts wert sei; und er scheint bloß den Sokrates zu nennen und meinen Namen zu brauchen, um an mir ein Exempel zu geben, als wollte er sagen:

»Der, ihr Menschen, ist der Weiseste unter euch, der da, wie Sokrates erkennet, daß er zur Weisheit wahrhaftig untüchtig, und ganz und gar nichts sei.«

Dies nun suche ich, bisher und noch, zu erforschen und zu erkunden nach dem Willen Gottes, und gehe bei Einheimischen und Fremden wo ich von jemand höre der weise sein soll; und wenn er mir denn nicht so dünkt, so komme ich dem Gott zu Hülfe, und zeige ihm daß er es nicht ist.

Und wegen dieser Angelegenheit habe ich nicht Zeit gehabt, weder in Stadt- noch in meinen häuslichen Geschäften irgend etwas von Bedeutung zu schaffen, sondern ich bin, dieses Gottesdienstes wegen, in großer Armut allenthalben.

Dazu kommt noch, daß die jungen Leute, die mir nachgehen, die nichts zu versäumen haben, reicher Leute Kinder, aus freien Stücken, daß die ihre Lust daran haben, wenn sie sehen, daß Leute ihres Irrtums überführt werden. Und sie ahmen mir auch vielfältig nach, und versuchen es selbst: andern an den Puls zu fühlen; und ich will glauben, daß sie denn genug und satt Menschen finden, die etwas zu wissen meinen aber wenig oder nichts wissen.

Diese nun, die von ihnen so behandelt worden sind, die werden ihnen nicht böse, sondern mir, und sprechen denn: es sei ein gewisser Sokrates, ein sehr gefährlicher Mann, und Jugendverderber. Und wenn denn jemand sie frägt: was ich tue und was ich lehre; so können sie zwar nichts sagen, denn sie wissen nichts. Damit sie aber sich nicht bloßgeben, so sagen sie: was man gegen alle Philosophen zu sagen pflegt, nämlich: daß er dem was im Himmel und unter der Erde ist nachtrachte, keine Götter glaube, und aus Schwarz Weiß mache. Denn die Wahrheit wollen sie wohl nicht sagen, daß sie nämlich der Welt offenbar werden, als Leute die etwas zu wissen vorgeben aber nichts wissen. Diese Leute nun, die ehrgeizig, heftig und ihrer viele sind, und die ihr Wort fein und listig zu machen wissen, das sind die Leute, die mich, weiland und nun, bei euch schwarz gemacht und in übeln Ruf gebracht haben. Aus diesen ist nun Melitus gegen mich hervorgetreten und Anytus und Lykon; Melitus mir feind: von wegen der Poeten, Anytus: von wegen der Künstler und Staatsleute, und Lykon: von wegen der Redner. – So daß ich mich also, wie ich gleich anfangs gesagt habe, wundern würde, wenn ich imstande wäre, euch dieses Vorurteil, daran so lange und von so vielen gearbeitet worden ist, in einer so kurzen Zeit zu benehmen.

Da habt ihr nun die Sache, so wie sie ist, ihr Männer von Athen; ich habe euch nichts verhehlt weder viel noch wenig, und kein Blatt vor den Mund genommen. Und ich weiß auch, daß ich hier böse Leute gemacht habe. Das aber ist grade ein Beweis, daß ich die Wahrheit sage, und daß mein böser Ruf das ist, was, und daß er so entstanden ist, wie ich sage. Und ihr mögt es nun itzo oder ein andermal untersuchen, so werdet ihr es immer so und nicht anders finden. Und damit sei denn meine Verteidigung an euch gegen das, des meine ersten Ankläger mich angeklagt haben, beschlossen.

Was den Melitum, den guten, den Patrioten, wie man sagt, und die andern anlangt, da will ich nun versuchen, meine Verteidigung zu machen. Erst aber wollen wir, wie bei den andern Anklägern, so hier, die geschworne Anklage hören. Sie lautet so: »Sokrates«, sagen sie, »ist ein böser Frevler, denn er verdirbt die jungen Leute, und er glaubt nicht die Götter, welche die Stadt glaubt, sondern andre neue dämonische Dinge.« Das nun ist die Beschuldigung. Wir müssen sie Stück für Stück beherzigen. Sie sagen also, daß ich ein böser Frevler sei weil ich die jungen Leute verderbe. Ich aber, ihr Männer von Athen, sage: daß Melitus ein böser Frevler sei weil er mit ernsthaften Sachen Scherz treibt, Leute ohne Ursache vor Gericht zieht, und die Miene macht als wenn ihm an Dingen sehr gelegen wäre, darum er sich doch nie bekümmert hat. Daß aber dem so sei, will ich euch nun darzutun suchen. Sage mir denn also, Melitus, ist es nicht deine allerangelegentlichste Sorge: daß die jungen Leute recht und vollkommen gut werden?

M. Ja.

S. Wohlan, so sage denn diesen Männern hier, wer sie gut macht. Denn offenbar mußt du es wissen, es ist deine allerangelegentlichste Sorge. Da du nun den, der sie wie du sagst verdirbt, ausgefunden hast und mich hieher vor Gericht ziehest und anklagest; so nenne nun auch den der sie gut macht, und zeige dem Gericht an, wer er ist. – Siehst du, Melitus, du schweigest, und weißt nicht was du antworten sollst. Scheint dir das nicht übel zu stehen, und ein hinlänglicher Beweis von dem zu sein was ich sage, nämlich daß du dich um die jungen Leute nie bekümmert hast? Sage, du guter Melitus, wer bessert sie?

M. Die Gesetze.

S. Aber das frage ich nicht, Lieber, sondern welcher Mensch, der denn freilich diese Gesetze vorher wissen muß?

M. Diese Richter hier, Sokrates.

S. Was sagst du, Melitus? Sie könnten die jungen Leute erziehen und besser machen?

M. Allerdings.

S. Alle denn, oder nur einige von ihnen, andre aber nicht?

M. Alle.

S. Gut gesprochen, bei der Juno! Du beschenkst uns ja mit einem reichen Segen von ersprießlichen Männern. Aber die Zuhörer hier, machen auch die sie besser oder nicht?

M. Auch die.

S. Und die Ratmänner?

M. Auch die Ratmänner.

S. Aber, Melitus, die in den Volksversammlungen versammleten Bürger, die verderben die jungen Leute, oder machen auch die alle sie besser?

M. Auch sie alle.

S. Also, alle Athenienser, bis auf mich, machen sie gut, und ich allein verderbe sie. Sagst du nicht das?

M. Allerdings, sag ich das.

S. Du machest ja einen rechten Ausbund aus mir. Aber, antworte doch. Scheint dir das bei den Pferden ebenso zu sein, daß nämlich alle Menschen die sind die sie besser machen, und daß ein einziger ist der sie verdirbt? Oder hat nicht grade das Gegenteil statt, daß nämlich ein einziger ist der es versteht sie besser zu machen, oder einige wenige Bereiter, und die andern alle, die mit Pferden umgehen und hantieren, sie verderben? Ist es nicht so, Melitus, bei den Pferden, und bei allen andern Tieren? Es verhält sich würklich so, du und Anytus mögt es sagen oder nicht sagen. Die jungen Leute wären denn vor allen Tieren sehr glücklich, wenn nur ein einziger sie verdirbt, die andern aber sie gut machen. Aber, Melitus, du hast mein ich genug verraten, daß du an die jungen Leute nie gedacht hast; und zeigst offenbar deine Unbesonnenheit, da du nicht einmal auf das, weswegen du mich hier vor Gericht ziehst, gesonnen hast. Sage uns aber noch Melitus, wo ist es besser wohnen, unter guten Bürgern oder unter bösen? – Nun so antworte doch, ich frage dich ja nichts Schweres. Sollten nicht die Bösen denen, die ihnen beständig nahe und um sie sind, immer etwas Böses tun, die Guten aber etwas Gutes?

M. Freilich.

S. Sollte wohl jemand sein, der von denen die mit ihm umgehen lieber unglücklich als glücklich gemacht sein will? Antworte, du Guter. Auch das Gesetz befiehlt zu antworten.
Sollte es einen geben, der unglücklich gemacht sein will?

M. Nein, gewiß nicht.

S. Noch eins. Du ziehst mich hier vor Gericht als der ich die jungen Leute verderbe und sie böser mache, wie soll ich das tun: vorsätzlich, oder unvorsätzlich?

M. Vorsätzlich.

S. Wie, du wärest in deinen jungen Jahren so viel klüger als ich in meinen alten, daß du einsiehest, die Bösen tun denen die mit ihnen umgehen Böses, und die Guten Gutes; ich aber wäre so sinnlos und sollte nicht begreifen, wenn ich von denen die um mich sind schlimmer mache, daß sie mir denn in Zukunft selbst schaden können; ich begriffe von der Gefahr und von dem allen so wenig, daß ich ein so großes Übel, wie du sagst, vorsätzlich täte? Des, Melitus, überredest du mich nicht, und auch wohl keinen andern Menschen. Entweder ich verderbe gar nicht, oder ich verderbe unvorsätzlich. So daß du auf beide Fälle lügst. Denn wenn ich unvorsätzlich verderbe; so ist es nicht Sitte, dergleichen unvorsätzliche Vergehungen ins Gericht zu bringen, sondern man nimmt einen solchen Menschen unter vier Augen und belehrt und ermahnt ihn eines Bessern; denn natürlich, wenn ich eines Bessern belehrt werde, so werde ich nicht mehr tun was ich unvorsätzlich tue; aber du bist mir aus dem Wege gegangen, und hast mich nicht belehren wollen, ziehst mich aber hierher, wo nur die hingehören, die einer Bestrafung, nicht aber die einer Belehrung bedürfen. Doch, ihr Männer von Athen, es ist schon erwiesen, was ich sagte, nämlich daß sich Melitus hierum weder wenig noch viel bekümmert habe.

Sage nun aber auch, Melitus, wodurch du meinst daß ich die jungen Leute verderbe? Nach deinem Klaglibell, lehre ich, die Götter nicht glauben welche die Stadt glaubt, sondern andre neue dämonische Dinge. Sagst du nun nicht das: daß ich durch solche Lehre verderbe?

M. Allerdings sage ich das.

S. Aber, bei den nämlichen Göttern selbst wovon hier die Rede ist, Melitus, erkläre dich mir und diesen Männern etwas deutlicher, denn ich verstehe nicht recht, ob du sagest: daß ich doch an irgend Götter glauben lehre, und sie auch selbst glaube, und also nicht ganz und gar ein Atheist bin. Ist das mein Frevel? Oder: daß ich nicht an die Götter der Stadt, sondern an andre glauben lehre. Und mein Frevel ist, daß ich andre lehre? Oder sagst du endlich: daß ich überall an keine Götter glaube, und so auch lehre?

M. Ja das sage ich, daß du überall an keine Götter glaubest.

S. O du unbegreiflicher Melitus, warum sagst du denn das? Also ich halte weder die Sonne noch den Mond für Götter wie andere Menschen?

M. Beim Jupiter nicht, ihr Männer und Richter! Er sagt: daß die Sonne ein Stein und der Mond eine Erde sei.

S. Lieber Melitus, du scheinst den Anaxagoras anzuklagen. Und beschimpfest also diese Männer, da du sie so unbelesen glaubst als wüßten sie nicht, daß dergleichen in des Anaxagoras von Klazomene Schriften auf allen Seiten zu lesen ist. Und dergleichen Dinge sollten die jungen Leute von mir lernen, da es ihnen freistehet: sie sich für einige Drachmen wenn's hoch kommt aus der Komödie zu holen und den Sokrates auszulachen, wenn er solche Dinge, die überdem so abgeschmackt sind, für seine Erfindung ausgeben wollte. Aber beim Jupiter, ist das würklich so dein Ernst, daß ich gar keinen Gott glaube?

M. Nein, beim Jupiter, gar keinen.

S. Du verdienst keinen Glauben, Melitus, und in diesem Stück, wie ich dich ansehe, bei dir selbst nicht. Ihr Männer von Athen, es kommt mir vor, daß dieser Mann uns nur zum besten und seine Anklage bloß aus Frevel und Knaben-Mutwillen angebracht habe. Es sieht grade so aus, als habe er ein Rätsel aufgeben und versuchen wollen: ob Sokrates, der Weise, es wohl merken sollte, daß er meiner spottet und offenbare Widersprüche sagt; oder: ob er ihn und die andern Zuhörer richtig bei der Nase führen werde. Denn er scheint mir in seiner Klage sich selbst grade so arg zu widersprechen, als wenn er sagte: Sokrates frevelt, indem er keine Götter glaubt und doch Götter glaubt; das heißt aber Scherz treiben. Seht ihr nun mit zu, ihr Männer, wie und warum er mir das zu sagen scheint. Antworte uns denn Melitus; und ihr! vergesset nicht, wie ich euch gleich anfangs gebeten habe, mir zu erlauben, daß ich den Beweis in meiner gewöhnlichen Manier gebe. Ist wohl irgend ein Mensch der da glaubet, daß es menschliche Dinge gebe aber keine Menschen? Laßt ihn antworten, ihr Männer, und nicht immer andre Dinge kramen. Ist jemand, der pferdische Dinge glaubt, aber keine Pferde? Oder der keine flötenspielerische Dinge glaube, aber doch Flötenspieler? – Es ist kein solcher, du lieber Mann! Wenn du nicht antworten willst, so sage ich es dir und den andern die hier sind. Das aber beantworte du noch: Ist jemand der da glaubt: daß es dämonische Dinge, aber nicht glaubt: daß es Dämonen gebe?

M. – Nein.

S. Wie du so ungern daran gehst, daß auch, auf Befehl des Gerichts, kaum ein Wort heraus will! Sagst du nicht: ich glaube und lehre dämonische Dinge, sie mögen nun neu oder alt sein? Dämonische Dinge also glaube ich, nach deiner eignen Angabe, und du hast es sogar in deinem Klaglibell beschworen. Wenn ich aber dämonische Dinge glaube; so muß ich doch wohl notwendig auch Dämonen glauben! Ist das nicht wahr? – Das also ist wahr; denn weil du nicht antwortest, so nehme ich an daß du es zugibst. Nun die Dämonen werden für Götter, oder für Söhne der Götter gehalten. Gibst du das zu, oder nicht?

M. Freilich.

S. Wenn ich also, wie du sagst, Dämonen glaube, und Dämonen Götter sind; so wäre das ja was ich behaupte, nämlich daß du Possen und Scherz treibest, und vorgibst; ich glaube keine Götter und glaube doch auch wieder Götter, weil ich Dämonen glaube. Sind aber Dämonen natürliche mit Nymphen oder andern erzeugte Söhne der Götter, wie sie denn dafür ausgegeben werden, welcher Mensch könnte denn glauben, daß es Söhne der Götter gäbe aber keine Götter! Das wäre eben so widersinnig, als wenn jemand glaubte, daß es Söhne der Pferde und Esel gäbe, nämlich Maulesel, aber nicht glaubte, daß es Pferde und Esel gäbe. Du hast also dein Klaglibell aufgesetzt, Melitus, entweder: um den obbenannten Versuch mit uns zu machen, oder aber: weil es dir an einem würklichen Vergehen fehlte des du mich hättest anklagen können. Denn es ist gar keine Prozedur, irgend einem Menschen wenn er nicht ganz von allen Verstand verlassen ist überreden zu wollen: daß derselbe Mann Dämonen und Götter glaube und wieder Dämonen und Götter und göttliche Menschen nicht glaube. Doch, ihr Männer von Athen, daß ich kein böser Frevler bin, nach dem Klaglibell des Melitus, scheint mir keine Sache zu sein die erst weitläuftig verteidigt werden müßte, sondern es ist an diesem genug. Was ich aber vorhin gesagt habe, daß nämlich viel und vieler Unwillen gegen mich ist, das wißt ihr wohl, daß es wahr ist. Und das ist es auch was mich zugrunde richten wird, wenn mich etwas zugrunde richtet; nicht Melitus noch

Anytus, sondern die Verleumdung und der Neid des großen Haufens. Was schon so viele andre und gute Männer zugrunde gerichtet hat, das wird auch künftig zugrunde richten, und es wäre sonderbar, wenn es bei mir feiern sollte.

Es möchte aber jemand von euch sagen: Schämst du dich aber nicht, Sokrates, daß du ein Geschäft getrieben hast, das dir nun vielleicht dein Leben kosten wird? Wer nun so sagt, dem will ich ein wahres Wort dagegen sagen. Du sprichst nicht wohl, Mensch, wer du auch bist, wenn du meinst daß ein Mann, an dem nur ein Haar gut ist, Gefahr und Leben oder Tod in Anschlag bringen, und daß er nicht darauf allein sehen müsse, wenn er handelt: ob er recht handle oder unrecht, wie ein guter oder wie ein schlechter Mann. Nach deiner Philosophie wären ja die Halbgötter Narren, so viel ihrer vor Troja gefallen sind, und unter andern der Thetis Sohn, der die Gefahr, gegen Schande und Makel, so gering achtete, daß, als ihm, auf dem Wege den Hektor umzubringen, seine Mutter, die doch eine Göttin war, Folgendes ungefähr sagte: »Wenn du den Tod deines Freundes Patroklus rächest und den Hektor umbringst, so mußt du selbst sterben, denn du und Hektor gehen mit einander«; daß er, da er das gehört hatte, gleichwohl Tod und Gefahr sein ließ, und viel mehr fürchtete, mit Schande zu leben und die ihm lieb waren nicht zu rächen. Er antwortete alsobald: »Mag ich sterben, wenn ich diesen Bösewicht bezahle; daß ich nur nicht hier zum Gelächter und als ein Taugenichts bei den hohlen Schiffen sitze.« Scheint's dir, daß er auf Tod und Gefahr sonderlich gesehen habe? – Und so ist auch die Sache in Wahrheit, ihr Männer von Athen! Wo sich einer nach seiner besten Überzeugung hinstellt, oder wo er von seinen Vorgesetzten hingestellt wird, da muß er, meines Bedünkens, bleiben und aushalten, die Schande fürchten und außerdem nichts weder Tod noch sonst etwas. Ich hätte sonst sonderbar gehandelt, ihr Männer von Athen, als ich, in Potidäa, in Amphipoli und Delium, da stehen blieb, wo die Vorgesetzten, die ihr mir vorgesetzt hattet, mich hinstellten. – Ich blieb damals stehen, wie ein jeder anderer auch, und lief die Gefahr getötet zu werden.

Und nun Gott, wie ich glaube und überzeugt bin, mich hingestellt hat: als ein Weisheit-Liebhaber zu leben und mich selbst und andre zu forschen und zu prüfen, nun wollte ich weichen und aus Furcht des Todes oder sonst einiges Dinges meinen Platz verlassen? – Denn wäre ich niederträchtig, und einer könnte mich mit Wahrheit und mit Recht vor Gericht anklagen: daß ich nicht an Götter glaube, weil ich dem Orakel nicht gehorsam bin, und weil ich den Tod fürchte und mich also weise dünke da ich es doch nicht bin. Denn, ihr Männer, den Tod fürchten ist nichts anders, als sich weise dünken da man es nicht ist; nichts anders: als das zu wissen glauben was man nicht weiß. Niemand kennt den Tod, und niemand weiß, ob er nicht vielleicht das größte Gut für den Menschen ist; und sie fürchten ihn, als wenn sie gewiß wüßten, daß er das größte Übel sei. Ist denn das nicht jener Unverstand, der schändlichste von allen, der nämlich: zu wissen glauben was man nicht weiß. Ich aber, ihr Männer, bin in diesem Punkt auch hier von den meisten Menschen verschieden; und wenn ich sagte, daß ich darin weiser bin als ein andrer, so ist das hier: daß ich, so wie ich »das nach dem Tode« nicht hinlänglich weiß, es auch nicht glaube zu wissen. Aber dem Bessern, Gott oder Mensch, nicht gebührlich begegnen und ihn nicht hören, daß das böse und schändlich ist, das weiß ich. Ich werde also, für das Böse von dem ich weiß daß es böse ist, das, von dem ich nicht weiß ob es nicht vielleicht gut sein kann, in keine Wege fürchten noch fliehen. So daß, wenn ihr mich nun entließet und dem Anytus nicht Gehör gäbet, der da gesagt hat: entweder ihr hättet mich gar nicht vor Gericht ziehen müssen, oder nun ihr es einmal getan habt, müßtet ihr mich auch töten, weil sonst wenn ich davonkomme eure Söhne der Lehre des Sokrates nachlaufen und alle ganz und gar würden verdorben werden, ich sage wenn ihr mich entlassen wolltet und zu mir spräche: Sokrates, wir geben dem Anytus nicht Gehör, sondern wir entlassen dich, doch auf die Bedingung, daß du dich mit jener Prüfung und dem Weisheitliebhaben nicht weiter befassest; wirst du aber wieder darauf ertappt, so sollst du sterben. Wenn ihr nun das tätet, so würde ich euch sagen: Ihr Männer von Athen, ich ehre und liebe euch, gehorche aber Gott mehr als euch, und solange noch der Odem und das Leben in mir sind, werde ich nicht aufhören mich mit der Weisheit zu beschäftigen und euch zu vermahnen und zurechtzuweisen, und, wo ich einen von euch treffe, ihm zu sagen, wie ich bisher getan habe: Du guter Mensch, du bist aus Athen, aus der Stadt die wegen ihrer Weisheit und Stärke unter allen Städten am größten und berühmtesten ist, und du schämst dich nicht, nach Reichtum, Ehre und Ansehen zu streben, als wenn sie dein größtes Gut wären; um Verständigkeit aber und Wahrheit und wie deine Seele gebessert werden möge, kümmerst und sorgest du nicht. Und wenn denn einer von euch dagegen an spräche und sagte: er sorge darum; so würde ich ihn nicht gleich fahren lasssen, noch fortgehen, sondern ich würde ihn fragen und forschen und zu sich selbst bringen. Und, wenn er mir nicht schiene Tugend würklich zu besitzen, sie aber auszuhängen; so würde ich ihn schelten, daß er die höchsten Dinge am geringsten und die geringsten am höchsten achtet. Das würde ich tun, an Jung und Alt, wo ich sie träfe, und Fremden und Einheimischen; den Einheimischen aber, da ihr mir näher verwandt seid, am meisten. Denn das befiehlt Gott, wißt ihr wohl! – und ich glaube, daß euch keine größere Wohltat je in der Stadt geworden ist, als mein Gehorsam gegen Gott. Denn ich tue nichts anders, als daß ich herumgehe und euch, Junge und Alte, bitte und rate: nicht zuerst für den Leib und für Reichtum, noch für sonst irgend etwas so sehr zu sorgen, als für die Seele daß sie vollkommen werde; euch sagend: daß Tugend nicht aus Reichtum komme, sondern der Reichtum, und alles was die Menschen als Menschen und als Bürger glücklich machen kann, aus der Tugend.

Wenn ich nun damit, daß ich **dies** sage, die jungen Leute verderbe; so müßte denn **dies** schädlich und verderblich sein. Spricht aber jemand, daß ich etwas **anders** als dies sage, der sagt nichts. Weiter sage ich, ihr Männer von Athen, gebt dem Anytus Gehör oder nicht, sprecht mich los oder nicht; ich werde nie etwas anders tun, auch nicht wenn ich mehr als einmal sterben müßte. Werdet nicht ungehalten, ihr Männer von Athen, sondern erfüllet meine Bitte; ich habe euch gebeten: über das, was ich sage, nicht ungehalten zu werden, sondern anzuhören. Und zwar werdet ihr, meines Bedünkens, beim Anhören selbst gewinnen.

Denn ich habe euch noch einige andre Dinge zu sagen, die euch noch empfindlicher machen könnten. Aber werdet nicht empfindlich. Denn ihr wisset wohl, wenn ihr mich ums Leben bringet, so wie ich bin und mich beschrieben habe; so schadet ihr mir nicht mehr, als euch selbst. Mir wird nichts schaden, nicht Melitus noch Anytus. Sie können es nicht. Denn es ist nicht nach Gottes Ordnung, daß der bessere Mann von dem schlechteren beschädiget werde. Er kann ihn wohl um sein Leben, oder aus dem Lande, oder in Schmach und Unehre bringen; und dies alles hält er vielleicht, und mancher andrer mit ihm, für ein großes Unglück; ich halte es nicht dafür, sondern ich halte das für ein viel größeres: wenn jemand, wie dieser hier tut, darauf ausgeht, einem Manne ungerechterweise den Tod zu bereiten. Wenn ich mich also verteidige, ihr Männer von Athen, so geschieht das ganz und gar nicht um meinetwillen, wie mancher wohl denken mag, sondern um euretwillen; damit ihr euch, durch ein Urteil wider mich, an der Gabe nicht versündiget, die euch Gott gegeben hat. Denn ihr werdet, wenn ihr mich ums Leben bringt, wahrlich nicht leicht so einen wieder finden, der, so lächerlich es klingen mag, der Stadt von Gott gesetzt ist, als wenn sie ein Roß wäre, das groß und von guter Rasse aber seines vielen Fleisches wegen etwas träge ist und durch Sporn oder Peitsche angetrieben sein will. Zu einem solchen Treiber scheint Gott mich bei der Stadt hingestellt zu haben, der ich, einen jeden von euch zu ermuntern, zu ermahnen und zu bestrafen, nicht ruhe, und den ganzen Tag und allenthalben die Peitsche um den Kopf gehen lasse. So einer nun, ihr Männer, kömmt euch so leicht nicht wieder. Darum, wenn ihr meinen Rat hören wollt, so geht säuberlich mit mir um. Vielleicht aber werdet ihr im ersten Unwillen, wie Schläfernde die geweckt werden, über mich herfahren und mich aufs Wort des Anytus kurz und gut ums Leben bringen. So müsset ihr denn eure übrige Lebenszeit fortschläfern, wenn Gott nicht für euch sorgen und euch nicht etwa einen andern schicken sollte.

Daß ich aber würklich so einer bin, der von Gott der Stadt gegeben ist, das könnt ihr daran erkennen. Denn scheint das menschlich, daß ich alles was mich selbst betrifft hintansetze und meine häusliche Angelegenheiten vernachlässigt werden lasse, nun so viele Jahre schon; das eure aber immer treibe, indem ich, auf meine eigne Hand, zu einem jedweden gegangen bin und ihn wie einen Vater oder ältern Bruder zur Tugend ermahnet habe. Und hätte ich hievon noch einigen Nutzen gehabt, oder hätte mir meine Ermahnungen bezahlen lassen; so hätten sie doch etwas zu sagen. Nun seht ihr aber: meine Ankläger, die in allen übrigen Stücken so unverschämt anklagen, haben doch nicht so über-unverschämt sein können einen Zeugen zu bringen, daß ich jemals einige Bezahlung weder genommen noch verlangt hätte. Ich aber bringe, meine ich, einen gültigen Zeugen: daß ich die Wahrheit sage, meine Armut nämlich.

Vielleicht möchte aber jemand denken, es sei sonderbar, daß ich Privatleuten solchergestalt rate und es mir dabei so sauer werden lasse, und doch nicht das Herz habe: öffentlich und in eurer Versammlung aufzutreten und der Stadt zu raten. Die Ursache von dem nun ist: jenes Göttliche und Dämonische – jene Stimme die sich mir bisweilen hören läßt, von der ich euch mehrmalen und verschiedentlich gesprochen habe, welcher auch Melitus in seinem Klaglibell Erwähnung getan und darüber gespottet hat.

Mir ist es von Jugend auf geschehen, daß sich mir eine gewisse Stimme hat hören lassen; und, wenn sie sich hören läßt, so hält sie mich immer ab von dem was ich tun will, sie treibt aber niemals an. Das ist es, was mich hindert, mich mit Staatsangelegenheiten zu befassen, und es scheint sehr gut zu sein, daß ich gehindert worden bin. Denn ihr wißt wohl, ihr Männer von Athen, daß, wenn ich mich vor langer Zeit mit Staatssachen befaßt hätte, ich vor langer Zeit schon verloren gewesen wäre. Ich hätte also euch nicht genützt, und mir selbst auch nicht. Und zürnet nicht, wenn ich die Wahrheit sage. Kein Mensch kann gut fahren, weder unter euch noch in irgend einem zahlreichen Collegio, der aufrichtig sich widersetzt und verhindern will: daß nicht viele Ungerechtigkeiten und Unregelmäßigkeiten im Staat geschehen; sondern, wer in Wahrheit für die Gerechtigkeit streitet, der muß notwendig ein Privatmann bleiben und nicht öffentlich auftreten, wenn er anders einige Zeitlang sich erhalten will.

Ich will euch darüber große Beweise beibringen, nicht Worte, sondern, worauf ihr seht! Facta.

Höret also was mir begegnet ist, damit ihr wisset, wie ich niemanden nicht leicht nachgebe, den Tod über die Gebühr fürchtend; aber, wie ich auch, weil ich nicht nachgebe, bald darauf gegangen wäre. Ich muß euch an unangenehme Sachen, und **gerichtliche Symptomen** erinnern; aber sie sind wahr. Ich habe nie in der Stadt irgendein Amt verwaltet; aber Ratmann bin ich gewesen. Und es traf sich, daß unsre Antiochis-Zunft grade an der Regierung war, als ihr beschlossen hattet: die zehn Schiff-Kapitäne, welche die in der Seeschlacht Gebliebene nicht hatten begraben lassen, alle miteinander zu verdammen; widergesetzlich, wie es in der Folge euch allen gedünkt hat. Damals war ich der einzige unter den **Prytanen** der sich dagegen setzte, daß von euch nicht wider die Gesetze gehandelt würde, und ich stimmte für das Gegenteil. Und obgleich die Advokaten schon bereit standen mich anzugeben und vors Gericht zu ziehen, und ihr es zu befördern suchtet, und die Stimme laut erhobet; so hielt ich doch dafür, daß ich, mit dem Gesetz und der Gerechtigkeit auf meiner Seite, lieber alles wagen müßte, als, aus Furcht der Bande und des Todes, mit euch eine Ungerechtigkeit beschließen. Und dies geschahe, als die Stadt noch **demokratisch** war. Hernach ward die **Oligarchie** eingeführt, und die **dreißig Tyrannen** ließen mich, nebst vier andern, in die Archivkammer rufen, und befahlen uns: den Salaminer Leon von Salamis herzuholen, daß er getötet würde. Sie gaben vielen andern noch eben dergleichen Befehle, um auf die Art desto mehrere in die Ungerechtigkeiten zu verwickeln. Damals habe ich, nicht mit Worten sondern mit der Tat, gezeigt, daß ich mir aus dem Tod nicht: das! mache, wenn ich mich so alltäglich ausdrücken darf, daß ich mir aber daraus: nichts Ungerechtes und Unredliches zu tun, sehr viel mache. Denn mich hat jene Regierung, so scharf sie auch war, nicht erschreckt, daß ich etwas Ungerechtes ausgerichtet hätte. Sondern, als wir aus der Archivkammer herauskamen, gingen die andern viere nach Salamin und holten den Leon, ich aber ging meinen Gang nach Hause. Und vielleicht hätte es mir das Leben gekostet, wenn jene Regierung nicht bald darauf wäre abgeschafft worden. Und dies alles können euch viele Leute bezeugen. Meint ihr nun noch, daß ich meine Jahre so hoch gebracht hätte, wenn ich in öffentliche Ämter getreten, und, als ein guter Mann, meine Schuldigkeit getan, der gerechten Sache beigestanden, und dies, wie von Rechts wegen, jeder andern Betrachtung vorgezogen hätte? Daran fehlt viel, ihr Männer von Athen, und ebenso wenig irgend ein andrer Mensch. Nun aber habe ich in meinem ganzen Leben, wenn ich öffentlich gehandelt habe, mich als ein solcher betragen; und ebenso in meinem Privatleben, denn ich habe niemals jemand etwas nachgesehen das wider die Gerechtigkeit war, weder einem andern, noch einem von denen, die meine Verleumder für meine Schüler ausgeben. Ich aber bin eigentlich nie irgend eines Menschen Lehrmeister gewesen. Hatte aber jemand Lust, das zu hören, was ich sage und wie ich mich mit mir selbst nehme; dem habe ich es nie gewehrt, er mochte jung oder alt sein. Auch habe ich nicht für Geld geredet, und ohne Geld geschwiegen; sondern Reichen und Armen, die mich fragen wollten, bin ich zu Diensten gestanden einem wie dem andern, und sie haben, wenn einer gewollt hat, auf das was ich sagte, auch wieder antworten können. Es möchte also einer von diesen besser geworden sein oder nicht besser; so hätte ich es mit Recht nicht zu verantworten, denn ich habe niemand versprochen, etwas zu lehren und habe auch nichts gelehrt. Und wenn einer sagt, daß er von mir unter vier Augen etwas gelernt oder gehört habe, was alle andre nicht gehört haben, der, wißt ihr wohl, sagt nicht die Wahrheit. Warum aber einige immer gerne mit und bei mir gewesen sind, das habt ihr gehört, ihr Männer von Athen. Ich habe euch alles nach der Wahrheit berichtet, nämlich daß sie ihre Lust daran haben, zuzuhören, wenn Leute, die sich für weise halten und es nicht sind, zurechtgewiesen werden. Es ist auch nicht unangenehm. Mir aber ist, wie ich sage, dieses zu tun von Gott befohlen worden, durch Orakel und Träume und auf alle andere Art, wie die göttliche Antwort jemals dem Menschen etwas zu tun befohlen hat.

Das nun, ihr Männer von Athen, ist nicht allein wahr, sondern auch klar am Tage. Denn verdürbe ich junge Leute und hätte junge Leute verdorben; so würden einige von ihnen, die älter geworden und einsähen daß ich ihnen in der Jugend bösen Rat gegeben hätte, nun entweder selbst auftreten und klagen und mich gestraft haben wollen, oder, wenn sie nicht selbst wollten, so würden doch von den Ihrigen, Väter, Brüder, oder andre Anverwandte, wenn ihre Angehörige durch mich irgend zum Bösen verleitet worden wären, so würden die mir das gedenken und auf meine Bestrafung dringen. Es sind ihrer, wie ich sehe, gar viele dahier gegenwärtig: erstlich Krito hier, mein Alter- und Zunft-Genoß, des Kritobulus Vater; hernach Lysanias aus Sphettus, dieses Äschines Vater; ferner Antiphon aus Cephiusia, des Epigenes Vater. Es sind noch andre hier, deren Brüder zu meinen Freunden gehört haben, als Nikostratus des Zotides Sohn und des Theodotus Bruder, und Theodotus ist tot daß er also bei diesem für mich nicht bitten kann; und hier Parolus, des Demodokus Sohn, von dem Theages ein Bruder war; wie auch Adimantus, Aristons Sohn, dessen Bruder dieser Plato hier ist; und Äantidorus von dem Apollodorus ein Bruder ist. Ich könnte euch noch andre viele nennen, von denen Melitus einen vor allen andern, als Zeugen für sich, hätte anführen müssen. Und wenn er es damals etwa vergessen hat, so führe er nun einen an; ich erlaube es ihm, und er spreche wenn er einen solchen hat. Aber, gerade das Gegenteil, ihr Athenienser. Ihr werdet alle diese Männer bereit finden, mir beizustehen, der ich ihre Angehörigen verdorben, der ich ihnen Böses getan habe, wie Melitus und Anytus sagen. Die Verdorbenen, selbst, hätten vielleicht noch Ursache mir beizustehen; die nicht Verdorbenen aber, die Angehörige von diesen und schon Männer von Jahren sind, was haben die anders für Ursache mir beizustehen, als Recht und Gerechtigkeit; weil sie nämlich überzeugt sind, daß Melitus lügt, ich aber die Wahrheit sage? Mag es denn, ihr Männer! Was ich also etwa zur Verteidigung vorzubringen hätte, das wäre denn dies und dergleichen mehr.

Vielleicht aber möchte einer oder der andre von euch ärgerlich werden, wenn er an sich selbst zurückdenkt, wie nämlich er, auch in einer viel weniger mißlichen Lage vor den Richtern mit vielen Tränen gebeten und geflehet hat und um desto besser Mitleiden zu erregen seine Kinder und andre Hausgenossen und viele Freunde hat auftreten lassen; ich aber nichts dergleichen tue, da ich doch hier, wie ich selbst glaube, in der allergrößten Gefahr schwebe.

Vielleicht, sage ich, möchte jemand, wenn er das bedenkt, mir aufsässiger sein, darüber aufgebracht werden und so im Unwillen seine Stimme geben. Wenn nun das bei einem oder dem andern der Fall wäre, ich will es nicht glauben, aber wenn es wäre; so scheint es mir nicht uneben gesprochen wenn ich zu ihm spräche: Auch ich, Lieber, habe Angehörige, und, wie Homer sagt: »Ich bin auch nicht von Holz und Stein hergekommen, sondern von Menschen.« Also, ihr Männer von Athen, ich habe auch Angehörige, und drei Söhne, einer schon ein Jüngling und zwei noch Kinder; aber doch lasse ich's wohl bleiben, einen von ihnen hier auftreten zu lassen und euch um Lossprechung zu bitten. Warum aber will ich so etwas nicht tun? Nicht aus Trotz, ihr Athenienser, noch aus Verachtung gegen euch – ob ich aber vor dem Tod bange bin, das ist eine andre Frage. Um meiner und eurer und der ganzen Stadt Ehre willen halte ich es für mich nicht schicklich dergleichen zu tun, da ich in den Jahren bin, und einen solchen Namen habe gleichviel mit Recht oder Unrecht.

Es ist doch einmal allgemein angenommen, daß Sokrates, sei es auf welche Art es wolle, vor vielen Menschen etwas voraushabe. Wenn nun die unter euch, die dafür angesehen sind daß sie etwas voraushaben an Weisheit, Tapferkeit oder irgend einer andern Tugend: ich sage, es würde sehr schimpflich sein, wenn die sich so betragen wollten, als ich verschiedentlich einige, da sie gerichtet werden sollten, gesehen habe – die wurden zwar für etwas angesehen; gebärdeten sich aber sehr wunderlich als glaubten sie: daß sie, wenn sie sterben sollten etwas ganz Entsetzliches leiden würden, und als würden sie unsterblich sein wenn ihr ihnen das Leben nicht nähmet. Diese scheinen mir der Stadt eine Unehre zu machen, so daß auch von den Auswärtigen mancher auf die Gedanken kommen könnte: als hätten die Vorzüglichsten und Trefflichsten unter den Atheniensern, welche ihre eigne Mitbürger zu den Regierungsgeschäften und andern Ehrenstellen auswählen, als hätten die vor Weibern nichts voraus. Dergleichen nun, ihr Männer von

Athen, schickt sich für euch, die nur irgend was sein wollen, nicht zu tun, noch es, wenn wir es tun, zu leiden; sondern grade darin setzt eure Ehre, daß ihr den, der solche weinerliche Komödien aufführt und die Stadt lächerlich macht, viel mehr verurteilt, als einen der sich ruhig beträgt. Aber, diese Ehre und Unehre abgerechnet, scheint es mir unrecht: sowohl daß man den Richter bittet, als auch: daß der losgesprochen wird der ihn bittet. Man soll ihn unterrichten und überzeugen. Denn er sitzt nicht da, daß er die Gerechtigkeit verschenke, sondern daß er urteile was gerecht ist. Und er hat geschworen: nicht nach Gunst zu handeln wo und wie es ihm gut dünkt, sondern nach den Gesetzen zu sprechen. Wir also müssen euch nicht angewöhnen meineidig zu werden, und ihr müßt euch dergleichen nicht angewöhnen lassen. Wir würden sonst an beiden Seiten unsre Religion schlecht bedenken. Verlanget denn also nicht, ihr Männer von Athen, daß ich vor euch das tue, was ich weder für schicklich, noch für gerecht, noch für religios halte; und um so weniger, beim Jupiter, da ich grade von diesem Melitus hier der Irreligiosität angeklagt werde. Denn wenn ich euch, als geschworne Leute, bereden oder durch Bitten übernehmen wollte; so würde ich ja offenbar euch glauben lehren, daß keine Götter sind, und würde, grade in meiner Verteidigung, mich selbst anklagen: daß ich keine Götter glaube. Aber die Sache verhält sich ganz anders. Denn, ihr Männer von Athen, ich glaube Götter, wie keiner von denen die mich anklagen; und euch geb ich es anheim, und Gott, über mich ein Urteil zu sprechen wie es für mich am besten sein wird, und für euch.

Daß ich, ihr Athenienser, über das was eben geschehen ist: da ihr mich nämlich verdammet habt, daß ich darüber nicht unwillig bin, dazu tragen manche andre Dinge bei. Auch ist dies Geschehene mir nicht unerwartet geschehen; ich wundere mich vielmehr über das Verhältnis der beiderseitigen Stimmen. Denn ich hätte nicht gedacht, daß eine so kleine Überzahl, sondern daß eine große, entscheiden würde. So aber hat es das Ansehen: ich wäre entronnen, wenn nur drei Stimmen anders gefallen wären. Dem Melitus bin ich, wie es mir scheint, auch itzo entronnen; und nicht allein entronnen, sondern es ist ganz offenbar, daß er, wenn Anytus und Lykon nicht auch aufgestanden wären mich anzuklagen, nicht den fünften Teil der Stimmen gehabt hätte, und also 1000 Drachmen Strafe hätte bezahlen müssen. Dieser Mann erkennt mich also des Todes wert! Mag er. Ich aber, welcher Strafe soll ich mich nun vor euch wert erkennen? Natürlich wohl der verdienten. Was denn für einer? Was habe ich verdient zu leiden oder zu leisten, daß ich auf eine vernünftige Art in der Welt tätig gewesen bin; daß ich mich um Gelderwerb und Haushaltung, um Militär- und bürgerliche und andre Ehrenstellen und Ämter und um Händel- und Parteimachen in der Stadt nicht bekümmert und mich würklich zu gut gehalten habe, auf diese Art Dank zu verdienen; daß ich also da, wo ich mit meiner Mühe weder euch noch mir selbst nützlich sein konnte, nicht hingegangen bin; daß ich aber grade dahin überall wo ich, nach meinen Gedanken, die größte von allen Wohltaten an den Mann bringen konnte, daß ich da hin gegangen bin und einem jeden von euch geraten habe: nicht am meisten und zuerst für das Seine zu sorgen, sondern zuerst für sich zu sorgen daß er nämlich vollgut und verständig sei; nicht eher für die Wälle als für die Stadt, und so in allen übrigen Dingen zu sorgen – was habe ich nun damit daß ich das getan habe verdient zu leiden? Etwas Gutes, ihr Männer von Athen, wenn ihr anders wahrhaftig nach Würden erkennet, und zwar so etwas Gutes das sich für mich paßt. Was paßt sich denn für einen Mann, der arm ist und betriebsam und der, zu dem Vermahnungsgeschäft an euch, Freiheit von andern Geschäften braucht? Es paßt sich nichts in der Welt so gut, ihr Athenienser, als daß ein solcher Mann auf dem Prytaneo auf Unkosten des Staats unterhalten werde; und viel mehr er, als einer von euch der in dem Olympischen Pferde- und zwei- und vierspännigen Wagen-Rennen gesiegt hat. Denn dieser macht nur: daß ihr glaubt, glücklich zu sein; ich aber: daß ihr es seid; er bedarf des Unterhalts nicht, ich aber bedarf sein. Wenn ich mich also nach Recht und Billigkeit einer Strafe wert erkennen soll; so erkenne ich mich dieser wert: nämlich der freien Unterhaltung auf dem Prytaneo. Vielleicht aber scheine ich euch hierin ebenso halsstarrig und trotzig zu sprechen, als vorhin, wo ich vom Mitleiderregen und Flehen sprach. Es ist aber nicht das, ihr Männer von Athen, sondern es ist vielmehr so etwas. Ich bin mir bewußt, daß es mein Vorsatz ist: keinem Menschen Unrecht zu tun; überreden kann ich euch aber des nicht, denn die Zeit darin wir miteinander sprechen ist kurz. Wenn es bei euch, wie bei andern Menschen, Sitte wäre: über eine Lebens-Sache nicht einen einzigen sondern mehrere Tage zu richten; so würdet ihr vielleicht überredet werden. So aber ist es nicht wohl möglich, in weniger Zeit große Verleumdungen zu tilgen. Da ich also überzeugt bin, daß ich niemanden Unrecht tun will; so werde ich um so weniger mir selbst Unrecht tun, und selber gegen mich selbst sagen daß ich etwas Böses verdient habe, und mir eigenhändig dergleichen zuerkennen. Ich sollte, aus Furcht und daß mir das widerfahre, dessen Melitus mich wert erkennet und von dem ich sage daß ich nicht weiß ob es etwas Gutes oder etwas Böses sei, ich sollte dafür etwas wählen, von dem ich gewiß weiß daß es böse ist, und mich dessen wert erkennen? Etwa der Gefangenschaft? Und was soll ich im Kerker leben, unter der Gewalt der **Eilf Männer** aus der keine Erlösung ist? Oder etwa einer Geldstrafe, und gefangen sitzen bis ich bezahle? Das würde für mich grade das Vorige sein; denn ich habe kein Geld, daß ich bezahlen kann. Doch ich kann mir das Exilium zuerkennen, und vielleicht träfe ich denn euren Sinn. Aber ich müßte mit einer großen Liebe zum Leben besessen sein, ihr Athenienser, wenn sie mir den Kopf so verrücken könnte, daß ich dächte: Ihr, die ihr meine Mitbürger seid, ihr hättet meinen Umgang und meine Reden nicht tragen können, sondern sie wären euch so zur Last und unleidlich geworden, daß ihr nun sucht sie euch vom Halse zu schaffen; andre aber würden sie leicht tragen. Das ist weit gefehlt, ihr Männer von Athen. Es würde denn ein schönes Leben für mich sein: in meinen Jahren auszuziehen, und mich aus einer Stadt in die andre zu treiben und treiben zu lassen. Denn ich weiß, wo ich hinkomme, da werden die jungen Leute mir zuhören, wie hier. Will ich sie nun nicht zuhören lassen, so werden sie den Alten vorschwatzen und selbst mich fortschaffen; lasse ich sie aber zuhören, so werden es ihre Väter und Angehörige um ihretwillen tun.

Vielleicht möchte aber jemand sagen: Sokrates, kannst du denn nicht hingehen und schweigen und die Hände in den Schoß legen? Es ist nichts in der Welt so schwer, als euch hier zur Überzeugung zu bringen. Denn, wenn ich sage: daß dies Ungehorsam gegen Gott ist, und daß es deswegen unmöglich ist, die Hände in den Schoß zu legen; so haltet ihr das für Ironie und glaubet mir nicht. Sage ich aber:

daß es das größte Gut für den Menschen ist, jeden Tag seines Lebens von Tugend und den andern Dingen zu sprechen, darüber ihr mich habt sprechen, und mich mich selbst und andre forschen und prüfen hören – denn ein Leben, wo man nicht immer die Hand ans Herz legt, ist nicht Leben für den Menschen – wenn ich das sage; so werdet ihr mir noch weniger glauben. Die Sache verhält sich zwar so wie ich sage, ihr Männer; aber die Überzeugung ist nicht leicht. Und außerdem bin ich nicht gewohnt, mich eines Übels wert zu schätzen. Wenn ich Geld hätte; so hätte ich mir eine Geldstrafe zuerkannt so groß man sie verlangt hätte, denn das würde mir nichts geschadet haben. Nun aber kann ich das nicht, denn ich habe keines. Ihr möchtet denn mit einer vorlieb nehmen wollen, die ich bezahlen könnte. Vielleicht könnte ich euch etwa eine Mine Silber bezahlen. Zu so viel erkenne ich mich denn. Dieser Plato hier aber, ihr Männer von Athen, und Kriton und Kritobulus und Apollodor heißen mich: dreißig Minen sagen, und daß sie dafür als Bürgen angesehen sein wollen. Ich erkenne mich also dazu; und sie werden euch für das Geld unverwerfliche Bürgen sein.

Es ist nicht um einer langen Zeit willen, ihr Athenienser, daß ihr bei denen, die der Stadt gerne übel reden, die Schuld werdet haben und euch werdet nachsagen lassen müssen: daß ihr den Sokrates, einen weisen Mann, umgebracht habet. Denn wenn ich es auch nicht bin, so werden doch die Leute, die euch lästern wollen, mich einen weisen Mann nennen. Hättet ihr nur noch wenige Zeit Geduld gehabt; so wäre es euch von selbst gekommen, daß ich nämlich gestorben wäre. Denn ihr seht es mir an, daß ich im Leben schon ziemlich vorwärts, und dem Tode nahe bin. Dies sage ich aber, nicht zu euch allen, sondern zu denen die mich zum Tode verdammt haben. Und ich sage auch das zu diesen nämlichen: Ihr denkt vielleicht, ihr Männer von Athen, daß ich verloren habe, weil es mir an **den** Worten gefehlt hat, dadurch ich euch gewiß auf meine Seite gebracht hätte, wenn ich geglaubt hätte, daß man alles tun und sagen müsse um nur **der** Anklage zu entrinnen. Darin habt ihr aber sehr unrecht. Ich habe zwar freilich verloren, weil es mir gefehlt hat: aber nicht an Worten, sondern an Frechheit und Unverschämtheit, und daran daß ich euch das nicht habe vorreden wollen was ihr am liebsten hört, daß ich nicht habe jammern und wehklagen, und andre Sachen mehr tun und sagen wollen die meiner, nach meiner Meinung, unwürdig sind, und dergleichen ihr von andern zu hören gewohnt seid. Aber ich habe als ich anfing ebenso wenig geglaubt: daß man, der Gefahr wegen, etwas Niederträchtiges tun müsse; als es mir in diesem Augenblick leid ist: daß ich mich, auf meine Art, verteidiget habe. Ich will viel lieber bei dieser Art sich zu verteidigen sterben, als bei jener leben. Denn weder vor Gericht noch im Kriege, muß, weder ich, noch irgendein andrer, alles tun, was er kann, damit er nur dem Tode entrinne. In Schlachten zeigt es sich ja vielfältig, daß einer dem Tode leicht entrinnen kann, wenn er die Waffen von sich wirft und die Verfolgenden um Gnade fleht. Und so gibt es in den verschiednen Gefahren mehr als eine Art dem Tode zu entrinnen, wenn einer sich erlauben will alles zu tun und zu sagen. Wahrlich, ihr Männer von Athen, dem Tode zu entrinnen! das ist nicht schwer; aber der Schande zu entrinnen! das ist viel schwerer; denn sie läuft schneller, als der Tod. Ich nun, der ich langsam und alt bin, ich bin von dem Langsamern ertappt worden; meine Ankläger aber, die noch rüstig und schnell sind, von dem Schnellern, der Schande. Und ich gehe nun hin:

einer Todsache von euch schuldig erkannt; diese aber: von der Wahrheit schuldig erkannt des Frevels und der Ungerechtigkeit. Ich bin mit dem Urteil friedlich, und sie auch. Das hat aber vielleicht auch so sein sollen, und nach meiner Meinung ist es nicht übel abgemessen. Nun habe ich noch Lust, euch zu weissagen, euch die ihr mich verdammet habt. Und ich bin auch itzo an dem Punkt, wo die Menschen gut zu weissagen pflegen, wenn sie nämlich kurz vor dem Tode sind. Ich sage also, ihr Männer, wenn ihr mich nun töten lasset; so wird Strafe euch stracks nach meinem Tode kommen, und eine viel härtere, beim Jupiter, als ihr in mir aus dem Wege räumt. Denn dies dahier habt ihr getan, in der Meinung: dadurch von Vorwurf und Tadel über euer Leben befreit zu werden. Das wird aber für euch ganz anders ausfallen, sage ich. Es werden der Tadler und Richter mehrere aufstehen, die ich itzo davon abgehalten habe, freilich hinter dem Rücken eurer Einsicht. Und sie werden desto härter sein, je **neuer** sie sind; und ihr werdet viel mehr Ärger haben. Denn, wenn ihr meint, daß ihr nur Leute töten dürft, um jemanden über euer ungerechtes Verfahren das Maul zu stopfen; so irrt ihr euch gewaltig. Diese Art: der Vorwürfe los zu werden, ist weder möglich noch gut; das aber ist die beste und die leichteste Art: nicht andre zu hindern, sondern zu schaffen daß man brav und untadelig sei. Das also weissage ich euch die mich verdammt haben, und scheide damit von euch. Mit denen aber, die mich losgesprochen haben, möchte ich über diesen Vorgang noch gerne reden, bis die Richter vollends fertig sind, und ich hingehe wo ich nicht wieder herkomme. Bleibet also die wenige Zeit hier noch bei mir, ihr Athenienser, denn warum sollten wir nicht mit einander reden, so lange es erlaubt ist. Euch, als meinen Freunden, will ich anzeigen: was mir begegnet ist und was das bedeutet. Denn, ihr Rechtsprecher und Richter: euch kann ich mit Recht Richter nennen: mir ist etwas ganz Außerordentliches begegnet. Meine vertraute wahrsagende Dämonische Stimme ließ sich mir sonst, in aller Zeit vorher, oft und immer hören, und war mir auch in Kleinigkeiten entgegen, wenn ich etwas tun wollte das mir nicht gut war. Und nun ist mir widerfahren was ihr vor Augen seht und was mancher wohl für das allergrößte Unglück ansehen könnte; und mir ist weder heute früh als ich aus dem Hause ging das Zeichen Gottes entgegen gewesen, noch als ich hier ins Richthaus heraufging, noch bei irgend einem Wort in meiner Rede. Und, da es mich sonst bei andern Gelegenheiten oft mitten im Sprechen zurückgehalten hat; so ist es mir bei diesem Handel ganz und gar nicht, weder in Werken noch in Worten, entgegen gewesen. Was ich nun glaube daß davon Ursache ist will ich euch sagen. Es scheint mir, daß das, was mir widerfahren ist, etwas Gutes gewesen sei; und wir urteilen sicherlich nicht recht, so viel unser das Sterben für etwas Böses halten. Ich fuße nicht wenig auf diesen Wink; denn ganz gewiß würde mir das gewohnte Zeichen entgegen gewesen sein, wenn ich nicht etwas das gut war hätte tun wollen. Wir können es uns aber auch so zu Gemüt führen, wie viele Hoffnung da ist, daß Sterben etwas Gutes sei. Denn eins von beiden muß der Tod sein: entweder er muß wie ein Nichts sein, und der Gestorbene keine Empfindung weiter von irgend etwas haben; oder er muß ein Ortwechseln sein, und eine Versetzung der Seele aus diesem in einen andern Ort. Ist er nun »keine Empfindung weiter« sondern gleichsam ein Schlaf, denn oft weiß auch ein Schlafender von keinem Traum nichts; so wäre der Tod ein überschwenglicher Gewinn. Denn ich glaube würklich, wenn einer eine solche Nacht nimmt, darin er so fest geschlafen daß er auch von keinem Traum gewußt hat, und alle andre Nächte und Tage seines Lebens mit dieser Nacht vergleicht, und denn aufrichtig sagen sollte: wie viele Tage und Nächte er in seinem Leben besser und angenehmer zugebracht habe als diese Nacht, ich sage: ich glaube würklich, daß nicht bloß ein Privatmann sondern der größte König diese gegen die andern Tage und Nächte leicht würde zählen können. Wenn also der Tod so etwas ist, so nenne ich ihn einen Gewinn; und alle Zeit vor uns scheint auf die Weise nur Eine lange Nacht zu sein. Wenn aber der Tod eine Auswanderung ist, aus diesem nach einem andern Ort, und es ist wahr, was gesagt wird: daß alle, die gestorben sind, sich dort befinden; welche Glückseligkeit könnte größer sein als diese, ihr Richter. Denn wenn ein Abgeschiedener, für die sogenannten Richter die er hier verlassen hat, die wahrhaftigen Richter wieder findet, die dort richten sollen, den Minos und Rhadamantus und Äakus und Triptolemus und die andern Halbgötter, so viele ihrer in ihrem Leben gerecht gewesen sind; wäre diese Auswanderung so übel? Was würde mancher von euch nicht darum geben, wenn er mit Orpheus, und mit Musäus, und mit Hesiodus, und mit Homer sprechen und umgehen könnte. Ich, wahrlich, will mehr als einmal sterben, wenn das wahr ist. Mir, für mein Teil, wäre das ein gar herrliches und erwünschtes Leben, wenn ich mit dem Palamedes, und dem Ajax Telamon und wenn sonst einer von den Alten durch ungerechtes Urteil sein Leben verloren hat, an Einen Ort zusammenkäme. Mein Schicksal mit dem ihrigen zu vergleichen, müßte schon sehr angenehm sein. Aber die Hauptsache wäre immer: die dort, wie die hier, zu forschen und zu prüfen, wer von ihnen weise ist, und wer es sich dünkt aber nicht ist. Was würde nicht mancher darum geben, ihr Richter, den großen Belagerer von Troja näher zu verkundschaften, oder den Ulysses, oder Sisiphus oder andre Tausende, möchte man sagen, Männer und Weiber, mit denen zu sprechen und umzugehen und sich zu befragen das größte Glück von der Welt wäre. Und, um des willen bringen die dort nicht ums Leben; denn wie die dort überhaupt viel glücklicher sind, als die hier, so auch darin daß sie für die Zukunft unsterblich sind wenn nämlich was gesagt wird wahr ist. So müßt ihr denn allen guten Mut zum Tode haben, ihr Männer und Richter, und dies Eine haltet fest und ungezweifelt im Herzen: daß dem guten Mann kein Böses begegnet weder im Leben noch im Tode; die Augen der Götter stehen unverwandt über ihn und seine Schicksale offen. Auch mir ist dies dahier nicht von ohngefähr widerfahren, sondern ich weiß gewiß, daß: itzo zu sterben und von dem Joch erlöst zu werden, besser für mich gewesen ist; deswegen hat mich auch das Zeichen in keinem Stück abgehalten, und ich habe mit meinen Verurteilern und Anklägern nicht groß zu zürnen. Zwar sie haben in der Absicht mich nicht verurteilt und angeklagt; sondern sie gedachten mir zu schaden, und verdienen deswegen allerdings getadelt zu werden. Das nur bitte ich sie noch: wenn meine Söhne heranwachsen und sie euch, nach Reichtum oder sonst etwas, mehr als nach Tugend zu streben scheinen; so züchtiget sie und tut ihnen wehe wie ich euch wehe getan habe; und wenn sie sich dünken etwas zu sein da sie nichts sind, scheltet sie, wie ich euch gescholten habe, daß sie nicht sorgen warum man sorgen muß, und daß sie etwas zu sein glauben da sie nichts wert sind. Wenn ihr das tut, so werdet ihr tun was recht ist an mir und an meinen Kindern auch. Aber es ist Zeit von hier zu gehen, ich zu sterben und ihr zu leben; wer von uns zum Bessern kommt, das weiß niemand als Gott allein.

Urians Reise um die Welt, mit Anmerkungen

Wenn jemand eine Reise tut,
So kann er was verzählen;
Drum nahm ich meinen Stock und Hut,
Und tät das Reisen wählen.

Tutti
Da hat Er gar nicht übel dran getan;
Verzähl Er doch weiter Herr Urian!

Zuerst ging's an den Nordpol hin;
Da war es kalt, bei Ehre!
Da dacht ich denn in meinem Sinn,
Daß es hier besser wäre.

Tutti
Da hat Er gar nicht übel dran getan;
Verzähl Er doch weiter Herr Urian!

In **Grönland** freuten sie sich sehr,
Mich ihres Orts zu sehen,
Und setzten mir den Trankrug her;
Ich ließ ihn aber stehen.

Tutti
Da hat Er gar nicht übel dran getan;
Verzähl Er doch weiter Herr Urian!

Die **Esquimaux** sind wild und groß,
Zu allem Guten träge;
Da schalt ich einen einen Kloß,
Und kriegte viele Schläge.

Tutti

Da hat Er gar nicht übel dran getan;
Verzähl Er doch weiter Herr Urian!

Nun war ich in **Amerika**;
Da sagt ich zu mir: Lieber!
Nordwestpassage ist doch da;
Mach dich einmal darüber!

Tutti

Da hat Er gar nicht übel dran getan;
Verzähl Er doch weiter Herr Urian!

Flugs ich an Bord und aus ins Meer,
Den Tubus festgebunden,
Und suchte sie die Kreuz und Quer,
Und hab sie nicht gefunden.

Tutti

Da hat Er gar nicht übel dran getan;
Verzähl Er doch weiter Herr Urian!

Von hier ging ich nach **Mexiko**;
Ist weiter als nach **Bremen**,
Da, dacht ich, liegt das Gold wie Stroh;
Du sollst 'n Sackvoll nehmen.

Tutti

Da hat Er gar nicht übel dran getan;
Verzähl Er doch weiter Herr Urian!

Allein, allein, allein, allein,
Wie kann ein Mensch sich trügen!
Ich fand da nichts als Sand und Stein,
Und ließ den Sack da liegen.

Tutti

Da hat Er gar nicht übel dran getan;
Verzähl Er doch weiter Herr Urian!

Drauf kauft ich etwas kalte Kost,
Und **Kieler Sprott** und Kuchen,
Und setzte mich auf Extrapost,
Land **Asia** zu besuchen.

Tutti

Da hat Er gar nicht übel dran getan;
Verzähl Er doch weiter Herr Urian!

Der **Mogul** ist ein großer Mann,
Und gnädig über Maßen,
Und klug; er war itzt eben dran,
'n Zahn ausziehn zu lassen.

Tutti

Da hat Er gar nicht übel dran getan;
Verzähl Er doch weiter Herr Urian!

Hm! dacht ich, der hat Zähnepein,
Bei aller Größ und Gaben! –
Was hilft's denn auch noch: Mogul sein?
Die kann man so wohl haben.

Tutti

Da hat Er gar nicht übel dran getan;
Verzähl Er doch weiter Herr Urian!

Ich gab dem Wirt mein Ehrenwort,
Ihn nächstens zu bezahlen;
Und damit reist ich weiter fort
Nach **China** und **Bengalen**.

Tutti

Da hat Er gar nicht übel dran getan;
Verzähl Er doch weiter Herr Urian!

Nach **Java** und nach **Otaheit**,
Und **Afrika** nicht minder;
Und sah bei der Gelegenheit
Viel Städt und Menschenkinder;

Tutti

Da hat Er gar nicht übel dran getan;
Verzähl Er doch weiter Herr Urian!

Und fand es überall wie hier,
Fand überall 'n Sparren,
Die Menschen grade so wie wir,
Und eben solche Narren.

Tutti

Da hat Er übel übel dran getan;
Verzähl Er nicht weiter Herr Urian!

Zwei Rezensionen etc. in Sachen der Herren Lessing, M. Mendelssohn, und Jacobi

Mollibit aversos Penates
farre *pio* et *saliente* mica.

Ille ego qui quondam gracili modulatus avena
– – – at nunc *horrentia Martis.*

1786

Über die Lehre des Spinoza, in Briefen an den Herrn Moses Mendelssohn. Breslau, bei Gottlieb Löwe. 1785. 14 Bogen in 8°.

Die philosophischen Systeme, die von ihren Verfassern für andre erfunden, und als Feigenblätter oder des Zanks und der Schau wegen aufgestellt werden, gehen vernünftige Leute eigentlich gar nicht an. Die Philosophen aber, die nach Licht und Wahrheit forschten für eignes Bedürfnis und um sich den Stein der **Unwahrheit** der sie drückte vom Herzen zu schaffen, gehen andre Menschen eigentlich und sehr nahe an. Auch wo sie irrten und verunglückten, irrten und verunglückten sie auf dem Bette der Ehren. Denn, wenn du den Trieb zu Wahrheit und dem Guten im Menschen nicht ehren willst; was hat er denn noch das du ehren mögest? Nur, es ist gewöhnlich über den Fund solcher Philosophen nicht leicht zu entscheiden. Da sie ihr System nicht in der Eile zusammenschlagen, sondern mühsam und langsam mehr ausbrüten, als machen; so wird für ihre wahre Meinung ein ähnlicher Brüt-Sinn erfordert, und wer sie aus Bruckers Choralbuch oder à livre ouvert spielen will, der läuft Gefahr fehlzugreifen. Daher kömmt es denn auch, daß es z. E. selbst Theologen gegeben, die des Spinoza Lehre für eine Stütze der Religion angesehen haben; indes andre Leute darüber aufschreien und wundern, daß Spinoza ein Spinozist gewesen.

Der verstorbene Lessing wunderte sich seines Orts nicht darüber; wie aus der angezeigten Schrift mit mehrern zu ersehen ist. Der Verfasser derselben, Hr. GR. Jacobi in Düsseldorf, hatte nämlich mit ihm als er noch lebte ein Gespräch über Spinoza, darin er sich gerade für den Spinozismus äußerte. Hr. Moses Mendelssohn hörte von solcher Äußerung als er eben an sein Werk: »Über Lessings Charakter und Schriften« Hand anlegen wollte, und wünschte das Nähere darüber zu erfahren. Hr. J. teilte ihm das Gespräch mit; und so kam es zwischen ihnen zu Briefen etc. etc. Anfangs entriert Hr. M. in die Bekanntmachung dieser Lessingschen Liebschaft, nach dem – magis amica veritas; in der Folge aber scheint er seines Freundes schonen zu wollen. Und so hielt Hr. J. nötig und nützlich das Gespräch samt den Briefen und dem ganzen Handel bekannt zu machen, und hat wahrscheinlich darin am wenigsten H. Lessings Sinn verfehlt, dessen Sache es nicht war, geschont zu werden. Viele Leute sind sehr sicher, keine Spinozisten zu werden, für andre liegt's nicht so weit aus dem Wege ....

Alle Menschen haben eine Ahndung und Idee der Wahrheit in sich; in einigen aber rührt sich der heilige Trieb zu Erkenntnis lebendiger. Doch hat der Mensch, und das fühlte Spinoza sehr wohl, kein που στω, bis er das Unendliche und sein Verhältnis mit dem Endlichen erkennet. Da aber hängt die Decke, die sich nicht weg **demonstrieren** läßt. – – – – Wenn einer indes die Wahrheit um ihrer selbst willen suchte, und sie so nicht fand; so ist das Unglück genug für ihn, ohne daß wir ihn noch höhnen dürfen. Doch können wir an seinem Exempel lernen.

Außer dem Gespräch und dem interessanten Pro und Contra zwischen zwei scharfsichtigen Männern, die beide den Spinoza studiert hatten, findet der Leser noch von Hr. J. in den Briefen an Hrn. M. manche feine Anmerkung für, über und wider den Spinoza, und eine zwiefache Darstellung seiner Lehre.

Eine paradoxe Parallele und ein Kompliment über einen Rückzug unter die Fahne des Glaubens, von dem der berühmte Hr. M. nichts wissen will sondern nur bloße Vernunftgründe zur Überzeugung zulassen, veranlaßt S. 162 Erörterungen, die da hinausgehen: daß Überzeugung aus Vernunftgründen nur eine Gewißheit aus der zweiten Hand sei; und daß, wenn der Prophet nicht zum Berge will, der Berg zum Propheten komme. Und von hier an verläßt Hr. J. den Spinoza, um zu einem größern Thema zu kommen, nämlich zu der Frage: von den Wegen zu Erkenntnis und Überzeugung, darüber die Authentische Weisung viel Widerspruch gefunden hat. Und über diese Frage bringt er bis zu Ende des Buchs verschiedene nicht gemeine Betrachtungen bei als die Früchte seines Forschens nach Wahrheit, voll Kopf und Herz, so daß beide Parteien wo nicht das eine lieben doch den andern achten werden.

Moses Mendelssohn an die Freunde Lessing. Ein Anhang zu Herrn Jacobi Briefwechsel über die Lehre des Spinoza. Berlin, 1786. Bei Christian Friedrich Voß und Sohn.

Die Antwort auf vorangezeigte Schrift. Herr Mendelssohn ist unwillig, daß Hr. J. das **Gespräch** mit L. und die Korrespondenz mit **Ihm** samt dem ganzen Handel bekanntgemacht hat, und seinen Freund Lessing bei der Nachwelt verunglimpft. Er sieht das Betragen des Hrn. J. gegen L. und gegen Ihn von allen Seiten an, und findet an allen Seiten Schwürigkeiten und Widersprüche und Knoten etc. Er weiß nur einen einzigen Weg sie »natürlich und dem Charakter der interessierten Personen angemessen« aufzulösen, und sagt: »Herr Jacobi gehe darauf aus, alle Spekulanten zu bekehren; er habe auch seine Kur an Lessing probieren wollen, und da sie ihm da nicht geglückt sei, habe er doch geglaubt, das Exempel L. allen andern Klüglingen zur erbaulichen Warnung aufstellen zu müssen; und in ebenderselben guten ehrlichen Absicht habe sich Hr. J. denn auch an Ihn, M., gemacht u.s.w.«

Durch diese Auflösung, dadurch Hr. M. sich aushilft, rettet er nun seinen Freund L. Denn der witterte J. Absicht, und spielte daher vollkommen den aufmerksamen Schüler, sagt Hr. M., und darum gebärdete er sich denn in dem **Gespräch** so wie er sich gebärdet hat, sagt Hr. M.; und wie er sonst sich nicht würde gebärdet haben, sagt Hr. M.

Nachdem er auch den ganzen Handel zwischen Ihm, und J. von Anfang an erzählt hat, ruft er S. 79 die unparteiischen Leser auf, zwischen L. und Ihm und J. zu richten, und namentlich: »ob Hr. J. zu der schmählichen Besorgnis berechtigt gewesen die er S. CLXXVI zu erkennen gibt, und was für Recht er gehabt, mit einer Privat-Korrespondenz hervorzueilen ohne diejenigen darum zu befragen, die Anteil daran hatten?«

Es gibt der Streitigkeiten in der gelehrten Welt viele, und die unparteiischen Leser haben wohl was anders zu tun als einen jeden Aufruf anzunehmen, und ihre Zeit mit urteilen zwischen Gelehrten und Gelehrten zu verzehren. Indes Hr. M. und Hr. J. verdienen wohl eine Ausnahme. Sie sind als Männer von hellem Kopf und edlem Herzen bekannt, die wechselsweise Achtung für einander hatten, und die nicht aus Renommisterei sondern zufälligerweise aneinandergeraten sind. Auch ist die Frage zu der dieser Streit hinleiten sollte für jedermann wichtig, und dermalen in einer Art von Bewegung; daß also ein Dritter seine einfältige Meinung wohl auch dazu tun kann.

Dazu rumort es und rumort von Schwärmerei, blendenden Irrtümern und Unsinn etc., welches Leute die es nicht besser wissen für Ernst nehmen könnten; und die elektrische Materie scheint sich in dem einen Apparatus, der ohnehin der brillanteste ist, zu häufen, und der Versuch einer harmlosen Ableitung nicht übel angebracht zu sein, um das Gleichgewicht der Materie wieder herstellen zu helfen. Am Ende hat man bis daher so viele Stimmen für H. M. gehört, daß es auch lustig sein wird, einmal eine andre zu hören, und wäre es auch nur bloß der Abwechselung wegen.

Hr. M. ist, seitdem er diesen **Anhang** geschrieben hat, leider! gestorben. Das aber schadet hier nicht. Ihm muß nun Unparteilichkeit desto lieber sein, und ein würklich unparteiischer Leser fürchtet die Toten so wenig als die Lebendigen. Ich indes will mich für nichts ausgeben, auch nicht für unparteiisch. Doch hoffe ich, die Leser dieses, die J. und M. Schrift, denn daraus gehe ich allein zu Werk, gelesen und dabei eine gesunde Konstitution haben, sollen meistenteils finden: daß sie eben das, was sie lesen werden, selbst denken, und daß ich es ihnen nur aufgeschrieben habe. Und, wo sie es nicht finden, da lasse ich ihnen ihre Meinung, denn ich will nicht streiten.

*

Also Hr. M. saget, »daß Hr. J. seinen Freund **Gotthold Ephraim Lessing, den Herausgeber der Fragmente, den Verfasser des Nathan**, den großen bewunderten Verteidiger des Theismus und der Vernunftreligion, bei der Nachwelt als Spinozisten, Atheisten, und Gotteslästerer anklage«. S. 3.

Wäre es nicht in Sachen seines Freundes, so würde man sagen müssen, Hr. M. habe sich zu stark ausgedrückt. Verschiedene Rezensenten in dieser Angelegenheit, auch unser **Unparteiischer** à costi und sein Kollege, haben gesagt, daß Hr. J. aus Äußerungen L. habe **schließen** wollen: L. sei ein Spinozist gewesen; da in Hr. J. Büchlein nicht geschlossen sondern das **Gespräch** als das Corpus delicti selbst hingelegt ist, damit ein jeder sein Visum repertum selbst darüber nehmen könne. Hr. M. ist auch zu billig, das **Gespräch** ganz vorbeizugehen; und sein Visum repertum ist eben die angeführte Sage: »daß Hr. J. seinen Freund Gotthold Ephraim Lessing« etc. etc. Wie gesagt, wäre es nicht in Sachen seines Freundes, so würde man sagen müssen: **Er habe geschlossen**, und sich zu stark ausgedrückt.

Aber hätte Hr. J. das **Gespräch** nicht lieber verschweigen sollen, und soll man die Toten nicht ruhen lassen? – Je nun, zum Zeitvertreib oder noch zu etwas Ärgerm soll man freilich in Gräbern nicht stören. Wenn aber die Toten den Lebendigen noch zu etwas nutz sein können; wer wollte denn so gradezu behaupten, daß man sie dazu nicht brauchen dürfe? – Seziert man doch! – ich zwar, für meine Person, will lieber nicht seziert sein; ich gestehe meine Schwachheit, ich will verwesen und nicht seziert sein. Die Vernunft hat ja aber solche Schwachheit abgetan, und seziert, und ist für die Sektion, die dem Toten nicht schadet und den Lebendigen nützet. Was im Physischen und also im Geringern wahr ist und gilt, warum soll das im Größern nicht auch wahr sein und gelten? – Ich weiß also unsern lieben Lessing, nach seinen und seiner Freunde eignen Grundsätzen, nicht zu retten, wenn ihn jemand zum Besten des Publici brauchen kann. Auch hat ja der Herausgeber der **Fragmente** selbst in Gräbern gestört.

Aber, in Ernst, wie kann Hr. M. es so ungerecht gegen L. finden, daß Hr. J. das **Gespräch** und den **Briefwechsel** bekanntmacht? Er sagt ja selbst an mehrern Orten, und S. 79 mit großen Buchstaben: daß er im II. Teil der **Morgenstunden** von dem **Briefwechsel** Gebrauch machen will. Er hat ja selbst über L. an J. geschrieben: »Auch unsers besten Freundes Name soll bei der Nachwelt nicht mehr und nicht weniger glänzen, als er es verdient. Überall Wahrheit; mit ihr gewinnt die gute Sache immer.« S. VI. Wenn nun Gebrauch von dem **Briefwechsel** gemacht werden sollte; so war doch **überall** mehr **Wahrheit**, wenn das Gespräch selbst mitgeteilt ward. Also die Bekanntwerdung des **Gesprächs** kann es wohl nicht sein, was Hr. M. unwillig machte.

Es ließe sich auch, wenn hier überhaupt etwas zu gewinnen und verlieren ist, noch fragen: ob L. durch diese Bekanntwerdung verliere oder gewinne? Ich urteile nach dem Eindruck, den ich davon habe. Es ist wahr, Ein Ding, das ihm in dem **Gespräch** entfährt, hat mich für ihn sehr verdrossen; auch glaube ich, mit Hr. M., daß der Vorteil im Räsonnement auf J. Seite falle. Sonst aber vermisse ich, im **Gespräch**, in ihm, Lessingen und die trefflichen Blitze die man an ihm gewohnt ist keinesweges, daß er also an dieser Seite gewonnen hat; und an Seiten der Religion hatte er bei mir nichts mehr zu verlieren. Denn ob, mit L. in seiner **Parabel** zu reden, alles Licht durch die Seitenfenster einfalle, oder ob auch einiges von oben einfallen könne: **die** Frage teilt die Anhänger der Religion in zwei Klassen die **wesentlich** verschieden sind. Alles übrige gibt nur Nuancen von mehr und weniger; und die sogenannte Vernunftreligion, die den zerbrochenen Wasserkrug mit den Scherben selbst wieder flicken und herstellen will, ist etwa im Decoro, aber im eigentlichen Resultat wenig von der verschieden, die gar nicht flickt sondern die Scherben liegenläßt, wie sie liegen. Doch dies beiseite.

Also die Bekanntwerdung des **Gesprächs** konnte H. M. nicht unwillig machen; oder er mußte seine erste Meinung schon geändert haben, und nun nicht mehr, wie vorhin, seinen Freund der Wahrheit sondern die Wahrheit seinem Freunde aufopfern wollen. Das zwar kann ihm niemand wehren, und es ließe sich auch vielleicht noch entschuldigen; aber es läßt sich doch auch entschuldigen, wenn ein anderer das nicht will.

Das, S. 29; und 20 daß L., Mendelssohns vertrautester liebster Freund, mit dem er so lange Freund gewesen und sich so oft ergossen hatte, und um alle dessen Geheimnisse er zu wissen glaubte, daß der einem andern Mann, den er nur einigemal gesehen, offenherzig von einem Geheimnis spricht, von dem er mit ihm nie gesprochen hatte; und noch sogar gegen diesen sich äußert, daß er es aus Nachsicht nicht habe tun wollen; dies und dies hauptsächlich scheint Hr. M. wehe getan zu haben. Ich trete hier an seine Stelle, gedenke mit jenem Oberschenken an meine Sünde, und gestehe aufrichtig: es hätte mir auch wehe getan. Es gibt eine Eifersucht in der Freundschaft; und die Selbstsucht sitzt gemeinhin bei uns Menschen tiefer als die Philosophie.

Wenn also nun Hr. M. einen Plan machte, sich und seinen Freund zu retten, und dieser Plan durch Hr. J. Schrift vereitelt ward, und die Sache ins Publikum kam; so läßt es sich begreifen, daß Hr. M. unwillig werden konnte.

Warum war denn aber auch Hr. J. mit der Bekanntmachung so vorschnell? Er hatte ja Hr. M. Versprechen in Händen: daß dieser im I. Teil der **Morgenstunden des Briefwechsels** noch nicht erwähnen wollte, wie er auch nicht getan hat; sondern daß er nur bloß den Statum controversiae festsetzen wollte, und was hatte J. für Ursache zu glauben, M. würde es zu seinem Nachteil tun?

Ich nicht, und gewiß wenige in Deutschland werden Hr. M. die Schadenfreude zutrauen, daß er unbeleidigt jemanden ein Bein unterschlagen könnte um sich an seinem Fall zu belustigen. Aber auf der andern Seite mußte sein Benehmen Hr. J. doch würklich sonderbar bedünken. J. und L. sprechen 1780 in **Wolfenbüttel** miteinander wider und für den Spinozismus; J. teilt Hr. M. in **Berlin**, der von L. Gesinnungen über diesen Punkt näher unterrichtet sein will, das Gespräch mit; – und nun will Hr. M. 1785 in einem I. Teil von **Morgenstunden** die Sache von dem Pantheismus ins reine bringen und den Spinozismus läutern, um in dem II. T. dem Publico und Jacobi 1790 in **Berlin** zu sagen, was Lessing und er 1780 in **Wolfenbüttel** gemeint haben.

Auch war J., sagt er, an der Sache gelegen darüber gestritten war, und er mochte vielleicht zu den Läuterungen, nach einigen Proben aus dieser Schule wo das **Korn** sehr gelitten hat, kein sonderliches Vertrauen haben, und die Sache lieber ungeläutert und wie sie war behalten wollen. Ferner hatte er gegen L. und gegen M. den Spinoza verfechtet als den **Meister** in Demonstration, um hernach zu dem Satz zu kommen: daß alle Demonstration nicht ausreiche; und Hr. M. verstand ihn immer schief oder gar nicht etc. Wie hätte er, bei dem allen und bei dem was hernach noch kommen wird, die Besorgnis nicht haben sollen, daß Hr. M., der seinen ersten Entschluß: den Namen seines Freundes bei der Nachwelt nicht mehr als er es verdient glänzen zu lassen, aus Freundschaft schon geändert hatte; daß er vielleicht auch aus Freundschaft seinen Freund L. mit dem geläuterten Spinozismus vollends ins reine bringen, und Hr. J. seiner eignen Läuterung überlassen könnte?

Die Erfahrung hat ja auch bewiesen, daß diese Besorgnis wenigstens für die erste Hälfte nicht ohne Grund gewesen. Denn in dem I. T. der **Morgenstunden** ist zwar des **Briefwechsels** nicht erwähnt, aber doch offenbar alles so angelegt, und eingeleitet, daß L. in dem II. Teil gerettet werden sollte; und man braucht mehr als einen Zipfel von Hr. M. Mantel der Freundschaft für L., um alle Stellen zuzudecken, die für seinen Nebenbuhler bei Herrn Lessing mißlich gedeutet werden könnten, wenn man das wollte.

Als nun, bei so bewandten Umständen, Hr. J. seine Gegenmine springen ließ, und jene Anlage demolierte;

greift Hr. M., um sich und seinen Freund zu retten, zu einem sehr desperaten Mittel, und sagt: L. habe J. in dem Gespräch zum besten gehabt. - Man sieht nicht gleich, ob die Feinde oder Freunde des Hrn. L. mehr Ursache haben mit dieser Ehrenrettung friedlich zu sein; denn er kommt hier so ziemlich aus dem Regen in die Treufe. Aber Feinde und Freunde, die das **Gespräch** selbst gelesen haben, werden das bon mot des Hr. M. ein wenig unphilosophisch finden. Wahrlich, wenn J. auch die Absicht gehabt hätte, L. und M. unter die Füße zu treten, und auf ihre Unkosten unedel in den Wald zu rufen; so hätte M. doch nicht edler geantwortet. Doch Ihm war sein Plan verrückt, und das verdroß ihn; und wir wissen alle, was man im Verdruß nicht sagen und tun kann, das einen hernach wieder gereut!

Man kann auch Herrn J. von Empfindlichsein nicht freisprechen; denn offenbar war er's. S. CLXXVI etc. Seinen ersten Briefen sieht man's an, wie ihm die Bekanntschaft mit Hr. M. sehr willkommen war. Er teilte ihm das **Gespräch** mit, und, in Mspt., einen Auffsatz nach dem andern zur Belehrung und zur Prüfung; gibt ihm völlige Freiheit, CXVI, von seinen Briefen beliebigen Gebrauch zu machen u.s.w. – und tat vielleicht zu viel. Als nun Hr. M. diese Bereitwilligkeit und dies Vertrauen nicht erwiderte; als ihm in Hr. J. Aufsätzen nichts einleuchtet, und das Licht immer mehr ausgeht, je mehr der es anblasen will etc.; er auch endlich sein Werk, wider getanes Versprechen, CXV, Jacobi in Handschrift nicht sehen lassen kann, S. 77, sondern gradezu drucken läßt; und also zu verstehen gibt, daß er für sich allein agieren wolle und J. nicht weiter brauche; so war die Empfindung bei Hr. J. sehr natürlich, daß er Hr. M. auch nicht weiter brauche.

Und er fing auch an, für sich allein zu agieren, freilich ohne alle Bedenklichkeiten und Rücksichten, aber auch ohne alle Hypothesen und stracks vor sich hin.

Und dieser Schritt, oder die Bekanntmachung der **Briefe über den Spinoza**, hat, wie der Hr. Professor Engel in dem Vorbericht sagt, den nächsten Anlaß zu Hrn. M. Tode gegeben; und das tut mir sehr leid, und wird gewiß mehrern leid tun. Indes Hr. M. hatte **diese** Bekanntwerdung des **Gesprächs** in seiner Gewalt, wenn er Vertrauen mit Vertrauen erwidert hätte. Auch wollte er selbst das **Gespräch** nicht unterdrückt haben, »indem es nötig und nützlich sei, die Liebhaber der Spekulation treulich und durch eklatante Beispiele zu warnen etc.« S. XLIX. Und, S. L, schreibt Hr. M. denn weiter mit eigner Hand:

»Es mögen alsdenn die Unphilosophen sich darüber freuen oder betrüben. Wir bleiben unbekümmert.«

Und nun ist jemand, sei es auf welche Art es wolle, darüber so wenig unbekümmert geblieben, daß es seinen Tod veranlasset hat. – Und doch soll er, nach dem Vorbericht, ein »wahrer praktischer Weise« gewesen sein! – Ich will den Jemand als Menschen, und Hrn. P. Engel als Freund, gerne entschuldigen; aber die »Weisheit« will mir nicht zu Sinne, und ich kann sie so wohlfeil nicht lassen. Mir kommt es vor, als ob hier alles tout comme chez nous wäre. Und die Wahrheit ist nicht *chez nous*, und ist eine große Kluft zwischen ihr und uns befestiget.

Doch Hr. M. wäre vielleicht ohne die **Briefe** gestorben; ich hoffe das für alle Interessenten, und fahre getrost fort.

Was nun die Hauptsache oder die Förderung der Wahrheit, und sonderlich die Frage, dazu dieser Streit gut sein sollte, anlangt; da ist bis dato alles, wie gewöhnlich, in

Statu quo geblieben. Man hat zwar Gerüchte und Nachrichten gehabt: von einem großen Siege den die **Vernunft** bei dieser Gelegenheit über die **Schwärmerei** erfochten haben sollte; sie waren aber nicht von sicherer Hand. Es ist in der Tat ein sonderlich Ding um das Siegsgeschrei der Parteien, und die Menschen verraten sich selbst. Wenn sie, wie sie alle sagen, würklich für die Wahrheit föchten; so müßten sie gleich laut schreien, der Sieg möchte fallen an welche Seite er wollte, und eigentlich sollten allemal beide Parteien das Te Deum gemeinschaftlich singen. Überhaupt ist der Mutwillen und die unholde Begegnung, die sich die Schriftsteller in diesen Jahren öffentlich gegeneinander erlauben, keine große Erfindung, und macht ihnen nicht gar viele Ehre. Wenigstens sollten Gelehrte sich doch als Leute von guten Sitten betragen; die schiefen und krummen Urteile sind nicht immer in ihrer Macht, weil sie auch urteilen, was sie nicht verstehen. Man sollte freilich fast sagen, es wäre auch besser, wenn sie mit solchen Urteilen zu Hause blieben; aber sie haben nicht immer Zeit sich vorher au fait zu setzen, und finden doch so immer noch ihre Leser und Freunde. Auch können sie nur ihresgleichen schaden, der Sache selbst nicht. Denn die Fische im Wasser bleiben unbekümmert, ob sie von den Alten in Cetaceos, Cartilagineos und Spinosos abgeteilt werden; oder von Linnaeus in Apodes, Abdominales, Jugulares und Thoracicos; zu welcher letzten Ordnung bei ihm der **Knorrhahn** (Cottus) mitgehört.

Wie gesagt, die Sachen sind bis dato in Statu quo geblieben; man möchte denn sagen, daß M. »über die Spekulation« bekehrt worden sei, und er also in seiner Hypothese: von Hrn. J. Absicht, **geweissaget** habe. Er geht zwar die Betrachtungen S. CLXII: über unmittelbare Gewißheit, über den Weg der Demonstration und seinen

Ausgang in Fatalismus etc., die doch einer nähern Prüfung wohl wert waren, und sich in der Tat auch so nicht abspeisen lassen; Hr. M. geht zwar in seinem **Anhang**, S. 84–87, diese Betrachtungen kurz und schnöde vorbei; es finden sich aber in ebendem Anhang und in den **Morgenstunden** Stellen, die keinen Zweifel übriglassen.

Die Leser sollen selbst urteilen.

Hr. Jacobi sagt, S. CLXII:

»Wie können wir nach Gewißheit streben, wenn uns Gewißheit nicht zum voraus schon bekannt ist; und wie kann sie uns bekannt sein, anders als durch etwas das wir mit Gewißheit schon erkennen? Dieses führt zu dem Begriffe einer unmittelbaren Gewißheit, welche nicht allein keiner Gründe bedarf, sondern schlechterdings alle Gründe ausschließt, und einzig und allein **die mit dem vorgestellten Dinge übereinstimmende Vorstellung selbst** ist. Die Überzeugung aus Gründen ist eine Gewißheit aus der zweiten Hand. Gründe sind nur Merkmale der Ähnlichkeit mit einem Dinge, dessen wir gewiß sind. Die Überzeugung, welche sie hervorbringen, entspringt aus Vergleichung, und kann nie recht sicher und vollkommen sein u.s.w.«

Und Hr. Mendelssohn sagt, S. 30 und 33:

»Zwar bin ich ein großer Verehrer der Demonstrationen in der Metaphysik, und fest überzeugt, daß die Hauptwahrheiten der natürlichen Religion so apodiktisch erweislich sind, als irgendein Satz in der Größenlehre. Gleichwohl aber hängt selbst **meine** Überzeugung von Religionswahrheiten nicht so schlechterdings von metaphysischen Argumentationen ab, daß sie mit denselben stehen und fallen müßte. Man kann mir wider meine Argumente Zweifel erregen, mir in demselben Schlußfehler zeigen, und meine Überzeugung bleibt dennoch unerschütterlich. – Meiner Spekulation weise ich bloß das Geschäfte an, die Ansprüche des gesunden Menschenverstandes zu berichtigen, und so viel möglich, in Vernunfterkenntnis zu verwandeln. So lange sie beide, gesunde Vernunft und Spekulation, noch in gutem Vernehmen sind, so folge ich ihnen, wohin sie mich leiten. So bald sie sich entzweien: so suche ich mich zu orientieren, und sie beide, wo möglich, auf den Punkt zurückzuführen, von welchem wir ausgegangen sind, u.s.w.«

Worte tun nichts zur Sache, sagt man; und um wieviel ist denn, in der Sache, das, was Hr. M. sagt, von dem verschieden, was Hr. J. sagt? – Hr. M. gibt ja offenbar eine Erkenntnis und Überzeugung zu, die nicht von Vernunftgründen abhängt, und die sicherer ist als jene! Er braucht ja die Spekulation bloß: eine Erkenntnis, die er schon hat, zu modifizieren. Und welcher vernünftige Mensch hat diesen und dergleichen Gebrauch der Spekulation je bestritten; und wen gehen die schwachen Brüder an, deren es in allen Fächern gibet? – – Herr Mendelssohn nimmt ja offenbar eine Kraft im Menschen an, die sich orientiert und die in Zwist geratene Spekulation oder Demonstration oder Argumentation, denn das ist hier alles eins, zurückführt; und also **über** die Argumentation ist! Wenn also die Kraft über die Argumentation ist, und die Argumentation führen muß; so kann ja die Argumentation sie nicht führen. Das ist doch klar! Es muß also, gar keiner, oder ein anderer Weg als die Argumentation sein, diese Kraft in Tätigkeit und Besserung zu bringen!

Und wenn ein jeder Weg, der nicht Argumentation ist, **Schwärmerei** heißen soll; so hätte die Schwärmerei nicht allein gesiegt, sondern Hr. M. hätte selbst das Gewehr gestreckt, und wäre zum Feind übergegangen! –

Doch wer wollte so etwas behaupten? – Das ließe ja, als wenn man glaubte, daß die Wahrheit durch Hr. M. gewinnen oder verlieren könnte. Und das glaube ich nicht. Nicht durch ihn, noch durch Leute die tiefsinniger sind, als er war. Ich denke, die Wahrheit muß durch alle Menschen nicht gewinnen können, aber ein jeder Mensch durch die Wahrheit. Und wer anders glaubt, der muß mit wenig zufrieden sein.

Nicht doch, Hr. M. ist nicht **übergegangen**. Er hatte bloß die Ahndung der **Wahrheit**; wie Hr. J., und du, und ich, und alle Menschen haben, sie mögen es gestehen wollen oder nicht, und mögen sein wer sie wollen, Philosophen und Nichtphilosophen, Vernunftpriester und Gottesleugner, Schwärmer und Demonstranten, Bürger und Bauern.

Diese Ahndung ist freilich das Zeichen unsrer Größe; aber mit ihr **sind** wir **noch nicht** groß; doch in der Potenz es zu werden, und zwar alle, weil wir gleicher Natur und in gleichem Fall sind, auf Einem Wege.

Und da dünkt mich, sollten wir nicht, ein jeder das Seine noch Ärgernis und Parteien suchen; sondern alle, als Freunde, einfältiglich den Einen Weg hingehen, und nicht eher weise sein bis wir es wären.

Und dies bringt mich zu dem Glaubensbekenntnis, das Hr. M. S. 85 ablegt. »Ich kehre«, sagt er, »zum Glauben meiner Väter zurück, welcher, nach der ersten ursprünglichen Bedeutung des Worts, nicht in Glauben an Lehre und Meinung, sondern in Vertrauen und Zuversicht auf die Eigenschaften Gottes bestehet. Ich setze das volle uneingeschränkte Vertrauen in die Allmacht Gottes, daß sie dem Menschen die Kräfte habe verleihen **können**, die Wahrheiten, auf welche sich seine Glückseligkeit gründet, zu erkennen, und hege die kindliche Zuversicht zu seiner

Allbarmherzigkeit, daß sie mir diese Kräfte habe verleihen **wollen**. Von diesem unwankenden Glauben gestärkt, suche ich Belehrung und Überzeugung, wo ich sie finde.«

Dies Bekenntnis des Hrn. M., das übrigens sowenig Jüdisch als Christlich ist, möchte gelten, solange die Allmacht und Allbarmherzigkeit Gottes allein und ungehindert würken. Aber die Traditionen seiner weisen nicht-spekulativen Väter lehren ja, daß dies der Fall mit dem Menschen nicht lange gewesen sei. Und Hr. M. selbst sagt, daß er sich **orientieren** muß.

Die Sonne und die Sterne wissen ihren Weg, und gehen ihn Jahrtausende, ohne je zu irren, und des **Orientierens** zu bedürfen; und es ist, nach der Analogie, und nach der Herrlichkeit Gottes, zu glauben: daß auch die höhern Wesen in ihrer Art eben also geschaffen worden, so lange nämlich Gott allein die Hand im Spiel hat, und nicht sie selbst. Wenn das denn aber der Fall bei uns wäre; so müßte unser Glaubensbekenntnis wohl etwas anders lauten, wenn es wahr sein sollte.

Hr. M. setzt nach obigen seinem Glaubensbekenntnis hinzu: daß er Belehrung und Überzeugung glaube gefunden zu haben; schickt auch den Geist Lessings »in die Arme der Männer zurück, die, so wie er, den Weg der Demonstration gegangen sind«, und glaubt ihn da gar nicht übel aufgehoben. **S. 87.**

Wer **Belehrung** und **Überzeugung** hat, der kann von Belehrung und Überzeugung urteilen; die andern sollen schweigen. Das aber muß ich doch sagen, und ich sage es mit Wahrheit: daß ich, nach allen Äußerungen des Hrn. M., ihm seine Belehrung und seine Überzeugung nicht mißgönne. – – Auf keinen Fall. – – Auch nicht wenn sie auf dem Einen Wege gefunden wäre. Denn da wird wohl Platz für uns beide sein; und auch für Lessing.

Und ich habe Lessing auch gekannt. Ich will nicht sagen, daß er mein Freund gewesen sei; aber ich war der seine. Und ob ich gleich sein Credo nicht annehmen kann; so halte ich doch seinen Kopf hoch. Hrn. Mendelssohns Bekanntschaft ist mir nicht beschieden gewesen. Aber ich habe ihn als einen hellen forschenden Mann mit vielen andern geachtet; und als Juden habe ich, wie man sagt, ein Tendre für ihn, um seiner großen Väter, und um meiner Religion willen.

Der eine liegt zu Braunschweig im Grabe, und der andre zu Berlin – –

Molliter ossa cubent!

Wandsbeck 1786, im Hornung. Asmus.

Über die Neue Politik

Einleitung

Alle Beiträger und Herausgeber versprechen ihren Lesern die Wahrheit; ich auch. Doch muß ich aufrichtig sagen, daß ich nicht ohne Skrupel bin, ob alle Beiträger und Herausgeber, mich selbst nicht ausgenommen, auch halten können, was sie versprechen. Eigentlich kann man nur geben was man hat, und bisweilen hat man nicht, was man meinet zu haben. Freilich, die Wahrheit sollte immer und in allen Fällen uns leiten – aber gewöhnlich leiten wir sie; und denn meinen wir wohl sie zu haben, wir haben sie aber nicht. Indes wird das so genau nicht genommen, und der Wohlstand erfodert, daß man die Wahrheit wenigstens verspreche. Auch mag der Leser noch mit den Herausgebern zufrieden sein, wenn sie ihm nur nichts anders geben, als was sie ehrlich meinen, und es ihm für nichts mehr als was es ist geben, nämlich für ihre Meinung; denn alsdann kann er zusehen, Meinung gegen Meinung vergleichen, und sich so Schadens erwehren.

Es gibt bekanntlich zu dieser unsrer Zeit Politische Meinungen, die von denen, die man sonst hatte, abgehen; ein sogenanntes **Neues** System, das dem **Alten**, das bis daher, unter verschiedener Gestalt, in der Welt geachtet und geltend war, entgegen ist. Man ist mit diesem **Neuen** System grade nicht zurückhaltend gewesen, und könnte es also immer als bekannt vorausgesetzt werden. Da es indessen von allen nicht einerlei, sondern mit Abänderungen und mit mehr und weniger Bescheidenheit oder Atrozität vorgetragen wird; so soll hier zum Überfluß einiges angeführt werden, damit ein jeder selbst mit sehe, und sich über die Hauptzüge desselben selbst mit zurechtfinde.

Nach dem **Alten** System: sind in einem großen Hause, goldene, silberne und irdene Gefäße, etliche zu Ehren, etliche zu Unehren; nach dem **Neuen**: sind alle Gefäße gleich, an Materie und an Form. Nach dem **Alten**: ist der König, die Regierung, der Regent etc. **Regent**, und der Untertan ist **Untertan**; nach dem **Neuen**: sind alle Menschen frei und haben gleiche Rechte. Nach dem **Alten**: macht der Regent die Gesetze, und der Untertan befolgt sie; nach dem **Neuen**: haben alle Staatsbürger zu und an der Gesetzgebung Recht und teil. Nach dem **Alten**: ist der Untertan aus Not untertan, nicht allein um der Strafe sondern auch um des Gewissens willen; nach dem **Neuen**: aus richtigen Begriffen. Nach dem **Alten**: ist keine Obrigkeit ohne von Gott, wo aber Obrigkeit ist, die ist von Gott verordnet; nach dem **Neuen**: macht sich der Mensch seine Einrichtungen selbst; alle Gewalt ist im Volke, das damit

Die Sophisten.

bekleidet und davon entkleidet wen und wie es will. Kurz, nach dem **Alten** System: ist der König etc. ein Hirte, der seine Herde auf grüner Auen weidet, ein Vater der seiner Kinder hütet und wacht, ein wohltätiger Genius von höherer Hand bestellt für sein Volk zu denken und zu wollen und mit stiller Liebe über ihm zu schweben, und das Volk, das sich seiner Rechte und des Bürgerlichen Selbstdenkens und Selbstwollens begeben hat, lebt im Glauben und im Vertrauen; und das **Neue** System scheint, die Äußerungen unsrer Schriftsteller zusammengenommen, ein allgemeines **reines** Vernunftregiment zu sein. Die Staatsbürger tun alles selbst; die Schafe weiden sich auf der grünen Aue selbst; die Kinder wachen und hüten ihrer selbst; das Volk schwebt selbst über sich selbst; mit einem Wort: jedweder einzelne ist im Genuß seiner Rechte, und soll, als Staatsbürger, selbst denken und selbst wollen – und darum muß er nun über die Menschen-Rechte etc. belehrt, und aufgeklärt werden u.s.w.

Es gibt eine Seite, von welcher angesehen dies **Neue** System nicht ohne Schein ist. Das **Alte** ist offenbar großem Mißbrauch unterworfen, und es **scheint**, daß diesem Mißbrauch durch das **Neue** gewehrt und abgeholfen werde. Und überhaupt ist die Behandlungsart, wo jeder einzelne Mensch als ein Wesen, das Verstand und Willen hat, behandelt wird, wenn sie praktikabel ist, wohl edel und ehrenwert. Endlich wird: ob der Mensch als Mensch seine Rechte habe, schwerlich irgendwo bezweifelt werden – daß also hier das »Nachsinnen und Wiederkäuen und Bewegen **im Herzen**« keinem Menschen verargt werden kann, und ihm nicht zur Schande sondern zur Ehre gereicht. Wenn man aber in einer so ernsthaften Sache zufährt, und schon als ausgemacht annimmt was erst ausgemacht werden sollte; wenn man gleich zum Werk schreitet, und heimlich u. öffentlich, in Zeitungen und Büchern, gesalzen und ungesalzen, sanft und mit Rumor, von Freiheit und Menschen-Rechten verkündigt und predigt, u. unbedingt mit Aufklärung an dem Menschen hantiert; so ist die Prozedur etwas voreilig und tumultuarisch, und der Kanzler von Ephesus würde sagen: »Ihr Männer von Ephesus, welcher Mensch ist der nicht wisse, daß das Volk nicht zertreten werden soll, und daß es Menschen-Rechte gebe. Weil nun das unwidersprechlich ist: so sollt ihr ja stille sein, und nichts Unbedächtiges handeln – hat aber jemand zu jemand einen Anspruch: so hält man Gericht und sind Landvögte da; lasset sie sich untereinander verklagen. Wollt ihr aber etwas anders handeln, so mag man es ausrichten in einer ordentlichen Gemeine. Denn wir stehen in der Fahr, daß wir um dieser heutigen Empörung verklaget möchten werden, und doch keine Sache vorhanden ist, damit wir uns solcher Aufruhr entschuldigen möchten.«

Ich sage, die Prozedur sei etwas voreilig. Wir irren alle mannigfaltig. Es könnte doch sein, daß wir auch hier irreten; hier: wo der Irrtum so leicht zu begehen, und so schwer zu vermeiden ist; wo der Bogenschütze nicht bloß **vor sich** zu sehen hat, sondern auch: was der Pfeil tun und anrichten werde, wenn er von seinem Bogen dahin, und nicht mehr in seiner Gewalt ist; hier: wo es nicht genug ist, daß der Regenbogen in der Luft mit schönen Farben spiele, sondern wo er auch auf die Erde muß können niedergebeugt werden ohne seine Farben zu verlieren, und wo eine **ungemeine** Erfahrung und eine **feine** Mathesis dazu gehört, die Strahlenbrechungen bei der Operation im voraus sicher zu berechnen. Denn wir sollen doch nur wollen, was am Ende und wahrhaftig wahr und gut ist, und nicht was nur gleißet und scheint.

Das **Neue** System nun hat großen Eingang und viele Anhänger gefunden, unter allen Klassen von Menschen, und das war zu vermuten und ist kein Wunder. **Übelgesinnte** Menschen konnten glauben: ihre Rechnung dabei zu finden; **eitle** und **leichtsinnige** Menschen waren von jeher eitel und leichtsinnig, und regieren mögen wir alle gern. Auch die **Gutgesinnten** waren nicht allerdings schußfrei. Ihr edler Unwille über die Schmach und Schande, die Menschen zu allen Zeiten von der Tyrannei haben erdulden müssen, konnte ihnen ins Auge treten, und es so, in diesem System, was es gerne sehen wollte, Land sehen machen; sie konnten, indem sie für ihr Geschlecht einen **Tag** des Heils heimlich herwünschten, sich durch den **Schein eines Anbruchs** übernehmen lassen: das Heil von dieser Seite zu erwarten, und ihm mit Freudengeschrei entgegen gehen.

Und wenn das Heil würklich da und im Anzuge wäre, wer ginge nicht gerne mit ihnen! – Ist doch des Menschen Herz in seinem Inwendigsten geneigt zu Liebe und Wohlwollen! – Wird es doch nicht befriedigt als durch eine unvermischte, ungestörte und allgemeine Glückseligkeit, wo die Wellen hoch, und rundum bis an den Horizont schlagen! –

Wer aber überzeugt ist, daß von dieser Seite nur Unordnung und Unglück, und kein Heil komme; und daß das **Alte** System, mit allen seinen Gebrechen, das einzige sei, das die Menschen bürgerlich zusammenhalten und glücklich machen kann; – soll der auch mitgehn und frohlokken? – Das soll er nicht! Sondern er soll, nun es einmal darüber zur Sprache gekommen ist, treu und unverhohlen dagegen sagen: was er dagegen weiß, und so gut er es weiß, es bringe ihm Dank oder Undank. Er soll sagen, was wahr ist, und was zum Friede dienet, und was zur

Besserung unter einander dienet, mit sanften freundlichen Worten. Wiewohl ihm etwas Eifer nicht zu verübeln wäre. Denn die Sache ist des Eifers wert; und die Löwin, die ihre Jungen verteidigt, pflegt nicht mit dem Schwanz zu wedeln.

So lange Politische Meinungen in der obern Atmosphäre, der Region der Gelehrten, verhandelt werden; so geht das die Leute unten auf der Erde wenig an. Wer sich eine gute Rüstung und Mut und Talent fühlt, mag hingehen und Ehre einlegen; und wer sich das nicht fühlt, kann ruhig zu Hause bleiben, und den Verhandlungen zusehen. Seitdem sie aber irgendwo in die untere Region herabgekommen sind, ist die Sache ganz anders, und Maus und Mann sind interessiert. Ein jedweder, der erste der beste, springt wie er geht und steht hervor; nicht, weil er recht haben oder Ehre einlegen, sondern weil er selbst zusehen, und sich in einer so wichtigen Sache nichts will auf die Nase binden lassen.

Und das ist mein Fall. Ich hasse mich und meine Mitmenschen nicht, und es ist mir nicht gleich viel, ob es mir und andern wohl oder übel gehe.

Ich sehe freilich auch wohl ein, daß manches in der Welt anders sein könnte und sein sollte, und daß eine Besserung nicht unnötig wäre; nur kommt es mir vor, daß die Besserung nicht ärger als das Übel sein müsse, das man bessern will; daß man den Kopf nicht drangeben müsse, um das Ohrläpplein zu retten, und daß ein kleineres Glück, das man hat, besser sei, als ein größeres, das man erst haben soll u.s.w.

Auch kommt es mir so vor, daß die äußern Einrichtungen es allein wohl nicht gar täten. Es gibt Republiken, und doch sind dort Mißvergnügte. Also am Menschen liegt es. Dem ist nichts gut und nichts recht; der will immer etwas anders und etwas Neues; will immer bauen und bessern; ist immer nicht reich, nicht mächtig, nicht geehrt genug; und der macht gute Einrichtungen schlecht, und schlechte gut. Der Mensch also muß gebessert werden; und, würde ich raten, nicht von außen hinein. Dreht man doch nicht am Zeiger, daß das Werk in der Uhr recht gehe, sondern man bessert das Werk in der Uhr, daß der Zeiger recht gehen könne. Eben so möchte ich auch beim Menschen nicht bloß am Zeiger gedreht, sondern das Inwendige gebessert haben, damit auf dem Zifferblatt sich alles von selbst mache. Ich möchte überhaupt, dünkt mich, eine Besserung, dadurch nicht einem Menschen gegen den andern, einer Partei gegen die andre, einem Volk gegen das andre, sondern dadurch allen Menschen, allen Parteien, allen Völkern geholfen würde; kurz eine Besserung, welche die Bösen, gut; die Übelgesinnten, wohlgesinnt; die Törichten, weise; die Treulosen, treu etc. und so, ohne Ausnahme, alle Menschen, Hohe und Niedrige, Fürsten und Untertanen, Freunde und Feinde, zu guten, bescheidenen, barmherzigen, großmütigen, edlen und glücklichen Menschen machte.

Das ist mein Sinn, darauf ich mich verlasse.

Und in diesem Sinn will ich nun, wie Alfred der Harfner, ausgehn, und das feindliche Lager besehen.

Vorläufige Bedenklichkeiten und Zweifel gegen das Neue System

Wenn uns Bewohnern dieser Erde eine neue Sonne gestellet würde, gesetzt auch sie glänzte und funkelte mehr und besser als die alte, und es würde uns, den 20. März, wenn in den Widder getreten und ein neues Jahr wieder angefangen werden soll, frei gegeben zu wählen: zwischen der alten und neuen Sonne; – sollten wir da gleich zugreifen? – Ich zweifle grade nicht, daß viele ihre Karte für die neue Sonne abgeben würden; aber ich zweifle auch nicht, daß das übereilt wäre, und daß sie wenigstens Einen Gang dieser neuen Sonne durch alle zwölf Zeichen des Tierkreises hätten abwarten sollen, um zu sehen: ob sie auch das leiste, was man von der Sonne erwartet, und was die alte so lange geleistet hat. Besser ist freilich besser; unbesehends aber ist Anhänglichkeit und Vorurteil an und für das Alte edler, als Vorurteil und Anhänglichkeit für und an das Neue. Wenn also die beiden Sonnen gleich gut sind; so muß man für die alte sein, und das von Rechts wegen. Sie hat unserm Geschlecht so lange geschienen; unsre Eltern und Großeltern haben so lange unter ihr gelebt, bei ihrem Lichte gesehen, und an ihren Strahlen sich gewärmt; sie hat, wenn auch hie und da ein Gewitter generiert oder eine Ernte verbrannt worden, sie hat doch unsern Vätern und unsern Müttern so oft ihre Saaten gereift, und Äpfel und Birne gemacht etc. – Es wäre doch undankbar: den alten Freund und Wohltäter aufzugeben, und sich an den neu ankommenden Funkler zu hängen.

Was die alte Sonne ist gegen die neue, das ist eine bisherige Einrichtung gegen eine andre für jedes einzelne Land, und das **Alte** System gegen das **Neue** für die ganze Welt. Doch ist das nur, wenn beide Systeme gleich gut wären. Das scheint nun aber der Fall nicht zu sein; denn, außer dem, daß die neue Sonne nicht die alte ist, hat sie manches wider sich, das einem gleich vor ihres Tempels Tür und auf der Treppe entgegen kommt.

Als zum Exempel, so scheint es ganz natürlich, daß Einer oder Wenige Viele regieren; unnatürlich aber, daß Viele Einen regieren; am allerunnatürlichsten aber: daß Alle Alle regieren sollen. Jeder einzelne Mensch hat alle Hände voll zu tun, mit sich allein einig zu werden. Und doch sollen hier, z. B. in einem Staat von nur 100 000 Menschen, 100 000 einzelne Menschen, außer mit sich selbst, noch mit andern 99 999 einig werden.

Gleich noch eins, das un- oder widernatürlich scheint. Nach dem **Alten** System sind die Staatskräfte zweierlei, **Einige** aktiv **andre** passiv, Mann **und** Weib; nach dem **Neuen** sind sie Mann und Weib zugleich, und also hermaphroditischer Art. Im Physischen ist aber das erste, der Gang und Griff der Natur; und das andre, gewöhnlich, der Mißgriff.

So fällt bei dem **Neuen** System auch das sehr auf, daß von Anfang der Welt bis itzt, fünf- bis sechstausend Jahre hindurch, z. E. immer Monarchien gewesen sind, und daß nun, am Ende der sechstausend Jahre, herausgebracht wird, daß nie keine hätten sein sollen. Von jener berühmten Stadt erzählt man wohl, daß dort die Inquisiten erst gehängt werden, und daß denn ihr Prozeß instruiert wird. Aber dem ganzen menschlichen Geschlecht, von seinem Ursprung an bis itzt, ein solches Procedere beilegen! –

So ist ferner der allgemeine Beifall, und der leichte Eingang, den das **Neue** System findet, etwas bedenklich. Es ist mit unsrer Seele, wie mit unserm Körper. Sie hat auch eine Zunge und hat einen Magen. Der Zunge gefällt das Bittere nicht, aber dem Magen ist es heilsam und gesund; und, was den Magen verdirbt, gefällt der Zunge wohl. Es ist aber eine alte Sage, daß die Wahrheit nicht süß sei.

Auch das erregt kleinen Zweifel, daß die Verteidiger des **Neuen** Systems selbst nicht alle recht zu trauen scheinen, und daß die Bescheidenen unter ihnen würklich zurückhaltend sind, und lieber nicht zu weit vorrücken wollen.

Doch sehr große Zweifel und Bedenklichkeiten erregt die Differenz in der innerlichen Gestalt der **Alt-** und **Neu-**

systemischen Staatsbürger. Ein Mensch, der seine Rechte hingibt und Gott und seinem König vertraut, ist in sich ein lieber Mensch; wenn er nicht schon gut ist, so bessert ihn die Liebe; und mit ihm ist leicht Fortkommen. Diesem Menschen ist innerlich wohl, u. so ist er nicht geneigt, äußerlich weh zu machen. Er ist gehorsam, willfährig, bescheiden etc., und prätendiert immer weniger als er kann.

Was aber soll man, Ausnahmen verstehen sich von selbst, von einem Menschen erwarten, der kein Vertrauen hat; der alles selbst sehen und betasten will, und immer über seine Rechte brütet? Wenn der nicht auf sehr festen Füßen steht, so stößt ihn die neue Einsicht um; und, unbesehends, ist er kein guter Nachbar. Er führt natürlich immer die Liste seiner Rechte bei sich, ist ungestüm, mißtrauisch, prätendiert immer nicht weniger als er kann, u. weiß alles besser. – Und nun ein ganzer Staat von solchen **Rechtsgelehrten**! –

Die ältesten Könige aller alten Völker waren Götter oder Halbgötter, Söhne der Sonne und der Sterne; und uns andern werden noch die Könige und Regenten von Gott gegeben. Die Völker bedurften denn bisher, um regiert zu werden, Gottes und eines Regenten. Itzo bedarf der Mensch weder des einen noch des andern; er kann alles selbst tun, und ausrichten. Diese Veränderung im Menschen ist groß, und unbegreiflich! Und sie ist bewürkt worden? Durch die Entdeckung der Menschen-Rechte. Aber wie ist das möglich? Und wie soll das zugehen? – Rechte sind doch am Ende nur Rechte und keine Kräfte, und dazu sind diese Rechte nicht einmal neu gegeben, sondern nur entdeckt worden! – Man wird freilich sagen: die Völker **bisher** bedurften des alles nicht, sondern standen nur in dem Wahn, des alles zu bedürfen. Ja, aber die

Menschen **itzo** können des alles nicht entbehren, sondern stehen nur in dem Wahn, des alles entbehren zu können.

Auch die neugemachte Entdeckung der Menschen-Rechte selbst hat viel Unbegreifliches, und darin man sich nicht finden kann. Gewesen sind, natürlich, diese Rechte seit Anfang der Welt; denn die ersten Menschen müssen sie doch wohl so gut gehabt haben, als die letzten. Also gewesen sind die Rechte seit Erschaffung der Welt. Und sie hätten sich so lange verborgen gehalten! Wären itzo allererst an den Tag gekommen! Und keiner von so vielen großen, weisen und weltberühmten Männern wäre darauf geraten! – Kein Ägypter! – Kein Grieche! – Nicht Sokrates! – Nicht Plato! – Nicht Konfuzius! – Nicht Newton! – Nicht Leibniz! – Keiner! –

Zwischen-Betrachtungen über die Bekanntmachung der Menschen-Rechte

Den 2. Oktober 1789 anerkannte und deklarierte die französische Nationalversammlung zu Versailles die folgenden Rechte des Menschen und des Bürgers, und legte sie dem Könige zur Genehmigung vor:

»1. **Artikel.** Alle Menschen werden geboren, und bleiben, gleich an Rechten. Die gesellschaftlichen Unterschiede können in nichts als in dem gemeinen Besten gegründet sein.

2. Der Zweck aller Politischen Vereinigung ist die Erhaltung der natürlichen und unveräußerlichen Rechte des Menschen. Diese Rechte sind, die Freiheit, das Eigentum, die Sicherheit, u. der Widerstand gegen die Unterdrückung.

3. Das Principium aller Obersten Gewalt ruhet wesentlich in der Nation. Kein Collegium, kein einzel-

ner Mensch, kann irgendeine Autorität ausüben, die nicht ausdrücklich von daher ausfließe.

4. Die Freiheit besteht darin, daß man alles das tun kann, was einem andern nicht schadet: also hat die Ausübung der natürlichen Rechte eines jedweden Menschen keine Grenzen als diejenigen, die den andern Gliedern der Gesellschaft den Genuß der nämlichen Rechte sichern. Diese Grenzen können nicht anders als durch das Gesetz bestimmet werden.
5. Das Gesetz hat nicht das Recht etwas anders zu verbieten, als die Handlungen die der Gesellschaft schädlich sind. Alles, was nicht durch das Gesetz verboten ist, kann nicht verhindert werden, und Niemand kann gezwungen werden das zu tun, was das Gesetz nicht befiehlt.
6. Das Gesetz ist der Ausdruck des allgemeinen Willens. Alle die Staatsbürger haben Recht, persönlich, oder durch ihre Repräsentanten, wenn es gemacht wird, teilzunehmen. Es muß das nämliche für alle sein, es mag beschützen oder strafen. Alle die Staatsbürger, da sie in seinen Augen gleich sind, haben gleichen Anspruch zu allen öffentlichen Würden, Stellen und Ämtern nach ihren Fähigkeiten, und ohne andern Unterschied als den ihre Tugenden und ihre Talente machen.
7. Kein Mensch kann angeklagt, arretiert, noch in der Gefangenschaft gehalten werden, als in den durch das Gesetz bestimmten Fällen, und nach den Formalitäten die es vorgeschrieben hat. Diejenigen, welche willkürliche Befehle nachsuchen, ausfertigen, ausüben oder ausüben lassen, müssen gestraft werden; aber ein jeder Staatsbürger, der in Kraft des Gesetzes vorgefordert oder in Verwahrung genommen wird,

muß augenblicklich gehorchen: er macht sich strafbar durch den Widerstand.

8. Das Gesetz muß nur unumgänglich und augenscheinlich notwendige Strafen festsetzen, und niemand kann gestraft werden, als in Kraft eines vor dem Verbrechen festgesetzten und öffentlich bekanntgemachten und gesetzmäßig angewandten Gesetzes.
9. Da ein jedweder Mensch für unschuldig gehalten wird, bis er für schuldig erklärt worden ist; so muß, wenn es unumgänglich erkannt wird ihn zu arretieren, alle Härte, die nicht notwendig sein möchte um sich seiner Person zu bemächtigen, durch das Gesetz strenge verboten sein.
10. Niemand darf wegen seiner Meinungen, selbst wegen Religiöser Meinungen, beunruhiget werden, vorausgesetzt, daß ihre Publizität die durch das Gesetz festgesetzte öffentliche Ordnung nicht störe.
11. Die freie Mitteilung der Gedanken und der Meinungen ist eins von den köstlichsten Rechten des Menschen: ein jeder Staatsbürger kann also frei reden, schreiben, drucken, doch muß er, in den von dem Gesetz bestimmten Fällen, wegen dem Mißbrauch dieser Freiheit zur Verantwortung stehen.
12. Die Aufrechthaltung der Rechte des Menschen und des Bürgers macht eine öffentliche Kraft notwendig: diese Kraft ist angeordnet, zum Vorteil von allen, und nicht zum besondern Nutzen dererjenigen, denen sie anvertrauet ist.
13. Zur Unterhaltung der öffentlichen Kraft, und zu den Unkosten der Administration, ist eine allgemeine Beisteuer unvermeidlich: sie muß unter allen Bürgern gleichmäßig, nach Verhältnis ihres Vermögens, verteilt sein.

14. Alle die Staatsbürger haben das Recht, durch sich selbst oder durch ihre Repräsentanten, die Notwendigkeit der öffentlichen Kontribution auszumachen, sie freiwillig zu bewilligen, die Anwendung derselben zu inspizieren, und ihre Größe, die Art sie einzusammlen, und ihre Dauer zu bestimmen.
15. Die Gesellschaft hat das Recht von einem jedweden öffentlichen Agenten über seine Administration Rechenschaft zu fodern.
16. Eine jede Gesellschaft, darin die Aufrechterhaltung der Rechte nicht sichergestellet, und die Verteilung der Macht und Gewalt nicht bestimmt ist, hat keine Konstitution.
17. Da das Eigentum ein unverletzliches und heiliges Recht ist, so kann Niemand desselbigen beraubt werden, es sei denn wenn die öffentliche Not, gesetzmäßig erwiesen, es augenscheinlich erfordert, und unter der Bedingung einer gerechten und vorläufigen Schadloshaltung.«

Das da ist die Urkunde und der Codex der Menschen-Rechte und -Freiheit; eine Charta Magna, dadurch dem Menschlichen Geschlecht etwas gegeben sein soll, das es vorhin nicht hatte!

Ich habe dies schöne Schaugericht glänzender Wahrheiten und Worte hieher gesetzt zum Vergnügen der Leser die es noch nicht gesehen hatten; und, weil man sich bisweilen Dinge, in der Ferne und auf Hörensagen, anders vorstellt als sie sind, oder, weil sie bisweilen anders sind als man sie sich vorstellt.

Es kommt in dieser Urkunde der Menschen- u. Bürger-Rechte eigentlich von Menschen-Rechten wenig vor; das Meiste betrifft den Bürger. Und, wie es überhaupt mit allgemeinen Wahrheiten und Sprüchen ist, so ist es auch mit diesen. Sie sagen Alles, und sagen Nichts; nehmen mit der einen Hand, was sie mit der andern geben! Sind wächserne Heilige, die nach allen Seiten gerecht sind; eine Materia prima, die noch zu Bäumen und Metall, zu Tauben und Tiger werden kann. So ist, z. E., gleich der 1. Artikel, item der 6., ohne Zweifel, gegen einen Adel, und gegen einen **Monarchen** gemeint, und soll ihnen die Tür verriegeln. – Und auf der andern Seite öffnen ebendiese Artikel allen beiden die Tür wieder. Denn, wenn, nach dem 1. Artikel, in dem allgemeinen Besten Adliche und Monarchische Rechte gegründet wären, oder wenn, nach dem 6. Artikel, Tugenden und Talente so groß wären, daß ihnen adliche Ehrenstellen gebührten, oder daß ihnen keine als die Eine und erste Stelle im Staat genug wäre; so muß Adel und Monarch sein.

Der 2. Artikel könnte, wie er da steht, noch wohl debattiert werden. Der Zweck einer jeden Politischen Verbindung kann nicht wohl eigentlich Erhaltung der natürlichen Rechte des Menschen sein, weil Verlieren oder vielmehr Einschränken nicht Erhalten ist. Natürliche Rechte des Menschen, scheint es, sind Rechte, die der Mensch als Mensch hat, und ohne alle Rücksicht und Verbindung. Tritt er in Verbindung; so **be**hält er freilich als Mensch diese Rechte, aber er kann sie nicht in ihrem ganzen Umfange **er**halten; weil alle die, mit denen er in Verbindung tritt, eben dieselben Rechte haben, und alle diese Rechte in der Ausübung nicht mit einander bestehen können. Daher auch im 4., 10., 11., 17. Artikeln, die Klagelieder nachkommen, und der 2. darin wieder aufgehoben wird. Als, daß ich ein an sich albernes aber hier sehr gut erläuterndes Exempel gebe, ein jeder Mensch hat das Recht, wenn er allein auf einem Rasen liegt, die Beine auszustrecken und hinzulegen, wo und so breit er will. Will er aber, damit ihn bei Nacht der Wolf nicht störe, oder um andrer Vorteile willen, als Bürger d. i. in Gesellschaft liegen; so hat er, nach wie vor, das Recht die Beine auszustrecken und hinzulegen, wo und so breit er will. Aber die andern haben das Recht auch. Und, weil nun auf dem Rasen für alle Beine nicht Platz ist; so muß er sich zu einer andern Lage bequemen. Und das Geheimnis und die Güte der Einrichtung besteht darin: daß für alle Beine gesorgt werde, und einige nicht zu eng und krumm, und andere zu weit und grade liegen.

In einem Fall, wo, nach diesem Exempel, einer ganzen Nation die Beine bequem gelegt werden sollen; wo einem gedrückten und niedergebeugten Volk Luft gemacht werden soll, den Kopf wieder aufzuheben; sieht man nur auf die Sache, und nimmt übrigens in der Freude seines Herzens alles für voll. Und so mag denn auch wohl der allgemeine Enthusiasmus für die Charta Magna mit zu erklären sein.

Der 3. Artikel ist nur wahr, wenn er wahr ist. Wenn es aber wahr ist, daß alle Oberherrschaft ursprünglich von Gott herkommt; so ruht sie nicht in der Nation. Er steht also bis weiter dahin; denn, daß die Nationalversammlung ihn bekanntgemacht hat: das kann ihn doch nicht wahr machen, und ebensowenig: daß der König ihn genehmigt hat.

Ich lasse die übrigen Sätze in Ruhe. So angesehen freuen schöne allgemeine Wahrheiten, wie zarte Blumen. Aber so leicht, wie sie entstehen, vergehen sie auch wieder; weil sie, wie gesagt, immer geben und nehmen, und zwei Hände haben, dabei man sie anfassen kann. Eine Probe von solchem Geben und Nehmen sind unter andern noch der 10. und 11. Artikel. So schön darin die Denk- und

Preßfreiheit aussehen, so unsicher sind sie, und es hängt ganz von der vorbehaltenen Untersuchung über die Meinungen, im 10., und über den Mißbrauch, im 11. Artikel, ab: sie in die ärgste Preß- und Denk-Sperre zu verwandeln. Doch dafür kann Niemand, und darum sind allgemeine Sprüche keine Positive Gesetze.

Alle Mitglieder der Nationalversammlung waren nicht darüber einig, und stritten lange darüber: ob die Bekanntmachung der Menschen-Rechte notwendig sei. Und würklich läßt sich über diese Notwendigkeit auch hin und her sehen, und sonderlich: wie allgemeine Wahrheiten, die männiglichen bekannt sind, oder bekannt sein können, die in und auf sich selbst beruhen und keines Menschen Genehmigung bedürfen, dem Könige zur Genehmigung vorgelegt werden. Wenn z. E. der König, der so viele Jahre die öffentliche Kraft gewesen war, und der, nachdem sie zerstört worden, über die unglücklichen Folgen bei aller Gelegenheit, selbst bei der Nationalversammlung, klagte und vorstellte; wenn der, nach dem 12. Artikel, seine Genehmigung dazu geben sollte: »daß zur Aufrechthaltung der Rechte des Menschen eine öffentliche Kraft notwendig, und daß diese Kraft zum Vorteil von allen und nicht zum besondern Nutzen dererjenigen, denen sie anvertrauet worden, angeordnet sei«; wenn der König, der die allgemeine Beisteuer so viel und so oft, und leider! zu viel und zu oft eingesammlet hatte, und der nun über das Einsammeln keinen Rat weiter wußte und eben deswegen die Stände zusammenberufen hatte; wenn der, nach dem 13. Art., seine Genehmigung dazu geben sollte: »daß zur Unterhaltung der öffentlichen Kraft und zu den Unkosten der Administration eine allgemeine Beisteuer unvermeidlich und daß sie unter allen Bürgern gleichmäßig, nach Verhältnis ihres Vermögens, zu verteilen sei«; so mußte ihm das doch sonderbar bedünken. Oder wenn er dazu seine Genehmigung geben sollte: »daß eine Gesellschaft, darin die Aufrechthaltung der Rechte nicht sichergestellet, und die Verteilung der Macht und Gewalt nicht bestimmt ist, keine Konstitution habe«; und: »daß alle Menschen gleich an Rechten geboren werden und bleiben etc.« Der Nationalversammlung gereicht es allerdings zur Ehre: die vergessenen und verachteten Rechte der Menschen auf alle Weise in Andenken u. Ansehen zu bringen; aber dem Könige konnte doch an der andern Seite die Genehmigung solcher allgemeinen Sätze überflüssig scheinen; und dazu bedenklich weil er nicht wissen konnte, was er eigentlich darin genehmigt hatte.

Der König verweigerte auch anfangs zu dieser Bekanntmachung seine Genehmigung, und gab bloß zur Antwort: »daß er sich darüber nicht erkläre; daß sie ganz gute Maximen enthalte die bei künftigen Arbeiten zur Richtschnur dienen könnten, daß aber dergleichen Grundsätze, die so mancherlei Anwendungen und Auslegungen fähig wären, denn allererst richtig beurteilt werden könnten und sollten, wenn ihr wahrer Sinn durch die Gesetze, denen sie zur Grundlage dienen sollten, bestimmt sein würde.«

Er wollte vermutlich zu verstehen geben: daß die Nationalversammlung zu groß für eine solche Arbeit wäre, und daß Philosophieren nicht Regieren sei. Und, wenn man sich den Wert und die Würde einer Nationalversammlung vorstellt; so kommt es einem auch so vor, daß es für die Stellvertreter der Nation, die bestellt waren das dürre Land zu wässern und den Strom des Segens darüber zu bringen und auszuschütten, würklich zu wenig war: dem Volke die hydraulischen Gesetze zu erklären, und ihre Plane und Nivellier-**Maschinen** vorzuzeigen; und daß es diesen Stellvertretern nicht weniger gut angestanden wäre: ihr großes Werk im stillen zu treiben und sich heimlich zu halten und zu verbergen, bis der Strom, hoch daher brausend, die Wohltäter verraten hätte; und daß es besser gewesen wäre: das Volk, das sie glücklich machen sollten, nicht **metaphysisch** sondern **Physisch** an sich zu erinnern, und für sich einzunehmen. Und zwar das, wenn im Lande Alles, groß und klein, arm und reich, in konvenabler Stimmung gewesen wäre, sich glücklich machen zu lassen. Wenn aber in einem Lande, wie ein ehemaliger Präsident der Nationalversammlung selbst, der Herr Munier, sagt, »seit man von Versammlung der Reichsstände sprach, aller Blick auf die Zukunft gerichtet war, und ein jeder die Begebenheiten nach seinem Interesse und nach seinen Leidenschaften berechnete, und Ehrgeiz sowohl als Haß diesen Augenblick für günstig hielten; die einen während den Konvulsionen der Anarchie die höchste Gewalt an sich zu reißen hofften, und die andern einen Plan hatten: allen Unterschied der Stände aufzuheben, Alles zu ebnen, Alles durch einander zu werfen, sich mit Trümmern zu umgeben, und das Volk durch das Gift der Ausgelassenheit, das sie unter dem Namen **Freiheit** dispensieren wollten, zu berauschen«; wenn in einem Lande, wie ein anderes Mitglied der Nationalversammlung, Herr Foucault, umständlich erzählt, »deutliche und bestimmte Gesetze, z. E. die Abschaffung des Lehnsystems und des Grundzinses gemißbraucht wurden: das Volk aufzuwiegeln, und zu den größten Unordnungen und Gewalttätigkeiten gegen die Gutsbesitzer zu verleiten; und die Einwohner noch viel zu weit zurück waren: die Beschlüsse der Nationalversammlung verstehen zu können; – und das Volk noch lange Zeit nicht imstande sein würde: den Sinn derselben zu begreifen;

und nicht genug dafür gesorgt werden konnte: sie ihnen von rechtschaffenen Männern erklären zu lassen« etc.; wenn das war; so war es doch von den Stellvertretern der Nation etwas gewagt: dergleichen allgemeine und unbestimmte Sätze bekanntzumachen, die ein jeder zu seiner Absicht mißbrauchen und dadurch die Köpfe zu ihrem eignen Verderben verdrehen konnte.

Wer den Menschen kennt: wie ihm der Kopf so leicht verdreht wird; wie er so geneigt ist, alles in **seinem** Sinn zu verstehen, eine Handbreit zu nehmen wo ihm ein Fingerbreit gegeben wird, und sich wenn er nur irgend Vorwand und Feigenblatt hat seinen Neigungen und Leidenschaften und ihren Verwüstungen hinzugeben; wie er, auf gewisse Weise dem Hahn gleich, nach dem gezogenen Kreide-Strich geht; und, wenn dieser Strich, der ihn hielt und an den er sich hielt, plötzlich verrückt wird, wie er denn auf einmal alle Haltung verliert und keine Schranken weiter kennt etc.; wer das weiß, der ist zwar schnell zum Wollen, langsam aber zum Tun; der bedenkt nicht bloß den Samen den, sondern auch den Boden darein er ihn säen will; der sitzt zuvor mit Ernst und mit Tränen in den Augen, und überschlägt die Schwachheit der menschlichen Natur; und gehet, mit seiner Wohltat in der Hand, auf und ab, hin und wider, vor- und rückwärts, und spähet ohne müde zu werden, bis er einen Weg und Weise erspähet habe: ihrer **mit Ehren** los zu werden. Ein solcher Wohltäter ist ein Geschenk des Himmels. Es ist leicht, sein schönes Bild zu zeichnen; aber schwer, es zu sein. Denn er muß Wohlgeschmack an dem finden was nicht wohlschmeckt; er muß nie seine Pflicht der Popularität, sondern immer die Popularität seiner Pflicht aufopfern können; muß von der großen Gesinnung **Wohl**zutun nicht berauscht, sondern wahrhaftig beseelt sein. Kurz, er muß sich darauf gefaßt haben und wissen, daß Undank der Welt bester Lohn sei, und entschlossen sein, wie Moses ein geplagter Mann zu werden.

Nähere Untersuchung des Neuen Systems

Angenommen daß das **Neue** System, oder ein Vernunft-Regiment, würklich in der Welt auch möglich wäre; so würde man es doch keine **Regierung** nennen können, sondern allenfalls eine **Gesellschaft der Praktischen Politik**, eine **Staatsbürger-Akademie** etc. In dem Wort: **Regierung**, liegt uns die Idee von einer Kraft, die von der Untersuchung des Rechts verschieden ist; die einen festen unerschütterlichen Gang hat, und unwiderstehlich zum Ziel schreitet. Diese Kraft geht durch alle Teile der Staatsverfassung. Sie ist, wie das Herz im Menschlichen Körper; und muß ungehemmt und unangetastet bleiben, so lange das Leben des Körpers dauern soll. Es ist hier nicht die Frage: ob nicht gegen ihren Gang in einzelnen Fällen regelmäßige Einwendungen u. Vorstellungen gemacht werden dürfen. – In welchem Lande werden die nicht gemacht: und in welchem Lande wird nicht darauf gehört? – Nur sie darf nicht angerührt, nicht gehemmt werden, ohne Rücksicht auf Recht und Unrecht, oder Alles ist zu Ende. Ich will dies mit einem Exempel erläutern. Den 22. Jul. 1789, ermordete, wie bekannt ist, das Volk zu Paris öffentlich und auf eine schreckliche Weise den Foulon. Der Marquis von la Fayette, dem, einstimmig und unter allgemeinem Jubel des Volks, das Generalkommando der Pariser Bürgermiliz war übertragen worden, und die Wahlherren von Paris, stellten gütlich dagegen vor; und taten überaus brav, um den Foulon zu retten. Aber umsonst; er ward ermordet. In der **Sache** mochte das Volk vielleicht nicht unrecht haben, und Foulon des Todes wert sein. Auch würde das von la Fayette vorgeschlagene Gericht ihn vielleicht zum Tode verurteilt haben. Das Volk handelte also nicht einmal **gegen**: es antizipierte nur. Aber das, was unverletzlich ist, war verletzt worden. Und was tat Fayette? – Er legte seinen Generalkommandostab nieder; weil, wie er sich sehr polis ausdrückte: »der Tag, an dem das Volk ihm das versprochene Zutrauen versagt hätte, auch der Tag sein müßte, an dem er seine Stelle aufgäbe, darin er nun weiter keinen Nutzen mehr stiften könnte«.

Es muß denn eine unwiderstehliche Kraft in einer Regierung sein, und ohne die kann kein Gehorsam und kein Staat gedacht werden; wie ohne einen festen unbeweglichen Punkt, wohl eine in parabolischen und Schnekken-Gängen wild durch einander laufende Figur, aber kein regulärer Zirkel, gemacht werden kann.

Woher soll nun aber in einem Vernunftregiment diese unwiderstehliche Kraft und dieser feste unbewegliche Punkt kommen? – Die Vernunft, antwortet man, ist das eine; und soll das andre geben.

Die Vernunft wollte wohl eine Kraft und unwiderstehlich sein, und k ö n n t e es vielleicht auch; aber sie ist es nicht. Und wie sollte sie einen festen unbeweglichen Punkt geben können? Sie existiert ja in dem Regiment nicht außer in den Individuis, und von diesen hat ein jedes seine eigne Vernunft. Jedweder Mensch hat **seine** Art die Dinge anzusehen, und vernünftig zu sein; und es ist eher möglich, daß alle Pfeifen in allen Orgeln von Europa unisono stimmten, als daß es alle Glieder Eines kleinen Staats täten, gesetzt auch daß sie Stimmung **hielten**.

Es waren immer und zu allen Zeiten viele und mancherlei Philosophien in der Welt. Ist je eine gewesen, die sich nicht in Parteien und Sekten geteilt hätte? Ist je ein philosophischer Spekulant gewesen, der nicht seine Widersacher und seine Oppositions-Partei gehabt hätte? Und im philosophischen Felde haben noch alle Streiter ohngefähr einerlei Absichten; sie suchen alle die Wahrheit, und zwar möchten sie eine Wahrheit wie sie ist, und sie wollten sich alle wohl nach ihr richten. In einem Staat und im Bürgerlichen Felde ist erstlich der Haufe viel größer; die Interessen sind verschieden, durch einander, und oft gerade wider einander; die Neigungen und Leidenschaften sind mehr in Bewegung und Spiel; und jedweder sucht eine Wahrheit, nicht nach der er sich, sondern die sich nach ihm richte. Wenn zwei, z. E. einen Prozeß haben, so findet gewöhnlich die Vernunft jeder Partei: daß sie recht habe; weil jede recht haben will etc. – Und doch soll die Vernunft den festen unbeweglichen Punkt geben! – Wo nehmen wir Brot hier in der Wüsten? –

Wohl wahr, spricht man; aber, gebt den Menschen nur richtige Begriffe! Aufklärung! Aufklärung! Der Mensch muß aufgeklärt werden! – Nun ja, gegen die richtigen Begriffe hat Niemand etwas; auch gibt es für jeden Menschen gewisse Dinge, worüber es recht nützlich und gut ist ihn aufzuklären, das heißt, ihm zu sagen: dies und das ist so, und nicht so; dies und das taugt, oder taugt nicht; dies und das muß geschehen, oder nicht geschehen etc. **Nur**, wer mit dem **Medusenkopf** der Aufklärung **die Neigungen und Leidenschaften** zu **versteinern** denkt, **der ist unrecht berichtet.**

Es ist, zwischen den Begriffen und dem Wollen im Menschen, eine große Kluft befestigt. Das Rad des Wissens und das Rad des Willens, ob sie wohl nicht ohne Verbindung sind, fassen nicht ineinander. Sie werden von verschiedenen Elementen umgetrieben, und sind etwa wie eine Wind- und Wassermühle. Frage den falschen Messer, den falschen Wäger einmal, ob er nicht weiß, daß man rechtes Maß und Gewicht geben muß. Wer weiß nicht, daß man nicht töten soll? Wir wissen es nicht allein, sondern es widersteht auch ein natürlicher Widerwille gegen das Töten **in** uns, und in der Ferne geht der Scharfrichter mit dem Schwert – und tötet Niemand? – Wer weiß nicht, daß man nicht stehlen soll? Und Galgen und Rad warnen noch überdas an allen Heerstraßen; – und stiehlt Niemand? – So mit allen heiligen **Zehn Geboten**. Aber, was erwartest denn du mehr von **deinen** Geboten? Verstehst du es besser, als der liebe Gott? – Er konnte mit Geboten nicht zum Ziel kommen, und wählte deswegen einen andern Weg. – Und du denkst mit Geboten und Aufklärung auszureichen? – Mache doch einmal eine Probe; kläre einmal deinen Knecht oder sonst einen ersten besten auf: über den Ort wo die Schublade mit deinen Louisd'or steht; kläre ihn auf, so viel du willst, über die Schändlichkeit der Untreue und über Pflicht und Recht; und gib acht: ob damit das heilige Grab sicher verwahrt sei, und ob nicht vielleicht dein Knecht unsichtbar und zu gleicher Zeit die Schublade leer werde. Siehe doch an: die tausend Verordnungen und mancherlei Vorstellungen, die um dich her in der Welt gegeben und gemacht werden; siehe doch an: was du selbst in deinem kleinen Zirkel verordnest **und** vorstellest. – **Ist es damit ausgerichtet?** –

Ist dir das alles aber noch nicht klar, und zu weit weg; so will ich dir näher kommen. Gehe in dich, und frage dich selbst. Frage aufrichtig dein eigenes Herz: ob es nicht etwas anders ist, was dich zum Wollen bewegt, als das bloße Wissen? Ob die Räder des Wissens und des Willens in dir immer **mit einander**, und ob sie nicht oft **gegen einander** gehen? Ob du nicht **sogar** bisweilen, wenn du das Rad des Besser-Wissens in der Ferne umgehen hörest, ob du denn nicht bisweilen mit Fleiß abwärts und aus dem Wege gehest, damit du seinen Laut nicht vernehmest? – Lieber, gestehe und leugne nicht. Du bist es nicht allein dem es also gehet; es geht andern Leuten auch so, und den meisten geht es noch ärger. Gestehe denn aber auch, daß es eitel Traum und Täuschung sei, daß die Vernunft und Aufklärung den festen unbeweglichen Punkt geben und den Neigungen und Leidenschaften Gebiß anlegen könne! Und glaube nicht länger an eine Sache, die nicht wahr ist, und die nie hat wahr gemacht werden können, und die leider durch eine Erfahrung von 5793 Jahren widerlegt wird. Denn was anders war je die Absicht der bessern und weiseren Menschen aller Zeiten bei ihrem Tun und Treiben, als überall der Vernunft die Herrschaft über Sinne und Leidenschaften zu verschaffen? Und **haben sie es tun und zustande bringen können**? – Und wahrlich ihrer einige hatten das Ding beim rechten Ende angefangen.

Ein Staat nach dem **Neuen** System oder ein Vernunft-Regiment ist denn unmöglich, weil man wohl klug aber nicht gut machen kann; weil die Menschen nicht wollen wie sie denken, sondern, vielmehr umgekehrt, denken wie sie wollen, und also durch Aufklärung noch kein Gehorsam geschafft wird.

Doch wir wollen die Sache noch von einer andern Seite angreifen. Wir wollen einen Staat, nach dem höchsten Ideal des **Neuen** Systems in concreto annehmen; die Maschine einmal rund gehen lassen, und sehen was werden wird. Dieser Staat soll nur aus Einer Million Menschen bestehen. Kein Staatsbürger in demselben soll etwas auf Glauben und Vertrauen annehmen noch sich irgend etwas begeben, sondern den vollen Genuß seiner Vernunft und seiner Menschen-Rechte haben; es soll darin bloß Menschlich hergehen; alles soll durch die Gesellschaft selbst bestellt und bestimmet werden; und es soll, keine Einrichtung, kein Gesetz, gültig sein, als was durch die Vernunft eines jeden einzelnen dieser zehnmalhunderttausend Menschen, die, nach der Bevölkerung von Deutschland gerechnet, circa einen Raum von 500 Quadratmeilen einnehmen, eingesehen, gut gefunden und genehmiget worden ist.

So viel sieht sich gleich im voraus ab, daß es eine sehr langweilige Regierung geben muß; und man will verzweifeln: ob je Ein Gesetz zustande kommen werde. Doch wollen wir eins in Vorschlag bringen. Und zwar soll zuerst das Münzwesen reguliert, und ein vorteilhafter Münzfuß festgesetzt werden. Alle Staatsbürger haben allerdings das Recht: in einer für den Staat so wichtigen Sache zu Rat gefragt zu werden und ihre Stimme zu geben; und sie sollen beides. Ich will nicht davon sagen, was für Zeit und Umstände dazu gehören würden, um nur bloß die Sache zur allgemeinen Wissenschaft zu bringen. Diese Schwierigkeit soll schon überwunden, und der Vorschlag jedwedem einzelnen Staatsbürger insinuiert sein. Aber, nun weiß Niemand von ihnen, wovon die Rede ist. Unter hunderttausend wissen etwa hundert: was ein Münzfuß; und einer: was ein vorteilhafter Münzfuß ist. Diese **Zehn** also müssen entscheiden, wenn etwas Kluges werden soll. Und für die übrigen neunmalhundertundneunundneunzigtausendneunhundertundneunzig bleibt nichts übrig, als sich ihrer Rechte über den Münzfuß zu begeben und Glauben und Vertrauen zu den **Zehn Münzverständigen** zu haben, welche die Rechte der Gesellschaft in Münzsachen vertreten, und eine Art von Münzkollegium im Lande wären.

Wo Münze ist, da wird es auch nicht an Streit und Händeln fehlen, und wir müssen denn auch eine Rechtspflege haben. Alle Staatsbürger haben freilich wieder das Recht: über eine für den Staat so wichtige Sache zu Rat gefragt zu werden und ihre Stimme zu geben; und sie sollen beides. Ich überlasse es jedwedem: ob, wenngleich ein jeder Mensch ein Gefühl von Recht und Unrecht hat, ob es je möglich sei, daß zehnmalhunderttausend Menschen sich über so viele Gesetze und Formalien, als eine Rechtspflege erfodert, einig werden sollten! Aber, als möglich angenommen was unmöglich ist; angenommen: daß alle Zehnmalhunderttausend Staatsbürger über alle die Dinge zu Einer Meinung und Stimme gekommen wären, daß sie Alle würklich die Gesetze gemacht hätten; so können sie Alle sie doch nicht exekutieren. Und, wie sie sich auch darüber einig werden, durch Wahl oder durchs Los, über wenige oder über mehrere; so müssen sie sich doch einig werden, und es muß zu einem **Collegio von Einigen** kommen, das die Rechte der Gesellschaft in Justizsachen vertritt. Und, für alle die andern Staatsbürger bleibt nichts übrig, als sich ihrer Rechte in Justizsachen zu begeben, und Glauben und Vertrauen zu dem Justizcollegio zu haben. Und die Ordnung, Ruhe und Glückseligkeit sowohl der ganzen Gesellschaft als der einzelnen Staatsbürger hängt davon ab: daß dies Collegium in Justizsachen, wie das Münzcollegium in Münzsachen, bis weiter honoriert werde.

Und so weiter, und so weiter.

Also, ohne Rechte-Vertreten und In-Händen-Haben abseiten Eines oder Einiger, und ohne Rechte-Begeben und Glauben und Vertrauen abseiten des ohne allen Vergleich größern Teils der Staatsbürger, ist eine bürgerliche Einrichtung **platterdings unmöglich**! – – – – – – – – –

Aber, da wäre ja nebenher noch Etwas anderes und **Etwas sehr Unerwartetes** zum Vorschein gekommen? – Auf die Weise wäre ja das **Neue** System älter als das **Alte**! Auf die Weise scheint es ja: daß der Zustand des Selbstsehen und der Menschen-Rechte, den unsre Schriftsteller als eine neue Entdeckung, als die nach und nach gereifte Frucht der Zeiten, und als den uns und unserm erleuchteten und glücklichen Jahrhundert vorbehaltenen großen Fund ansehen; daß, sage ich, dieser Zustand der älteste und erste gewesen; und daß man, weil das Ding so nicht gehen wollte und so nicht gehen konnte, auf ein Anderes denken und zu dem **Alten** System greifen mußte! –

Freilich! Es scheint so. Der Strumpf kann allerdings wieder zum langen Faden gemacht werden; aber, der lange Faden war **vor** dem Strumpf.

Freilich; es scheint so, und es ist auch wohl so. Das **Neue** System war zuerst, und von da ging man zum **Alten** über.

Und dieser Übergang ist **nicht leicht** und **nicht unbedeutend** gewesen. Und es war kein **kleines** und **geringes** Werk: das Selbstdenken und Selbstwollen eines jeden Einzelnen, dabei keine Ordnung und kein Glück bestehen kann, aus dem Sinn und in ein Gleis zu bringen; den Eigendünkel und natürlichen Trotz, die Halsstarrigkeit, und den Übermut etc. der Menschlichen Natur zu bändigen; und, statt ihrer, Gehorsam, Ehrerbietigkeit, Zurückhaltung, Zuvorkommen, Diskretion, Delikatesse und die übrigen Grazien des gesellschaftlichen Lebens zu introduzieren.

Wenn man bedenkt: was es, nachdem diese Bändigungs-Falten und -Gleise einmal gelegt und die bürgerlichen Einrichtungen schon gemacht sind, und die Menschen in dem Respekt gegen die Obrigkeit geboren und erzogen werden; und was es da noch kostet und immer gekostet hat, die natürliche Unbändigkeit und das natürliche Gefühl von Menschen-Rechten, das jeder Mensch dunkel in sich hat und das sich in jedem Bürger- und Bauern-Tumult rührt, in Ordnung und Zaum zu halten; so läßt sich **einigermaßen** absehen: was es gekostet habe, und was dazu gehört habe, wie viele Zeit und wie viele Weisheit, was für Liebe und Geduld, und wie viele harte Stöße der äußerlichen Gewalt, um diese Falten zuerst zu legen, und diese wohltätigen und für die bürgerliche Glückseligkeit Aller und jedes Einzelnen unentbehrlichen Bande zuerst zu knüpfen. Ich sage: **einigermaßen**. Denn keine äußerliche Gewalt etc. allein hat dazu hinreichen können; und es hat noch etwas mehr dazu gehört, so viele **verschiedene** einzelne Willen zu einigen und zu lenken. Und das haben auch die alten Völker und Menschen immer geglaubt. Livius erzählt in seiner Nachricht von dem Ursprung des **Römischen** Reichs: Numa habe die Furcht der Götter als eine der ersten Notwendigkeiten in dem Herzen des Volkes angesehen; und Plutarch sagt gradezu: »daß es eher möglich sei eine Stadt in der Luft, als einen Staat ohne Religion zu gründen.«

Also die ersten Erfinder und Knüpfer der bürgerlichen Bande haben die Menschen nicht **betrogen**; sondern sie waren die **Väter** und **Wohltäter** ihres Geschlechts, und sie sind es noch bis auf diesen Tag. Und, wenn ihre Wohltat oft gemißbraucht worden ist; so ist das nicht gut und nicht der Wohltat Schuld, und sie hört darum nicht auf eine Wohltat zu sein. Die Menschen **können** dieser Wohltat nicht entraten, und können sie nicht genug erkennen, und nicht besorgt genug sein, sie zu erhalten und auf die Nachkommen fortzupflanzen.

Und nun. – Nun soll man freilich dem Menschen die Augen nicht zudrücken; nun mag man ihm freilich bescheidentlich sagen und kundtun: daß er nicht für die andern sondern um seinetwillen dasei etc. Aber, wer ohne Rückhalt und Einschränkung »Menschen-Freiheit« verkündigt, und unbedingt »die Menschen-Rechte« predigt; der – seine Absicht sei welche sie wolle, wer will jemand die bestreiten – aber der rüttelt an jenen wohltätigen, so weislich und mühsam geknüpften und unentbehrlichen Banden; gräbt den Eigendünkel, und Selbstwillen etc. wieder aus dem Verborgenen hervor; der verstört überdas im Menschen die schönen Gefühle von Liebe, Glauben und Vertrauen; nimmt ihm das Herz aus dem Leibe, und macht ihn zu einer dürren selbstklugen Hirnschädel ohne Freude für sich und andre! – Und das Beste, was der Mensch auf Erden hat; der letzte Trost, der ihm, wenn er sich von seinem Regenten gedrückt glaubt oder gedrückt ist, übrig bleibt, und der »mit einem Regenten der nicht drücke und alles wieder gut machen werde«, sein Herz beruhigt und tröstet – auch der soll ihm genommen werden! –

Heißt das die Menschen lieben? – Ich bitte. Ist das bieder und gut? – Und ist es nicht biederer und besser: unbedingt Gehorsam und Ordnung, und Liebe, und Glauben, und Vertrauen auf Gott und Menschen zu predigen? –

Aber soll denn Liebe, Glauben und Vertrauen ewig lieben glauben und vertrauen, damit sie ewig betrogen und gemißbraucht werden können? – Sollen denn **Viele** sich ihrer Rechte begeben, damit **Einer** oder **Einige** ungestraft Gewalt und Unrecht üben können?

Das sei ferne! – Betrogene Liebe ist wie Menschenblut; sie schreiet aufwärts um Rache. Nein! Recht muß Recht sein und Recht bleiben. Ich streite nicht **wider** sondern **für** das Volk – und wo dem Kleinen Unrecht und Gewalt geschehen soll, da begehre ich nicht zu heißen der Sohn der Tochter Pharao, und will viel lieber Ungemach leiden mit meinen Brüdern.

Die Könige und Regenten sind den Menschen **zum Guten** gegeben und nicht **zum Bösen**. Sie sollen nicht Unrecht, sondern Recht und Gleich tun, und wissen daß sie auch einen Herrn im Himmel haben. **Der** hat sie über die andern gesetzt **um der andern willen**, und daß den andern durch ihre Hand Barmherzigkeit geschehe. Und wie die Millionen oder die Tausende, die von ihnen ihr Maß häuslicher Ruhe und zeitlichen Glücks erwarten, ihnen gehorsam sein und Glauben und Vertrauen haben **müssen**: so **müssen** sie den Tausenden das Maß mit beiden Händen voll drücken und rütteln und sie glücklich **machen**. Und das ist noch nicht alles.

Wenn ein König in seiner Herrlichkeit mitten unter seinem Volk auf seinem Thron sitzet; so sitzet er da: um, außer dem Glück der Erde, auch das Glück des Himmels zu spenden; so sitzt er da: um, als ein heiliger Künstler, durch lauter wohltätige, lauter milde und edle, lauter große und gute Handlungen GOTT zu konterfeien, und die Menschen nach IHM hungrig und durstig zu machen.

Das sollen die Könige und Regenten! Dazu sind sie berufen, und dazu sind den ersten Königen die Krone und der Szepter gegeben worden. – Und darum lieben auch wir Menschen von Natur dies Geräte, und erwarten von dem, der es an sich trägt, nichts als Gutes; und mögen von ihm nichts Böses hören. Wir Menschen sind Kinder, und so mußte der liebe Gott mit uns wie mit Kindern umgehen, und uns heimlich und hinter unsern eignen Rücken glücklich machen. Und dazu bedurfte es Einrichtungen, und wir fühlen wohl, daß diese Einrichtungen so rein sein müssen, wie der ist der sie gemacht hat.

Ihr Könige, und ihr Regenten! – Euer Stuhl **steht** in der Welt **von Gottes wegen**. Und wer darauf sitzt soll groß und unüberwindlich sein, aber mit und durch Recht und Wahrheit! Die allein machen groß, und die allein sind unüberwindlich.

Beschluß

Die in einem Staat unentbehrliche Kraft ist wie das Herz im menschlichen Körper.

Daß für die **Physische Natur** irgendwo ein großes Herz schlagen müsse, durch das und von dem sie in allen ihren Teilen Leben und Bewegung erhält, läßt sich begreifen. Eine leblose Stockholmer Uhr kann zwar wohl in Hamburg oder Osnabrück, von dem Meister der ihr die Bewegung gab getrennet, gehen; aber das lebendige Universum kann von seinem Herzen sowenig getrennt sein, als der Menschliche Körper von dem seinigen, und es wird, wie im Kleinen so im Großen, wie im Besondern so im Allgemeinen, eine fortgehende und unaufhörende Systole und Diastole erfodert. – Wenn ebendasselbe große Herz, das für die **Physische Natur** irgendwo schlagen muß, auch für die **Moralische Natur** schlüge; so wüßten wir an was wir uns hier zu halten haben, und wir hätten zu gleicher Zeit einige Auskunft über die unüberwindliche Lenkkraft des Menschlichen Willens, sowohl überhaupt als im Staate, und über den festen unbeweglichen Punkt. Doch wie dem auch sein möge, etwas Festes muß der Mensch haben daran er zu Anker liege, Etwas das nicht von ihm abhange, sondern davon er abhängt. Der Anker muß das Schiff halten; denn, wenn das Schiff den Anker schleppt, so wird der Kurs mißlich, und Unglück ist nicht weit.

Wenn David seinen Feind und Verfolger Saul in der Höhle, wo er in seiner Hand war, nicht tötet sondern ihm nur einen Zipfel vom Rock abschneidet; so trieb und bewegte ihn so zu handeln nicht die natürliche Leidenschaft, sondern **Etwas Anders**. Wenn Sokrates die von seinen Schülern veranstaltete Flucht aus seinem Gefängnis nicht annimmt, sondern lieber sterben will und stirbt; so bewegte ihn so zu handeln nicht die natürliche Neigung sondern **Etwas Anders**. Die meisten würden das Gefängnis verlassen haben, und mit dem Zipfel nicht zufrieden gewesen sein. Warum? – Weil in den meisten die natürliche Neigung und Leidenschaft zum Handeln treibt und bewegt, und das **Andre** dafür nicht zu Wort kommen kann.

Wohl sind unsre Sinne und Leidenschaften die Hörner, Cymbalen und Zinken, die den Laut und die Stimme der Wahrheit in uns zerrütten, verdunkeln und überschreien. Sie sind die hundert schwere Ketten, die uns arme Menschen fesseln und halten, und uns mit Schmach bedecken. Wer sich nur von Einer losgemacht hat, ist schon ehrlicher; und so immer weiter den langen sauern Berg hinan. – Und, wer ihn ganz erstiegen hat; wer, durch sein Wollen und Laufen oder durch Gottes Erbarmen, so weit gekommen ist, daß alle Ketten abgefallen sind, und keine mehr an ihm klirrt; der ist **wahrhaftiglich** ein **freier Mann**. – Er ist von dem **Freiheitler** himmelweit und wesentlich verschieden; und diese zwei verhalten sich zu einander: wie sein wollen zu sein, wie unten zu oben, wie Nichts zu Alles.

Der **freie Mann** ist los von der Erde und allem kleinen Interesse; auf ihn würkt, von nun an, Nichts, ihm gilt

Nichts, ihn treibt und bewegt Nichts, als das Wahre und Gute. Er hat den Rock des Fleisches ausgezogen*, nährt sich mit der Speise der Götter, und schifft auf dem Ozean der **reinen Liebe**.

Ein **Solcher** hat Recht mitzusprechen, und ist **über** die Gesetze. Aber nicht, weil die Gesetze nicht immer heilig beobachtet und gehalten werden müßten; sondern weil **Er** inwendig anders gestellet ist, und immer und in allen Fällen überflüssig, und mehr tut als die Gesetze fodern; weil er zwo Meilen geht mit dem der ihn Eine nötigt; weil er nicht allein nicht ehebricht, sondern kein Weib ansiehet, ihr zu begehren in seinem Herzen; weil er nicht allein seinen Feind nicht hasset, sondern segnet die ihm fluchen, denen wohltut die ihn hassen, und, wie der Vater im Himmel, die Sonne möchte aufgehen lassen über die Bösen, und über die Guten.

Wenn nun **ein Mann dieser Art** eines irregehenden, Rat und Hülfe bedürfenden Volkes sich erbarmt hätte, und, vom Wahren und Guten getrieben, den Szepter in die Hand genommen hätte; – von wem hätte der seine Königschaft, sein Recht und seine Gewalt?

Es hätte freilich außer ihm noch **Ein Solcher** im Volke sein oder werden können. Und der wäre dem Könige gleich gewesen; aber er würde gerne sein Untertan geworden sein, weil er nur einerlei mit dem Könige gewollt hätte, und es ihm an dem genug gewesen wäre, daß nur das Gute geschehe.

Es hätte aber auch einer im Volk, der weit davon war, sich Ein Solcher dünken können. Und so groß und unbegreiflich dieser Fehlgriff ist; so hat die Erfahrung gelehrt, daß er nicht unmöglich ist weder im Kleinen noch im

* *Αϑανατος Θεος*, sagt Pythagoras, *οὐκετι ἀνϑρωπος ϑνητος.*

Großen, und daß es dazu nur einiger Veranlassung bedürfe. Schlagt auf die Jahrbücher des Menschen-Geschlechts, wo ihr wollet. Leset z. E. die Geschichte der Bewegungen, nach des guten frommen Georg Fox Predigt von Freiheit bei einem Teil seiner ersten Anhänger, im 17.; leset die Geschichte der Münsterschen Unruhen nach Luthern, im 16. Jahrhundert*; und seht: wie schwach

* – Deswegen verdammten sie die Kindertaufe, und da sie alle diejenigen, die zu ihrer Sekte übertraten, von neuem tauften, so bekamen sie daher den Namen der Wiedertäufer. Aber mit diesem besondern Gedanken über die Taufe, der auf den Gebrauch der Kirche zu den Zeiten der Apostel gegründet zu sein scheinet, und nichts enthält, was mit dem Frieden, oder der Ordnung der menschlichen Gesellschaft stritte, verbanden sie andre Meinungen, die eben so schwärmend als gefährlich waren. Sie behaupteten, unter Christen, die die Lehren des Evangelii zur Vorschrift, und den Geist Gottes zum Führer hätten, sei eine Obrigkeit nicht allein nicht notwendig, sondern als ein Eingriff in ihre geistliche Freiheit, unerlaubt, und gesetzwidrig; der aus der Geburt, dem Range, oder den Gütern entstehende Unterschied sei dem Geiste des Evangelii, der alle Menschen als gleich ansieht, zuwider, und müsse deswegen abgeschafft werden; alle Christen müßten alle ihre Güter in eins zusammenwerfen, und in dem Stande der Gleichheit leben, der Gliedern einer Familie anständig ist; da weder die Gesetze der Natur, noch die Vorschriften des Evangelii dem Menschen in Absicht auf die Zahl der Weiber, die er nehmen dürfte, einen Zwang anlegten, so könnte er eben die Freiheit gebrauchen, die Gott den Patriarchen gelassen hätte.

Diese Meinungen, die mit einer enthusiastischen Hitze und Kühnheit ausgebreitet und behauptet wurden, brachten in kurzen alle gewalttätigen Wirkungen hervor, die natürlicherweise daraus fließen mußten. Zween anabaptistische Propheten, Johann Matthias, ein Bäcker von Haarlem, und Johann Bockold, oder Beukels, ein Schneider von Leyden, die von einem unsinnigen Eifer, Proselyten zu machen, angesteckt waren, schlugen ihren Sitz in Münster auf, einer der vornehmsten Kaiserlichen freien Städte in Westfalen, die zwar unter der Souveränität ihres Bischofs stehet, aber von ihrem eigenen Senat und Burgemeistern regiert wird. Wie es keinem von diesen beiden Schwärmern an den Talenten fehlte, die zu einem solchen Unternehmen notwendig erfordert werden, nämlich an einem ent-

und anmaßend die menschliche Natur ist, und wie sie immer den leichten Weg gehet.

Ich breche hier ab, und erspare einem Schwachen von der Schwachheit seiner Mitmenschen zu reden. Aber guter Rat ist doch immer Ehrenwert, er komme vom Schwachen oder von dem Starken.

schlossenen Mute, dem Schein einer großen Heiligkeit, einem kühnen Vorgeben einer göttlichen Begeisterung, und einer zuversichtlichen und überredenden Sprache, so gewannen sie in kurzem viel Anhänger. Unter denselben war Rothmann, der zuerst die Reformation in Münster geprediget hatte, und Knipperdoling, ein Bürger von gutem Herkommen, und beträchtlichem Ansehen. Durch den Beitritt solcher Schüler aufgemuntert, lehrten sie ihre Meinungen öffentlich, und machten, nicht zufrieden mit dieser Freiheit, verschiedene, wiewohl vergebene Versuche, von der Stadt selbst Meister zu werden, um ihre Meinung unter dem Schein einer landesherrlichen Autorität einzuführen. Da sie endlich in geheim ihre Anhänger aus den benachbarten Provinzen kommen lassen, setzten sie sich unvermutet und bei Nacht, in Besitz des Arsenals und des Rathauses, liefen mit bloßen Schwertern und erschröcklichem Heulen durch die Stadt, und schrien eins ums andre: **Tut Buße und laßt euch taufen**, und: **Ziehet aus ihr Gottlosen**. Der Magistrat, die Domherren, der Adel, und die vernünftigsten Bürger, Protestanten sowohl, als Katholiken, erschraken über die Drohungen und dieses Geschrei, flohen in großer Verwirrung, und ließen die Stadt unter der Herrschaft eines unsinnigen Pöbels, der mehrenteils aus Ausländern bestand. Da nun nichts mehr vorhanden war, wodurch sie in Furcht, oder in Schranken hätten können gehalten werden, so entwarfen sie einen neuen Plan einer Regierung, der ihren törichten Begriffen gemäß war, und ob sie gleich anfänglich für die alten Anstalten so viel Achtung bewiesen, daß sie neue Ratsherren aus ihrer eigenen Sekte erwählten, und Knipperdoling und einen andern Proselyten zu Burgemeistern machten, so war dies gleichwohl anders nichts, als ein bloßer äußerlicher Schein. Matthias war ihr einziger Regent, und gab, in dem Stil, und mit der Autorität eines Propheten, alle seine Befehle, und auf den Ungehorsam gegen dieselbe, folgte sogleich die Todesstrafe. Er machte den Anfang damit, daß er den Pöbel aufwiegelte, die Kirchen zu plündern, und alle ihre Zieraten zu zerstören; darauf ließ er alle Bücher, ausgenommen die Bibel, als unnütz und gottlos, verbrennen; die Län-

Wenn ein guter Hausvater bei Nacht Licht braucht, so hascht er's nicht draußen unter dem weiten Tausend-Sternen-Himmel, und bringt es durch die Fenster herein; sondern er schlägt es mit Stahl und Stein mühsam und künstlich im Hause an, und läßt es durch die Fenster hinausleuchten.

dereien derer, die aus der Stadt entwichen waren, wurden für verfallen erklärt, und sollten an Auswärtige verkauft werden; er befahl, jeder sollte, was er an Gold, Silber und Kostbarkeiten besäße, herbringen, und zu seinen Füßen legen. Die Reichtümer, die durch dieses Mittel zusammen gebracht wurden, legte er in eine öffentliche Schatzkammer nieder, und ernannte Diakonen, die sie zu einem allgemeinen Gebrauch verwalten mußten. Da auf solche Art die Glieder seiner Republik allesamt einander vollkommen gleich gemacht waren, so befahl er, sie sollten alle gemeinschaftlich an öffentlich angerichteten Tafeln essen, und schrieb sogar die Essen vor, die ihnen jeden Tag aufgetragen werden sollten. Der Entwurf seiner Reformation war also ausgeführt; und nun ging seine erste Sorge auf die Verteidigung der Stadt. In dieser Absicht nahm er seine Maßregeln mit solcher Klugheit, daß man darin gewiß keine Spuren der Schwärmerei fand. Er errichtete ungeheure Magazins von allerlei Art; verbesserte und erweiterte die Festungswerke, und jedermann, ohne Unterschied der Person, mußte mit daran arbeiten; er errichtete aus denen, die zu Kriegsdiensten taugten, ordentliche Korps von Soldaten, und bemühete sich, den Ungestüm ihrer Enthusiasterei durch eine ordentliche Disziplin fruchtbarer zu machen. Er sandte Boten an die Wiedertäufer in den Niederlanden, und lud sie ein, sich in Münster zu versammeln, dem er den Namen des Berges Zion gab, damit von da aus alle Nationen des Erdbodens unter ihre Herrschaft gedemütiget werden möchten. Er selbst war in Besorgung alles dessen, was zum Aufnehmen, oder zur Sicherheit der Sekte notwendig schien, unermüdet. Sein eignes Beispiel belebte seine Schüler, sich keiner Arbeit zu wegern, noch über einiges Ungemach zu murren; und da ihre enthusiastische Leidenschaften durch eine unaufhörliche Folge von Ermahnungen, Offenbarungen und Weissagungen in einer beständigen, und ruhelosen Gärung erhalten wurden, so schienen sie zur Behauptung ihrer Meinungen fertig, und bereit alles mögliche zu wagen und zu dulden. (S. **Robertsons** Geschichte der Regierung Kaiser **Karls V.** Zweite Auflage von **Remer**. Braunschw. 1778. Tom. II. pag. 481 etc.)

Man **kann** nicht bergauf kommen, ohne bergan zu gehen. Und obwohl Steigen beschwerlich ist; so kommt man doch dem Gipfel immer näher, und mit jedem Schritt wird die Aussicht umher freier und schöner! Und oben ist **Oben**.

Wie nun der Sklave es auch machen möge, sich seiner Ketten zu entledigen; soviel ist klar, daß er durch Wissen und Vernünfteln die Ketten nicht brechen werde; sondern daß er **Hand anlegen** müsse, wenn es sein Ernst ist, ihrer los zu werden.

Und das ist die Besserung, die ich in Vorschlag bringe.

Sie ist unser Tagewerk auf Erden, und der **Große Königliche Weg zur Freiheit**, der niemand gereuet.

Als der Sohn unsers Kronprinzen, gleich nach der Geburt, gestorben war

Mit den vielen andern, Groß und Kleinen,
Klag ich schmerzlich deinen Tod;
Will bei deinem Sarge satt mich weinen
Und die Augen rot.

Nicht: daß du dich nicht, nach Herzensgnüge,
An die holde Mutter schmiegst,
Und daß du, statt freundlich in der Wiege,
Tot im Sarge liegst; –

Hier ist Vorplatz nur, spät oder frühe,
Gehn wir alle weiter ein,
Und es lohnt sich wahrlich nicht der Mühe
Lange hier zu sein;

Nicht: daß du des Vaters Glanz hienieden
Und sein Königreich nicht sahst,
Und daß du die Krone, dir beschieden,
Nicht getragen hast; –

Ach, die Kronen sind nicht ohne Bürden,
Sind nicht ohn Gefahren, Kind!
Und es gibt für Menschenkinder Würden,
Die noch größer sind;

Sondern: daß wir hier ein Land bewohnen,
Wo der Rost das Eisen frißt,
Wo durchhin, um Hütten wie um Thronen,
Alles brechlich ist;

Wo wir hin aufs Ungewisse wandeln,
Und in Nacht und Nebel gehn,
Nur nach Wahn und Schein und Täuschung handeln,
Und das Licht nicht sehn;

Wo im Dunkeln wir uns freun und weinen,
Und rund um uns, rundumher,
Alles, Alles, mag es noch so scheinen,
Eitel ist und leer.

O du Land des Wesens und der Wahrheit,
Unvergänglich für und für!
Mich verlangt nach dir und deiner Klarheit;
Mich verlangt nach dir.

Urians Nachricht von der neuen Aufklärung, oder Urian und die Dänen

Urian

Ein neues Licht ist aufgegangen,
  Ein Licht, schier, wie Karfunkelstein!
Wo **Hohlheit** ist, es aufzufangen,
  Da fährt's mit Ungestüm hinein.
Es ist ein sonderliches Licht;
Wer es nicht weiß, der glaubt es nicht.

Die Dänen

Erzähl Er doch von diesem Licht!
Was kann es? Und was kann es nicht?

Urian

Erst lehrt es euch die Menschen-Rechte.
  Seht, wie die Sache euch gefällt!
Bis jetzo waren Herr und Knechte,
  Und Knecht und Herren in der Welt;
Von nun an sind nicht Knechte mehr,
Sind lauter Herren hin und her.

Die Dänen

Sind also keine Knechte mehr!
Sind alles Herren hin und her!

Urian

Sonst war Verschiedenheit im Schwange,
  Und Menschen waren klug und dumm;
Es waren kurze, waren lange,
  Und dick und dünne, grad und krumm.
Doch nun, nun sind sie allzumal
Schier eins und gleich, glatt wie ein Aal.

Die Dänen

Nun aber sind sie allzumal
Schier eins und gleich, glatt wie ein Aal!

Urian

Man nannte Freiheit bei den Alten,
  Wo Kopf und Kragen sicher war,
Wo Ordnung und Gesetze galten,
  Und Niemand krümmete kein Haar.
Doch nun ist frei, wo jedermann
Radschlagen und rumoren kann.

Die Dänen

Doch nun ist frei, wo jedermann
Radschlagen und rumoren kann!

Urian

Vernunft, was man nie leugnen mußte,
  War je und je ein nützlich Licht.
Indes was sonsten sie nicht wußte,
  Das wußte sie doch sonsten nicht.
Nun sitzt sie breit auf ihrem Steiß,
Und weiß nun auch, was sie nicht weiß!

Die Dänen

Das macht sie gut! . . . auf ihrem Steiß –
Und weiß nun auch, was sie nicht weiß!

Urian

Religion war **hehre** Gabe
  Für uns bisher, war **Himmel**-Brot;
Und Menschen gingen drauf zu Grabe:
  Sie sei, und komme her, von Gott.
Nun kommt sie her, weiß selbst nicht wie? –
Man saugt nun aus dem Finger sie.

Die Dänen

Nun kommt sie her, wir wissen, wie?
Sie saugen aus dem Finger sie.

Urian

Auch wißt ihr wohl vom Potentaten,
  Wie der großmächtiglich regiert,
Und wie, ohn Streit und Advokaten,
  Dem Szepter Ehr und Furcht gebührt.
Doch nun ist Szepter gar nicht viel,
Nicht besser, als ein -stiel.

Die Dänen

Uns ist und bleibt der Szepter viel!
Euch lassen wir den – andern Stiel.
Wir fürchten Gott, wie Petrus schreibet,
  Und ehren unsern König hoch.
Was Wahrheit ist, und Wahrheit bleibet
  Im Leben und im Tode noch;
Das ist uns heilig, ist uns hehr!
Ihr Fasler, faselt morgen mehr.

Schlußchor

Was himmelan die Menschen treibet;
  Sie besser macht; was Probe hält;
Was Wahrheit ist und Wahrheit bleibet
  Für diese und für jene Welt;
Das ist uns heilig, ist uns hehr!
Ihr Fasler, faselt morgen mehr.

Asmus.

An Frau Rebecca;
bei der silbernen Hochzeit, den 15. März 1797

Ich habe Dich geliebet und ich will Dich lieben,
So lang Du goldner Engel bist;
In diesem wüsten Lande hier, und drüben
Im Lande wo es besser ist.

Ich will nicht von Dir sagen, will nicht von Dir singen;
Was soll uns Loblied und Gedicht?
Doch muß ich heut der Wahrheit Zeugnis bringen,
Denn unerkenntlich bin ich nicht.

Ich danke Dir mein Wohl, mein Glück in diesem Leben.
Ich war wohl klug, daß ich Dich fand;
Doch ich fand nicht. GOTT hat Dich mir gegeben;
So segnet keine andre Hand.

Sein Tun ist je und je großmütig und verborgen;
Und darum hoff ich, fromm und blind,
Er werde auch für unsre Kinder sorgen,
Die unser Schatz und Reichtum sind.

Und werde sie regieren, werde für sie wachen,
Sie an sich halten Tag und Nacht,
Daß sie wert werden, und auch glücklich machen,
Wie ihre Mutter glücklich macht.

Uns hat gewogt die Freude, wie es wogt und flutet
Im Meer, so weit und breit und hoch! –
Doch, manchmal auch hat uns das Herz geblutet,
Geblutet . . . Ach, und blutet noch.

Es gibt in dieser Welt nicht lauter gute Tage,
Wir kommen hier zu leiden her;
Und jeder Mensch hat seine eigne Plage,
Und noch sein heimlich Crève-cœur.

Heut aber schlag ich aus dem Sinn mir alles Trübe,
Vergesse allen meinen Schmerz;
Und drücke **fröhlich** Dich, mit voller Liebe,
Vor Gottes Antlitz an mein Herz.

Christiane

Es stand ein Sternlein am Himmel,
Ein Sternlein guter Art;
Das tät so lieblich scheinen,
So lieblich und so zart!

Ich wußte seine Stelle
Am Himmel, wo es stand;
Trat abends vor die Schwelle,
Und suchte, bis ich's fand;

Und blieb denn lange stehen,
Hatt große Freud in mir:
Das Sternlein anzusehen;
Und dankte Gott dafür.

Das Sternlein ist verschwunden;
Ich suche hin und her
Wo ich es sonst gefunden,
Und find es nun nicht mehr.

Der Tod

Ach, es ist so dunkel in des Todes Kammer,
Tönt so traurig, wenn er sich bewegt
Und nun aufhebt seinen schweren Hammer
Und die Stunde schlägt.

Die Liebe

Die Liebe hemmet nichts; sie kennt nicht Tür noch Riegel,
Und dringt durch alles sich;
Sie ist ohn Anbeginn, schlug ewig ihre Flügel,
Und schlägt sie ewiglich.

An meinen Sohn Johannes

1799

Gold und Silber habe ich nicht;
was ich aber habe, gebe ich dir.

Lieber Johannes!

Die Zeit kommt allgemach heran, daß ich den Weg gehen muß, den man nicht wiederkömmt. Ich kann Dich nicht mitnehmen; und lasse Dich in einer Welt zurück, wo guter Rat nicht überflüssig ist.

Niemand ist weise von Mutterleibe an; Zeit und Erfahrung lehren hier, und fegen die Tenne.

Ich habe die Welt länger gesehen, als Du.

Es ist nicht alles Gold, lieber Sohn, was glänzet, und ich

habe manchen Stern vom Himmel **fallen** und manchen Stab, auf den man sich verließ, **brechen** sehen.

Darum will ich Dir einigen Rat geben, und Dir sagen was ich funden habe, und was die Zeit mich gelehret hat.

Es ist nichts groß, was nicht gut ist; und ist nichts wahr, was nicht bestehet.

Der Mensch ist hier nicht zu Hause, und er geht hier nicht von ungefähr in dem schlechten Rock umher. Denn siehe nur, alle andre Dinge hier, mit und neben ihm, sind und gehen dahin, ohne es zu wissen; der Mensch ist sich bewußt, und wie eine hohe bleibende Wand, an der die Schatten vorübergehen. Alle Dinge mit und neben ihm gehen dahin, einer fremden Willkür und Macht unterworfen; er ist sich selbst anvertraut, und trägt sein Leben in seiner Hand.

Und es ist nicht für ihn gleichgültig, ob er rechts oder links gehe.

Laß Dir nicht weismachen, daß er sich raten könne und selbst seinen Weg wisse.

Diese Welt ist für ihn zu wenig, und die unsichtbare siehet er nicht und kennet sie nicht.

Spare Dir denn vergebliche Mühe, und tue Dir kein Leid, und besinne Dich Dein.

Halte Dich zu gut, Böses zu tun.

Hänge Dein Herz an kein vergänglich Ding.

Die Wahrheit richtet sich nicht nach uns, lieber Sohn, sondern wir müssen uns nach ihr richten.

Was Du sehen kannst, das siehe, und brauche Deine Augen, und über das Unsichtbare und Ewige halte Dich an Gottes Wort.

Bleibe der Religion Deiner Väter getreu, und hasse die theologischen Kannengießer.

Scheue Niemand so viel, als Dich selbst. Inwendig in uns wohnet der Richter, der nicht trügt, und an dessen Stimme uns mehr gelegen ist, als an dem Beifall der ganzen Welt und der Weisheit der Griechen und Egypter. Nimm es Dir vor, Sohn, nicht wider seine Stimme zu tun; und was Du sinnest und vorhast, schlage zuvor an Deine Stirne und frage ihn um Rat. Er spricht anfangs nur leise und stammelt wie ein unschuldiges Kind; doch, wenn Du seine Unschuld ehrst, löset er gemach seine Zunge und wird Dir vernehmlicher sprechen.

Lerne gerne von andern, und wo von Weisheit, Menschenglück, Licht, Freiheit, Tugend etc. geredet wird; da höre fleißig zu. Doch traue nicht flugs und allerdings, denn die Wolken haben nicht alle Wasser, und es gibt mancherlei Weise. Sie meinen auch, daß sie die Sache hätten, wenn sie davon reden können und davon reden. Das ist aber nicht, Sohn. Man hat darum die Sache nicht, daß man davon reden kann und davon redet. Worte sind nur Worte, und wo sie so gar leicht und behende dahin fahren; da sei auf Deiner Hut, denn die Pferde, die den Wagen mit Gütern hinter sich haben, gehen langsameren Schrittes.

Erwarte nichts vom Treiben und den Treibern; und wo Geräusch auf der Gassen ist, da gehe fürbaß.

Wenn Dich jemand will Weisheit lehren, so siehe in sein Angesicht. Dünket er sich noch; und sei er noch so gelehrt und noch so berühmt, laß ihn und gehe seiner Kundschaft müßig. Was einer nicht hat, das kann er auch nicht geben. Und der ist nicht frei, der da will tun können was er will, sondern der ist frei, der da wollen kann, was er tun soll. Und der ist nicht weise, der sich dünket daß er wisse;

sondern der ist weise, der seiner Unwissenheit inne geworden und durch die Sache des Dünkels genesen ist.

Was im Hirn ist, das ist im Hirn; und Existenz ist die erste aller Eigenschaften.

Wenn es Dir um Weisheit zu tun ist; so suche **sie** und nicht das Deine, und brich Deinen Willen, und erwarte geduldig die Folgen.

Denke oft an heilige Dinge, und sei gewiß, daß es nicht ohne Vorteil für Dich abgehe und der Sauerteig den ganzen Teig durchsäuere.

Verachte keine Religion, denn sie ist dem Geist gemeint, und Du weißt nicht, was unter unansehnlichen Bildern verborgen sein könne.

Es ist leicht zu verachten, Sohn; und verstehen ist viel besser.

Lehre nicht andre, bis Du selbst gelehrt bist.

Nimm Dich der Wahrheit an, wenn Du kannst, und laß Dich gerne ihrentwegen hassen; doch wisse, daß **Deine** Sache nicht die Sache der Wahrheit ist, und hüte, daß sie nicht ineinander fließen, sonst hast Du Deinen Lohn dahin.

Tue das Gute vor Dich hin, und bekümmre Dich nicht, was daraus werden wird.

Wolle nur einerlei, und das wolle von Herzen.

Sorge für Deinen Leib, doch nicht so als wenn er Deine Seele wäre.

Gehorche der Obrigkeit, und laß die andern über sie streiten.

Sei rechtschaffen gegen Jedermann, doch vertraue Dich schwerlich.

Mische Dich nicht in fremde Dinge, aber die Deinigen tue mit Fleiß.

Schmeichle Niemand, und laß Dir nicht schmeicheln.

Ehre einen jeden nach seinem Stande, und laß ihn sich schämen, wenn er's nicht verdient.

Werde Niemand nichts schuldig; doch sei zuvorkommend, als ob sie alle Deine Gläubiger wären.

Wolle nicht immer großmütig sein, aber gerecht sei immer.

Mache Niemand graue Haare, doch wenn Du recht tust, hast Du um die Haare nicht zu sorgen.

Mißtraue der Gestikulation, und gebärde Dich schlecht und recht.

Hilf und gib gerne, wenn Du hast, und dünke Dir darum nicht mehr; und wenn Du nicht hast, so habe den Trunk kalten Wassers zur Hand, und dünke Dir darum nicht weniger.

Tue keinem Mädchen Leides, und denke, daß Deine Mutter auch ein Mädchen gewesen ist.

Sage nicht alles, was Du weißt, aber wisse immer, was Du sagest.

Hänge Dich an keinen Großen.

Sitze nicht, wo die Spötter sitzen, denn sie sind die elendesten unter allen Kreaturen.

Nicht die frömmelnden, aber die frommen Menschen achte, und gehe ihnen nach. Ein Mensch, der wahre Gottesfurcht im Herzen hat, ist wie die Sonne, die da scheinet und wärmt, wenn sie auch nicht redet.

Tue was des Lohnes wert ist, und begehre keinen.

Wenn Du Not hast, so klage sie Dir und keinem andern.

Habe immer etwas Gutes im Sinn.

Wenn ich gestorben bin, so drücke mir die Augen zu, und beweine mich nicht.

Stehe Deiner Mutter bei, und ehre sie so lange sie lebt, und begrabe sie neben mir.

Und sinne täglich nach über Tod und Leben ob Du es finden möchtest, und habe einen freudigen Mut; und gehe nicht aus der Welt, ohne Deine Liebe und Ehrfurcht für den Stifter des Christentums durch irgend etwas öffentlich bezeuget zu haben.

Dein treuer Vater.

Ein gülden A B C

A

Armut des Geistes Gott erfreut;
Armut, und nicht Armseligkeit.

B

Besprich dich nicht mit Fleisch und Blut,
Fahr zu, gleich zu, wie Paulus tut.

C

Creuz ist ein Kraut, wenn man es pflegt,
Das ohne Blüte Früchte trägt.

D

Dürst nicht nach Rache und nach Blut;
Vergeben wäre wohl so gut.

E

Ein **edles** Herz glänzt hell und hold,
Ein **gutes** ist gediegen Gold.

F

Für was du Gutes hier getan,
Nimm keinen Lohn von Menschen an.

G

Geduldig sein – Herr lehr es mich,
Ich bitte dich, ich bitte dich.

H

Hau deinen Götzen mutig um,
Er sei Geld, Wollust oder Ruhm.

I

In dir ein edler Sklave ist,
Dem du die Freiheit schuldig bist.

K

Kämpf und erkämpf dir eignen Wert;
Hausbacken Brot am besten nährt.

L

Liebt euch **auf Erden**, liebt, und wißt,
Daß Gott im Himmel Liebe ist.

M

Merk auf die Stimme tief in dir;
Sie ist des Menschen Kleinod hier.

N

Nimm wahr der Zeit; sie eilet sich,
Und **kommt nicht wieder** ewiglich.

O

O Herr lehr uns bedenken wohl,
Daß wir sind sterblich allzumal.

P

Parabeln sind wohl fein und schön,
Doch muß sie einer auch verstehn.

Q

Quäl nicht dein Herz **ohn Unterlaß**,
Ein freier Mut gefällt Gott baß.

R

Recht halte heilig bis in'n Tod,
So bleibt ein Freund dir in der Not.

S

Straf keck das Böse ins Gesicht;
Vergiß dich aber selber nicht.

T

Treib Tugend **jeden** Augenblick;
Wer nicht voran geht, geht zurück.

U

Und wenn sie alle dich verschrein,
So wickle in dich selbst dich ein.

V

Verlaß dich nicht auf diese Welt;
Sie ist Schaum, der zusammen fällt.

W

Wie wird es dann, o dann uns sein,
Wenn wir der bessern Welt uns freun?

X
Y

In **Sturm** die S o n n e spiegelt nicht
Im M e e r ihr heilig Angesicht.

Z
Zerbrich den Kopf dir nicht zu sehr,
Zerbrich den Willen, das ist mehr.

Ein silbern dito

A
Aus Nichts wird Nichts, das merke wohl,
Wenn aus dir **Etwas** werden soll.

B
Betrüge nicht; du hast nicht Rast
Noch Ruh, wenn du betrogen hast.

C
Cränz einen Welterobrer nicht,
Schlepp lieber ihn zum Hochgericht.

D
Dring und **durch**dringe die Natur;
Wer sie **durchdringt**, beherrscht sie nur.

E
Erleuchtet das Jahrhundert ist;
Der Esel Stroh und Disteln frißt.

F
Fahr nicht zu hoch her, eitler Mann;
Noch hast du's letzte Hemd nicht an.

G
Greif nicht leicht in ein Wespen-Nest;
Doch, wenn du greifst, so stehe fest.

H

Häng an die große Glocke nicht,
Was jemand im Vertrauen spricht.

I

Im **Anfang** war die **Erde** leer,
Am **Ende** sind's die **Köpfe** mehr.

K

Kratz nicht im Staube wie ein Tier,
Der Kopf sitzt ja noch oben dir.

L

Leih dem in Not, und **sei bereit**;
So hast du zwei zugleich erfreut.

M

Mach Keines Glauben deinen Spott;
Ein jeder glaubet sich und Gott.

N

Nichts ist so elend als ein Mann,
Der alles will, und der nichts kann.

O

Oft galt das Faustrecht statt der Pflicht;
In unsern Jahren gilt es nicht.

P

Pfeif immer auf dem Finger nicht;
Die Narren tun's, wie Sirach spricht.

Q

Querfeldein braust der **Waldstrom** wohl;
Der **Bach** im Wege bleiben soll.

R

Rebecca wählen ist Geschmack;
Nicht wahr, Kollege Isaak?

S

Sir Newton war ein großer Mann,
Ein Tropfen aus dem Ozean.

T

Trag deine Tugenden nicht Schau,
Und ehr und liebe deine Frau.

U

Umsonst ist's, frühe aufzustehn;
Und besser, früh zu Bette gehn.

V

Vor Kritikastern hüte dich;
Wer Pech angreift, besudelt sich.

W

Wer Pech angreift, besudelt sich;
Vor Kritikastern hüte dich.

X

Xerxes verließ sich auf sein Heer;
Allein das Heer auf ihn nicht sehr.

Y

Ygreck ein böser Buchstab ist;
Bei ihm hilft nicht Gewalt noch List.

Z

Zuletzt nehmt noch die Warnung an:
Daß keinem Schelm man trauen kann.

Die Sternseherin Lise

Ich sehe oft um Mitternacht,
  Wenn ich mein Werk getan
Und niemand mehr im Hause wacht,
  Die Stern' am Himmel an.

Sie gehn da, hin und her zerstreut
  Als Lämmer auf der Flur;
In Rudeln auch, und aufgereiht
  Wie Perlen an der Schnur;

Und funkeln alle weit und breit,
  Und funkeln rein und schön;
Ich seh die große Herrlichkeit,
  Und kann mich satt nicht sehn ...

Dann saget, unterm Himmels-Zelt,
  Mein Herz mir in der Brust:
»Es gibt was Bessers in der Welt
  Als all ihr Schmerz und Lust.«

Ich werf mich auf mein Lager hin,
  Und liege lange wach,
Und suche es in meinem Sinn,
  Und sehne mich darnach.

Valet an meine Leser

Und somit will ich Feirabend machen, und von meinen Lesern Abschied nehmen, und zu guter Letzt noch einmal Hand geben.

Ich entschuldige mich über meine **Werke** bei Ihnen nicht. Ich bin kein **Gelehrter** und habe mich nie für etwas ausgegeben. Und ich habe, als **einfältiger Bote**, nichts **Großes** bringen wollen, sondern nur etwas Kleines, das den **Gelehrten** zu wenig und zu geringe ist. Das aber habe ich nach meinem besten Gewissen gebracht; und ich sage in allen Treuen, daß ich nichts Bessers bringen konnte.

Das Meiste ist **Einfassung** und **Spielewerk**, das als ein Blumen-Kranz um meinen **»Becher kaltes Wassers«** gewunden ist, daß er desto freundlicher ins Auge falle.

In diesem Siebenden und letzten Teil habe ich des **Ernstes** etwas mehr getan, und die Fahne etwas höher aufgezogen, daß man **am Ende** sehe, von welcher Seite die Luft geht. Sollte ich nun damit unter den Herren **Gelehrten** und **Wortführern** wieder böse Leute gemacht haben; so wäre mir das leid. Aber ich konnte mich doch ihretwegen nicht genieren. Ich **mußte** tun was recht ist, und was ich gleich in der **Dedikation** vor dem **ersten Teil** dem **bewußten Freund** versprochen habe; er soll nun bald kommen, und ich darf es mit ihm nicht verderben. Am Ende wird ja was wahr und nützlich ist, auch wohl wahr und nützlich bleiben, wenn es von den **Gelehrten** auch nicht gelobt wird.

Man ist nur Einmal in der Welt, und ist nicht darin, ihr nach dem Sinn zu reden, und Häckerlinge zu schneiden. Es schafft nicht, daß der Mensch mit niedergeschlagenen Augen sitze, und sich räuspere und seufze; er soll die Augen frei aufschlagen und frisch und fröhlich um sich sehen. Aber man kleinmeistert und lacht sich nicht durch die Welt, und die sind übel berichtet, die da glauben und lehren, daß die Menschen hier nichts anderes zu tun hätten und daß sie hier so recht à leur aise wären.

Sehe doch einer nur an, wie sie in die Welt hereinkommen und wie sie wieder hinausgehen, wes Standes und Ehren sie sind! – Wer dazu lachen und sich das aus dem Sinn schlagen, oder sich darüber mit den **Kategorien etc.** trösten kann, der mag ein Philosoph sein; aber ein vernünftiger Mensch ist er nicht.

Und auch zwischen dem Herein und Hinaus, selbst wenn es am besten geht, was ist denn der Mensch, und was hat er? – Er hat Himmel und Erde, Meer und Land, Berg und Tal, Sonne und Mond etc. und die sind groß und herrlich; aber, recht beim Licht besehen, ist alles, was man sieht, doch nur äußere Rinde und Kruste, schöne Kisten und Kasten mit Kleinodien, zwischen denen der Mensch herumgeht wie ein **Knecht** vor dem der Herr sie verschlossen hat. Er fühlt wohl, daß es anders sein könnte; denn was sind seine kühne Vermutungen und seine Träume über den inwendigen Zusammenhang und die verborgenen Triebfedern der Natur anders, als Zeichen und Beweise seines Anrechts an ihre Erkenntnis? – Aber sein Anrecht ist sequestriert, und er geht, neben dem Born des Lichts, hungrig und durstig nach Erkenntnis und muß es sich kalt und warm um die Nase wehen lassen und mit allen Elementen kämpfen bis sie ihn wieder verschlungen haben.

Man tröstet sich mit der innerlichen Größe des Menschen, und gloriiert über das Hohe und Göttliche seines Verstandes und seiner Vernunft. Ja wohl, ist der Mensch groß und göttlich; aber grade hier ist es, wo einem das Gloriieren vergeht und die Tränen in die Augen treten, wenn man sieht und gewahr wird, daß das Große und

Göttliche wider seine Natur in uns gehemmt ist; und es sollte walten.

Der Weg, den der Mensch in dem, was Künste und Wissenschaften heißt, dazu einschlägt, ist lobenswert und edel; aber sie sind höchstens, wofür sie auch in alten Zeiten nur gegolten haben, ein Weg und nicht das Ziel; und wer sie für das Ziel nimmt und darin hängenbleibt, der verkauft seine Erstgeburt um ein **Linsengericht**, der sattelt in der Wüsten ab, um das Pferd zu bewundern und bewundern zu lassen, mit dem er weiter und ins Gelobte Land reiten sollte, wo der Almosenpfleger wohnt.

Die Reinigung kann ja nicht in dem **Gebrauch** des Ungereinigten bestehen, und wenn der Eimer von eigner Weisheit voll ist, kann ja keine andre hinein. Und darum muß, wenn was Gescheutes werden soll, alle eigne Weisheit und aller Selbstdünkel zu Kreuze kriechen und der **Sokratischen** Unwissenheit Platz machen. Nur in der Niedre sammlet sich das Wasser und dem Almosen gebührt ein Mann in Lumpen, wie auch Ulysses erfahren hat; denn nicht als Held und Feldherr, sondern in Bettlers Gestalt fand er seine Penelope wieder.

So ist das Denken und die Denkkraft ja auch nur die Hälfte des Menschen, und noch dazu die unrechte Hälfte, mit ihr die Veränderung und Besserung des Ganzen anzufangen, weil sie an und in sich selbst fest steht. So wenig es von mir abhängt, Schwarz als Schwarz zu sehen, ebenso wenig hängt es von mir ab, den Pythagorischen Lehrsatz z. E. wahr oder nicht wahr zu finden. Aber der Wille, der kann wollen und sich ändern und so auf die Denk-Kraft influieren. Und wer wie Gott wollen kann, der wird auch wie Gott denken lernen, er sei gelehrt oder ungelehrt, ein Polyhistor oder ein Schuster.

Also auf eine gewisse Gestalt des Inwendigen Menschen kommt es an, auf eine gewisse innerliche Denkart, Fassung, Haltung etc. die man sich vorsetzen und darnach man streben muß.

Und da ist es, dünkt mich, von allem übrigen abgesehen und wes Glaubens man sonst auch sei, ein **vernünftiger Rat**: daß man sich eine Gestalt vorsetze, die standhält und die man unter allen Umständen festhalten kann. Was vorübergeht, ist ohne Zweifel nicht so gut, als was währt; und es schickt sich für den **Menschen** nicht, andern und andern Sinnes zu werden, und wie ein Chamäleon die Farbe zu ändern, je nachdem die Lichtstrahlen auf ihn fallen.

Aber über eine Gestalt, die standhalte und sich unter allen Umständen festhalten lasse, sind die Meinungen sehr verschieden, und ein jeder denkt sie sich auf seine Art, der Weltbiedermann so und der Gymnosophist anders; und a priori und ohne Erfahrung hat wohl noch niemals ein Mensch die rechte getroffen. Man stimmt immer zu hoch oder zu tief, und muß denn, wenn die Erfahrung eintritt, umstimmen, und das gibt viel Sorge und Mühe.

Doch es ist ein köstlich Ding, daß das Herz, oder diese Gestalt, fest sei; und man kann sich um eine solche nicht zu viel Mühe geben. Die Leser werden aber finden, daß sie desto unfester ist, je mehr Sinnlichkeit in ihr obwaltet, und daß man sich also **sauer** werden lassen und manches versagen und aus dem Sinn schlagen muß, um sie nach und nach davon zu säubern und fest zu machen.

Diese Welt und die Dinge die darin sind und zu ihr gehören, liegen uns **nahe**, und die **Natur** hängt sich gerne an und sammlet sie; aber sie sind nur ein luftig Wesen und ein trüglicher Schatz. Auch das Zeitliche und Sichtbare an uns selbst hat nicht Bestand und Wert, ist nur ein brechlicher Verschlag und inwendig wohnen **wir**.

Was unsichtbar und geistig ist, das nur ist fest und ewig. Und **der** Art sind auch die rechten Schätze, die der Rost nicht frißt, und die jene Gestalt unbeweglich und feuerfest machen. Und **die** sammlet der **Glaube**.

Aber **Glaube** ist in der gelehrten Welt ein unbekannt Ding. Er existiert nicht in abstracto, und wo er in die Hand genommen wird, um besehen zu werden, da gebiert er nichts als Hader und Zank; wo er aber in seinem natürlichen Acker, in einem Menschen-Herzen, wohnet und wurzelt, da zeigt er wohl, was er ist und was er kann, und wie er hier dem Menschen konveniere.

Sehen wir's doch im Kleinen und in Dingen dieser Welt, wie ein Mensch, der Glauben und Vertrauen zu sich und seiner Sache hat, mit Vollherzigkeit und Sicherheit fährt, wie ihm alles von der Hand geht, und es mit ihm, gegen den dürren hagern unschlüssigen Klügler, gar ein ander Leben und Wesen ist.

Was wird es denn sein mit einem, der ewigen unvergänglichen Dingen vertraut, der an einen allgegenwärtigen **souveränen** Tröster, einen Stiller **alles** Haders, **glaubt**, und eines Neuen Himmels und einer Neuen Erde wartet? – Der wird, auf dieser Erde, den Fuß in Ungewittern und das Haupt in Sonnenstrahlen haben, wird hier unverlegen und immer größer sein als was ihm begegnet, der hat immer genug, vergibt und vergißt, liebt seine Feinde und segnet die ihm fluchen; denn er trägt in diesem Glauben die beßre Welt, die ihn über alles tröstet und wo solche Gesinnungen gelten, verborgen in seinem Herzen, bis die rechten Schätze zum **Vorschein** kommen.

Wir sind nicht umsonst in diese Welt gesetzt; wir sollen hier reif für eine andre werden, und man kann unsern Körper als ein Gradierhaus ansehen, wo das wilde Wasser von dem guten geschieden werden soll. Es ist nur Einer der dazu helfen kann, und dem sei Ehre in Ewigkeit.

Gehabt Euch wohl.

Auf O– –o R– –s Grab

Aus einer Welt voll Angst und Not,
Voll Ungerechtigkeit, und Blut und Tod
  Flüchtete die fromme reine Seele
Sich ins beßre Land zu Gott;
  Und der Leib in diese dunkle Höhle,
  Auszuruhen bis zum Wiedersehn.
  O der **Christ** ist immer groß und schön,
Doch im Tod in seiner größten Schöne.
  Wandrer, bleib am Grabe stehn,
  Lerne hier, was eitel ist, verschmähn;
Weine eine stille Träne!
  Und denn kannst du weitergehn.

Klage

(Aus dem Jahr 1793)

Sie dünkten sich die Herren aller Herrn,
  Zertraten alle Ordnung, Sitt und Weise,
  Und gingen übermütig neue Gleise
Von aller wahren Weisheit fern,

Und trieben ohne Glück und Stern
 Im Dunkeln hin, nach ihres Herzens Gelüste,
Und machten elend nah und fern.
Sie mordeten den König, ihren Herrn,
Sie morden sich einander, morden gern,
 Und tanzen um das Blutgerüste.

Der Chor

Erbarm dich ihrer!

Sie wollten ohne Gott sein, ohn ihn leben
 In ihrem tollen Sinn;
Und sind nun auch dahingegeben,
 Zu leben ohne ihn.
Der Keim des Lichtes und der Liebe,
 Den Gott in unsre Brust gelegt,
 Der seines Wesens Stempel trägt,
 Und sich in allen Menschen regt,
 Und der, wenn man ihn hegt und pflegt,
 Zu unserm Glücke freier schlägt,
Als ob er aus dem Grabe sich erhübe –
Der Keim des Lichtes und der Liebe
 Der ist in ihnen stumm und tot;
 Sie haben alles Große, alles Gute Spott.
Sie beten Unsinn an, und tun dem Teufel Ehre,
Und stellen Greuel auf Altäre.

Der Chor

Erbarm dich ihrer!

Sprüche des Pythagoräers Demophilus
(Aus dem Griechischen)

Hab immer in Gedanken, daß, wo auch dein Körper und deine Seele etwas vorhat und tut, Gott dich sehe und zugegen sei.

Gaben und Opfer ehren Gott nicht, und Tempel-Schmuck schmückt ihn nicht. Aber eine Göttliche Gesinnung vereiniget uns innig mit ihm; denn gleich und gleich gesellet sich gerne.

Der Mensch, der nackt und bloß in diese Welt hergeschickt worden ist, muß den, der ihn hergeschickt hat, nackt und bloß anrufen; denn Gott erhöret den stattlich Bekleideten nicht.

Ein geschwätziger eitler Mensch, der am Altar betet und opfert, entweihet den Altar. Der Weise allein ist ein **Priester**; der allein ist Gott angenehm, und der allein versteht zu beten und zu opfern.

Weisheit ist das Licht, das die Seele erleuchtet, wenn sie von dem schädlichen Einfluß des Körpers frei geworden ist.

Urteile von einem Menschen lieber nach seinen Handlungen, als nach seinen Worten; denn viele handeln schlecht, und sprechen vortrefflich.

Tue was du für recht hältst, wenn du auch deswegen nicht öffentlich gelobt würdest; denn die Welt ist ein schlechter Richter über gute Taten.

Vor Menschen von verderbten Grundsätzen von Gott reden, ist mißlich; denn du kannst ihnen nicht ohne Gefahr sagen, was die Wahrheit, noch was nicht Wahrheit ist.

Preise nicht leicht einen Menschen glücklich, der sich auf Freunde, Kinder oder überhaupt auf ein Gut stützet, das **einstweilen** glücklich macht; denn alle diese Dinge sind unsicher und unbeständig. Aber sich auf sich selbst und auf Gott stützen, das ist sicher und beständig.

Der ist ein wahrhaft kluger und bedachtsamer Mensch, der es sich so sauer um seine Seele werden läßt, als andre es sich um ihren Körper werden lassen.

Der Besitz der wahrhaftigen Güter wird ohne Schweiß des Angesichts nicht erworben.

Das halte sonderlich für ein wahres Gut, das, wenn du es andern mitteilest, für dich nicht ab-, sondern zunimmt.

Sei gewiß, daß nichts dein Eigentum sei, was du nicht inwendig in dir hast.

Niemand ist frei, der nicht über sich selbst Herr ist.

Da wir aus Gott entsprungen sind und abstammen, so lasset uns fest an unsre Wurzel kleben und halten; denn des Wassers Bäche und die Gewächse der Erde vertrocknen und verderben, wenn sie von ihrer Wurzel getrennt werden.

Es ist unmöglich, daß einer und derselbe Mensch dieser Welt und zugleich Gott diene.

Nachlese

Ein Pasquill aufs Geld

Flectere si superos nequeo, Acheronta movebo.

Entrata

Ein kurzer dicker Alp, der aus dem Berge kam,
Ein schwarzes Ungeheur, an beiden Füßen lahm,
Mit einem roten Hahnen-Kamm,
Der Ach und Weh und ungekannten Gram
Aus seinem Berge mit sich nahm,
Der ist mein Held, Beelzebub genennet,
Am Kinn hängt ihm ein langer Bart,
Der ewig, wie Megäras Fackel brennet,
Und ihm zur Schmach gegeben ward.
Er wirft, nach aller Alpen Art,
Sich über Menschen her und frißt ihr Herz wie Gras,
Säuft allen Mark aus ihren Knochen
Wie Wasser ein, und hebt von seinem Fraß
Den Schnabel stolz empor, sieht um sich her
und lächelt – Das?
Das litte ich? das tät er ungerochen?
So plage mich der Alpe baß!
Ha, auf, ihm Hohn gesprochen!

Capriccio

Hohn dir, schwarzes Ungeheuer!
  Kobold, hörest du?
Menschenfresser! Rabe! Geier!
Hohn dir, Hohn dir, Ungeheuer!
  Hohn deinem Fackelbart dazu!

Pomposo

Er ist den Königen und Fürsten zugetan,
  Schenkt ihnen Land und Meere;
Als ob ein König, der kein guter Mann,
  Auch besser als ein Hirte wäre.

Recitativo

Der Frevler und der Bösewicht,
Der Tugend Billigkeit und Pflicht
Nicht heilig hält, und Unschuld nicht,
Sie alle frech entweiht, und ihrer Tränen lacht,
Der hat's ihm eben recht gemacht.
Doch wer nach großen Taten schmachtet,
Nicht Taten spricht, sie auszuführen trachtet,
Und oft mit offnem Aug im Pathos übernachtet,
Den Gentleman verachtet er, so wie der ihn verachtet;
Und wer ein Herz wie Yorick hat,
Und manche weiche gute Tat
Sich ausgedacht und vorgenommen,
Und lange herzlich sich darauf gefreuet hat,
Dem tut er wie er Yorick tat,
Er läßt ihn nicht zu Gange kommen.
Auch Amor, zart und klein,
Der in dem innersten Gebein
Des bessern Jünglings weint und flehet,
Fleht ihm umsonst; er spottet sein,
Schlurft grausam mit dem Mark ihn ein,
Und schüttelt seinen Kamm und krähet.

Affettuoso

Ach Amor, zart und klein,
Der in dem innersten Gebein
Des bessern Jünglings weint und flehet –!
O Kobold, schone! schone sein – –

Duetto mesto e sostenuto

Er macht dem Menschen vielen Kummer,
Der böse Alp Beelzebub;
Stört seine Freud und seinen Schlummer,
Und macht dem Menschen vielen Kummer.
Warum verdorrte nicht die Hand, die aus
dem Berg ihn grub!
Der böse Alp Beelzebub!

Coro

Warum verdorrte nicht die Hand, die aus
dem Berg ihn grub?
Beelzebub! Beelzebub!

Empfindsame Reisen durch Deutschland von S.**
Erster Teil. Wittenberg und Zerbst. 8°.

Einundzwanzig Bogen in Oktav enge gedruckt, die habe ich durchgelesen und soll mir nun Rechenschaft geben, wie ich meine Zeit angewandt habe? Ob ich meine Begriffe erweitert, mein Herz empfindlicher gemacht? oder mich doch aufgeheitert habe, um desto besser zu tun, was meines Amts ist? ob ich andre raten soll – doch was gehen mich andre an! – Aber ich weiß nicht wie es kömmt, da sitze ich beinahe gedankenlos, und so matt, als erwachte ich nach einem Rausche von verfälschtem Weine –

Ich muß doch nachdenken was ich gelesen habe. Die Vorrede habe ich nicht gelesen. Ich habe aber gelesen eine Menge Zeilen, worin der Verfasser beständig von Yorick, und noch viel mehr, wo er von sich selbst redet, den Kritikern hohnspricht, und sich über seine eigne werte Person

lustig macht. Ferner (S. 5 ff.) ein Protokoll der Reden aller Triebe, Neigungen und Begierden des Verfassers seiner Eitelkeit, Zweifelsucht u.s.w. Bei Gelegenheit des Todes seines Hrn. Vetters. – Ferner, wie sein Vater sel., mit dessen Magistrieren es nicht fort wollte, eine reiche junge Witwe zu heiraten wußte, welche lange Erzählung mich sehr empfindlich gerührt haben würde, so wie sie andre empfindsame Herzen durchdrungen hat, falls ich nicht aus Müdigkeit zweimal das Büchlein hätte fallen lassen – Ferner, wie der Herr Papa dennoch nach dem Tode seiner Gattin sich insolvent befand, und sich, weil er empfindsamen Herzens war, zu Tode grämte – Ferner vier Seiten worauf ein Fall, den der Verfasser tat, als er den Bettelknaben agierte, recht malerisch geschildert wird – Ferner, wie der Verf. in Gefahr war, daß ein **Nachttopf** über ihn ausgegossen ward, eine rührende Szene, welche zu philosophischen Betrachtungen Anlaß gibt – Ferner, wie der Verfasser, nachdem er durch eine schreckliche Liebesabenteuer von neuem ins Elend geraten (welches recht herzbrechend zu lesen), ein **lausiger Korrektor** geworden – und aber ferner, wie er endlich S. 84 wieder auf seinen Vetter umlenkt, der ihm 20000 Rtlr. hinterließ, welche den zureichenden Grund seiner empfindsamen Reise enthalten. Da meldet nun der Verf. sehr methodisch, zuerst wohin er **nicht** reisen wollen, und im zweiten Teile handelt er ab, wohin er gereiset sei. Nach Hamburg ist er nicht gereiset, weil er sich nicht vorstellen können, daß es da sonderlich **empfindsam** hergehe. Nun so lüge du! habe ich doch* –
empfindsamen Schöne in Char – – – – – – – – – – – – –
Schmause herrlich – – – – – – – – – – – – – – – – – – –

* Hier war das Mspt. mit Dinte übergossen.

empfindsam herging – – – – – – – – – – – – – – – – – – –
Terne und Quaterne – – – – – – – – – – – – – – – – – – –
Empfindsame Banker – – – – – – – – – – – – – – – – – – –
sagt: dort wirst du Säulen – – – – – – – – – – – – – – –
– –

Ferner also habe ich gelesen, wie der Herr Verfasser, nachdem er sich durch allerhand Begebenheiten hindurch empfunden, nach Leipzig geht, wohin er die Residenz der Empfindsamkeit verlegt zu haben scheint – ferner, wie er Yorick eine lange Seelmesse singt – und nun auf diesem Musensitze und in der Nachbarschaft eine empfindsame Begebenheit übers andre, von dem Z * * vor, bis zu Gellerts Grabe, mit einem Kammermädchen (dergleichen jeder sentimentale Reisende sich ja anschaffen muß), mit dem Wirte, und Romeo und Julien u. dgl. erlebt. – O das alles habe ich gelesen, und Ausschweifungen, vom Hundertsten ins Tausendste, Einlenkungen, hohe und tiefe Betrachtungen über die menschliche Seele, Satyre, Kritik – Noch ist mir der Kopf ganz wüste von allen den lieben Sachen, die ich da gelesen habe. – Mein Vetter, der Erzkritikus, kömmt mir eben darauf zu, und schimpft, daß ich dies alles behalten habe, und der Historie mit der gutherzigen Bäckerin und ihrem bösen Manne, und einer noch schöneren von einem reichen Kaufmann, zu dem er betteln kam, und viel Kluges mit ihm redte, und noch ein paar kleinere von dem Schlage gar nicht erwähne, und bei der Szene im H * * Hause nicht geweint habe. Bloß dies meinte er, verdiente gedruckt zu sein, und wäre wert, daß es künftig von allen den Unsauberkeiten, dem Aberwitze und langweiligen Geplauder, darunter es vergraben liegt, gereinigt würde. Ich muß doch sehen. – Da habe ich meines Vetters Stellen recht übergelesen, und finde wahrlich, daß er recht hat, und daß alles andre wirklich Plunder ist.

Also sind bei dieser Lektur wenigstens $\frac{13}{16}$ meiner Zeit verloren und nur $\frac{3}{16}$ gewonnen. Wie böse bin ich dem Menschen, der mir mit seiner Schreiberei wenigstens vier Stunden – gestohlen hat. Er mag sehen, wie er es wieder gut macht. Er könnte vielleicht, wenn er wollte, sagt mein Vetter, denn Witz hätte er zuweilen, der nicht uneben wäre, sagt mein Vetter.

Über das Genie

Aber das kostet Kopfbrechen von einer Sache zu schreiben, von der man nichts versteht, und da pflegen wir Gelehrte denn wohl zur Abwechselung und Erholung eine Spielstunde zu machen. Der selige Isaac Newton schrieb in seinen Spielstunden eine Chronologie, und ich – – – lese im Amadis. Den Amadis von Gallien weiß ich fast auswendig, es ist mir also recht lieb, daß einer sich die Mühe genommen hat, einen neuen Amadis zu schreiben, denn in die Amadisse bin ich einmal vernarrt, und die Wahrheit zu sagen, der neue Amadis gefällt mir noch fast besser als der Amadis von Gallien. So ein Buch ist bloß zum Zeitvertreib, je närrischer, je besser.

»Ergötzt dein Lied, so wird kein Kluger fragen,
Ob Aristoteles ihm (mit allem Respekt für das Haupt
Der Kritiker sei es gesagt!) sich so zu ergötzen erlaubt.
Die Grazie tanzt nach unstudierten Gesetzen,
Und ohne Guidos Kunst entzückt Philomela die Flur.
Bleib du der Empfindung getreu, und der ungeschmückten Natur,
So kannst du auf meine Gefahr die andern Regeln verletzen.«

Die andern Regeln? – Wenn der Wassergott Neptun, seiner Libya, Celano, Melantho, Calirrhoen, und wie die weichen Mädchen weiter heißen, einen Zeitvertreib nach Tische zu machen, eine große Urne voll Wasser auf das Vorgebürge Taenarus getragen, und oben auf der Spitze des Berges ausgegossen hätte, gibt's denn da auch Regeln nach welchen das Wasser herabströmen muß? ich denke nein, je unregelmäßiger und je mehr die Kreuz und Quere durcheinander das Wasser herunterstürzt, desto mehr lachen die Mädchen am Ufer, und desto fröhlicher steigt der Tausendkünstler den Berg wieder herab, seine Belohnung zu empfangen. Der Verfasser des **neuen Amadis** mag wohl Mädchen zu Gefallen seine volle Roman-Urne ausgeschüttet haben, wenigstens kömmt mir die Stelle verdächtig vor, oder er mag denn vielleicht die Musen gemeint haben.

»Euch, Schwestern, mit denen ich oft in
sommernächtlichen Stunden,
Am Rande der unberühmt schleichenden Riß,
Wie am Eurotas einst, und am Sokratschen Iliß
Den goldenen Gürtel losgebunden;
Euch weih ich meinen Gesang. Ihn hört der
romantische Hain,
Den um Luisens-Lust die Oreaden gewunden,
Ihn hören, in Lauben versteckt, die Nymphen bei
Cynthiens Schein;
Und fern in Felsen spitzt der alte Faun die Ohren,
Er rafft vom Schlauche sich auf, in süßen Taumel
verloren,
Und schlummert horchend wieder ein.«

Wohl, ich will auch, wie der alten Faun, die Ohren spitzen, und mich in der Spielstunde vom Schlauche des Genies darüber ich mir den Kopf zerbreche aufraffen, ob ich nun horchend wieder einschlummern werde, das muß ich sehen.

Eingeschlummert bin ich nicht! das ist ein Allerweltskerl, der neue Amadis, wer der sein mag. Reißt er nicht ordentlich hin, daß man närrisch mit wird? – grade wie ein treibender Bach mit lauter kleinen sanften Krümmungen, eine noch lachender als die andre, und um die Ecken weiß er einen recht drolligt herumzuholen. Ich hätte nicht gedacht, daß so viele Reime in der deutschen Sprache wären, zwar er hat auch mit vielen undeutschen Wörtern gereimt, aber das gefällt mir eben in einem solchen Roman. Die Nomina propria klingen dabei so romantisch und die Verse haben einen so mannigfaltigen nachlässigen Gang, als wenn's nur so sein müßte.

»Der Triton, dem wohl nicht davon geträumt, noch heute,
So einen Zug zu tun, schwamm mit der schönen
Beute (näml. mit Schatulliösen der keuschen)
In stillem Triumphe der sichern Grotte zu.
So schleicht sich mit grinsendem Lächeln und aufgeblasenen Backen
Ein diebischer Affe davon, um in gemächlicher Ruh
Zuoberst unterm Dache geraubte Mandeln zu knacken.
Die arme Dame! die Ohnmacht hinderte sie,
Sich nach den Regeln zu sträuben, und zu zappeln –
Dem sei nun wie ihm will, die keusche Infantin erwacht
Auf einem Bette von Schilf und Wasser-Binsen
Aus einer langen Entgeisterung, und macht

An ihren Erretter, mit seiner Krone von Binsen
Zwei große Augen, die Reue nach der Tat,
Kömmt, wie das Sprüchwort sagt, zu spat. –
Mit einem Triton, in seiner Grott, allein!
Das macht Gedanken, wovor der Tugend grauet.
Von diesen Gedanken empört, fuhr sie mit beiden Händen
In ihre Locken, zerriß ihr Halstuch, sprang an den Wänden
Hinauf, und deklamierte, mit tragischem Anstand aus mehr
Als zwanzig Opern die tollsten Stellen her.
Denn wirft sie atemlos sich auf die Erde nieder,
Reibt ihre Augen, weint, fährt wieder
Wild, wie Medea, herum, apostrophiert
Die halbe Natur, und schwört den Flußgott ewig zu hassen,
Wofern er – kurz sie spielt die Tugend wie sich's gebührt,
Und doch, was ist zu tun! – man muß sich endlich fassen!
Sosehr ihr seine Ungestalt
Mißfällt, so ist sie nun einmal in seiner Gewalt.
Rings um ist Meer, sie kann nicht schwimmen
Noch unter Wasser gehn – da war kein ander Rat
Als allgemach die Saiten herunter zu stimmen.
Das war denn auch, was ihre Tugend tat.«

Aus diesen und andern Stellen guckt hervor, dünkt mich, innerliche heimliche Freude, darüber, wenn der **diebische** Affe in gemächl. Ruh die geraubten Mandeln knackt und Spott der Tugend, die doch nur gespielt wird und allgemach die Saiten herunterstimmt. Ich bin vom

Dorfe und kenne die Welt nicht, Mode mag das sein, das will ich gar nicht streiten, ich will sogar glauben, daß aus einem Schwärmer ein Mandelknacker werden kann; aber käme so ein Mandelknacker in unser Dorf, wahrhaftig, die Mädchen spien ihn an, und würfen ihn mit Steinen. Und wenn sie es nicht täten, so sollte doch kein ehrlicher Mann darüber lachen, und dadurch das Herunterstimmen befördern. Es ist doch besser tugendhaft zu sein, wie süß auch die Mandeln dem **Affen** schmecken mögen, der kein deutsches Tier ist.

N. S. Es hat mir neulich jemand sagen wollen, daß in Schriften dieser Art die Tugend gelehrt werde. Hm! Tugend gelehrt! – Sir Bambo hat das wohl eingesehen.

»Und bin ich etwa zum Hüter von Bambos Töchtern
bestellt?« –
Das hieße wohl den Bock zum Gärtner gesetzt?

Der Bote.

Voltaire und Klopstock

Wie ich zu der Vergleichung komme? –
Des Spaßes wegen freilich nur.
Denn einer ist Natur,
Der andre galant homme.

Emilia Galotti. Ein Trauerspiel in fünf Aufzügen. Von Gotthold Ephraim Lessing. Berlin, bei Christian Friedrich Voß, 1772.

Ich hab's gelesen und wiedergelesen, aber heute mache ich nur wie der Maler Conti. Er lehnte anfangs das Gemälde der Emilia verwandt gegen einen Stuhl. Denn ich muß Platz haben wenn ich's umwenden soll. Vieles von dem Anzüglichsten der Schönheit liegt ganz außer den Grenzen der Kunst.

Der Bote.

Zur Geschichte und Literatur, aus den Schätzen der Herzogl. Bibliothek zu Wolfenbüttel. Erster Beitrag, von Gotthold Ephraim Lessing. Braunschweig, 1773.

Baco sagt irgendwo, daß es den Leuten, die Kopfs genug hätten selbst Systeme zu erfinden, sehr schwer falle dies Talent zu verleugnen, und bloße Beobachter des Systems der Natur zu werden, als wozu ein minderes Talent auch gut genug wäre. Als Herr Lessing Bibliothekar ward konnte einem so etwas Ähnliches einfallen: »was wird er, der selbst so gut kann, sich's ebenso sauer um das werden lassen, was die andern gekonnt haben?« Herr Lessing hat indes durch die angezeigte Schrift, und schon vorher gewiesen, daß man unrecht hatte, wenn man sich so was Ähnliches einfallen ließ, und daß er es nicht allein verstehe, seine Gelehrsamkeit gelegentlich mit zu seinem Privat-Nutzen zu gebrauchen, wie in den Briefen antiquarischen Inhalts etc. sondern daß er auch genug Freund der Literatur sei, um sich keine Mühe und keinen Fleiß verdrießen zu lassen, das Wolfenbüttelsche Horn des Überflusses recht in seine Hand zu fassen, und zum Vorteil der Gelehrten ohne Ansehn der Person und der Literatur überhaupt auszuschütten, und daß die Familie der Galottis ihn daran nicht hindre. Herr Burchardi, der vor Hrn. Lessing Bibliothekarius war, hatte einen Versuch gemacht die Genealogie der Bibliothek zu schreiben, oder, wenn wir bei unserm Horn bleiben wollen, er hatte einen Versuch gemacht das Horn zu zeigen, wo es zuerst hergekommen, samt den Fugen wo neue Stücke daran gelötet worden etc. und das nannte er die Geschichte der Bibliothek. Herr Lessing meint, daß das recht gut sei, daß aber eine kritische Geschichte von dem Nutzen den die Bibliothek den Gelehrten und der Literatur überhaupt, bei Ausgaben alter und neuer Bücher u.s.w. schon geleistet hat, und von dem Nutzen, den sie noch künftig leisten kann, **auch** die Geschichte der Bibliothek heißen könne. Vermutlich hat niemand etwas wider diesen Sprachgebrauch – wir unsers Orts haben deswegen eben gesagt, daß Hr. Lessing das Horn »recht in seine Hand fasse und ausschütte«. Wir wollen nun den Inhalt dieses **ersten Beitrags** ganz kurz herschreiben 1) »über die sogenannte Fabeln aus den Zeiten der Minnesänger, erste Entdekkung.« Wird eine Ausgabe derselben »zu Bamberg vom Jahr 1461« aus der Wolfenbüttelschen Bibliothek beschrieben, die etwas weniger und 6 Fabeln mehr enthält als die Zürcher Ausgabe, die man bisher für die erste gehalten hat. In der **zweiten Entdeckung** soll der Verfasser dieser Fabeln genannt werden. 2) »Romulus und Rimicius.« Von diesen beiden Autores, die so oft miteinander verwechselt worden, obgleich einer viele hundert Jahr eher als der andre gelebt hat, gibt Herr Lessing umständlich Nachricht, auch zugleich wie der Phädrus aus dem Romulus verbessert werden könnte. 3) »Von dem Schickard-Marchthalerischen Tarich Beni Adam.« Ein Stück daraus ist von Wilhelm Schickard zu Tübingen übersetzt unter dem Titel Series Regum Persiae u. warum nicht mehr etc. s. im Beit. selbst. 4) »Die Nachtigall.« 5) »Paulus Silentiarius auf die Pythischen Bäder.« 6) »Vermeinte Anecdota des Antoninus in der Herzogl. Bibliothek zu Florenz.« Der Bibliothekar zu Florenz, Signor Bandini, und der Bibliothekar zu Wolfenbüttel, Hr. Lessing, haben es hier miteinander zu tun – wenn die Deutschen den Ausländern bei aller Gelegenheit so sehr überlegen und doch dabei so höflich wären – denn wären sie ein gutes Volk. 7) »Leibniz von den ewigen Strafen«. Seine bisher ungedruckte Vorrede zu Ernst Sivers Schrift daß die Ewigkeit der Höllenstrafen mit der Gerechtigkeit Gottes nicht bestehen könne. Bei dieser Gelegenheit beweist Herr Lessing daß Sokrates die Ewigkeit der Höllenstrafen behauptet habe, und also Herr Eberhard in seiner Apologie desselben deswegen nichts gegen Leibniz hätte erinnern dürfen, zumal man allenfalls zufrieden sein könnte, so scharfsinnig als Leibniz, und so menschenfreundlich als Sokrates zu scheinen. Den Beschluß machen 3 Antworten auf 3 Fragen, die auch von Lessing sind, das will sagen, wie jedermänniglichen bekannt ist, daß sie, wie alles was vor ihnen hergeht, sehr schlau, u. nicht oben abgeschöpft, und sehr treffend und interessant gesagt sind. In der Vorrede bittet Herr Lessing zur Vollendung **seiner** Geschichte der Bibliothek um den Beitritt solcher Gelehrten, welche die Schätze der Bibliothek vielleicht besser als er kennen, und erbietet sich, die Anfragen auswärtiger Gelehrten deswegen zu beantworten, und alles das in einem Ton der Bescheidenheit, der hier wieder, wie in der Vorrede zu der **Dramaturgie** so sehr nach der Natur getroffen ist daß man fast glauben sollte, es sei in allem Ernst möglich, daß man solche Bücher schreiben und dabei bescheiden sein könne.

Von Deutscher Art und Kunst. Einige fliegende Blätter. Hamburg, 1773. Bei Bode. 182 Seiten in Kl. Octav.

Es ist sonderbar, daß man hinter kurzen abgebrochenen Titeln fast immer was Gutes findet, und hinter langen mit als und da und Vorder- und Hinterfüßen fast immer was Schlechtes. Wir haben diese Bemerkung schon oft wahr befunden, und bei der angezeigten Schrift ist sie es per excellentiam.

Das erste Stück dieser fliegenden Blätter ist ein »Auszug aus einem Briefwechsel über Ossian und die Lieder alter Völker«. Der Briefsteller scheint den rohen, einfältigen, großen Zaubergeist in Ossians-Liedern von Angesicht zu Angesicht gesehen zu haben, scheint, wie Endimion von Diana, sanft von ihm überwältigt, und seiner vertraulichsten Umarmungen gewürdigt zu sein, und da spricht er, von ihm und seinen Brüdern in den Liedern anderer alten Völker, wie ein Liebhaber in den zarten Aufwallungen nach der ersten Stunde der Liebe. – »Der deutsche Ossian ist nicht der wahre Ossian« – »bei Denis stehen wir steif und fest auf der Erde: hören etwa Sinn und Inhalt in eigner, guter poetischer Sprache, aber nach der Analogie alter wilden Völker kein Laut, kein Ton, kein lebendiges Lüftchen von den Hügeln der Kaledonier, das uns hebe und schwinge, und den lebendigen Ton ihrer Lieder hören lasse: wir sitzen, wir lesen, wir kleben steif und fest an die Erde.« – »Je wilder, das ist je lebendiger, je freiwirkender ein Volk ist, desto wilder, das ist, desto lebendiger, freier, sinnlicher, lyrisch handelnder müssen auch, wenn es Lieder hat, seine Lieder sein! Je entfernter von künstlicher, wissenschaftlicher Denkart, Sprache und Letternart das Volk ist: desto weniger müssen auch seine Lieder fürs Papier gemacht, und tote Lettern Verse sein: vom Lyrischen, vom lebendigen und gleichsam Tanzmäßigen des Gesanges, von lebendiger Gegenwart der Bilder, vom Zusammenhange und gleichsam Notdrange des Inhalts, der Empfindungen, von Symmetrie der Worte, der Sylben, bei manchen sogar der Buchstaben, vom Gange der Melodie, und von hundert andern Sachen, die zur lebendigen Welt, zum Spruch- und Nationalliede gehören, und mit diesem verschwinden, davon und davon allein hängt das Wesen, der Zweck, die ganze wundertätige Kraft ab, den diese Lieder haben, die Entzückung, die Triebfeder, der einige Erb- und Lustgesang des Volks zu sein! Das sind die Pfeile dieses wilden Apollo, womit er Herzen durchbohrt, und woran er Seelen und Gedächtnisse heftet!« – »Ohne Zweifel waren die Skandinavier ein wilderes rauheres Volk als die weich idealisierten Schotten – ihr Tritt ist ganz auf Felsen und Eis und gefrorner Erde – aber sehen Sie einmal im Worm, im Bartholin, im Peristiold und Verel ihre Gedichte an – wie viel Sylbenmaße und wie genau jedes unmittelbar durch den fühlbaren Takt des Ohrs bestimmt! Ähnliche Anfangssylben mitten in den Versen symmetrisch aufgezählt, gleichsam Losungen zum Schlage des Takts, Anschläge zum Tritt, zum Gange des Kriegsheers. Ähnliche Anfangsbuchstaben zum Anstoß, zum Schallen des Bardengesanges in die Schilde! – Machen Sie nun eine Probe, und studieren Reyner Ladbrogs Sterbegesang in den Runen des Worms, und lesen denn die feine zierliche Übersetzung, die wir davon im Deutschen in ganz anderm Ton und ganz anderm Sylbenmaße haben – der verzogenste Kupferstich von einem schönen Gemälde!« – »Alle Gesänge solcher wilden Völker weben um daseiende Gegenstände, Handlungen, Begebenheiten, um eine lebendige Welt! Wie reich und vielfach sind da nun Umstände, gegenwärtige Züge, Teilvorfälle! Und alle hat das Auge gesehen! Die Seele stellet sie sich vor! Das setzt Sprünge und Würfe. Es ist kein anderer Zusammenhang unter den Teilen des Gesanges, als unter den Bäumen und Gebüschen im Walde, unter den Felsen und Grotten in der Einöde, als unter den Szenen der Begebenheit selbst.« – »Homers Rhapsodieen und Ossians Lieder waren gleichsam Impromptus – unterdes unsre Pedanten Küster und Apotheker nach Regeln arbeiten, Leidenschaften erkünsteln die sie nicht haben, Seelenkräfte nachahmen die sie nicht besitzen u. so alles Falschheit, Schwäche und Künstelei wird.«

Der geneigte Leser wird aus diesem wenigen schon sehen was er in dem Briefwechsel zu suchen habe, und daß der Briefsteller den modernen frisierten und gepuderten Apollo in die Antichambre stelle die dort versammlete Cour mit Bonmots und Komplimenten zu unterhalten, unterdes er selbst mit dem Antiken Apollo, dem zwar die Haare wild ums Gesicht hängen aber der Engel »Leidenschaft u. Natur« ums Kinn spielt, in sein Schlafgemach eilt. Wir müßten viel aus diesen Briefen abschreiben, wenn wir alles abschreiben wollten, was wir darin geschrieben haben möchten. Weil das aber zu viel für die Zeitung ist, so wollen wir den Briefsteller »auf seinem scheiternden Schiffe, mit Meer bespült und mit Mitternachtwind umschauert, Fingal lesend und Morgen hoffend« (siehe S. 20) nur noch einmal ansehen, und Ossians und der Skalden Geist als Schutzengel neben ihm – und denn weitergehen.

Das zweite Stück heißt Shakespeare, und ist – nicht eine Entschuldigung – sondern eine Ehren-Rettung des großen Mannes, neu und aus Darlegung der Sache wie sie ist. Der Verfasser sagt nämlich, daß Aristoteles, wenn er aus Shakespeare abstrahiert hätte, ganz andre dramatische Regeln gegeben haben würde, und daß, wenn er das getan hätte, und denn ein Sophokles an Shakespeares Stelle gekommen wäre, Shakespeares Freunde, Critici und ihr Widerhall, anstatt daß sie itzo bei Shakespeares Stücken die Achsel zucken und sagen »freilich die Natur tief getroffen, aber Sophokles' große Einheit der Handlung des Orts u. der Zeit etc. –« alsdenn bei Sophokles' Stücken die Achsel würden gezuckt und gesagt haben »freilich die Natur tief getroffen aber Shakespeares Meer von Begebenheit wo Wogen in Wogen rauschen etc.« Sophokles und Shakespeare gehen auf ein großes Abenteuer aus »durch Schrecken und Mitleiden zu erschüttern« aber jeder auf seinem Wege, der, wie der Verfasser meint und zu beweisen sucht, in der individuellen Lage eines jeden jedwedem vorgezeichnet lag. Es wäre ja wohl sehr albern den einen zu schelten weil er nicht den Weg des andern gegangen ist, genug beide haben das Abenteuer meisterhaft und zur Bewunderung ausgeführt, und Shakespeares Weg erforderte nicht weniger Genie und Schöpfergeist. – Das ist ungefähr der Inhalt der Abhandlung die der geneigte Leser selbst lesen muß, weil er darin viel Neues und Gedachtes lesen kann. Der Stil, sowohl in dieser Abhandlung als in den Briefen, ist übrigens wie die Donau, die ihr Pfeilwasser aus 7 Mündungen zugleich ins Meer strömt, u. was sie faßt, Bild des Flußgottes, Grashalmen oder Zedern vom Berge Libanon, drehet und wendet und zerreißet wie man ein Böcklein zerreißet. Es ist nur einer der so schreibt, und der hat beides auch gewiß geschrieben.

Das 3. Stück »Von deutscher Baukunst« ist eine Betrachtung über den Münster in Straßburg, den der Verfasser von dem Ekelnamen eines gotischen Gebäudes zu retten sucht und als ein echtes Stück deutscher Baukunst seinen Landesleuten, und den Italienern und Franzosen die sich keiner eignen rühmen können, zum Anschaun hinstellt, und dem großen Erwin ein Schnupftuch mit Gaben an seinen vier Zipfeln aufhängt. Wir haben den Münster in unserm **kurz**weiligen Leben niemals gesehn, auch nicht viele St.-Peters-Kirchen gebaut weder im deutschen noch undeutschen Geschmack, wir können also von dieser Abhandlung nichts weiter sagen, als daß sie mit viel Enthusiasmus und Vaterlandswärme geschrieben ist, und daß wir sehr geneigt sind dem Verfasser recht zu geben, und für Erwin eine Blume mit in das Schnupftuch hineinzutun.

Das 4. Stück ist ein »Versuch über die Gotische Baukunst. Livorno, 1766. Aus dem Italienischen des Frisi«, die beinahe das Gegenteil behauptet, und hier beigerückt worden ist »um vielleicht zu einem dritten mittlern Anlaß zu geben: wo durch Data untersucht werde, wo? wann? und wie eigentlich gotische Baukunst entstanden? was in ihr nordisches Bedürfnis und Ausnahme von der Regel größerer Schönheit, oder etwa selbst größerer Plan einer neuen Art von Schönheit sei u.s.w.«

Das 5. und letzte Stück »Deutsche Geschichte« ist vom Herrn Justizrat Möser, und enthält Vorschläge, der deutschen Geschichte eine neue Wendung zu geben, dadurch nämlich daß man die gemeinen Landeigentümer als die wahren Bestandteile der Nation durch alle ihre

Veränderungen verfolge, aus ihnen den Körper bilde, und die großen und kleinen Bediente der Nation als böse oder gute Zufälle des Körpers betrachte. Der Herr Justizrat zeichnet darauf mit viel Einsicht und Kenntnis 4 Hauptperioden ab, welche diese Geschichte haben würde, und macht verschiedene treffende Anmerkungen. Wir wollen zur Probe seine Zeichnung der ersten Hauptperiode hersetzen. »In der ersten und güldenen (Hauptperiode) war noch mehrenteils jeder deutscher Ackerhof mit einem Eigentümer oder Wehren besetzt; kein Knecht oder Leut auf dem Heerbannsgute gefestet; alle Freiheit, als eine schimpfliche Ausnahme von der gemeinsamen Verteidigung verhaßt; nichts als hohe und gemeine Ehre in der Nation bekannt; niemand außer dem Leut oder Knechte einem Herrn zu folgen verbunden; und der gemeine Vorsteher ein Erwählter Richter, welcher bloß die Urteile bestätigte, so ihm von seinen Rechtsgenossen zugewiesen wurden. Diese güldne Zeit daurete noch guten Teils, wiewohl mit einer auf den Hauptzweck schärfer anziehenden Einrichtung unter Karln dem Großen. Karl war aber auch der einzige Kopf zu diesem antiken Rumpfe.«

Wir können diese Anzeige unmöglich schließen ohne noch den Leser mit ein paar Probstücken aus dem »Briefwechsel über Ossian und die Lieder alter Völker« zum Dessert aufzuwarten, und zu gleicher Zeit unser Blatt damit zu schmücken. Das eine steht Seite 54, ist eine alte Fabel und folgt hiebei. Das andere ist eine Übersetzung eines alten schottischen Liedes, Seite 25, oder von Sweet Williams Ghost aus den Dodsleyschen **Reliques of ancient Poetry**, Seite 49, und soll gelegentlich nachfolgen.

⟨**Das Leben und die Meinungen des Herrn Mag. Sebaldus Nothanker.** Berlin und Stettin 1773.⟩

Stauzius? Stauzius? mich dünkt ich soll ihn kennen. D' war ein Stauzius mit auf der Schule, der pflegte dazumal schon immer zu sagen, daß er die Ausgeberin eines Präsidenten heiraten und Supperndent werden wollte. Aber das sagte er damals nicht, daß er den armen gutherzigen Magister Sebaldus Nothanker um seine Pfarre und Frau und Kind bringen wollte. Der Häßliche Mann! Gott vergeb's ihm, aber er sollte von Rechts wegen eine Glocke überm Kopf haben, damit er die Leute vor dem unsaubern Gast warnte, der in ihm ist, und in seinem Informator dem hagern Magister Tuffelius. Ja, wenn das alles so wahr wäre, was in dem Buch: »**Das Leben und die Meinungen des Herrn Magister Sebaldus Nothanker.** Erster Band. Mit Königl. Preuß. Churfürstl. Brandenburgischen und Churfürstl. Sächsischen allergnädigsten Freiheiten. Berlin und Stettin, bei Friedrich Nicolai. 1773« geschrieben ist – die Erzählung fließt simpel und natürlich genug und ist nicht gezerrt und geflickt, und doch dünkt mich, daß, außer den Blumen, aus dem akademischen Garten, darin der Verfasser ziemlich bewandert zu sein scheint, auch einige aus eignem Grund und Boden in das ungekünstelte nachlässige Gewand dieser Geschichte hineingewebt sind. Aber der arme Magister Sebaldus, daß er so in einer Dachstube im sechsten Stockwerk Korrekturen hat besorgen müssen! das ist wahrhaftig hart, und dabei noch vergnügt zu sein, und im äußersten Elend noch Großmut an den jungen Stauzius zu beweisen – wer das kann ist Meister. – Die Louisd'ors hätte ich dem alten Sünder auch wieder hingeworfen, aber etwas patziger hätte ich doch gegen ihn getan. Der Major gefällt mir deswegen, daß er so rasch vom Bart spricht. Von Seite 83 bis 134 steht ein Gespräch von dem Zustand der Gelehrsamkeit in Deutschland, darin mir manches sehr wahr scheint, und als wenn man den guten Hieronimus zum Freunde haben müßte, wenn man's so sollte sprechen können.

Es stehn auch Kupfer in dem Buch, die der Leser ansehen, so wie er das Buch lesen, wird.

Auf dem einen Kupfer steht die Frau von Hohenauf, und Jungfer Mariane, und ein Junggesell der in sie verliebt ist. Aber die Frau von Hohenauf ist gar nicht in sie verliebt und fährt sie auf dem Kupfer 'nmal recht an, und den armen Junggesellen auch, der viel lieber gesehen hätte, daß sie nicht gekommen wäre.

Mich soll nur verlangen, wie's im zweiten Bande mit der Mariane ablaufen wird. Wenn sie ihrem Vater nur kein Herzeleid macht!

Der Bote.

Beilage zu'n Denkwürdigkeiten des seligen Sokrates.
Von einem Geistlichen in Schwaben.

– – – – – – cui placet impares
Formas atque animos sub iuga aenea
Saevo mittere cum ioco.

Zweite Auflage. Halle, 1773.

Die Geistlichen in Schwaben sind lange im Stillschweigen gesessen, aber, scheint es, wie die Alten im Stillschweigen des Nachsinns und Erstaunens, denn zu dieser Zeit tun sie, wie die Alten, ihren Mund auf zu geflügelten Sprüchen. Die Beilage zu'n **Denkwürdigkeiten** ist eine Kritik über die **neue Apologie des Sokrates** (Siehe No. 129 des **Boten** vom vorigen Jahr), die vierzehn Jahr nach den **Sokratischen Denkwürdigkeiten** erschienen ist, und vermutlich neu heißt, weil sie nicht so **alt** ist als die **Denkwürdigkeiten.** Diese sind nur für wenige Leser geschrieben, und die **Beilage** ist auch nicht für viele, weil nicht vieler Leser Zungendrüsen auf Urteile zugeschnitten sind, die den leichten behaglichen Kostümgeschmack des Jahrhunderts oblitum aeternae Vestae nicht haben, und deswegen mit einem Vehiculo gegeben werden mußten.

〈Götz von Berlichingen mit der eisernen Hand. 1773.〉

Wir haben unsern Lesern noch **ein** Wort, weil der Raum mangelt, von einer angenehmen Erscheinung zu sagen, nämlich von einer ganz neuen überaus wohlgeratenen Komödie. Der Stoff dazu ist aus einheimischen Grund und Boden hergenommen, und also desto interessanter, und das Stück selbst so vortrefflich gearbeitet, daß Freund und Feind damit sehr zufrieden sein müssen, und mit uns gewiß wünschen, daß es möchte aufgeführt werden können. Es heißt **»Götz von Berlichingen mit der eisernen Hand«** und ist, wie gesagt, überaus wohlgeraten. Das übrige morgen.

Es gibt einige Critici, die in einem langweiligen Schnickschnack sagen, daß ein Mensch, der von einem Gedicht das nun vollendet ist urteilen will, Verstand haben müsse, und die denn dicht hinter der Ferse dieses ausgesprochenen Fetwa abbrechen und schweigen. Wir bewundern so eine Bescheidenheit freilich, haben sie aber leider nicht an uns, u. schweigen gleich von Anfang wenn wir nichts zu sagen wissen. Was wir von dieser Komedie zu sagen haben läuft ohngefähr darauf hinaus. Der Verfasser treibt nicht Schleichhandel zum Nachteil der bekannten **Einheiten**, die **Groß**-Vater Aristoteles, und nach ihm die **Klein**-Enkel, progenies vitiosior, auf der ästhetischen Höhe zur Anbetung hingestellt haben, sondern bricht grade durch alle Schranken und Regeln durch, wie sein edler tapfrer Götz durch die blanken Esquadrons feindlicher Reuter, kehrt das Bild auf der Höhe unterst zu oberst, und setzt sich aufs Fußgestelle hin hohnlachend. Das macht er nun freilich etwas bunt, und es läßt sich mit Fug gegen diesen Unfug manches sagen, das man auch sagen würde, wenn einen der Verfasser durch einige Weisen die er an sich hat nicht versöhnte. Die Geschichte des Stücks ist aus der Fehden-Zeit, und Götz ein Freund des Kaisers, ein freier tapfrer Mann der dem Bischof und kleinen Fürsten die Ungerechtigkeit übten nicht hofieren wollte, und durch Weislingen und andre Tellerlecker denen er im Wege war auf die Seite geschafft werden sollte, durch offenbare Gewalt nämlich wie damals der Ton war, der aber auch einige Freunde, und wenige tapfre Reuter hatte, und seine Feinde auf die Seite schaffte, bis sie ihn endlich durch Mißdeutung als Mordbrenner anklagten und er von Verdruß und Wunden und Gram etc. überladen zu Heilbrunn im Gefängnis sterben mußte, nachdem er noch kurz vorher in dem »kleinen Gärtgen des Wächters eine halbe Stunde der lieben Sonne genossen hatte«. Bei Stücken wie dies, wo man nirgends das Winkelmaß anlegen kann, muß ein jeder den Wert aus dem Eindruck bestimmen, den das Stück so wie es da ist auf ihn macht, u. da sind wir unsers Orts dem Verfasser für seine

Komödie verbunden, und erwarten größere Dinge von ihm.

Hin und wieder ein hartes Wort, das sich die Knechte herausnehmen, und das selbst Götz sich 1- oder 2mal entfahren läßt, muß niemand beleidigen. Knechte sind Knechte, und Shakespeare läßt sie auch nicht wie Petits-Maîtres sprechen, und die andern sprechen desto besser.

An den Tod

An meinem Geburtstage

Laß mich, Tod, laß mich noch leben! –
Sollt ich auch wenig nur nützen,
Werd ich doch weniger schaden,
Als die im Fürstenschoß sitzen
Und üble Anschläge geben,
Und Völkerfluch auf sich laden;
Als die da Rechte verdrehen,
Statt nach den Rechten zu sehen;
Als die da Buße verkünden,
Und häufen Sünden auf Sünden;
Als die da Kranken zu heilen,
Schädliche Mittel erteilen;
Als die da Kriegern befehlen,
Und grausam ihnen befehlen;
Der Helden Kriegskunst nichts nützen,
Um Länder weise zu schützen.
Tod, wenn sich diese nicht bessern,
Nimm sie aus Häusern und Schlössern!
Und wenn du sie nun genommen,
Dann Tod, dann sei mir willkommen.

Der Hofmeister oder Vorteile der Privat-Erziehung. Eine Komödie. Leipzig, in der Weygandschen Buchhandlung. 1774.

Sind zween Brüder, von Berg, einer Geheimer Rat und der andere Major; haben beide Kinder, der Geheime Rat Fritzen, und der Major Junkern Leopold und Gustchen; ist auch ein junger Leipziger Student, heißt Läufer, des alten Läufers sein Sohn, der 'n gut Kompliment zur Menuett samt Pas machen auch etwas zeichnen kann, wird Hofmeister bei Junker Leopold und Gustchen, und lehrt den einen gar nichts und die andre zu viel, so daß der Major ihm eine Kugel durch den Arm knallt, und er sich selbst durch einen desperaten Schnitt kastrieren tut; ist noch ein Privathofmeister im Stück, der auch ein elender nichtsnützicher Gesell ist, wie sein Eleve der Herr von Seifenblase; der Geheime Rat tut seinen Fritz in die öffentliche Schule und Universität schicken, und Fritz wird ein edel Kerl, nicht so von wegen des bekannten Stolzes etc. sondern von wegen daß das Herz in seinem Leibe ein edles Herz war, das Freund Pätus nicht ver-, ihn doch aber niemanden selbst dem Hans Quast von Privathofmeister auf der Laute, Rehhaaren, kein Unrecht antun -lassen kann, u. das eine gewisse landesübliche Leckerzahnheit in Ansehung des unglücklichen Frauenbildes überwindet, weil er vielleicht, wenn er Wort gehalten, ihrem Unglück hätte zuvorkommen können.

Ist auch ein Graf Wermuth der für 30000 Fl. tanzen kann, und gerne für noch 30000 Fl. mehr wie Pintinello möchte tanzen können, vermutlich sich selbst im Spiegel und der hochadelichen Frau Majorin desto besser zu gefallen; sind auch einige Studenten und Weibsleute aus Halle, und eine alte Marthe, die Gustchen auf ihrer Flucht in ihre Hütte aufnimmt, und ihrer und ihres Kindes pflegt; ist endlich mein lieber Wenceslaus mit seiner Brille, der kreuzbravste Schulmeister womit Gott je ein Dorf gesegnet hat, und Lise, ein junges gelbhaarigtes Bauermädchen mit ihrem Gesangbuch. Diese Leute haben nun einen Vorgang miteinander, und handeln und sprechen dabei, ein paar **zivilisierte** Subjekte ausgenommen, nicht wie gemalte Herren sondern ganz natürlich und ungeschminkt von der Leber weg, so wie jedwedem die Natur den Handel- und Sprechschnabel hat wachsen lassen. Freilich ein Maître ès Arts wird mit dem alten Läufer sagen, daß der Autor sich in die Winke und Vapeurs der Frau Majorin (Theorie des Drama einer dampfichten Dame) mehr hätte fügen, und ein feiner artiger Autor sein sollen; er ist aber mit seinem Geheimen Rat des Dafürhaltens, daß ein Autor nicht an der Sklavenkette seufzen noch an den Winken der gnädigen Frau hängen müsse. »Ohne Freiheit geht das Genie bergab. Freiheit ist das Element des Autors wie das Wasser des Fisches, und ein Autor, der sich der Freiheit begibt, vergiftet die edelsten Geister seiner Muse, erstickt die schönsten Reize seiner Komödie in der Blüte und ermordet sich selbst.« Sonach ist die Einheit der Zeit und des Orts noch ganz gut beobachtet worden, denn die gesamte Handlung ist doch innerhalb 'n Meilen oder sechzig und zehn bis zwanzig Jahre Zeit eingeschlossen, und da ist nichts von zu sagen. Der Geheime Rat ist ein vortrefflicher Mann, und die besten Figuren des Stücks sind der Major und Wenceslaus. Doch ich will nicht weitläuftig über die Charaktere räsonieren; aber wäre ich König, so wäre der Geheime Rat mein Prämier-Minister, sein Bruder mein Major, Graf Wermuth mein Hof- und Bollwerk mein Feld-Marschall, Pätus mein Vorleser und Maître de Garderobe, Lise meine

Maintenon wenn ich nämlich so schwach wäre einer zu bedürfen, Wenceslaus mein Oberkonsistorialrat und General-Superintendent, und der Autor mein Freund.

Der neue Menoza, oder Geschichte des cumbanischen Prinzen Tandi. Eine Komödie. Leipzig, in der Weygandschen Buchhandlung. 1774.

Gehört wieder zu den trefflichen Komödien, davon seit einigen Jahren dann und wann eins erschienen ist, den guten Leser für das Herzeleid bei Lesung der übrigen reichlich zu trösten. Die Geschichte ist kurz die: der Prinz Tandi aus Cumba kommt nach Naumburg zum Herrn von Biederling, verliebt sich in Wilhelmine von Biederling; rettet sie im Garten in einer Mondnacht aus der Hand eines Grafen Camäleon, der ein Kuppler war und von einer spanischen Gräfin, Donna Diana, die er auch verführt und betrogen hatte, auf seiner Maskerade erstochen wird; heiratet sie auch und liebt sie unaussprechlich; reißt sich aber als ihm gesagt ward daß sie seine Schwester sei, aus ihren Umarmungen weg, sein Leben zu verweinen, und will sich durch das Ansehen eines ganzen Consistorii nicht bewegen lassen sie wieder zu sehen; erfährt endlich gewiß, daß er zwar der Sohn des von Biederling, Wilhelmine aber nicht die Tochter sei – und um sie beide, und um Leser und Zuschauer wird's Elysium. Schließlich instruiert der Burgermeister Zierau in Naumburg seinen Sohn den Bakkalaureus Zierau über die **schöne Natur**.

Mehr Verwickelung und unerwartete Auflösung findet man nicht in vielen Komödien beisammen, und mehr Natur und echte Empfindung auch nicht. Des Bedienten

Gustavs Ende ist besonders kurz und gut. Man wird der Komödie vorwerfen, daß der Prinz aus Cumba weiser und besser sei, als die Bakkalaurei und Professors in Europa. Er ist's nun aber.

Tristram Shandys Leben und Meinungen. 1. bis 9. Teil. Hamburg, 1774. Bei Bode.

Tristram Shandy ist bekanntlich einer von den Leuten, die so ihren besondern Griff haben, und die, auch in großer Gesellschaft, ihre Stückchen machen, ohne daß man Arg aus ihnen hätte und sie für mehr als andre Gesellschafter hielte. Wir haben schon eine deutsche Übersetzung von diesem klassischen Buche, die soweit ganz gut ist, nur daß der Übersetzer sein Original nicht verstanden und einfolglich den Geist samt allem wohlerworbenen Ruhm desselben in seiner Übersetzung zu Grabe getragen hat. Der Verfasser dieser Übersetzung aber hat seinen Autor verstanden als ihn gewiß viele Leser in England selbst nicht verstehen. Er ist ihm auf seinen geheimsten Expeditions allenthalben auf den Hacken, und hat seine Ränke und Schwänke sehr glücklich ins Deutsche übertragen. Der Rezensent hat seine Ursachen, warum er von dieser Übersetzung nicht alles Gute sagen will was er von ihr weiß, aber wer in Deutschland aus ihr Sterne nicht kennen und verstehen lernt, für den hat der treffliche Autor nicht geschrieben.

Freuden des jungen Werthers. Leiden und Freuden Werthers des Mannes. Voran und zuletzt ein Gespräch. Berlin, bei Friedrich Nicolai. 1775.

Hab zu seiner Zeit **die Leiden des jungen Werthers** treufleißig angezeigt und bei der Gelegenheit meine Meinung darüber unmaßgeblich zu verstehen geben. Sint der Zeit sind mir viel harte Urteil von dem Büchel zu Ohren gekommen, als daß es 'n Blindschleich am Wege sei und die Menschen verführen könnt, auch spornstreichs und unbedachtsam Feu'r zu geben. Ich denke überhaupt zwar, hat nicht eben groß Not; aber wenn's auch nur einen oder zwei verführen könnte, sollt's mir sehr leid tun und möcht sie gerne retten; und in dem Fall kann ein ehrlicher Kerl freilich nicht zu viel tun, solch Unglück abzuwenden. Sieht wohl gut aus, wenn ein hoher Turm in vollem Feuer steht, aber ist doch groß Unglück. Im Gemälde mag man ihn, dem Aug zu Gefallen, nach und nach in Brand geraten und mit schrecklichem Fall einstürzen lassen, sieht gut aus und schadt nicht. Wenn er aber, wie gesagt, wirklich brennt, oder ein andrer Turm vom Gemäld Feuer fangen könnte, Sapperment! da muß man mit Weib und Kind Wasser tragen, und auf jeden andern Turm einen Turmmann setzen, der alle Stunde pfeift und beim geringsten Rauch Lärm macht. Denn ob's noch so wahr ist, daß eine Seele, wie sie in dem Werther steckte, wenn sie durch 'n Ding als die Lieb ist in Gärung gesetzt worden, Werthers Gang gehn könne; so versteht's sich doch von selbst daß es Schwachheit war, den Gang zu gehen, und daß es viel besser und edler gewesen wär, die Liebe mit Lotten kurz und gut abzubrechen, und Alberten das liebe gute Mädel, das sein war, zu gönnen, par force ein freundlich Gesicht zu machen, und mit Abt zu denken, daß ein'm übers Jahr anders zu Mut sein werde, und daß die folgende Zeit viel verändere u.s.w. In dieser Absicht nun hat jemand obangezeigtes Zugabe-Büchel gestellt, darin Werther durch süß und sauer von seinem Rausch nüchtern gemacht wird, und den löblichen Entschluß faßt, sich nicht wieder zu berauschen sondern mit der gesetztern Freude eines nüchternen Menschen vorliebzunehmen. Muß sagen, daß 's Büchel, ob Albert gleich größer und Werther kleiner darin gemacht sind, doch 'n feines Büchel sei, und viel Bonsens, wie die Gelehrten sagen, enthalte. Auch der Martin vorn und hinten räs'niert wie 'n gescheuter Kerl, und der Gelbschnabel Hans mag ihm die Stang nicht halten. Bei aller Achtung des Verfassers, der sich im Büchel als 'n Judex competens legitimiert hat, für den Autor des Werthers, scheint hie und da 'n versilbert Kügelchen zu schlummern; auch eins Seite 43 Zeile 7. Möcht wissen wer damit gemeint sei.

Asmus.

N. S. Kostet 6 u. 10 Schill. Finde aber in den Zeitungen, daß es in einer Buchhandlung in Hamburg für 3 ßl. zu haben sei. Müssen also wohl wieder falsche Münzer im Gange gewesen sein. 's ist doch nicht erlaubt.

Prometheus, Deukalion und seine Rezensenten. Voran ein Prologus und zuletzt ein Epilogus. Düsseldorf 1775.

Sind c. zwei Bogen, darin uns armen Rezensenten, die wir uns erkühnt haben über **die Leiden des jungen Werthers** den Mund aufzutun, mit scharfer Lauge der Kopf gewaschen wird, ärger als Pope und Aristophanes zu ihrer Zeit Kopf zu waschen pflegten, und mit ebenso glücklichen Kurzweil und so viel Reiz zum Vergnügen und Lachen der Zuschauer. Der Herr Verfasser hat die Form des Drama gewählt, und die Dramatis Personae sind: Prometheus, der Herr Autor des Werthers selbst; Deukalion, der Herr junge Werther; und denn kommen wir Herren Dunse nacheinander, hübsch Pele Mele, ein jeder sein Schild auf'm Puckel, und machen uns untereinander und vor dem Publikum zu Narren. Der Hr. Verf. geht in diesem Drama mit allem Anstande und allem Groß- und Übermut zu Werk, die einem Genie zustehen, und hat sich, wenn's einer noch nicht verstehen sollte, an einigen Stellen zum Überfluß ganz deutlich ausgedrückt. Ob ein Rezensent gelobt oder getadelt ob er aus dem Mund oder aus dem andern Ende gesprochen hat, kommt gar nicht in Betracht, kurz wer die Diana angesehen hat, muß Haar lassen oder gar krepieren. Zuletzt tritt der Herr Prometheus, der, wie wir eben gewahr werden, schon bei lebendigem Leibe spukt (s. das Titelblatt und S. 27), in Pontificalibus auf und hält einen Epilogus. –

Sagt mer, was tät wohl kumme herus,
Zögt ihr d'Jack und d'Hosen mir us.
Würd bym Teufel schön do stahn,
Mehnt ihr denn i hätt sie umsunst an?
Wenn i wollt nackend syn,
Steckt i min Ärsch nit selbst ninn.

Alles recht gut, aber mit der Entschuldigung könnte sich ein jeder Schulknabe frei lügen. Nicht doch, lieber Herr Doktor! die Hose muß bei gewissen Gelegenheiten herunter, ob sie gleich aufgezogen war, den **Ärsch** zu bedecken.

Was nun insonderheit Asmus seine Anzeige der Leiden des **jungen Werthers** betrifft, da können wir vermelden, daß sie in seinen **sämtlichen Werken** wieder aufgelegt ist, wenn der Herr Doktor vielleicht nach Jahren ihren edlen Sinn begreifen lernen sollte.

Die il y a quelque tems eingeschickten Verse hat man übrigens nicht einrücken **wollen.**

Zwote Anzeige

Ein gewisser Rezensent war der Meinung, daß nur Einer sei, der den Prometheus geschrieben haben könnte, und weil er diesen Einen, für sich auf dem Kämmerlein, zu der Klasse von Leuten rechnete, die ihn näher angehen; so ward ihm bei Lesung des Prometheus zumut wie ihm immer zumut wird wenn er jemand aus der Klasse verliert, und wie ihm nicht würde zumut geworden sein, wenn er gleich gewußt hätte was er nun, der gedruckten Anzeige zufolge, glaubt, daß nämlich der eine den Prometheus nicht geschrieben hat. Übrigens ist es dem gedachten Rezensenten nicht zuwider, bei der Gelegenheit verraten zu haben: wie er nicht geneigt sei, der Eitelkeit eines Freundes zu hofieren, aber doch wenn er sich in der ersten Anzeige geirrt hatte, eine zwote zu machen.

Das leidende Weib. Ein Trauerspiel. Leipzig, in der Weygandschen Buchhandlung. 1775.

Warum dieses Stück **das leidende Weib** heißt läßt sich aus dem Inhalte nicht gleich absehen, denn die Frau Gesandtin, die einen alten braven Vater und liebenswürdigen und guten Mann und Bruder hatte, und doch mit einem gewissen von Brand zu vertraut geworden war, bereut zwar ihren Fehltritt der sehr unangenehme Folgen hatte, und mag dabei wohl etwas leiden wie ihr eintretender Tod das auch zu bestätigen scheint; aber die Liebe für ihren Verführer, die noch immer sehr warm ist, wird sie auch dabei doch etwas wieder erquickt haben, und wenn sie auch diesen leidigen Trost nicht gehabt hätte, so verdient doch eine **Dame**, die so einen schlechten Streich gegen ihren braven Vater und guten Mann machen konnte, wohl eben nicht daß eine ganze Komödie nach ihr genannt und so ein Schild ausgehangen werde, das dem Vorübergehenden heißes Mitleiden für Madam abfodert. Man könnte denken: »leide Madam was Madam verdient hat, und jedes Weib, das nicht eben so viel leiden will, spiegle sich an Madam und tue besser an sich und ihren Vater und ihren Mann, und werde keine Madam!«

Dies alles ist hauptsächlich nur gesagt, um die Anzeige anzufangen, weil das immer doch das schwerste ist. Das Stück ist nicht sehr lang, aber der handelnden Personen sind sehr viele, und es geht bunt her im Stück, und die bekannten Einheiten werden darin sehr zu Wasser geritten. Wir wollen uns nicht darauf einlassen, ob die Charaktere durchgehends natürlich und sich gleich sind, und ob sonderlich der Charakter der Frau Gesandtin nicht in einigen Szenen etwas zuviel in das Empfindsame verfalle; aber der Verfasser hat ohne Zweifel große Anlage, und hin und wieder Funken von dem, was den meisten dramatischen Schriftstellern fehlt und nicht fehlen sollte.

Hinz und Kunz

Hinz. Voltaire hat wenig seinesgleichen,
Er ist klug, Kunz, und weiß uns seinen Brei
Gar sanft und schön ins Maul zu streichen.
Was mag's doch sein um die Freigeisterei?

Kunz. Sie ist ein Rohr, so wahr ich ehrlich bin!
Wer sich drauf lehnt behende,
Dem fährt es durch die Rippen hin,
Und nimmt ein klatrig Ende.

Wiegenlied

für die neugeborne Prinzessin von Dänemark, etc. mit einer Schlußapostrophe an Se. K. H. den Kronprinzen

Liege weich in Deiner Wiege,
Und in guter Ruh;
Lieg und schlafe Deine Gnüge,
Kleiner Engel Du!

Soll kein Leids Dir widerfahren;
Wir sind männiglich
Um die Wiege und bewahren
Und bewachen Dich.

Bist nun Deines Vaters Freude;
Sei es für und für!
Und die holde Mutter weide
Aug und Herz an Dir.

Es ist zwar kein ewig Bleiben,
Doch viel Gutes hier;
Und wir loben und verschreiben
Lauter Wohltun Dir.

Schlaf Dich groß, Du liebe Gabe,
Sonder Ungemach;
Und der gute liebe Knabe
Komme bald Dir nach!

Und des Königs Haus gedeihe,
Bis wir weiter ziehn,
Und leg dann vor Gott ohn Reue
Kron und Szepter hin.

*

Die sind keine Menschen-Habe,
Wie die Rede geht,
Sind ursprünglich Himmels-Gabe,
Heiliges Gerät,

Damit Gott den König zieren,
Und ſein sanft und still,
Durch ihn Seine Welt berühren
Und sie segnen will.

Jeder König sei des hehren
Großen Rufes wert:
»Gott dem Herrn anzugehören,
Und an Seinem Herd

Licht und Feuer zu erhalten,
Um Selbstherr und frei
Damit in der Welt zu walten,
Daß sie glücklich sei ...«

Doch, denn muß sein Herz nur ehren,
  Was Gott selber ehrt,
Muß nichts wollen, nichts begehren,
  Als was Der begehrt;

Muß nicht seine Wege wandeln,
  Menschlich sein nicht mehr;
Muß, wie Gott, auf Erden handeln,
  Recht nur tun, wie Der;

Und, wie Der, zu allen Zeiten
  Nur barmherzig sein,
Muß nur Licht und Recht ausbreiten;
  Sonst ist er nicht Sein.

Denn durch jede seiner Taten,
  Wo er sich vergißt,
Hat er Gott den Herrn verraten,
  Dessen Bild er ist;

Und der königliche Segen,
  Licht und Kraft und Glück,
Kehrt zu dem, von dessetwegen
  Er sein war, zurück.

Kehrt zurück – der Geist entflieget,
  Weil ihm Leid geschah;
Und die große Leiche lieget
  Zur Verwesung da.

Menschen-Will und -Werk vergehet,
  Wie die Wahrheit spricht.
Was mit Gott geeinigt stehet,
  Das vergehet nicht;

Kann nicht überwunden werden
  Und muß ewig stehn –
Und Sein Wille wird auf Erden,
  Wie daheim, geschehn;

Und wird aus der Tat erhellen,
  Wenn es rauscht und rinnt,
Und des Himmels alte Quellen
  Wieder offen sind:

Daß der Mensch nicht bloß hier lebe
  Für den Dünkelblick,
Und es beßre Weisheit gebe,
  Und ein besser Glück;

Und daß Liebe selig mache;
  Gottes Furcht und Scheu
Ewiglich die große Sache
  Aller Menschen sei etc. etc.

Apostrophe an unsern geliebten Kronprinzen

Laß Dir meine Wahrheit taugen!
  Sie ist heilig mir,
Und mit Tränen in den Augen
  Sage ich sie Dir.

Wollst denn unsre Bitte hören:
  Sei und bleibe rein!
Wir sind treues Volk, und schwören
  Fürder treu zu sein;

Wollen Deine Ruh nicht trüben,
Nach der Zeiten Brauch;
Wollen ehren Dich und lieben.
Aber lieb uns auch.

Wandsbeck, den 28. Nov. 1792.

Der Däne Asmus.

An Frau Rebeccas Geburtstag, den 26. Oktober 1794

Auf und nach Mozarts Musik zum Veilchen

Ihr Leute, groß und klein, ihr wißt,
Daß heute unser Festtag ist
Und daß wir feiern müssen.
So fangt nur gleich frühmorgens an
Und bis die Stern am Himmel stahn,
Und singt und springt und springt und singt!

Denk heute niemand an Gefahr,
Und ob wir über hundert Jahr
Den Tag noch feiern werden.
Wir haben ihn ja heute noch,
Gott sei gelobt! so braucht ihn doch,
Und macht uns heut das Herz nicht krank und schwer.

Denn freilich! alles Ding vergeht,
Auch unser Festtag nicht besteht,
Er wird uns endlich fehlen.
Doch nicht so bald – fleht, fleht und hofft,
Er soll noch wiederkommen oft,
Soll oft noch wiederkommen!!!

Bei ihrem Grabe

Diese Leiche hüte Gott!
  Wir vertrauen sie der Erde,
Daß sie hier von aller Not
  Ruh, und wieder Erde werde.

Da liegt Sie, die Augen zu
  Unterm Kranz, im Sterbekleide! . . .
Lieg und schlaf in Frieden du;
  Unsre Lieb und unsre Freude!

Gras und Blumen gehn herfür,
  Alle Samenkörner treiben,
Treiben – und sie wird auch hier
  In der Gruft nicht immer bleiben.

Ausgesät nur, ausgesät
  Wurden alle die, die starben;
Wind- und Regen Zeit vergeht,
  Und es kommt ein Tag der Garben.

Alle Mängel abgetan
  Wird Sie denn in bessern Kränzen
Still einher gehn, und fortan
  Unverweslich sein und glänzen.

⟨Rezension von Schillers »Musen-Almanach für das Jahr 1797«⟩

Tübingen: Cotta verlegt auf vierzehn geglätteten Bogen
(Ungerechnet ein Bild, schön gestochen von Bolt)
Musen-Almanach, herausgegeben von Schiller*,
Nur für's künftige Jahr, aber der Ewigkeit wert!
Alles in allem enthält der Band fünfhundertundfunfzehn
Meisterstücke, gewiß auf den Kauf nicht gemacht.
Wir bedauern gar sehr, daß unser Raum so beengt ist:
Sonst zergliederten wir jeden einzelnen Vers.
Eine Venus zerlegt der Zergliederer Nerve für Nerve,
Bis sein verfolgender Blick hascht im Gehirne den Geist.
Aber wir müssen uns nur mit dem Anschaun des Ganzen begnügen;
Doch der Leser besitzt bald das Meisterstück selbst.
Um vorläufig indes zum herrlichen Gastmahl zu reizen,
Heben wir einiges doch vom Vortrefflichsten aus.
Nur beim Kupfer erlauben wir uns, unmaßgeblich zu fragen:
Tanzt die Muse da nicht mit verrenketem Fuß,
Schief aufspringend? Doch dies ist kein bedeutendes Omen;
Jeder Vers widerspräch einem so törichten Wahn.

Die genannten Verfasser sind Goethe, Steigentesch, Langbein,
Madame Sophie Mereau, Kosegarten und Conz,
Meyer, Neuffer, Woltmann, Pfeffel, Matthisson, Schlegel,
(Goethens Panegyrist) und der Herausgeber selbst.

* Dieses ist eingesandt. Wir waschen die Hände in Unschuld.
Denn von Versen verstehn unsre Zeitungen nichts.

Wir übergehen zuerst viel meisterhaft schöne Gedichte,
Voll Gefühls, wie Kleist, witzig, wie Lessing sie sang.
Solche findet man ja in Voßens Almanach auch noch,
Aber wir halten uns beim Originellen nur auf.
Dessen ist hier auch so viel voll überschwenglicher Hoheit,
Voll durchdringender Kraft, großen, reellen Genies.
So was hat Deutschland noch nie gesehen, und sieht es nie wieder;
Marcard und Kotzebue sind dagegen wie Staub.
Englands Stolz steht beschämt, und das anarchische Frankreich
Weicht ohnmächtig dem Strahl deutscher Geniuskraft.
Es sei nun, daß Sprüche der Weisheit die Dichter begeistern,
Oder auch Politik, oder satirischer Scherz;
Aber vor allem, wenn sie die Geißel züchtigend schwingen,
»Feurig stößt Schlag dann auf Schlag, Witz auf treffenden Witz«,
Und der gewaltige Vers stürzt über die eigenen Füße,
Wie über Wohlstand und Fug das allerneuste Genie.
Unsere Leser sehn leicht, daß wir jetzt von den Xenien reden,
Welche dem Almanach gütigst angehängt sind.
Wo wir nicht irren, so sind derselben über vierhundert
Jedes ein Distichon, doch das Epopöen aufwiegt.
Die neun Musen haben sich wahrlich Herrn Schiller und Goethen
Ganz zum Wonnegenuß samt und sonders verliehn.
Diese Xenien sind die Kinder der heimlichen Ehe,
Aber mit Herkules' Kraft und con amore gezeugt.
Nicht gemeine Natur sieht man hier, nur Göttergestalten,
Kein alltäglich Gesicht, keinen geistlosen Blick.

Hört man reden, so hört man unerhörte Gedanken,
Wie seit Säkulen nie Menschengehirn sie gedacht.
Bald (zum Beispiel des Hohen) wird Jakob zum Esel verwandelt,
Oder weicht man nicht aus, stößt uns der Hallische Ochs.
Dann des Kühnen: da wird der Blitz nach Hause geleuchtet,
Der, wie Luther einst tat, stickende Dünste vertreibt,
Die (das beweiset ja Schmidt) viel besser sich ruhig verteilten;
Rosenwasser heilt ja immer am besten den Krebs.
Dann des Originellen: die sämtlichen Flüsse in Versen,
Und der Tierkreis dazu, sowie der ganze Donat.
Dann des Edlen: der höfische Scherz vom seinwollenden Dichter,
Welcher sich Graf und Christ jetzo zu sein noch erfrecht.
Auch mit gerechtem Maß wird der Puriste gemessen,
Der doch nicht einmal weiß, wie man Pedant uns verdeutscht.
Selbigem möchten wir noch zur Übersetzung empfehlen:
Arrogant, insolent, impertinent und niais.
Voller Bescheidenheit sind auch die Xenien, denn sie vergleichen
Sich mit Komma und Punkt, sie, die Gedankenstrich sind!
Seite zweihundertundvierzig und folgende sehen wir Newton
Als einen neblichten Stern weichen dem strahlenden – Mond,
Der gleich darauf mit Gurkensalat die Optik beleuchtet,
Aber »in Versen!« es sagt, weil man die Prose nicht hört.

Auch die Gerechtigkeit wird durchgängig aufs beste gehandhabt:
  Tros Rutulusve fuat, alles wird wacker gebläut.
Voller Urbanität, nur auf Akademien zu lernen,
  Welche das platte Land nun und nimmer begreift,
Faßt nun der Satyr die Geißel, und züchtigt die Skribler; vor allen
  Den, der so leer als quer, kurz, aber pöbelhaft schreibt.
Lessings und Ramlers unwürdiger Freund, wie wird er zum Nickel,
  (Clas, das wäre zu fad) o wie zum Nickel geprägt!
Ihm geschieht, wie uns dünkt, nicht Unrecht. Er schmähte die Horen,
  Dieses unsterbliche Werk, er, der plumpe Gesell.
Diese gesitteten Mädchen gehn ja so duldsam und weise
  Auf dem Pfad der Natur, den sie zuerst uns gebahnt.
Schimpft dann der Dumme, sie schweigen. Wen rührt nicht ihr: »Paete non dolet!«
  Wenn sie aus ihrer Brust ziehn den vergifteten Dolch!
Doch fast zu verschwendrisch ergießt sich das Weltmeer der Laune,
  Denn es überschwemmt ja nur ein häßlich Insekt,
Solches Witzes nicht wert. Es stürbe vom frostigsten Wortspiel,
  Doch dergleichen entfuhr Schillern und Goethen noch nie!
Weiter wird noch viel Sündern die schwache Seite gerieben,
  Aber mit Höllenstein nie, sondern mit attischem Salz.
Viel liegt im Hinterhalt noch für den Schächer, welcher dem Stäuper*
  Statt demütigen Flehns trotzig den Rücken entblößt;

* Im Originale stand hier ein anderer Ausdruck;
Doch den strichen wir weg, weil er zu heftig uns schien.

Stehendes Fußes schießt zu tausenden xenische Pfeile
Vom Katheder herab Jenas erzürneter Zeus.
Auch Kunstkenntnis verrät, nicht ohne Schalkheit, der Dichter,
Der armselig Geschwätz niemals in Verse gebracht.
Wie vortrefflich wirft nicht der Spötter die Gäuche zu Boden,
Die unsre goldene Zeit (welche Blindheit!) nicht sehn;
Die nicht jegliches Wort der Meister vergöttern, und leugnen,
Unser Lukan sei Virgil, unser Florus Sallust!
Noch lukianischer singt der schalkhafte Dichter den Wettstreit
Um die göttingische Wurst, die er mit Pfeffer bestreut.

Einer Vortrefflichkeit noch muß hier Erwähnung geschehen:
T i e f e P o l i t i k herrscht auch auf jeglichem Blatt.
Doch wer vernimmt zu Ohren die hohen Lehren der Weisheit,
Die das Franztum nicht kennt, deutsche Dummheit nicht faßt.
Zweierlei Art lernt man hier »die treffende Wahrheit zu sagen,
Öffentlich immer dem Volk, immer dem Fürsten geheim«.
Rat im Geheimen Conseil, von Geheimen Räten gegeben,
Findet viel bessere Statt, als des Menschen-Rechts Tand.
»Wenn man laut den einzelnen schilt, er wird sich verstocken,
Wie sich die Menge verstockt, wenn man sie öffentlich lobt.«

Daraus erhellet, warum sich Pharao trotzig verstockte,
Weil die Plagen ihm einst öffentlich Moses gesandt.
»Willst du frei sein, mein Sohn, so lerne was Rechtes und halte
Dich genügsam, und sieh niemals nach oben hinauf.«
Weise gesagt, denn von oben kommt Hagel und Wolkenbrüche,
Aber von unten kommt nichts auf die Völker herab.

Doch wir fühlen, daß uns das Meisterwerk, wie wir es lesen,
Mit ansteckender Glut fast zu Dichtern entzückt;
Darum brechen wir ab, das Große, das Schöne zu schildern,
Den gutmütigen Scherz, den nie hämischen Witz,
Der den stolzen Stümper nur straft, der prahlt, er sei Meister,
Doch aus Menschengefühl stets den Menschen verschont.
Nichtsinn oder Sinn, das ist hier niemals die Frage,
Denn ein jegliches Wort wird zum Gedanken der Kraft.
Alles ist meisterhaft hier, nichts Plattes, Schales, Gesuchtes;
Kein skurrilischer Spaß, alles männlich und stark!
Würde doch jeder Monat zum Jahr, und gäb uns Herr Schiller
Zwölfmal in jedem Jahr so ein Ambrosiafest!
Ja, erlebten wir es, wir würden niemals ermangeln,
Unserer Pflicht gemäß, dieses Fest zu begehn.

An den Naber mit Rat

»Sendschreiben an Sr. Hochgräflichen Exzellenz den Herrn Grafen Friederich von Reventlau, Ritter vom Dannebrog, Geheimen Rat und Kurator der Universität Kiel.«

Van enen Holstener

Unde HE was achter up deme Schepe un sleep up einem Küssen. Mark. 4.

1805

Naber, wat secht He! . . . Dat süht jo schlim vör uns ut: Dokter Luther schal affsettet werden! De Rördümpe schrien im Middage! De Sünne un de Män hefft eren Schin vorlaren, unde de »Fürst der Finsternis« wil inne breken – – Un Holsteen let de Flünke hängen.

Averst He is wakker achtern Busch, zetert unde ropt de Lüde tosamen. –

Ick kom, Naber, ick kom! Ick wil mi ock den Dokter Luther nicht nemen unde dat Vell över de Ogen tehen laten; ick bin ock wakker! Ick kom, wille mi an Em anschluten, unde de Vos schal tom Lokke herut.

Idt hedde wel tids her so manke den Bueren gemunkelt; ock in unsen Dörpe, unde unse Scholmester – de versteit den Weltlop, unde wo unser ein up dusend Milen nicht anne denket, dat wet he – nu de hefft mi wel vaken ein hemmelik Wördeken gesecht unde jegent den Katholizismus gewareschowt; men ick hadde nene Oren darto. Ock dach ick; de Pabst is in Paris unde hefft dar nog to don unde to beseen, idt wert so grote Not nicht hebben. Averst Sin Breeff hefft idt uns anderst vortelt, hefft uns upperögt unde ute den Schläp gewekket. Wi

Bouern studeren nu dagelikes de Teiken der Tidt, unde luren up den Fürsten der Finsternis; unde kümpt dar en Unbekenndter int Dörp, so möt he stracks unsen Scholmester sinen Paß wisen, unde sick van em up de Täne fölen laten. Men dat wilt noch nicht don, unde de Sake möt deeper indseen werden. He, Naber, He geit uppen Grund unde wet dat allent to bileggen; unde darümme wil ick Sinen Breeff kort mit Em dörlopen. Sin Breeff ist wert.

He drifft darin sönderliken drei Punkten.

No. I, undersöcht He, up de Herr Curator to en Curator dögd?

No. II, let He övern Duhm lopen, wat de Herr Curator alse Curator vör de Unverstedt don hed, unde

No. III, secht He em, wat he har don schölen.

Nu up de Punkten is nichts to seggen, se sint dütlick unde unverzagt. Ock verhandelt He se fin unde höflich, unde de Leve to de Minschheit, unde dat Licht, p. 43, dat unse Dage vorlüchtet, grint allerwegen dörch.

He secht idt den Curator ock nog, dat idt to laat is, de Verdüsterunge wedder uppe de Beene to helpen, wente dit Licht rede to wit üm sick grepen hefft unde bet in de Bouren ere Dackstuve gedrungen is (p. 43); He warnet em nog, dat he Rädt hören schal, gifft em gode Wörde, unde will gar (p. 55) vor em uppe de Knee fallen.

Nu, mer kan He nicht don; unde, wenn de Curator nu nicht hören will, so möt he fölen. Ick kom torügge to de drei Punkten.

En jung hastig Gesel hadde wel bi No. I herut gebluwwert unde, wat He dach, gradeto gesecht. Men He bluwwert nicht; He mackt ene Landkart mit harklener Teckninge: wo na Wise ein Curator wesen unde wat he allent weten möt, lecht de Kart open Disch, unde – secht nichts wider.

Naber, ik wil Em Sine Landkart nicht vörachtende, averst worümme hefft He se nicht rede vör Jahren upn Disch gelecht, dat de Regerung, as se den Herrn Curator anstellte, wißt häd, worna se sick to richten unde wat se to don edder to laten hedde?

Bi No. II geit He fakultetenwis to Wark, unde söcht allent naw na, unde hier kümpt de Curator so god nicht weg, wente dat Ende van Sin Leed is: dat de Curator in de Medizinische Fakultet to veel, in de Juristische unde de Philosophische to weinig unde in de Theologische allent verkert mackt hedde; ... in de Medizinische Fakultet to veel – den woto in Kiel de Mengde Professoren vör de paar Studenten, da in Kopenhagen ock Professoren sint? ... in de Juristische unde de Philosophische Fakultet to weinig – denn woto de Mengde Studenten vör de paar Professoren? u.s.w.

Dat He Recht hefft, süht man wol, Naber; averst idt is doch ock schwar met Em to drapen. Macket de Herr Curator in de Medizinische Fakultet Anstalt, dat de Studenten allent wat se bruken, dat medizinische Abc unde dat medizinische a b – ab, in Kiel leren könt, so schölt se dat a b – ab in Kopenhagen leren; let he in de Juristische unde de Philosophische Fakultet Lufft vör Kopenhagen, wo ock Professoren unde en höchst Gericht is; so schölt se allent in Kiel leren! Doch He hefft wel Sine egene Orsaken, de wi nicht weten unde He uns nicht seggen wil.

Pagina 18 kümpt He to de Theologie, de man, wen na p. 14 de Philosophie von allen andern Wetenschaben dat O g e is, wel mit de Nese verglicken könne, wente de Leevens-Adem geit dorch de Nese.

He statuert twe Theologien, ene Olde unde ene Nie. Hir vorsta ick Em nicht recht, Naber. Wat wahr is, dat blifft wahr, alse Gold Gold blifft, unde: dat Tilly Magdeburg vorstört hefft, wel anderst vortelt unde verkert werden kann, averst in sick sülven nicht anderst wert noch werden kan alse idt is, nicht old noch nie. Sint dar den twe Theologien; so were wel de Olde Theologie, na unsen Verglick: ene Nese, schlicht unde recht alse Gade se schapen hefft unde se tot Ademhalen bereide is; unde de Nie Theologie: ene gemalte Nese, krous unde zierlick, alse de Geleerden se uns dreiet.

He, Naber, hefft Sine Frewde an de krouse unde zierlicke Nese, unde danket Gade, dat se, na en Arbeide von 2–300 Jahren, endlicken ferdig warden is, wil se sick ock nicht wedder nemen laten, unde habet, se wert sick holden (p. 43).

Ick kant Em nicht weren, Naber, wolde Em ock Sine Frewde an dat Zierlick und Krous gierne gönnende, wen ick Em den Adem nicht lever gönnde unde de nicht better were unde sonder alle dat halt werden könnde.

Averst He is nu einmal vör de Nie Theologie, un let sick nicht seggen, unde wat noch an de Olde hängt un holdt unde nicht mitdreien wil, schert He scharp un ane Ansene der Person.

De Dokter Kleuker kümpt noch mede en blawe Oge darvan, men en Faut ist doch, dat He na Kiel ropen is; averst den Dokter Hermes wet He herümme tohalen alse went wahr were, unde He kan idt hir gar nicht sat krigen. Nu, ick hebbe Em nicht ropen, unde möt Em Sinen Willen laten, Naber. He is unparteiisch. Ick wet ock, dat idt Em sour nog worden is, dissen Man, de in all sinen Bökken fram unde glövig tom Goden vormant, dem He sülvst (p. 45) ene gode Meeninge nicht affsprecken wil, den de Köning int Land ropen hefft, unse Scholmesters Gadesfurcht to lerende, so heründer to maken unde üm dat öffentliche Vertrowen, dat He em, na p. 49, sülvst so nödig findet, to bringen – ick wet, segge ick, dat He sick Gewalt hefft andon müst unde dat idt Em sour nog worden is. Averst so is dat »Licht up de Dackstuv«; idt let sick nicht holden, let sick nene Möyde verdreten, unde schonet sick sülvest nicht, went wat gemennüttiges fördernde kan; idt is unbarmhertig, ümme Barmhertigkeit in Gang to helpen, unde lügd, ümme de Lüde tor Erkentenisse der Wahrheit to bringen.

He meent idt wel nicht so böß; averst de eddelste Gesinnung, de römlichste Absicht beschüttet nicht vor Irrdomen (p. 5).

So veel, Naber. Unde nu wölle wi dit up de Side don, unse Scho ut tehen unde ernstlich handeln. De Sake is ernstlich un hillig.

De Minsche, segt He p. 30, schal vereddelt werden, dat is: sin Hert schal verändert unde reiniget werden, dat idt Gade innerlike unde över alle Dinge leef hefft, dat Gode sonder Dwang frigd unde mede Lust deit! – unde, wen de Minsche vereddelt, edder eines reinen Hertens worden is, so wert he Gade seen. Also: de Minsche schal vereddelt werden, unde de Fragde is nu: Wo na Wise kan de Minsche vereddelt werden unde wodörch?

Da antwordet nu de Nie Theologie mündlich unde schriftlich: Dorch sick sülven, dorch sin Kunst unde Vliet, dorch Upklaring, Moral, Gesette, Werke, Verdenst, Dögd etc. etc.; unde Dokter Luther un Gades Word antwordet: nicht dorch sick sülven, nicht dorch egen Kunst unde Vlieth, nicht dorch Upklaring, Moral, Werke, Gesette etc. etc. sondern allene dorch den Geloven an Jesum Christum.

»So holde wi idt nu: Dat de Minsche rechtverdich werde, ane des Gesettes Werke, allene dorch den Geloven. Röm. 3. v. 28. Wente hir is nen Underscheide; se (de Minschen) sint altomal Sünders, unde en entbrecket de Rohm, den se an Godt hebben scholden, unde werden one Verdenst rechtverdich ut siner Gnade, dorch de Verlösinge, de dorch Christum Jesum geschehen is.« v. 23. 24.

Unde Dokter Luther secht:

»Dat Gesette is geistlick. Wat is dat? – Wenn dat Gesette lifflick were, so geschege em mit Werken genoch. Nu idt averst geistlick is, so deit em nemand genoch, idt geschehe denn van Grund des Harten allent wat du deist. Averst solk ein Harte gift nemand, denn allene de Geist Gades, de macket den Minschen dem Gesette gelick, dat he Lust tom Gesette kricht von Harten, unde vordan nicht von Furchten noch Dwange, sonder van frien Harten, alle Dink deit.«

So gewenne di nu der Rede, dat idt vele ein ander Dink is, des Gesettes Werke don, unde dat Gesette vorvüllen. Des Gesettes Werk is allent, dat de Minsche deit edder don kan am Gesette, ut sinen frien Willen unde egen Kräften. Dewil averst under unde beneven solken Werken blifft im Harten Unlust unde Dwank tom Gesette, so sint solke Werke alle verlaren unde nen nütte. Dat meent St. Paulus am 3. Kap. dar He secht: Dorch des Gesettes Werke wert vor Gade nen Minsche rechtverdich. Darut süstu nu, dat de Schölhalderes unde Sophisten Vorvörer sint, wenn se leeren, dat man sick mit Werken tor Gnade bereden schal. –

Averst dat Gesette vorvüllen, is: mit Lust unde Leve sine Werke don, unde frig, ane des Gesettes Dwank, gödlicken unde wol leven gerade alse were dar nen Gesette edder Strafe. Solke Lust averst der frien Leve gifft de hillige Geist int Harte. – De Geist averst wert nicht, denn allene, in, mit, unde dorch den Geloven an Jesum Christ, gegeven, alse Sankt Paulus secht: »So kümpt der Gelove nicht ane allene durch Gades Word edder Evangelium, dat Christum prediget, dat he is Gades Söne unde Minsche, gestorven, unde wedder upgestan, umme unsent Willen.«

Dar kömpt idt van her, dat allene de Gelove rechtverdich maket unde dat Gesette vorvüllet, wente he bringet den Geist ut Christus Verdenste. De Geist averst maket ein lustig unde frig Hart, gelick alse dat Gesette vördert. –

Is »disse Antwort ut Gades Word« klar unde untwedüdig, unde hängt daran de Salichkeit un up wi Gade seen werden in disser unde der andern Welt; so möt sick in enen Lande, wo Gades Word geldt, nüms understan, anderst to leren unde sin vule Water uttogeten, am weinigsten in de Börnen, worut dat Land dränked werd. Unde went wol deit, so möt de Köning to treden undt em wehren, he sie wer he wolle, idt bringe Ehre edder Schande; den daran is to veel gelegen, un alle Kunst unde Wissene is dariegen nichts un kann idt nicht vergöden.

Averst, fragt He p. 35: wat hefft Professor Müller lert edder don, dat Staat unde Kirke schädlick werden konde, unde wo sint de Bewisinge darvon?

Man spreckt nicht gierne öffentlich över K. Anordningen, edder van Lüden de met Namen nömt sint. Da He idt averst enmal öffentlich in Holsteen tor Sprake bringt; so hebben alle Husvederen unde ider Holstener dat Recht in ener Sake, wot Ernst geldt, mede to spreken, unde man mot don wat man nicht gierne deit un antworden as He int Holt röpt. Unde so wil ick ock mine Menunge seggen frigd unde unververt, an quad im Harten jegent minen Broder.

Ick kenne den Herrn Professor Müller nicht, unde hebbe nene Lust schlecht van enem Man to sprecken, van dem so vel Godes secht werd. Ock wörde ick mi schamen, na lose Waschent to richten unde met Märken unde Döhnekens ümme to gaan. Averst 1801 hefft en Fründ unde Anhänger van Professor Müller utgegeven: »Ehrenrettung der Kieler Seminaristen, gegen die ihnen neulich gemachten Beschuldigungen etc. etc.« In disser Ehrenrettunge secht disse Fründ, under veelen andern sünderliken Dingen, p. 39. 40. 41:

»Es sind, um es ohne alle Umschweife gerade heraus zu sagen, die Belehrungen über Religion, weswegen man die Seminaristen als der Moralität des Volks gefährlich zu schelten sich erkühnt. Wie dies möglich sei, wird sogleich klar sein. Nämlich es ist bekannt genug, daß im ganzen das Volk von den Predigern noch immerhin in der bisherigen Einfalt und Unwissenheit über die Religion betreffende Gegenstände erhalten wird, aus welchen Gründen, mag ich hier nicht untersuchen. Wenn nun die Seminaristen in ihren Religionsbelehrungen der Jugend auch hier vernünftige und gesunde Begriffe mitzuteilen, alte religiöse Vorurteile auszurotten suchen, wenn diese z. B. es den Kindern begreiflich machen, daß Christus kein Sohn Gottes, sondern ein göttlicher Mensch gewesen sei; daß der Mensch nicht durch Gottes Gnade, d. h. durch willkürlichen Pardon, sondern durch eigene Heiligkeit gerecht werde; daß Brot und Wein beim Abendmahle nur Symbole zum Andenken des edelsten und tugendhaftesten Menschen seien, und nicht durch priesterliche Weihe in den wahren Leib und das wahre Blut des Herrn verwandelt werden könnten; daß Gott nicht durch Zauberkünste den Menschen tugendhaft wolle, sondern durch eignes unsträfliches Wandeln vor ihm, dem Heiligen; daß nicht bloßes tatenloses, obgleich fromm aussehendes, blindes Glauben, nach den bisherigen Vorstellungen, sondern – Handeln, und allein Handeln nach dem Ausspruche des Gewissens, selig mache; daß Christus die Menschen nicht habe erlösen wollen von den vorherigen und zukünftigen Sünden, sondern von der Geistessklaverei, damit ihr Verstand und Wille von aller fremden menschlichen Gewalt völlig frei werde; – – – und nun die mehrsten Prediger noch nicht aufhören können, den alten hundertjährigen religiösen Wahn dem Volke in sogenannten erbaulichen Predigten vorzutragen (aus welchen Gründen; gehört nicht hierher): – so ist es natürlich, daß sie die Seminaristen als Sittenverderber des Volks verschreien, und diese jenen über alle Maßen verhaßt sind. – Nach dem Gesagten überlassen wir ruhig jedem unbefangenen vernünftigen Leser das eigene Urteil, ob er diese Seminaristen der Volksmoralität so schädlich finde, oder ob dies nicht vielmehr von den geistlichen Volkslehrern behauptet werden müsse, die das Volk immerhin in seiner vorigen Unwissenheit, und im blinden Glauben erhalten, statt es zum vernünftigen Selbstdenken anzuleiten?« –

Ick wet nicht, up Professor Müller dissen Fründ dat heeten hefft, edder em gar unmündig makt. Men lert he in disser Wise; so is sine Lere jegent de Bibel, jegent Dokter Luther un Landes-Religion. Unde de Landes-Vader konde nicht anderst don, as he don hefft. Unde wen do de »Curator van de Unverstedt« dat indlettet unde darto bidragen hädde; so hädde he sick ümme den Köning unde ümme Land un Lüde verdeent gemakt, unde is en brav Man, de lever Unlust un Verdreet nicht achten as sine Plicht nicht don wil.

Ander Lüd sint ock nene Narren, unde weten ock wat Vernunft unde Wetenschab wert is; averst Religion is nen Kinderspil, un Hochvaren unde Egenwisheit deit idt hir nicht. »Du möst din Dünkent unde Wölent van di don, up dat du«, secht Dokter Luther, »de gödlike Wisheit vinden mögest, welkere Gade hir (in de Bibel) so eintfoldich unde schlicht vörlecht, dat he allen Hochmot dempe. Hir werstu de Windeldöke unde Krübbe vinden, dar Christus inne licht, dar ock de Engel de Herden hen wiset. Schlichte unde geringe Windeldöke sint idt, averst dürbar unde köstlick is de Schatt, Christus, de darinne licht.«

De Vernunft kan unde mag, bi den liflichen Ackerboue, enen nien Plog, ene bettre Egge unde süs veel Nüttiges vinden, un angeven; averst de Höved-Sake: dat de Saedt in de Erde möt unde de Hemmeln se wassen makt, is Gades Finger unde Gades Hemlichkeit. Dat versteit se nicht, unde möt idt unangetastet laten. Unde wen se daran rört un de Bueren daran unglöwig makt; so blivt de Sacke wel wat se is, averst die Ackerboue is vorlaren unde nüms denkt wider daran to plögen noch to seien. – Unde dat wolle Gade in Gnaden von Holsteen avwenden.

Schreiben eines Dänen an seinen Freund

Il n'y a que les grands cœurs qui scachent combien il y a de gloire à être bon.
Fénelon.

Altona, den 17. August 1807.

La justice, sans la force, est contredite, par ce qu'il y a toujours des méchans; la force, sans la justice, est accusée. Il faut donc mettre ensemble la justice et la force; et pour cela faire, que ce qui est juste soit fort; et que ce qui est fort soit juste.
Pascal.

Lieber Freund,

Was in den geheimen Artikeln des Friedens zu Tilsit verabredet worden, wissen wir nicht; nur sobald die Nachricht von diesem geschlossenen Frieden nach London gekommen war, rüstet England, mit beispielloser Eile, und so geheim als es geschehen kann, eine mächtige Expedition aus, und läßt sie ohne ein Wort darüber zu sagen nach dem Sund abgehen, und indes diese Expedition Seeland umgibt und einschließt, kommt Jackson nach Kiel, und fodert den Besitz unsrer Flotte und unsrer Festungen etc.

Wenn man bedenkt, lieber Freund, daß Dänemark bei allen durch den Krieg veranlaßten Veränderungen und Vergrößerungen bloß seines eigenen Herdes pflegt, treu und offen gegen seine Nachbaren vor sich hingeht, und nichts will und begehrt als in Ruhe gelassen zu werden, und daß unsre Regierung und unser Kronprinz alles getan und nichts unterlassen hat, was zu diesem Ziel hinführen konnte; wenn man bedenkt, daß Dänemark während des Seekrieges viel Unrecht und Unannehmlichkeiten von England erduldet, und unsre Regierung dennoch nicht aufgehört hat, ihm wie allen andern Nachbaren, so weit es die Neutralität erlaubt, dienstfertig und gefällig zu sein, und daß sie, als sie nach der Sitte aller Regierungen ihre Truppen an den Grenzen des Kriegs versammlet, die andere Seite im Vertrauen auf Englands Dankbarkeit und Rechtlichkeit unbekümmert offen läßt – wenn man das bedenkt, lieber Freund, und nun England dies Vertrauen hintergehen und mit Füßen treten, die Redner im Parlament sogar darüber schadefreuen und spotten sieht; so sucht man vergebens ein Wort das Empörende eines solchen Verfahrens zu bezeichnen und auszudrücken. Diese Nation mag bei andern Gelegenheiten und in andern Fällen großmütig und edel gewesen sein, in diesem ist sie es nicht, und ihr itziges Ministerium hat sie vor ganz Europa gebrandmarkt.

So wenig auch die Engländer Linienschiffe scheuen, so wären sie doch vielleicht anders verfahren und hätten einen solchen Angriff nicht getan, wenn unsrer Regierung auch einige Hundert solcher Schiffe zu Gebot ständen; aber das macht den Angriff nur noch empörender, und rechtfertigt ihn so weniger.

England entschuldigt sich, nach der allgewöhnlichen Weise, mit der Notwendigkeit für sein Interesse und für seine Existenz zu sorgen; die soll alles rechtfertigen.

Man könnte sagen, daß der mächtigste und größte Staat aus Interesse den kleinsten als seinesgleichen halten und respektieren sollte, um nämlich den Glauben an die Unverletzlichkeit einer höchsten Gewalt, von dem die Ruhe und Existenz aller Staaten abhängt, in Ehren und aufrecht zu erhalten.

Aber gibt es denn keine Regel als die des eignen Vorteils, der Hinterlist und der Gewalt? Gibt es kein Recht und keine Gerechtigkeit zwischen Staaten?

Viele wollen dies behaupten, und daß man in dem Verkehr zwischen Staaten mit Treue und Rechtlichkeit nicht ausreichen könne. Ich kann das aber nicht glauben, lieber Freund! Doch ich bin vielleicht parteiisch für Rechtlichkeit und Recht, mag es wohl auch nicht verstehen. Haben Sie denn Geduld mit meinem einfältigen Sinn, und bringen mich ins Gleis.

Darüber ist nur e i n e Meinung, daß kein Staat ohne Handhabung des Rechts und der Gerechtigkeit unter seinen Bürgern bestehen könne. Man sollte denken, was im Kleinen wahr ist, müsse es auch im Großen sein und um so mehr sein. Und wenn die Staaten es sich, durch Gesetze und manche andre Anstalten, so sehr angelegen sein lassen, Recht und Gerechtigkeit unter ihren Bürgern zu handhaben, und sie ihnen wert und heilig zu machen; wäre es denn nicht gut getan und sollte man nicht erwarten, daß sie ihnen selbst das Beispiel geben, und bei vorkommenden Gelegenheiten nicht bloß suchen würden, sich mit dem Schein derselben zu zieren und zu bedecken?

Wenn die Staaten nur bloß für äußerliche Größe, für äußerliches Glück und Wohlsein zu sorgen haben; so möchte die Regel des eignen Vorteils und der Gewalt wahr sein, und das Überwältigen und Überlisten sich einigermaßen verteidigen lassen. Doch denn wäre alle Größe, alles Glück und Wohlsein nur ä u ß e r l i c h, und würde dazu sehr sparsam und einzeln sein, denn in jedem Fall könnte immer nur e i n e r groß und glücklich werden, nämlich der die größte Gewalt hat, oder sie am besten zu gebrauchen versteht.

Die Tiere des Feldes haben keine andere Regel, und reichen damit aus; sie sehen nur vor sich hin und auf die Erde – aber dem Menschen ist ein Antlitz gegeben das aufwärts sieht.

Der Mensch ist wohl auch ein Tier des Feldes, aber er ist mehr. Bei seinem Hang: für sich zu sorgen, hat er in sich die Idee von einer Regel die für alle sorgt ohne Eigennutz und Ansehn der Person; von einer Regel, die ihm bei seinem eigennützigen Tun und Treiben immer in den Weg tritt und einredet; von einer Stimme, die recht richtet und die ihn in der Einsamkeit strafet und züchtiget, mit einem Wort von einem Geist des Rechts und der Gerechtigkeit, der allen, und auch ihm wohl will, und das Böse in ihm durch Gutes überwinden und ihn besser machen will.

Wenn aber ein solcher Geist ist, und wer kann ihn leugnen und sich seiner erwehren, wenn ein solcher Geist ist, und er einzelne Menschen, in dem Maß wie sie auf ihn hören und achten, glücklich macht, was hätten denn die Staaten in solchem Fall von diesem Geist zu erwarten, und was hätten sie gesündiget, daß sie von den Vorteilen seines Einflusses ausgeschlossen wären?

Man kann nicht viele Beispiele von den guten Folgen dieses Einflusses anführen, weil es an Versuchen fehlt; aber es ist sehr wahrscheinlich, es ist gewiß, daß solche Beispiele sehr tröstend sein, und die Staaten im Angesicht derselben sich nicht lange bedenken würden, die gewöhnliche Regel daran zu geben.

Wie einzelne Menschen, durch einen solchen Einfluß, über die Erde, über sich selbst und andre Menschen erhoben werden und würklich erhaben sind; so würde es ein Staat in solchem Fall über die andern Staaten, und ihre Bewunderung sein, und die Freude und ein Trost der Welt.

Ja, lieber Freund, wenn alle Fürsten diesen Geist des Rechts und der Gerechtigkeit recht kennten, wenn sie wüßten, was er eigentlich will und was er kann, wie er so edel in sich und uns so nahe verwandt ist, wie er in dem Innersten eines jeden Menschen einen Freund und lieben Buhlen hat, dem er sich mitteilet, ihn aus seinem Schlummer wecket und in seinen angebornen Adel und Wohlstand herstellet – wenn sie das alle wüßten, sie würden sich wundern und an ihre Brust schlagen.

Doch das, wovon wir reden, ist nichts Geringes und Gemeines, und solche Wohltaten werden nicht aufgedrungen, sondern müssen ernstlich gesucht werden.

Wir kehren zu England und seinem Angriff zurück.

England fodert den Besitz unsrer Flotte und unsrer Festungen, aber unsre Regierung schlägt es mit Verachtung ab – und der mächtige Feind rückt heran. Aber ein kleiner tapferer Haufen, voll Unwillen über zugefügte Beleidigung, voll Liebe und Anhänglichkeit an sein Vaterland und seinen Fürsten, und voll Vertrauen auf Gott und die gerechte Sache, erwartet ihn festen Fußes, und wird siegen oder mit Ehre fallen, und morgen, wie Leonidas seinen Spartanern sagte, mit den Göttern zu Tische sitzen.

Lieber Freund, wir in unsern Jahren möchten die Engländer lieber ohne Schwertschlag zur Besinnung gebracht sehen; wir haben keine Freude an Blutvergießen, und die Kriegs- und Siegslorbeern sind eitel für uns und reizen uns nicht mehr; aber Notwehr und Selbstverteidigung gegen Gewalt und Unrecht, seinen Fürsten und sein Vaterland lieb haben, ist ein ander Ding – und wir werden trotz unsrer grauen Haare im Fall der Not, wie mächtig der Feind auch sei, den Rücken nicht wenden. Und das wird kein Mann tun, so viele ihrer in Dänemark sind, sie mögen graue oder braune Haare haben.

Es ist etwas im Menschen das sich vor keiner Gewalt beugt und fürchtet, und durch keine Gewalt überwältigt werden kann. Es bleibt unbeschädigt und frei, wie auch die Sachen gehen, und spricht der Gewalt Hohn; und ist doch zugleich mild, und rät zum Guten und Frieden.

Leben Sie wohl, lieber Freund! künftig mehr.

Von den Geheimnis-Lehren

[. . .]

Ich weiß daß die Häupter und die Diener von fast allen Religionen, aus weisen und dem großen Haufen nicht faßlichen Absichten, die Lehren derselben mit Klugheit und sonderlich mit einer nie genug zu lobenden Zurückhaltung vorgetragen haben; sie fühlten ohne Zweifel von der Hoheit ihres Berufs durchdrungen, wie sehr der große Haufe davon entfernt bleiben müsse, und sicherlich um deswillen haben sie, als Inhaber des Schlüssels der Erkenntnis, das Volk lieber in einer blinden Ehrfurcht für sie hinhalten, als ihr Geheimnis der Entweihung bloßstellen wollen.

Wenn das in Wahrheit ihre Beweggründe sind, so kann ich sie nicht tadeln. Dunkel und Stillschweigen sind die Freistatt wo die Wahrheit am liebsten wohnt; und diejenigen, die sie besitzen, können nicht vorsichtig genug sein, sie in ihrer Reinheit zu erhalten; dürfte ich ihnen aber nicht zu bedenken geben, daß sie auch hätten besorgt sein müssen ihre Ausbreitung nicht zu verhindern, daß sie berufen sind sie Frucht bringen zu lassen, zu wachen über ihre Sicherheit, aber nicht sie zu vergraben; kurz, daß: sie zu sorgsam einschließen, vielleicht: ihren Zweck vereiteln sei, welcher Zweck ist sich auszubreiten und zu triumphieren.

Ich meine also, sie würden sehr weise gehandelt haben wenn sie tiefer eingedrungen wären in den Sinn des Worts: **Mysterium, das hohe Geheimnis**, damit sie ihre Religionen verschanzt haben. Sie konnten wohl Hüllen über die wichtigen Punkte breiten, die Enthüllung derselben als den Preis der Arbeit und der Beständigkeit versprechen und dadurch ihre Proselyten, die auf diese Weise Gelegenheit gehabt hätten ihren Verstand und ihren Eifer zu üben, prüfen; sie mußten aber den Eingang zu ihren Entdeckungen nicht so unzugänglich machen, daß die Welt dadurch abgeschreckt würde; sie mußten nicht unnützlich machen die schönsten Fähigkeiten des denkenden Wesens, das, als ein Eingeborner in der Wohnung des Lichts, dadurch daß es nicht mehr in seiner Heimat neben dem Licht wohnt, schon unglücklich genug ist, ohne daß man ihm noch die Hoffnung raube, es hienieden wieder zu sehen; mit einem Wort, ich hätte an ihrer Stelle ein Geheimnis als eine verhüllte Wahrheit vorgestellet und nicht als eine undurchdringliche Wahrheit; und ich bin so glücklich den Beweis zu haben, daß diese Definition besser gewesen wäre.

Ich also bleibe unverrückt bei den Grundsätzen die ich den Menschen wieder zu Gemüt zu führen suche, und versichere meinesgleichen daß nicht allein die tätige und verständige Ursache sie in allen ihren Akten und folglich auch in denen die sich auf den Gottesdienst beziehen notwendig leiten und führen muß; sondern daß es auch in ihrer Macht ist sich des durch sich selbst zu versichern, und das auf eine Art die ihnen keinen Zweifel übrig läßt.

In der Tat, man darf nur das Betragen der verschiedenen Nationen in Obacht nehmen, um gewahr zu werden, daß sie alle ihren Gottesdienst so angesehen haben, als wenn er auf der Grundveste die ich eben angegeben habe gegründet wäre. Ist es nicht bekannt genug, mit welcher Hitze sie ihre religiöse Zeremonien und Lehren verteidigt haben? Hat nicht eine jede von ihnen ihre Religion mit so großen Eifer und Unerschrockenheit behauptet, als wenn sie die Gewißheit gehabt hätten, daß die Wahrheit selbst sie gegründet habe?

Was sage ich, ist nicht dies Wort Wahrheit die Mauer und Wehre aller Sekten und aller Meinungen? Hat man nicht gesehen, daß sogar die Diener des abscheulichsten Unwesens sich hinter diesen heiligen Namen versteckt haben, weil sie wohl wußten daß sie das Volk auf die Weise am sichersten hintergehen konnten? Warum wäre denn dieser Gang so allgemein, wenn der Grund dazu nicht im Menschen wäre? Warum sollte er selbst bei seinen Fehltritten sich auf einen Namen zu stützen und sich durch ihn Ansehen zu verschaffen suchen, wenn er nicht innerlich erkennete, daß dieser Name mächtig ist und daß er dessen bedürfe? Und zu gleicher Zeit, warum sollte er vorgeben, daß seine Schritte von der Wahrheit geleitet würden, wenn er nicht fühlte daß sie von ihr geleitet werden könnten?

Wir halten diese Beobachtungen hinreichend, unsre Leser zu überzeugen von der Notwendigkeit und von der Möglichkeit der Mitwürkung einer tätigen und verständigen Ursache bei allen Handlungen der Menschen, und vornehmlich bei der Kenntnis und der Ausübung der Gesetze, die ihre Religion-Bezeugung gegen das erste Wesen leiten sollen, das keiner von ihnen mit Ehren verkannt haben kann.

Wenn ihnen also das Gesetz: niemals ohne diesen Beistand zu wandeln, durch ihre Natur aufgelegt ist, und wenn es, nach dem was man bisher gehört hat, ihnen möglich ist ihn zu erhalten; so ist klar, daß sie ohne Ende irren und in allerlei Gefahr und Stricke geraten müssen, sobald sie durch sich selbst agieren wollen. Denn aber wäre es noch viel schändlicher wenn sie vor andern Leuten die Miene annehmen wollten als würden sie durch dies wahre Licht geleitet, und sie hätten nicht die Gewißheit davon.

Doch ihre Irrtümer oder Betrügereien in diesem Stück mögen sein welche sie wollen, sie mögen noch so ungereimte Dinge in ihre Religionen einführen; so müssen wir nunmehro zur Gnüge einsehen, man könne, wie ich schon gesagt habe, daraus nicht schließen, daß für den Menschen keine Regel und keine Wahrheit sei. Vielmehr muß es uns einleuchten, daß die Fehltritte der Menschen in diesem Fach nur auf das Äußerliche und das Sinnliche ihrer Religionen fallen können; und daß alle die Meinungen und alle die Widersprüche die sie etwa aushecken dem ersten Wesen, da sie unter demselben stehen und ihm in alle Wege untergeordnet sind, nimmermehr das mindeste anhaben mögen.

[...]

Anhang

Zu dieser Ausgabe

Die Texte der vorliegenden Ausgabe sind im ersten Teil Claudius' Hauptwerk *Asmus omnia sua secum portans* entnommen. Die »Nachlese« versammelt Texte, die Claudius im *Wandsbecker Bothen*, in anderen Zeitschriften sowie als Einzeldrucke veröffentlicht, aber nicht in den *Asmus* aufgenommen hat.

Der Mißmut des Autors über die zu seinen Lebzeiten veranstalteten Nachdrucke ist noch heute geeignet, auch gutwillige Editoren abzuschrecken: »Schließlich ersuche ich die Herren Nachdrucker, daß sie mir mein Büchel nicht nachdrucken, weder halb noch ganz. Es ist das einzige das ich verlege, und es muß so beisammen bleiben« (*Asmus* IV, S. VI). Unsere Auswahl folgt der bis heute gebräuchlichen Kompromißlösung, die Anordnung des *Asmus* einzuhalten und dort nicht enthaltene Werke in einer Nachlese vorzustellen. Dadurch bleiben vom Autor beabsichtigte Bezüge wie etwa der zwischen der *Werther*-Rezension und dem – chronologisch eigentlich nicht zugehörigen – Epigramm »Fritze« erhalten.

Allerdings kommt erschwerend hinzu, daß jedes Unterfangen, von Claudius eine Auswahlausgabe herzustellen, die Bereitschaft voraussetzt, Kostbares zu opfern. Das Ergebnis sollte ein auch das fachlich nicht vorbelastete Publikum ansprechender Querschnitt sein, der den Wandsbeker Mikrokosmos, aber auch seine Einordnung im geistigen Raum des 18. Jahrhunderts sichtbar bleiben läßt. Unverfälschtheit war dabei nur zu erzielen, wenn die einzelnen Texte trotz der darin enthaltenen Stolperschwellen in sich ungekürzt bleiben. Die einzigen Ausnahmen hiervon sind das bis in unser Jahrhundert populäre »Kartoffellied« aus der umfangreichen szenischen Sequenz »Paul Erdmanns Fest« und ein Abschnitt aus der Übersetzung von Saint-Martins *Des Erreurs et de la Vérité*, der als Beispiel für Claudius' Übertragungskunst stehen soll.

Die *Asmus*-Texte – und die zugehörigen Illustrationen – folgen den Erstausgaben der Sammlung (siehe S. 451), die Texte der Nachlese den jeweiligen Erstdrucken (lediglich für den Abdruck zweier Werke konnten die Originale nicht zugrunde gelegt werden). Die genauen Nachweise finden sich in den Anmerkungen (E = Erstdruck, D = Druckvorlage). Die Orthographie wurde bei Wahrung des Lautstandes und sprachlich-stilistischer Eigenheiten behutsam dem heutigen Gebrauch angeglichen, wobei in der Groß- und Klein-, in der Getrennt- und Zusammenschreibung sowie in der Schreibung der

Nominalkomposita (mit oder ohne Bindestrich) die Fassung der Druckvorlage nicht selten bevorzugt wurde. Die Schreibung der Eigennamen wurde ebenfalls modernisiert, soweit es nicht eine ältere Formvariante zu bewahren galt. Der schwankende Lautstand einiger Wortformen wurde nicht ausgeglichen. Die Akzentsetzung bei griechischen Wörtern wurde gegenüber der Vorlage nicht geändert. Anführungszeichen zur Kennzeichnung von Werktiteln sind in den Vorlagen nur unregelmäßig gesetzt, ihre Verwendung wurde hier nicht normalisiert. Apostrophe wurden nur gesetzt, wo sie für das Textverständnis hilfreich erschienen. Einzelne Textbesserungen sind in den Anmerkungen ausgewiesen, offensichtliche Druckversehen wurden stillschweigend korrigiert. Texthervorhebungen durch Sperrung und durch Kursive wurden beibehalten; Hervorhebungen durch eine andere Schrift und durch einen größeren Schriftgrad sind durch halbfette Schriftauszeichnung wiedergegeben. Die Großschreibung als Form der Hervorhebung wurde ebenso erhalten. Die Auszeichnung von Eigennamen in den Druckvorlagen entsprach dagegen einer typographischen Konvention wie die Verwendung der Antiqua als Auszeichnungsschrift für fremdsprachige Ausdrücke im Fraktur-Satz; sie konnten als Auszeichnungen im Neudruck daher vernachlässigt werden. – Abbreviaturen wurden aufgelöst. Titelformulierungen des Herausgebers sowie Seitenverweise, die gegenüber der Vorlage zu ändern waren, stehen in spitzen Klammern. – Die Interpunktion der Druckvorlagen blieb stets gewahrt.

Der folgende Anmerkungsteil kann vielfach auf die philologischen Ergebnisse von Wolfgang Stammlers Claudius-Monographie, die Zuweisungen und Datierungen von Wilhelm Herbst sowie die Kommentare von Carl Redlich, Wilhelm Flegler und Hansjörg Platschek zurückgreifen. Er verwendet zweckmäßigerweise die eingebürgerten und bewährten Abkürzungen, Titelwörter und Verfassernamen:

ACN	Hamburgische Addreß-Comtoir-Nachrichten
GM	Musen-Almanach für das Jahr [...]. Göttingen. [Göttinger Musenalmanach]
HNZ	Kayserlich privilegirte Hamburgische Neue Zeitung
VM	Musen-Almanach oder Poetische Blumenlese für das Jahr [...]. Hrsg. von Joh. Heinr. Voß. Hamburg. [Voßischer Musenalmanach]
WB	Der Wandsbecker Bothe [1771–72]. – Forts. u. d. T.: Der Deutsche, sonst Wandsbecker Bothe [1773–75]

Asmus	Asmus omnia sua secum portans, oder Sämmtliche Werke des Wandsbecker Bothen. Tl. 1/2 [durchpaginiert] – 8. Hamburg [u. a.] 1775–1812. [Zit. als: *Asmus* I/II–VIII.]
Redlich	M. Claudius: Werke: 10. Aufl. [von *Asmus* I–VIII]. Hrsg. von C. Redlich. Bd. 1. 2. 1879. (s. Lit.-Hinw., Abschn. 2)
Flegler	M. Claudius' Ausgewählte Werke. Hrsg. von W. Flegler. 1882. (s. Lit.-Hinw., Abschn. 2)
Platschek	M. Claudius: Sämtliche Werke. Anm. von H. Platschek. 5. Aufl. 1984. (s. Lit.-Hinw., Abschn. 2)
Roedl	M. Claudius: Werke. Hrsg. von U. Roedl. 1954. (s. Lit.-Hinw., Abschn. 2)
Stammler	W. Stammler: Matthias Claudius, der Wandsbecker Bote. 1915. (s. Lit.-Hinw., Abschn. 4)
Briefe	M. Claudius: Briefe. Bd. 1: Briefe an Freunde. 1938. [Zit. als: *Briefe* I.] – Bd. 2: Asmus und die Seinen. Briefe an die Familie. 1940. [Zit. als: *Briefe* II.] (s. Lit.-Hinw., Abschn. 3)
Botengänge	M. Claudius: Botengänge. Briefe an Freunde. 1965. [2., veränd. Aufl. von *Briefe* I.] (s. Lit.-Hinw., Abschn. 3)

Vorderhand kann keine der aufgeführten Editionen als ersetzbar gelten; andererseits ist jede Befassung mit Claudius sichtlich in den Erfordernissen und Perspektiven der jeweiligen rezeptionsgeschichtlichen Situation befangen. Dies gilt auch für die Ausgabe von Wilhelm Flegler, mit welcher der Reclam Verlag vor über einem Jahrhundert seine gediegene Claudius-Tradition begründete. Sie blieb nicht nur für die Einrichtung der vorliegenden Auswahl unentbehrlich; sie wird es weiterhin für jeden Leser sein, der Erstinformationen zu Claudius' zeitgenössischem Kontext sucht.

Eine historisch-kritische Ausgabe bleibt ein dringendes, wiewohl nicht sehr aussichtsreiches Desiderat, und dies nicht nur angesichts der zahlreichen, in der Claudius-Philologie noch viel zu wenig gewürdigten Textvarianten. Vieles, was an Beziehungsgeflechten noch durch das aktuelle Engagement des *Wandsbecker Bothen* offenlag, hat bereits durch des Autors eigene Neuordnung im *Asmus* an Deutlichkeit eingebüßt, der seinerseits für ihn den Charakter des Endgültigen erhielt.

Die Anmerkungen suchen Claudius, soweit möglich, auch dem Nichtfachmann zu erschließen. Daß Erklärungsversuche an ihre Grenzen stoßen, ist vom Dichter selbst mitunter beabsichtigt (vgl. das »Morgenlied eines Bauermanns«); in manchen Fällen auch verwehrt seine lässige Zitierweise oder die nur annähernd geübte deutsche Periphrase antiker Sentenzen die Aufgliederung und Einordnung des erkennbaren Bildungssubstrats. Ein Sonderproblem stellen die in die Auswahl aufgenommenen Rezensionen dar, die bei aller unprätentiösen Bescheidung des Autors Literaturgeschichte gemacht haben. Namentlich Fleglers Kommentar erweist hier beträchtliche Hilfen zum Verständnis des literarischen Zeitgeschehens im letzten Viertel des 18. Jahrhunderts. Die Forschung hat sich jedoch seither so vervielfacht und vervielfältigt, daß Anmerkungen zu Claudius die beiläufige Miterläuterung von Klopstock, Herder, Wieland, Lessing, Nicolai u. a. m., wenn dies denn jemals möglich war, keinesfalls mehr leisten können. Sie müssen sich auf unerläßliche Verständnishilfen beschränken. Im übrigen ist der Anmerkungsteil den Überlegungen und Resultaten Wolfgang Stammlers und der genannten Editoren weithin verpflichtet. Manches wichtige philologische Rüstzeug, etwa die Auflistung der zahlreichen Lyrik-Vertonungen, konnte nicht übernommen werden, da der Vorrang der Leseanleitung gewahrt bleiben sollte. Die auch hier unvermeidlichen Lücken mögen auf die noch offenen Desiderate der Forschung verweisen.

Die Wort- und Sacherläuterungen wurden im Vergleich zu früheren Editionen erheblich vermehrt, um den Wandlungen der Bildungsrealität Rechnung zu tragen. Von dem, was bis in die erste Hälfte des 20. Jahrhunderts auch dem nicht der Fachwissenschaft verpflichteten Literaturfreund gegenwärtig war, sei es die Kenntnis der Bibel, der antiken Mythologie oder selbst französischer Wendungen im Umgangsdeutsch, ist das meiste infolge sprachlicher und kultureller Wandlungen heute nicht mehr selbstverständlich, auch und gerade dann, wenn es um ehedem populäre, in unser Liedgut eingegangene Texte geht. Die Kriterien der Auswahl und des Anmerkungsteils mußten dem Rechnung tragen.

Der besondere Dank des Herausgebers für wertvolle philologische und bibliographische Hinweise gilt Herrn Dr. Rolf Siebke, Neuenkirchen, und Herrn Professor Dr. Reinhard Wittmann, Oberachau.

Anmerkungen

Asmus omnia sua secum portans

11 ⟨**Titel**⟩

Zur Ostermesse 1775 verwirklichte Matthias Claudius sein schon länger gehegtes Vorhaben, seine in Zeitschriften erschienenen Beiträge in einer Sammlung vorzulegen. Der Titel bezieht sich auf einen Ausspruch des Philosophen Bias, der bei der Eroberung seiner Vaterstadt Priene floh, ohne etwas von seiner Habe mitzunehmen: »Omnia mea mecum porto« (»Alles Meine trage ich bei mir«; Cicero, *Paradoxa* I,1,1,8). Das Pseudonym »Asmus« ist Gegenstand eines wohl nicht mehr zu entscheidenden Philologenstreits. *Asmus* ist als Kurzform zu *Erasmus* in Norddeutschland zeitgenössisch belegbar. Hamanns Subskriptionseinladung in *Königsbergsche Gelehrte und politische Zeitungen* (Beilage zum 39. Stück vom 10. Mai 1775) will in freundschaftlich neckender Weise eine Namensverwandtschaft zum Esel (»asinus«) wahrhaben, der dem Müller »omnia sua secum portans« dient (vgl. Flegler, S. 489). Zur Editions- und Rezeptionsgeschichte vgl. Stammler, S. 89–91; Platschek, S. 994–997.

12 **Subskriptionsanzeige**

E: WB 1774, Nr. 179; D: *Asmus* I/II, S. III–VI.

12,17 *schwer Geld:* hier im ursprünglichen Sinn des gesetzmäßig gewichteten Geldes; vgl. Jacob und Wilhelm Grimm, *Deutsches Wörterbuch*, 16 Bde. [in 32 Tln.], Leipzig 1854–1960 [im folgenden zit. als: DWb.], Bd. 15, Sp. 2555.

12,21 f. *Namen der Herren Subskribenten:* Anspielung auf die im 18. Jh. geübte Gepflogenheit, Neuerscheinungen aus Prestigegründen die Listen der Subskribenten voranzudrucken.

12,23 *in petto:* (ital.) von lat. *in pectore* ›im Busen‹; im Sinne.

12,28 *die H. H. Gelehrten:* die Hochwürdigen Herren Gelehrten.

12,29 *inkomm'dieren:* inkommodieren (frz.): behelligen.

12,33 *Herrn Bode:* Johann Joachim Christoph Bode (1720–93), Logenbruder von Claudius, Verleger des *Wandsbecker Boten*, Freund von Carl Philipp Emanuel Bach und Klopstock. Eine bewegte Biographie ließ ihn vom Schafhirten über eine Stelle als Regimentsmusiker zum Redakteur und Verleger aufsteigen. Auch als

Schriftsteller und Komponist tätig, ist er in die deutsche Literatur vor allem als Übersetzer von Sterne, Goldsmith, Fielding, Voltaire und Montaigne eingegangen.

13,2 *Göttinger Musen-Almanach:* Organ des Dichterbundes »Göttinger Hain«, das in seiner Blütezeit 1770–75 von Friedrich Wilhelm Gotter und Heinrich Christian Boie herausgegeben wurde.

13,8 *pro tempore:* (lat.) derzeit.

13,10 *des Deutschen sonst Wandsbecker Boten:* »sonst« im Sinne von ›ehedem‹. Der *Wandsbecker Bothe* wurde von Claudius 1771 bis 1775 redigiert. Nach guten Anfangserfolgen führten die zunehmenden Absatzschwierigkeiten zu Spannungen zwischen Bode und Claudius. Auf Veranlassung des Verlegers, der die Wurzel des Übels in dem zu lokalen Charakter der Zeitschrift erblickte, erfolgte seit 1773 gegen den Willen des Redakteurs die Umbenennung in *Der Deutsche Bothe* (vgl. Anm. zu 20,20). Zur Geschichte der Zeitschrift vgl. Stammler, S. 45–50; Rudolf Bülck, *Das schleswigholsteinische Zeitungswesen von den Anfängen bis zum Jahre 1789*, Flensburg 1928.

15 Erklärung der Kupfer und Zeichen · Dedikation

E/D: *Asmus* I/II, S. VII–XVI. – Ende Dezember 1774 hatte Claudius über Gerstenberg Kupferstiche für die Ausgabe bestellt:

»Unser lieber Preißler muß mir den Gefallen tun und mir stechen:
1) ein Kupfer so groß als klein 8°, das den Tod mit der Hippe vorstellt und darunter soll stehen, ›Freund Hain. Siehe Seite 41‹. Der Tod muß der gewöhnliche Knochenmann sein. Will Preißler ihm eine Blume in seine Hand geben, so steht das bei Preißler.
2) eine Vignette, die einen Raben ohne alle Verzierung vorstellt, so klein oder groß, als Preißler will, doch so, daß es nur Vignette bleibt und nicht zu breit für klein Oktav sei.
3) eine Vignette, wo ein Knabe Wein auf einen Leichenstein gießt. Unser lieber Preißler muß mir das bald nach Fastnacht machen und, wenn ich seine Zeichnungen vorher sehen könnte, wäre es mir so viel lieber. Er kann sich wegen der Bezahlung auf mich verlassen, auf das bißchen Subskription in Kopenhagen Beschlag legen. Darf nicht ebenso schön und mühsam gestochen sein, wenn es nur Preißler gestochen hat, muß mir's nicht abschlagen« (*Briefe* I, S. 114 f.).

15,2 *Freund Hain:* Diese euphemistische Bezeichnung für den Tod ist möglicherweise durch Claudius in den deutschen Sprachgebrauch eingegangen. Sie findet sich bereits in seiner *Werther*-Rezension (vgl. S. 40 f.). Während DWb. 10, Sp. 885, eine Übernahme aus dem niederdeutschen Volksmund vermutet, erinnert Goedeke in *Grundriß zur Geschichte der deutschen Dichtung* (Bd. 4,1, [3]1916) an die Namensgleichheit mit dem Hamburger Arzt Anton Hein. Vgl. Flegler, S. 489 f.

15,6 *Ihren Herrn Bruder:* nicht ganz eindeutige Bezeichnung. Goedeke vermutet aufgrund einschlägiger Traditionen in der Barockliteratur den Arzt als den Bruder des Todes (vgl. auch Platschek, S. 998, zum Anklang auf das Epigramm »Hinz und Kunz«; s. S. 84. Plausibler ist der Bezug auf die Wiederaufnahme des Bildes durch den Autor selbst (s. 16,11): Tod und Schlaf entsprechen dem antiken Brüderpaar Thanatos und Hypnos.

15,11 *starke Geister:* Eindeutschung des französischen Begriffs *esprit fort*; Freigeist.

15,19 *Ruprecht Pförtner:* Von der ursprünglichen Bedeutung des ›Knecht Ruprecht‹ gelangt der Begriff zur allgemeinen Verwendung als ›Popanz‹ (vgl. DWb. 14, Sp. 1534).

15,20 *Schmachtriemen:* urspr. Lederriemen, den Wanderer trugen, »um durch den druck die empfindung des hungers und der erschöpfung weniger fühlbar zu machen« (DWb. 15, Sp. 892 f.).

16,6–9 *Die Alten … auslöscht:* trotz der Anführungszeichen kein Zitat aus Lessings Untersuchung *Wie die Alten den Tod gebildet* (1769), sondern Beschreibung der Titelvignette der Erstausgabe (vgl. Redlich, Bd. 1, S. 499).

16,11 *seinen Bruder:* vgl. Anm. zu 15,6.

16,27 *Präsident Lars:* vgl. »Eine Disputation« (S. 59 ff.).

16,28 f. *das Werk mag seinen Meister loben:* vgl. Sir. 9,24.

16,30 *p[agina] ultima:* (lat.) auf der letzten Seite.

17,9 *meinem Vetter:* Claudius gebraucht mehrere Verfasser- und Adressatenfiktionen. Hier liegt der Hinweis auf den im selben Text zitierten »Vetter ›Matthias Claudius *Homme de lettres*‹« am nächsten.

17,10 *vel quasi:* (lat.) oder gleichsam.

17,15 f. *Ritterband und 'n Stern:* Ordensband und Ordensstern.

17,23 *Harmpfoten:* »falten im gesicht, die durch harm entstanden sind« (DWb. 10, Sp. 486); vgl. »Krähenfüße«.

17,33–18,2 *Ich hab ihnen … einen halben:* vgl. 12,15.

18,9 *Homme de lettres:* (frz.) Literaturkundiger, Literat, Publizist, namentlich im 18. Jh. auch: Gelehrter.

18,11–17 *»So will ich nun … das Ende«:* geringfügig modifiziertes Zitat aus 2. Makk. 15,38–40 in Luthers Übersetzung.

18 **Mein Neujahrslied**

E: WB 1773, Nr. 1; Nachdr.: GM 1774, S. 189; D: *Asmus* I/II, S. 1–4. – Das Gedicht, ursprünglich zum Neuen Jahr 1773 den Wechsel des Titels von *Wandsbecker Bothe* zu *Deutscher Bothe* ankündigend, wird nun vom Verfasser programmatisch seinem Sammelwerk vorangestellt. In von unbekannter Hand gekürzter und veränderter Form wurde es zum Kommerslied.

18,20–24 *Es war ... zu finden:* Die Eingangsstrophe berührt einen literarischen Topos (Ausgangssituation im dunklen Wald als Schicksalswende), der sich vom antiken Prosaroman zum europäischen Prüfungsroman tradiert hat, aber auch sonst in mancherlei Sublimationsformen weiterwirkt (vgl. die Einleitung zu Dantes *Divina Commedia*).

19,4 *Den schönen Stern:* topisch für »Morgenstern«, vgl. Jes. 14,12; häufig so auch in Bardengedichten unter dem Einfluß Ossians.

19,21 *Der alten Barden Vaterland!:* Die Barden waren altkeltische Dichter und Sänger, die an Königs- und Fürstenhöfen Schlachten- und Totengesänge sowie Preis- und Spottlieder vortrugen und sich, anders als auf dem Festland, im inselkeltischen Bereich bis ins frühe Mittelalter hielten. Vom 17. Jh. an wurden sie irrtümlich mit den germanischen Skalden gleichgesetzt. Das im 18. Jh. einsetzende Interesse an keltischem und altnordischem Schrifttum, vor allem aber die Begeisterung für Macphersons Ossian-Fälschungen, bewirkte in Deutschland eine Bardenmode, die, von Klopstock und Gerstenberg geschaffen, auch im Göttinger Hain Resonanz fand. Neben dem Zittauer Advokaten Karl Friedrich Kretschmann traten österreichische Autoren, namentlich Michael Denis, mit Bardendichtungen hervor.

19,24 *Braga:* auch: Bragi; der älteste bekannte Skalde (nach isländischen Quellen etwa 835–900); schon im Mittelalter als erster der Skalden verehrt; im Laufe der Jahrhunderte im Zuge einer nicht ganz zu klärenden mythengeschichtlichen Genese Gott der Wortkunst, Odinssohn und Gatte der Iduna. Vgl. Klopstocks Gedicht »Braga«, ebenso mehrfache Bezüge bei den Dichtern des Göttinger Hains.

20,20 *Sollst Freund und Vetter heißen!:* endgültige Fassung des *Asmus* gegenüber der aktuell bezogenen Aussage des *Wandsbecker Boten*: »Sollst Deutscher Bote heißen«. Vgl. Anm. zu 13,10.

21 **Was ich wohl mag**

E: WB 1772, Nr. 13; D: *Asmus* I/II, S. 10 f.

22 **Eine Chria**

E: WB 1771, Nr. 53; D: *Asmus* I/II, S. 16–21.

22,1 *Chria:* Chriё (von griech. *chreia*): Gebrauch, Anwendung; seit der Antike Vorübung zur Redekunst mit schriftlicher Behandlung eines vorgegebenen Satzes nach partitio, divisio, argumentatio, contrapositio, exemplificatio, conclusio. Claudius verspottet schon durch die Diskrepanz zwischen Überschrift und umgangssprachlich plauderndem Text die in der Spätaufklärung gängige demonstrierende Lehrmethode der Wolffschen Schule, der er in seinen Plöner Lateinschuljahren selbst ausgesetzt gewesen war.

22,4 *Unverstädten:* plattdeutsche Verballhornung von *Universitäten*; vgl. 359,13 *Unverstedt*.

22,11 *Hittsche:* Hütsche (ndd.): Schemel, Fußbank; hier: Lehrpult, erhöhte Sitzgelegenheit; vgl. die bildliche Verwendung für »Thron« (DWb. 10, Sp. 1993).

23,11 *der zureichende Grund:* in der Terminologie von Gottfried Wilhelm Leibniz als logisch-ontologischer Grundsatz dem Satz vom Widerspruch an die Seite gestellt; bei seinem Nachfolger Christian Wolff das, wodurch man verstehen kann, daß etwas ist.

23,15 *Axioma:* Axiom (griech.); Grundsatz, der nicht von logisch früheren Sätzen abgeleitet, d. h. nicht bewiesen werden kann. In der Mathematik sind Axiome von Bedeutung vor allem als Grundlage der Euklidischen Geometrie. Die Übertragbarkeit axiomatischen Vorgehens auf philosophisch-theologische Bereiche war Bestandteil des Streits um die Wolffsche Methode und nahm wenige Jahre später einen gewissen Raum in Lessings Streit mit Goeze ein. Vgl. vor allem Lessings *Axiomata, wenn es deren in dergleichen Dingen gibt* (1778) sowie seine Schrift *Gotth. Ephr. Lessings nötige Antwort auf eine sehr unnötige Frage des Hrn. Hauptpastors Goeze in Hamburg* (1778).

23,22 *Alp:* nächtlicher Dämon, quälender Nachtgeist.
Leichdörnern: Hühneraugen.

24,5 *Isop … der an der Wand wächst:* vgl. 1. Kön. 5,13.

24,14 *Gras und Blumen:* vgl. Jes. 40,6–8 u. a.

24 **Brief an Andres**

E: WB 1771, Nr. 128; D: *Asmus* I/II, S. 22–24.

24,16 *Andres:* ebenso wie der »Vetter« ein Alter Ego des Autors; vgl. Flegler, S. 495.

24,18 *wenn Er sich noch wohl befindet:* Anklang an die Eingangsformel lateinischer Briefe, die dem Empfänger Heil und Gesundheit wünscht.

24,24–26 *daß dieser Tycho Brahe ... abduellierte:* Die erwähnte Episode ist für Tycho Brahes (1546–1601) Rostocker Studienjahre beglaubigt. Claudius' biographisches Interesse an Brahe, der 1597–99 bei Heinrich Rantzau im Wandsbeker Schloß lebte und von dessen Turm aus astronomische Beobachtungen betrieb, kommt auch in »Wandsbeck, eine Art von Romanze« (*Asmus* I/II, S. 68–79) zum Ausdruck.

25,6 *Nücken:* (ndd.) Plural von *Nück* (mask.) oder *Nücke* (fem.): Unarten, Launen, Schrullen.

25,9 *unterm Mond:* redensartlich synonym zu »auf Erden«.

25 **Neue Apologie des Sokrates**

E: WB 1771, Nr. 129; D: *Asmus* I/II, S. 24–27. – Rezension zu dem gleichnamigen Buch des Charlottenburger Predigers Johann August Eberhard, Berlin und Stettin 1772. Darin wird gegen die Kirchenlehre von der Verdammnis aller vorchristlichen Heiden Stellung genommen. Sokrates erscheint mit seiner Philosophie einer natürlichen Sittlichkeit als Vorläufer der zeitgenössischen Aufklärung.

25,16–20 *»Aber«, sagte Sokrates ... allein die Götter«:* vgl. Platon, *Apologie* 42a; vgl. 223,31–33.

26,8 *via legitima:* (lat.) auf rechtmäßige Weise.

26,13 f. *daß der Wind bläst wo er will:* vgl. Joh. 3,8.

26,22 f. *einen Sokratischen Schriftsteller:* Hamann hatte in seiner Schrift *Sokratische Denkwürdigkeiten* (1759) Sokrates im Gegensatz zur Wolffschen Schule als den im Sinne vordergründiger Vernunft Nichtwissenden dargestellt, der nur der Stimme seines Daimonion folgte (vgl. Anm. zu 28,6).

26,28 *dem Niemand und den Zweenen:* Anspielung auf die beiden Vorreden Hamanns, deren erste an das Publikum oder »Niemand, den Kundbaren« und deren zweite an »die Zween«, Johann Christoph Berens und Immanuel Kant, gerichtet war.

26,30 f. *Gewisse Nachrichten aus dem Reiche der Gelehrsamkeit:* Die

Formulierung spielt satirisch mit den Einleitungsworten der Rezension von Christian Ziegra, der in *Hamburgische Nachrichten aus dem Reiche der Gelehrsamkeit*, 57. Stück vom 28. Juli 1761, S. 449–454, den Verfasser der *Sokratischen Denkwürdigkeiten* für verrückt erklärt hatte.

26,32 *Arbeits- und Raspel-Häuser:* Zuchthäuser (die in der Verwahrpraxis des 18. Jh.s nicht immer eindeutig von Irrenhäusern unterscheidbar waren).

26,33 *in einem eigenen Nachspiel: Wolken. Ein Nachspiel Sokratischer Denkwürdigkeiten* (1761).

27 Als er sein Weib und 's Kind an ihrer Brust schlafend fand

E: GM 1775, S. 150; D: *Asmus* I/II, S. 32.

27,9 *Schlafgesindel:* zusammen schlafende Gemeinschaft mehrerer Menschen ohne pejorative Bedeutung.

27 Über das Genie

E: WB 1771, Nr. 141; D: *Asmus* I/II, S. 33–36. – Der Text ist eine weitere Aufklärungskritik im Gefolge Hamanns und richtet sich aus gegebenem Anlaß gegen Johann Adolf Schlegel. Dieser hatte in einer Beigabe zu seiner 1770 erschienenen Übersetzung von Batteux' *Les Beaux Arts réduits à un seul principe* (1746; dt.: *Einschränkung der schönen Künste auf einen einzigen Grundsatz*) die Zügelung des Genies durch Regeln und Urteilskraft gefordert (vgl. Flegler, S. 500 f.). Claudius teilt Lessings und Herders Abneigung gegen Batteux, die sich bei den Stürmern und Drängern noch verstärken sollte; vgl. seine Rezension in *Asmus* I/II, S. 5 f.

27,11 *Nescio quid servile ... Juris:* (lat.) Irgend etwas hat einen Geruch von Abhängigkeit und nicht von Eigenständigkeit.

27,24 *Successions:* (frz.) Nachfolgen.

28,4 f. *in Quarto und Octavo:* Buchformate.

28,6 *von einem Genio:* Übersetzung des sokratischen Begriffs *daimonion* in Platons *Apologie* 31d 1.

28,10 f. *Minstrels:* Der Minstrel (engl., ›Sänger, Spielmann‹, von prov. *Menestrel*) war namentlich seit Thomas Percys *Reliques of Ancient English Poetry* (1765) und James Beatties Verserzählung *The minstrel or the progress of genius* (1771–74) neuerlicher Gegenstand des literarischen Interesses.

28,11 f. *Königin Elisabeth ... Ehre auf dem Brett:* Zu »Brett« im Sinne von ›Ehrenplatz‹ vgl. DWb. 2, Sp. 374.

28,19 f. *die dürre Sandwüsten der Wolffischen Philosophie:* vgl. Anm. zu 26,22 f.

28,26 *Venus Erycina:* Venus, die im Tempel am Erycus (Berg mit Stadt an der Westküste Siziliens) verehrt wird.

28,26 f. *im ersten Platonischen Paroxismo:* Paroxysmus (griech./lat.): Anreizung, Anfall, höchste Steigerung einer Krankheit. Unter »platonischem Paroxysmus« soll wohl die ›Verrückung‹, nach Sokrates das gottgewirkte Heraustreten aus dem gewohnten herkömmlichen Seelenzustand (s. *Phaidros* 265a), verstanden werden. Ähnliches auch andeutungsweise in der *Apologie* (vgl. 191,5 f.).

28,28 *Idol[o] suo:* (ital.) sein Abgott.

29 **Hier liegen Fußangeln**

E: WB 1771, Nr. 200; D: *Asmus* I/II, S. 36. – Das Epigramm drückt die Reserve des Autors gegenüber den Atavismen der Bardenmode aus. Vgl. Anm. zu 19,21; zu seinen Vorbehalten insgesamt vgl. Stammler, S. 53 Anm. 59.

29 **⟨Über das Genie⟩**

E: WB 1771, Nr. 151, 157, 159; 1773, Nr. 100; D: *Asmus* I/II, S. 40–47. – Fortsetzung der Abhandlung, S. 27 der vorliegenden Ausgabe, die nicht nur in WB in mehreren Nummern abgedruckt, sondern auch im *Asmus* durch Einschübe unterbrochen war.

29,24 *den letzten Perioden: Periodos* (griech., fem.) wird aufgrund seiner maskulin anmutenden Endung im 18. Jh. häufig männlich gebraucht; hier in der Bedeutung eines hypotaktischen Satzes.

30,1 *Helikonberg:* Gebirge zwischen Kopaissee und Korinthischem Meerbusen; sprichwörtlich durch das an seinem Fuße liegende Musenheiligtum und die Dichterweihe des Hesiod.

30,5 *Gesellen des Hains:* vgl. Anm. zu 13,2. Der Göttinger Hain, 1772 von Voß, Hölty, Hahn, Wehrs, Gottlob Dieterich Miller und Johann Martin Miller begründet, war als Dichtergemeinschaft Gott, dem Vaterland, der Tugend, Freiheit, Unschuld und wahren Empfindung geweiht. Der unter Eichen geschlossene Freundschaftsbund verstand sich als deutscher Hain gegenüber dem griechischen Parnaß. Unter dem Patronat Klopstocks betrieb man das Bardenwesen. Weitere Mitglieder wurden vor allem die Brüder Stolberg, Clausewitz und Heinrich Christian Boie.

30,17 ff. *Wallfisch:* vgl. Jona 2,1–11.

31,17 *Eule auf'n Helm der Minerva:* Die Eule war als Symbol der Weisheit der eulenäugigen Göttin Pallas Athene (röm.: Minerva) zugeordnet.

31,29 *Vita Caroli, mors Conradini:* (lat.) Karls Leben, Konradins Tod; Anspielung auf die Niederlage und Hinrichtung Konradins von Hohenstaufen durch Karl von Anjou 1268.

31,32 *Hebammenkünste:* Anspielung auf die von Sokrates geübte »Hebammen-« (mäeutische) Methode der Wahrheitsfindung.

32,4 *Hacken:* lies: Haken.

32,7 *dioptrisch:* die Lichtbrechung betreffend (vgl. Descartes' Abhandlung *La Dioptrique* von 1637).

32,13 *eine Chronologie: Sir Isaac Newton's Chronology abridged by himself* (1728). Newton betrieb seine chronologischen Studien etwa 40 Jahre lang und wollte damit die Autorität der Bibel stärken, indem er deren Zeitangaben mit exakten physikalischen, chemischen und astronomischen Daten in Einklang zu bringen suchte. Claudius' Übersetzung »Aus Newtons Observationen zum Propheten Daniel, das 11. Kapitel, darin er die Zeiten der Geburt und der Leiden Christi zu bestimmen sucht« (*Asmus* VII, S. 222–226), schöpft aus der Genfer Ausgabe von 1744. Zu der komplizierten Textgeschichte und Manuskriptsituation vgl. Karin Figala, »Ein Exemplar der Chronologie von Newton aus dem Besitz von Pierre des Maizeaux in der Bibliothèque de la Ville de Colmar«, in *Veröffentlichungen des Forschungsinstituts des Deutschen Museums für die Geschichte der Naturwissenschaften und der Technik*, R. C, Nr. 16 (1975) S. 647–697.

32,17 *Leichdornpflaster:* vgl. Anm. zu 23,22.

32,24 *Errata:* (lat., Pl.) Irrtümer; Druckfehler.

33 **Phidile**

E: ACN 1770, Nr. 27; Nachdr.: GM 1772, S. 77 ff.; D: *Asmus* I/II, S. 54–56. – Der Titel bezieht sich auf die »rustica Phidyle« von Horaz, *Carmina* III,23,2, die in der Literatur zum Inbegriff des unverbildeten Landmädchens geworden ist. Zum nur vermutbaren biographischen Kontext vgl. Stammler, S. 40. Später übertrug Claudius, vor allem in Briefen, den Namen auf seine Ehefrau Rebecca, das »Bauernmädchen«.

33,15 *verschrieben:* »verschreiben« hier in der Bedeutung von ›entbieten, einladen‹.

34 An die Nachtigall

E: WB 1771, Nr. 70; Nachdr.: GM 1772, S. 77; D: *Asmus* I/II, S. 56.

35 Älteste Urkunde des Menschengeschlechts

E: WB 1774, Nr. 90, 92; D: *Asmus* I/II, S. 57–66. – Die Rezension bezieht sich auf den 1. Band des Herderschen Werks (1774), dem 1776 ein 2. Band folgte. Es stellt neben Hamanns *Sokratischen Denkwürdigkeiten* den Höhepunkt der philosophischen Wegbereitung zum Sturm und Drang dar, wendet sich satirisch gegen die Aufklärungstheologie, die Bibel und Wissenschaft in Einklang bringen will, und betont an der Heiligen Schrift deren poetischen Wert. Claudius hatte seine Rezension schon in WB 1774, Nr. 88, wie folgt angekündigt: »Für heute kündigen wir diese Schrift nur an, als einen orientalischen Laut, als ein Leben und Weben des Genies, als eine schöne Erscheinung, die, wie der Bogen der Huld, hoch in der Wolke blühet u.s.w.« Zu Werk und Rezension vgl. ausführlich Flegler, S. 501–504.

35,23 *alle Q. E. D.-s:* Q. E. D.: Quod erat demonstrandum (lat.): Was zu beweisen war.

36,1 *Bedruck:* Kränkung, Unterdrückung.

36,8–20 *»Diese Analogie ... Geschlechts sind«:* Zitat aus Hamanns Schrift *Aesthetica in nuce. Eine Rhapsodie in kabbalistischer Prose* (1762).

36,25 *Deisten:* Anhänger des Deismus, einer gegen die Offenbarungsreligionen gerichteten Lehre von Gott als Causa prima (›erstem Grund‹) und unpersönlichem Absolutum, verbreitet vor allem unter den Jüngern der von Claudius bekämpften Wolffschen Schule, modifiziert jedoch auch in der französischen Aufklärung und bei Kant. Die zeitgenössische Aktualität des Deismus-Problems ist auch aus Lessings Schrift *Von Duldung der Deisten. Fragment eines Ungenannten* (1774) ersichtlich.

36,26 *Aristoteles' Organon:* Organon (griech.): Werkzeug; die *Logik* des Aristoteles (ungefähr datierbar zwischen 367 und 344 v. Chr.), in der die formale Logik als denkerische Grundlage geschaffen wurde.

Graf Wellings Salzlehre: Georg Welling, *Opus magocabbalisticum & theosophicum, darinnen der Ursprung, Natur, Eigenschafften und Gebrauch des Saltzes, Schwefels und Mercurii in 3 Theilen* (1735); magisch-alchimistisches Standardwerk, dessen große

Wirksamkeit im 18. Jh. noch von Goethe in *Dichtung und Wahrheit* bezeugt wird.

36,28 *Gerickens Luftpumplehre:* Otto von Guericke (1602–86), Physiker, Ratsherr und Bürgermeister von Magdeburg, führte 1654 auf dem Reichstag von Regensburg Versuche mit der von ihm um etwa 1650 erfundenen Luftpumpe vor. Das berühmte Experiment mit den Magdeburger Halbkugeln wurde von Guericke später ausgeführt (Beschreibung bei Kaspar Schott, *Technica Curiosa* (1664). »Luftpumplehre« meint vielleicht den Titel *Experimenta nova (ut vocantur) Magdeburgica de vacuo spatio* (1672).

37,17 *auf Flügeln der Morgenröte:* vgl. Ps. 139,9; bei Herder s. *Sämtliche Werke*, hrsg. von Bernhard Suphan, Bd. 6, Berlin 1883, S. 225 ff.

37,29 *gnädig ... großer Güte:* vgl. Ps. 86,5.

38,18 f. *ad modum:* (lat.) nach dem Maßstab.

38,21 *Mikrokosmus:* Die Lehre vom Menschen als Mikrokosmos, also als Abbild des Makrokosmos, wirkte vor allem in den Vertretern der pansophischen Tradition wie Agrippa von Nettesheim und Paracelsus.

39,8 f. *vestigiis ... impressis:* (lat.) Spuren, die dem Geschöpf vom Schöpfer aufgeprägt sind.

39,17 *nil admirari:* (lat.) nichts bewundern, sich über nichts wundern. (Vgl. Horaz, *Epistulae* I,6,1.)

39[*] *Mutii Pansae OSCULUM Christianae et ethnicae religionis:* Muzio Pansa, *De osculo ethnicae et christianae philosophiae*, Chieti 1601. Claudius dürfte eher die Marburger Ausgabe von 1605 zugänglich gewesen sein.

40 Die Mutter bei der Wiege

E: WB 1771, Nr. 28; D: *Asmus* I/II, S. 67.

40 Die Leiden des jungen Werthers

E: WB 1774, Nr. 169; D: *Asmus* I/II, S. 80 f. – Die Rezension zeigt die Spannung zwischen moralischer Distanz und der Teilnahme am Schicksal des Helden. Zum zeitgenössischen Kontext vgl. Flegler, S. 504 f.

41 Fritze

E: WB 1772, Nr. 100; Nachdr.: GM 1773, S. 121; D: *Asmus* I/II, S. 82. – »Das Epigramm ist zwei Jahre älter als der Werther, aber sicherlich mit bewußter Schelmerei unter die Wertherrecension gestellt.« (Redlich, Bd. 1, S. 501.)

42 Als der Hund tot war

E: WB 1771, Nr. 164; D: *Asmus* I/II, S. 85 f.

42,2 *Alard:* Name von Claudius' eigenem Hund.

42 Über die Musik

E: WB 1771, Nr. 86, 87; D: *Asmus* I/II, S. 87–96. – Der Aufsatz wurde von Herder in die Abhandlung *Vom Geist der Ebräischen Poesie* (1782–83) aufgenommen.

42,21–23 *Nathan ... Mannes:* vgl. 2. Sam. 12,1–4.
42,24–43,2 *Abraham ... Fleische:* vgl. 1. Mose 17,23–27.
43,13 f. *des Herrn Gnade ... seine Wahrheit:* Zu dem häufigen biblischen Begriffspaar *misericordia/veritas* vgl. 2. Sam. 2,6; Ps. 18,15 u. a.
43,17 *Githit:* Claudius teilt hier vermutlich die (umstrittene) Ansicht, daß sich die Angaben von Ps. 8,1; 81,1; 84,1 auf ein Musikinstrument beziehen.
43,22 f. *Bußsoliloquia:* wohl Wortkontamination aus den Begriffen *Bußpsalm* und *soliloquium* (›Selbstgespräch‹). Neben der sieben (in der *Vulgata*: sechs) Psalmen umfassenden einschlägigen Gruppe kommt die Anspielung auf Augustinus, *Soliloquiorum Libri Duo*, in Betracht, die als innerer Dialog, 386/387 entstanden, die Zeit zwischen Bekehrung und Taufe des Autors begleiten.
44,1 *αει παιδες:* immer Kinder; vgl. Platon, *Timaios* 22b.
44,6 *Dialektik:* hier wohl in der bereits in der Antike geläufigen pejorativen Bedeutungsvariante ›sophistische Logik‹.
44,14–16 *hac animas ... resignat:* (lat.) mit diesem [dem Stab] ruft jener [der Götterbote Merkur] die bleichen Seelen aus dem Orkus [d. h. der Unterwelt], andere sendet er hinab zum traurigen Tartarus, spendet und entzieht den Schlaf und öffnet die Augen, die der Tod schon geschlossen hatte. (Vergil, *Aeneis* IV,242–244.)
44,17 f. *in den Pythischen ... Spielen:* musische und sportliche Wettbewerbe in Delphi.
44,21 f. *Tanz des Mann Gottes vor der Bundeslade:* vgl. 2. Sam. 6,14.
44,22 *Michal:* vgl. 2. Sam. 6,20–23.
44,23–26 *Plutarch sagt ... aufs Theater:* nicht ermittelt.
44,27 *zu Delphis:* lateinischer Ablativ von *Delphi.*

44,30 *Lykurgs Leben:* Lykurgos: legendärer spartanischer Gesetzgeber, dessen biographische Überlieferungen von Plutarch (um 46 bis nach 120 n. Chr.) zusammengefaßt werden. Zum Folgenden s. Plutarch, *Lykurgos* 41c–d.

45,25 f. *molliores ... flexiones:* »quanto molliores sunt et delicatiores in cantu flexiones et falsae voculae quam certae et severae!« (»Um wieviel weicher und feiner sind beim Singen Koloraturen und Falsett als klare und strenge Töne«; Cicero, *De oratore* III,98.)

45,29/30 *Varus / Hermanns:* Hermann (richtig: Armin) der Cherusker und die Varusschlacht im Teutoburger Wald (9 n. Chr.) waren im 18. Jh. vielfach literarisch behandelt worden und erlangten in Claudius' Umfeld namentlich durch Klopstocks 1769 mit *Hermanns Schlacht* begonnene Hermann-Triologie Interesse.

46,21 f. *Mutwillen:* hier: Willkür.

46,22–27 *Papst Marcellus II. ... das Herz trifft:* Anspielung auf Palestrinas *Missa Papae Marcelli* (1567), die sich angeblich auf von Papst Pius IV. eingeleitete tridentinische Reformbestrebungen der Kirchenmusik bezieht.

46,32 *den Vogel:* den Adler.

47,4 f. *zwei lange Gliedmaßen unter Midas' Locken:* Midas, ein in der Sage überlieferter phrygischer König, Sinnbild menschlicher Torheit, wurde von Apollo durch die Verleihung entstellender Eselsohren dafür bestraft, daß er dessen Kitharaspiel geringer schätzte als Pans Flötenweisen.

47 **Oden**

E: WB 1771, Nr. 175, 177, 179; D: *Asmus* I/II, S. 100–108. – Rezension zu Klopstocks 1771 bei Claudius' Verleger Bode anonym erschienenen *Oden*, die, über den Anlaß hinausgehend, nochmals den Streit zwischen Gottsched und den Schweizern Bodmer und Breitinger über gereimte und reimlose Lyrik aufnimmt (vgl. Stammler, S. 53 f.).

47,8 *Herr Ahrens:* von Claudius mehrfach zitierter fiktiver Schulmeister.

47,23 *reucht:* riecht.

49,6 *Schildereien:* bildliche Darstellungen. Zur genauen zeitgenössischen Definition im Unterschied zu Gemälden vgl. Johann Christoph Adelung, *Grammatisch-kritisches Wörterbuch der hochdeutschen Mundart*, Bd. 3, Leipzig ^{2}1798, Sp. 1462. Die folgende Metaphorik mag Gemeingut der Epoche gewesen sein; vgl. Goethes Altersepigramm »Gedichte sind gemalte Fensterscheiben«.

49,19f. *mit Onkle Toby 'n Pfiff zu tun:* Onkel Toby in Laurence Sternes Roman *Tristram Shandy* (9 Tle., 1760–67) macht seinem Ärger oder seiner Überraschung immer dadurch Luft, daß er einige Takte seines Regimentsmarsches Lillabullero pfeift.

50,22 *Rubra:* Plural von *Rubrum* (lat.): ›das Rote‹, urspr. rot geschriebener Titel in Handschriften; Überschrift, Titel.

50,26 *Mecenas:* Maecenas: bedeutender römischer Politiker (70–8 v. Chr.) aus dem engsten Kreis um Octavianus Augustus. Sein Name ist vor allem durch Horaz sprichwörtlich für einen Gönner und Förderer von Kunst und Dichtung geworden.

51,2 *plethorisch:* (griech.) vollblütig.

51,3 *Nachtmoor:* lies: Nachtmahr; Alp (vgl. Anm. zu 23,22).

51,5f. *Materia peccans:* (lat.) Eiter.

51,6 *sezerniert:* (lat.) absondert.

51,8 *Braga:* s. Anm. zu 19,24.

51,12 *Franzosen:* metonymisch auch für: Syphilis.

51 **Aus dem Englischen**

E: WB 1771, Nr. 158; D: *Asmus* I/II, S. 109.

52 **Fuchs und Bär**

E: WB 1771, Nr. 192; D: *Asmus* I/II, S. 113.

52 **Bekehrungsgeschichte des – – –**

E: WB 1772, Nr. 142, 145; D: *Asmus* I/II, S. 114–117. – Besprechung des Buches *Bekehrungsgeschichte des vormaligen Grafen und königlich dänischen geheimen Cabinetsministers Joh. Friedrich Struensee, nebst desselben eigenhändiger Nachricht, wie er zur Änderung seiner Gesinnungen über die Religion gekommen ist. Zum Drucke gegeben von D. Balthasar Münter*, Kopenhagen 1772. Johann Friedrich Struensee (1737–72), Leibarzt des dänischen Königs Christian VII. und Reformpolitiker, war 1771 durch die Gunst der Königin Karoline Mathilde zum Staatsminister aufgestiegen. Sein Sturz und seine Verurteilung werden weitgehend mit dem Verdacht des Ehebruchs mit der Königin motiviert, waren aber vor allem in seiner fortschrittlichen und freidenkerischen Gesinnung begründet. Zum Bericht Balthasar Münters über seine angebliche Bekehrung des

Delinquenten und zeitgenössische Reaktionen hierauf vgl. Flegler, S. 507 f.

52,16 *Zufälle:* hier: krankhafte Störungen.
52,28 f. *transzendentale:* hier im oft ungenauen Sprachgebrauch der Epoche eher im Sinne von *transzendent*: übersinnlich, das (diesseitige) Bewußtsein übersteigend.
53,11 *Ephemera:* (griech.) Eintagsphänomene.
53,27 f. *Wer mein Wort hält ... von Gott sei:* ungenaue Zitation von Joh. 7,17.

54 Kuckuck am Johannistage an seine Kollegen

E: WB 1772, Nr. 103; Nachdr.: GM 1775, S. 140; D: *Asmus* I/II, S. 117. – Überschrift und Text spielen darauf an, daß der Kuckuck zu den am frühesten nach Süden zurückfliegenden Zugvögeln zählt.

54 Grabschrift auf den Windmüller Jackson

E: WB 1772, Nr. 16; D: *Asmus* I/II, S. 120. – Der ursprüngliche Titel des *Wandsbecker Boten* lautete *Grabschrift auf den Windmüller Mayhon*. Das Epigramm entstand aufgrund einer Zeitungsmeldung, der zufolge ein französischer Müller namens Mayhon vom Blitz erschlagen worden war. Nach Redlichs (Bd. 1, S. 502) Vermutung hat Claudius den Namen geändert, »weil ihm die Anknüpfung seines Witzes an einen wirklichen Todesfall nachher unschicklich erschien«.

54 Ein Brief an den Mond

E: WB 1771, Nr. 31; D: *Asmus* I/II, S. 120–123.

54,16 *Freundin:* Der Mond wird als Göttin Selene verstanden.
55,4 *Endymion:* Geliebter der Selene, der von Zeus in ewigen Schlummer bei bleibender Jugendschönheit entrückt wurde.
55,18 f. *Päan des Orions ... Siebengestirns:* Der Päan als feierlicher antiker Gesang ist als Attribut des Orion wohl in seiner kriegerischen Variante zu verstehen. Orion, eine vieldeutige griechische Heroengestalt, ist als Sternbild bereits bei Homer geläufig. Das Siebengestirn bezeichnet die Pleiaden, die in einer Version ihres Mythos als Tauben von Orion verfolgt und von Zeus an den Himmel entrückt wurden. Die nicht ganz eindeutige Stelle könnte an Herders »Erste Orientalische Fragmente der Weltentstehung und Weltzeiten« (1769) anklingen (vgl. Johann Gottfried Herder,

Sämtliche Werke, hrsg. von Bernhard Suphan, Bd. 6, Berlin 1883, S. 21).

55,27 *Cul de Lampe:* (frz.) hier im typographischen Sinne als seitenfüllende Vignette am Schluß eines Buchkapitels.

56 Ich wüßte nicht warum?

E: WB 1771, Nr. 188; D: *Asmus* I/II, S. 123. – Beiläufige Stellungnahme zum im 18. Jh. weitverbreiteten ästhetischen Streit über die Nachahmung der Antike. Claudius' Einsatz für natürliches Empfinden entspricht seinem Standpunkt in der *Oden*-Rezension (vgl. S. 47).

56,7 *halter:* Nebenform zu *halt*.

56,12 *Videatur Vetter Ossian:* Man sehe bei Vetter Ossian nach. Wiederum Anspielung auf die von Claudius zum Teil mitgetragene Bardenmanier (vgl. Anm. zu 19,21), die Ossians naturhafte Ausdruckslyrik gegen antike Prosodie ausspielt. Vgl. Herders im August 1771 fertiggestellten *Briefwechsel über Ossian und die Lieder alter Völker*; vgl. auch S. 326–328.

56 Brief von Pythagoras an Fürst Hiero von Syrakusa

E: WB 1773, Nr. 196; D: *Asmus* I/II, S. 124–126.

56,13 *Hiero:* Hieron; Name mehrerer syrakusanischer Herrscher. Ein biographischer Zusammenhang mit Pythagoras scheint allerdings anachronistisch.

56,14 *NB:* nota bene (lat.): ›merke wohl‹, übrigens.
c: ca., circa.

56,17 f. *daß ein Philosoph unsers Jahrhunderts ... geschrieben haben:* wohl Anspielung auf Voltaires Verhalten, der 1750 einer Einladung Friedrichs II. von Preußen nach Potsdam gefolgt war.

56,21 *Sire:* (frz.) eine für die antike Verkleidung des Textes wohl bewußt anachronistisch gewählte Anrede an den Herrscher, wie sie aus in Briefform gehaltenen französischen Fürstenspiegeln bis in Claudius' Zeit geläufig war (vgl. auch Anm. zu 167,19).

56,24 f. *sizilian'schen Leckerbissen:* Anspielung auf die in der Antike sprichwörtlichen »sizilianischen Schüsseln« (im Sinne von ›Gängen‹); vgl. auch Platon, *Politeia* 404d.

57,10 *Ew. Mt.:* Eure Majestät.

57 **Ein Fragment, das nach der Stoa schmeckt**

E: WB 1774, Nr. 1; D: *Asmus* I/II, S. 127–130. – Die Stoa (eigtl. ›Säulenhalle‹) war die Bezeichnung für die Philosophenschule des Zenon aus Kition, benannt nach dem Ort ihrer Lehre, der *stoā poikīle* (›der [mit Bildern geschmückten] bunten Halle‹) in Athen. Ihre um 300 v. Chr. aufkommende Lehre hatte ein im Kosmos waltendes Vernunftprinzip und die natürliche Angleichung der menschlichen Lebensführung an diese zum Gegenstand. In römischer Zeit erlangte sie einen letzten Höhepunkt durch Seneca und Marc Aurel.

57,17 f. *quod petis ... AEQUUS:* das Ersehnte [erg.: Glück] ist hier vorhanden, in Ulubrae [d. i. ein Dorf in Latium], wenn nur dein Gleichmut dich nicht verläßt. (Horaz, *Epistulae* I,11,29 f.)

58,3 *Siebenstern:* vgl. Anm. zu 55,18 f.

59 **Eine Disputation zwischen dem Herrn W– und X– und einem Fremden**

E: Einzeldruck, [o. O.] Februar 1772; D: *Asmus* I/II, S. 130–152. – Der Anlaß und der historische Kontext der Disputation sind hinlänglich bekannt; allerdings läßt sich eine Reihe vorsätzlicher Verballhornungen heute nur noch schwer nachvollziehen. Die personelle Konstellation, der Antagonismus zwischen den beiden Hamburger Pastoren Julius Gustav Alberti und Johann Melchior Goeze, sollte später durch Lessings Abrechnung mit dem letzteren verewigt werden. Anlaß des hier behandelten Streits war eine *Anleitung zum Gespräch über die Religion* (1771), die Alberti, toleranter Befürworter des Vernunftglaubens, verfaßt hatte. Claudius schreibt darüber im Februar 1772 an Herder:

»Mein lieber Herder,

Die Neckereien zwischen Ihrem Freunde Alberti und Ihrem Freunde Goeze in Hamburg dauern noch fort. Der eine hat kürzlich ein Buch zum Unterricht der Jugend geschrieben und der andre einen Text dagegen ausgehaucht, der einen so übeln Ruch an sich hat, daß auch die Nase des Hamburger Rats und des Collegii der Sechziger ihn nicht ertragen mochte und H. Bode, der Gözens Texte verlegt, alle Exemplare abfodern ließ, um sie in den Cloak der Vergessenheit werfen zu lassen. Dieser Schritt hat nun große Bewegung unter dem gemeinen Mann erregt, die alle Alberti einen Erzketzer heißen und sich mit Eile gürten, die Sache Gottes zu führen. Ihr gehorsamer Diener hat sich bei der Gelegenheit einen kleinen Luftstreich erlaubt, und unter andern auch seine Talente im Kupferstechen geübt, und er nimmt sich die Freiheit, Ihnen sein Produkt zu überschicken, nicht als hielte ers Ihres Ansehens wert, sondern als wolle er Sie auf eine schickliche Art an die Antwort auf seinen letzten Brief erinnern, von der ihm so oft träumt. Leben Sie wohl

Cl.«

(*Botengänge*, S. 82 u. Anm., 491; korrigiert nach der Fotokopie der Handschrift.) Vgl. Stammler, S. 77–80; Roedl (1969) S. 77–79.

59,22 *Herren Sechsziger:* städtisches Gremium, sechzig von der Bürgerschaft als Beirat des Rates gewählte Personen in mehreren deutschen Städten; in Hamburg seit 1574.

61,1 *Präses:* »Praeses, ist die Haupt-Person bei einer Disputation, unter dessen Schutz der Respondente stehet, daß wenn er nicht fortkommen kan, der Präses seine Stelle vertritt, weswegen ihm alles dasjenige zukommt, was dem Respondenten oblieget, und sie also vor eine Person gelten; nicht aber ist er darzu da, daß er den Ausschlag geben soll.« (Johann Heinrich Zedler, *Großes vollständiges Universallexikon aller Wissenschaften und Künste*, Bd. 29, Leipzig/Halle 1741, Sp. 111.)

61,2 *wesen:* sein.

61,3 *Sutorem ... recori:* vermutlich Kontamination aus dem lateinischen Sprichwort »Ne sutor supra crepidam« (»Schuster, bleib bei deinen Leisten«) und »Naturam expelles furca, tamen usque recurret« (»Du magst Natur mit der Heugabel austreiben, dennoch kehrt sie wieder«; Horaz, *Epistulae* I,10,24).

61,14 *Klerisei:* von mlat. *clericia* ›Geistlichkeit‹; im allgemeinen Sprachgebrauch familiäre oder abschätzige Variante zu *Klerus*.

61,22 f. *quod ... Ruinae:* vgl. Horaz, *Carmina* III,3,7 f.: »Si fractus inlabatur orbis, / Inpavidum ferient ruinae« (»Wenn der zerschmetterte Erdkreis einstürzt, erschlagen die Trümmer noch einen Furchtlosen«). »Inpavidum« (›den Furchtlosen‹) wird zu frz. »un Pavian« (›ein Pavian‹) verballhornt.

61,23 f. *Buten-Minsch:* (ndd.) ›Außenmensch‹, Fremder.

61,24 *mellier:* (frz.) mische.

61,25 *heel:* (ndd.) ganz, sehr.

62,5 *vörn Riß treten:* schützend vor eine Bresche treten (DWb. 14, Sp. 1048).

62,6 *neg:* (ndd.) nahe.

63,5 *Wächter Zions:* vgl. Jes. 62,6.

63,32 *Text am 5. Sonntage nach Ephiphonias:* vgl. Mt. 13,24–30. Ephiphonias: Gemeint ist wohl: Epiphanias (Erscheinungsfest,

6. Januar). – Goeze beabsichtigte zu diesem Anlaß eine Predigt gegen Albertis *Anleitung* zu halten, da darin die Lehre vom Teufel nicht ausgeführt war. Der einige Tage davor bekannt werdende Text enthielt jedoch so üble Anwürfe, daß er konfisziert wurde; vgl. Roedl (1969) S. 77.

64,8 *Sozinianer:* urspr. Anhänger von Lelio Sozzini (1525–62), der einer rationalistischen Bibelinterpretation Vorschub leistete. Sie wurden im 18. Jh. weitgehend mit den Rationalisten schlechthin gleichgesetzt.

64,8 f. *Valentinianer:* Anhänger des Valentinus von Alexandrien (gest. 161 n. Chr.), der einen gnostischen Dualismus lehrte.

64,9 *Manichäer:* Anhänger des Mani (um 215–277), der christliche mit zoroastrischen Elementen zu einer dualistischen Lehre zu verschmelzen suchte. Die iranisch bestimmten Traditionen des Dualismus werden im folgenden zutreffend erörtert. Die Argumentation legt einen Einfluß durch Gottfried Arnolds *Unparteiische Kirchen- und Ketzerhistorie* (1699) nahe.

64,20 f. *Prinz Heraclius:* wohl bewußt unklare Anspielung auf den legendären Kaiser Heraclius, der das heilige Kreuzesholz vom Perserkönig Chosroes zurückeroberte; vgl. *Legenda aurea* u. a. Der Text »Übungen im Stil« (*Asmus* VI, S. 121–138), in dem ebenfalls ein »Prinz Heraclius« erwähnt wird, läßt allerdings auch an eine mögliche, wiewohl unklar bleibende Anspielung auf Heraklius II., georgischer König 1744–98, denken, welcher durch die planvolle Öffnung seines Reichs für westliche Kultur, u. a. die Wolffsche Philosophie, das Interesse der Europäer erregte. Vgl. auch die Erwähnung in der Vorstellung des WB, 1771, Nr. 1.

64,21 *Tubal Cain:* vgl. 1. Mose 4,22.

65,24 *Duhn:* nicht ganz klare Stelle. Die geläufigen Wortbedeutungen von ndd. *duhn, duun* ›gedunsen, geschwollen; betrunken‹ sowie Parallelen zu der holsteinischen Redensart »Dat du duun warrst« (als Ausdruck des Erstaunens und Zorns; Johann Friedrich Schütze, *Holsteinisches Idiotikon*, Bd. 1, Hamburg 1800, S. 277) befriedigen nicht recht.

65,27 *pluvinar Dioboli:* richtig: pulvinar Diaboli (lat.): Polstersitz des Teufels.

66,3 f. *Bono vino ... hirco:* (lat.) Es bedarf keines guten Weins, wenn der [Stink-]Bock aufgehängt/beseitigt ist. (?)

66,23 f. *qui bovem bis ungit bovem docet:* wer das Rind zweimal salbt, lehrt es. (?)

67,8 *übertünchten Gräbern:* vgl. Mt. 23,27.

68 Das unschuldige Mädchen

E: ACN 1768, Nr. 73; D: *Asmus* I/II, S. 152.

68 Vergleichung

E: WB 1771, Nr. 200; Nachdr.: GM 1773, S. 164; D: *Asmus* I/II, S. 153. – Das Epigramm drückt die allgemeine Abneigung der deutschen vorklassischen Generation gegen Voltaire aus (vgl. Stammler, S. 53 Anm. 57), folgt aber in seiner Gegenüberstellung mit Shakespeare auch einer ästhetiktheoretischen Tendenz, die namentlich von Lessing und Mendelssohn ausformuliert wurde.

68,23 *Arouet:* bürgerlicher Name Voltaires.

69 Von Schwedenborg

E: WB 1772, Nr. 194, 197; D: *Asmus* I/II, S. 162–170. – Emanuel Swedenborg (1688–1772) wurde 1716 Bergbauassessor und erwies sich über die Grenzen seines Fachs hinaus als begnadeter Naturwissenschaftler und Erfinder. Seine seit 1736 einsetzenden Visionen führten zur Niederlegung seines Amtes und Hinwendung zu Aufzeichnungen über eine jenseitige Welt. Sein gleichnishaftes Analogiedenken lief den Kausalitätsbegriffen der Aufklärung zuwider und erregte nach anfänglichem Interesse das Mißfallen Kants (*Träume eines Geistersehers*, 1766).

69,15 *Polyhistor:* Gelehrter, der über das Gesamtwissen seiner Zeit verfügt.

69,16 *Auditor:* (lat.) (geistlicher) Vernehmungsrichter.

70,11 *Karl XII.:* König von Schweden 1697–1718.

70,22 f. *Daedalus hyberboreus: Daedalus Hyperboraeus, eller några nya Mathematiska och Physikaliska försök och anmärkningar [...]* (6 Bde., 1716–18).

70,33 *1743:* richtig: 1734.

71,1 *Opera Philosophica und Mineralia:* (lat.) philosophische und mineralogische Werke.

71,26 *Nil Sacri es:* (lat.) Nichts Heiliges ist an dir, du gehörst dem Heiligen nicht an.

72,6 *24. Sept. 1771:* richtig: 29. März 1772.

72,14 *ebenteurlich:* abenteuerlich, seltsam, ungereimt.

72,19 *in den Elisaischen Feldern:* Die Elysäischen Felder (Elysium) waren in antiker Vorstellung ein glückliches Jenseitsreich, das entweder in der Unterwelt oder im westlichen Hesperien jenseits des Okeanos angesiedelt wurde.

72 Ein Wiegenlied bei Mondschein zu singen

E: ACN 1770, Nr. 1; D: *Asmus* I/II, S. 170–173. – Zum Vergleich der erheblich voneinander abweichenden Fassungen s. Hermann Claudius, »Matthias Claudius und sein ›Wiegenlied beym Mondschein zu singen‹«, in: *Schleswig-Hostein. Monatshefte für Heimat und Volkstum* 15 (1963) H. 6, S. 144 f.

73,9 *Alt ist er wie ein Rabe:* Namentlich der Kolkrabe wird wegen des ihm erreichbaren hohen Alters (60–100 Jahre) in verschiedenen Völkermythen zum Sinnbild für Weisheit und langes Gedächtnis (vgl. den Raben als germanischen Wotansvogel). Zu Krähenvögeln vgl. auch Horaz, *Carmina* III,17,13; IV,13,25.

74 Ein dito

E: ACN 1770, Nr. 17; D: *Asmus* I/II, S. 173–176. – Für die Erzählung vom Mann im Mond sind viele Anregungen denkbar. Vgl. Flegler, S. 512 f.

74,13 *dito:* von ital. *detto* ›das Gesagte‹; ebensolches.

76 Noch ein dito für belesene und empfindsame Personen

E: WB 1772, Nr. 4 (Titel: »Eine Erscheinung«); D: *Asmus* I/II, S. 176.

76,7–10 *Meine Mutter hat Gänse ...:* Zu diesem Volksreim vgl. Heinz Rölleke, »›Meine Mutter hat Gänse.‹ Ein Volksreim und seine Spuren im Jesuitendrama, bei Claudius, Goethe, Kotzebue und J. Grimm«, in: *Jahrbuch für Volksliedforschung* 19 (1974) S. 198–208.

76 Abhandlung über den Ursprung der Sprache

E: WB 1772, Nr. 130, 131; D: *Asmus* I/II, S. 177–181. – Zur Interpretation vgl. Flegler, S. 513–515.

77,1 *Réflexion en puissance:* (frz.) in Kraft befindliche Überlegung.
77,2 f. *sagt Herder:* nicht ermittelt.
77,7 *per fas & nefas:* (lat.) rechtmäßig und unrechtmäßig.
77,9 f. *auf der Schädel:* DWb. 14, Sp. 1979, nennt die Stelle als vereinzelten Beleg für den femininen Gebrauch des Nomens.
77,16 *Bärmutter:* Gebärmutter.
77,22 *Rosinante:* der Gaul Don Quijotes.
77,23 f. *Sancho Pansa:* Gefährte des Don Quijote.
78,14 *en Bas Relief:* (frz.) als Flachrelief, halbplastisch.
78,15 *[en] ronde Bosse:* (frz.) vollplastisch.

78 **Denksprüche alter Weisen, mit meinen Randglossen**

E: WB 1772, Nr. 65, 66, 88, 89; D: *Asmus* I/II, S. 182–186.

79,23 *weil:* während.
80,3 *Ich gläube … Unglauben:* vgl. Mk. 9,24.

80 **Spekulations am Neujahrstage**

E: WB 1772, Nr. 1; D: *Asmus* I/II, S. 187–189. – Der Text muß vor dem Hintergrund des Alberti-Goeze-Streites (s. S. 59 ff.) verstanden werden, der wenige Wochen später seinem Höhepunkt zutrieb. Anlaß der einleitenden Anspielungen war der Passus »Schütte Deinen Grimm auf die Heiden, die Dich nicht kennen, und auf die Königreiche, die Deinen Namen nicht anrufen!« (Ps. 79,6; Jer. 10,25), den der tolerante Alberti zur Empörung Goezes aus dem Hamburgischen Bußtagsgebet weggelassen hatte. Claudius gestaltet dementsprechend seine bieder-hinterhältigen Grußformeln. Fügt sich der patriotische Eingang noch ganz zu der deutschen Bardenmanier, wie sie in dem ein Jahr darauf erscheinenden »Neujahrslied« Ausdruck finden sollte, so überrascht der weitere Verlauf des Neujahrswunsches durch seine Einbeziehung der »Freunde und Feinde, Christen und Türken, Hottentotten und Kannibalen«. Die darauffolgende Erwähnung der »armen Mohrensklaven« deutet bereits auf das in WB 1773, Nr. 139, erscheinende Gedicht »Der Schwarze in der Zuckerplantage« (*Asmus* I/II, S. 12) voraus, eine frühe Anklage gegen die Verbrechen des weißen Mannes. Es geht jedoch offenkundig nicht nur um wohlfeile Mitmenschlichkeit, sondern um Toleranz gegen »Freunde und Feinde«, auch insoweit die letzteren das Wertesystem des Verfassers in Frage stellen. Sokrates, der zu Unrecht verurteilte Philosoph, und Numa Pompilius, der römische Friedensherrscher mit der zivilisatorischen Mission, finden sich in Gesellschaft des Jan Hus wieder, dessen Name noch später in »Gespräche, die Freiheit betreffend« (*Asmus* V, S. 43–87) zur Mahnung an die Menschenwürde des Andersdenkenden wird. Der Gestus des Autors, sich »alle Neujahrsmorgen auf einen Stein am Weg hinzusetzen« und mit dem Stab »im Sand zu scharren«, ist schon der Jahreszeit halber schwerlich naturalistisch zu deuten. Näher liegt eine Assoziation an die neutestamentliche Anklage gegen die Selbstgerechten in Joh. 8,6–8, die ihrerseits seit Hieronymus exegetisch mit Jer. 17,13 verknüpft wurde.

81,32 f. *der ewige Jäger:* der zum Wilden Jäger gewordene Wotan.
81,33 *übern Zwölften:* »die Zwölften« ist die in Norddeutschland

übliche Bezeichnung für die zwölf Rauhnächte, also ursprünglich die zwölf Nächte vom zweiten Weihnachtsfeiertag bis Epiphanias (das Fest der ›Erscheinung des Herrn‹ am 6. Januar). Bei regional variierender Zählung ist diesen Nächten gleichwohl gesamteuropäisch der Glaube an Spuk und Wilde Jagd (Geisterheer) gemeinsam.

82 **Ein Versuch in Versen**

E: WB 1773, Nr. 180; D: *Asmus* I/II, S. 190 f.

82,12 *Regulos und Scipione:* Von den vielen Trägern der Namen Regulus und Scipio dürfte hier kein bestimmter zu ermitteln sein; beabsichtigt ist wohl ein Sammelbegriff für Römer, die sich durch Dienst am Vaterland in den Punischen Kriegen des 3. und 2. Jh.s v. Chr. auszeichneten.

82,22 *Oper und Kastraten:* wohl scherzhafter Anachronismus. Die im 16. Jh. entstandene italienische Oper bediente sich bis ins 19. Jh. der Kastraten. In der spätrömischen Kaiserzeit nahmen Kastraten dagegen Eunuchenfunktionen wahr.

83 **Brief an den Mond. No. 2**

E: WB 1771, Nr. 113; D: *Asmus* I/II, S. 191–193. – Zum biographischen Hintergrund vgl. Stammler, S. 67.

83,3 f. *die Thrazischen Weiber haben den Orpheus zerrissen!:* In der reichen und widersprüchlichen Sagenüberlieferung der Orpheus-Gestalt ist der angedeutete Tod durch die thrazischen Mänaden erstmals bei Aischylos, *Bassarides* (5. Jh. v. Chr.), bezeugt.

83,6 *der wahrhaftige Adam der Griechen:* Die Mythentradition zieht auch Querverbindungen zwischen Orpheus und dem als Stammvater des Menschengeschlechts gesehenen Prometheus.

83,12 *Hydra:* Die – in sich vieldeutige – Hydra-Gestalt am Eingang des Totenreichs verklammert zuweilen die Orpheus- mit der Herakles-Thematik. Das Laokoon-Motiv bei Claudius scheint sich recht willkürlich hieran zu schließen.

Laokoons Hüften: Laokoon, troischer Priester des Zeus, warnte seine Mitbürger vor dem trojanischen Pferd und wurde mit seinen beiden Söhnen durch zwei von Pallas Athene gesandte Schlangen erwürgt. Die im Vatikan aufgestellte Laokoon-Gruppe (vermutl. 1. Jh. v. Chr.) regte Lessing und Winckelmann zu Deutungen der antiken Kunst an.

83,17 *Daphnes Begräbnis:* Daphne (griech., ›Lorbeer‹), griechische Sagengestalt, die vor Apolls Liebe floh und auf ihre Bitte in einen Lorbeerbaum verwandelt wurde. Der Stoff wird seit der Renaissance in der bildenden Kunst und Musik vielfach aufgegriffen. Der in der Anakreontik beliebte Mädchenname begegnet bei Claudius öfter mit vermutbarem autobiographischen Hintergrund.

84 **Hinz und Kunz**

E: WB 1774, Nr. 35; D: *Asmus* I/II, S. 193. – Vgl. Anm. zu 15,6.

84 **Einem Rezensenten zu Ehren**

E: WB 1772, Nr. 34; D: *Asmus* I/II, S. 198.

84 **Der Tod und das Mädchen**

E: GM 1775, S. 157; D: *Asmus* I/II, S. 199.

85 **Brief an den Mond. No. 3**

E: WB 1772, Nr. 159; D: *Asmus* I/II, S. 202. – Redlich, S. 503, und Stammler, S. 72 f., verweisen auf den unmittelbaren biographischen Bezug zu dem am Tage vor der Abfassung eingetretenen Tod des neugeborenen ersten Kindes.

85,4 *Heimchen der Natur! Sie wimmern zu hören:* Der zunächst nicht ganz leicht begreifliche Vergleich ist vielleicht mit dem vor allem niederdeutschen Volksglauben an das Heimchen (die Grille) als Todesverkünder zu erklären, der bei Zeitgenossen, namentlich Hölty, auch im Gedicht mehrfach aufscheint.

85,7 *Endymion:* vgl. Anm. zu 55,4.

85 **Hinz und Kunz**

E: WB 1772, Nr. 144; D: *Asmus* I/II, S. 207.

85 **Lied**

E: WB 1771, Nr. 65; Nachdr.: GM 1772, S. 205; D: *Asmus* I/II, S. 208 f. – Der Text erschien am 23. April 1771 im *Wandsbecker Boten* als offenkundiges Gegenstück zu Klopstocks »Vaterlandslied« (»Ich bin ein deutsches Mädchen«), das vier Tage zuvor im *Hamburgischen Korrespondenten* veröffentlicht worden war. Ob er eine naive Huldigung oder eine Parodie darstellt, ist bis heute umstritten.

86,9 *Thuiskon:* Titel einer Ode von Klopstock.

86 **Emilia Galotti**

E: WB 1772, Nr. 58, 60, 61; D: *Asmus* I/II, S. 210–213. – Lessings Trauerspiel erschien 1772 im bezeichneten Verlag nacheinander in drei Drucken.

87,3–8 *»Der Künstler scheint mit dem Auge gemalt zu haben ... nicht wahr?«:* Die Stelle aus *Emilia Galotti* I,4, auf die hier angespielt ist, erregte lebhafte Diskussionen und sollte noch die ästhetische Theorie des *Werther* mitbestimmen.

88,1 f. *ich war mir ... vermuten:* Der reflexive Gebrauch des Verbs *vermuten* ist seit Luther mehrfach belegt.

88,3 *surpreniert:* (frz.) überrascht.

88,5 *Nickel:* hier wahrscheinlich harmloses Scheltwort. Die Stelle ist in DWb. 13, Sp. 134, als Beleg aufgeführt.

88,16–18 *Er fackelt nicht ... Geheimden Räten gewohnt:* Anspielung auf Lessings Auseinandersetzung mit dem Hallenser Rhetorikprofessor und Geheimen Rat Christian Adolph Klotz (1738–71); vgl. Lessings *Briefe antiquarischen Inhalts* (2 Tle., 1768–69).

88,17 *mit'm schlichten Boten:* d. h. dem *Wandsbecker Boten.*

88 **Bei dem Grabe meines Vaters**

E: WB 1773, Nr. 199; D: *Asmus* I/II, S. 231 f. – Das Gedicht entstand nach dem Tode von Claudius' Vater am 4. Dezember 1773.

90 **Morgenlied eines Bauermanns**

E: VM 1777, S. 135; D: *Asmus* III, S. 1–11. – Wohl infolge des in der *Asmus*-Fassung mitgelieferten gelehrten Apparates dauert die philologische Abstinenz der Kommentatoren bezüglich dieses Textes bis heute an. Es bieten sich dennoch mehrere Perspektiven zu seiner Erschließung. Dem Erstabdruck im *Musen-Almanach* war statt des griechischen Zubehörs eine Vertonung von Reichardt vorgeschaltet. Im Umfeld des Textes finden sich, was für seine Deutung hilfreich sein mag, bereits Satiren auf idealisiertes bäuerliches Leben, so das mit »R« gezeichnete Gedicht »Der griechische und der deutsche Bauer« (VM, S. 127). Lexikalisch und phonetisch weicht die Erstfassung mehrfach von jener des *Asmus* ab und zeigt in Einzelheiten eine noch unbeholfenere Sprachgestalt. Die hier wie dort auffällige Trivialität des Ausdrucks und der Prosodie, die sich bis zu Syntaxfehlern und rührenden Reimen erstreckt, wirft die bei Claudius mehrfach auftretende Interpretationsfrage auf, ob leichtfertige Treuherzigkeit oder satirische Absicht zugrunde lag (vgl. Anm. zu 85:

»Lied«; Schwankungen zwischen beiden Stillagen scheinen sich im vorliegenden Falle, wie die letzte Strophe nahelegt, sogar innerhalb desselben Gedichtes abzuzeichnen). Die im *Asmus* offenkundig erfolgende redaktionelle Zuordnung zu dem daseinsfrommen »Abendlied eines Bauermanns« (vgl. S. 95f.) entspräche in ihrer angenommenen Kontrastabsicht Präzedenzfällen wie etwa der Aufeinanderfolge dreier gänzlich voneinander verschiedener Wiegenlieder (vgl. S. 72–76).

In der *Asmus*-Fassung dienen die griechischen Zitate einer besonders nachhaltigen Pointierung des Widerspiels zwischen dem vorgeblich einfältigen und dem gelehrten Vetter, in die sich der Autor bei vielen Gelegenheiten um eines diskursiven Anliegens willen aufteilt. Vor diesem Hintergrund scheint die von gängigen Kommentaren bevorzugte Deutung des gelehrten Apparates als amorphes Nonsensgebilde überprüfungsbedürftig. Die Würdigung des mutmaßlich großenteils von Voß für den Zweitabdruck mitgelieferten Beiwerks sollte wohl davon ausgehen, daß die von uns unterstellte a priori parodistische Tendenz des Gedichts in Richtung auf eine Auseinandersetzung mit deistischen Formen der Sonnenverehrung instrumentalisiert wurde. Möglicherweise fließen hierbei Reminiszenzen an die zeitgenössisch aktuelle Thematik des »gelehrten Bauern« ein, deren Schwerpunkt in mehreren Fällen auf astronomischen Studien lag; vgl. zur Erstinformation Holger Böning, »Gelehrte Bauern in der deutschen Aufklärung«, in: *Buchhandelsgeschichte* 1987, Nr. 1, S. B 1 – B 24 (Beilage zum *Börsenblatt für den Deutschen Buchhandel*, Frankfurter Ausg., Nr. 24, 24. März 1987), sowie den Katalog *Lob der Tüchtigkeit. Kleinjogg und die Zürcher Landwirtschaft am Vorabend des Industriezeitalters. Zum zweihundertsten Todesjahr Kleinjogg Gujers (1716–1785)*, Zürich 1985. Das darin aufgeführte, vielleicht einschlägige Werk *Johannes Thoman: Gedichte eines Bauren oder Betrachtung der Jahreszeiten ihm zur Erweckung und zum Preiß des großen Gottes* (Zollicken 1770) war während der Vorbereitung der vorliegenden Edition leider nicht zugänglich. Hans Caspar Hirzels Kleinjogg gewidmete Schrift *Die Wirthschaft eines philosophischen Bauern* (1761; neue, verm. Aufl. 1774) war Claudius jedoch sicher bekannt (vgl. WB 1775, Nr. 103).

Noch nachhaltiger jedoch scheint der Bezug auf die Sonne als Ersatzsymbol deistischer Gottesverehrung. Die Aufklärung hatte hierfür unter anderem aus dem Werk Giordano Brunos und Bernhard Nieuwentyts geschöpft und räumte naturgemäß kosmischen

Phänomenen, darunter namentlich dem allbelebenden Tagesgestirn, einen bevorzugten Platz in ihrer physikotheologischen Beweisführung ein (vgl. Wolfgang Philipp, *Das Zeitalter der Aufklärung*, Bremen 1963, pass.). Claudius setzt nun den durchgehend trivial geschilderten meteorologischen Phänomenen erlauchte neuplatonische und gnostische Textstellen entgegen, wobei der Schwerpunkt auf orphischer Lyrik und der Lichtmystik des Dionysius Areopagita liegt. Nach eher harmlos banalen Assoziationen setzt die kontroverse Behandlung des Motivs voll in der 2. Strophe ein, deren linkische Reime Sonnenaufgang und Gottesdienst assoziieren. Der Sottise »Sie ist ein sonderliches Wesen« in der 1. Zeile steht die Anmerkung a gegenüber. In ihr steigert sich die orphische Gleichsetzung der Sonne mit dem Zeichen für Leben, Gerechtigkeit, Frömmigkeit, Schönheit, guten Werken im Gedanken des Dionysius Areopagita vom Licht als der Emanation des Guten. Nach dem an 2. Mose 13,21 anklingenden Philo-Zitat wird als letzter und offenbar gewichtigster Zeuge der dem Christen Claudius schwerlich sympathische Kaiser Julian Apostata aufgerufen; gleichzeitig erreicht das Widerspiel zwischen schlichtem und gelehrtem Vetter durch die persönlich pointierte Glossierung der Textstelle seinen Höhepunkt. Der bewußt bruchstückhaft zitierte Auszug aus der König Helios gewidmeten 4. *Oratio* (143b) setzt die Wesensgleichheit und Ebenbürtigkeit der Sonne zu den Göttern voraus; im folgenden wird ihr Scheinen mit dem Vermögen gleichgesetzt, das Wesen des Erkennens schlechthin ans Licht zu bringen. Das bei Claudius zitierte Segment (bei dessen Übersetzung wir der gebräuchlicheren Version des einleitenden Wortes, ἄκουε, folgen) bedeutet etwa: ›Vernimm zuerst, was die, die den Himmel nicht wie Pferde und Rinder [oder sonst unvernünftige und ungelehrige Lebewesen] sehen, sondern aus ihm die unsichtbare Naturkraft erforschen, sagen ...; die erste seiner [erg.: des Königs Helios] Kräfte ist [jene], durch die er das ganze Wesen des Erkennens gänzlich ans Licht bringt ...‹

Die Stelle gilt als Anspielung auf Platons *Timaios* 47a und namentlich *Politeia* 529b, wo zwischen der Astronomie und bloßem Anschauen der Sterne unterschieden wird. Zum Topos scheint jedoch eben Kaiser Julians zitierter Vergleich mit dem Vieh geworden zu sein, so etwa in Barthold Heinrich Brockes' Gedicht »Nothwendigkeit, sich der Sonne zu freuen« (in: *Irdisches Vergnügen in Gott*, Bd. 4, Hamburg 1744, S. 140). Die Vernunftreligion des Brockes-Kreises war vermutlich durch Lessings seit Mitte der siebziger Jahre begonnene Reimarus-Veröffentlichungen erneut ins Gespräch gekommen. Claudius behandelte diese, offenbar in enger zeitlicher Nachbarschaft zum »Morgenlied«, in seiner »Nachricht von meiner Audienz beim Kaiser von Japan«, die das Kernstück von *Asmus* III bildet (S. 74–127) und ebenfalls aus orphischer Lyrik zitiert. In diesem Zusammenhang erwähnenswert bleibt auch die eigens für den *Asmus* (III, S. 63–66) geschriebene »Antwort an Andres auf seinen letzten Brief«, in der frühere Überlegungen über Astronomie und Astrologie fortgesponnen werden.

Das »Morgenlied eines Bauermanns« dürfte in diesem Kontext zu begreifen sein, der zeitgenössischen Lesern wohl wenigstens im Umriß geläufig war. Folgerichtig streift der weitere Verlauf des Gedichts verschiedene abstrus anmutende Anspielungen wie etwa Tieropfer an die Sonne und schreitet in seiner an parodistischen Fußangeln reichen Gestaltung von Text und Fußnoten bis zur 9. Strophe fort, die den Gedanken des Rückschlusses von der Sonne auf die unsichtbare Schöpfermacht erneut aufgreift und in ihrer betont subalternen Sprachgestalt wiederum mit esoterischen Belegen aus orphischer Lyrik, Hermes Trismegistos und Dionysius Areopagita kontrastiert. Das Gedicht ist als Ganzes einer eingehenden Erforschung wert, wiewohl die parodistische Richtung vielfach erst durch Zufallsfunde zu klären wäre.

94,3 *bis:* wohl bewußt parodistisch archaisch für: sei.

95 Abendlied eines Bauermanns

E/D: *Asmus* III, S. 16–18. – Das Gedicht hat offenbar einen komplementären und kontrastierenden Bezug auf das wenige Seiten zuvor abgedruckte »Morgenlied«. In ihm behandelt der Verfasser ein konventionelles Thema, das Lob des Landlebens, wie es in der Lyrik des Göttinger Hains und zeitgenössischer Hausvater-Literatur aufklingt, läßt aber hinter den einprägsamen Genreszenen sein Anliegen einer sinnvollen Welt- und Ständeordnung erkennen.

95,17 *Panzen:* Die Stelle ist nicht ganz klar, weil sich der Pansen nicht recht zu einer herrschaftlichen Tafel fügt. Die zweite Deutungsmöglichkeit, »Banzen« als bauchiges Bier- oder Weingefäß, würde die Sinnfolge der aufgeführten Speisen als Fremdkörper unterbrechen.
Pastet: E/D setzt »Postet«.

95,18 ff. *Und ist ein eigner Mann erlesen ...:* der Truchseß.

96 **Der große und der kleine Hund, oder Packan und Alard**

E/D: *Asmus* III, S. 23 f.

96,14 *Packan:* funktionaler, aus einem Imperativ gebildeter Hundename (vgl. »Fassan«).
Alard: vgl. Anm. zu 42,2.

97 **Anselmuccio**

E: VM 1778, S. 9; D: *Asmus* III, S. 25. – Die Hoffnung auf einen Sohn, dessen Geburt ein Trost für den Verlust des frühverstorbenen ersten Kindes sein soll, drückt sich in der vorweggenommenen Namensgebung aus. Die italienische Koseform *Anselmuccio* entspricht dem Titel »Bei dem Grabe Anselmos« (WB 1773, Nr. 140; GM 1774, S. 163; *Asmus* I/II, S. 21 f.), dessen Klage vermutlich Claudius' kurz nach der Geburt verstorbenem ersten Sohn gilt. Vgl. Stammler, S. 73, 93, 121, 132. Vgl. aber auch die »Parentation über Anselmo« (*Asmus* III, S. 194–198), bei der Roedl (1969, S. 964) hinter »Anselmo« Claudius' Schwiegervater Behn vermutet.

98 **Johann Caspar Lavaters Physiognomische Fragmente zur Beförderung der Menschenkenntnis und Menschenliebe**

E/D: *Asmus* III, S. 33–42. – Zum zeitgenössischen Kontext, insbesondere zur Beschreibung von Claudius' eigener Physiognomie bei Lavater, vgl. Flegler, S. 539; Stammler, S. 134.

98,16 *in dubio:* (lat.) im Zweifelsfall.
98,21 *Kundschaft:* hier: Zeugnis.
98,27 *geperoriert:* perorieren (lat.): laut, mit Nachdruck sprechen.
98,32 *Judex competens:* (lat.) zuständiger Richter.
99,1 f. *ventilieren, pro und contra:* (lat.) das Für und Wider sorgfältig erwägen.
99,10 *–:* Aposiopese für: Teufel.
99,17 *generaliter:* (lat.) im allgemeinen.
99,18 f. *specialiter:* (lat.) im besonderen.
99,20 f. *Methodus analytica:* (lat.) analytische Methode.
99,27 *Castor / Pollux:* Zwillingssöhne des Zeus und der Leda, die sogenannten Dioskuren, die als unzertrennlich galten.
100,1 *Renommisten:* (frz.) Renommist: Prahler, Bramarbas.
100,2 f. *ponamus:* (lat.) unterstellen wir.
100,4 *s. v.:* salva venia (lat.) etwa: mit Verlaub.
100,10 *Point d'honneur:* (frz.) Ehrenstandpunkt. Der Satz enthält ein

unübersetzbares Wortspiel, das sich auf den Gleichklang von frz. *point* (›Punkt‹) und *poing* (›Faust‹) gründet.

100,22 *z. E.:* zum Exempel, zum Beispiel.

101,14 *Raphael:* vgl. Tob. 5,5–12,22.

101,27 *Entreprise:* (frz.) Unternehmung.

101,32 *Linneus:* Carl von Linné (1707–78), schwedischer Arzt und Naturforscher; schuf in der Botanik die noch heute bestehende Nomenklatur und Systematik, welch letztere jedoch auch bei anderen Zeitgenossen als Claudius wegen ihres mitunter befremdlichen Schematismus Zweifel erregte.

102,5 *Hutmacher:* hier wohl, wie anderweitig andere Handwerksstände, als Inbegriff des niederen Volks; vgl. Sebastian Brant, *Das Narrenschiff* (1494), hrsg. von Hans-Joachim Mähl, Stuttgart 1964 [u. ö.], Kap. 72, V. 50. Möglicherweise erhält die Aussage besonderen Nachdruck durch die im 18. Jh. für das Gewerbe sprichwörtliche Geruchsbelästigung.

102,18 *Simplicia und Composita:* (lat.) einfache und zusammengesetzte Substanzen.

102,23 *Veit auf allen Gassen:* vgl. Anm. zu 125,14.

103 **Phidile**

E: VM 1776, S. 223; D: *Asmus* III, S. 54 f. – Vgl. Anm. zu 33. Das Gedicht spielt jedoch nicht auf ausschließlich biographische Zusammenhänge an, wie Claudius' Begleitbrief an Voß erweist: »Sie mögen auch Ernestine und Heinrich hineinsetzen statt Phidile und Wilhelm« (*Briefe* I, S. 146). Voß heiratete Ernestine 1777.

103,6 *Du schwarzer Mann:* Die handschriftliche Fassung setzt »Du guter Mann« und meint ebenfalls den Pfarrer, der die Trauung vornimmt.

103,11 *Von Glück und Unglück:* Anspielung auf den Wortlaut der Trauformel.

104 **Wächter und Bürgermeister**

E: VM 1777, S. 151; D: *Asmus* III, S. 60 f.

104,15 *Genris masculum:* Generis masculinum (lat.): von Geschlecht männlich.

104,24 *Obstat:* (lat.) ›(Dem) steht entgegen‹, Widerspruch.

104,27 *Genus:* (lat.) (grammatisches) Geschlecht.

105 **Täglich zu singen**

E: ACN 1777, Nr. 71; Nachdr.: VM 1778, S. 146; D: *Asmus* III, S. 128–130. – Von Claudius der Choralweise »Mein erst Gefühl sei Preis und Dank« unterlegt (vgl. Platschek, S. 1018).

105,17 *Saitenspiel:* vgl. Ps. 45,9.
106,15 *Sperling auf dem Dach:* vgl. Mt. 10,29–31; Lk. 12,6–7.

106 **Der Maler der den Sokrates gemalt hatte**

E: WB 1772, Nr. 132; D: *Asmus* III, S. 137.

107 **Vorlesung an die Herren Subskribenten**

E/D: *Asmus* III, S. 139–157.

107,28 *Surate:* Surat.
108,33 f. *der von Johann Heinrich Voß bei Carl Bohn:* Der Göttinger *Musenalmanach* hatte sich in zwei konkurrierende Organe gespalten, nachdem Voß nach Wandsbek übergesiedelt war. Einzelheiten bei Flegler, S. 550.
110,3 *Stilus epistolaris ordinarius / extraordinarius:* (lat.) ordentlicher / außerordentlicher Briefstil.
110,8 *simplex:* (lat.) einfach.
catarrhalis: (griech./lat.): hinabfließend, überschwemmend.
per Prosopopiiam: (griech./lat.) Prosopopeia: rhetorische Figur, die leblosen Dingen die Eigenschaften und Handlungen lebender Personen beilegt (von griech. *prosōpon* / lat. *persona* ›Maske, Person‹).
Aesopicus: (lat.) zu Äsop gehörig. Der historisch nicht beglaubigte Fabeldichter Äsop ließ in seinen Fabeln menschliche Eigenschaften durch Tiere verkörpern.
110,9 f. *a vocabulo graeco:* (lat.) aus dem griechischen Wortschatz.
110,11 *Aëreus / Aquaticus / Terrestris:* (lat.) der Luft, dem Wasser, dem Lande (der Erde) zugehörend.
110,12 f. *das Land Wursten:* Die Anspielung auf die Marsch- und Geestlandschaft an der Weser bezieht sich auf die dort vor allem 1717 und 1720 eingetretenen Flutkatastrophen (vgl. »Stilus catarrhalis«).
110,14 *sigillatus / Geographicus:* (lat.): zugesiegelt, geographisch.
111,1 *parforcegejagten:* Die Parforcejagd ist eine Hetzjagd, bei der der Hirsch von einer Hundemeute bis zur Ermattung verfolgt und gestellt wird. Dem zuerst anlangenden Mitglied der Jagdgesellschaft, dem Jagdherrn oder dem vornehmsten Jagdgast, steht so-

dann das »Abfangen«, d. h. die Tötung mit dem Hirschfänger zu. Diese Form der Jagd war im 18. Jh. ein unter französischem Einfluß in Deutschland weitverbreitetes höfisches Vergnügen.

111,2 *d. d.:* de dato (lat.): vom Tag der Abfassung an.

111,4 *Accessit:* (lat.) Zutritt, Zuschlag.

112,1/113,1 *Die Geschichte des Konstantin Phaulkon / Von den Jammabos oder Bergpriestern in Japan:* Beide Texte sind von Engelbert Kaempfers *Geschichte und Beschreibung von Japan* (hrsg. von Christian Wilhelm Dohm, 2 Bde., Lemgo 1777) angeregt (vgl. auch Flegler, S. 543 f.). Claudius folgte auch in der eigenen Fiktion mehrfach der Japan-Mode, wie sie in der Literatur des 18. Jh.s durch Crébillon fils, Voltaire und Wieland gepflegt wurde.

113,4 *Schülphorn:* Schülpe, Muschelschale.

113,6 *Pönitenzberge:* Bußberge.

115,26 *Kollation:* (lat.) Vergleichung; Imbiß.

116,5 *Gallion:* Galeone, hochbordiges Segelschiff.

116,13 *Herr Ahrens:* vgl. Anm. zu 47,8.

117 Über das Gebet, an meinen Freund Andres

E/D: *Asmus* III, S. 161–169.

118,5 *Eli:* nicht ganz klare Anspielung auf 1. Sam. 2–3.

118,6 *Pastor loci:* (lat.) Ortshirte, Ortspfarrer.

118,29 *deliberierte:* deliberieren (lat./frz.): erwägen, überlegen.

118,32 *Komplexion:* Konstitution; in Verbindung mit Attributen wie warm oder kalt auf die Humoralpathologie der antiken Viersäftelehre Bezug nehmend.

119,12 *blöde:* hier: scheu.

119,15 *Nexus rerum:* (lat.) Verknüpfung der Dinge; im Kontext wohl Anspielung auf den Philosophenstreit um den Okkasionalismus Malebranches.

119,19 *Simson:* vgl. Ri. 16,1–3.

119,22 f. *daß der Hirsch nicht umsonst nach frischem Wasser schreie:* vgl. Ps. 42,2.

119,26 *denn Du weißt, wer's gemacht hat:* vgl. Mt. 6,9; Lk. 11,2.

120,15–17 *Die Juden ... gewußt haben:* Anspielung auf die zehn mit Buchstaben- und Zahlensymbolik in Bezug gesetzten göttlichen Namen der Kabbala.

121,16 *Schalksknecht:* vgl. Mt. 18,33.

121,27 f. *von der ebenen Bahn:* vgl. Spr. 4,11.

121,30 *Kalten Brand:* Nekrose.

122 **Die Geschichte von Goliath und David in Reime bracht**

E/D: *Asmus* III, S. 170–174. – Die Handlung beruht auf 1. Sam. 17,1–51. Stammler, S. 133 Anm. 91, verweist auf eine mehrfach belegte plattdeutsche Romanze als sangbare Vorlage.

122,20 *Drap d'argent:* (frz.) silberdurchwirktes Tuch.
122,21 *nach advenant:* (frz.) wie es sich schickt.
122,26 *wie der –:* Aposiopese für: Teufel.
122,27 *Sarras:* (poln.) schwerer Säbel.
122,28 *Weberbaum:* Weberbalken.
124,14 *Ich bax:* (ndd.) Ich boxe.

125 **Rheinweinlied**

E: VM 1776, S. 147; Nachdr.: *Neuer gelehrter Mercurius*, Altona 1775, Nr. 44; D: *Asmus* III, S. 182. – Zu der sehr verzweigten literarischen und musikalischen Wirkungsgeschichte unter besonderer Berücksichtigung der Parodien und Nachahmungen vgl. Stammler, »Matthias Claudius und sein ›Rheinweinlied‹«, S. 194–201, 262–270; vgl. auch Flegler, S. 551 f.

125,14 *Sankt Veit:* Euphemismus für den Teufel; vgl. Flegler, S. 552 f. Die plausibelste dort angebotene Erklärung ist die Ableitung von mhd. *valand*; vgl. schon bei Grimmelshausen »Sankt Velten«. Bei Claudius jedoch ähnlich wie »Urian« (s. Anm. zu 224) auch in der Bedeutung ›Hans Dampf in allen Gassen‹ (vgl. 102,23).
125,22 *Kreter, faule Bäuche:* vgl. Tit. 1,12.
125,24–26 *Thüringens Berge ... aber nicht:* wegen des rauhen Klimas. Durch die Klimaverschlechterung vom 16. Jh. an waren sowohl die Anbaugebiete als auch die Qualitäten des deutschen Weins zurückgegangen.
126,1–4 *Im Erzgebürge ... Lausegold:* Die Buntmetalle des Erzgebirges werden spielerisch in Gegensatz zum goldnen Wein gebracht. Die Bildung »Koboldkuchen« erinnert daran, daß Metallbezeichnungen wie »Kobalt« oder »Nickel« von den im Aberglauben der Bergleute wirksamen Gebirgsgnomen abgeleitet waren.
126,4 *Lausegold:* minderwertiges, »lausiges« Gold; vgl. Wortbildungen wie »Katzensilber« für falsches Silber.
126,5 *Der Blocksberg ist der lange Herr Philister:* Mehrere Blocksberge im Harz und im Holsteinischen werden vom Volksaberglauben als Hexentanzplätze benannt; vgl. Jacob Grimm, *Deutsche Mythologie*, 4. Ausg. (bes. von Elard Hugo Meyer), Bd. 2, Göttin-

gen 1876, S. 878 f. Flegler, S. 554, vermutet einen Bezug auf den Philister Goliath des vorigen Textes.

126,7 *Drum tanzen auch der Kuckuck und sein Küster:* urspr. Kukkuck und Wiedehopf; sekundär für den Teufel und seinen Gehilfen bei der Satansmesse; vgl. Grimm, *Deutsche Mythologie*, 4. Ausg., Bd. 2, S. 568.

126 Motetto, als der erste Zahn durch war

E/D: *Asmus* III, S. 185.

126,17 *Motetto:* (ital.) Motette, mehrstimmige Vokalgattung, die im protestantischen Deutschland vor allem durch Heinrich Schütz und Johann Sebastian Bach zur Blüte gelangte.

126,24 *Der Zahn soll Alexander heißen:* Die nicht ganz klare Anspielung ist vor dem Hintergrund des im 18. Jh. im Vergleich zum Barock eher sparsam behandelten Alexander-Motivs nicht befriedigend zu erklären. Zu denken wäre eher an den mit dem Namen verknüpften soldatischen Ruhm eines Zeitgenossen; vgl. hierzu Franz Johann Daniel Tancks allerdings erst 1790 in Bayreuth erschienenes Schauspiel *Er soll Alexander heißen*. Der Titel meint die Namensgebung eines künftigen Stammhalters nach dem »Vater des Vaterlandes«, dem Markgrafen Christian Friedrich Karl Alexander zu Brandenburg-Ansbach und Bayreuth (1736–1806), im regionalen Volksmund noch heute als »Markgraf Alexander« geläufig. Dieser war preußischer Generalleutnant und Befehlshaber des Preußisch-Bayreuthischen Dragonerregiments und trat seine Territorien 1791 gegen eine Leibrente an König Friedrich Wilhelm II. von Preußen ab. (Lebensbeschreibung im *Genealogisch-militairischen Taschenkalender*, Berlin 1785.)

127 Motet

E/D: *Asmus* IV, S. 1 f. – Vgl. »Der Mensch«, S. 164.

127 Von der Freundschaft

E/D: *Asmus* IV, S. 11–14.

127,20 f. *Ich habe dir in der vorigen Lektion die Feindschaft erklärt:* Bezug auf den Beitrag »Über ein Sprichwort« in *Asmus* IV, S. 3–6.

127,24 f. *der andre: sie sei nirgends:* Dieser Standpunkt, zurückgehend auf die französischen Moralisten, liegt vor allem der Triebfedernpsychologie im Roman des späten 18. Jh.s zugrunde.

128,25 *fodre:* Nebenform zu *fordere.*

128,33 *Sinnlichkeit:* hier: Empfänglichkeit.

129,7 *Granum salis:* (lat.) Salzkorn; hier: Vorbehalt; vgl. Plinius, *Naturalis historia* 23,8,149.

129,28 f. *Freundschaften, die im Himmel beschlossen sind:* Entlehnung der sprichwörtlichen Redensart von Ehen, die im Himmel geschlossen werden; vgl. Kap. 4 von Theodor Gottlieb von Hippels *Über die Ehe* (1774).

130 **⟨Kartoffellied⟩**

Der Text ist eine von zwei Liedeinlagen aus der szenischen Folge »Paul Erdmanns Fest« (E: *Asmus* IV, S. 15–78; D: ebd., S. 47), in welcher der Biedersinn des Landvolks und die gegenseitige Treue von Edelmann und Bauer gefeiert werden (vgl. auch Stammler, S. 147 f.). Das Gedicht zählte bis ins 20. Jh. zu den populärsten Texten des Schullesekanons.

130,4 *Kumme:* (ndd.) Schüssel.

130,5 *bonne chère:* (frz.) gute Kost.

130,14 *däun:* verdauen.

130 **Vorrede des Übersetzers**

Der Abdruck der »Vorrede« in *Asmus* IV, S. 81–90, ist aus Claudius' Übersetzung von Saint-Martins *Des Erreurs et de la Vérité* (1775) übernommen. Der genaue Titel lautet: *Irrthümer und Wahrheit, oder Rückweiß für die Menschen auf das allgemeine Principium aller Erkenntniß. Ein Werk, darin die Beobachter auf die Ungewißheit ihrer Untersuchungen und auf ihre beständigen Fehltritte geführt werden, und ihnen solcher Weise der Weg angedeutet wird, den sie hätten gehen müssen, um die physische Evidenz zu erhalten über den Ursprung des Guten und des Bösen, über die Menschen, über die materielle Natur, über die immaterielle Natur und die heilige Natur, über die Basis der politischen Regierungen, über die Autorität der Souverains, über die bürgerliche und peinliche Gerechtigkeit, über die Wissenschaften, die Sprachen und Künste. Von einem unbek. Ph. [Louis Claude, Marquis de Saint-Martin]. Aus dem Französischen übersetzt von Matthias Claudius. Mit Churfürstl. Sächsischem gnädigsten Privilegio. Verlegt bey Gottlieb Löwe in Breslau 1782.*

131,12 *blöckt:* bleckt.

131,20 *Feuer vom Himmel:* vgl. 2. Kön. 1,10; Hiob 1,16 u. a.

131,29 *aus den Wolken eine Hand:* vgl. 1. Kön. 18,44–46.

132,16 f. *Bassa von drei Roßschweifen:* Roßschweife wurden als Rangabzeichen in verschiedener Anzahl an hohe türkische Befehlshaber (Paschas) verliehen.
132,20 f. *Chapeaubas-Hut:* (frz.) niedriger, breitkrempiger Hut.
132,27 f. *Henriade:* 1723 erschienenes episches Gedicht Voltaires zum Preise König Heinrichs IV. von Frankreich, das durch seine gewandte Sprachform und seine Toleranzideen die Begeisterung der Zeitgenossen hervorrief.
132,29 f. *über die Erfindung der Differential- und Integral-Rechnung:* Anspielung auf den diesbezüglichen, peinlich ausartenden Prioritätenstreit zwischen Leibniz und Newton.
132,31 *fünf Jochochsen:* vgl. Lk. 14,19.
133,6 *Münzfuß:* festgesetzter Wert einer Münze.
133,21 *au fait:* (frz.) hier etwa: im Besitz des Sachverhalts.
133,26 f. *in facto:* (lat.) im Sachverhalt; wohl Wortspiel mit *au fait* (vgl. 133,21).
134,23–26 *daß das Resultat ... erkannt werden müsse:* Das Problem der Petitio principii (etwa: Zirkelschluß) beschäftigte die Philosophie der Aufklärung seit längerer Zeit; vgl. Johann Jacob Müllers Disputation *De petitione eius, quod in principio* (1682).
135,33 *Treber der Materie:* vgl. Lk. 15,16.
135,33 f. *Dorn und Disteln:* vgl. 1. Mose 3,18 u. a.
136,12 *Elektrisier-Machine:* In Betracht kommt für diesen Begriff vor allem die 1745 erfundene Leydener Flasche.
136,24 *Gott und dem Mammon:* vgl. Mt. 6,24; Lk. 16,13.
136,24 f. *Zeuch deine Schuhe aus ... Land!:* vgl. 2. Mose 3,5.
136,26 *Odems in seiner Nasen:* vgl. 1. Mose 2,7.

137 **Abendlied**

E: VM 1779, S. 184; D: *Asmus* IV, S. 91 f. – Herder nahm den Text als einziges Zeugnis eines zeitgenössischen Dichters in seine *Volkslieder* (Tl. 2, 1779) auf. – Dieses vermutlich bekannteste Gedicht des Autors zählt zu seinen meistvertonten und meistinterpretierten. Merkwürdigerweise vernachlässigen viele scharfsinnige Deutungen die ganz bewußte verbale Anlehnung an Paul Gerhardts »Abendlied« »Nun ruhen alle Wälder«, so in der 2. und der vorletzten Zeile des Gedichts.

137,21 *eitel arme Sünder:* vgl. Röm. 3,23.
137,24 *suchen viele Künste:* vgl. Pred. 7,19. Stammler, S. 263, vermutet auch einen bewußten Anklang an die vorhergehende »Vorrede des Übersetzers«; vgl. 135,24 ff.

138 An die Frau B...r

E: VM 1779, S. 74; D: *Asmus* IV, S. 97. – Claudius schrieb am 28. August 1778 an die Gräfin Katharina v. Stolberg: »Noch muß ich Ihnen von einer Frau Bötefür aus Hamburg etwas erzählen, daß sie die Schwindsucht hatte und nach Wandsbeck auf einige Monate herkam, hier wieder gesund zu werden, daß sie aber nicht gesund, sondern von Tag zu Tag schlechter ward, daß ihr Mann sie und sie ihren Mann ganz ungemein liebte, daß sie, weil alles nichts half, wieder nach Hamburg hineinzog, und daß sie immer und morgens und abends so himmlisch geduldig und heiter war und so bis Eine Minute vor ihrem Tode, vorgestern abend um 8 Uhr geblieben ist. Sie hat ihren Mann 5/4 Jahr und in dieser Zeit keine gesunde Stunde gehabt; ich wünsche mir nicht vo viel Leiden, aber so viel Geduld möchte ich gern haben« (zit. nach: Redlich, Bd. 1, S. 506).

139 Neue Erfindung

D: *Asmus* IV, S. 98–104. – Vgl. hierzu auch den Brief vom 20. Januar 1783 an Daniel Chodowiecki (abgedruckt in: Koch/Siebke, S. 13–15).

139,8 *respektiven:* (lat.) jeweiligen.
139,20 f. *Gleims Kind ... Blumenkorb:* Anspielung auf Johann Wilhelm Ludwig Gleims Gedicht »Das Kind«, in: *Halladat oder Das rothe Buch*, Hamburg 1774, S. 92 f.
139,22 *Freund Fritz:* Friedrich Heinrich Jacobi (1743–1819).
139,23 f. *was so zu Herzen geht muß aus irgend einem Herzen kommen:* vgl. den Hinweis in DWb. 10, Sp. 1214, auf eine ähnliche Belegstelle bei Albrecht von Haller.
140,27 *Präliminar-Artikel:* vorläufige (zur Vorverhandlung gehörige) Artikel.
140,28 *Conditio sine qua non:* (lat.) unerläßliche Bedingung.
140,29 *intrikates:* (lat.) verwickeltes.

142 Auf den Tod der Kaiserin

E: HNZ, 16. Dezember 1780; D: *Asmus* IV, S. 128. – Kaiserin Maria Theresia war am 29. November 1780 gestorben.

143 Schönheit und Unschuld

E/D: *Asmus* IV, S. 129–133.

143,2 *Sermon:* (lat./frz.) Predigt.
143,8 *Taubenaugen:* vgl. Hld. 1,15.

143,13–15 *die mit Luthern … Werken:* teils wörtlicher Anklang an die Erläuterung des sechsten Gebots in Luthers *Kleinem Katechismus* von 1529.

143,22 *Zitternadel:* weiblicher Kopfputz, sprichwörtlich für oberflächlich glänzenden Flitterkram.

144,10 *kapitelfest:* bibelfest.

144,14 *Scheinlampe:* Scheinlaterne, laternenähnliche Leuchtmaschine, die an Seeküsten zur Orientierung der Schiffe diente.

144,22 *Alfanz:* Narrheit, Nichtsnutzigkeit.

144,27 *Diskretion:* hier: Unterscheidungsvermögen (für das Schickliche).

144,31 f. *Schmuck des Weibes:* vgl. 1. Petr. 3,3; 1. Tim. 2,9.

145,9 f. *Bein von unsern Beinen … Fleisch:* vgl. 1. Mose 2,23.

145 **Kleine Geschichtchen samt was man daraus lernen soll**

E/D: *Asmus* IV, S. 133–140.

145,19 *Kulichan:* Kuli Khan (später: Nader Schah, 1688–1747), rief durch seine militärischen Erfolge wie durch seine Grausamkeit schon zu seinen Lebzeiten eine Fülle historischer Literatur auch in Europa hervor.

145,20 *Mogoln:* Moguln, moslemische Dynastie, die vom 16. bis zum 19. Jh. in Indien herrschte.

145,25 *vergaßen einige Große des Landes ihrer Pflicht:* Der Gehorsam gegen die Obrigkeit (vgl. Röm. 13,1; Tit. 3,1 u. a.) ist ein bei dem lutherischen Christen Claudius häufig wiederkehrendes Motiv, das vor allem unter dem Eindruck der Französischen Revolution aktualisiert wird.

146,16 *Ordinari- noch Küchen-Posten:* Postkutschen, die Personen bzw. Güter (Lebensmittel, Gepäck) befördern.

146,24 *Den Unterschied zwischen Natur und Kunst:* Die nicht ohne weiteres erklärliche Aussage erfährt eine ausführliche Deutung in: Friedrich Heinrich Jacobi, *Von den Göttlichen Dingen und ihrer Offenbarung*, Leipzig 1811, S. 77 f.

146,25 *ein kleiner Konrad:* vgl. Anm. zu 31,29.

147,8 *Polycarpus:* Bischof von Smyrna (gest. 155/156, spätestens gegen 168/169). Sein Märtyrertod auf dem Scheiterhaufen ist in dem *Martyrium Polycarpi* aus dem 2./3. Jh. überliefert.

148,13 *'Αγεωμέτρειτος μὴ ἔξιτω!:* »Der Geometrie unkundig sollst du nicht hinausgehn!« Scherzhafte Abwandlung von Platons Aufforderung »Μηδεὶς ἀγεωμέτρητος εἰσίτω μοῦ τὴν στέγην«

(»Kein der Geometrie Unkundiger soll in mein Haus kommen«; Michael Apostolis, *Synagogē paroimiōn kai synthēkē* I,22).

148,15 *nach dem Frieden:* Der Friede von Teschen beendete 1779 den Bayerischen Erbfolgekrieg zwischen Preußen und Österreich.

148,15 f. *Faites-moi la grâce ... dessus:* (frz.) Erweist mir den Gefallen, lieber Vetter, davon das obere Teil abzuschneiden. – Die folgende Szene ist eine spaßige Anspielung auf die seit Menächmus (um 360) in der antiken Geometrie praktizierte Methode der Kegelschnitte.

148,25 *Semi-Diameter:* (lat./griech.) Radius.

148,32 f. *freien Künste:* Artes liberales, denen die Mathematik im Mittelalter als Bestandteil des Quadriviums zugehörte.

148,33 *Filz:* Geizhals; Wortspiel mit dem in der Zeile zuvor implizierten Begriff *liberalis*, der auch ›freigebig‹ bedeutet.

149,1 *so:* sowieso.

149,3 f. *Qui proficit ... quam proficit:* (lat.) Wer in den Wissenschaften fortschreitet und in den Sitten nachläßt, läßt mehr nach, als er fortschreitet.

149 Ein Lied hinterm Ofen zu singen

E/D: *Asmus* IV, S. 141 f. – Zur vermutbaren Datierung aufgrund des kalten Januars 1782 vgl. Stammler, S. 146, Anm. 136.

149,23 *Fluß im Zahn:* Der Sprachgebrauch des Begriffs *Fluß*, verbunden mit verschiedenen Körperteilen, entspricht dem bedeutungsgleichen griechischen *rheuma*.

150 Kriegslied

E: VM 1779, S. 75; D: *Asmus* IV, S. 143 f. – Das Lied bezieht sich auf den Bayerischen Erbfolgekrieg 1778/79.

151 Ein Lied in die Haushaltung

E/D: *Asmus* IV, S. 165 f.

152,2 *Coro:* (ital.) Chor.

152,9 *kriegt Gustgen Fladen:* erhält Gustchen (zur Belohnung für die Tapferkeit / zum Trost für den Schmerz) Kuchen.

153 Das Kind, als der Storch ein neues bringen sollte, für sich allein

E/D: *Asmus* IV, S. 167 f.

153 **Über einige Sprüche des Prediger Salomo**

E/D: *Asmus* IV, S. 170–187.

153,21 *Es ist alles eitel:* Pred. 1,2.

154,12–17 *»bauete Häuser ... eitel«:* Pred. 2,4–11.

154,21 *Oberschenke oder Oberbäcker:* vgl. 1. Mose 40,1–23.

155,1 *Lamperie:* (frz.) Beleuchtung.

155,11 f. *»in aller deiner Arbeit«:* vgl. Pred. 2,10.

155,14 f. *Kredit und Debet:* (lat.) Haben und Soll.

155,18 *Kameralisten:* Finanzbeamte; bis ins 19. Jh. Bezeichnung für jeden fürstlichen Beamten.

156,4 *zwei Kronen:* die spanische Königskrone und die deutsche Kaiserkrone. Die folgenden Schilderungen lehnen sich an die Hagiographie Prudencio de Sandovals an, der namentlich Karls V. letzte Lebenszeit in Yuste einer beschönigenden Deutung unterzieht (*Historia de la vida y hechos del emperador Carlos*, 1603).

156,12 *Exsequien:* Exequien (lat., Pl.): Ritus des Totengeleits, Totenmesse.

156,20 *Regenbogenhaut:* Iris; hier offenbar katachretisch für ›Vielfarbigkeit‹ gebraucht.

156,28 *Alles hat seine Zeit:* Pred. 3,1; vgl. 3,2–8; 3,11; 3,17; 8,6.

157,16 *Im Anfang ... schuf:* vgl. 1. Mose 1,1.

158,28 f. *fürchte Gott ... Menschen zu:* Pred. 12,13.

159,9 f. *diskourieren:* (frz.) daherreden.

160,17 *honette:* (frz.) ehrbare.

161,1–4 *Joseph reißt sich ... sündigen:* 1. Mose 39,12.

161,4–7 *Abraham schlachtet ... Vernunft:* 1. Mose 22,1–10.

161,20 f. *sein Stuhl der Himmel und die Erde seiner Füße Schemel:* vgl. Mt. 5,34 f.

161,32 f. *von ganzem Herzen ... Gemüt:* vgl. 5. Mose 6,5.

162,21 *Lasset uns Gott fürchten ... halten!:* vgl. Pred. 12,13.

164 **Der Mensch**

E/D: *Asmus* IV, S. 193 (die zugehörige Abb. – hier S. 163 – ebd., S. 192). – Das Gedicht schöpft, unbeschadet seiner eigenständigen Sprachgestaltung, in mehr oder weniger deutlichen Anklängen aus Ps. 90, für den Claudius eine Vorliebe hegte.

164,19 *Und er kömmt nimmer wieder:* Der lapidare Schluß ist vielleicht eine diskrete rechtgläubige Replik auf die von nahestehenden Zeitgenossen erörterte Seelenwanderungslehre. Vgl. Claudius'

Brief an Herder vom 17. April 1782 (*Briefe* I, S. 296 f.) und die – in anderem Zusammenhang erfolgende – Anspielung auf Lessings *Erziehung des Menschengeschlechts* (vgl. Anm. zu 171,2 f.).

164 **Verflucht sei der Acker um deinetwillen etc.**

E/D: *Asmus* IV, S. 227–230.

164,22 *vier Ströme:* vgl. 1. Mose 2,10–14.
165,6–18 *Als Absalom ... mein Sohn!:* vgl. 2. Sam. 15–19.
165,30 f. *Schwert das einem durch die Seele dringet:* vgl. Lk. 2,35.

167 **Die Mutter am Grabe · Der Vater**

E/D: *Asmus* V, S. 1 f. – Das Zwiegespräch geht auf den Schmerz um den zweiten Sohn Matthias zurück, der am 4. Juli 1788 starb. Es markiert eine der schwersten Lebenskrisen des Autors, der darüber nach dem Zeugnis seines Schwiegersohns Friedrich Christoph Perthes äußerte: »Ich dachte lange schon, mein Glaube sei fest und stark; in der Stunde aber, in der ich meinen Matthias in den Sarg legte, da wollte Ergebung und Demuth fast nicht halten; der Glaube ward hart geprüft; da erst lernte ich verstehen, was es mit dem Menschenleben auf Erden auf sich hat. Was vorherging, war nur Kinderspiel.« (Stammler, S. 159.)

167,12 *Armes Heimchen:* vgl. Anm. zu 85,4.

167 **Über die Unsterblichkeit der Seele**

E/D: *Asmus* V, S. 3–35.

167,19 *Sire:* vgl. Anm. zu 56,21. Der (ohnehin fiktive) Empfänger ist hier nicht genau festzustellen; öfter richten sich Claudius' einschlägige Briefe auch an einen Kaiser von Japan.
168,3 *ehegestern:* vorgestern.
168,3–5 *die verschiedenen Spezies in allen 3 Reichen bleiben unbeweglich:* Stellungnahme gegen Jean-Baptiste de Lamarcks (1744 bis 1829) Darwin vorwegnehmende Deszendenzlehre; drei Reiche: Mineral-, Pflanzen-, Tierreich. Terminologie und Argumentation erinnern an den 1. Teil von Herders *Ideen zur Philosophie der Geschichte der Menschheit* (1784).
168,6 *Ulysses' und Tobias' Hündlein:* vgl. *Odyssee* 17,302; Tob. 6,1.
168,7 *der Kürbis ... Ninive:* vgl. Jona 4,6–11.
168,8 f. *Weil die Natur, wie man spricht, keinen Sprung tut:* Zur reichen Überlieferung des Satzes »Natura non facit saltum« seit

dem Platoniker Maximus Tyrius (2. Jh. n. Chr.) vgl. Georg Büchmann, *Geflügelte Worte*, 31. Aufl., Berlin 1964, S. 580.

169,3 *Noah:* vgl. 1. Mose 7,13–16.

169,14 *Aelianus:* Claudius Aelianus verfaßte Ende des 2., Anfang des 3. Jh.s n. Chr. in griechischer Sprache ein Werk über das Wesen der Tiere; vgl. *Peri zōōn idiotētos* VI,57.

169,26 *Die Krähen hassen schon die Eule im Plinius:* vgl. Plinius, Naturalis historia 10,203.

169,26 f. *kreischen schon das Regenwetter her im Virgil:* vgl. Vergil, *Georgica* 1,388; ähnlich Plinius, *Naturalis historia* 18,363 u. a.

169,27–170,1 *die Schwalben kommen schon im Homer zu den Menschen ins Haus:* vielleicht Verwechslung mit der Äsopschen Fabel von der Schwalbe und der Schlange (*Fabulae Aesopicae collectae*, ed. C. Halm, 418b; *Corpus fabularum Aesopicarum*, ed. A. Hausrath, 255).

169[*] *Docent ... perducat:* (lat.) »Sie lehren, aus jenem wunderbaren Zusammenhang der Dinge und aus der Fortpflanzung, durch die es geschieht, daß so stetig das Ähnliche Ähnliches erzeugt, könne einleuchtend bewiesen werden, daß es ein Ta Teu nao, d. i. ein Gehirn des großen Hauptes, gebe, das alles mit jenem so gleichmäßigen Wechsel bewahre und lenke und zu einem Ziele, das jeglichem angemessen sei, führe.« (Flegler, S. 568.)

170,1 *die Ameise ist schon fleißig im Sirach:* vgl. Spr. (sic!) 6,6.

170,1–3 *der Pfau ... aufstaffierte:* Der Pfau ist der heilige Vogel der Hera/Juno.

170,3 *Inachus:* Inachos, erster Sagenkönig von Argos, Sohn des Okeanos und der Thetys, entschied den Streit um Argos zwischen Poseidon und Hera zugunsten letzterer und führte ihren Kult ein.

170,13 *exekutiert:* (lat.) vollzieht.

170,18 *Maulesel:* Die nicht ganz exakte Aussage über den Maulesel (Kreuzung aus Pferdehengst und Eselstute) trifft auf das männliche Tier zu.

170,18 f. *generieren:* (lat.) zeugen, (sich) fortpflanzen.

170[*] *Gemmis ... implet:* (lat.) vgl. Ovid, *Metamorphoses* I,723.

171,2 f. *»Erziehung des Menschengeschlechts«:* Lessings gleichnamige Schrift, die auch in den Argumentationszusammenhang paßt, war 1780 erschienen.

171,20 *Einimpfungen:* Okulationen.

172,23 *ceteris paribus:* (lat.) wenn die übrigen Bedingungen gleichbleiben.

173,3 *der Sphinx:* Claudius folgt dem im 18. Jh. noch vorwaltenden maskulinen Gebrauch.

174,4 f. *auf dem Bauche kriechen und Staub essen:* vgl. 1. Mose 3,14.

174,9 *sie ... schreien und klappen:* »gleich den Chinesen bei einer Mondfinsternis. Der finstere Erdschatten ist nach deren Meinung ein böser Drache, der den armen Mond verschlingen will. Sie suchen nun das Unthier durch Geschrei und Klappern mit Kesseln, Becken u. s. w. zu verscheuchen, um dem treuen Begleiter der Erde aus seiner Noth zu helfen, ›indes er nach ganz anderen Gesetzen bleibt oder herausgeht‹.« (Flegler, S. 568.)

176,25 f. *Gott aus der Natur:* Anspielung auf Spinozas Formel »Deus sive Natura«; vgl. 177,15 u. Anm.

177,15 *ein sehr scharfsinniger Philosoph:* Friedrich Heinrich Jacobi 1789.

179,25–31 *Nebukadnezar ... Höchsten:* Dan. 4,30 f.

182,28 *Prytaneum:* (lat.) griech. *Prytaneion*, Rat- oder Gemeindehaus, Sitz der regierenden Behörde, der Prytanen. In Athen: geschäftsführendes Zehntel des Rates der Fünfhundert (Bulē).

182,29 *Rat von »dreißig Tyrannen«:* dreißig Männer, die von 404 bis 403 in Athen ein Gewaltregime führten. Vgl. 209,15 ff.

182,29 f. *Senat von Hunderten:* wohl die Bulē, s. Anm. zu 182,28.

183,1 f. *Phädon ... ruhig:* s. Platon, *Phaidon* 177d.

183,17 f. *der Rost und die Motten nicht fressen:* vgl. Mt. 6,19 f.

184 **Die Apologie des Sokrates**

E/D: *Asmus* V, S. 97–158. – Claudius hat sich, wie auch zeitlich benachbarte Texte zeigen, unter dem Eindruck der Französischen Revolution verstärkt mit Platon beschäftigt, dessen *Apologie* er hier in Übersetzung vorlegt. »Er verfolgte damit offenbar einen doppelten Zweck: Einmal wollte er in religiöser Hinsicht zeigen, wie weit bereits die Alten in dem Glauben an einen Gott gekommen wären, und ferner sollte Sokrates ein Spiegel sein für diejenigen, die den Abfall von der Obrigkeit predigten; ein weiser und guter Mann unterwerfe sich stets der Obrigkeit, auch wenn sie nach seiner Ansicht unrecht handelt, denn sie ist von Gott eingesetzt.« (Stammler, S. 163.) Die sprachliche Gestaltung gibt stellenweise Rätsel auf, zumal die Platon-Rezeption des 18. Jh.s noch nicht zulänglich erforscht ist. Philologisch mutet die Übersetzung wie das Werk eines hochgebildeten und sprachgewandten Dilettanten an, dem einige charakteristische Fehler unterlaufen sind (s. die nachfolgenden Anmerkungen). Der Versuch, diese mit möglichen Vorlagen in Verbindung zu setzen, wird dadurch erschwert, daß die zeitgenössisch gebräuchlichen Platon-Übertragungen heute selten geworden, in Einzelfällen verschollen sind. Als die gängigsten einschlägigen Werke können d'Aciers Übersetzungen ins Französische (Bd. 2, Paris 1779), die Zweibrückener Platon-Ausgabe (»Bipontina«, 1781–87, mit der seit Jahrhunderten benutzten und geschätzten lateinischen Übertragung Marsilio Ficinos) sowie die – allerdings gewisse terminologische Parallelen zu Claudius aufweisende – deutschsprachige Edition Johann Friedrich Kleukers (Bd. 3, Lemgo 1773) gelten. Keine der genannten Übersetzungen liefert jedoch Anhaltspunkte für Claudius' mögliche Fehlerquellen. Über die sprachliche und philologische Qualität von Claudius' Übersetzung vgl. Bruno Snell in: *Platon, Sokrates im Gespräch*, Frankfurt a. M. / Hamburg 1954, S. 201 f.

189,3 f. *damit wir nicht auch von dir mit ungewaschenen Händen urteilen:* damit wir über dich nicht improvisieren (Platon, *Apologie* 20d).

190,1 *Die Göttin:* die Pythia.

191,12 *auf Glauben:* wohl bewußte Abmilderung der derben Formel »beim Hund«.

198,24 f. *Klaglibell:* Anklageschrift.

204,17 *Weisheitliebhaben:* wörtliche Übersetzung von griech. *philosophein*.

207,15 *wie einen Vater oder ältern Bruder:* richtig: wie ein Vater oder älterer Bruder (vgl. aber den Akkusativ des Originals in 31b).

208,15 *Collegio:* (lat.) Ablativ von *collegium*; die Bezeichnung, die verschiedene römische Körperschaften meinen konnte, steht als Übersetzung für das allgemeinere *plēthos* (›Volksversammlung‹) des griechischen Originals.

208,28 f. *gerichtliche Symptomen:* Wiedergabeversuch des schwierigen und bis heute philologisch umstrittenen Wortes *dikanika*.

209,30 *Salamin:* vermutlich als (allerdings auch im Lateinischen eigenwilliger) Akkusativ zu *Salamis* gedacht.

222,17 *Rhadamantus:* Rhadamantys.

222,26 *Ajax Telamon:* richtig: Aias, dem Sohn des Telamon; Held aus Homers *Ilias*.

224 Urians Reise um die Welt, mit Anmerkungen

E: VM 1786, S. 166; D: *Asmus* V, S. 165–170. – »Urian« meint hier nicht den Teufel, sondern ›Ur-Jan‹ als menschlichen Prototyp (vgl.

Flegler, S. 512; vgl. auch Jacob Grimm, *Deutsche Mythologie*, 4. Ausg. (bes. von Elard Hugo Meyer), Bd. 3, Göttingen 1878, S. 293).

224,7 *Tutti:* (ital.) alle.

224,24 *Esquimaux:* (frz.) Eskimo.

225,6 *Nordwestpassage:* Der Seeweg um den Norden Amerikas, vor allem nach Ostasien, wurde seit dem 16. Jh. gesucht, aber erst 1850–53 durch eine britische Expedition unter Robert John McClure mit Erfolg befahren. – »Die Jahrhunderte lang vergeblich versuchte Fahrt von dem atlantischen Meere an der Nordküste Amerikas entlang bis zum stillen Ocean, uns hauptsächlich durch die unglückliche Expedition des englischen Seefahrers John Franklin bekannt, ist Claudius mehrfach ein Bild schwieriger oder erfolgloser Bemühungen.« (Flegler, S. 524; aus dem Kommentar zu: »Zwo wichtige biblische Fragen«, D: WB 1773, Nr. 43.)

225,12 *Tubus:* hier: Fernrohr.

228 Zwei Rezensionen etc. in Sachen der Herren Lessing, M. Mendelssohn, und Jacobi

E: Hamburg: C. E. Bohn, 1786; D: *Asmus* V, S. 171–203. – Das Umfeld des Textes ist bereits bei den älteren Kommentatoren ausführlich behandelt: vgl. Flegler, S. 572–576; Stammler, S. 154–157. Goethes »Prometheus« hatte ein Gespräch Lessings mit Jacobi über den Spinozismus veranlaßt, das dieser 1785 in einem Buch *Über die Lehre des Spinoza in Briefen an den Herrn Moses Mendelssohn* in Breslau herausgegeben hatte. Hierauf folgte ein *Anhang zu Hrn. Jacobis Briefwechsel über die Lehre des Spinoza, Moses Mendelssohn an die Freunde Lessings* (Berlin 1786), hrsg. von Johann Jakob Engel, der behauptete, der am 4. Januar 1786 verstorbene Mendelssohn sei aus Ärger über Jacobis Schrift plötzlich verschieden. Nach Jacobis Streitschrift *Wider Mendelssohns Beschuldigungen betreffend die Briefe über die Lehre des Spinoza* (Leipzig 1786) zog der »Spinozismusstreit« immer weitere Kreise und verlor dabei an Niveau. Claudius hatte erfolglos versucht, eine Rezension von Jacobis Schrift im *Hamburgischen Unpartheyischen Correspondenten* zu veröffentlichen. Jacobi versuchte daraufhin, durch Goethes Vermittlung einen Abdruck im *Teutschen Merkur* zu erwirken. Da Wieland sich hierzu nicht verstand, entschloß sich Claudius zu einer selbständigen Veröffentlichung.

228,3 f. *Mollibit [richtig: mollivit] ... mica:* (lat.) Sie [die Hand] besänftigte die ungnädigen Hausgötter mit fromm dargebrachtem Mehl und emporspringenden Körnchen (das Korn des Opfersalzes, das, in die Flamme der Opfergaben geworfen, als glückverheißendes Zeichen emporspringt; Horaz, *Carmina* III,23,19 f.).

228,5 f. *Ille ego qui ... Martis:* (lat.) Ich, der ich einst auf der schlanken Rohrflöte melodisch spielte, [besinge] jetzt dagegen die Schrecken des Mars. (Gekürztes Zitat aus Vergil, *Aeneis* I,1a–d.)

228,27 f. *Bruckers Choralbuch oder à livre ouvert:* »Bruckers Choralbuch ist die ›Kritische Geschichte der Philosophie‹, die dieser Gelehrte, ein Augsburger Pfarrer, um die Mitte des vorigen Jahrhunderts in fünf Bänden veröffentlicht hatte. Sie spielte lange Zeit bei denen, die über Philosophie redeten, selbst bei manchen unter denen, die drüber Bücher schrieben, die Rolle des Choralbuchs beim Dorforgelkünstler, der sein Publikum nur hören läßt, was sein Notenblatt ihn sehen läßt.« (Flegler, S. 575.) Diese Deutung erklärt gleichzeitig die Wendung *à livre ouvert* (frz.): bei geöffnetem Buche.

229,7 *Hr. GR.:* Herr Geheimer Rat.

229,15 *entriert:* entrieren (lat./frz.): eintreten.

229,17 *magis amica veritas:* zurückgehend auf das lateinische Zitat »Amicus Plato, sed magis amica veritas« (»Plato ist mir lieb, doch lieber die Wahrheit«), das auf einer mehrsträngigen griechischen Überlieferung fußt (vgl. Platon, *Phaidon* 91c; Aristoteles, *Nikomachische Ethik* 1096a 14 u. a.; ausführlich: Georg Büchmann, *Geflügelte Worte*, 31. Aufl., Berlin 1964, S. 482 f.).

229,28 *πoυ στω:* wo ich stehe. »›Gieb mir einen Punkt, auf den ich mich stützen kann, so will ich die ganze Erde aus ihren Angeln heben‹, soll Archimedes gesagt haben, als er seine Hebelgesetze gefunden hatte. Ein solcher Stütz- und Angelpunkt für unsere gesamte Erkenntnis ist, meint Claudius, die Erkenntnis Gottes. Diese wird aber, wie Spinozas Beispiel zeigt, auf dem Wege logischer Demonstration nicht gewonnen.« (Flegler, S. 575.)

231,1 *an die Freunde Lessing:* Claudius folgt hier, sofern kein Setzfehler vorliegt, seiner auch anderweitig erkennbaren Gewohnheit, bei Eigennamen das Genitiv-s wegzulassen (*Asmus* V, S. 176: »Leßing«). Das Titelblatt des rezensierten Buchs von Mendelssohn hat »Lessings«.

233,8 *Herausgeber der Fragmente:* Gemeint sind die von Lessing seit 1774 veröffentlichten Nachlaß-Manuskripte des Hamburger Deisten Hermann Samuel Reimarus (1694–1768), 1784 gesammelt erschienen unter dem Titel *Fragmente des Wolfenbüttelschen Ungenannten*.

233,9 *Nathan:* das »dramatische Gedicht« *Nathan der Weise*, 1779 in Berlin erschienen.

233,10 *Theismus:* Lehre von einer persönlich in der Schöpfung wirkenden Gottheit.

233,11 *Spinozisten, Atheisten, und Gotteslästerer:* Die Spinozisten rückten, da Spinoza mit seiner pantheistischen Lehre im Gegensatz zum Theismus stand, für die Zeitgenossen in die Nähe des Atheismus, so im Spinozismusstreit; vgl., ein gutes Jahrzehnt nach der Niederschrift der vorliegenden Rezension, die Polemiken gegen Fichte.

233,16 *à costi:* (ital.) dort [wo der Angeredete sich befindet].

233,20 f. *Visum repertum:* (lat.) »Visum & Repertum, ist nichts anders, als die sonst so genannte augenscheinliche Besichtigung wegen eines vorgegangenen Verbrechens« (Zedler, *Universallexikon*, Bd. 48, Leipzig/Halle 1746, Sp. 1875).

234,14–16 *Auch hat ja der Herausgeber ... selbst in Gräbern gestört:* nicht ganz geschmackssichere Anspielung auf die von Lessing herausgegebene Schrift *Ein Mehreres aus den Papieren des Ungenannten, die Offenbarung betreffend* (1777). Darin hatte Lessing zum »Fünften Fragment« (»Über die Auferstehungsgeschichte«) Widersprüche in den Zeugnissen der Evangelisten über die Auferstehung Jesu aufgezeigt.

234,20 f. *im II. Teil der Morgenstunden:* Der 1. Teil von Mendelssohns Schrift *Morgenstunden oder Vorlesungen über das Dasein Gottes* war 1785 in Berlin erschienen; den Plan zum 2. Teil konnte Mendelssohn nicht mehr realisieren, er starb Anfang Januar 1786.

235,9 *seiner Parabel: Eine Parabel*, Braunschweig 1778, eröffnete Lessings Schriften gegen Goeze.

236,5 *Oberschenken:* vgl. Anm. zu 154,21; s. 1. Mose 41,9.

236,19 f. *Statum controversiae:* status controversiae (lat.): Stand der Auseinandersetzung.

239,5 *Briefe über den Spinoza:* s. Anm. zu 228.

239,25 *tout comme chez nous:* (frz.) ganz wie bei uns.

240,20 *au fait:* (frz.) hier etwa: in den Besitz des Sachverhalts.

240,25 *Linnaeus:* s. Anm. zu 101,32.

240,27 *Knorrhahn:* Knurrhahn; vgl. seine heutige Zuordnung zu den Panzerwangen (Scorpaeniformes) mit den Thoracici bei Claudius (von griech. *thōrax* ›Panzer‹) des Textes.

245,8 *Tendre:* (frz.) zart, hier substantiviert als ›zarte Empfindung‹ (vgl. den noch heute üblichen Gebrauch von *faible*).

245,12 *Molliter ossa cubent!:* (lat.) wahrscheinlich ungenaue Zitation von Vergil, *Eclogae* 10,33: »o mihi tum quam molliter ossa quiescant« (»wie leicht mögen da meine Gebeine ruhen«).

245 Über die Neue Politik

E: *Auch ein Beytrag über die Neue Politick; herausgegeben von Asmus. Es ist ein Knabe hier der hat fünf Gersten-Brodt und zween Fische; aber was ist das unter so viele?* [o.O.u.J.; Hamburg 1794]; D: *Asmus* VI, S. 1–74. – Der Text spiegelt die Unruhe über die neuen Ideen der Französischen Revolution wider, die auch von Claudius nahestehenden Autoren vielfach begrüßt wurde. Claudius versucht seine Staatsloyalität rational zu begründen und begibt sich damit auf ein ihm eigentlich fremdes Gebiet. Seine Denkansätze wären trotzdem einer Interpretation wert; insbesondere zeugt die »Nähere Untersuchung des neuen Systems« (S. 266 ff.) von einem theoretischen Grundlagenbewußtsein, das hinsichtlich der Antinomie zwischen Autorität und Wahlfreiheit des Individuums eine grundsätzliche Vertrautheit des Autors mit den einschlägigen Thesen Pufendorfs und Diderots nahelegt. Zum politisch-polemischen Kontext vgl. Redlich, Bd. 2, S. 459.

245,16 *Beiträger:* Mitautoren.

246,14 *Atrozität:* (lat./frz.) Entsetzlichkeit, Grausamkeit.

246,30 f. *keine Obrigkeit ohne von Gott:* vgl. Anm. zu 145,25; Röm. 13,1.

248,2 f. *ein Hirte, der seine Herde auf grüner Auen weidet:* vgl. Ps. 23,2.

249,6 *Kanzler von Ephesus:* vgl. Apg. 19,35–40.

249,15 *Fahr:* Gefahr.

249,29 *Mathesis:* (griech.) Wissenschaft.

250,14 *übernehmen:* überwältigen.

251,13 f. *Maus und Mann:* alliterierende »bezeichnung einer ausnahmelosen gesamtheit« (DWb. 12, Sp. 1817); vgl. das häufigere »Mann und Maus«.

252,23 f. *Alfred der Harfner:* König Alfred der Große von England (849–899), der den Zustand der dänischen Invasionsarmee erkunden wollte, verkleidete sich der Sage nach als »Minstrel«, unterhielt den dänischen König bei Tisch mit seiner Harfe und erkundete dabei den dänischen Angriffsplan. Claudius übernahm die von mittelalterlichen Autoren mehrfach verwertete Episode wahrscheinlich aus Percys *Essay on the Ancient English Minstrels*, der dessen bereits zitiertem Werk *Reliques of Ancient English Poetry* (vgl. Anm. zu 28,10 f.) vorangestellt ist.

260,5 *Materia prima:* (lat.) hier wohl nicht im alchimistischen Sinne des Grundstoffs für den Stein der Weisen, sondern als der ursprünglich zugrunde liegende aristotelisch-scholastische Begriff eines Urstoffs, dem alle Körper entstammen.

266,2 f. *wie Moses ein geplagter Mann:* vgl. 4. Mose 12,3.

267,7 *polis:* poli (frz.) höflich.

268,26 f. *Medusenkopf ... versteinern:* Medusa war eine der drei Gorgonen; der Anblick ihres Hauptes ließ den Beschauer versteinern.

270,12 *durch eine Erfahrung von 5793 Jahren:* Claudius fußt hier auf Sebastian Francks *Chronica, Zeytbuch und geschÿcht bibel von anbegyn biß inn diß gegenwertig MDXXXI jar* von 1531. (Vgl. dort Bl. CXVII die »Summa der jarzal von anfang der welt biß auf diß gegenwertig MCCCCCXXXI jar auß der geschrifft Josephs / Philone / und Eusebio außgerechnet«). Das Werk war eines von mehreren, die in den Geschichtsbüchern des 18. Jh.s als historische Autorität für die Weltschöpfung herangezogen wurden und mit ihren jeweils modifizierten Spekulationen auf dem jüdischen Schöpfungsbeginn (3761 v. Chr.) oder jenem des Dionysius Exiguus (5493 v. Chr.) fußten.

271,22 *insinuiert:* insinuieren (frz.): hier im Sinne von ›(ein Schriftstück) zustellen‹.

273,17–19 *Das Neue System war zuerst, und von da ging man zum Alten über:* Die Ambivalenz bei der Betrachtung der einzelnen Herrschaftsformen mag sich bei dem bibelkundigen Christen Claudius auf 1. Sam. 8,5–22, aber auch auf die Troglodytengeschichte in Montesquieus 1721 erschienenen *Lettres Persanes* (11–14) stützen.

274,19 *Numa:* Numa Pompilius: vgl. Livius, *Ab urbe condita* 1,18–21.

275,32 *sie schreiet aufwärts um Rache:* vgl. 1. Mose 4,10.

276,3 f. *der Sohn der Tochter Pharao:* vgl. 2. Mose 2,10.

277,21 *Systole und Diastole:* Zusammenziehung und Erweiterung der Herzkammer im Pulsrhythmus.

278,3–5 *Wenn David ... abschneidet:* vgl. 1. Sam. 24,5 f.

278,7–9 *Wenn Sokrates ... stirbt:* vgl. Platon, *Kriton*, pass.

278,17 f. *Hörner, Cymbalen und Zinken:* entfernter Anklang an Chr. 16,42 u. a.

279,2 *Rock des Fleisches:* vielleicht entfernter Anklang an Kol. 3,9.

279,10 *zwo Meilen ... nötigt:* vgl. Mt. 5,41.
279,11 f. *kein Weib ansiehet ... Herzen:* vgl. Mt. 5,28.
279,13 f. *seinen Feind nicht hasset ... ihn hassen:* vgl. Mt. 5,44; Lk. 6,27.35.
279,15 f. *die Sonne möchte aufgehen lassen über die Bösen, und über die Guten:* vgl. Mt. 5,45.
279[*] *Αθανατος Θεος ... θνητος:* Unsterblicher Gott, nicht mehr sterblicher Mensch (nicht ermittelt).
280,4 *Georg Fox:* George Fox (1624–91), Gründer der Quäkerbewegung, der sich schon bald genötigt sah, die schwärmerischen Auswüchse bei seinen eigenen Anhängern einzudämmen.
280,6 *der Münsterschen Unruhen:* Die Wiedertäufer errichteten Anfang 1534 in Münster i. W. das »Neue Jerusalem«, dessen Schreckensherrschaft in Claudius' Anmerkung eher glimpflich geschildert wird und erst nach sechzehnmonatiger Belagerung durch ein Heer des Bischofs von Münster im Juni 1535 beendet werden konnte.
280[*] *die Freiheit gebrauchen, die Gott den Patriarchen gelassen:* Anspielung auf die im Alten Testament neben der Einehe existierende Polygynie.
anabaptistische: (griech.) wiedertäuferische.
Proselyten: (griech.) ›Hinzugekommene‹, Neubekehrte.

283 Als der Sohn unsers Kronprinzen, gleich nach der Geburt, gestorben war

E: HNZ, 1. Oktober 1791; D: *Asmus* VI, S. 91–93. – Auf den Tod des ersten Sohnes von Kronprinz Friedrich von Dänemark (des späteren Königs Friedrich VI.), der am 22. September 1791 einen Tag nach seiner Geburt gestorben war. Der für Claudius charakteristische Text, dessen Aussage in ihrer Tragweite erheblich über den Anlaß eines Gelegenheitsgedichts hinausreicht, wurde eingehend interpretiert von Goes, »Über ein Gedicht von Matthias Claudius« (1966).

284,19 f. *Alles, Alles ... leer:* vgl. Pred. 1,2.
284,22 *Unvergänglich für und für!:* vgl. Ps. 90,1.

285 Urians Nachricht von der neuen Aufklärung, oder Urian und die Dänen

E: *Urians Nachricht von der neuen Aufklärung, nebst einigen andern Kleinigkeiten* [Anti-Xenien]. *Von dem Wandsbecker Bothen*, Hamburg: Perthes 1797; D: *Asmus* VI, S. 115–120. – Das gegen die Französische Revolution gerichtete Gedicht löste eine lebhafte literarische Kontroverse aus. Vgl. Flegler, S. 579 f.; Stammler, S. 171 u. Anm. 47; Platschek, S. 1033.

288 **An Frau Rebecca ...**

E: *An Frau Rebecca bey der silbernen Hochzeit, den 15. März 1797* [Privatdruck?]; D: *Asmus* VI, S. 147–149.

289,4 *Crève-cœur:* (frz.) Herzeleid.

289 **Christiane**

E/D: *Asmus* VI, S. 150. – Auf den Tod von Claudius' zweiter Tochter Christiane, die am 2. Juli 1796 mit 21 Jahren an »Nervenfieber« (Typhus) starb. Das Lied wurde unter dem Titel »Der verschwundene Stern« in *Des Knaben Wunderhorn* aufgenommen. Vgl. Flegler, S. 582 f.; Stammler, S. 177.

290 **Der Tod**

E/D: *Asmus* VI, S. 151.

290 **Die Liebe**

E/D: *Asmus* VI, S. 151. – Vgl. 1. Kor. 13.

290 **An meinen Sohn Johannes**

E: *An meinen Sohn H–*, Hamburg: Perthes, 1799; D: *Asmus* VII, S. 147–157. – Der Brief greift unbeschadet seiner literarischen Stilisierung auf Traditionen des moralischen Vermächtnisses zurück, wie sie sich in der Familie des Verfassers erhalten haben (vgl. den Brief der Mutter an ihren Sohn Matthias – Stammler, S. 4 – sowie des Vaters an den künftigen Studenten – Stammler, S. 10). Johannes, Claudius' ältester überlebender Sohn, begann 1799 eine Kaufmannslehre in Hamburg, wandte sich aber ein halbes Jahr später dem Studium der Theologie zu. Aus diesem Anlaß richtete Claudius am 12. September 1799 einen weiteren liebevollen Mahnbrief an ihn, der, weniger sentenzenhaft, sich auf die Probleme der neuen Situation bezog (vollständig zitiert bei Stammler, S. 182 f.). Johannes Claudius behielt danach das Theologiestudium bei und beschloß seine Tage 1859 als Pastor in Sahms (Lauenburg).

290,13 f. *Gold und Silber ... dir:* Apg. 3,6.
290,21 *fegen die Tenne:* vgl. Mt. 3,12.

291,9 f. *wie eine hohe bleibende Wand, an der die Schatten vorübergehen:* Das Bild erinnert an Platos Höhlengleichnis (*Politeia* 51a–e), deutet aber in seinem Innensichtstandort vom Bewußtsein des Menschen eher auf eleatische oder selbst cartesianische Einflüsse.

291,30 *Kannengießer:* Stammtischpolitiker; sprichwörtliche Bezeichnung seit Holbergs Lustspiel *Politiske Kandestöber*, das 1742 von Delharding ins Deutsche übersetzt wurde.

292,31 *der sich dünket daß er wisse:* vgl. Anm. zu 303,16 f.

293,1 f. *Existenz ist die erste aller Eigenschaften:* vgl. Anm. zu 291,9 f.

293,7 f. *der Sauerteig den ganzen Tag durchsäuere:* vgl. Mt. 13,33.

293,18 f. *sonst hast Du Deinen Lohn dahin:* vgl. Mt. 6,2; 5,16.

293,25 f. *Gehorche der Obrigkeit ... streiten:* vgl. Anm. zu 246,30 f.

294,13 f. *den Trunk kalten Wassers:* vgl. Mt. 10,42.

294,21 *Sitze nicht, wo die Spötter sitzen:* vgl. Ps. 1,1.

295 **Ein gülden ABC**

E/D: *Asmus* VII, S. 158–162. – Der Titel lehnt sich an Luthers Bezeichnung »Güldenes ABC« für den 119. Psalm an, bei dem im hebräischen Original je 8 Verse denselben Anfangsbuchstaben in der Ordnung des hebräischen Alphabets tragen.

295,17 *wie Paulus tut:* vgl. Apg. 9,30.

297,6 *baß:* besser.

297,11 *Straf:* Tadle.

298 **Ein silbern dito**

E/D: *Asmus* VII, S. 163–167.

299,24 *wie Sirach spricht:* Das Zitat ist, zumal angesichts der zahlreichen Äußerungen Jesus Sirachs über die Narrheit, nicht genau zu bestimmen. Eine Affinität zu Sir. 21,28 wäre denkbar.

300,2 f. *Rebecca ... Isaak?:* vgl. 1. Mose 24,15 ff. Rebecca ist der Name von Claudius' Ehefrau.

300,23 *Ygreck:* i grec (frz.): griechisches i, Ypsilon.

301 **Die Sternseherin Lise**

E/D: *Asmus* VII, S. 305 f.

301 **Valet an meine Leser**

E/D: *Asmus* VI, S. 315–326.

301,22 *Valet:* (lat.) Lebewohl.

302,10 *»Becher kaltes Wassers«:* vgl. Anm. zu 294,13 f.

302,20 *dem bewußten Freund:* vgl. Anm. zu 15,2.

302,26 *Häckerlinge:* Häcksel; häufiger als kollektiver Singular *Häkkerling*, selten, wie hier, als Plural.

302,27 *Es schafft nicht, daß ...:* Es führt nicht weiter, daß ... (Die Stelle ist als Beleg in DWb. 14, Sp. 2030, aufgeführt.)

302,30 *kleinmeistert:* Das Verb *kleinmeistern* bedeutet als postnominale Bildung ›den Kleinmeister spielen‹. Die im 18. Jh. noch häufig gebrauchte Bezeichnung ist von frz. *petit-maître* abgeleitet. Letzteres bezeichnete nach der gebräuchlichsten Erklärung zuerst die stutzerhaften und preziösen Anhänger des Großen Condé (1621–86; le »Grand Maître«) und blieb angesichts des moralischen Niedergangs der französischen Aristokratie aktuell. Zur Aktualität des Begriffs und des damit verknüpften Menschentyps im 18. Jh. vgl. auch den Artikel »Petit-Maître« in Zedlers *Universallexikon*, Bd. 27, Leipzig/Halle 1741, Sp. 1086 ff.

303,3 *à leur aise:* (frz.) zu ihrem Behagen.

303,7 f. *mit den Kategorien etc. trösten:* Anspielung auf die Problemstellung der Kantschen Kategorienlehre, wie die »subjektiven Bedingungen des Denkens sollten objektive Gültigkeit haben«.

303,23 *sequestriert:* (lat.) ›abgesondert‹, der Zwangsverwaltung überantwortet.

304,8 *verkauft seine Erstgeburt um ein Linsengericht:* vgl. 1. Mose 25,31 f.

304,16 f. *der Sokratischen Unwissenheit:* vgl. Platon, *Apologie* 21d; Claudius' Übersetzung s. S. 188 f.

304,19–21 *ein Mann in Lumpen ... Penelope wieder:* vgl. Homer, *Odyssee* 19.

305,16 *Gymnosophist:* Angehöriger einer asketischen Sekte brahmanischer Weiser, die nackt in den Wäldern lebten. Der (unsicheren) Überlieferung nach erregten die Gymnosophisten das Interesse Alexanders des Großen, mit dem sie nach dessen Einmarsch nach Indien disputierten. Claudius könnte den Begriff aus dem 10. Gesang der von ihm rezensierten Verserzählung *Der Neue Amadis* (s. S. 318 ff. und Wielands Anmerkung hierzu übernommen haben.

306,2 f. *Schätze, die der Rost nicht frißt:* vgl. Mt. 6,19 f.

306,21 *eines Neuen Himmels und einer Neuen Erde:* vgl. Offb. 21,1.
306,25 f. *liebt seine Feinde und segnet die ihm fluchen:* Mt. 5,44; Lk. 6,27.
307,3 *Gradierhaus:* Gebäude zur Reinigung und Anreicherung geringhaltiger Salzsole.

307 **Auf O– –o R– –s Grab**

E: *Hamburgischer Unpartheyischer Correspondent*, 7. Dezember 1810; D: *Asmus* VIII, S. 50. – Auf den Tod des Malers Philipp Otto Runge, der am 2. Dezember 1810 gestorben war. Vgl. Clemens Theodor Perthes, *Friedrich Perthes' Leben nach dessen schriftlichen und mündlichen Mitteilungen*, Bd. 1, Gotha [6]1872, S. 107 ff. (Redlich, Bd. 2, S. 463).

307 **Klage**

E/D: *Asmus* VIII, S. 201 f. – König Ludwig XVI. von Frankreich war am 21. Januar 1793 auf der Guillotine hingerichtet worden.

309 **Sprüche des Pythagoräers Demophilus**

E/D: *Asmus* VIII, S. 203–205. – Claudius dürfte die Sprüche in Lucas Holstens aus dem Codex Vaticanus Gr. 743 exzerpierten Sammlung *Demophili Democratis et Secundi Veterum Philosophorum Sententiae morales [...]*, Rom 1638, kennengelernt haben (s. d. S. 32–48). Claudius ändert die Reihenfolge der Vorlage, die sich an die alphabetisch geordnete Überlieferung der Sentenzen hält, und übersetzt recht frei. Die Überschrift täuscht eine genauere Bestimmbarkeit des sonst unbekannten Autors oder Redaktors vor, von dem lediglich die Zeitgenossenschaft zu Iamblichos (4. Jh. n. Chr.) vermutbar ist.

Nachlese

313 **Ein Pasquill aufs Geld**

E/D: ACN, 1. Februar 1770; Nachdr.: GM 1771, S. 93. – Das Gedicht befindet sich in enger zeitlicher Nachbarschaft zu einem von Galgenhumor geprägten Brief an Gerstenberg, in dessen Postscriptum sich Claudius dafür entschuldigt, daß er das Porto nicht aufbringen kann (vgl. *Botengänge*, S. 60 f.).

313,2 *Flectere ... movebo:* (lat.) Wenn ich die Überirdischen nicht beugen kann, werde ich den Acheron bewegen. (Vergil, *Aeneis* VII,312.)

313,3 *Entrata:* (ital.) von lat. *intrare* ›eintreten‹; meist kurzes Instrumentalstück mit Ouvertürecharakter zum festlichen Einzug hochgestellter Persönlichkeiten.

313,9 *Beelzebub:* (hebr.) ›Herr der Fliegen‹; maßgeblich hier die Deutung des Neuen Testaments als Oberster der Dämonen; vgl. Mk. 3,22; Mt. 10,25; 12,24–27.

313,11 *Megäras Fackel:* Megära ist eine der Erinnyen (der griechischen Rachegöttinnen), der personifizierte Neid mit dem bösen Blick.

313,22 *Capriccio:* (ital.) Laune, Einfall; musikalischer Begriff von wechselnder Bedeutung – hier wohl: fantasierendes/präludierendes Stück.

313,28 *Pomposo:* (ital.) prunkvoll, glänzend.

314,3 *Recitativo:* (ital.) Rezitativ (solistischer, instrumental begleiteter Sprechgesang).

314,13 *Yorick:* Held des Romans *A Sentimental Journey Through France and Italy. By Mr. Yorick*, der 1768 durch Claudius' späteren Verleger und Logenbruder J. J. Ch. Bode (vgl. Anm. zu 12,33) ins Deutsche übertragen worden war. Die Anspielung ist tendenziell evident, aber nicht ganz eindeutig, zumal die Figur auch zum Personalbestand von Sternes *Tristram Shandy* (vgl. Anm. zu 49,19 f.) zählt.

314,25 *Affettuoso:* (ital.) gemütsbewegend, mit Affekt, in der musikalischen Praxis auch als Tempobezeichnung zwischen Adagio und Andante.

315,1 *Duetto mesto e sostenuto:* (ital.) schwermütiges und getragenes Duett.

315 Empfindsame Reisen durch Deutschland von S**

E/D: WB 1771, Nr. 97. – Johann Gottlieb Schummels *Empfindsame Reisen durch Teutschland* erschienen in 3 Teilen in Wittenberg und Zerbst 1770–72.

316,11 *insolvent:* (lat./frz.) zahlungsunfähig.

316,14 *agierte:* (frz.) hier: darstellte, verkörperte.

316,22 *Rtlr.:* Reichstaler.

318 **Über das Genie**

E/D: WB 1771, Nr. 159, 161. – Der bibliographisch verwirrend überlieferte Text mit der Rezension von Wielands *Der Neue Amadis* bildet eigentlich den Abschluß der Abhandlung »Über das Genie« (vgl. S. 27 ff.). Zu Anlaß und Überlieferung vgl. Flegler, S. 521 f.

318,12 f. *Der selige Isaac Newton ... Chronologie:* vgl. Anm. zu 32,13.

318,14 *Amadis von Gallien: Amadís de Gaula*, Roman von Garcí Rodríguez de Montalvo, erschienen 1508, Prototyp des frühneuzeitlichen Ritterromans, in dem die Werte der mittelalterlichen Aventuren wiederaufgenommen werden. Der Stoff rief viele Nachahmer auf den Plan, vor allem Torquato Tasso mit *Amadigi de Gaula* (1560), wurde aber im Publikumserfolg von keinem der durch ihn inspirierten Werke erreicht und überdauerte auch die parodistischen Anleihen in Cervantes' *Don Quijote*. Da das Buch einen eigenen, von theologischen Erwägungen weithin freien Tugendkodex tradierte, war es Gegenstand heftiger kirchlicher Kritik. Nach dem 1. Drittel des 17. Jh.s räumte Amadis seinen Platz auch in Deutschland schäferlichen und heroisch-galanten Sujets, um im 18. Jh. vorwiegend in der Oper zu überdauern. Eine Renaissance setzte erst ab Mitte des 18. Jh.s ein, als der französische Adel sich in historisierender Rückschau auf die alten Tugenden zu besinnen suchte. Von den französischen Neuausgaben – Mlle. de Lubert, *Amadis de Gaules* (1750) und Comte de Tressan, *Traduction libre d'Amadis de Gaule* (1779) – wurde letztere 1782 ins Deutsche übersetzt. Claudius dürfte mit seiner Behauptung, das Werk fast auswendig zu kennen, eine bewußt konservative Haltung zur Literatur betont haben.

318,21–29 *»Ergötzt dein Lied ... verletzen«:* aus Wielands *Der Neue Amadis*, 1. Gesang, Str. 2.

319,5 *Taenarus:* südlichstes Kap des Peloponnes, letzter Ausläufer des Taygetosgebirges.

319,17–30 *»Euch, Schwestern ... wieder ein«:* aus *Der Neue Amadis*, 1. Gesang, Str. 5.

320,15 *Nomina propria:* (lat.) Eigennamen.

320,18–321,27 *»Der Triton ... Tugend tat«:* ungenau zitiert aus *Der Neue Amadis*, 4. Gesang, Str. 10–15.

322,14 f. *»Und bin ich ... bestellt?«:* Zitat einer (zuvor ausgelassenen) Stelle ebd., Str. 11.

322 Voltaire und Klopstock

E/D: WB 1771, Nr. 200. – Zusammen mit der »Vergleichung« Voltaires mit Shakespeare (s. S. 68) erschienen.

323 Emilia Galotti

E/D: WB 1772, Nr. 58. – Vgl. S. 86 ff.

323,8 *Anzüglichsten:* hier: Anziehendsten, Reizendsten.

323 Zur Geschichte und Literatur

E/D: WB 1773, Nr. 27.

323,14–18 *Baco sagt irgendwo ... genug wäre:* Claudius hegte eine angesichts seiner eigenen moralischen Maximen überraschende, aber vielfach belegte Vorliebe für Francis Bacon (1561–1626), die ihren Niederschlag namentlich im 7. Teil des *Asmus* fand. Die beiden dort übersetzten Texte, »Das letzte Kapitel aus dem unvergeßlichen und vergessenen Werk des Großkanzlers Franz Baco v. Verulam: De Dignitate et Augmentis Scientiarum« (S. 168–198) sowie »Bacons Glaubensbekenntnis« (S. 198–221) leisten in ihren Überlegungen zum Verhältnis zwischen Glauben und Wissenschaft Claudius' Skepsis gegenüber rationaler Erkenntnisfähigkeit Vorschub. Vgl. auch »Über den Vorzug der Gelehrten mit einer langen Note aus'm Baco«, in *Asmus* I/II, S. 215–220.

323,18 *Als Herr Lessing Bibliothekar ward:* 1770; er leitete die Bibliothek in Wolfenbüttel bis zu seinem Tode 1781.

323,26 f. *in den Briefen antiquarischen Inhalts:* Lessings altertumskundliche Studien unter dem Titel *Briefe antiquarischen Inhalts* waren in 2 Teilen in Berlin 1768 und 1769 erschienen.

324,4–6 *Herr Burchardi ... der Bibliothek:* Jakob Burckhard, *Historia Bibliothecae Augustae, quae Wolfenbutteli est* (1744).

324,26 *Züricher Ausgabe:* Lessing meint die von Johann Jakob Bodmer zusammen mit Johann Jakob Breitinger herausgegebene *Sammlung von Minnesingern aus dem schwäbischen Zeitpuncte CXL Dichter enthaltend*, 2 Tle., Zürich 1758–59 (vgl. Lessing, *Zur Geschichte und Literatur*, S. 3).

325,13 *Ernst Sivers Schrift:* richtig: *Ernesti Soneri Demonstratio Theologica et Philosophica, quod aeterna impiorum supplicia, non arguant Dei Justitiam, sed injustitiam* (vgl. Lessing, *Zur Geschichte und Literatur*, S. 204). Näheres vgl. im Kommentar der Lessing-Ausgabe von Paul Rilla, Berlin ^{2}1968, Bd. 7, S. 456 Anm. 4.

325,32 f. *in der Vorrede zu der Dramaturgie:* zur *Hamburgischen Dramaturgie* (2 Bde., Hamburg/Bremen 1767–69), Lessings gesammelten theaterkritischen Beiträge, die zuvor in Zeitschriftenform erschienen waren und mit denen er seine Arbeit am Nationaltheater in Hamburg vom Mai 1767 bis Ostern 1769 begleitet hatte.

326 **Von Deutscher Art und Kunst**

E/D: WB 1773, Nr. 69, 71. – Das von Herder herausgegebene Sammelwerk enthält fünf Abhandlungen. Verfasser der ersten beiden, »Auszug aus einem Briefwechsel über Ossian und die Lieder alter Völker« sowie »Shakespeare«, ist Herder selbst. Es folgt Goethes Aufsatz »Von deutscher Baukunst«, der 1772 unter dem Eindruck des Straßburger Münsters entstanden und bereits als Einzeldruck erschienen war. Daran schließt sich ein »Versuch über die gotische Baukunst«, Übersetzung eines italienischen Aufsatzes von Paolo Frisi, sowie als fünfter Beitrag Justus Mösers »Deutsche Geschichte«.

326,10 f. *per excellentiam:* lat. Grundform des häufiger gebrauchten frz. *par excellence*: in herausragendem Maße beispielhaft.

326,16 f. *wie Endimion von Diana:* vgl. Anm. zu 55,4.

326,22 *Denis:* Michael Denis (1729–1800) übersetzte *Ossian* unter dem Pseudonym des Barden Sined in von mehreren Zeitgenossen als inadäquat empfundene Hexameter.

326,26 *Kaledonier:* Bewohner von Kaledonien (kelt.-röm. Name Nordschottlands).

327,23 f. *im Worm, im Bartholin, im Peristiold und Verel:* »Olaus Worm (1588–1654), Thomas Bartholin (1616–1680), Johann Peringer de Peringskiöld (1654–1720) und Olaus Verel (1618–1682) lieferten die ersten nordischen Liedertexte, der erste besonders in seiner *Danica literatura antiquissima vulgo Gothica dicta*, Havn. 1636. 4 und seinem *Apparatus ad literaturam runicam*, der zweite in seinen *Antiquitatum de caussis contemptae a Danis adhuc gentilibus mortis libri III.* Havn. 1689. 4, der dritte in seinen *Monumenta Sueo-Gothica.* Stockh. 1710–1719, der letzte in seiner Ausgabe der Hervarar-Saga, Upsala 1672.« (Herder, »Briefwechsel über Ossian«, S. 13; *Sämtliche Werke*, hrsg. von Bernhard Suphan, Bd. 5, Berlin 1891, S. 719 Anm. z. St.)

327,31 f. *Reyne Ladbrogs Sterbegesang in den Runen des Worms:* Das mehrfach behandelte spätskaldische Motiv des Dänenkönigs Ragnar Lodbrog, der von seinem Widersacher, Fürst Ella von Northumbrien, in die Schlangengrube geworfen wird und dort seinen

Sterbegesang anstimmt, ist in Worms *Runer, seu Danica Literatura Antiquissima* (1636) in der Version der sog. Krákumál mit lateinischer Übersetzung überliefert. In dieser Form wirkte der Stoff in die englische, deutsche und französische Vorromantik und galt im 18. Jh. als Prototyp altnordischer Dichtung. Vgl. J. U. Terpstra, »Ten Kates Übersetzung von Ragnar Lodbroks Sterbelied (Krákumál) und ihre literarische Bedeutung«, in: *Neophilologus* 44 (1960) S. 135–146.

328,12 *Rhapsodieen:* von Rhapsoden (umherziehenden Sängern) vorgetragene epische Gedichte, namentlich von Homer und Hesiod.

328,13 f. *Impromptus:* (frz.) (musikalische) Improvisationen. Der Rezensent teilt mit dem von ihm zitierten Autor offenkundig die zeitgenössisch verbreitete Auffassung, die Homerischen Epen seien aus vielen, zunächst nur mündlich überlieferten Einzelgedichten zusammengeschmolzen worden. Diese Theorie wurde 1795 durch Friedrich August Wolfs *Prolegomena ad Homerum* bekräftigt.

328,25 *ums Gesicht:* D setzt »um Gesicht«.

328,32 *Fingal:* Titel von James MacPhersons zuerst 1762 erschienener Ossian-Fälschung.

330,6 *Ekelnamen eines gotischen Gebäudes:* Noch in der Aufklärung hatte sich der negative Sinn des Begriffs »gotisch« als Synonym für ›Chthonisch-Barbarisch‹ auch in der Architektur erhalten. Zu der Anspielung vgl. Goethe, »Von deutscher Baukunst«; *Goethes Werke* [Weimarer Ausg.], hrsg. im Auftrage der Großherzogin Sophie von Sachsen, Abt. 1, Bd. 37, Weimar 1896, S. 144 f.

330,10 *Erwin:* Aufgrund eines seit 1284 als Werkmeister am Straßburger Münster nachweisbaren Baumeisters Erwin galt seit dem 17. Jh. ein »Erwin von Steinbach« als Erbauer des Münsters. Seine Verehrung in Deutschland wurde vor allem durch Goethes hier besprochenen Beitrag gefördert.

331,26 f. *Das eine steht Seite 54 ... und folgt hiebei:* Der bei Herder, S. 54, veröffentlichte Text »Kukuk und Nachtigall« ist in WB 1771, Nr. 71, nach der Rezension abgedruckt.

331,28 *eines alten schottischen Liedes:* Herder, S. 25: »Edward«.

331,29 f. *aus den Dodsleyschen Reliques of ancient Poetry:* Robert Dodsley veranstaltete *A Select Collection of old Plays by old Authors* in 12 Bänden (erstmals London 1744). Der schon in sich unstimmige Schlußsatz der Claudiusschen Rezension verwechselt das Werk wohl mit Percys *Reliques of Ancient English Poetry* (vgl. Anm. zu 28,10 f.), wo die Ballade »Sweet William's Ghost« ins

2. Buch des 3. Bandes aufgenommen ist. Claudius' mißverständliche Seitenangabe (S. 49) bezieht sich wie die beiden vorangegangenen auf Herders Publikation. Die Bezugnahme auf Dodsley beruht wohl auf einer irrtümlichen Deutung von Herder, S. 9.

332 ⟨**Das Leben und die Meinungen des Herrn Mag. Sebaldus Nothanker**⟩

E/D: WB 1773, Nr. 75. – Rezension des 1. Bandes von Friedrich Nicolais 1773–76 erschienenem Roman.

332,3 *Stauzius:* Nicolais Deckname für den Hamburger Pastor Johann Melchior Goeze (vgl. Anm. zu 59).
332,5 *Ausgeberin:* Haushälterin, Hausjungfer.
332,6 *Supperndent:* Superintendent.
332,32 f. *rasch vom Bart spricht:* munter, flink (vgl.: »frisch von der Leber«) spricht (Gegensatz: in den Bart murmeln).

333 **Beilage zu'n Denkwürdigkeiten des seligen Sokrates**

E/D: WB 1773, Nr. 101. – Vgl. Anm. zu 26,22 f.

333,20–22 *cui placet impares ... ioco:* (lat.) der [erg.: Venus] es gefällt, ungleiche Gestalten und Seelen mit grimmigem Scherz unter ehernes Joch zu spannen. (Horaz, *Carmina* I,33,10–12.)
334,9 *oblitum aeternae Vestae:* (lat.) vergessen habend der ewigen Vesta. (Vgl. Horaz, *Carmina* III,5,11.)
334,10 *Vehiculo:* Vehiculum (lat.), hier: Arzneisaft; auch Branntwein, Bier, Wein, Suppe, um die Einnahme (»Beförderung«) von Medikamenten zu erleichtern.

334 ⟨**Götz von Berlichingen mit der eisernen Hand**⟩

E/D: WB 1773, Nr. 105, 106. – Claudius schrieb 1773 über den ihm unbekannten Autor an Herder: »Wer hat den Götze von Berlichingen geschrieben? Mir sagt man, ein Advokat in Frankfurt« (*Botengänge*, S. 94).

334,29 *Fetwa:* (türk.) von arab. *Fatwā*, theologisch rechtliche Lehrmeinung, Gesetzesauslegung. Claudius hat den Ausdruck vielleicht aus Herders Sprachgebrauch übernommen; vgl. dessen »Briefwechsel über Ossian« (S. 4; *Sämtliche Werke*, Bd. 5, S. 159) sowie den Brief an Hamann vom 4. August 1785.
335,6 f. *Groß-Vater Aristoteles, und nach ihm die Klein-Enkel:* Claudius folgt Lessings Stellungnahmen gegen die Dramatiker der fran-

zösischen Klassik in der *Hamburgischen Dramaturgie* (vgl. Anm. zu 325,32), denen zufolge diese die Aristotelische Lehre von den dramatischen Einheiten mißverstanden hätten.

335,7 *progenies vitiosior:* (lat.) die Nachkommenschaft ist lasterhafter.

336,6 f. *Petits-Maîtres:* vgl. Anm. zu 302,30.

336 An den Tod

E/D: WB 1773, Nr. 132.

337 Der Hofmeister oder Vorteile der Privat-Erziehung

E/D: WB 1774, Nr. 99, 100. – Komödie von Jakob Michael Reinhold Lenz (1751–92).

337,23 f. *Leckerzahnheit:* von *Leckerzahn*: svw. Leckermaul.
337,27 *Fl.:* Florin, Gulden.

339 Der neue Menoza ...

E/D: WB 1774, Nr. 164. – Komödie von Jakob Michael Reinhold Lenz.

340,3 *Bakkalaurei:* Baccalaureus (mlat.), seit dem 13. Jh. unterster akademischer Grad.

340 Tristram Shandys Leben und Meinungen

E/D: WB 1774, Nr. 172. – Bode ist nicht nur, wie der Titel der Rezension ausweist, der Verleger, sondern auch der Übersetzer des Sterneschen Romans. Vgl. Anm. zu 12,33 und 49,19 f.

340,11 *Wir haben schon eine deutsche Übersetzung:* Die erste Übersetzung ins Deutsche war anonym in Berlin und Stralsund 1769 erschienen.

341 Freuden des jungen Werthers

E/D: WB 1775, Nr. 15. – Nicolais *Werther*-Parodie hatte die Erbitterung Goethes erregt, der infolgedessen auch über die positive Besprechung durch Claudius verstimmt war. Vgl. 344,4 f.

341,4 *Hab zu seiner Zeit:* vgl. S. 40 f.
341,32 *Abt:* Die, wie öfters bei Claudius, nicht sehr präzise Anspielung dürfte sich auf Thomas Abbts vielgelesene und auch von Herder geschätzte Abhandlung *Vom Verdienste* (1765) beziehen, wo

der 2. Artikel des 2. Hauptstücks (»Von der Stärke der Seele«) mehrfach vom »Ausdauren gegen die Zeit« (Ausg. Goslar/Leipzig 1766, S. 69), der »Gedult« und der »Hülfe der Zeit, die sich jeder versprechen darf« (S. 76), handelt.

342,9 *Bonsens:* (frz.) Vernunft.

342,13 f. *Judex competens:* vgl. Anm. zu 98,32.

342,15–17 *versilbert Kügelchen ... gemeint sei:* Unter dem versilberten Kügelchen ist eine Pille zu verstehen. Die Zeilen 4–8 von Seite 43 in Nicolais Buch lauten: »'s war da ein junges Kerlchen, leicht und lüftig, hatt' allerley gelesen, schwätzte drob kreuz und quer, und plaudert' viel, neust' aufgebrachtermassen, vom ersten Wurfe, von *Volksliedern*, und von *historischen Schauspielen*, zwanzig Jährchen lang [...].« Die Anspielung ist vieldeutig und kann gegen mehrere Vertreter des Sturm und Drang gerichtet sein.

342,19 *N. S.:* Nachschrift.

342,20 *ßl.:* (hamburgische) Schilling.

342 **Prometheus, Deukalion und seine Rezensenten**

E/D: WB 1775, Nr. 47, 67. – Die von Claudius wie von der Mehrzahl der Zeitgenossen zunächst Goethe zugeschriebene Farce stammt von Heinrich Leopold Wagner (1747–79). Goethe klärte die Verfasserschaft durch eine vom 9. April 1775 datierte Mitteilung, die in den *Frankfurter Gelehrten Anzeigen* (S. 274) und auch anderweitig abgedruckt wurde. Claudius mag hiervon schon früher als die übrige literarische Öffentlichkeit erfahren haben, da der Verfasser den Text seinem Brief vom 15. April 1775 an Klopstock beilegte.

343,1 *Pope und Aristophanes:* Alexander Pope (1688–1744), der Exponent des rational bestimmten englischen Klassizismus, war durch die formale Vollendung und Treffsicherheit namentlich seiner satirischen Verse im 18. Jh. geachtet. Aristophanes (um 445–385 v. Chr.), der bedeutendste attische Komödiendichter, war für seinen Wortwitz und seine treffende Verhöhnung von Zeitgenossen berühmt.

343,7 f. *wir Herren Dunse:* Duns (benannt nach Duns Scotus, 1265/74–1308): Dummkopf, uninspirierter Stubengelehrter. Claudius war durch Wagners Stück in Gestalt der Eule und der Frösche karikiert worden, die das Deckblatt des *Wandsbecker Boten* zierten.

343,8 *Pele Mele:* pêle-mêle (frz.): Durcheinander.

343,17 *wer die Diana angesehen hat:* Anspielung auf den antiken

Mythos von Aktaion, der Artemis/Diana im Bade überraschte, von der zürnenden Göttin in einen Hirsch verwandelt und von den eigenen Jagdhunden zerfleischt wurde. Vgl. Ovid, *Metamorphoses* 3,138 ff.

343,29 f. *lieber Herr Doktor:* Goethe.

344,6 *Die il y a quelque tem[p]s eingeschickten Verse:* (frz.) die vor einiger Zeit eingeschickten Verse. Redlich (Bd. 2, S. 465) und Stammler (S. 57 u. Anm., 75) vermuten dahinter Goethes Schmähgedicht »Nicolai auf Werthers Grabe« – dessen Inhalt sich auch zu Claudius' obiger Anspielung 343,30–32 fügen würde.

344,18–22 *Übrigens ... eine zwote zu machen:* wohl direkte Replik auf Goethes Mitteilung, in der es heißt: »Übrigens war mir's ganz recht, bei dieser Gelegenheit verschiedne Personen aus ihrem Betragen gegen mich, in der Stille näher kennen zu lernen.«

344 Das leidende Weib

E/D: WB 1775, Nr. 86. – Trauerspiel von Friedrich Maximilian Klinger (1752–1831).

345,21 f. *die bekannten Einheiten:* vgl. Anm. zu 335,6 f.

346 Hinz und Kunz

E/D: VM 1778, S. 87. – Vgl. Anm. zu 68 (»Vergleichung«) und 322 (»Voltaire und Klopstock«).

346,9 *klatrig:* (ndd.) eigtl.: schmutzig, wirr, zerlumpt, liederlich; als Attribut zu »Wendung« oder »Ende«: kläglich.

346 Wiegenlied

E/D: HNZ, 30. November 1792; verstümmelter Abdruck in *Asmus* VII, S. 144–146, unter dem Titel »Kron und Szepter«. – »Das Gedicht ›Kron' und Scepter‹ ist in allen alten Ausgaben irrigerweise 1795 datirt. Es gehört ursprünglich zu einem Wiegenlied für die kleine Prinzessin Marie Luise, die 19. Novbr. 1792 geborene älteste Tochter des Kronprinzen Friedrich [...]. Die Abkürzung ist jedenfalls mit Rücksicht auf das kronprinzliche Paar vorgenommen, das dieses Kind, wie den ersten Sohn [...] schon am 12. Octbr. 1793 wieder verlor. Vielleicht ist auch die Umdatirung eine beabsichtigte.« (Redlich, Bd. 2, S. 462.)

350 **An Frau Rebeccas Geburtstag, den 26. Oktober 1794**

Die Handschrift des Gedichts befand sich nach einer Angabe in *Briefe* II, S. 12, im Besitz des Pastors Ernst Schröder in Altona-Othmarschen. Wir folgen dem Abdruck des Gedichts in *Briefe* II, S. 33 f.

350,9 *Mozarts Musik zum Veilchen:* Mozarts Vertonung von Goethes »Veilchen« (1773/74), vom Komponisten Wien, 8. Juni 1785 datiert, erschien in Wien 1789 (KV 476).

351 **Bei ihrem Grabe**

E/D: *Ueberflüßiges Taschenbuch für das Jahr 1800*, hrsg. von Johann Georg Jacobi, dazu eine Vorr. von Friedrich Heinrich Jacobi, Hamburg: Perthes, 1800, S. 147 f. – Das Gedicht gilt dem Tode der Tochter Christiane (vgl. Anm. zu 289).

352 **⟨Rezension von Schillers »Musen-Almanach für das Jahr 1797⟩**

E: *Der unparteiische Correspondent*, HNZ 1796, *Beiträge von gelehrten Sachen*, St. 3; Nachdr.: Beilage zu Schillers *Musen-Almanach für das Jahr 1797*: *Zur allgemeinen Erbauung aus dem dritten Stücke der Beiträge von gelehrten Sachen zu N. Hamburger Correspondenten versartig abgedruckt*, 1797; *Eine Rezension von Schillers Musenkalender / aus dem Hamburger Blatt, Neue Zeitung genannt.* – Wir folgen dem Abdruck in: Eduard Boas, *Schiller und Goethe im Xenienkampf*, Bd. 2: *Die Gegenwehr*, Stuttgart/Tübingen 1851, S. 27–33. – Claudius war im *Musen-Almanach für das Jahr 1797* im Xenion 18 von Schiller unmittelbar wegen seiner Übersetzung von Saint-Martins *Des Erreurs et de la Vérité* (vgl. Anm. zu 130: »Vorrede des Übersetzers«) angegriffen worden: »Irrtum wolltest du bringen und Wahrheit, o Bote, von Wandsbeck; / Wahrheit, sie war dir zu schwer; Irrtum, den brachtest du fort!« Claudius ignorierte öffentlich diese persönliche Attacke, bedachte aber die metrische Form der Xenien mit der satirischen Replik »Das Distichon«: »Im Hexameter zieht der ästhetische Dudelsack Wind ein; / Im Pentameter drauf läßt er ihn wieder heraus.« (In: »Urians Nachricht von der neuen Aufklärung«; vgl. Anm. zu 285.) Vgl. hierzu Schillers Gedicht »Das Distichon« aus dem *Musen-Almanach für das Jahr 1797*. – Die Treffsicherheit der »Rezension« blieb hinter diesem gelungenen Einfall größtenteils erheblich zurück. Zu ihrer Stellung im Kontext des zeitgenössischen Literatenstreits vgl. Karl Weinhold, *Heinrich Christian Boie. Beitrag zur Geschichte der deutschen Literatur im achtzehnten Jahrhundert*, Halle 1868, S. 226, sowie Boas, Bd. 2, S. 26–35 (mit zeilenweise abgesetztem Abdruck des gesamten Distichentextes und ausführlichen Erläuterungen). Boas' Bezugsnachweise zu den Xenien und den »Tabulae votivae« sind in unsere folgenden Anmerkungen eingearbeitet.

352,23 *Jeder Vers widerspräch einem so törichten Wahn:* vgl. Xenion 226.

352,24–28 *Die genannten Verfasser ... Schlegel:* nicht auf die Xenien bezogen; vielmehr werden sämtliche Verfassernamen des (unpaginierten) Inhaltsverzeichnisses am Schluß des Schillerschen *Musen-Almanachs* scherzhaft in Distichen gezwängt.

352,29 *Goethens Panegyrist:* wahrscheinlich Friedrich Schlegel. Vgl. Boas, Bd. 2, S. 27 Anm. 2, sowie die ausführliche Erläuterung zu Xenion 278 (ebd., Bd. 1, S. 150 ff.).

353,9 *Marcard:* »Heinrich Matthias Marcard, Brunnenarzt zu Pyrmont, geb. 1747, gest. 1817, hatte sich, bei Gelegenheit des Pasquills ›Bahrdt mit der eisernen Stirn‹, an Kotzebue angeschlossen« (Boas, Bd. 2, S. 28 Anm. 1).

353,31 *con amore:* (ital.) mit Liebe.

354,10 *(das beweiset ja Schmidt):* »Michael Ignaz Schmidt, geb. 1736, erwählte zuerst die geistliche Laufbahn, zeichnete sich dann aber als Historiker aus, wurde kaiserl. Hofrath und Archivar in Wien, und starb dort 1794. Die Anspielung geht auf seine ›Neuere Geschichte der Deutschen‹ (1788–1793), worin er zu beweisen suchte, daß die Kirchenverbesserung ohne Luther sicherer und glücklicher vollendet worden wäre.« (Boas, Bd. 2, S. 29 Anm. 1.)
viel besser sich ruhig verteilten: vgl. Xenion 93.

354,20 f. *wie man Pedant uns verdeutscht:* vgl. Xenion 116 und 152.

354,23 *niais:* (frz.) Subst.: Nestling, Einfaltspinsel; Adj.: albern.

354,26 *Komma und Punkt:* vgl. Xenion 159.

354,32 f. *Der gleich darauf ... hört:* vgl. Xenion 164 f., 175 f.

355,3 *Tros Rutulusve fuat:* »Tros Rutulusne fuat, nullo discrimine habebo« (»Ob Troer oder Rutuler, ich werde dies mit keinem Unterschiede handhaben«; Vergil, *Aeneis* X, 108).

355,11 *o wie zum Nickel geprägt!:* vgl. Xenion 189, 194 und 199.

355,17 *Schimpft dann der Dumme, sie schweigen:* vgl. Xenion 190.

355,18 *»Paete non dolet!«:* (lat.) »Paetus, es schmerzt nicht!« (Plinius, *Epistulae* 3,16,3–13.) Der Überlieferung nach erstach sich

Arria, die Ehefrau des wegen Verschwörung gegen Kaiser Claudius zum Tode verurteilten Caecina Paetus, zuerst und reichte ihrem Gatten den Dolch mit diesen Worten.

355,23 f. *vom frostigsten Wortspiel:* vgl. Xenion 238.

355,31 *trotzig den Rücken entblößt:* vgl. Xenion 242.

356,14 *die er mit Pfeffer bestreut:* vgl. Xenion 364–370.

356,24 f. *Öffentlich immer ... geheim:* vgl. Tabula votiva 568.

356,31 *Wie sich die Menge verstockt:* vgl. Tabula votiva 569.

357,5 *und sieh niemals nach oben hinauf:* vgl. Tabula votiva 559.

358 **An den Naber mit Rat**

E/D: *An den Naber mith Radt: Sendschreiben an Sr. Hochgräflichen Excellenz den Herrn Grafen Friederich von Reventlau, Ritter vom Dannebrog, Geheimen-Rath und Curator der Universität Kiel. Van enen Holstener,* [o. O.] 1805. – »Der ›Naber mith Radt‹ ist der Altonaer Pastor Nicolaus Funk, der im Februar 1805 Claudius' Freund, den Grafen Friedrich von Reventlow, damaligen Curator der Universität Kiel, mit dem in der Ueberschrift citirten ›Sendschreiben‹ wegen der Entlassung des Kieler Professors Heinrich Müller aus seinem Amt als Leiter des Kieler Lehrerseminars und der Berufung von Hermann Daniel Hermes als Kirchenrath und Professor der Theologie angegriffen hatte.« (Redlich, Bd. 2, S. 468.)

358,27 *de Pabst is in Paris:* Papst Pius VII. salbte Napoleon am 2. Dezember 1804 in Paris.

360,33 f. *dat Tilly Magdeburg vorstört hefft:* 1632.

364,27 *K.:* Königliche.

368 **Schreiben eines Dänen an seinen Freund**

E/D: *Schreiben eines Dänen an seinen Freund,* Altona, den 17. August 1807.

368,3 f. *Il n'y a ... bon:* Nur die großen Herzen wissen, wieviel Ruhm darin liegt, gut zu sein. (Fénelon[?]; nicht ermittelt.)

368,7–12 *La justice ... juste:* Gerechtigkeit ohne Gewalt wird widerlegt, weil es immer Bösewichte gibt; Gewalt ohne Gerechtigkeit wird angeklagt. Man muß füglich Gerechtigkeit und Gewalt verknüpfen und hierzu bewirken, daß das Gerechte stark und das Starke gerecht sei. (Pascal, *Pensées* 298.)

368,15 *des Friedens zu Tilsit:* Der Friede von Tilsit (7. – 9. Juli 1807) leitete die Konsolidierung der Napoleonischen Macht ein: Frankreich arrangiert sich mit den in der Schlacht von Friedland besiegten

Russen vor allem auf Kosten Preußens. Der damit verbundene Beitritt Rußlands zur Kontinentalsperre, welche die Einfuhr englischer Waren in ganz Europa unterbinden soll, bedroht England mit einer gefährlichen Isolation.

368,18–24 *rüstet England ... Festungen:* Durch die handstreichartig erzwungene Auslieferung der dänischen Flotte im August 1807 hielt sich England den Zugang zur Ostsee frei.

368,21–23 *und indes diese Expedition Seeland ... einschließt, kommt Jackson nach Kiel:* Francis Jackson wurde am 28. Juli 1807 von Außenminister George Canning als Unterhändler nach Kopenhagen entsandt. Nach seiner durch widrige Winde verzögerten Ankunft am 13. August reiste er dem abwesenden Kronprinzen nach Kiel nach. Gleichzeitig bereiteten die britischen Truppen ihre im Morgengrauen des 16. August auf Seeland erfolgte Invasion vor.

369,2 f. *während des Seekrieges:* Der Ausdruck ist wahrscheinlich ein Kürzel für die Vorgänge der Jahre 1799–1801. England hatte die Bewaffnung dänischer Schiffe, die dem Schutz gegen die kriegführenden Seemächte dienen sollte, zum Vorwand genommen, dänische Fahrzeuge aufzubringen. Dänemark besetzte, um den englischen Handel zu treffen, im März 1801 Hamburg und Lübeck. Der englische Gegenschlag, Nelsons Durchbruch zur Kopenhagener Reede am 2. April 1801, führte zu einem Waffenstillstand. Claudius' Anteilnahme am Geschehen war sicher auch von persönlichen Motiven geprägt: mit ihm scheiterte die dänische Neutralitätspolitik, die der jüngere Bernstorff in der Tradition seines von Claudius verehrten Oheims fortzusetzen suchte.

372,21 f. *und morgen, wie Leonidas ... mit den Göttern zu Tische sitzen:* Leonidas, spartanischer König, fand 480 v. Chr. bei der Verteidigung der Thermopylen gegen die Perser den Tod.

373 Von den Geheimnis-Lehren

Auszug aus Claudius' Übersetzung von Saint-Martins *Des Erreurs et de la Vérité* (vgl. Anm. zu 130), S. 256–260. – Der Auszug aus der Übersetzung des heute nahezu vergessenen Werks, die Claudius viele Anfeindungen eintrug, soll anhand einer diffizilen Passage seine Sprachkunst als Übersetzer demonstrieren.

Literaturhinweise

1. Bibliographie

Goedeke, Karl: Matthias Claudius. In: K. G.: Grundriß zur Geschichte der deutschen Dichtung. Bd. 4,1. Dresden [3]1916. S. 973 bis 983.

Koch, Hans-Albrecht / Siebke, Rolf: Unbekannte Briefe und Texte von Matthias Claudius nebst einigen Bemerkungen zur Claudius-Forschung. In: Jahrbuch des Freien Deutschen Hochstifts 1972. Tübingen 1972. S. 1–35. – Nachträge. Ebd. 1973. S. 481–483.

Hagen, Waltraud [u. a.]: Handbuch der Editionen. Berlin [Ost] 1979. S. 113–115.

Weitere bibliographische Hinweise finden sich in der Werkausgabe des Winkler Verlages ([5]1984, S. 1057–71) sowie in der Monographie von Peter Berglar (1972, S. 143–152; Nachtrag [bis 1981] S. 153 f.).

2. Ausgaben

Der Wandsbecker Bothe. [1771–1772.] – Forts. u. d. T.: Der Deutsche, sonst Wandsbecker Bothe. [1773–1775.] – Reprogr. Nachdr. Hildesheim / New York: Olms, 1978.

ASMUS, omnia sua SECUM portans, oder Sämmtliche Werke des Wandsbecker Bothen, I. und II. Theil. Hamburg, gedruckt bey Bode. 1775. – III. Theil. Beym Verfasser, und in Commißion bey Gottlieb Löwe in Breslau. [1778] – IV. Theil. Beym Verfasser und in Commißion bey Gottlieb Löwe in Breslau. [1783.] – V. Theil. Beym Verfasser, und in Commißion bey Carl Ernst Bohn in Hamburg. [1790.] – VI. Theil. Beym Verfasser, und in Commißion bey Friedr. Perthes & C. in Hamburg. [1798.] – VII. Theil. Beym Verfasser, und in Commission bey Friedrich Perthes in Hamburg. [1803.] – Zugabe zu den Sämmtlichen Werken des Wandsbecker Bothen; oder VIII. Theil. [o. O.] 1812. Auf Kosten des Verfassers.

Werke. 10. (Stereotyp-)Aufl. [von *Asmus* I–VIII]. Revidirt, mit Anm. und einer Nachlese verm. von C[arl] Redlich. Bd. 1. 2. Gotha: Perthes, 1879.

Ausgewählte Werke. Mit einem Lebensbilde und mit Anm. hrsg. von Wilhelm Flegler. Mit Illustrationen in Holzschnitt. Leipzig: Reclam, [1882].

Werke. Asmus, omnia sua secum portans, oder Sämtliche Werke des Wandsbecker Boten. Hrsg. von Urban Roedl [d. i. Bruno Adler]. Stuttgart: Cotta, 1954.
Sämtliche Werke. Nach dem Text der Erstausgaben (*Asmus* 1775–1812) und den Originaldrucken (Nachlese) samt den 10 Bildtafeln von Chodowiecki und den übrigen Illustrationen der Erstausgaben. Verantwortlich für die Textred.: Jost Perfahl. Mit Nachw. und Bibliogr. von Rolf Siebke, von Hansjörg Platschek sowie einer Zeittaf. 5., überarb. Aufl. München: Winkler, 1984. [1. Aufl. 1968.]

Hessen-Darmstädtische privilegirte Land-Zeitung 1777. Faks.-Ausg. des von Matthias Claudius redigierten Teils und Nachlese aus dem ersten Jahrgang (1777). Ausgew. und mit einem Nachw. hrsg. von Jörg-Ulrich Fechner. Darmstadt: E. Roether, 1978.

3. Briefe

Matthias Claudius: Briefe. Bd. 1: Briefe an Freunde. Hrsg. von Hans Jessen. Berlin [1938]. – 2., veränd. Aufl. u. d. T.: Botengänge. Briefe an Freunde. Hrsg. von Hans Jessen. Ebd. 1965. – Bd. 2: Asmus und die Seinen. Briefe an die Familie. Hrsg. von Hans Jessen und Ernst Schröder. Ebd. [1940].
Briefe von Claudius an Herder. In: Aus Herders Nachlaß. Ungedruckte Briefe von [...]. Hrsg. von Heinrich Düntzer und Ferdinand Gottfried v. Herder. Bd. 1. Frankfurt a. M. 1856. S. 355–439.
Koch, Hans-Albrecht / Siebke, Rolf: Unbekannte Briefe und Texte von Matthias Claudius nebst einigen Bemerkungen zur Claudius-Forschung. In: Jahrbuch des Freien Deutschen Hochstifts 1972. Tübingen 1972. S. 1–35. – Nachträge. Ebd. 1973. S. 481–483.
Koch, Hans-Albrecht: Matthias Claudius und die Kinder. Mit einem Anh.: Unbekannte Briefe von Matthias Claudius. In: Wolfenbütteler Studien zur Aufklärung. Im Auftrage der Lessing-Akademie hrsg. von Günter Schulz. Bd. 3. Wolfenbüttel 1976. S. 227–257.

4. Forschungsliteratur

Berglar, Peter: Matthias Claudius, mit Selbstzeugnissen und Bilddokumenten dargestellt von P. B. Reinbek bei Hamburg 1972. (rowohlts monographien. 192.) 20–22. Tsd. 1987.

Claudius, Hermann: Matthias Claudius und sein »Wiegenlied bey Mondschein zu singen«. In: Schleswig-Holstein, Monatshefte für Heimat und Volkstum 15 (1963) H. 6, S. 144 f.

Fechner, Jörg-Ulrich: Matthias Claudius und die Literatursoziologie? Überlegungen und unvollständige Anmerkungen zum Abschiedsbrief des Addreßcomptoir-Nachrichtenschreibers. In: Geist und Zeichen. Festschr. für Arthur Henkel zu seinem 60. Geburtstag. Hrsg. von Herbert Anton [u. a.]. Heidelberg 1977. S. 57–74.

– Literatur als praktische Ethik. Das Beispiel des »Wandsbecker Bothen« von Matthias Claudius. In: Aufklärung und Pietismus im dänischen Gesamtstaat, 1770–1820. Hrsg. von Hartmut Lehmann und Dieter Lohmeier. Neumünster 1983. S. 217–230.

Goes, Albrecht: Über ein Gedicht von Matthias Claudius [»Als der Sohn unsers Kronprinzen, gleich nach der Geburt, gestorben war«]. In: A. G.: Dichter und Gedicht. Zwanzig Deutungen. Frankfurt a. M. 1966. (Fischer Bücherei. 771.) S. 62–68.

Herbst, Wilhelm: Matthias Claudius, der Wandsbecker Bote. Ein Lebensbild. 2., neu bearb. Aufl. mit Bildnissen von Matthias und Rebekka Claudius. Gotha 1857.

Kranefuss, Annelen: Die Gedichte des Wandsbecker Boten. Göttingen 1973. (Palaestra. 260.)

Marx, Reiner: Unberührte Natur, christliche Hoffnung und menschliche Angst – Die Lehre des Hausvaters in Claudius' »Abendlied«. In: Gedichte und Interpretationen. Bd. 2: Aufklärung und Sturm und Drang. Hrsg. von Karl Richter. Stuttgart 1983. (Reclams Universal-Bibliothek. 7891[5].) S. 341–355.

Naumann, Walter: Matthias Claudius: »Ein Wiegenlied, bei Mondschein zu singen«. In: W. N.: Traum und Tradition in der deutschen Lyrik. Stuttgart 1966. S. 63–73.

Pfeiffer, Johannes: Matthias Claudius, der Wandsbecker Bote. Eine Einführung in den Sinn seines Schaffens. Dessau [1940]. Bremen 1947. – Wiederabgedr. in: J. P.: Zwischen Dichtung und Philosophie. Bremen 1947. S. 51–76.

Promies, Wolfgang: Bürgerliche Bedenken gegen den Vater aller Dinge. Zu dem »Kriegslied« von Matthias Claudius. In: Gedichte und Interpretationen. Bd. 2: Aufklärung und Sturm und Drang. Hrsg. von Karl Richter. Stuttgart 1983. (Reclams Universal-Bibliothek. 7891[5].) S. 357–371.

Rengstorf, Karl Heinrich: Der Wandsbecker Bote. Matthias Claudius als Anwalt der Humanität. In: Wolfenbütteler Studien zur

Aufklärung. Im Auftrage der Lessing-Akademie hrsg. von Günter Schulz. Bd. 3. Wolfenbüttel 1976. S. 195–226.
Richter, Bernhard: ›Sokrates aus Wandsbek‹. In: 100 Jahre Matthias-Claudius-Gymnasium, 1872–1972. Festschr. Hamburg 1972. S. 109–121.
Roedl, Urban [d. i. Bruno Adler]: Matthias Claudius. Sein Weg und seine Welt. Berlin 1934. Hamburg ²1950. ³1969. [Zit. als: Roedl 1969.]
Rowland, Herbert: Matthias Claudius. Boston 1983. (Twayne's World Authors Series. 691.)
Scheibler, Hans-Carl / Wülfrath, Karl: Die Familie des »Wandsbekker Boten«. Geschwister und Kinder von Matthias Claudius. In: Westdeutsche Ahnentafeln. Bearb. von H.-C. Sch. und K. W. Bd. 1. Weimar 1939. S. 410–412, 434–438.
Schulz, Georg-Michael: Matthias Claudius' »Abendlied«. Kreatürlichkeit und Aufklärungskritik. In: Deutsche Vierteljahrsschrift für Literaturwissenschaft und Geistesgeschichte 53 (1979) S. 233–250.
Siebke, Rolf: Arthur Schopenhauer und Matthias Claudius. In: Schopenhauer-Jahrbuch für das Jahr 1970. (Bd. 51.) Frankfurt a. M. 1970. S. 22–31.
– Gotthold Ephraim Lessing (1729–1781) und Matthias Claudius (1740–1815). In: Matthias-Claudius-Gymnasium. Mitteilungsblatt. Folge 33. Hamburg-Wandsbek, April 1981. S. 42–49.
– Matthias Claudius als Briefschreiber. In: Matthias-Claudius-Gymnasium. Mitteilungsblatt. Folge 34. Hamburg-Wandsbek, April 1983. S. 19–26.
Spitzer, Leo: Matthias Claudius' »Abendlied«. In: Euphorion 54 (1960) S. 70–82.
Stammler, Wolfgang: Matthias Claudius, der Wandsbecker Bote. Ein Beitrag zur deutschen Literatur- und Geistesgeschichte. Halle a. d. S. 1915. [Zit. als: Stammler.]
– Matthias Claudius und sein »Rheinweinlied«. In: Zeitschrift für den deutschen Unterricht 29 (1915) S. 194–201, 262–270.
Zimmermann, Rolf-Christian: Matthias Claudius. In: Deutsche Dichter des 18. Jahrhunderts. Hrsg. von Benno v. Wiese. Berlin 1977. S. 429–445.

Zeittafel

1740	15. August: Matthias Claudius geboren in Reinfeld (Holstein) als Sohn des Pastors Matthias Claudius und dessen zweiter Ehefrau Maria geb. Lorck.
um 1755	Besuch der Lateinschule in Plön.
1759–62	Studium der Theologie, dann der Jurisprudenz in Jena.
1759	Bekanntschaft mit Heinrich Wilhelm von Gerstenberg.
1762	Rückkehr ins Elternhaus.
1763	*Tändeleyen und Erzählungen.* Frühe poetische Versuche unter Gerstenbergs Einfluß. Vorwiegend negative Kritiken, vor allem 1765 durch Friedrich Nicolai.
1764/65	Privatsekretär des Grafen Holstein in Kopenhagen. Zugang zum Kreise um den Staatsminister Johann Hartwig Ernst Graf von Bernstorff; Bekanntschaft mit Friedrich Gottlieb Klopstock.
1765–68	Aufenthalt im Reinfelder Elternhaus.
1768–70	Mitarbeit an den *Hamburgischen Addreß-Comtoir-Nachrichten.*
1768	Bekanntschaft mit Philipp Emanuel Bach, Johann Gottfried Herder und Gotthold Ephraim Lessing.
1771–75	Redakteur des *Wandsbecker Bothen.*
1772	15. März: Heirat mit Anna Rebecca Behn (1754–1832). Hamburger Kirchenstreit zwischen den Pastoren Alberti und Goeze. 30. September: Geburt des ersten Kindes Matthias, das kurz darauf stirbt.
1773	4. Dezember: Tod des Vaters.
1774	Beginn des Briefwechsels mit Johann Georg Hamann. 2. Kind Maria Caroline Elisabeth geboren.

1775	Claudius veröffentlicht eine freundliche Rezension zu Nicolais Goethe-Satire *Freuden des jungen Werthers* (1775); im Laufe einer Berlin-Reise auch persönliche Bekanntschaft mit dem Verfasser.
	Heinrich Leopold Wagners Satire *Prometheus, Deukalion und seine Rezensenten*, anonym erschienen, wird zunächst Goethe zugeschrieben. Claudius, der darin ironische Seitenhiebe erfahren hat, reagiert mit einer moderaten Rezension. Beide Vorgänge leiten jedoch, selbst nach der Aufklärung des letzteren, die Entfremdung zwischen Claudius und Goethe ein.
	Asmus, Teil I/II, erscheint.
	Klopstock führt Johann Heinrich Voß, Johann Martin Miller und die Brüder Stolberg in Claudius' Haus ein.
	3. Kind Christiane Marie Auguste geboren.
1776/77	Durch Herders Vermittlung Stelle eines »Oberlandcommissarius« in Darmstadt. Bekanntschaft mit Johann Heinrich Merck.
1777	Nach glückloser Tätigkeit in Darmstadt und einer Rippenfellentzündung, die ihn in Todesnähe brachte, kehrt Claudius am 4. Mai nach Wandsbeck zurück.
	4. Kind Anna Friederike Petrine geboren.
1778	*Asmus*, Teil III, erscheint.
	Friedrich Heinrich Jacobi übergibt Claudius seine beiden Söhne zum Unterricht.
1779	5. Kind Auguste Ernestine Wilhelmine geboren.
1781	6. Kind Johanna Catharina Henriette (»Trinette«) geboren.
1782	Claudius' Saint-Martin-Übersetzung *Irrthümer und Wahrheit* löst lebhafte literarische Kontroversen und Anfeindungen aus.
1783	*Asmus*, Teil IV, erscheint.
	7. Kind Johannes geboren.

1784	Reise nach Schlesien. Auf der Rückreise Begegnung mit Herder, Jacobi und Goethe in Weimar. Eine nachhaltige Wiederannäherung an letzteren wird durch Claudius' zurückhaltendes Wesen verhindert.
	8. Kind Carolina Rebecca geboren.
1785	Aussetzung einer Jahrespension durch den dänischen Kronprinzen Friedrich.
1786	9. Kind Matthias Heinrich (gest. 1788) geboren. Stellungnahme zum Streit zwischen Jacobi und Mendelssohn über Lessings Spinozismus.
1788	Durch Vermittlung des Kronprinzen Friedrich »Erster Revisor« der Altonaer Species-Bank.
1789	Beginn der Französischen Revolution, deren Folgen Claudius zu zunehmend konservativeren politischen Positionen veranlassen.
	10. Kind Friedrich Matthias Jacobus geboren.
1790	*Asmus*, Teil V, erscheint.
1791	Erster Besuch der Fürstin Gallitzin in Claudius' Wandsbecker Haus.
1792	11. Kind Augustinus Ernst Karl geboren.
1794	12. Kind Carl Peter Franciscus geboren.
1795	Höhepunkt der Entfremdung von früheren Freunden wegen unterschiedlicher Auffassungen über die Französische Revolution. Publizistische Fehde und Bruch mit Voß, der erst nach zehn Jahren halbherzig beigelegt wird.
1796	Tod der Tochter Christiane.
	Xenien-Streit. Claudius, der in Schillers 1796 erschienenem *Musen-Almanach für das Jahr 1797* wegen seiner Saint-Martin-Übersetzung mit einem satirischen Distichon bedacht worden war, setzt sich, wie auch andere Angegriffene, publizistisch zur Wehr.
1797	Heirat der Tochter Caroline mit dem Verleger Friedrich Christoph Perthes.
1798	*Asmus*, Teil VI, erscheint.

1800	*Fénelon's Werke religiösen Inhalts* (1800–11) beginnen in Claudius' Übersetzung bei Perthes zu erscheinen. Übertritt Friedrich Leopold von Stolbergs zum Katholizismus. Claudius wahrt inmitten der vielfach einsetzenden Anfeindungen eine verständnisvolle Haltung.
1803	*Asmus*, Teil VII, erscheint.
1810	Mitarbeit an F. C. Perthes' Zeitschrift *Vaterländisches Museum*.
1811	Friedrich Heinrich Jacobi, *Von den Göttlichen Dingen und ihrer Offenbarung*. Das Werk, das nach erheblichen Verzögerungen in Leipzig erscheint, war in seiner Urform als Rezension anläßlich des sechsten *Asmus*-Bändchens geplant.
1812	*Asmus*, Teil VIII, erscheint.
1813/14	Flucht vor der nahenden Front der Napoleonischen Kriege nach Westensee, Lütjenburg, Kiel und Lübeck. Dort Bekanntschaft mit Friedrich Overbeck.
1814	8. Mai: Rückkehr in das weitgehend verwüstete Wandsbecker Haus. Im Dezember wegen Verschlechterung des Gesundheitszustandes Übersiedlung nach Hamburg in das Haus des Schwiegersohns F. C. Perthes.
1815	21. Januar: Tod daselbst.

Nachwort

Matthias Claudius literarisch einzuordnen fällt noch heute nicht leichter als zu seinen Lebzeiten. Wenn denn ein Rubrum unerläßlich scheint, so wird er in einem Atemzuge mit dem jüngeren Zeitgenossen Johann Peter Hebel als Volksschriftsteller genannt. Der Vergleich zwischen Bote und Hausfreund, in sich fragwürdig, mag dennoch eine lehrreiche Seitenverkehrung erweisen, die beider Werk voneinander absetzt: die Sprachbarriere, die das gänzliche Verständnis heute verwehrt, ist bei Hebel durch die Mundart errichtet und betrifft dergestalt das Beste an seiner Lyrik. Claudius ist dem Volkstümlichen im größten Teil seines Werks namentlich durch das aus seinem Denken nicht zu tilgende Bildungsgut entrückt; vermag der Alemanne nur noch in seiner Erzählkultur durch die Transparenz einer spätlinghaft geläuterten Schlichtheit auf die Mehrzahl des heutigen Leserpublikums zu wirken, bleibt der Norddeutsche durch das über seinen publizistischen Tagesgeschäften schwebende lyrische Melos gegenwärtig.

Zum einen erklärt dies das Paradox der in die Zeitläufte eingreifenden Weltferne, in der wir den Boten von Wandsbek heute erblicken. So wenig wie der Versuch, ihn einer Schriftstellergattung zuzuordnen, verfängt auch jener, seine Zeitgenossenschaft dingfest zu machen. Daß Geburts- und Todesjahr den biographischen Eckdaten des Marquis de Sade entsprechen, erhellt allenfalls kontrastierend, wie zentrifugal jene Epoche der Spätaufklärung, der Revolution und der europäischen Neuordnung auf Einzelschicksale gewirkt hat. Wenn der sonst fruchtlose Vergleich dennoch eine Überraschung erbringt, so diese: Claudius war, gemessen an dem Marquis, dessen Monomanie vorzugsweise Bastardtriebe des Richardsonschen Prüfungsromans zeitigte, der modernere Autor; verband sich doch sein Denken – nicht nur mittelbar durch den Verleger und Logenbruder Bode – mit der Weltsicht Laurence Sternes, dessen revolutionäre Seinserfahrung, eingedeutscht vorweg durch Lessings in Bodes Übersetzung eingeflossenen Neologismus »empfindsam«, erst durch die in Deutschland überhäufigen Proselyten abgegriffen wurde.

Es fehlt seit langem nicht an verdienten Biographien, die Claudius' Leben und schmales Werk in ihrer Verknüpfung sichtbar machen. Untereinander vielfach nuanciert, bekräftigen sie durch Zusammensetzen vieler Einzelteile dennoch den je einhelligen Eindruck eines bei aller Teilhabe am Weltgetriebe keiner Schule zuzuschlagenden Schriftstellerdaseins. Fülle des inneren und Mangel des äußeren Lebens, die die Sonderheit dieser Existenz im Widerstreit bestimmten, geben über sie am ehesten Aufschluß. Daß deutsches Geisteswirken nach der Mitte des 18. Jahrhunderts auch seinen geographischen Mittelpunkt außerhalb der Sprachgrenzen im Kopenhagen Friedrichs V. gefunden hat, zeugt vom kulturellen Elend der Friderizianischen Epoche. Eine dichterische Berufung in der nordischen Metropole einsetzen zu lassen, wäre um so mehr dankbares Sujet des Chronisten. Dennoch hat Claudius die Kraftquellen seiner Poesie nicht von dort empfangen, als er 1764/65 nach einem lediglich mit dem Grad eines Bakkalaureus beendeten Studium und einem Zwischenaufenthalt im Elternhaus als Sekretär des Grafen Holstein in der dänischen Residenz weilte; das herzliche Wohlwollen Klopstocks und Gerstenbergs, die, zu den großen literarischen Neuerern ihrer Zeit zählend, schon allzu sehr dem öffentlichen Leben anheimgefallen scheinen mochten, erbrachte auf seiten des Schützlings keinen erkennbaren literarischen Ertrag, und die anschließende Rückkehr für drei Jahre ins Reinfelder Elternhaus bleibt der am wenigsten geklärte Teil der Biographie.

Daß belegbare Daten die Entwicklung als Schriftsteller nur bedingt zu erhellen vermögen, zeigt die Darmstädter Episode 1776/77, die nach dem kurzen Kopenhagener Zwischenspiel als einziger biographischer Abschnitt von wahrhaft bürgerlichem Wirken bestimmt zu sein schien. Trotz der Langmut der Freunde und Förderer blieb doch am Ende Befremden über die Unlust des neuen »Oberlandcommissarius« an jeder geregelten Tätigkeit von Dauer; er selbst entriet der in keinem Betracht unzumutbaren Bestallung. Daß Claudius im Gegensatz zu vielen verkrachten Genies, an denen seine Zeit reich war, trotzdem nicht zum Alibi-Modell für Aussteiger aller Klassen werden konnte und kann, liegt an der passiven und fast quietistisch anmutenden Art seiner Verweigerung: für ihn hätte eine gesicherte Existenz durch Arbeit, wie sie von Forderungen des Tages diktiert wird, auf lange den Verlust nicht sowohl der Bequemlichkeit als der Identität bewirkt. Hieran gemessen, fällt die peinigende Mitleidenschaft an Friedrich Karl von Mosers glücklosen Reformprogrammen so wenig ins Gewicht wie die Reserve gegenüber dem distanzierten Wohltäter Merck. Letzterer schien für Claudius durch seine Zugehörigkeit zur »Göthischen Sekte«[1] schon hinreichend verdächtig – ein Beleg für die Verwerfungen, die sich seit Goethes Weimarer Anfängen in der deutschen Literaturlandschaft angekündigt hatten. So bleibt die Erwägung müßig, ob Claudius, hätte er noch das Darmstadt der Großen Markgräfin vorgefunden, die Nachbarschaft dieses literarischen Brennpunkts[2] nachhaltiger genutzt hätte als seinen Aufenthalt in Kopenhagen. Er konnte, was er an Einzigartigem schuf, so wohl nur als auf sich selbst Verwiesener vollbringen. Spätestens nach dem Darmstädter Zwischenspiel, an dessen Ende eine fast tödliche Krankheit stand, offenbarte sich das wiedergewonnene Wandsbek als Schicksal, räumlich in seiner Randständigkeit zu Hamburgs Urbanität und zum dänischen Staate ein Äquivalent von Claudius' Erdenwandel, der weithin als ein Leben ohne Kairos beschrieben werden kann. Dies grenzt seine äußere und seine dichterische Biographie vorweg nicht nur vom Amor Fati Weimarischer Daseinsfrömmigkeit ab, es läßt sie auch fern dem Fügungsglauben des gleichaltrigen Jung-Stilling erscheinen. Ein Werdegang, der nicht durchweg von dieser Welt war, wurde mit den Jahren immer mehr von einer so rechtgläubigen wie rechtschaffenen lutherischen Fiducia geleitet.

1 An Voß, 10. Dezember 1776; *Botengänge*, S. 222.
2 Vgl. Stammler, S. 109–113.

So hat denn auch vieles an äußerem Streben Vereitelte Eingang in das Werk gefunden. War durch das früh erkannte Brustleiden des jungen Studenten das Predigeramt unerreichbar und das Theologieexamen sinnlos geworden, so wahrte doch die publizistische Prosa lebenslang beste homiletische Traditionen; und die Musikalität des mehrfach verhinderten Organisten ist im geschriebenen Wort oft jenseits all der zahlreichen Vertonungen von fremder Hand offenbar, mag es auch die vielfältige Ironie seines Lebenslaufs gefügt haben, daß Claudius bei seinem Besuch in Goethes Weimar vornehmlich durch sein Klavierspiel reüssierte.

An der Schwelle einer Epoche schließlich, die die glänzendsten Geister der deutschen Geschichte hervorbrachte und gleichzeitig das Problem von Inspiration und Dilettantismus in allen ästhetischen Bereichen leidenschaftlich diskutieren sollte, wirkt auch der Journalismus des *Wandsbecker Boten*, trotz der zumindest anfänglich vielen prominenten Mitarbeiter, seltsam abseitig zwischen der tugendhaften Professionalität der Moralischen Wochenschriften und der urtümlichen Gebärde von Hainbündlern und Originalgenies. Daß dank dem emsigen Werben treuer Freunde Subskriptionen für das Blatt selbst aus Lissabon eingingen, vermag über seine glücklose Geschichte, die nahezu einer Talfahrt von Anbeginn gleicht, nicht hinwegzutäuschen. Die Zeitung, Nachfolgerin der Klatschgazette *Wandsbecker Merkur*, übernahm Nachrichten aus aller Welt auf ihre drei ersten Seiten; die Rückseite, der Börse und der Kultur vorbehalten, trug die Handschrift ihres Herausgebers, der, obwohl für die Entwicklung des Zeitungswesens in Deutschland schwerlich richtungweisend, doch als einziger Journalist seiner Epoche im literarischen Bewußtsein außerhalb der Fachwissenschaft bis heute überdauert hat. Die berühmte neueste Meldung aus Wandsbek vom 25. April 1775, »Gestern hat hier die Nachtigal zum erstenmal wieder geschlagen«[3], findet sich im Umkreis vielfältiger europäischer Hofnachrichten, vorwie-

3 *Wandsbecker Bothe* 1775, Nr. 65.

gend martialischer Meldungen und besonders bemerkenswerter Unglücksfälle, darunter dem noch heute ergötzlichen »Lied eines Bleydeckers der vom Thurm fällt«, einer mit »Murx Seladon« gezeichneten »Einsendung«, deren Pseudonym zu lüften die Mühe sicher lohnen würde. Solches gemahnt an die Alfred Polgar zuteil gewordene Etikettierung als Weltmeister im Einmeterlauf; es führte dazumal, wie sich bald erweisen sollte, in den Ruin der Zeitschrift, ließ aber öffentliche Zweifel an der Ebenbürtigkeit des Herausgebers im Raume stehen, die privat von manchem bedeutenden Zeitgenossen rückhaltlos eingeräumt wurde.

Zum Leben ohne Kairos zählt die ganz vordergründige Ungleichzeitigkeit des ab 1775 als »Asmus« Publizierenden mit den eigentlich Geistesverwandten.[4] Die frühen Förderer Klopstock und Gerstenberg standen da schon kurz davor, auf Chargenrollen als Wegbereiter verwiesen zu werden; den im Volkston gleichklingenden Gottfried August Bürger verfehlte Claudius auf der Hin- und Rückreise zwischen Wandsbek und Darmstadt. Die Bardenbegeisterung der Hainbündler teilte er nur halbherzig; und Hölty, unter jenen das einzige ihm ebenbürtige Dichtertalent, starb schon 1776, noch bevor die zeitweilige Wandsbeker Nachbarschaft zu einem fruchtbareren Austausch hätte gedeihen können. Der Zweiundfünfzigjährige wird just dem hochbetagten Gleim für die Übersendung eines Buches mit den Worten danken: »[...] wir werden es Ihnen aber schwerlich nachmachen. Sie sind im Alter noch jung, und wir werden in unserer Jugend schon alt; und wie Sie *vor* unser einem schon ein berühmter Schriftsteller gewesen sind, so werden Sie *nach* unser einem noch einer bleiben, und das müssen wir uns gefallen lassen und tun es auch gerne.«[5] Bezeugt solche Hommage an rückwärts gewandte Altmeister des 18. Jahrhunderts schlicht eine aller periodisierenden Theorie abholde Abwesenheit von Selbstreflexion, so stellt sich die dauernde Animosität gegen Wieland als das unrühmlichste Kapitel in den Beziehungen des Mat-

4 Zur Vereinsamung im Alter vgl. Stammler, S. 190f.
5 Zit. nach: Roedl (1969) S. 249.

thias Claudius zum Schrifttum seiner Epoche dar. Jener wurde seiner Rolle als Integrationsfigur der Goethezeit, die ihn durchaus wesensfremde Talente fördern hieß, auch hier gerecht, Ranküne und Intoleranz mit warmherzigem Kritikerlob und selbstloser publizistischer Schützenhilfe vergeltend. Claudius, ein Gerechter inmitten der vielen Glaubenszwiste, die seine Stellungnahme hervorriefen, blieb gegenüber dem Vertreter einer schon außer Übung geratenden agnostischen Humanität, deren Unwiederbringlichkeit mit dem Ende des Ancien régime besiegelt war, bis in die spärlichen Zeugnisse privater Korrespondenz hinein befangen und verschlossen, hierin durchaus einer neueren Zeit angehörig.

Es war – eine im Rückblick der Ironie nicht entbehrende Konstellation – das Zeitalter Lessings, das die verschiedensten literarischen Richtungen in Deutschland in der Abneigung gegen den Geist Voltaires einte. Claudius hat Lessings allem Indifferentismus fernen Toleranzideal von der Alberti-Goeze-Fehde an eine distanzierte Gefolgschaft gewahrt, die sich bis zur postumen Pietät mitten in den Wirren des Spinozismusstreites erhielt. Wenn er in seinem hierauf bezogenen Schlußwort dem scheuen Freundschaftsbekenntnis an den toten Lessing noch die Reverenz für den ebenfalls verstorbenen Moses Mendelssohn folgen läßt, ehrt er in diesem als Christ ohne einen Anflug von Ironie den Sohn des auserwählten Volkes und Erben Abrahams, Isaaks und Jakobs (vgl. S. 245).

Sein innerer Zwiespalt angesichts der Berliner Aufklärung rührt sicher nicht von dem herben Verriß seines Erstlingswerkchens *Tändeleien und Erzählungen* durch Nicolai her: diesen vielmehr hat er nicht nur, zum Ingrimm Goethes, wegen seiner Satire »Freuden des jungen Werthers« (S. 341) freundlich gewürdigt, sondern auch wegen seines aufbegehrenden Pastorenromans »Das Leben und die Meinungen des Herrn Mag. Sebaldus Nothanker« (S. 332). Sein heiteres, aus Milieukenntnis erwachsendes Beipflichten, gehalten gegen die etwa gleichzeitige Erbitterung eines Jung-Stilling, deutet auf ein Streben nach der Vereinbarkeit von Vernunft und Kirchenglauben, das zum Kontinuum nicht nur der *Asmus*-Schriften, sondern schlechthin des Umgangs mit den Zeitgenossen wurde. Claudius mag in Lessings berühmtem Wahrheitsbegriff die Verwandtschaft mit dem eigenen Glauben an des Menschen geschöpfliche Bedingtheit gefühlt haben und folgte ihm bereitwillig, solange diese in seinen Augen nicht zum schieren Gleichnis verblaßte. Der entsprechende Grundton ist in der Dedikation zur ersten Lieferung des *Asmus* angeschlagen, wo der Verfasser seinen Freund Hain ganz friedlich und schiedlich dem Tode, wie ihn die Alten gebildet, gegenüberstellt. Daß die deutsche Literaturtradition Lessings erlauchter Abhandlung, die heute im Corpus seiner Gesamtausgaben halb verschollen ist, weniger Dauer einräumte als dem sanften Knochenmann seines demütigen Freundes, mag mit dem langen Atem eines noch in säkularisierte Epochen wirkenden Christenglaubens zu tun haben, dem gemäß auch das Skandalon seine Bestimmung zu erfüllen hat. Darin ist sich Claudius treu geblieben; und das öffentliche Befremden über sein Festhalten am lutherischen Katechismus verkannte die dauernde Folgerichtigkeit seines Bekenntnisses ebenso, wie es die aufklärerische und protestantische Kritik tat, wenn sie ihn in späten Jahren als Konvertiten und Kryptojesuiten verdächtigte. Er hat noch an der Schwelle zum 19. Jahrhundert Friedrich Leopold Stolberg die Freundschaft gewahrt, als dessen Übertritt zum Katholizismus die Empörung des literarischen Deutschland auslöste. Letzten Endes hat dieses Ereignis nur noch einmal den Riß offenbart, der schon seit einem Vierteljahrhundert durch das deutsche Geistesleben ging. Seit 1776, als der schleichende Zerfall des Göttinger Hains unübersehbar und Goethes Bruch mit Klopstock, Klinger und Lenz besiegelt war, bahnte sich jene Entwicklung an, die mit dem Aufstieg Weimars das ethische und intellektuelle Potential der Vorklassik aus dem literarischen Bewußtsein ausgrenzen sollte. Hamanns Wort vom Geburtstag des Genies, das von einem

Märtyrerfest unschuldiger Kinder begleitet wird,[6] hat sich, ursprünglich auf die Sprengung von Reim und Metrum bezogen, in einem viel weiterreichenden und hinlänglich sinistren Sinn erfüllt. In kaum einem anderen europäischen Schrifttum wurde so hartnäckig verleugnet, was nicht der Schlegelschen, nachmals Goetheschen Auffassung von »Weltliteratur« entsprach. Einzelnes hat das 19. Jahrhundert hindurch überdauert, so, trotz Schillers kritischer Hinrichtung, Bürgers Balladen, zeitweise als Nutznießer vielleicht eines falschen Volkstumsbegriffs. Einer Reihe von Fügungen verdanken es Werk und Wirken des Boten von Wandsbek, daß es solche Sonderstellung bis heute im deutschen Bewußtsein gewahrt hat. Zu seinen Lebzeiten in eine Epoche hineinragend, deren poetische Perspektiven durch den vorzeitigen Tod Novalis', Schillers, Kleists, durch Hölderlins frühe Umnachtung verarmt waren, geriet sein Schaffen zum Part eines das Zeitalter Lessings und Klopstocks überdauernden Widerspiels gegen die Herrschaft Goethes. Diese zweifelhafte Konstellation hat ihm im Urteil der Nachwelt, mitunter selbst schon kluger Zeitgenossen, eine Ebenbürtigkeit verliehen, die es nicht besaß; dennoch reflektieren sich darin mitunter hohlspiegelgleich die Vermächtnisse einer bedeutenden Periode deutscher Dichtung, deren Ansätze verkannt zu haben den Nachfahren nicht zum Vorteil gereichte.

Claudius' Paradox mag darin liegen, daß er, ein im eigenen kleinen Lebenskreis Vollendeter, vielen zeitgenössischen Wegbereitern eingelöster oder uneingelöster Epochenentwürfe nahe, den literarischen Vollendern dagegen fernblieb. Letzteres galt für Ältere wie den Klassizisten Wieland und Jüngere wie den Goethe der Weimarer Klassik. Demgemäß scheint es auf den zweiten Blick folgerichtig, daß kruden Urteilen wie jenem Schillers und Wilhelm von Humboldts der Überschwang gerade solcher Autoren entgegensteht, deren Sache sonst das kritische Scherbengericht war. Noch in

6 Vgl. Johann Georg Hamann, *Aesthetica in nuce* (1762); *Sokratische Denkwürdigkeiten. Aesthetica in nuce*, mit einem Komm. hrsg. von Sven-Aage Jørgensen, Stuttgart 1968 [u. ö.], S. 141.

Karl Kraus' Beschwörung aus der *Fackel* vom Januar 1917 scheint das Herdersche Diktum nachzuklingen, Claudius sei »das größte Genie, das ich gefunden«.[7]

Herder, dessen persönlicher Zwiespalt zwischen Aufklärung und Gegenaufklärung das ästhetische Spannungsfeld der Goethezeit hatte aufbauen helfen, fiel der Vereinsamung anheim, wie sie so viele Jugendfreunde Goethes traf; die Beziehungen zu Claudius wandelten sich, wie auch jene von Johann Heinrich und Ernestine Voß, vornehmlich zur Korrespondenz der Gattin mit Frau Rebecca; andere Goethe-Gefährten vergangener Jahre dagegen wie der gewesene Haimonssohn Friedrich Stolberg oder Friedrich Heinrich Jacobi, der Claudius die Erziehung seiner Söhne übertrug, haben im Wandsbeker Hausstand einen stillen Rückhalt gefunden.

Die unverwechselbare Eigenart des Hausvaters, die so viele überlegene Geister zu fesseln vermochte, muß zum guten Teil aus seiner Lebenssphäre erwachsen sein: der große Klopstock als Trauzeuge bereits und noch als Gast bei der Silberhochzeit – die Vorstellung gliche schon wieder einer Wandsbeker Schnurre, wäre die Dauer der Beziehung nicht verbürgt; wer sonst auch mochte gleichzeitig noch mit der Fürstin Gallitzin und Hamann, dem rätselreichen Magus des Nordens, in Gevatterschaft stehen.

Letzteres vielleicht wäre das aufschlußreichste Stichwort für die Vielfalt persönlicher Beziehungen zum geistigen Deutschland der Zeit, die die kleine Welt von Wandsbek auf eine heute nur noch bruchstückhafte erschließbare Weise durchwirken. Frauen haben dabei, wie sonst allenfalls im Leben Goethes oder Jean Pauls, freilich in ganz anderer Stellung, einen gewichtigen Part gespielt. Oft sind sie, anders als ihre romantischen Nachfolgerinnen, mit keiner anderen schriftlichen Bekundung als mit Briefen hervorgetreten und haben dabei manch sonst verlorenen farbigen Abglanz einer zur Selbststilisierung neigenden Epoche bewahrt.

7 An Karoline, Ende September 1771; *Aus Herders Nachlaß. Ungedruckte Briefe von [...]*, hrsg. von Heinrich Düntzer und Ferdinand Gottfried v. Herder, Bd. 3, Frankfurt a. M. 1857, S. 114.

Die Stolberg-Schwester Auguste von Bernstorff zählt zu ihnen, Goethes nie von Angesicht erblicktes »lieb Gustchen«, die die Konfessionen der Lili-Verlobung empfangen hatte und fast ein halbes Jahrhundert später mit dem über Siebzigjährigen nochmals in einen kurzen Briefwechsel trat, um der Rettung seiner Seele willen. In der Bannmeile von Wandsbek ist auch sie gern gesehene Gevatterin, die der vierten Tochter Auguste den Patennamen gab. Mittelbar erlangte sie so im *Asmus* ihre kleine literarische Unsterblichkeit durch das »Lied in die Haushaltung« (S. 151), das einem beschwerlichen Milchzahn ihres Patchens galt. Claudius als Zeitgenosse mutet so nachbarlich an, wie Goethes oft gebrauchte briefliche Grußformel »In der Ferne gegenwärtig« von Fremdheit als ›ineluctabile fatum‹ zeugt. Beiden war mitunter gemeinsam, was Max Kommerell[8] als Gehobenheit der Seele bei gebärdeloser Sprache eingeordnet hat; dennoch wäre auch eine unterschiedliche Erdnähe der aufzählenden Allegorie von Franz Buchholz hinzuzufügen, der beide, obschon gegenseitig bereits entfremdet, doch nacheinander als Gäste des Gallitzin-Kreises erlebte. Seine Unterscheidung beider Dichter nach dem Wesen von Sonne und Mond, heute der Skepsis der Literaturverwalter anheimfallend, hat dennoch für die Zeitgenossen bereits Sprichwörtliches aufgegriffen.[9]

Fritz Stolbergs Beteuerung, Claudius habe »auch immer Mondschein im Herzen«,[10] variiert vielleicht unbewußt ein halb spaßhaftes Selbstzeugnis des solcherart Gepriesenen:

Der Mann mit Mondstrahl im Gesicht
Wird's suchen, und wird's finden;[11]

und bis heute scheint das Wort »Mond«, das, einer genialen Wendung Wilhelm Buschs zufolge, »sanftschaudernd durch die Seele fließt«, im literarischen Gemeinplatz innig mit dem

8 Max Kommerell, *Jugend ohne Goethe*, Frankfurt a. M. 1931, S. 29.

9 Vgl. Roedl (1969) S. 261.

10 An Katharina (Berlin, 16. Dezember 1775); zit. nach: J[ohann] H[einrich] Hennes, *Aus Friedrich Leopold v. Stolberg's Jugendjahren*, Frankfurt a. M. 1876, S. 66.

11 In: »Wandsbeck, Eine Art von Romanze« (1773); *Asmus* I/II, S. 75.

Verfasser des »Abendlieds« verbunden. Darüber wird leicht verkannt, daß die in diesem waltende Transparenz, deren profanere Epochen wieder verlustig gehen sollten, neben glücklich angeeigneter Tradition vieles an vorangegangenen persönlichen Läuterungsstufen in sich schloß. Geleiten wir den Dichter von früh an durch den Wandel seiner Mond-Lyrik, so offenbart sich ein Wille zur Selbstpreisgabe, der zugleich näher und älter anmutet als »Wanderers Sturmlied« oder »An Schwager Kronos«.

Der knapp Dreißigjährige hat das »Wiegenlied bei Mondschein zu singen« niedergeschrieben, in einer der späteren Vollkommenheit nicht durchweg ebenbürtigen Fassung.[12] Dennoch ist dieser Versuch eines Junggesellen, der bis dahin noch nicht viel Rechtes zu Papier gebracht hatte, von Anbeginn eines der fraulichsten Gedichte deutscher Zunge. Fünf Jahre später, in der *Asmus*-Fassung, mögen Brautzeit, Ehestand und Kindestod in die neue Vollendung der letzten Strophe mit eingeflossen sein – Claudius hat sich danach nicht mehr übertroffen, blieb aber fortan auf diesem ihm ureigenen Gebiet unerreicht.

Der trauliche Monolog einer jungen Mutter an ihre kleine Tochter scheint in der 6. Strophe vollends in das umgangssprachliche Plaudern einer Frau mit einer künftigen Frau zu entgleiten; fügt sich doch das vorbedacht lässige Temporaladverb zu den »Wochen«, die dem schönen Wahn jedweder Empfindsamkeit ein endgültiges Ziel zu setzen pflegen. Gleich darauf aber entfaltet sich eine beispiellose Sprachsuggestion, kaum merklich aus der Fülle der Vokale erwachsend, bis diese die eigentlich liebenswerte Genreszene übermächtigt und in eine unverhohlene Beschwörung mündet: das Tremendum der Natur vergegenständlicht sich im Beben des Mondes. Der aber bleibt, nun schon im dritten Geschlecht, für Mädchen und Frau Gefährte und Hüter ihrer irdischen Wege.

12 Vgl. Hermann Claudius, »Matthias Claudius und sein ›Wiegenlied beym Mondschein zu singen‹«, in: *Schleswig-Holstein. Monatshefte für Heimat und Volkstum* 15 (1963) S. 144 f.

Die Abfolge der drei so disparat anmutenden Wiegenlieder (S. 72–76) im *Asmus* erzeugt eine Dissonanz, deren bieder getarnte Kühnheit für die Fülle des Konträren in Claudius' Mond-Gedichten steht. Goethes hämisches Diktum an Herder vom 5. Oktober 1787[13] markiert die Grenzen des Verständnisses für eine Intimität mit den Himmelserscheinungen, die der Entfremdungsgefahr im eigenen Gedicht »An den Mond« so konträr ist. Der Mond, die Wiege und der Tod jedoch waren von dem ordnenden Verfasser des *Asmus*, als er die drei Lieder zueinander redigierte, schon als Dreiheit erfahren worden, wie sein Brief an Herder vom Herbst 1772 bezeugt: »Mein Bauermädchen hat schon einen kleinen Bauerjungen geboren, aber 2 Monat zu früh. Er hat nur einmal in ihrem Arm zum Mond bitterlich aufgeweint, dann ging er wieder heim.«[14]

Wie eine Vorahnung hierzu erscheint der »Brief an den Mond. No. 3« (S. 85), der zunächst als Fortsetzung von Brief No. 1 (S. 54) Empfindsames im anakreontischen Gewande zu zeigen vorgäbe, stünde nicht kurz davor der Brief No. 2 (S. 83), in dem das Ende Orpheus' und Laokoons mit ganz antiklassizistischer Schroffheit vergegenwärtigt wird. Trügerisch bleibt selbst die traute Anrede an das Nachtgestirn als »Heimchen der Natur« (S. 85), denn das Heimchen war dem Volksglauben der Zeit und ihrer Dichtung als Todesbote noch durchaus vertraut. Noch 1788, beim Tode des kleinen Sohnes Matthias, dem nach eigenem Bekunden schwersten Schicksalsschlag, der die nachhaltigste Anfechtung seines Gottvertrauens auslöste,[15] wählt Claudius dasselbe Wort zum Übernamen für die trauernde Gattin im Zwiegespräch der Eltern um die Frage, ob der Tod das letzte sei (S. 167). Die heimliche Bedrohung durch Sinnlosigkeit bleibt allen Ver-

13 »Der eine ist ein Narr, der voller Einfaltsprätensionen steckt. ›*Meine Mutter hat Gänse*‹ singt sich mit bequemerer Naivetät als ein: ›Allein Gott in der Höh' sei Ehr.‹« (Zit. nach: *Goethes Werke* [Weimarer Ausg.], hrsg. im Auftrage der Großherzogin Sophie von Sachsen, Abt. 1, Bd. 32, Weimar 1906, S. 105.)

14 *Botengänge*, S. 87.

15 Vgl. Anm. zu S. 166 (»Die Mutter am Grabe · Der Vater«).

suchen nahe, den Tod der Nachbarlichkeit des Freund Hain anzuverwandeln. 1796 ordnet Asmus der Klage um die einundzwanzigjährig verstorbene Tochter Christiane, die als »Der verschwundene Stern« in *Des Knaben Wunderhorn* einging, die nicht nur in ihrer Metaphorik ehernen Verse vom Tode zu, der mit seinem schweren Hammer die Stunde schlägt (S. 290).

Die Ausdauer der verwendeten Zeichen könnte über die Wandlungen des Mannes täuschen, der sie setzte. 1768 heißt es in einem Brief an Gerstenberg: »Neulich bin ich in Ottensen gewesen und habe das Grab der Klopstock besehen. Der Gedanke ans Begraben einer geliebten Frau ist mir seit langer Zeit süßer gewesen als der an die erste Nacht.«[16]

Solch unverhohlene Morbidezza, solche Anbiederung an die letzten Dinge ist, geraume Zeit vor Hippels *Lebensläufen* und Ähnlichem, sicher nicht allein mit Moden zu erklären, wie die zeitgenössische Lektüre von Youngs *Night-Thoughts on Life, Death, and Immortality* sie auszulösen pflegte; es ist ein Irrweg auf einer früh begonnenen Suche, die über ebenso verschlungene wie steinige Pfade führen wird. Freund Hain als Titelkupfer des *Asmus* steht noch eher für eine antiklassizistische Ästhetik als für die Gevatterschaft, deren Beschwörung ein lebenslanger Versuch war, das Unentrinnbare zum Vertrauten zu wandeln. Es gibt Marksteine dieses Weges wie die kleine Betrachtung »Was ich wohl mag« (S. 21) unter den frühen *Asmus*-Texten oder, später, das demütige Werben um die Erbittlichkeit des Knochenmannes in dem Gedicht »Nach der Krankheit«[17]. Das Flehen des Verfassers, der zum Beschluß seiner Darmstädter Zeit eine fast verhängnisvolle Rippenfellentzündung zu bestehen hatte, klingt wörtlich an die Bitte um Verschonung in »Der Tod und das Mädchen« (S. 84) an; doch Trost und Zuversicht bleiben, beständiger Ertrag nur der Dichtung, im fast fünfundsiebzigjährigen Leben des Boten so ersehnt wie angefochten. Noch am Ende versagt sich nach dem Zeugnis der Tochter Karoline seiner

16 *Botengänge*, S. 46.
17 *Asmus* III, S. 158 f.

Hoffnung auf »lichte Blicke in jenes Leben«, auf »eine bewußte und wissende Mitteilung Gottes, die ihm diesen dunklen und für ihn sehr grauenvollen und gefürchteten Schritt erleichtern und heller machen sollte«, die Erfüllung.[18]

Die kreatürliche Ratlosigkeit des Menschen und ihre zwiespältige Beschwichtigung durch die unbegreifliche Macht des Todes sind ein ungelöster Widerspruch, der ein Einswerden von Fügung und Sichfügen, kaum weniger radikal als im Goetheschen Menschenbild von Gott und Bajadere, erst jenseits der Erfahrung verheißt. Auf solche Aporie verwiesen, die ihm nur in der Umfriedung des fast Banalen, des recht eigentlich in der Bannmeile Verharrenden zu ertragen bleibt, dichtet Claudius Reimgebilde wie »Der Mensch« (S. 164).

Die Innigkeit der Eingangsverse »Empfangen und genähret ...« läßt jene »Andacht zum Menschenbilde« gewärtigen, die in der Goethezeit Nachschöpfung sichtbarer Schönheit in der vollendeten Sprachform zum Ziele setzte. Der Verfasser stellt in der Tat ein Gedicht von hoher formaler Vollendung her, fügt indes an das siebte kunstvolle Reimpaar ein »etc.«, wie um zu erweisen, daß es ihm gemäß den darauffolgenden vier Schlußversen nur um die Beiläufigkeit irdischer Existenz ging.

Ob das Wort von der »ganz abgefeimten Weise« des Wandsbeker Boten[19] auch solchem Gestus gerecht wird, steht dahin; doch läßt sich gerade in seinem Falle die unsere Zeit bedrängende Erkenntnis, daß das Naive das Sentimentalische sei, schwerlich entkräften. Die Schlichtheit seiner Sprachführung nimmt mitunter einen fast bedrängenden Ton an, so in der 3. Strophe des »Abendlieds« (S. 137), die der Ohnmacht menschlichen Wahrnehmungsvermögens vor dem allbekannten Wandel des Mondes gilt. Die Unbegreiflichkeit der Welt fordert den Glauben heraus; das Widerspiel zwischen der Evidenz der Schöpfung und dem Fragen des

18 An Karolines Freundin Petersen, März 1815; s. Stammler, S. 204 f.

19 Vgl. Nobert Miller, *Der empfindsame Erzähler. Untersuchungen an Romananfängen des 18. Jahrhunderts*, München 1968, S. 410.

Menschen ist in der Welt als einer stillen Kammer, der Geborgenheit der 2. Strophe, aufgehoben.

Die vielen klugen Deutungen dieses wohl beliebtesten unter Claudius' Gedichten verweisen gern auf die »Sternlein«, deren Verkleinerungssilbe das traditionelle Gepränge barocker Firmamente mildere. Dies trifft sicher nur bedingt zu; sind jene doch offenkundiges Erbe Paul Gerhardts, auf dessen »Nun ruhen alle Wälder« sich Claudius in seiner Melodieanleitung ausdrücklich bezog. Ins Historische entrückt, scheint dahinter noch Johann Klajs ebenfalls »Abendlied« betiteltes Gedicht mit seiner Tagesbilanz buchhalterisch anmutenden Seinsvertrauens auf; und noch heute nimmt es wunder, daß die Wegstrecke zwischen ihm und seinem Zeitgenossen Gerhardt, dem Meister des lutherischen Kirchenliedes, so viel ferner bedünkt als dessen Nachbarschaft zu dem weit über ein Jahrhundert jüngeren Claudius. Auch jenseits religiösen Erlebens jedoch zeigt sich bei diesem nochmals, wie bei Goethe, eine Innigkeit der Welterfahrung an, die das Ende eines langgebahnten Weges bezeichnet. Nehmen wir die Valeurs Büchnerscher Diminutive wenige Jahrzehnte später wahr,[20] so kündigt sich an, daß die »Sternlein« des Abendlieds, gleich den »Vögelein« in Goethes zweitem Wanderer-Nachtlied, unsagbar geworden, nur noch in der Unsäglichkeit verkommenen Volksgutes überdauern werden.

Der sichtbare Kosmos zumal, Sinnbild nicht der Heimsuchung, sondern der Heimholung seit Sappho[21], wird in den Jahrzehnten danach noch vor den umwertenden Entdeckungen der Physiker erkalten. So hätten Versuche über das Schreiben von Mond-Gedichten[22] zuvörderst der Zäsur gerecht zu werden, die durch das Sonett »La lune offensée«

20 Vgl. Walter Jens, »Georg Büchner«, in: *Euripides/Büchner*, Pfullingen 1964, S. 43.

21 Vgl. Sappho, *Epithalamia* 120 D.

22 Vgl. Peter Rühmkorf, »Abendliche Gedanken über das Schreiben von Mondgedichten. Eine Anleitung zum Widerspruch«, in: P. R., *Kunststücke. Fünfzig Gedichte nebst einer Anleitung zum Widerspruch*, Reinbek bei Hamburg 1962, S. 89–107.

als Schlußstück der 3., ergänzten Auflage von Baudelaires *Fleurs du Mal* gesetzt wurde.

Zu Claudius' Lebzeiten büßte die Aufklärung ein gut Teil ihres Optimismus ein. Seine Mond-Gedichte entsprachen der empfindsamen Gebärde seiner Epoche, sind aber durch die Wahl ihres zweckfrei und milde leuchtenden Gegenstands auch des Systemzwangs zur Physikotheodizee enthoben, der im Brockesschen Sonnenlob hörbar wird; seine markanteste Huldigung an das dem Anscheine nach segnende Tagesgestirn gerät seltsam verquer (vgl. S. 90), seinem Glauben, dem die Geborgenheit des Menschen vor »des Tages Jammer« nicht gegeben, sondern aufgegeben ist, taugen die Evidenzen dieser Welt schlecht zur Bestätigung.

1783 erschienen, zeugt der 4. Teil des *Asmus*, der das »Abendlied« enthält, hiervon am augenfälligsten. Dem Gedicht »Der Mensch« gehen »Ein Lied für Schwindsüchtige« und der Traktat »Über einige Sprüche des Prediger Salomo« (S. 153) voraus; des letzteren Verzagtheit setzt sich fort in einem »Passe-Temps zwischen mir und meinem Vetter in der Schneiderstunde (Twilight)«, einem »Besuch im St. Hiob zu **«, dem Irrenhaus also, und einer Betrachtung zum Genesis-Vers »Verflucht sei der Acker um deinetwillen«, die nach Schopenhauers Zeugnis »den wesentlich pessimistischen Geist des Christentums an den Tag legt«[23]. Das an das Mensch-Gedicht sich anschließende Passe-Temps im Zwielicht enthält das zentrale Bekenntnis: »Vor einiger Zeit starb mir meine Mutter. Sie hielt vorher viel aus, still und gelassen wie sie immer war, und konnte nicht leben und nicht sterben. Einige Tage vor ihrem Ende reisten wir alle noch zu ihr, und standen da um ihr Bette und sahen sie an, einer so klug wie der andre. Ich wollte mir mein Herz gerne trösten, und wollte ihr noch so gerne was zuliebe tun; aber essen und trinken mochte sie nicht mehr, mochte auch sonst nichts mehr. Ich dachte an alle die großen und kleinen Erfindungen der Menschen,

23 Arthur Schopenhauer, »Nachträge zur Lehre vom Leiden der Welt«; *Sämtliche Werke*, textkritisch bearb. und hrsg. von Wolfgang Frhr. von Löhneysen, Bd. 5, Stuttgart / Frankfurt a. M. 1965, S. 356.

davon du mir gesagt hast: an die Seelen-Lehre, an Newtons Attraktions-System, an die Allgemeine deutsche Bibliothek, an die Genera Plantarum, an den Magister Matheseos, an den Calculum infinitorum, an die grade und schiefe Ascension der Sterne und ihre Parallaxen etc. aber es wollte mir alles nichts verschlagen – und Sie lag out of reach! lag am Abhang und sollte herunter! und ich konnte nicht einmal sehen wo sie hinfiel. – – Da befahl ich Sie Gott, und ging hinaus ... und machte ein Sterbegebet daß sie's ihr vorläsen. Es war meine Mutter und hatte mich immer so lieb gehabt, und ich konnte doch nichts anders! –«[24] Dies ist nicht nur Widerruf des funebren Vorwitzes an Meta Klopstocks Grab (vgl. S. 471); es ist Hinterfragung der eigenen geistigen und sittlichen Existenz. So bedeutet auch der auffällig homiletische Zug, der mit den Jahren zunehmend die besten Texte durchwaltet, nur sehr bedingt Anleitungen zur Lebenshilfe.

Eines der schönsten Stücke Prosa im 4. Teil des *Asmus*, »Schönheit und Unschuld« (S. 143), trägt den Untertitel »Sermon an die Mädchen« und verbindet zärtliche Mahnung mit rückhaltloser Liebeserklärung. Das Fazit aber lautet: »Nun, ihr seid in der Welt und müsset durch, was auch euer Beruf sei. Gehet in Friede, und seht nicht viel umher. Und der Engel der Unschuld begleite euch!« (S. 145.) Hierin mag der Dank eines Mannes mitschwingen, den das Zeitlich-Weibliche in Gestalt einer trotz allen Bildungsgefälles ebenbürtigen Gattin auf Erden hielt. Der Vorrang von Haus und Familie vor Staat und Öffentlichkeit wird nicht Frauen und Mädchen in patriarchalischer Manier verordnet, sondern erwächst als allgemein verbindliches Postulat aus einem Christentum, das bestrebt ist, Mitwirken in der Welt nicht in Mitleidenschaft entgleiten zu lassen.

Aus dieser Grundhaltung ist Claudius als Zeitgenosse zu begreifen. Seine schöpferische Leistung fiel stets spürbar ab, wenn er sich zum Eingreifen in Tagespolemiken verpflichtet glaubte. Er hatte hierzu seine wahre Natur zu verleugnen, die

24 *Asmus* IV, S. 214 f.

sich mehrfach in seiner Diskretion wie bezüglich des Falles Struensee (S. 52) erwies; fallbezogene Anleitungen zum richtigen Handeln mißrieten ihm viel eher als ethische Maximen, deren Wahrung gegenüber den Scheinerfordernissen des Tages ihm zu unverfälschter sprachlicher Inspiration verhalf – die Webersche Unterscheidung zwischen Gesinnungs- und Verantwortungsethik hätte ihn ratlos gelassen.

Die Mahnung an den Sohn Johannes: »Tue das Gute vor Dich hin, und bekümmre Dich nicht, was daraus werden wird« (S. 293), setzt sich fort, als dieser sich nach dem englischen Überfall auf Kopenhagen freiwillig zum Kriegsdienst meldet: der Vater beschwört ihn, nichts zu tun, was über Notwehr hinausginge, vor allem keinen Menschen zu töten, wenn der Feind ohne eigene Gefahr für Leib und Leben gefangengenommen werden könne.[25]

Die Tragik der Konstellation liegt hier schon im zwischenstaatlichen Kräftespiel begründet: Seit Jahrzehnten um die »Ruhe des Nordens«, den politischen Entwurf einer umfassenden skandinavischen Neutralität ringend, wird das dänische Vaterland durch den brutalen britischen Rechtsbruch in seiner ganz auf Frieden ausgerichteten Existenz in Frage gestellt und an die Seite Napoleons gezwungen. Die darin angelegte Rolle des Verlierers wird dem kleinen Königreich im 19. Jahrhundert weiterhin beschieden sein, da deutsche Hybris es zum Erbfeind noch vor Frankreich erwählt. So ist die Rechtlichkeit des Dänen Asmus aus der Sicht der Nachgeborenen zweifacher Abglanz einer untergehenden Zeit; überträgt doch sein *Schreiben eines Dänen an seinen Freund* (vgl. S. 368 ff.) Überzeugungen des Briefes an den Sohn auf den Umgang der Völker miteinander. Bei aller Bitterkeit, mit der er die Ohnmacht einer Gerechtigkeit ohne Gewalt kommentiert, wahrt er die Zuversicht auf ein dem Menschen innewohnendes Gut, »das sich vor keiner Gewalt beugt und fürchtet, und durch keine Gewalt überwältigt werden kann« (S. 372 f.).

25 Vgl. Roedl (1969) S. 315.

Solche Haltung, die durch die äußere Realität zunehmend Lügen gestraft schien, mußte damals wie heute unpolitisch anmuten. So ist der Konflikt des Boten mit seinen Zeitgenossen schon in seiner Friedenssehnsucht vorbestimmt, wobei das Zeugnis der Ehrenhaftigkeit keiner der beiden Seiten versagt werden kann. Versuchen wir heute die fatale Unausweichlichkeit der Entfremdung mit Voß zu verstehen, die in den Meinungsverschiedenheiten zum Revolutionsgeschehen wurzelte, so scheint der Gegensatz bereits in jenen Jahren angelegt, da beide sich noch nicht kannten. Dem Enkel eines Leibeigenen und Sohn eines gescheiterten bürgerlichen Aufsteigers mußte unzugänglich bleiben, was die Lebensmächte eines evangelischen Pfarrhauses im Holsteinischen ihrem Schützling an Prägendem gewährten. Gevatterschaft hat auch hier gewirkt, wo Angehörige des Hochadels und kleiner Fürstenhäuser ganz selbstverständlich Paten der Pastorskinder waren. An Frau Rebeccas zahlreichen Wochenbetten bewahrte sich diese Tradition, so daß Claudius die Spätblüte europäischer Adelskultur aus enger Nähe wahrzunehmen vermochte. Die Bernstorffs und die Schimmelmanns haben in ihren nach Größe und Bedeutung durchaus unterschiedenen Lebenskreisen unbeirrt für mehr Gerechtigkeit auf der Welt gewirkt. Claudius setzte der Gutsherrschaft in Wandsbek, die ihre zahlreichen gemeinnützigen und humanitären Einrichtungen mit dem *Wandsbecker Bothen* als Instrument der »Gesittung und Aufklärung des Volkes« gekrönt hatte, mehrere ehrende literarische Denkmäler. Wie sein Tagesjournalismus sich wohl auf die Dauer in hessischer Umgebung entwickelt hätte, dafür bietet der kritische und zeitweilig bittere Ton der »Görgeliana«[26] während der Darmstädter Zeit mancherlei Anhaltspunkte.

Gelegenheitspoesie in der Weise des Wandsbekischen und dänischen Untertanen Claudius ist jedem Opportunismus, wie ihn sicher nicht nur kalauernde Deutung auf die Gepflogenheiten des Genres beziehen könnte, fern; darüber hinaus

26 *Asmus* III, S. 43–53.

ist der Bruch zur Erlebnisdichtung, die seit dem Sturm und Drang selbst schon wieder zur Manier geworden war, nicht vollzogen. Einige seiner bedeutendsten Gedichte tragen noch barock anmutende Titel, die mit der Temporalkonjunktion »Als« beginnen; andererseits schreibt er, darin den mittelmäßigen Poeten auf den ersten Blick durchaus ähnlich, wie ihm ums Herz ist. Eine Zeit, der normative ästhetische Wertungen gründlich abhanden gekommen sind, könnte sich an Gedichten wie »Kriegslied« (S. 150) oder »Auf den Tod der Kaiserin« (S. 142) den qualitativen Sprung von »schlecht« zu »schlicht« neuerlich erarbeiten: das in ihnen wirkende Ethos hebt die in kunstloser Sprache offenbarte Friedenssehnsucht weit über die Niederungen des Gutgemeinten hinaus. Während die Bardenmanier illustrer Zeitgenossen den hochtönenden Preis kriegerischer Tugenden zur Apotheose führte, findet Asmus zu Tönen, wie sie zuletzt den Lyrikern des Dreißigjährigen Krieges zu Gebote standen. Freilich kennzeichnet den Bayerischen Erbfolgekrieg, der ihr Anlaß war, schon die Erlahmung der Kräfte, der die mitteleuropäischen Mächte anheimgefallen waren; obschon begrenzt und schnell abgetan, erneuert er für Claudius dennoch das Grauen zurückliegender Waffengänge und wirkt im »Kriegslied« die barocke Vision vom Leben als Traum: der Schlaf des Gerechten wird durchschauert von dem Alptraum, schuld am Blutvergießen zu sein. »Hunger, böse Seuch und ihre Nöten« recken sich, um in ungebrochener apokalyptischer Bildlichkeit »von einer Leich herab« zu krähen. Solche Mahre werden nicht ersonnen; halb die Hähne des *Muspilli*, halb den Basilisken evozierend, stehen sie für die Überhebung der Kriegesfurie, die noch den Träumenden in seinem Menschsein animalisch bedroht. Die Reihenfolge des Textes im *Asmus* nach dem »Winterlied« stellt die behagliche Seinserfüllung »hinterm Ofen« wohl mit Bedacht in Frage. Dennoch wäre die römische Wendung des »pro aris ac focis dimicare« (des »Kämpfens für Altar und Herd«) nach dem Sinne des Verfassers gewesen, der unter dem Eindruck des englischen Überfalls auf Dänemark so gar nicht pazifistisch argumentierte; Friede aber wird ihm als absolutes Gut recht erkennbar im ruchlosen Zerrbild großer Zeiten. Folgerichtig setzt sich im *Asmus* die beobachtete Kontrapunktik auch unmittelbar nach dem »Kriegslied« fort: Dem Geleitwort zur eigenen Übersetzung des Ramsayschen Fürstenspiegels *Reisen des Cyrus* (1780), das mit Widmung und Mahnung an den Kronprinzen endet, folgt das »Lied in die Haushaltung« über Gustchens Wechselzahn. Glück im Winkel wird nicht, wie so oft nach dem gescheiterten Vormärz, zum behäbigen Besitz, sondern erlangt seinen Rang durch das Wissen um seine Angefochtenheit.

Claudius hat bei aller in seinem Werk aufkommenden Schwermut Gott kaum je als Keltertreter begriffen; aber er hat, wie das Gedicht »Auf den Tod der Kaiserin« ausweist, um die Gefahr irdischer Macht gewußt, die den Mächtigen den Tod als Freund – sein eigenes, lebenslang ersehntes Ziel – ferner rückt. Schon das harmlos anmutende geistliche Lied »Ich danke Gott, und freue mich« (S. 105) enthält in seiner 4. Strophe als vertrackte Pointe den mit Saitenspiel abgestatteten Dank dafür, kein König geworden zu sein. Wem Davids Instrument zu Gebote steht, dem bedeutet weltliches Herrschertum von Haus aus mehr als das ›malheur d'être né prince‹ des zeitgenössischen Aufklärers. Indessen wird der Fürstenspiegel in nuce in den darauffolgenden Zeilen errichtet:

Ich wär geschmeichelt worden viel,
Und wär vielleicht verdorben.

Für Claudius, der Fénelon als dem hier anklingenden Moralisten nicht nur in der Vorrede zu seiner Übertragung ein ehrendes Denkmal gesetzt hat,[27] mochte die Sterblichkeit der Großen dieser Welt ein Grund mehr sein, der mit eigener Todesproblematik verknüpften Lutherschen Frage nachzusinnen, wie der Mensch einen gnädigen Gott gewinnen könne. Dem »Welterobrer« bleibt dies nicht nur als dem Gegenbilde Maria Theresias versagt. Schon im »Neujahrs-

27 *Asmus* VII, S. 138–143; VIII, S. 55–104.

lied« auf 1773 (S. 18), mit dem der *Asmus* dichterisch einsetzt, heißt es über Staat und Herrschaft:

Gut sein! Gut sein! ist viel getan,
Erobern, ist nur wenig;
Der König sei der beßre Mann,
Sonst sei der beßre, König!

Die Silbernen ABC-Strophen des Jahres 1803 vollends (vgl. S. 298), in dem der Usurpator unvorhersehbare Gestalt angenommen hatte, enthalten die Mahnung:

Cränz einen Welterobrer nicht,
Schlepp lieber ihn zum Hochgericht.

Fällt dergestalt der schlechte Herrscher der Acht der Mitmenschen anheim, so ist Teilhabe an ihrer Unsterblichkeit als gottesgeschöpflichem Erbe der höchste Wert des guten Souveräns. Die Abhandlung »Über die Unsterblichkeit der Seele« (S. 167), in scheinbar devoter Konvention an einen imaginären Fürsten gerichtet, mündet in den Satz: »Sire, wir sind unsterblich«, und würdigt den Empfänger zum Schluß und zum höchsten Preise des brüderlichen »Du«. Wohl lag das Erscheinungsjahr 1790 zwischen dem Sturm auf die Bastille und der Uraufführung der *Zauberflöte*; doch mag den treuen Untertan und halbherzigen Freimaurer Claudius bei der Abfassung mehr als das, was seine Zeitgenossen umtrieb, die eigene Lebenskrise bewegt haben. Folgt doch der Traktat im 5. Teil des *Asmus* auf das elterliche Zwiegespräch um den Tod des Sohnes Matthias (vgl. S. 167); in Umpolung des Gemeinplatzes vom Tode als Gleichmacher bedeutet das dereinstige Ewige Leben die Ebenbürtigkeit des Menschen. Die im Jahre darauf geschriebenen berühmten Verse auf Geburt und Kindstod in der dänischen Königsfamilie fahren hierin fort.

Einem Schreibkundigen, dem sein Souverän durch eine Jahrespension und das Revisoramt an der Altonaer Speciesbank eine auskömmliche Lebensgrundlage verschafft hatte, mochten solche Themen der Hofberichterstattung wohl anstehen; was jedoch heute dem Unernst der Regenbogenpresse Auftrieb gäbe, geriet Claudius zum staatsbürgerlichen und christlichen Bekenntnis, dessen prägnanter Ausdruck durch die lyrische Form nicht sowohl verwischt als gesteigert wurde. Die Totenklage um den erstgeborenen Sohn des Kronprinzen (S. 283)[28] hebt so an, wie es einem selbst durch mehrfache Verluste geprüften Vater zumute sein mochte, enträt jedoch alsbald der nur mitmenschlichen Attitüde des Solamen miseris, die das Los der Monarchen auf das Schicksal aller zurückführt: irdische Herrschaft wird wohl als eine Form menschlichen Wirkens – dabei durchaus nicht die höchste denkbare – namhaft gemacht; ihre Nichtigkeit vor einem unumstößlichen Gesetz, die anderwärts dem Elenden zum traurigen Trost gleichrangiger Betroffenheit gereichen könnte, verstärkt den Schmerz über die Conditio humana schlechthin.

Das eigene Todesverlangen des Verfassers in den Schlußzeilen läßt eine weitere Wegesetappe der Annäherung an den »Schutzheiligen« (S. 15) der *Asmus*-Bände erahnen: dem irdischen Wandel im Ungewissen wird die Sehnsucht nach einem höheren Bewußtsein entgegengesetzt. Dieser Zwiespalt bestimmt ein gutes Jahr später die Begrüßung neugeborenen Lebens im selben Herrscherhaus, ohne daß der ebenfalls baldige Tod der angesprochenen kleinen Prinzessin schon abzusehen gewesen wäre (S. 346 ff.). Königtum aber sub specie aeternitatis bedeutet ihm so viel, daß er seine Verse danach, dem freudigen Anlaß gänzlich entrückt, unter dem Titel »Kron und Szepter« als Torso veröffentlicht.[29] Die auch ästhetisch maßgebende Polarität des Textes erwächst indessen aus dem Kontrapunkt zwischen der Zärtlichkeit gegen das Neugeborene und der Forderung an die sakrale Pflicht des Herrschers. Lassen die Eingangsstrophen erahnen, daß mit den um die Wiege gescharten Beschützern alle Unterta-

28 Zu der meisterhaften Interpretation von Albrecht Goes vgl. Anm. zu S. 283.
29 In: *Kayserlich privilegirte Hamburgische Neue Zeitung*, 30. November 1792.

nen gemeint sind, so steigert sich das Gedicht vom Segenswunsche für das Königshaus an zu immer strengeren Forderungen an die Vollkommenheit des Regenten, um in der »Apostrophe an unsern geliebten Kronprinzen« (S. 349) die gegenseitige Treuepflicht zwischen Monarch und Untertan zu beschwören. Seltsam berührt die aus Anlaß eines Wiegenliedes erörterte Scheidung zwischen Geist und Vergänglichkeit. Ein aus wachem staatsbürgerlichen Bewußtsein erwachsenes Gedicht erfährt den Zwiespalt der Utopie im ursprünglichen Sinne der Ortlosigkeit: der Mensch als Fremdling auf Erden hat im Herrscher sein höchstes Sinnbild.

Als das Gedicht 1803 nochmals gekürzt im 7. Teil des *Asmus* erschien,[30] waren fast elf Jahre vergangen; und der Verfasser hatte das als Beschluß seiner Sammlung geplante Bändchen mit dem »Valet an meine Leser« (S. 302) versehen. In ihm bricht nochmals die Trauer darüber auf, »daß das Große und Göttliche wider seine Natur in uns gehemmt ist; und es sollte walten« (S. 304). Dem steht die Hoffnung gegenüber: »Wir sind nicht umsonst in diese Welt gesetzt; wir sollen hier reif für eine andre werden« (S. 307).

Damit war letztlich alles gesagt; der 1812 erscheinende 8. Teil des *Asmus* trug zu Recht die Bezeichnung »Zugabe«, so wie auch den Lebenszeugnissen des Boten im letzten Jahrzehnt schon Züge eines Epilogs anhaften. Sein Land, in dem nach seinem Wunsche die Könige hätten zu Weisen werden sollen, büßte den brutal aufgezwungenen Krieg nicht nur mit territorialen Abtretungen, sondern auch dem Verlust seiner ehedem übernationalen Identität. Dem Dreiundsiebzigjährigen noch sind Flucht und Exil beschieden, die Rückkehr 1814 ins verwüstete Wandsbeker Haus scheint nur noch Episode vor der Übersiedlung nach Hamburg und dem baldigen Tod. Episodisch sind schon lange davor auch die Beziehungen zu den Jüngeren geblieben: die Freundschaften mit Runge und Overbeck lassen die Frage offen, was die literarische Romantik, die seinem Sprachton so viel verdankte, durch den per-

30 *Asmus* VII, S. 144–146.

sönlichen Umgang mit Claudius hätte gewinnen können. Eichendorff setzte ihm aus der Ferne in *Ahnung und Gegenwart* (Buch 1, Kap. 5) ein Denkmal zu Lebzeiten; die Mitarbeit an Friedrich Schlegels *Deutschem Museum* 1812 mutet zwiespältig an; treffen doch bei diesem Unternehmen zwei literarische Talente zusammen, die auf der Höhe ihres Schaffens konträrer nicht denkbar gewesen wären. So einsam das poetische Tagewerk des Matthias Claudius letztlich gewesen ist, so sehr scheint es zu seinem Lebensende vom Kollektivschicksal der Epoche eingeholt worden zu sein. Barthold Niebuhrs Nachruf auf ihn und die »Klasse der Innigen, still und tief Glühenden und Schauenden, welche der Generation angehörten, die der unsrigen vorherging«[31], schließt mit der Ahnung, »das Zeitalter der Dichter« sei »für uns vorüber«. Hierin ist nicht nur Gervinus' Theorie vorweggenommen, die in der Ablösung der Literatur durch politische Täterschaft ein Epochengesetz glaubte ausmachen zu sollen, sondern auch der Beruf des Dichters in einer Weise gezeichnet, die unvermerkt den lebenslangen Außenseiter zum Prototyp der Zunft werden läßt. Auch Stolbergs Freundesepitaph vom Boten im schlichten Gewand[32], Zeugnis eines Weggefährten aus schon entfernt wirkender Vergangenheit, wird beiläufig der Fülle des Geschaffenen gewahr, wenn es den Verstorbenen den Weg »von der Wiege des Menschen bis an sein Grab« abschreiten läßt. Die seitherige Fragmentierung der Realität greift zu sehr in die noch verbliebenen Ausdrucksmöglichkeiten der Literatur ein, als daß diese, bei aller Mehrung des Wissens und Bewußtseins, der ganzheitlichen Seinserfahrung eines Claudius entbehren könnte.

31 Zit. nach: Roedl (1969) S. 356.
32 *Gesammelte Werke der Brüder Christian und Friedrich Leopold Grafen zu Stolberg*, Bd. 2, Hamburg 1821, S. 326 f.

sönlichem Umgang mit Claudius hatte gewinnen können. Eichendorff setzte ihm aus der Ferne in *Ahnung und Gegenwart* (Buch I, Kap. 3) ein Denkmal. Zu Lebzeiten die Mitarbeit an Friedrich Schlegels *Deutschem Museum* 1812 unter Vermittlung [illegible] trafen doch bei diesem Unternehmen zwei künstlerische Talente zusammen, die auf der Höhe ihres Schaffens kontrastreicher nicht denkbar gewesen wären. So einsam das poetische Tagewerk des Matthias Claudius letztlich gewesen ist, so sehr scheint es zu einem Lebensende vom Kollektivschicksal der Epoche eingeholt worden zu sein. Bartold Niebuhrs Nachruf auf ihn mit der »Klasse der Innigen, Stillen und der Glühenden den Schmachtenden, welche der Generation angehörten, die der unsrigen vorherging«[11] schließt mit der Ahnung, »das Zeitalter der Dichtung sei [illegible] für uns vorüber«. Hierin ist nicht nur Gervinus' These vorweggenommen, die in der Ablösung der Literatur durch politische Täterschaft ein Epochenzeichen glaubte ausmachen zu sollen, sondern auch der Beruf des Dichters in einer Weise gezeichnet, die unvermerkt das lebenslange Außenseitertum [illegible]

[illegible]

[illegible] Vergangenheit [illegible] der Halt des Glaubens [illegible] den Weg [illegible] Wege des Menschen [illegible] zum Grabe [illegible]. Die scheinbare Fragmentierung der Realität [illegible] dennoch [illegible] Ausdrucksmöglichkeiten der Literatur ein, als daß diese bei aller Mehrung des Wissens und Bewußtseins, die ganzheitliche Konstellation eines Glaubens [illegible] können.

11 [illegible] Bd. 2, Hamburg [illegible] S. 221 f. [illegible]

Verzeichnis der Gedichtüberschriften und -anfänge